»Das, was dem Leben Sinn verleiht, gibt auch dem Tod Sinn.«

Antoine de Saint-Exupéry

Für Pfapfa

Das Tor zur Ewigkeit ist meinem Vater gewidmet, der es am 10. Juni 2012 nach kurzer schwerer Krankheit durchschritten hat. Unerwartet und viel zu schnell wurde er aus unserer Mitte gerissen. Nach seinem Tod die Szenen zu schreiben, in denen ein Vater stirbt, war unglaublich schwer und hat mich viel Kraft gekostet.

Familienbande

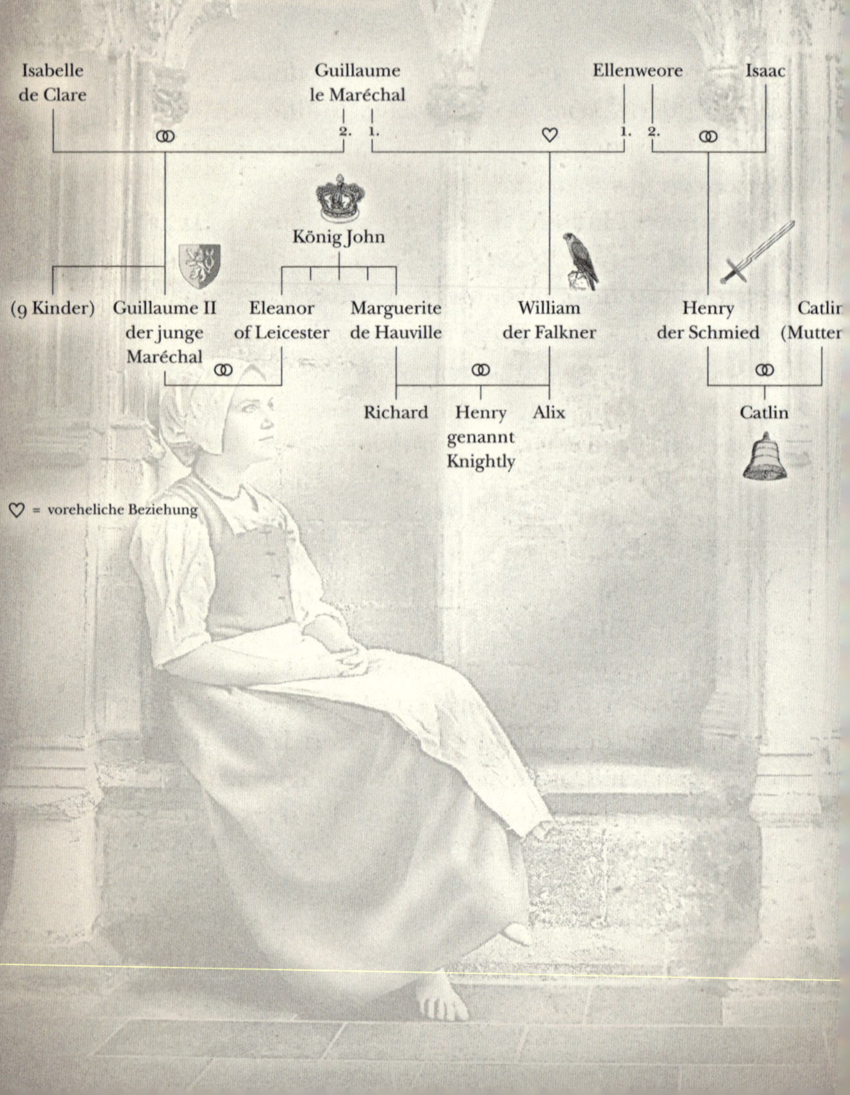

Vivos voco: Die Lebenden rufe ich
Mortuos plango: Die Toten beklage ich
Fulgura frango: Die Blitze breche ich

Prolog

Nebel, dicht und schwer, lag auf dem Dorf, den Feldern, Wiesen und Wegen, hüllte mit kaltem, feuchtem Mantel das bleierne Gemüt des trauernden Mannes ein.

Mit seinen Händen, mit Hacke und Spaten hatte er jeden Zoll weinend der winterharten Erde abgetrotzt. Tief genug hatte er graben müssen, um Wölfe und wilde Tiere auf ewig vom Grab seines geliebten Weibes fernzuhalten.

Gott der Herr aber wollte weder die Trauer des Mannes sehen, noch die Tränen des Knaben trocknen, der mit seiner schmalen Hand den warmen, rauen Zeigefinger des Vaters umklammerte.

Ein Mönch, der mit einer Tochter Evas im Stroh gelegen und in Sünde einen Bastard gezeugt hatte, verdiente kein Mitleid.

Nichts deutete mehr darauf hin, wer er einmal gewesen war. Seit er den Orden verlassen, sich der Tonsur entledigt und den Schädel kahl rasiert hatte, war viel Zeit vergangen. Das Haar war ihm nachgewachsen, die Kutte hatte er durch den Arbeitskittel ersetzt. Und dennoch, er hatte sich dem Herrn versprochen und sein Gelübde gebrochen.

Die Entscheidung für Mutter und Kind hatte er nie

bereut. Geschah es ihm also recht, dass er nun das Weib verloren hatte, für das er seinen Gott einst verriet?

Er hatte sie geliebt. Mehr als den Herrn und mehr als sein Leben. Das wollte und konnte er nicht bereuen, damals nicht und heute noch weniger. Doch nicht ihn hatte der Sensenmann zur Strafe geholt. Ihr hatte er das Lebensband zerrissen, und um ein Haar hätte er auch das Kind zu sich genommen. Wie durch ein Wunder hatte der Knabe dem Tod schließlich getrotzt.

Vielleicht hatten die Gebete des Vaters doch geholfen.

Um Vergebung hatte der Abtrünnige seinen Gott immer wieder angefleht und in seiner Verzweiflung um das Leben seines Weibes geschachert. Hätte der Herr sie verschont, so wäre er ins Kloster zurückgekehrt. Nicht voller Reue über seinen Fehltritt, sondern in Demut vor der Macht Gottes. Doch der Herr war unbeugsam geblieben und hatte ihm die Frau entrissen.

Das glockenhelle Lachen des Knaben war seit jenem Tag verstummt, jedes Lächeln aus dem zarten Gesicht gewichen. Traurig und hilflos lenkte er nun den Blick zum Vater.

Für den Jungen musste er leben und sein Bestes geben, musste er sich aussöhnen mit Gott.

Nie wieder, so schwor er dem Herrn, rühre ich ein Weib an, kein Kind zeuge ich mehr. Deinen Namen will ich fortan mit meiner Hände Arbeit für die Ewigkeit lobpreisen – als Dank dafür, dass du mir den Jungen gelassen hast …

Fest gemauert in der Erden
Steht die Form, aus Lehm gebrannt
Friedrich Schiller, Das Lied von der Glocke

St. Edmundsbury, April 1224

Catlin betrat die Abtei durch das Abbey Gate. Überall drängten sich Menschen um Holzstände mit bunten Tuchdächern, an denen Essbares und Nützliches feilgeboten wurden, denn der Abt besaß die Genehmigung des Königs, im Hof des Klosters einen Markt abzuhalten. Dienstboten und Mägde liefen emsig umher, Besucher und Händler, die hofften, beim Abt vorsprechen zu dürfen, standen in Grüppchen beieinander, prahlten mit Geschichten von ihren Reisen oder priesen die Vorzüge ihrer Waren an. Unzählige Handwerker, Steinmetzen und Steinbrecher, Bildhauer und Mörtelmischer, Korbflechter, Kalkbrenner, Zimmerleute und Dachdecker waren seit der Errichtung der Abtei mit Umbauten, Ausbesserungen und dem Bau neuer Gebäudeteile beschäftigt. Den Schwarzschmieden, die in ihren offenen Werkstätten tätig waren, warf Catlin einen bewundernden Blick zu. Es war gewiss nicht leicht, sommers wie winters ungeschützt am Amboss zu stehen. Die Arbeit war ohnehin schon hart, doch mit kalten Fingern, halb erfrorenen Füßen und dem eisigen Zug des Windes im Rücken ganz sicher noch viel schwerer. Catlin wusste, was es bedeutete, ein Eisen zu schmieden. Ihr Vater war ein berühmter Schwertschmied, und obwohl sie ein Mädchen war, lernte sie das Handwerk von ihm. Die Werkstatt vor den Toren von St. Edmundsbury hatte er vor vielen Jahren von seiner Mutter übernommen. Über die Grenzen Englands hinaus war sie für ihre hervorragenden Schwerter berühmt gewesen, und nachdem William, ihr ältester Sohn, nicht Schmied, sondern Falkner geworden war, hatten alle ihre Hoffnungen auf Henry geruht, ihrem Zweitgeborenen. Der hatte seine Mutter nicht enttäuscht, und so war das kupferne Zeichen, ein bauchiges E, mit dem sie jede Klinge versehen hatte, noch immer das Wahrzeichen dieser Schmiede.

Eine Gruppe Benediktiner, die auf der anderen Seite über den Hof huschte, erregte Catlins Aufmerksamkeit. Der Novizenmeister mit seinen Schützlingen war auf dem Weg zur Abteikirche. Sicher war auch Thomas dabei, sehen aber konnte sie ihn nicht.

Ein Lächeln zuckte um ihren Mund. Sie liebte den Gesang der Mönche und drängte darum nun mit den Pilgern zum Gotteshaus. Seit bald dreihundert Jahren kamen die Gläubigen in Scharen zur Abtei, um am Schrein des heiligen Edmund niederzuknien und zu beten. Edmund, einst König von East Anglia, war durch die Dänen besiegt und enthauptet worden, weil er sich geweigert hatte, Christus, den Sohn Gottes, zu verleugnen. Der abgetrennte Kopf, so erzählten sich die Leute, sei in den nahe gelegenen Wald gerollt, wo ihn die Getreuen des Königs tagelang gesucht hatten. »Wo seid Ihr, Herr?«, sollen sie immer wieder gerufen haben, und irgendwann, so hieß es, habe der Kopf schließlich geantwortet. Die Alten hatten jene Geschichte von ihren Großeltern gehört und die wiederum von ihren Ahnen. Den Kopf des heiligen Edmund, so sagten sie, habe man zwischen den Klauen eines großen grauen Wolfes gefunden, der das Fleisch des heiligen Mannes nicht angerührt hatte, obwohl er fast verhungert war. Zahm wie ein Lamm sei er noch bis zur Stadt neben den Männern hergelaufen und dann plötzlich verschwunden. Gott habe den Wolf damit beauftragt, den Kopf des heiligen Edmund vor wilden Tieren zu schützen, behaupteten die Leute einhellig und bekreuzigten sich dreimal, wenn sie davon erzählten. Niemand zweifelte daran, dass der heilige Edmund Wunder vollbrachte. Viele hatten davon gehört, unzählige hatten es gesehen oder am eigenen Leib erfahren. Also kamen die Menschen, junge wie alte, in Scharen und nahmen auch weite, oft beschwerliche Reisen in Kauf, um ihre Anliegen, von Gebeten und großzügigen Gaben gestützt, beim heiligen Edmund vorzubringen.

Inmitten der drängenden Menge gelangte Catlin nur mit Mühe ins Innere der Kirche, wo die Pilger enge Schlangen bildeten und sich die Wartezeit mit Gebeten oder dem Austausch von Neuigkeiten verkürzten. Energisch drängte sie sich an einer Gruppe Gläubiger vorbei zum Chor, erntete unfreundliche Blicke, scherte sich jedoch nicht darum, war sie doch keine Pilgerin und nicht wegen des Schreines gekommen. Sie wollte einzig jenen ganz bestimmten Platz im Kirchenschiff erreichen, von dem aus der Gesang der Mönche am besten zu hören war.

Kurz vor einem der steinernen Pfeiler, die das Gewölbe des Gotteshauses trugen, blieb sie stehen, schloss die Lider und wartete. Mit jedem Augenblick, der verfloss, schälten sich aus dem Gemurmel ringsum einzelne Worte und Satzfetzen heraus. Plötzlich war das Quietschen einer Tür zu hören, schlurfende Schritte auf Stein folgten, dann ein Rumpeln, als die Tür wieder ins Schloss fiel. Die Mönche kamen!

Ledersandalen schabten über den Boden, dann war ein Hüsteln zu hören. Als die Mönche endlich zu singen begannen, stand Catlin wie angewurzelt da, vollkommen entrückt, die Augen fest geschlossen, den Kopf voller Musik, nichts als Musik. Alles andere war vergessen. Die Pilger mit ihren Anliegen, die Bauleute, der Markt, sogar die Sorge, der Vater könne sie schelten, wenn sie zu spät heimkam. Nichts war von Bedeutung, solange sie nur der Musik lauschen konnte. Jede einzelne Stimme war ihr vertraut. Die weiche, süffige Stimme von Bruder Godfrey, einem etwas rundlichen Mönch mit breitem Gesicht und fülligem Haarkranz um die Tonsur, die rauchige Stimme von Bruder Simon, die genauso geheimnisvoll war wie der Bruder selbst, die schnarrende Stimme von Bruder Anselm, der unentwegt in Eile war, oder die pergamentartige von Bruder Jeremias, einem langen, dürren Mann mit Hakennase und üblem Atem. Auch die Stimmen der Novizen zu unterscheiden war nicht schwer. Am schönsten klang Thomas' Stimme. Sie stach so deutlich hervor, dass Catlin in der Erwartung, sogleich zu Tränen gerührt zu werden, den Atem anhielt. Doch Gänsehaut und Ergriffenheit blieben aus. Sie runzelte die Stirn und schlug die Augen auf. Thomas? Sie lugte um die Ecke, durch den Spalt zwischen den beiden reich verzierten steinernen Tafeln hindurch, die Mönche und Pilger voneinander trennten. Wieso sang er nicht? Mit unruhigem Blick tastete sie die Reihen der Novizen ab. Thomas war nicht dabei. Ob er krank oder wieder einmal bestraft worden war? Die Mönche waren streng und Thomas nicht annähernd so diszipliniert, wie es von einem Novizen erwartet wurde.

Catlin war enttäuscht und ein wenig besorgt, darum beschloss sie schweren Herzens, nach draußen zu gehen und zu sehen, wen sie unauffällig nach Thomas' Verbleib fragen konnte.

»He!«, rief eine gedämpfte Stimme, als sie aus dem Gotteshaus ins helle Tageslicht hinaustrat.

Catlin blinzelte, legte die Hand über die Brauen, um die Augen zu beschirmen, und sah sich fragend um.

»Hier!«

»Thomas!«, antwortete Catlin ebenfalls im Flüsterton und eilte auf den großen Lehmhaufen zu, neben dem der Freund kauerte. »Warum bist du nicht beim Singen?« Sie sah mit gerunzelter Stirn auf ihn hinab. »Was tust du da überhaupt?«

Thomas stand ein wenig umständlich auf und klopfte sich den Staub aus der viel zu großen Kutte. »Ich darf einen ganzen Monat lang nicht singen. Ich soll arbeiten, um nachzudenken, hat der Novizenmeister gesagt. Er hält das für eine wirklich harte Strafe«, sagte er spöttisch und kniff verschwörerisch ein Auge zu.

Thomas hatte eine wunderbare, klare Stimme und vertat sich nie im Ton, was man von den anderen Novizen eher nicht sagen konnte. Die Mönche glaubten daher, dass ihm das Singen etwas bedeutete und er sich die Strafe darum wohl zu Herzen nähme. Thomas aber war das Singen nicht nur vollkommen gleich, es war ihm gar Bürde, denn er hasste es, so lange in der Kirche still stehen zu müssen. Von klein auf war er an körperliche Arbeit gewöhnt und brauchte Bewegung wie die Luft zum Atmen.

Als er bemerkte, dass Catlin auf seine schmutzigen Hände starrte, hob er die Rechte und tat so, als wolle er ihr das Gesicht beschmieren.

»Igitt, das stinkt ja!« Catlin rümpfte erstaunt die Nase. »Was ist das denn?«

»Lehm mit Pferdemist.« Thomas grinste zufrieden. »Ich soll dem Glockengießer helfen.« Er beugte sich zu ihr vor und senkte die Stimme. »Komm mit, ich zeige dir, wo er arbeitet.« Dann ergriff er den Eimer, der neben ihm stand. »Ich muss dann wieder!«, sagte er laut, winkte ihr zu, als verabschiede er sich, und wandte sich ab. Es sollte nicht auffallen, dass Catlin ihm folgte, darum nickte sie und tat, als schlendere sie noch ein wenig herum. Man konnte schließlich nie wissen, welcher der Brüder einen aus der Ferne beobachtete oder plötzlich hinter einem stand. Auch wenn jeder in der Abtei wusste, dass Catlin und Thomas schon seit Kindertagen befreundet waren, so sahen es die Mönche doch nicht gern, wenn die beiden allzu lange miteinander sprachen. Seit sein Vater ihn im Kloster untergebracht hatte, gehörte der Junge der Kirche, und die wachte strengstens darüber, dass keines ihrer Schäfchen vom rechten Weg abkam.

Thomas war im Durchgang des steinernen Turmes verschwunden, den die Normannen einst errichtet hatten. Catlin blickte sich unauffällig um und folgte ihm. Ihr Freund stand in einer tiefen Grube in der Mitte des Turmes neben einer großen Form aus Lehm.

»Wie geht das mit dem Glockengießen?« Catlin sah sich neugierig um. Es gab keinen Amboss, keine Esse und kaum Werkzeug. Nur Backsteine, Kellen und Hämmer lagen herum. »Ist das ein Ofen?« Sie deutete in die Grube.

»Nein, das ist der Glockenkern.« Thomas strich über die Form und machte ein nachdenkliches Gesicht. »Darüber kommt die Falsche Glocke und dann …«

»Falsche Glocke?« Catlin verstand nicht, was er meinte.

Thomas lächelte nur geheimnisvoll.

Fragen über Fragen stolperten in Catlins Kopf umher. »Geschmiedete Glocken klingen anders als gegossene. Woran das wohl liegt?«, überlegte sie. »An den Metallen, die der Glockengießer dazu auserwählt? Oder an der Form der Glocke? Und ihre Größe … ist nicht auch die Größe einer Glocke von Bedeutung für ihren Klang?« Sie legte den Kopf schief und sah Thomas mit großen Augen an.

»Ist mächtig viel Arbeit, so eine Glocke«, behauptete Thomas, ihre Fragen geflissentlich überhörend, nahm eine Handvoll Lehm aus einem der Eimer und verteilte ihn geschäftig auf der Glockenform.

»Wirst du wohl die Finger da wegnehmen!«, donnerte eine kräftige Stimme, und Thomas fuhr herum. »Ich habe dir verboten, den Kern anzurühren, oder nicht?«

Catlin konnte das Gesicht des Mannes nicht erkennen, der in einem dunklen Winkel des Turmes stand.

Thomas nickte schuldbewusst und sah aus wie das schlechte Gewissen persönlich. »Es tut mir leid, Meister, ich habe nur …«, versuchte er sich kleinlaut zu verteidigen, als der Glockengießer näher trat.

»Ein falscher Handgriff kann alles zunichtemachen!«, blaffte der Glockengießer und stieg über eine Holzleiter in die Grube hinab. Zu erpicht darauf, jeden Zoll genauestens in Augenschein zu nehmen, würdigte er Catlin nicht eines Blickes. Das Haar des Glockengießers und seine struppigen Brauen waren mit grauen Fäden durchzogen – er musste wohl so alt sein wie Catlins Vater. Sein Rücken wirkte breit, seine Hände waren kräftig, aber nicht so schwielig wie die des Schmiedes. Der Glockengießer nahm nun seinerseits etwas Lehm, tauchte die Hand kurz in einen wassergefüllten Bottich und fuhr mit großzügigen Strichen sanft über die tönerne Form. So zärtlich, wie man einem Pferd über die Flanke streicht, fuhr es Catlin durch den Kopf.

»Du hast Wasser zu schleppen, Lehm und Mist herbeizuschaffen, nichts weiter. Wenn du unbedingt mehr tun willst, dann nur nach Anweisung und niemals allein, hörst du?« Der Meister durchbohrte Thomas mit Blicken. »Hast bei dem Mädel wohl Eindruck schinden wollen, wie?«, brummte er und ruckte mit dem Kopf in Catlins Richtung. Lachend versetzte er Thomas einen Rippenstoß. »Scheint ein gewitzigtes Ding zu sein, deine Freundin, und hübsch ist sie obendrein.«

Catlin errötete.

»Willst du die Antworten auf alle deine Fragen wirklich wissen?«, fragte der Glockengießer mit einem herausfordernden Funkeln in den Augen und wandte sich ihr zu.

»Ja, Meister, gibt es doch nichts Göttlicheres als Musik. Der Gesang der Mönche jagt mir Schauer über den Rücken.« Sie lächelte. »Das Läuten der Glocken nennt man auch die Stimme des Herrn, denn es kündigt den Morgen an, die Pause zum Mittag und das Ende der Arbeit am Abend, auch zum Gebet ruft es die Gläubigen, auf dass sie einst beim Herrn weilen in Ewigkeit.« Vor lauter Eifer riss Catlin die Augen weit auf. »Ich weiß, wie Schwerter geschmiedet werden, damit sie scharf und doch biegsam sind, auch wenn ich's noch nicht allein kann. Wie der Glockengießer aber dem Metall so verschiedene Töne zu entlocken weiß, scheint mir geradezu ein Wunder zu sein.«

»Das Geheimnis liegt in der Glockenrippe«, sagte der Meister und deutete auf eine Holzschablone am Glockenkern.

»Aber wie …?«, murmelte Catlin und runzelte die Stirn. Erst jetzt sah sie das leicht geschwungene Brett, das an einem Stab befestigt war. Wie konnte ein einfaches Stück Holz ein Geheimnis bergen? »Darf ich hin und wieder kommen und ein wenig zuschauen?«, fragte Catlin und errötete. »Ich wüsste so gern, wie das geht mit dem Gießen.«

»Die Mönche dulden es nicht, wenn du mit ihr sprichst, habe ich recht?«, wandte sich der Meister an Thomas und schnalze mit der Zunge, als der Junge mit gesenkten Lidern nickte. »Sie mögen keine klugen Weibsbilder – und liebreizende Jüngferlein erst recht nicht. Meinst du, ich sollte ihr dennoch erlauben, hin und wieder herzukommen?«

»O ja, bitte, Meister!« Thomas' Augen leuchteten auf.

Der Glockengießer musterte Catlin abermals und kratzte sich den kurzen Bart. »Wie heißt du?«

»Catlin, Meister.«

»Also gut, Catlin. Wenn du wegen des Glockengießens kommen willst und nicht wegen meines jungen Helfers, dann bist du mir willkommen, wann immer du magst. Ein Schäferstündchen aber verweigere ich euch strikt, hört ihr? Niemals … niemals dürft ihr euch hier allein aufhalten, habt ihr verstanden?« Sein gestrenger Blick wanderte von Catlin zu Thomas. »Ich will keine Scherereien euretwegen.«

»Ja, Meister«, antworteten die beiden wie aus einem Mund. »Ganz gewiss nicht«, fügte Catlin noch eilig hinzu.

»Du bist die Tochter von Henry, dem Schwertschmied, nicht wahr?« Der Glockengießer war aus der Grube herausgeklettert und musterte sie von Kopf bis

Fuß. »Der Abt hat nur Gutes über deinen Vater zu sagen gewusst. Er will ihn mit dem Klöppel für die neue Glocke betrauen. Handgeschmiedet aus recht weichem Eisen muss er sein, damit der Ton rund wird und die Glocke nicht leidet.«

Vermutlich erwartete er, dass sich Catlin über den Auftrag für ihren Vater hocherfreut zeige. Der Schmied aber wäre in Wahrheit wohl kaum begeistert über diese Arbeit, die gewiss von jedem gewöhnlichen Schwarzschmied erledigt werden konnte. Er würde zweifelsohne vor Wut schäumen, zu guter Letzt aber dann doch nachgeben, weil man sich Abt Hugh eben nicht widersetzte. Niemand, nicht einmal Henry, der berühmte Schwertschmied, der die bedeutendsten Männer des Landes mit Waffen belieferte, konnte sich das erlauben, darum lächelte Catlin nur dünn und nickte.

Auf dem Weg nach Hause überquerte Catlin eine weitläufige Wiese, deren Gräser ihr gegen die Waden unter dem langen Rock peitschten. Erste Schmetterlinge und Hummeln sammelten Nektar aus zart duftenden Blüten. Catlin sog die Mischung aus Frühling, feuchter Erde und Sonnenstrahlen tief in sich ein. Der Winter war endgültig vorbei und der Sommer nicht mehr fern. Der Weg zur Schmiede schlängelte sich über Weideflächen an einem kleinen Bach entlang, dann ein Stück durch den Wald und wieder an Feldern und Wiesen vorbei. Die Aussicht, dem Glockengießer schon bald wieder bei der Arbeit zusehen zu dürfen, das herrliche Wetter und das helle Gezwitscher der Vögel erfüllten Catlin mit einer solchen Daseinsfreude, dass sie ihre Lieblingshymne anstimmte. In der Kirche, von den Mönchen gesungen, klang besonders das Halleluja so wunderbar, dass sie unentwegt Gänsehaut bekam. Aus ihrer Kehle aber … Catlin fühlte Bitterkeit in sich aufsteigen. Aus ihrer Kehle kam kein einziger Ton so, wie er sollte. Sie trampelte wütend mit den Füßen und begann noch einmal, doch es klang keinen Deut besser. Warum nur, dachte sie verzweifelt, warum nur kann ich nicht singen, obwohl ich doch jeden einzelnen Ton ganz deutlich in meinem Kopf höre? Sogar die Vögel waren bei ihrem Gesang verstummt. Nur eine Krähe rief ihr ein spöttisches »Krah-krah« zu, bevor sie fortflog, als könne sie diese Missklänge nicht länger ertragen. Empört trat Catlin einen flachen Kiesel in den lieblich plätschernden Bach. Er gluckste gurgelnd, als wolle er sie verhöhnen. Warum nur war die Welt so ungerecht? Catlin hätte alles dafür gegeben, die Töne in ihrem Kopf zum Klingen zu bringen. Und Thomas? Thomas hatte diese göttliche Stimme und wusste sie nicht zu schätzen, sah sie gar eher als Fluch denn als Segen an. Enttäuscht, weil sie vom Herrn nicht mit einer solchen Gabe beschenkt worden war, riss Catlin einen Grashalm aus und rupfte ihn in winzige Stücke. Missmutig stapfte sie voran, bis sie Hufschläge hinter sich vernahm. Sie sprang zur Seite und sah sich nach den Reitern um. Sechs Männer sprengten herbei. Jäger mit Falken und Hunden. Catlin drängte sich ins Gebüsch, um sie durchzulassen, denn der Weg an dieser Stelle war schmal. Die Erde bebte, als sie vorüberritten. Plötzlich aber zügelte einer der Männer sein Pferd, blickte sich um und streckte ihr auffordernd die Hand entgegen. »Steig auf!«, rief er. Der Jagdhund, der neben ihm herlief, kläffte übermütig.

Catlin erschrak, als der Mann sie ansprach, dann aber bemerkte sie die Farben und das Wappen von Roford.

»Richard?« Sie sah dem Reiter ins Gesicht, und die Wut über ihren schiefen Gesang war mit einem Schlag vergessen. »Richard!«, jubelte sie. »Was führt dich hierher?«

»Ich bin auf dem Weg zu deinem Vater, um unsere neuen Schwerter abzuholen. Willst du nun aufsteigen oder nicht?«

Catlin nickte eifrig, ergriff die Hand des Reiters und ließ sich aufs Pferd ziehen.

»Nun, dann los, halt dich fest!« Er gab dem Tier die Sporen, um den Abstand zu seinen Begleitern aufzuholen.

Catlin schlang die Arme fest um den Leib ihres Vetters. Sicher träumte jedes Mädchen davon, eines Tages von einem Ritter entführt zu werden, der so stattlich war wie Richard. Er war zehn Jahre älter als sie und der erstgeborene Sohn ihres Onkels William.

Als die Hunde der Falkner aufgeregt kläffend in den Hof der Schmiede rannten, lief Bones ihnen mit gesträubtem Nackenfell und wütendem Gebell entgegen. Er knurrte und fletschte die Zähne.

»Ist gut, Bones!«, rief Catlin und glitt vom Pferd. »Komm her zu mir, komm!« Bones bellte noch einige Male, bevor er schwanzwedelnd zu ihr lief. »So ist es brav«, lobte ihn Catlin. »Was ist mit Knightly? Kommt er auch?«, fragte sie an ihren Vetter gewandt und strahlte ihn erwartungsvoll an.

»Aber ja, liebste Base, wir sind hier verabredet. Ich schätze, er trifft spätestens morgen ein.«

»Dann bleibst du zur Nacht?« Catlin jubelte, als er ihre Vermutung mit einem Nicken bestätigte. »Das ist wunderbar, Richard! Ich gehe gleich ins Haus und sage Elfreda Bescheid, dass wir Gäste haben, ja?«

»Tu das, und lass ordentlich Wasser heiß machen, wir haben Enten mitgebracht.« Richard sah sich nach seinen Männern um, schnippte mit den Fingern und winkte einen Jungen herbei, der wie Catlin so um die vierzehn sein mochte. »Nimm die Enten, und geh mit ihr! Hilf beim Rupfen und Ausnehmen! Und vergiss nicht, Herzen und Lebern sind für die Falken«, trug er ihm auf. »Ich sehe inzwischen in der Schmiede nach, ob unsere Schwerter bereitliegen.«

Während sich die Falkner mit den Pferden, Hunden und Vögeln beschäftigten, rannte der Bursche mit glutroten Wangen hinter Catlin her, die nicht geduldig genug gewesen war, um auf ihn zu warten.

»Wie heißt du?«, fragte sie den Jungen, als er sie eingeholt hatte.

»Arthur«, brummte er und schien noch tiefer zu erröten, dann nahm er die Enten in die andere Hand, als wolle er für Abstand zwischen sich und Catlin sorgen.

»Sieh nur, Elfreda, wer soeben gekommen ist!«, rief Catlin, als die Hausmagd auf der Schwelle erschien. Die Stimmen, das Hufgetrappel und das Gebell der Hunde im Hof hatten sie offenbar herausgelockt.

»Willkommen, Sir Richard!«, rief Elfreda freundlich und winkte Catlins Vetter zu, bevor er in der Schmiede verschwand.

»Sie bleiben zur Nacht, und schau nur, was sie mitgebracht haben!« Catlin packte Arthurs Hand und riss sie hoch.

»Enten!«, staunte Elfreda. »Enten haben wir seit Weihnachten nicht gehabt.«

»Richard ist der Beste! Und Knightly ebenfalls«, fügte Catlin rasch hinzu. »Er kommt übrigens auch. Spätestens morgen, meint Richard.« Catlin schob Arthur ins

Haus. »Er soll Winnie beim Rupfen und Ausnehmen der Enten helfen, hat Richard befohlen.«

Winnifred, vielleicht zwei Jahre jünger als Arthur, strahlte ihn mit großen Augen an, der Junge aber beachtete sie nicht einmal und schaute sich nur mürrisch um.

»Ich muss in die Schmiede«, behauptete Catlin, damit Elfreda nicht auf den Gedanken kam, sie an den Herd zu beordern. Zwar stellte sie sich beim Kochen alles andere als ungeschickt an, doch wollte sie lieber zu Richard und ihrem Vater in die Schmiede, um auch ja nichts zu verpassen. So stob sie also davon, eilte über den Hof, riss die Tür zur Schmiede auf und tauchte auf dem Lichtstrahl, den der Tag ins Innere warf, in das Zwielicht der Werkstatt ein.

Pong-pong-ping tönten die Schläge des Handhammers, zwei auf das heiße Eisen, einer auf den kalten Amboss. *Bumm-bumm-bumm.* Das war der Vorschlaghammer. Er war schwerer, der Klang dunkler. Jeder Schmied hatte seinen Rhythmus, und so entstand eine eigentümliche Komposition, wenn alle gleichzeitig arbeiteten. Catlin musste an die Glocken denken und lächelte.

Erstaunlicherweise stand Richard nicht neben ihrem Vater, sondern bei Peter, dem Altgesellen. Nach einem kurzen Blick zum Amboss wusste Catlin, warum. Ihr Vater musste den begonnenen Arbeitsgang erst zu Ende führen, bevor er sich seinem Neffen widmen konnte.

»Wie geht es Eurem Vater, mein Junge?«, erkundigte sich Peter derweil bei Richard. Der alte Mann hockte zusammengesunken auf einem Schemel und musste die Stimme erheben, um das Gehämmer und das Schnaufen des Blasebalges zu übertönen.

»Sein Rücken macht ihm zu schaffen, aber das gibt er

nicht gern zu!«, rief Richard und beugte sich zu Peter hinab. »Die Beizjagd ist ihm zu wichtig, als dass er darauf verzichten würde, selbst wenn er manchmal ganz krumm ist und kaum noch laufen kann, sobald er vom Pferd steigt. Auch sein Fuß macht ihm zu seinem Leidwesen in letzter Zeit wieder arg zu schaffen. Seiner guten Laune jedoch kann das nichts anhaben, darum geht es auch meiner Mutter gut. Die beiden sind wie ein jung verliebtes Paar. Ich bete zu Gott, dass ich einmal so glücklich verheiratet sein werde wie meine Eltern.« Richard lächelte, und Peter nickte zufrieden.

»William war schon immer ein Dickschädel, aber er ist ein guter Junge«, sagte er, wackelte mit dem Kopf und schien sich an die Zeit zu erinnern, als sein Meister und dessen Bruder noch Kinder gewesen waren. Peter hatte einst für den Großvater und die Großmutter von Catlin gearbeitet, und obwohl er inzwischen zu alt und müde für das Schmieden war, kam er doch jeden Tag in die Werkstatt. Mutterseelenallein wäre er ohne Henry, Catlin und Elfreda gewesen, denn er hatte nie geheiratet. Seine Geschwister waren gestorben und ihre Kinder in alle Winde zerstreut. Er aber bekam nun bei seinem Meister das Gnadenbrot. »Ich bin wie ein alter Gaul, der sein Leben lang gute Dienste geleistet hat und in Würde altern darf, solange er noch hin und wieder eine kleine Last tragen kann«, sagte er oft mit einem nachdenklichen Kopfwackeln. Und wenn Henry ihn zuweilen ins Haus schicken wollte, um ihn zu schonen, so bat er den Schmied stets flehentlich, ihn doch helfen zu lassen, so gut er es noch vermochte. Und weil der Schmied den alten Mann liebte wie einen Vater, gab er meist nach, ließ ihn Werkzeug ölen oder besprach die Ausführung geplanter Schwerter mit ihm. Hin und wieder gestattete er Peter sogar, trotz schwindender Kräfte ein Werkstück zu halten, nur um ihn glücklich zu machen.

Für Catlin war Peter wie ein Großvater. Als kleines Mädchen hatte sie oft auf seinen Knien gesessen und gespannt den Geschichten von Wieland dem Schmied und den Abenteuern ihrer Großmutter Ellenweore gelauscht.

Catlin stellte sich hinter den alten Mann, legte ihm die Hände auf die Schultern und drückte ihm einen Kuss auf die faltige, unrasierte Wange. »Du kratzt, Onkel Peter«, sagte sie weich. »Morgen schabe ich dir den Bart«, flüsterte sie ihm ins Ohr.

»William ist dein Onkel, nicht ich«, brummte Peter verlegen, obwohl er es für gewöhnlich mochte, wenn sie ihn Onkel nannte. In Anwesenheit ihres Vetters aber war ihm diese Anrede wohl ein wenig peinlich.

»Vater ist gleich fertig«, sagte Catlin nach einem kurzen Blick zum Amboss. »Nur einen Augenblick noch!«, bat sie an ihren Vetter gewandt um Geduld. Als sie eine kleine, steile Falte auf der Stirn ihres Vaters bemerkte, trat sie zum ihm und begutachtete das Werkstück, das er prüfend in die Höhe hielt.

»Zufrieden?«, fragte sie vorsichtig.

Der Schmied nickte nachdenklich und beäugte den Rohling ein weiteres Mal. »Ein zähes Stück Eisen, nicht leicht zu bearbeiten, aber es wird etwas Besonderes draus werden, ich kann's fühlen«, sagte er nicht ohne Stolz, lächelte seine Tochter an und legte das Werkstück zur Seite. Dann wischte er sich die Hände gründlich an einem Lappen ab und schritt mit ausgebreiteten Armen auf seinen Neffen zu. »Der junge Lord Roford! Sei mir willkommen, mein Junge!«, begrüßte er den Sohn seines Halbbruders herzlich und umarmte ihn. »Du siehst großartig aus, dein Vater kann wahrlich stolz auf dich sein. Sag, wie geht es meinem Bruder? Ist er wohlauf?«

»Ja, Onkel, es geht ihm gut. Er lässt Euch grüßen und ausrichten, dass er Euch bald in Roford zu sehen hofft, so wie Ihr es schon vor langer Zeit versprochen habt.«

»Ich weiß, mein Junge, ich weiß. Sag ihm, ich käme furchtbar gern einmal hinaus aus der Schmiede. Ich hatte es mir in der Tat fest vorgenommen, doch immer ist etwas dazwischengekommen.« Der Schmied hob ergeben die Schultern und seufzte. »Vielleicht schafft *er* es ja, uns noch einmal zu besuchen und mit Peter und mir in Erinnerungen zu schwelgen.« Henry kratzte sich verlegen am Kopf, dann grinste er. »Aber du bist nicht zum Plaudern gekommen, sondern wegen der Schwerter, nicht wahr?«

»Knightly und ich können es kaum erwarten, endlich ein Schwert mit dem kupfernen Zeichen zu besitzen. Ein lang gehegter Traum erfüllt sich.« Richard lächelte und räusperte sich. Eine Angewohnheit, die ihm schon als Kind eigen gewesen war. »Ich könnte auch noch ein gutes Jagdmesser gebrauchen. Ob du ein passendes für mich vorrätig hast?«

»Das möcht ich wohl meinen«, erwiderte der Schmied erfreut und trat zu einer großen Holztruhe, die mit einem schmiedeeisernen Beschlag verschlossen war. Den Schlüssel zum Öffnen trug er an einem Band um den Hals. »Dann schauen wir einmal, was dir gefallen könnte.« Er entfernte das Schloss, hob den Deckel und wählte ein Messer aus. Er wog es eine Weile nachdenklich in der Hand und streckte es dann seinem Neffen hin. »Sieh nur den geschwungenen Griff – ist aus einer seltenen Sorte Schafshorn gefertigt, das ein Händler aus Afrika mitgebracht hat.« Er betrachtete das Messer wohlwollend, dann aber schüttelte er kaum merklich den Kopf. »Die Klinge dürfte etwas zu lang und zu breit sein für deine Zwecke, eher etwas für die Wildschwein- oder Bärenjagd«, überlegte er, warf einen fragenden Blick zu Richard hinüber, als erwarte er einen Vorschlag, und suchte ein anderes heraus. »Dieses hier! Der Griff ist aus Wurzelholz von der Walnuss. Siehst du die bunten Linien und Kreise auf der Klinge? Das sind die Faltungen des Eisens. Allerfeinster Damast. Erste Qualität. Überdies hat die Klinge die richtige Größe, damit du sie vielseitig verwenden und immer bei dir tragen kannst. Catlin hat den Rohling geschmiedet und die Klinge poliert«, erklärte er voller Stolz.

Richard hob anerkennend die Brauen und lächelte seine Base an. »Du hast Fortschritte gemacht seit dem letzten Jahr. Alle Achtung!« Er nahm das Messer und betrachtete es genauer. »Liegt gut in der Hand. Auch der Griff fühlt sich prächtig an, es scheint wie für mich gemacht.« Er zwinkerte Catlin zu. »Ich nehme es. Da so viel Arbeit von dir darinsteckt, bringt mir das Messer bestimmt Glück.«

Obwohl Catlin sich schwertat mit der Vorstellung, ihr ganzes Leben in der Schmiede zu verbringen, pochten ihre Schläfen vor Stolz.

Als die Tür zur Werkstatt aufgestoßen wurde und Winnie eintrat, runzelte Catlin die Stirn.

»Elfreda schickt mich«, sagte das Mädchen mit gesenktem, leuchtend rotem Kopf und ging auf Catlin zu. »Du sollst das Brot ausbacken«, sagte sie und hob den Tontopf an, den sie in beiden Händen trug.

Ergeben nahm Catlin eine kleine Schaufel vom Essenrand, füllte sie mit glühenden Kohlen und legte sie beiseite, bis in der Mitte der Feuerstelle genügend Platz für den Tontopf war.

»Kannst ihn abstellen.« Sie nickte Winnie auffordernd zu. »Ich komme nach, sobald das Brot fertig ist.« Catlin lächelte, als das Mädchen den Topf in der Esse zurückließ, einen scheuen Blick auf Duncan, einen der Lehrburschen, warf und aus der Schmiede stob. Dann bedeckte sie den Tontopf mit ausreichend Glut, gab noch einmal frische Holzkohle dazu und betätigte den Blasebalg.

Als das Brot fertig war, brachte Catlin es ins Haus. Das Geflügel, das Elfreda dort an einem Spieß über dem Feuer briet, war mit wilden Kräutern gewürzt und duftete so herzhaft, dass Catlin der Speichel im Mund zusammenlief. Winnie füllte zwei große Krüge mit dem erst kürzlich von Elfreda gebrauten Bier, stellte sie auf den Tisch und brachte das Fässchen mit dem Rest vor die Tür, damit das süffige Gebräu schön kühl blieb.

Als der Tag zur Neige ging, steckten die Vögel ihre Köpfe unter die Flügel, die Katzen erhoben sich, um auf die Jagd zu gehen, und die Männer drängten mit der untergehenden Sonne ins Haus. Sie scharrten ungeduldig mit den Füßen über die frischen Binsen, schwatzten unablässig und nahmen wild gestikulierend um den dunklen Eichentisch Platz.

Catlin konnte es kaum erwarten, den Geschichten zu lauschen, die Richard beim Essen zum Besten geben würde, und setzte sich begierig neben ihren Vetter, den Blick stets auf ihn gerichtet.

Der Schmied sprach, wie es sich gehörte, zunächst das Tischgebet, dankte dem Herrn für Speis und Trank, bekreuzigte sich und hieß seine Gäste noch einmal willkommen, bevor er sie aufforderte, sich reichlich zu bedienen.

Winnie lief mit hochroten Wangen um den Tisch und füllte die tönernen Becher bis zum Rand mit Bier, bevor sie sich ebenfalls setzte.

»Die Enten«, hob Richard voller Stolz an, als Elfreda das kross gebratene Fleisch in die Mitte des Tisches stellte, »haben wir unterwegs mit einem unserer wertvollsten Falken gebeizt.« Er deutete auf einen der verhaubten Vögel, die nicht weit von ihm entfernt auf einem Gestänge untergebracht waren. Die hohe Reck, wie die Falkner sie nannten, war aus einfachen Holzstangen zusammengesteckt und leicht auf- und wieder abzubauen. Weit genug vom Boden, von Kindern, Katzen oder Hunden entfernt, bot sie den sensiblen Falken den bestmöglichen Ruheplatz. »Ein großartiger Jäger ist er, furchtlos und ausdauernd«, lobte Richard den Falken, kraulte seinen Hund, der als Einziger mit Bones unter dem Tisch liegen durfte, und erzählte dann in allen Einzelheiten von der Beize.

Catlin hörte mit offenem Mund zu und vergaß vor Spannung fast das Atmen.

Richards Bericht war so lebendig und voller Einzelheiten, dass man glauben konnte, bei der Jagd dabei gewesen zu sein. Auch Elfreda, Winnie und die anderen hingen gebannt an seinen Lippen und begleiteten das Erzählte mit »Ahs« und »Ohs!«. Es war, als brauche man nur die Köpfe zu recken, um den Falken und seine Beute im wilden Flug verfolgen zu können. Richards Begleiter bekräftigten seine Worte, schmückten sie hier und da noch aus, lobten immer wieder das Geschick ihres Herrn und pflichteten ihm bei, dass ebenjener Vogel ein ganz besonderer sei.

Als es plötzlich heftig an der Tür rumpelte und die Hunde aufjaulten, fuhr Winnie vor Schreck zusammen.

Catlin sprang als Erste zur Tür, hob voll freudiger Erwartung den schweren Eisenriegel und öffnete sie schwungvoll.

»Knightly, da bist du ja endlich!«, rief sie und flog Richards jüngerem Bruder in die Arme. Sobald er die Stube betreten hatte, waren die beiden Hunde unter dem Tisch verstummt, hatten die Köpfe wieder zwischen die Vorderpfoten gelegt und dösten vor sich hin.

Nachdem Knightly Catlin kurz, aber herzlich an sich gedrückt hatte, nahm er sie bei den Schultern, betrachtete sie eingehend und schüttelte ungläubig den Kopf. »Bei allen Heiligen, kleine Base, du bist eine richtige Schönheit geworden!« Er drückte ihr einen schmatzenden Kuss auf beide Wangen und wandte sich dann an ihren Vater. »Du bekommst es mit mir zu tun, wenn du ihr keinen anständigen Kerl zum Mann suchst, Onkel Henry!«, rief er lachend, ging auf den Schmied zu und umarmte auch ihn. »Herrschaftszeiten, das duftet hier!«, rief er und lachte schallend, als sein Magen seine Worte laut knurrend bestätigte. »Ich könnte einen ganzen Bären verdrücken, solchen Hunger habe ich!«

Sein Bruder und die Falkner begrüßten ihn mit erhobenen Bechern und stießen auf sein Wohl an.

»Setz dich, mein Junge, setz dich!« Henry deutete auf den letzten Platz an der langen Tafel. Für einen Schmied besaß er ein durchaus großzügig bemessenes Haus. Kurz vor seiner Heirat hatte er es errichtet, weil sein altes Heim bei einem Brand schwer beschädigt worden war und nur noch mühsam hatte geflickt werden können. Aus kräftigen dunklen Eichenbalken hatte er das Gebäude errichtet, die Gefache mit Lehm und gehäckseltem Stroh gefüllt, das Dach mit ganzen Halmen gedeckt. Dann hatte er einen riesigen Tisch mit Bänken auf beiden Seiten aufgestellt, denn zu jener Zeit war er noch zuversichtlich gewesen, eines Tages bei den Mahlzeiten von vielen Söhnen und Töchtern umringt zu sein. Doch eine große Familie war ihm nicht vergönnt gewesen. Die Geburt seines ersten Kindes hatte sein junges Eheweib das Leben gekostet. Eine winzige Tochter hatte sie ihm mit letzter Kraft geschenkt und ihn dann mit flehendem Blick und der dringlichen Bitte, dem Kind ein guter Vater zu sein, allein zurückgelassen. Seit jener Zeit führte Elfreda dem Schmied den Haushalt. Schön und drall war sie damals gewesen, gesund und jung genug, um zu hoffen, dass der Witwer sie schon bald heiraten werde, doch geschehen war es nie, und irgendwann hatte sie sich damit abgefunden.

Statt einer großen Familie saßen nun also mittags die Lehrlinge, Helfer und Gesellen um den Tisch und brachten ein wenig Leben in das sonst so stille Haus. Zur Nacht aber, wenn alle, die in der Schmiede arbeiteten, zu ihren Familien zurückgekehrt waren und sich der alte Peter, Elfreda und Winnie mit Catlin und dem Schmied zum Essen niedersetzten, wurde es ruhig. Nur in Neumondnächten, wenn der Meister die bis dahin gefertigten Schwerter härtete, blieben auch Edwin, der inzwischen Henrys rechte Hand war, und die Lehrjungen zum Nachtessen. Dann jedoch war die Stimmung nicht fröhlich, sondern angespannt, und niemand wagte in Erwartung der bevorstehenden, so überaus wichtigen Ereignisse zu sprechen oder gar zu lachen. Also genoss Catlin an diesem Abend die gemütliche Enge am Tisch und das fröhliche, ausgelassene Geschwätz umso mehr.

Knightly, der einstweilen zwischen zwei Falknern Platz genommen hatte, ließ sich bereitwillig ein Bier einschenken. Sein Page, ein Junge von acht, höchstens neun Jahren, war ihm unauffällig gefolgt und stand nun hinter ihm. Besorgt betrachtete er die Enten auf dem Tisch. Catlin wusste, dass es seine Aufgabe war, ein möglichst großes, schönes Stück Fleisch für seinen Herrn auszuwählen, und bemerkte, wie erschrocken er dreinschaute, als Elfreda ihm zuvorkam, eine dicke Scheibe Brot schnappte, ein ordentliches Stück Brustfleisch daraufpackte und das Ganze vor Knightly auf den Tisch legte.

»Hol dir den Hocker aus der Ecke dort, und setz dich mit an den Tisch!«, befahl sie dem Jungen, als wäre er einer der Schmiedejungen.

Der Page sah seinen Herrn Hilfe suchend an, als die Haushälterin ihre Aufforderung ein wenig energischer wiederholte, hatte er doch für gewöhnlich während der gesamten Mahlzeit hinter Knightly zu stehen und ihn zu bedienen.

»Hörst du nicht, was Elfreda gesagt hat, Milo?« Knightly gab sich Mühe, streng zu klingen, musste jedoch lachen, als er Milos verzweifelten Blick sah. »Nun mach schon, Junge! Nimm dir den Schemel, setz dich dort oben hin und iss!« Er klopfte dem Pagen freundlich auf den Rücken und deutete auf ein freies Fleckchen neben Arthur. Als Elfreda eine Scheibe Brot und ein ordentliches Stück Fleisch hochhielt, nickte er gnädig.

»Hier, mein Kleiner, wirst hungrig sein«, sagte Elfreda daraufhin freundlich und legte beides vor den Jungen auf den Tisch.

Milo murmelte einen unsicheren Dank, blickte sich mit gesenktem Kopf argwöhnisch um und schlang dann sein Essen hinunter, als fürchte er, man könne es ihm sogleich wieder fortnehmen.

»Knightlys Herr heiratet in Kürze«, begann Richard zu erzählen. »Darum reiten wir morgen bei Tagesanbruch nach London. Der Falke« – er deutete voller Stolz auf das edle Tier auf der Reck – »ist unser Hochzeitsgeschenk für den Earl.«

»Mein Herr ist einer der wichtigsten Barone des Landes«, fügte Knightly mit vollem Mund hinzu, kaute und schluckte. »Ein wertvolles Geschenk und großzügige Gaben für die Armen werden von einem Ritter von Stand ebenso erwartet wie neue Kleider und bunt geschmückte, edle Pferde zum Zeichen seiner Wertschätzung für Braut und Bräutigam. Aufsehen aber erregt man mit besonderen Waffen. Deshalb werden wir mit unseren neuen Schwertern nicht wie die arme Verwandtschaft auftreten. Klingen mit dem kupfernen Zeichen zu besitzen macht uns beinahe ebenbürtig«, behauptete Knightly voller Stolz. »Und weil wir gerade davon sprechen – wo ist mein Schwert überhaupt? Kann ich es sehen?« Er blickte sich suchend um.

Richard erhob sich und eilte in eine Ecke, in der er die Waffen abgestellt hatte. »Fürwahr, Bruder, ich verspreche dir, du wirst nicht enttäuscht sein. Sieh nur, wie vortrefflich unsere Aufträge ausgeführt wurden!«

Knightly, der inzwischen ebenfalls aufgestanden war, schob sich rasch noch ein Stück Fleisch in den Mund und ging dann zur Herdstelle hinüber, um erst das Schwert seines Bruders und dann sein eigenes im Feuerschein zu betrachten. Er beäugte es aufmerksam und war sichtlich beeindruckt, als er es aus der Scheide zog. Er wog es bedächtig, maß die Klinge mit einem zugekniffenen Auge, prüfte den Schwerpunkt und schnitt mit der Klinge durch die Luft, dass es nur so surrte. »Großartige Arbeit, Onkel Henry, wahrlich prächtig!«, lobte er den Schmied. »Das kupferne Zeichen ist dank Athanor nicht nur im ganzen Reich, sondern auch darüber hinaus hochberühmt.« Er lächelte, doch seine Augen blieben merkwürdig traurig. »Ich erinnere mich noch genau an den Tag, als mir der Maréchal sein Schwert zeigte. Ich war noch ein Knabe und nannte es in meiner Aufregung Athonor, statt Athanor. Herrje, war mir das unangenehm, als er mich freundlich, aber bestimmt, jedoch ohne Tadel berichtigte! Im Erdboden hätte ich damals versinken können vor Scham.« Knightly hielt wehmütig lächelnd inne, dann seufzte er. »Seit der Maréchal nicht mehr lebt, trägt mein Herr das Schwert, und ich weiß, wie stolz er darauf ist.« Knightly starrte einen Augenblick lang ins Nichts. »Der Maréchal war der größte Ritter aller Zeiten und schon mein Vorbild, als ich noch ein Knabe war«, fuhr er leise fort, und mit einem Mal schien es Catlin, als sei nicht nur in seinen Augen plötzlich ein feuchter Glanz zu sehen. Auch Richard wirkte gerührt und räusperte sich. »In der dunklen Stunde seines Todes stand ich an seiner Bettstatt«, murmelte Knightly, schluckte trocken und beugte sich zu Catlin hinab. »Deine Großmutter hat Athanor geschmiedet, und weil sie den Maréchal von ganzem Herzen geliebt hat, ist es das beste Schwert von allen«, raunte er seiner Base ins Ohr.

Catlin errötete, obwohl sie von der großen, ungewöhnlichen Liebe zwischen ihrer Großmutter und dem berühmten Ritter wusste. Richard hatte ihr bei seinem Besuch im vergangenen Jahr alles ganz genau erklärt. Mit einem Stöckchen hatte er ihr zur Veranschaulichung sogar ein Bild in den Staub des Hofes gemalt. Einen Kreis für jede Frau und ein Viereck für jeden Mann.

Zuerst war ein Kreis für ihre Großmutter gekommen, gleich daneben, auf der linken Seite, ein Viereck für den Maréchal. Darunter ein Viereck für ihren gemeinsamen Sohn, William den Falkner, der mit Marguerite de Hauville, einer Bastardtochter König Johns, vermählt war und zwei Söhne und eine Tochter mit ihr zeugte: Richard und Henry – genannt Knightly – sowie Alix, Catlins Base, die gut zwei Jahre älter war als sie. »Der Maréchal und König John sind unsere Großväter«, hatte Richard ihr voller Stolz erklärt und Catlin damit sehr beeindruckt, denn obschon sie die gleiche Großmutter hatte wie er, so waren ihre Großväter doch nur einfache Schmiede gewesen, keine Ritter oder Könige.

Auf der rechten Seite neben den Kreis der Großmutter hatte Richard ein Viereck für Isaac gemalt und darunter eines für ihren gemeinsamen Sohn Henry, Catlins Vater. Während ihre Großmutter mit Isaac verheiratet gewesen war, hatte der Maréchal Isabelle de Clare, eine irische Prinzessin, zur Frau genommen und mit ihr zehn weitere Kinder gezeugt. Guillaume, sein ältester Sohn aus dieser Ehe, war Knightlys Herr und zugleich sein Onkel und seit dem Tod des Maréchal auch der zweite Earl of Pembroke.

»Es ist wichtig, sich auszukennen mit seinen Verwandten«, hatte Richard damals beharrt, als sie schon fast aufgeben wollte, die Zeichnung zu verstehen. »Schließlich kann man nie wissen, ob man nicht einmal auf sie zurückgreifen muss. Wenn du das hier schwierig findest, dann solltest du erst einmal sehen, wie sich das in großen Adelsfamilien verhält. Hoch kompliziert ist das, kann ich dir sagen. Die wichtigsten Familien des Landes sind alle auf die eine oder andere Weise miteinander verschwistert oder verschwägert.«

Catlin hatte staunend den Erklärungen gelauscht und sich alles genau einzuprägen versucht. Sie war froh, dass es Onkel William, ihre Vettern und ihre Base gab, da sie weder Brüder noch Schwestern hatte. Catlin kannte niemanden, der nicht mindestens zwei, drei oder vier Geschwister hatte.

Thomas war das siebte von neun Kindern, und genau darum war sie immer gern bei ihm zu Hause gewesen. Früher, bevor man ihn ins Kloster gesteckt hatte. Obwohl es zweifelsohne schwer war, so viele Mäuler zu stopfen, gab es doch allzeit Trubel und Heiterkeit im Haus einer so großen Familie. Gewiss fehlten Thomas seine Brüder und Schwestern, auch wenn sie zuweilen gestritten hatten wie die Kesselflicker.

Catlin sehnte sich nach Familienbanden und liebte Richard und Knightly darum ganz besonders. Hätte man sie gefragt, welchen der beiden sie vorzog, so hätte sie sich um nichts in der Welt für einen von ihnen entscheiden können. Richard war der Ruhigere, Verantwortungsvollere. Warmherzig, wenngleich ein wenig steif, strahlte er Sicherheit und Zuverlässigkeit aus. Knightly dagegen, der den Spitznamen der Ritterliche von seinem Großvater hatte, dem Maréchal, war ein junger Heißsporn mit funkelnden Augen, lebensfroh, voller Tatendrang und immer sorglos. Im vergangenen Jahr, mit einundzwanzig, war er wie üblich zum Ritter geschlagen worden.

Während Richard zur Entourage des jungen Königs gehörte, mit dem ihn sein Großvater nach dem Tod König Johns hatte erziehen lassen, diente Knightly der Krone an der Seite des jungen Maréchal. Dass Richard nur für die Falken und die Beizjagd lebte, Knightly dagegen nichts als den Kampf und die Liebe im Kopf hatte, war eine glückliche Fügung, weil Richard als der Ältere nach dem Tod ihres Vaters Roford Manor und die Falknerei erben würde, während für Knightly dem Wunsch seines Großvaters zufolge ein Leben im Waffenrock vorgesehen war.

»Mein Herr heiratet Eleonor of Leicester, die jüngste Schwester des Königs«, unterbrach Knightly Catlins Grübeleien und rupfte ein Stück Brot entzwei.

Ein beeindrucktes Raunen entfuhr den Bewohnern der Schmiede. Sogar Catlins Vater schien erstaunt.

»Nun ja, viel weiter als unser Vater hat er es nicht gebracht«, fuhr Knightly sogleich mäßigend fort. »Immerhin ist auch unsere Mutter eine Tochter König Johns.« Er grinste. »Trinken wir also auf den zweiten Earl of Pembroke und seine junge Braut!« Er hob seinen Becher, stürzte ihn in einem Zug hinunter und wischte sich mit dem Handrücken den Schaum vom Mund. »Bier brauen kannst du, Elfreda, das muss man dir lassen!«, lobte er und ließ sich bereitwillig nachschenken.

»Glaubst du, dass es eine prächtige Hochzeit wird?«, fragte Catlin ihn, begierig darauf, Einzelheiten zu erfahren. Wie aufregend es sein musste, ein solches Fest aus der Nähe sehen zu dürfen! »Und die Prinzessin, wird sie ein kostbares Kleid tragen? Mit Gold und Edelsteinen bestickt, wie es sich für eine so vornehme Lady geziemt?«

»Wenn einer der reichsten und mächtigsten Männer des Landes in die königliche Familie einheiratet, dann darf man wohl erwarten, dass es weder an Prunk noch an hochrangigen Gästen mangelt. Es wird ein prächtiges Fest geben mit vorzüglichen Speisen und großzügigen Almosen für die Armen«, antwortete Richard an Knightlys Stelle, weil dieser schon wieder am Kauen war.

»Aber die Prinzessin ist keine Lady, sondern fast noch ein Kind. Erst neun ist sie und doch schon gewillt, ihrem Land mit dicser Hochzeit zu dienen, so wie es von ihr erwartet wird. Und um deine Frage zu beantworten: Ja, liebste Base, sie wird zweifelsohne ein überaus kostbares Kleid tragen.«

Catlins Augen leuchteten. »Ich habe schon so viel über London gehört.« Sie seufzte träumerisch. »Und eine Prinzessin habe ich noch nie gesehen.«

»Pff!«, entfuhr es Arthur herablassend. Nachdem er mit dem Rupfen der Enten fertig gewesen war, hatte er Catlin deutlich zu verstehen gegeben, wie ungerecht er es fand, dass er Frauenarbeit hatte erledigen müssen, während sie bei den Männern hatte bleiben dürfen, obwohl sie doch nur ein Mädchen war. Catlin bedachte ihn darum nur mit einem kurzen herablassenden Blick und strafte ihn dann erneut mit Nichtachtung.

»Was hältst du davon, wenn wir dich mitnehmen?«, schlug Richard vor. »Ich meine, wenn dein Vater es erlaubt«, fügte er rasch hinzu und blickte fragend zu seinem Onkel hinüber. »Im Anschluss an die Feierlichkeiten in London wird sich der König mit Abt Hugh treffen. Wir werden also ohnehin hierher zurückkehren …« Richard lächelte seinen Onkel unsicher an, als der Schmied keine Miene verzog. »Ich könnte Catlin also gleich nach der Hochzeit wieder nach Hause begleiten.«

»Bitte, Vater! Ach, bitte, bitte!«, bettelte Catlin inbrünstig. »Eine so günstige Gelegenheit kommt vielleicht nie wieder!«

»Wir werden in unserem Haus in London Quartier nehmen. Du müsstest dir wahrlich keine Sorgen machen, Onkel. Ich würde gut auf sie aufpassen«, fügte Richard hinzu, als der Schmied auch weiterhin schwieg.

»Was soll ihr auch schon geschehen?«, kam ihm nun sein Bruder zur Hilfe. »Wir tragen deine Schwerter und wissen uns Achtung zu verschaffen, so es vonnöten wäre. Außerdem reisen wir nicht allein, und der Weg nach London ist alles andere als gefährlich.« Knightly strahlte seinen Onkel mit einem unschuldigem Kinderblick an, der sogar einen Stein zum Erweichen gebracht hätte.

Der Schmied runzelte die Stirn. »Ich war noch niemals in London«, murmelte er nachdenklich. »Meine Mutter war häufig auf Reisen, in der Normandie und in Limoges, auch in London. Ich aber bin nie weiter fort gewesen als bis Orford und Ipswich.«

»Dann komm doch auch mit, Onkel!«, schlug Knightly vor.

Der Schmied schien unentschlossen.

»Bitte, Vater! London!«, rief Catlin sehnsüchtig und rutschte unruhig auf der Bank hin und her.

Der Schmied schüttelte missmutig den Kopf. »Ich kann nicht fort. Zu viel zu tun«, murmelte er und hob seinen Becher. »Aber wenn ihr gut auf Catlin achtgebt, so lasse ich sie in Gottes Namen mit euch reisen«, fügte er ins Leere starrend hinzu, stürzte sein Bier hinunter und nickte bestätigend.

Catlin konnte ihr Glück kaum fassen. Er hatte Ja gesagt! Der für gewöhnlich so gestrenge Vater ließ sie mit Richard und Knightly nach London reisen! Ihr Herz schlug so heftig, dass sie glaubte, jeden Augenblick die Besinnung zu verlieren. »London!«, seufzte sie glückselig und stellte sich vor, wie es wohl wäre, die Stadt zu besuchen und Zaungast bei einer so bedeutenden Hochzeit zu sein. Plötzlich verdunkelte sich ihr Gesicht. »Aber ... ich ... ich habe kein Kleid.« Sie schluckte mehrfach. Ihr Sonntagskleid hatte seit der letzten Messe einen Riss, den Elfreda zwar notdürftig geflickt hatte, doch die Zeit, ein neues Kleid anzufertigen, hatte sie noch nicht gefunden. Tränen schossen Catlin in die Augen.

»Ach, nun heul doch nicht!«, brummte Knightly und tätschelte ihr die Hand. »Es gibt Gewandschneider genug in London und Kleider im Überfluss zu kaufen. Wir werden schon etwas Passendes für dich finden. Mein Herr hat mich mit einer überaus großzügigen Summe ausgestattet, damit ich mir nicht nur einen neuen Surcot, sondern auch Stiefel und Mantel zu seiner Hochzeit anfertigen lasse. Ich habe nicht alles ausgegeben und noch ein paar Münzen übrig …« Er zwinkerte Catlin verschwörerisch zu.

»Auch mein Beutel ist gut gefüllt«, beeilte sich Richard zu versichern und klopfte aufmunternd auf die Börse an seinem Gürtel. »Daran soll es also nicht scheitern.«

»Nein, das wird nicht nötig sein«, ergriff nun der Schmied das Wort. Er runzelte die Stirn, und Catlin fürchtete schon, er könne sich anders besonnen haben und sie nun doch nicht mit nach London reisen lassen. »Ich gebe euch genügend Geld mit, damit sich Catlin so einkleiden kann, wie es sich für den Gast einer solchen Hochzeit geziemt«, erklärte er mit erhobener Stimme. Catlin atmete erleichtert auf. »Ihr wollt nicht aussehen wie die arme Verwandtschaft, und das soll auch meine Tochter nicht«, fügte der Schmied hinzu. »Ich werde gut bezahlt für meine Arbeit, darum soll ruhig jeder sehen, dass wir keine Hungerleider sind.«

Winnie schlug die Hände zusammen und quietschte vor Vergnügen, als käme sie mit nach London, doch davon war nicht die Rede.

»Du wirst das schönste Mädchen in der ganzen Stadt

sein, du erinnerst mich so sehr an deine Mutter«, sagte der Schmied mit wehmütig belegter Stimme.

Obwohl er niemals über sie sprach, wusste Catlin, dass er so traurig war, weil er sie über alles geliebt hatte und sie auch nach all den Jahren noch immer schmerzlich vermisste.

Peter war der Einzige, der hin und wieder von ihr erzählte, und das auch nur, wenn sein Meister nicht in der Nähe war. »Du siehst ihr von Tag zu Tag ähnlicher«, hatte er erst kürzlich zu Catlin gesagt und ihr liebevoll über den Kopf gestrichen. »Hast ihre schönen dunklen Haare und ihre helle, feine Haut geerbt«, hatte er lächelnd hinzugefügt und ihr Herz mit einem Gefühl von Geborgenheit erfüllt.

»Das schönste Kleid Londons kauft meinem Kind!«, bat der Schmied mit leicht bebender Stimme seine Neffen und nahm rasch einen großen Schluck Bier.

»Vater!«, presste Catlin gerührt hervor, denn der Schmied hielt für gewöhnlich sein Geld zusammen und hatte für Gepränge und Tand, wie er Kleider, Haarbänder und Schmuck gern abfällig nannte, nichts übrig. Zutiefst bewegt erhob sie sich, kniete mit gesenktem Haupt vor ihm nieder, nahm seine schwielige Hand in die ihre und küsste sie in respektvoller Dankbarkeit.

Nachdem sie an diesem Abend noch lange beisammengesessen, getrunken und erzählt hatten, waren sie am nächsten Morgen beim ersten Hahnenschrei aufgestanden, um sich reisefertig zu machen. Die Hunde kläfften unruhig, die Pferde schnaubten und scharrten mit den Hufen, als könnten auch sie es kaum erwarten, endlich aufzubrechen.

»Ich bin so aufgeregt, ich könnte platzen«, gestand Catlin Winnie und fächelte sich Luft zu, obwohl der Morgen noch kühl war.

»Hast du auch nicht versäumt, zum heiligen Christophorus zu beten, auf dass er dir sicheres Geleit gewähren möge?« Winnie blickte sie mit aufgerissenen Augen an.

»Wo denkst du hin?« Catlin schüttelte entrüstet den Kopf. »Wie könnte ich etwas so Wichtiges vergessen? Gleich nach dem Aufstehen, in aller Frühe habe ich ihm gehuldigt – und zwei Vaterunser zusätzlich gebetet.«

»Dann ist es ja gut.« Winnie war ganz offensichtlich erleichtert. »Trotzdem schadet es sicher nicht, wenn ich dich in mein Abendgebet einschließe, bis du wohlbehalten zurückgekehrt bist.«

Catlin lächelte dankbar, obwohl sie zuversichtlich war, dass ihr an der Seite von Knightly und Richard kein Leid geschehen würde.

»Lebt wohl!«, verabschiedete sie sich von Winnie und Elfreda, als die Falkner ihre Pferde bestiegen, ließ sich von ihrem Vater auf die Stirn küssen und drückte ihn fest an sich. Zum Schluss umarmte sie Peter. »Es tut mir leid, dass ich dir den Bart nicht geschabt habe. Sobald ich zurück bin, hole ich es nach, versprochen«, flüsterte sie ihm ins Ohr. »Oder du bittest Elfreda, wenn es dich zu sehr juckt …«

»Ich warte, bis du wieder da bist«, erwiderte Peter leise und schluckte.

Catlin vermied es, ihm in die Augen zu sehen, ließ sich von Knightly aufs Pferd helfen und umschlang seinen Leib, so gut sie konnte.

»Und du bist sicher, dass du allein auf einem Pferd bis nach London reiten kannst?«, erkundigte sich ihr

Vetter gespielt ungläubig. »Du drückst mir nämlich gerade die Luft ab, als hättest du Angst.«

»Hab ich aber nicht, und ich kann sehr wohl allein reiten.« Catlin kniff ihn in die Rippen. »Hoffentlich haben sie im Mietstall in der Stadt noch ein Pferd für mich. Ist nämlich nicht gerade bequem, mit dir in einem Sattel zu sitzen. Ich könnte schwören, du bist letztes Jahr nicht so feist gewesen«, neckte sie ihn übermütig, obwohl er alles andere als dick war. Um nichts in der Welt hätte sie zugegeben, dass es sich gut und sicher anfühlte, seinen kräftigen Leib zu umschlingen.

»Überleg es dir, liebste Base, du kannst auch mit Milo reiten, selbst wenn wir dann einen Tag länger brauchen«, schlug Knightly mit herausforderndem Grinsen vor und deutete mit einem kurzen Blick auf seinen Pagen, der ein stämmiges kleines Pony ritt.

»Eher gehe ich zu Fuß!«, empörte sich Catlin und lief rot an, als die Männer lachten.

Noch vor dem Mittag mietete Richard ihr ein Pferd. Der Besitzer des Stalles legte ihnen eine sanfte Stute ans Herz, die Catlin sogleich mit einem freundlichen Schnaufen begrüßte. Als sie jedoch mit dem Pferd auf die Straße traten, griente Knightly. Das arme Tier sei ein wenig klapprig, behauptete er frotzelnd, und es habe ein knochiges Hinterteil, sodass es mehr einer Kuh als einem Pferd ähnele. Obwohl Richard seinen Bruder mit einem gestrengen Blick bedachte, drohte Catlin einen Moment lang die Haltung zu verlieren. Sie musste tüchtig gegen die Enge im Hals ankämpfen und straffte sich, damit Knightly ihre Unsicherheit nicht bemerkte und nicht länger über sie lachte.

»Wenn du nicht trödelst, schaffen wir es in zwei Tagen.« Mit diesen Worten trieb er sie grinsend zur Eile an.

»Catlin ist keine so erfahrene Reiterin wie du«, gab Richard mit gerunzelter Stirn zu bedenken und forderte seinen jüngeren Bruder zur Mäßigung auf. Knightlys spöttischer Blick aber hatte bereits Catlins Widerspruchsgeist geweckt.

»Auf mich müsst ihr keine Rücksicht nehmen«, behauptete sie kühl und reckte ihr hübsches Näschen spitz in die Luft. Am Abend jedoch, als sie vom Pferd stieg, bereute sie ihre forschen Worte und glaubte, keinen einzigen Schritt mehr gehen zu können. Ihr Rücken schmerzte ebenso höllisch wie die Oberschenkel und das Hinterteil. Ohne jedoch auch nur ein einziges Wort der Klage über die Lippen zu bringen, breitbeinig, mit noch immer leicht angewinkelten Knien schritt sie, so gut es ging, zu dem Gasthaus, in dem Richard eine Kammer zur Nacht für sie gemietet hatte. Arthurs bissige Bemerkungen, ihren merkwürdigen Gang betreffend, überhörte sie geflissentlich.

»Sie sieht aus, als hätte sie den ganzen Tag Fässer gezählt!«, prustete er, und Catlin fragte sich, wie er wissen konnte, dass ihre Beine unter dem Kleid noch immer den Leib ihres Pferdes nachformten. Einzig der Gedanke, dass der Junge vermutlich vor gar nicht allzu langer Zeit selbst solcherlei Schmerzen und Schmach hatte ertragen müssen, half ihr, die Tränen zurückzudrängen, die ihr die Kehle heraufstiegen.

Während die Falkner im Schankraum auf dem Boden nächtigen würden, war für Catlin, Richard und Knightly sowie seinen Pagen ein Bett in einer Kammer vorgesehen. Ein mürrischer junger Knecht half Milo mit dem Gepäck und führte sie auf Geheiß des Wirtes in das obere Stockwerk, wo er mit dem Fuß eine Tür aufstieß. In der Mitte des ungelüfteten, sicher seit Ewigkeiten nicht mehr gefegten Raumes stand eine breite Bettstatt aus Holz, in der sie alle gemeinsam schlafen würden. Die zerwühlten Leinenlaken und fleckigen Wolldecken verbreiteten den Geruch von ranzigem Fett. Trotzdem war es ein Glück, hier übernachten zu können, denn Laken und Raum waren immerhin trocken, was man von einer Nacht im Freien nicht hätte sagen können, denn kurz bevor sie den Gasthof erreicht hatten, hatte es zu nieseln begonnen. Aus den wenigen feinen Tropfen waren inzwischen stete Schnüre geworden. Darum war Catlin dankbar, nach dem anstrengenden Ritt nicht auch noch auf dem durchweichten Waldboden schlafen zu müssen, wo ihr Kälte und Feuchtigkeit, spitze Steine und Wurzeln ohne Zweifel den Schlaf geraubt hätten, nach dem sie sich so sehr sehnte.

Ehe sie sich jedoch zur Ruhe legten, suchten die vier Reisenden den Schankraum auf, um noch ein wenig mit den anderen zu schwatzen, etwas zu essen und zu trinken.

»Du bleibst hier und gibst auf unser Gepäck acht!«, befahl Richard seinem Hund. Snoop war innerhalb seines Wurfes der Kleinste gewesen und von Richard mit verdünnter Ziegenmilch mühsam mit der Hand aufgepäppelt worden. Lange hatte niemand sagen können, ob das schmächtige Tier überleben würde, doch Richard hatte nicht aufgegeben und war dem Welpen nicht von der Seite gewichen, bis ein kräftiges, gesundes Kerlchen aus ihm geworden war, das alles und jeden neugierig beschnüffelte. Snoop war nicht nur ein zuverlässiger Jagdhund, sondern auch seit Jahren Richards treuester Begleiter.

Der Hund sprang auf das Bett, drehte sich einmal um sich selbst, legte sich hin und senkte den Kopf auf die

Vorderpfoten. Er schnaufte zufrieden und hob nur die Brauen abwechselnd an, als Richard den anderen voran die Kammer verließ.

In der Wirtsstube war es warm und stickig. Es roch nach Schweiß und feuchtem Mensch, bis man sich dem offenen Feuer näherte, über dem ein ganzes Wildschwein briet. Hier überwog der Duft von gegrilltem Fleisch und Fett, das zischend in der Glut verdampfte. Catlins Magen knurrte so laut, dass sie beschämt den Blick senkte, doch niemand hatte es gehört. Nach einem ausgiebigen Frühstück – Elfreda hatte Getreidebrei mit Zwiebeln, Speck und Eiern zubereitet – waren sie mit nur wenigen kurzen Pausen bis zur Dämmerung durchgeritten. Catlin streckte die klammen Finger zum Feuer aus und genoss das leichte Kribbeln, als sie sich erwärmten.

Die Falkner hatten die Vögel derweil auf der mitgeführten Reck untergebracht und sich anschließend an einem langen Tisch niedergelassen.

»Da sind die anderen, kommt!«, rief Richard, nachdem er den Blick durch den schummrigen Schankraum hatte schweifen lassen, und bedeutete Catlin und seinem Bruder, ihm zu folgen.

»Komm zu mir, mein Täubchen!«, grunzte ein stämmiger Kerl, als Catlin ihrem Vetter folgen wollte. Er packte sie bei den Hüften und zog sie so heftig an sich, dass sie das Gleichgewicht verlor und taumelte. »Auf meinem Schoß ist noch ein Plätzchen frei für dich, meine Süße!«, blökte er dümmlich und klopfte sich auf den Schenkel. Catlin schrie erschrocken auf, als sein Gesicht plötzlich ganz nahe war und er sie aus glasigen Augen begehrlich anglotzte. Die Männer in seiner Begleitung wieherten vor Vergnügen und stachelten ihn an, sie nicht wieder gehen zu lassen.

Ehe sich der Mann jedoch versah, hatte sich Knightly, der dicht hinter Catlin geblieben war, zwischen ihn und seine Base gedrängt. »Hände weg von meiner Cousine!«, knurrte er mit erstaunlich herrischer Stimme, während seine Rechte deutlich sichtbar auf dem Knauf seines Schwertes ruhte. Seine Wangenmuskeln zuckten bedrohlich.

Die Falkner, die das Geschehen aus der Entfernung beobachteten, hielten den Atem an, und die Wirtin, die nun ebenfalls auf den Zwischenfall aufmerksam wurde, stand plötzlich da wie angewurzelt.

Der stämmige Kerl mit dem trüben Blick fuhr hoch und schien schon zum Schlag ausholen zu wollen, als ihm Richard von hinten die Hand schwer auf die Schulter legte und ihn auf die Sitzbank hinunterdrückte. »Ihr hört besser darauf, was mein Bruder sagt. Wir wollen doch keinen Ärger mit dem Wirt.« Die Begleiter des Stämmigen gafften ihn feindselig an. »Ihr seid gewiss ebenso durstig wie wir auch«, versuchte Richard die Sache friedlich aus dem Weg zu schaffen und klopfte dem Mann beruhigend auf die Schulter. »Einen Krug Bier für die Herren!«, befahl er mit lauter Stimme, nickte betont freundlich und winkte eine Schankmagd herbei.

Der Stämmige schien einzusehen, dass er besser nachgab, also nickte er und sank in sich zusammen. »Nix für ungut, Sire, ich wollte Eure reizende Base gewiss nicht beleidigen.« Er hob seinen Becher, als die Magd den Krug brachte, ließ ihn sich bis zum Rand füllen und trank den Fremden schmierig grinsend zu.

Catlin zitterte am ganzen Leib und beruhigte sich erst, als Richard den Arm um sie legte und sie mit sich zu dem Tisch zog, an dem die Falkner saßen. Während diese die gedrückte Stimmung ein wenig aufzuheitern versuchten, warf Knightly immer wieder prüfende Blicke zu dem Stämmigen und seinen Männern hinüber, die einen Krug Bier nach dem anderen leerten.

»Ich sehe genau, was du denkst«, flüsterte Richard seinem Bruder zu, »und bin ganz deiner Meinung.« Dann wandte er sich an Catlin. »Sorge dich nicht«, sagte er, als er sah, wie ängstlich sie ihn anblickte. »Wir halten heute Nacht abwechselnd Wache.«

»Aber ihr habt Vater doch gesagt, der Weg nach London sei nicht gefährlich«, empörte sich Catlin, die ihr Selbstvertrauen allmählich zurückgewann.

»Er hätte dich kaum gehen lassen, wenn er geahnt hätte, welche Gefahren hier auf dich lauern. Was also hätte ich ihm sagen sollen? Du wolltest doch unbedingt mit nach London, oder etwa nicht?« Knightly zog fragend die Brauen hoch.

»Hör auf, sie aufzuziehen!«, tadelte Richard seinen Bruder mit gerunzelter Stirn. »Der Weg nach London ist nicht gefährlicher als jeder andere auch«, erklärte er Catlin. »Die Wache heute Nacht ist eine reine Vorsichtsmaßnahme. Du brauchst dir keine Sorgen zu machen, versprochen! Wenn der Abend vorbei ist, sind die meisten hier vollkommen betrunken und verbringen den Rest der Nacht schnarchend in einer Ecke, sofern sie nicht längst heimgekehrt sind. Dennoch sollte man sich in einer solchen Schenke niemals leichtgläubig in Sicherheit wiegen. Gesindel gibt es überall, und man sieht die Schlechtigkeit weiß Gott nicht allen an.«

Während sie das von Richard bestellte Fleisch aß, beobachtete Catlin die Gäste im Schankraum aus den Augenwinkeln. Wenn sie einem Menschen die Unlauterkeit nicht ansah, wie konnte sie dann wissen, ob er gut oder böse war? Müdigkeit stand vielen Reisenden ins Gesicht geschrieben – wie aber war das mit der Arglist? Catlins Blick streifte zwei Familien mit Frauen, Alten und Kindern, die schweigend beieinandersaßen und ihren Hunger stillten. Die Kleinen lagen bereits in der Nähe des Feuers dicht zusammengerollt auf dem Boden. Sie führten wohl kaum etwas Böses im Schilde. Andererseits bestahlen manchmal gerade die Jüngsten andere Reisende, weil sie nicht beachtet wurden und es die Eltern von ihnen verlangten … Catlin spürte ihr Herz einen Takt schneller schlagen. Unsinn!, rief sie sich zur Ordnung. Sie schlafen ganz friedlich, und man muss das Böse wahrhaftig nicht überall vermuten.

Die meisten Männer in der Gaststube schienen ohnehin eher Handwerker, Bauern oder Tagelöhner zu sein, die sich den Abend nach einem harten Arbeitstag mit einem Bier und einem Spiel versüßten. Sie lachten laut, tranken und redeten viel. In einer Ecke würfelten ein paar gegen die Wand, und am Nebentisch hatten zwei sogar noch genügend Kraft, um sich miteinander im Armdrücken zu messen.

Catlin dagegen fühlte, wie bleierne Müdigkeit in ihr aufstieg, und kämpfte dagegen an, dass ihr die Augen zufielen.

Als Catlin am nächsten Morgen auf dem schmuddeligen Strohsack erwachte, konnte sie sich kaum entsinnen, wie sie in dieses Bett gekommen war. Düster lagen die Schatten der Nacht noch auf ihrem Gemüt. Ihr Körper schmerzte, und die Erinnerung an den vergangenen Abend kehrte nur langsam zurück. Obwohl sie dicht an einen ihrer Vettern gedrängt und mit Tiny zu ihren Füßen geschlafen hatte, war sie mehr als einmal aufgewacht und jeweils nur mühsam wieder eingeschlafen. Das Rumpeln aus dem Schankraum, das von Zeit zu Zeit zu hören gewesen war, hatte sie ebenso aufgeschreckt wie die ständige Furcht, der widerwärtige Kerl könne doch noch die Treppe heraufschleichen und sie in der nächtlichen Dunkelheit überfallen. Immer wieder war sein schmieriges Grinsen durch ihre Träume gegeistert, obwohl er mit seinen Männern noch in der Nacht das Wirtshaus verlassen hatte. Das Schnarchen ihrer Vettern und das Winseln des Hundes, der von der Jagd träumte, vor allem aber die Wanzen, die mit der Dunkelheit und der Bettwärme hervorgekrochen waren und ihr Arme, Rumpf und Hals zerstochen hatten, waren ihrem Schlaf nicht gerade zuträglich gewesen.

»Grässlich, einfach grässlich, diese Viecher!«, jammerte Milo, den die gierigen Blutsauger ebenfalls übel zugerichtet hatten, und kratzte sich die Arme blutig.

»Lasst uns zusammenpacken und zusehen, dass wir von hier fortkommen!«, schlug Richard vor.

Als sie den Schankraum betraten, schlug ihnen der Geruch von schalem Bier, Haferbrei und Schlaf entgegen, obwohl auch die anderen Reisenden bereits wach waren, ihre Decken zusammenrollten, die Kleider richteten und sich zum Aufbruch bereit machten. Niemand wollte noch mehr Zeit als nötig in dem muffigen Gasthaus verbringen, und auch Catlin sehnte sich nach frischer Luft und baldiger Abreise. Als sie aber auf ihrem Pferd saß, wäre sie am liebsten umgehend abgestiegen, weil ihre Schenkel, der Rücken und das Hinterteil noch mehr schmerzten als am Abend zuvor.

»Solltest du keinen Wert darauf legen, eine weitere Nacht in einem verdreckten Wirtshaus nächtigen zu wollen, dann müssen wir uns sputen«, trieb Knightly sie an, als ihr Pferd den Schritt verlangsamte und sie hinter den anderen zurückzufallen drohte. »Die Stadttore von London schließen bei Einbruch der Dunkelheit. Wenn wir nicht rechtzeitig ankommen, müssen wir in einem der Gasthöfe vor der Stadt bleiben.« Er schnaubte leise. »Dass die kaum angenehmer sind als die Unterkunft der letzten Nacht und dazu auch nicht eben wohlfeil, kannst du dir gewiss vorstellen. Wer zu spät kommt, hat keine andere Wahl. Das wissen die Gastwirte genau und nutzen die Lage der Reisenden schamlos und in geradezu räuberischer Manier aus.«

Catlin nickte tapfer, versuchte sich aufrecht im Sattel zu halten und biss die Zähne zusammen. Zwei kurze Pausen gönnten sie sich bis London, das war alles. Dafür fanden sie bei Dämmerung gerade noch Einlass am Tor und erreichten das Stadthaus, das Richards Vater vor einigen Jahren erworben hatte, als die Sonne unterging.

Während Richard kräftig an die Tür schlug und nach einem Diener rief, half Knightly seiner Base vom Pferd.

»Mylords, wir haben Euch schon erwartet!«, begrüßte sie ein älterer, freundlich aussehender Hausknecht mit mehreren tiefen Verbeugungen, bis Richard ihm leutselig eine Hand auf den Arm legte. Die Laterne, die der Diener bei sich trug, als er in den Hof trat, war dringend vonnöten, damit noch etwas zu erkennen war, denn die Sonne war untergegangen, und der Himmel wechselte die Farbe von dunklem Purpur zu sattem Nachtblau.

»Wie geht es deinem Weib und euren Söhnen, Aeldred?«

»Bestens, Mylord, zu gütig!« Der Knecht machte eine einladende Geste. »Bitte, Ihr müsst hungrig und müde sein. Es ist alles vorbereitet – gebratene Hühner, Brot, Wein und Käse.« Dann bemerkte er Catlin, schüttelte beinahe ungläubig den Kopf und legte die Hände wie einen Trichter an den Mund. »Hilda!«, brüllte er zum Haus hinüber. »Hilda, komm! Sie haben eine junge Lady mitgebracht!«

Ein gut aussehender Ritter, einige Jahre älter als Richard, kam aus dem Haus und begrüßte die beiden Brüder aufs Herzlichste.

»Adam!«, freute sich Richard und umarmte ihn. »Meine Cousine väterlicherseits«, stellte er Catlin vor. »Und das, meine liebe Catlin, ist Adam of Caldecote, mein Retter in höchster Not, als ich noch ein Knabe war, und mein bester Freund.«

»Willkommen in London, Mistress!« Adam verbeugte sich, als wäre sie vom gleichen Stand wie er. Vermutlich wusste er nicht, dass sie nur die Tochter eines Schmiedes war. Catlin mochte ihn auf Anhieb, darum errötete sie, nickte zaghaft und hoffte, dass die Männer nicht warten würden, bis sie zum Haus ging. Ihre Schenkel und ihr Rücken taten so weh, dass sie vermutlich noch krummer und breitbeiniger würde gehen müssen als am Tag zuvor. Wie peinlich, wenn Arthur das sah und vor Adam zu spotten begann! Während ihr Knightlys Knappe Milo ans Herz gewachsen war, fürchtete Catlin Arthurs Schadenfreude wie den Teufel. Seine spitze Zunge, die sie zu verletzen suchte, wo es nur ging, traf sie härter, als ihr lieb war, darum fiel es ihr so schwer, Haltung zu bewahren und ihm nicht an die Gurgel zu gehen, wie sie es sonst mit einem Burschen ihres Alters gemacht hätte. Während Catlin sich noch an dem Gedanken gütlich tat, dass sie ihn zu Boden gerungen hätte, wären sie allein und zu Hause und nicht in Gesellschaft ihrer Vettern, erschien eine freundlich aussehende ältere Frau auf der Schwelle und winkte die Männer ins

Haus. »Bitte, tretet doch ein! Meine Söhne werden Euren Männern die Ställe zeigen und ihnen helfen, die Pferde zu versorgen und die Vögel und Hunde unterzubringen.« Sie trat aus dem Haus und blickte Richard, Knightly und Adam nach, als sie hineingingen. »Piers, Paul!«, rief sie mit Donnerstimme nach ihren Söhnen.

»Meine Güte, Kindchen«, wandte sie sich schließlich an Catlin, »Ihr könnt ja kaum noch auf den Beinen stehen!« Sie legte den Arm um ihre Hüfte und stützte sie. »Armes Ding«, murmelte sie und führte sie kopfschüttelnd ins Haus. »Ich bin Hilda. Und wer seid Ihr?«

»Mein Name ist Catlin.«

Hilda sah sie fragend an.

»Mein Vater, Henry der Schwertschmied, ist der Bruder von Lord Roford.« Catlin lächelte zaghaft. »Halbbruder.«

»Ah ja!« Hildas Miene hellte sich auf. »Jetzt weiß ich! Kommt, mein Kind, nur ein paar Stufen noch«, ermunterte sie Catlin, als sie vor einer steilen Stiege standen. »Dann könnt Ihr ein wenig ausruhen. Ich habe ordentlich Wasser heiß gemacht. Es war für den jungen Lord Richard und seinen Bruder gedacht, aber nun seid erst einmal Ihr dran. Ein warmes Bad wird Euch wohltun.«

Um ein Haar wäre Catlin in Tränen ausgebrochen, so sehr hatte sie sich nach weiblicher Wärme, Trost und Verständnis gesehnt.

Im oberen Stock angekommen, öffnete Hilda eine Tür und schob Catlin in ein nach Rosmarin duftendes Kämmerchen. »Zieht Euch schon einmal aus, und schlüpft unter die Decke, damit Ihr nicht friert, ich bin gleich zurück.«

Als Hilda die Tür hinter sich geschlossen hatte, ließ sich Catlin aufs Bett fallen. Nichts konnte ihre Tränen nun noch aufhalten. Einfach nur die Augen schließen und auf der Stelle einschlafen, dachte sie. Wäre da nicht ihr Magen, der vor Hunger knurrte. Am Morgen hatte sie kaum etwas von dem faden Haferbrei hinunterbekommen, den es in dem Gasthaus gegeben hatte, und das Essen am Mittag war mit einem Becher Wasser, einem Kanten Brot, einer Zwiebel und einem Stück Speck recht schmal ausgefallen. Catlin nahm sich zusammen und zog sich aus. Die Innenseiten ihrer Schenkel waren ganz wund und blau unterlaufen, an manchen Stellen sogar blutig.

»Ach Gott, ach Gott, was haben Euch diese rauen Kerle nur zugemutet ...«, murmelte Hilda entrüstet, als sie wenig später Catlins Beine begutachtete. »Ihr nehmt besser kein Bad«, beschloss sie und goss lediglich einen der beiden Eimer Wasser, die Aeldred heraufgeschleppt hatte, in den Bottich. »Stellt Euch in den Zuber, ich helfe Euch beim Waschen! Wenn Ihr ganz ins warme Wasser eintaucht, quellen nur die Wunden auf.« Sie schüttelte noch einmal verständnislos den Kopf. »Sie hätten ruhig ein wenig Rücksicht nehmen können«, murmelte sie.

Catlin war zu erschöpft, um ihre Vettern zu verteidigen, und obwohl sie sich schämte, nackt in die Bütte zu steigen und sich wie ein Kind waschen zu lassen, gehorchte sie widerstandslos. Früher hatte Elfreda sie abgeschrubbt, doch seit Catlin alle paar Wochen unrein wurde, wusch sie sich allein. Nun aber genoss sie es, bemuttert zu werden, als wäre sie noch ein kleines Mädchen.

»Olivenseife!« Hilda deutete auf ein grünliches Stück, das wie altes Brot aussah, tauchte es ins Wasser und schäumte es auf. »Hat der Lord aus Aquitanien mitgebracht«, erklärte sie stolz. »Macht die Haut geschmeidig.« Sie nahm einen Schwamm und seifte Catlin mit dem zarten Schaum ein. Nur die Innenseite der Schenkel ließ Hilda aus. Catlin hätte schnurren mögen wie eine Katze, als sie mit dem weichen und zugleich leicht rauen Schwamm den Rücken geschrubbt bekam. Auch Elfreda hatte früher einen solchen Schwamm besessen, doch er war schon vor langer Zeit zerfleddert.

Ich werde sehen, dass ich ihr einen neuen mitbringe, dachte Catlin freudig.

»In die Hocke und den Kopf nach vorn!«, befahl Hilda. »Und jetzt nicht erschrecken!« Als sie ihr Wasser über den Kopf goss, um die Haare einzuschäumen, schauderte Catlin vor Wonne. Hilda spülte die Seife gründlich wieder aus und schüttete als Letztes noch einen Krug mit kaltem Wasser darüber, das nach Essig roch. »Macht das Haar schön glänzend«, erklärte sie, hüllte Catlin in ein Leinentuch, rieb sie trocken und drückte auch ihre Haare aus. Zum Schluss rieb sie ihr Arme und Hals mit Rosenöl ein und kämmte sie. »So, das wäre geschafft!« Hildas Gesicht war rot und glänzte verschwitzt. »Unten wartet das Essen auf Euch, mein Kind. Sicher haben die Männer bereits angefangen. Wir sollten Euch also rasch ankleiden, damit Ihr noch etwas abbekommt. Oder seid Ihr zu müde, um hinunterzugehen?«, fragte sie mitleidig, als sie Catlins entmutigtes Gesicht sah, und strich ihr sanft über die Wange.

Catlin nickte beschämt und senkte den Blick.

»Aber das ist doch kein Unglück, Kind. Ich bringe Euch etwas zu essen herauf, schließlich könnt Ihr nicht hungrig zu Bett gehen.« Sie nahm ein fadenscheiniges, aber sauberes Leinenhemd aus einer Holztruhe am Fußende des Bettes und streckte es ihr hin. »Zieht das an!«

Catlin steckte die Nase hinein und schloss genießerisch die Augen. Das Hemd duftete nach Lavendel. Wanzen gab es hier also ganz sicher nicht, denn die Biester hassten den Duft aromatischer Blumen oder Kräuter. Froh, die nächsten Tage in dieser hübschen Kammer schlafen zu dürfen und nicht in einer verwanzten Herberge nächtigen zu müssen, schlüpfte Catlin erst in das Hemd und dann rasch unter die warme Felldecke, die Hilda für sie aufgeschlagen hatte.

»Aufwachen, los, komm schon!« Jemand packte Catlin am Arm und rüttelte sie. »Aus dem Bett mit dir!«

»Was… was ist?« Mit klopfendem Herzen fuhr Catlin hoch. Einen Augenblick lang befürchtete sie, noch immer in dem schmutzigen Gasthaus zu sein und die Ankunft in London und das wunderbar warme Wasser nur geträumt zu haben. Doch das Zimmer, in dem sie sich befand, war aufgeräumt und duftete lieblich. Catlin fühlte sich ausgeruht und streckte sich genüsslich.

»Und?« Richard lächelte sie an.

»Ich habe herrlich geschlafen.« Catlin verkniff sich ein Gähnen.

»Sie hat den Braten nicht einmal angerührt. Sieh nur – es steht alles noch so da, wie Hilda es gestern Abend hochgebracht hat!«, entrüstete sich Knightly und stahl sich ein Stück Fleisch. »Fmeckt grofartig! Da haft du etwaf verpafft!«, grummelte er mit vollem Mund.

»Wenn du nicht alles auffrisst, bleibt ihr noch genügend zum Frühstück«, brummte Richard und schüttelte tadelnd den Kopf. Dann wandte er sich wieder an Catlin. »Wollten wir nicht ein Kleid für dich kaufen?«

»Nichts lieber als das. Gebt mir nur einen Moment!«, erwiderte sie, sprang aus dem Bett, sah sich um und rannte wie ein kopfloses Huhn im Zimmer umher. »Meine Sachen, wo sind meine Sachen?«, rief sie verzweifelt, als sich die Tür öffnete und Hilda eintrat.

»Alles in Ordnung, Kind. Alles in Ordnung. Ich habe sie ausgebürstet und an die Luft gehängt. Hier, seht Ihr, da sind sie – fast wie frisch gewaschen.« Hilda streckte den Arm aus, über dem die Kleider lagen, schob die beiden jungen Männer wortlos zur Tür hinaus und half Catlin beim Anziehen. »Bevor Ihr aufbrecht, wird aber erst einmal gegessen.« Sie warf einen Blick auf den Teller vom Vorabend und deutete darauf.

Catlin gehorchte, stopfte sich die Bratenreste, die Knightly ihr gelassen hatte, in den Mund, schob das trockene Brot nach, kaute und spülte das Ganze mit einem Becher abgestandenem Dünnbier hinunter. »Fertig!«, rief sie und riss die Tür auf.

Ihre Vettern grinsten zufrieden.

»Nun, das war ja schnell erledigt – für ein Mädchen jedenfalls«, neckte Knightly sie und zog sie die Treppe hinunter.

»Adam wird uns begleiten«, erklärte Richard wie immer ein wenig steif. »Er kennt London viel besser als ich, ist älter und kann überaus streng wirken, darum werden uns die Händler nicht übers Ohr hauen. Zum Glück wissen sie nicht, welch herzensguter Mensch er ist, sonst nähmen sie uns am Ende aus wie die Weihnachtsgänse«, fügte er lachend hinzu, bevor sie draußen auf seinen Freund stießen.

Catlin stieg Hitze in die Wangen, als Adam sie mit einer kleinen Verbeugung begrüßte.

»Seht Ihr dort hinten?«, begann der gut aussehende junge Ritter seine Führung an Catlin gewandt, als sie ein paar Schritte gegangen waren, und wies mit der Linken nach Osten. »Den großen Turm? Er gehört zur königlichen Festung. König John hat dort einen Löwen gehalten, heißt es.«

Ein Schauer lief Catlin über den Rücken. »Einen Löwen?« Sie hatte wohl davon gehört, dass es allerlei wilde Tiere in fernen Ländern gab. Aber in London?

»Ist er immer noch dort?«

»Der Löwe?« Adam hob die Schultern. »Das da im Westen« – er wies mit der Rechten in die andere Richtung – »sind zwei Burgen, die sich innerhalb der Stadt befinden. Und die Türme dort sind Teil der Stadtmauer. Sie erstreckt sich vom äußersten Westen der Stadt über die gesamte Nordseite bis nach Osten.« Er zeichnete den Weg großzügig mit der Hand nach. »Sieben zweiflügelige Tore führen in die Stadt, durch eines habt Ihr London gestern betreten.«

Bei ihrer Ankunft am Vorabend war Catlin erschöpft und hungrig gewesen und hatte im Zwielicht der Dämmerung weder die Größe noch die Herrlichkeit dieser Stadt so recht ermessen können. Nun staunte sie umso mehr.

»Hinter den beiden Burgen, außerhalb der Stadtmauern, wehen Standarten im Wind, seht Ihr sie?«, fragte Adam.

Catlin stellte sich auf die Zehenspitzen, beschirmte die Augen und streckte sich, so gut sie konnte. Als sie die Wimpel erblickte, nickte sie und sah Adam erwartungsvoll an.

»Das ist der königliche Palast«, erklärte er stolz.

»Der königliche Palast? Ich dachte, der liegt dort.« Catlin deutete nach Osten und runzelte die Stirn.

»Nein, das ist die königliche Festung.« Adam klang ein wenig ungehalten, doch er fing sich rasch wieder und fuhr mit seinen Erklärungen fort. »Der Palast, in dem sich der König für gewöhnlich aufhält, wenn er in London weilt, befindet sich außerhalb der Stadtmauern auf Thorney Island. Im Tower der Festung wohnt der König auch manchmal, aber eben nicht so häufig wie im Palast.«

»Aha«, sagte Catlin. Sie verstand noch immer nicht recht, was nun der Unterschied zwischen Festung und Palast war, fragte aber nicht weiter, damit Adam sie nicht für einfältig hielt. »Seid Ihr schon einmal drinnen gewesen?«

»In der Festung?«

»Im Palast.«

Adam lächelte. »Gewiss doch, mehr als einmal, genau wie Richard und Knightly. Und wenn Ihr hübsch artig seid, Mistress, werdet Ihr schon bald ebenfalls Zutritt zum königlichen Palast erhalten.«

Catlin sah ihn ungläubig an. »Wirklich?«

Adam lachte schallend. »Ja, das werdet Ihr. Ein Teil der Hochzeitsfeierlichkeiten wird dort stattfinden.«

Catlin rang nach Atem. Für einen Augenblick glaubte sie vor Aufregung zu ersticken. Ich muss Richard unbedingt bitten, mir höfische Manieren beizubringen, dachte sie, sonst blamiere ich mich womöglich und ihn auch. Sie lief Adam nach, so wie es ihre Vettern taten, war aber im Gegensatz zu ihnen ganz in Gedanken versunken. Wie es wohl aussieht im Palast?, überlegte sie und malte sich den König, die Prinzessin, die Halle und die Gemächer in den schönsten Farben aus. Ob es stimmte, dass der Thron des Königs aus purem Gold gefertigt war? Während sie noch darüber nachsann, wäre sie um ein Haar in der Gosse gestrauchelt. Zum Glück packte sie Knightly just in diesem Moment am Arm und zog sie mit sich. Überall auf den Straßen und Gassen waren Menschen unterwegs – Tagelöhner auf der Suche nach Arbeit, Händler und Kaufwillige, Mägde, Knechte und spielende Kinder. So mancher Handwerker ging aufwendigen Arbeiten im Hof nach, einige machten sich gar mitten auf der Gasse zu schaffen. Die meisten aber übten ihr Tagewerk bei geöffneten Fensterläden in ihren Häusern aus, sodass man sie dabei beobachten konnte.

»Auf der Südseite am Fluss gab es früher ebenfalls eine Stadtmauer«, erklärte Adam. »Doch Ebbe und Flut brachten sie im Lauf der Zeit zum Einsturz.« Er deutete in Richtung des Hafens, wo riesige Schiffsmasten zu sehen waren.

»Oh, bitte können wir zu den Docks und uns die Schiffe ansehen?«, bettelte Catlin. »Ich habe noch nie so große Schiffe aus der Nähe gesehen.«

»Sicher, warum nicht?« Adam zuckte mit den Schultern, vergewisserte sich, dass Richard einverstanden war, und führte sie zum Hafen.

Catlin staunte mit offenem Mund über das Gewimmel in den Docks, beobachtete gebannt, wie die Arbeiter riesige Ballen auf ihre Rücken luden, bis sie darunter fast verschwanden, Fässer aller erdenklichen Größen über Rampen auf die Schiffe brachten oder von ihnen hinabrollten, Kisten und Säcke umherschleppten. Sie stellte überrascht fest, dass auch viele Tiere zu den Ladungen gehörten, die im Hafen gelöscht wurden. Die Pferde waren besonders unruhig, scheuten und wieherten laut, als sie an Land geführt wurden. Auch eine Schafherde lief aufgeregt blökend eine Rampe hinunter, angetrieben von einem Jungen mit einer Gerte, der achtgeben musste, dass keines der Tiere ins Wasser fiel und ertrank. Einige Ziegen meckerten um die Wette, das Geflügel in den Weidenkäfigen gackerte, als ginge es ihm an die Gurgel, und ein Hahn krähte, obwohl der Tag längst angebrochen war. Dazwischen brüllten Seeleute und Hafenarbeiter Kommandos durcheinander, und die Kutscher auf den Fuhrwerken schimpften laut. Catlin konnte sich an dem geschäftigen Treiben nicht sattsehen. Von einem der großen Schiffe wankten Reisende über eine hölzerne Rampe herab. Kaufleute und Handwerker waren darunter, dazu Dienstboten, Mönche und kirchliche Würdenträger, Ritter und Soldaten, Frauen und Kinder, ja, sogar ein merkwürdig gewachsener Mann, der kaum größer war als ein stämmiger Sechsjähriger, begleitet von drei Huren, die auffälliger nicht hätten sein können. Mancher Reisende war schweigsam und grün um die Nase, während andere fröhlich schwatzten. Über eines aber schienen alle froh: endlich wieder festen Boden unter den Füßen zu haben.

Ein herrliches Duftgemisch aus gebratenem Fisch und Fleisch wehte zu Catlin und ihren Begleitern herüber.

Adam schnupperte in die Luft. »Seht Ihr die Garküche dort drüben?« Er deutete auf ein gedrungenes Gebäude auf der anderen Seite des Hafens. »Ist die beste der ganzen Stadt. Aufgrund der vielen Reisenden ist sie über die Grenzen des Landes hinaus berühmt. Mehr als zehn verschiedene Sorten Fleisch bekommt man dort, große oder kleine Stücke, wohlfeiles oder teures Fleisch. Für jeden Hunger und jeden Geldbeutel gibt es etwas. Alles, was das Herz begehrt. Auch frisch gefangenen Fisch aus der Themse, Flusskrebse und sogar Austern.«

»Wie wäre es, nicht nur vom Essen zu reden?«, warf Knightly ein. »Ich für meinen Teil habe nämlich schon wieder Hunger. Wie ist es mit euch? Wir könnten doch erst etwas essen, bevor wir das Kleid für Catlin aussuchen.«

Adam und Richard waren auf Anhieb von dem Vorschlag begeistert und steuerten ohne Umweg auf die Garküche zu.

Catlin folgte ihnen, unsicher, ob sie überhaupt einen Bissen hinunterbekäme, fühlte sich ihr Magen vor Aufregung doch wie zugeschnürt an.

Vor dem Gebäude wartete eine lange Schlange. Die Londoner hatten Schalen und Töpfe mitgebracht, um die Speisen mit nach Hause zu nehmen. Die Reisenden jedoch sowie Tagelöhner und Handwerker, die in der Gegend arbeiteten, ließen sich mit Brot und Fleisch an langen Holztischen nieder, wo sie dicht an dicht saßen und kräftig zulangten.

»Komm, wir suchen uns etwas besonders Feines aus, ganz gleich, was es kostet, Richard zahlt!«, entschied Knightly grinsend, packte Catlin am Arm und zog sie hinter sich her. »Hast du schon einmal Waldschnepfe oder Kiebitz gegessen? Wahre Delikatessen, kann ich dir sagen, ganz vorzüglich. Selbst auf der königlichen Tafel findest du kaum etwas Besseres!« Er leckte sich genießerisch die Lippen, zählte weitere Leckerbissen auf, die in der Garküche feilgeboten wurden, und begann mit übermütigen Scherzen, sodass Catlin des langen Wartens für keinen Augenblick überdrüssig wurde. Als ihr Magen von den vielen herrlichen Düften auch noch laut knurrte, als sie endlich an die Reihe kamen, keuchte sie vor Lachen und japste nach Luft.

»Nun, dass du doch Hunger hast, wissen wir jetzt wenigstens«, feixte Knightly weiter und kaufte schließlich mehrere großzügige Portionen Fleisch und Fisch.

Überglücklich, weil Richard und Knightly sie mit nach London genommen hatten, aß Catlin so viel wie lange nicht mehr. Das Fleisch war zart, saftig und zugleich kross, der Fisch großartig gewürzt. Knightly füllte ihren Becher dreimal mit süffigem Dünnbier nach, von dem er einen großen Krug erstanden hatte. Als die Glocken aller Kirchen der Stadt zu Mittag läuteten, war Catlin wie berauscht von ihrem Klang, vom Gefühl der Geborgenheit und vermutlich auch von dem schmackhaften Bier. London, dachte sie ergriffen, ist die schönste Stadt auf der Welt. *Das Geheimnis liegt in der Glockenrippe,* glaubte sie den Glockengießer sagen zu hören. Sie schloss die Augen, lauschte dem eigenartig melodischen Klang der vielen so unterschiedlichen Glocken, staunte und genoss die Resonanz des Metalles in ihrem Innern, die Kraft der Musik, die Schönheit jedes einzelnen Tones.

»Komm, wir wollen weiter!«, forderte Richard sie auf und zupfte sie am Ärmel. Catlin schlug benommen die Augen auf, nickte und folgte ihm schweigend, während sie den Widerhall der Glocken noch immer in sich trug.

St. Edmundsbury war beileibe kein Dorf, und da die Abtei als eine der bedeutendsten Englands galt, zog die Stadt viele Menschen an. London aber, befand Catlin, war unvergleichlich beeindruckender – der Hafen und die Stadt, die breiten Straßen, die vielen Menschen unterschiedlichster Herkunft und das geschäftige Treiben. Immer wieder blieb sie stehen und blickte sich um. Reiter hoch zu Ross drängten sich durch die Menge, die wie Ameisen durch die Gassen wimmelte, denn die meisten Londoner waren zu Fuß unterwegs. Einige schlenderten gemächlich, andere hasteten vorwärts, schoben die Menge ungeduldig vor sich her oder drängelten sich eilends zwischen dem Volk hindurch.

Manche zogen oder schoben Handwagen, hier und da saßen Menschen auf der Straße und bettelten oder bewegten sich mühsam mithilfe von Krücken vorwärts. Tauben und Schwalben hockten auf den Dächern, Falken und Habichte auf den Fäusten wohlhabender Männer. Schweine suchten die Gassen nach Abfällen ab, Ratten und Mäuse fraßen sich durch die Vorräte, Hunde und Katzen jagten einander, und überall stand Federvieh in viel zu kleinen Holzställen zusammengepfercht. Kinder spielten im Unrat, spuckten, fluchten oder prügelten sich. Heruntergekommene Burschen in Lumpen lasen die Hinterlassenschaften von Pferden und Maultieren auf, um sie als Dünger an jene Haushalte zu verkaufen, die hinter ihren Wohnstätten einen Obst- oder Gemüsegarten angelegt hatten. Nachttöpfe in die Gasse zu entleeren war verständlicherweise verboten. Als eine Frau ihr Nachtgeschirr trotzdem aus dem Fenster goss, erntete sie laute Schelte und Flüche von Männern und Frauen, denen die eklige Nässe auf die Köpfe getropft war. Ein feister Mann mit Stiernacken und rot unterlaufenen Augen drohte ihr gar Prügel an. Darum schloss sie rasch die Fensterläden und hütete sich davor, die Tür zu öffnen, als er mit den Fäusten dagegentrommelte.

Einige Schritte weiter, in der Schweineschlächtergasse, stank es so abscheulich nach Blut und Kot aus den Innereien der geschlachteten Tiere, nach der Verwesung von Fleischabfällen und Rattendreck, dass Catlin speiübel wurde. In der Gerbergasse nebenan war es kaum besser, denn dort entstieg der Gerberlohe ein scharfer, stechender Geruch nach Urin, Eichenrinde und Tierhäuten. Einige Straßen weiter aber, in der Bäckergasse, duftete es plötzlich verlockend nach dunklem, frisch gebackenem

Brot und Gewürzkuchen mit Früchten, Mandeln und Honig.

Als sie die Schuhmachergasse erreichten, staunte Catlin, wie viel unterschiedliches Schuhwerk es dort zu kaufen gab. Trippen und einfache Holzpantinen wurden ebenso feilgeboten wie Sandalen und geschlossene Schuhe aus Leder oder Stoff und natürlich Stiefel in vielerlei Größen, Farben und Schafthöhen, dazu Gürtel und Handschuhe, Geldbörsen und Lederbeutel aller Art. Um die Aufmerksamkeit möglicher Kunden auf die Waren in den Auslagen zu lenken, hingen an vielen Geschäften kleine Käfige mit bunten Singvögeln, die laut tirilierten.

In der Schneidergasse dagegen wurden Kleider und Mäntel in vielen Farben feilgeboten. Kostbare, mit Pelz verbrämte Gewänder aus dicker, warmer Wolle ebenso wie einfache Leinenkleider und Untergewänder. Angesichts der besonders leichten, kostbaren Surcots aus Seide aber, die in leuchtenden Farben erstrahlten, schlug nicht nur Catlins Herz höher.

»Also, wenn du hier nicht dein Glück findest …« Richard zwinkerte ihr zu. »Geh nur und schau dich um!«

Zuerst zögernd, dann immer mutiger blickte sich Catlin um, ließ sich Stoffe und Kleider zeigen.

»Sieh nur, die Farbe! Und die Seide, wie herrlich sie schimmert! Der Schnitt und die Ärmel!«, schwelgte sie und konnte sich nicht entscheiden, welches der vielen Kleider sie am schönsten fand.

»Ihr könnt anprobieren, was immer Euch gefällt, Mylady!«, rief einer der Händler, der ein gutes Geschäft witterte, als er vernahm, dass die Herrschaften an einer großen Hochzeit teilnehmen würden. »Ich habe fürwahr genau das Richtige für Euch! Herrliche Stoffe und fertige Kleider. Wir ändern, was nicht passt, oder fertigen in nur wenigen Tagen ein neues Gewand nach Maß an.«

Catlin verbrachte den ganzen Nachmittag in der schmalen Gasse, suchte bei unterschiedlichsten Händlern zusammen, was sie benötigte, und gab erst auf, als sie alles gefunden hatte. Erschöpft von den vielen Eindrücken, zugleich aber überglücklich und noch immer voller Begeisterung, trippelte sie aufgeregt schwatzend neben ihren Vettern einher.

»Das Kleid ist wundervoll!«, schwärmte sie. An den Seiten war es mit Bändern zu schnüren, sodass es am Oberkörper eng anlag und die Brüste betonte. Es zeigte deutlich, dass sie kein Kind mehr war. Ab der Hüfte fiel der Stoff in großzügigen Falten bis zum Boden. Die Ärmel, bis zum Ellbogen schmal geschnitten, öffneten sich an den Unterarmen weit und reichten bis zum Knöchel. Halsausschnitt, Ärmel und Saum waren reich verziert, so auch der lange Gürtel, der doppelt um die Hüfte geschlungen und schließlich geknotet wurde. Für gewöhnlich konnten sich nur die Frauen wohlhabender Kaufleute oder adlige Damen solche Kleider aus erlesener Seide leisten. Sie kosteten ein Vermögen, und der Stoff war empfindlich. Auch war mit den langen Ärmeln keinerlei körperliche Arbeit zu verrichten. Für den Alltag in der Schmiede war es darum gänzlich nutzlos, und selbst zum sonntäglichen Kirchgang konnte Catlin es wohl kaum anziehen, ohne über Gebühr aufzufallen. Gleichwohl hatten Knightly, Richard und sogar Adam sie gedrängt, das Gewand zu kaufen »Du siehst aus wie ein Edelfräulein«, hatten sie gesagt, beeindruckt die Köpfe gewiegt und ihr geholfen, einen gerade noch annehmbaren Preis dafür auszuhandeln.

»So schön, wie du bist, müssen wir mit Argusaugen über dich wachen. Wie gut, dass wir unsere neuen Schwerter haben und wissen, wie wir damit umgehen müssen, nicht wahr, Adam?«, hatte Knightly voller Stolz gesagt, und als Richard und Adam bestätigend genickt hatten, war sich Catlin vorgekommen wie eine Prinzessin.

»Wir haben das wunderbarste Kleid für mich gekauft, das man sich vorstellen kann!«, rief Catlin, kaum dass Hilda ihnen die Tür geöffnet hatte, und zeigte auf das Bündel, das Richard auf dem Heimweg für sie getragen hatte. »Darf ich?«, fragte sie ihn und schnappte es sich, ohne seine Antwort abzuwarten. »Soll ich es mal anziehen?« Sie strahlte Hilda erwartungsvoll an.

Hilda nickte mit glänzenden Augen, schürzte ihren Rock und lief die Treppe hinauf, als wäre auch sie noch ein junges Mädchen.

Catlin kicherte vor Aufregung und drängte ihr nach.

Hilda staunte ob des wunderschönen Kleides, lobte die feinen Stiche und sauberen Nähte, ergötzte sich an den leuchtenden Farben und war hellauf begeistert von Catlins Schönheit und der Anmut ihrer Erscheinung.

»Niemand wird Euch für etwas Geringeres als eine Lady halten, mein Kind.« Sie strich zärtlich über Catlins Gesicht und hielt es einen Augenblick lang in beiden Händen. »Nun aber müsst Ihr das Kleid wieder ausziehen, schließlich soll es ja für die Hochzeit sein, nicht wahr?«

Den schlechten Mann muss man verachten,
Der nie bedacht, was er vollbringt

Friedrich Schiller, Das Lied von der Glocke

Bei St. Edmundsbury, Anfang Mai 1224

Eine träge Herde grauer Wolken zog über die blaue Himmelswiese gen Westen, als triebe die Sonne sie einem Schäfer gleich vor sich her.

Der lange Zug aus Reitern, Packpferden, Wagen, Hunden und Fußsoldaten, die den König begleiteten, bewegte sich träge voran.

»Es sind nur noch wenige Meilen, mein König«, antwortete Adam of Caldecote, als ihn der junge Henry, Dritter seines Namens, voller Ungeduld fragte, wann sie endlich am Ziel seien.

»Ein Becher gewürzten Weines bekäme mir jetzt wohl.« Der junge König seufzte vernehmlich und rutschte in seinem Sattel hin und her. »Ich wäre lieber noch eine Weile in London geblieben«, brummte er.

Adam schnippte mit den Fingern. »Ich schicke sogleich einen Boten voraus, damit man Euch gebührend empfängt.« Er winkte einen Soldaten herbei und erteilte ihm den Auftrag, die Ankunft des Königs in St. Edmundsbury anzukündigen.

»Nicht einmal drei Tage Hochzeitsfeierlichkeiten für die Schwester des Königs! Ist ein wenig knauserig, mein neuer Schwager.« Henry schnaubte verächtlich, dabei wusste er genau, dass es dem Earl of Pembroke nicht am Geld, sondern an der Zeit gemangelt hatte.

Catlin dachte an den Tag der Hochzeit zurück, der unendlich weit fort schien, obwohl er noch nicht lange vergangen war. Richard und Adam hatten sich an jenem Morgen schon in aller Frühe ins Badhaus begeben, was Hilda ganz und gar nicht geschmeckt hatte. »Ein Sündenpfuhl ist so ein Badhaus«, hatte sie geringschätzig gemurmelt und Catlin beim Ankleiden und Kämmen geholfen. »Herzallerliebst, Ihr seht herzallerliebst aus«, hatte sie immer wieder gesagt, in die Hände geklatscht und den Kopf geschüttelt. Die Falkner, wie ihr Herr in neues Tuch gekleidet, hatten im Hof gewartet. Adam war als Einziger mit Gambeson, Kettenhemd und Waffenrock angetan gewesen, hatte goldene Sporen an den Stiefeln und ein aufwendig verziertes Schwert am Gürtel getragen, wie Catlin mit einem Stirnrunzeln bemerkt hatte. Mit dem kostbaren, fellverbrämten Mantel um die Schultern hatte Richard besonders würdevoll ausgesehen und war auf den ersten Blick als Anführer ihrer kleinen Gruppe zu erkennen gewesen.

Catlin hatte vor Aufregung ganz kalte Hände bekommen, obwohl die Sonne geschienen hatte und sie, wie jetzt auch, neue Handschuhe getragen hatte, die Richard ihr noch vor dem Aufbruch zur Hochzeit in die Kammer hatte bringen lassen.

»Danke«, raunte sie ihrem Vetter plötzlich zu. »Fürs Mitnehmen und alles andere.«

Richard nickte lächelnd.

Ein Stoßgebet nach dem anderen hatte Catlin an jenem denkwürdigen Tag zum Himmel geschickt, alleweil an ihrem Gewand gezupft und den Herrn angefleht, er möge ihr gnädig sein und dafür sorgen, dass sie das kostbare Kleid nicht mit ihrem Monatsblut befleckte, denn sie war unrein gewesen. Ein Lächeln umspielte ihren

Mund bei dem Gedanken an das kostbare Gewand. Ein kleines Mädchen am Straßenrand hatte sie gar für die Prinzessin gehalten, so leuchtend schön war das Kleid gewesen. Bei dem Gedanken an jenen Augenblick errötete Catlin vor Stolz. Wenn diese Hochzeit mich schon so aufgewühlt hat, wie muss es dann erst um die kleine Prinzessin bestellt gewesen sein?, überlegte sie voller Mitgefühl. Während der Feierlichkeiten im Palast hatte das arme Kind nur wortlos dagesessen, hin und wieder stumm genickt und ansonsten schweigend in die Runde gesehen. Bei einer solchen Verbindung gehe es nicht um Liebe, hatte Richard ihr erklärt, sondern um Politik. Catlin wusste sehr wohl, dass Ehen aus vielerlei Gründen geschlossen wurden: aus Freundschaft zwischen zwei Familien oder um alte Fehden zu beenden, aus Not zuweilen oder aus Habgier, aus Liebe – wenn man wie ihre Eltern oder ihr Onkel William vom Glück gesegnet war –, weil man ein Versprechen gegeben hatte wie einst ihre Großmutter oder weil man ein ganz bestimmtes Ziel verfolgte.

Die junge Braut hatte ihr Jawort vor dem Portal der Temple Church gegeben. Die Tempelritter, Männer des Schwertes, die ein Gelübde abgelegt hatten, sahen es als ihre Aufgabe an, die Pilger auf ihrer Reise nach Jerusalem zu beschützen. So hatten sie entlang der Wegstrecken, die in die Heilige Stadt führten, Ordenshäuser errichtet. Rund wie die Grabeskirche in Jerusalem, so waren alle Kirchen der Templer gebaut, auch die in London. Der Maréchal, der Vater des jungen Earl, war kurz vor seinem Tod dem Orden beigetreten; darum befand sich sein Grab in der Rotunde. Catlin hatte es aufmerksam betrachtet. Die Grabplatte zeigte einen starken, stolzen Mann. Ihn also hatte Catlins Großmutter geliebt.

Ein merkwürdiges Gefühl war das, und so recht konnte sich Catlin das nicht vorstellen. Mit neun war sie ein wenig in den Sohn des Köhlers verliebt gewesen, der ihren Vater mit Holzkohle beliefert hatte, doch die zarte Flamme war rasch erloschen. Seitdem wartete Catlin. Ob sie eines Tages ebenso verliebt wäre wie ihr Vater? Oder ihre Großmutter? Im Gegensatz zum Maréchal, der König John trotz aller Widrigkeiten stets treu gedient hatte, hatte sich sein Sohn zu dessen Lebzeiten auf die Seite der aufständischen Barone geschlagen und für die Unterzeichnung der Magna Charta gekämpft. Sogar den französischen König hatte er unterstützt, als dieser nach dem Thron Englands hatte greifen wollen. Erst nach König Johns Tod hatte sich der junge Earl wieder dem königlichen Lager angeschlossen.

Richard hatte Catlin erklärt, es sei kein Wunder, dass so viele Barone König John gehasst hätten. Der Maréchal höchstselbst habe ihm erzählt, wie schwierig der Herrscher gewesen sei. Oft niedergeschlagen, unduldsam, zuweilen gar überaus grausam, unberechenbar für die Barone ebenso wie für seine Königin, seine Kinder und seine Untertanen. Alle hatten ihn und die Schwermut gefürchtet, der er immer wieder anheimgefallen war. Auch der Maréchal, der ihm doch immer treu ergeben gewesen war, hatte allzeit bangen müssen – um seine Stellung, seine Söhne, die Sicherheit seiner Frau und seiner Besitztümer. Der düstere Blick, der drohende Unterton in der Stimme, ja, sogar die Aufmerksamkeit des Königs hatten alle in bangende Unruhe versetzt. Seine Kinder, besonders aber Henry, seinen Ältesten, hatte er oft voller Zorn getadelt und streng bestraft. Weil kein Hasenfuß aus dem künftigen Herrscher werden sollte, wie er unablässig verkündet hatte.

Zum Glück war Henry, genannt der Dritte, nicht wie sein Vater. Er lachte gern, wünschte sich trotz der Last der Krone die Unbeschwertheit seiner Jugend zu bewahren und wusste, dass Freundschaft ein zerbrechliches Gut war, das gepflegt werden musste, manchmal Nachsicht erforderte und von großer Bedeutung nicht nur für einen Herrscher war. Er schätzte und brauchte den Zweiten Earl of Pembroke, der ein wohlhabender, einflussreicher Mann war. Dem Maréchal hatte Henry von Kindesbeinen an vertrauen können, darum – so hatte Richard Catlin erklärt – war es ihm richtig erschienen, dem jungen Earl die Hand seiner jüngsten Schwester zu geben und ihn so für alle Zeiten an sich zu binden. Obwohl der Franzosenkönig keine Bedrohung mehr darstellte, nachdem ihn der Maréchal noch kurz vor seinem Ableben in die Knie gezwungen und die abtrünnigen Barone dazu gebracht hatte, ihrem König erneut die Treue zu schwören, stand Henrys Verhältnis zu seinen Baronen nach wie vor auf schwankendem Fundament. Nicht einmal zehn Jahre alt war er gewesen, als er Englands Thron bestiegen hatte. Keine leichte Aufgabe für einen Knaben. Zu Lebzeiten hatte der Maréchal alles in seiner Macht Stehende getan, um den jungen König zu schützen. Nach seinem Tod war es nicht einfacher geworden, Englands Herrscher zu sein, denn mit ihm war nicht nur der mächtigste, zuverlässigste Regent Englands gegangen, sondern vor allem ein väterlicher Freund, auf den Henry stets hatte bauen können. In Richard, Knightly und dem jungen Earl aber, so hatte er Richard in Weinlaune anvertraut, fand er die besten Wesenszüge des alten Freundes wieder. Richard als der älteste Enkel des Maréchal hatte dessen Zuverlässigkeit und Treue geerbt, sein Bruder Knightly den Kampfgeist und der junge Earl die Titel und den politischen Einfluss. In London hatten sie alle gemeinsam ausgelassen gefeiert, getrunken und gegessen. Nun aber war die Zeit des fröhlichen Ausschweifens vorbei. In St. Edmundsbury erwarteten den jungen König schwierige Verhandlungen mit dem Abt.

»Wie steht es, Mistress, habt Ihr Euch unter meinen Männern schon einen zum Heiraten erwählt?«, rief Henry plötzlich zu Catlin herüber und riss sie aus ihren Gedanken. Als er sah, dass sie erschrocken aufblickte, grinste er und frotzelte weiter. »Oder steht Euch der Sinn noch nicht nach einem Gemahl?« Schalk sprühte ihm aus den Augen. »Am Ende wollt Ihr gar keinen Soldaten zum Liebsten und zieht einen bodenständigen Schmied vor.« Er zwinkerte ihr zu und brach in schallendes Gelächter aus, als sie krapprot anlief.

Ob er bemerkt hatte, dass sie nicht umhinkonnte, immer wieder zu Adam hinzusehen? Catlin schüttelte wortlos den gesenkten Kopf. Adam war unerreichbar. Als unehelicher Sohn eines in Ungnade gefallenen Barons, ohne Aussicht auf ein Erbe, konnte er nur hoffen, einmal eine gute Partie zu machen. Ein Mädchen zu heiraten, das eine Schmiede erbte, konnte für ihn keinesfalls erstrebenswert sein. Außerdem hatte Richard ihr erzählt, dass Adam sein Herz bereits in Roford verloren habe und unsterblich in ihre Base Alix verliebt sei. Richard meinte sogar, um Adams Aussichten auf eine Verbindung mit ihr sei es nicht einmal schlecht bestellt, denn sein Vater halte große Stücke auf den jungen Mann. Catlin spürte einen eifersüchtigen Stich in der Brust und konnte nicht anders, als noch einmal verschämt zu Adam hinüberzusehen. Stattlich war er und stets ein wenig angespannt. Traurig wandte Catlin den Blick ab.

»Da, seht, die Abtei!«, rief Richard, und obwohl nur die Türme der Abtei von St. Edmundsbury in der Ferne zu sehen waren, gaben alle ihren Pferden unwillkürlich die Sporen. »Bald bist du zu Hause«, sagte Richard an Catlin gewandt und nickte aufmunternd.

Es dauerte nicht lange, bis sie die Straße erreicht hatten, die auf das Tor der Abtei zuführte. Je näher sie dem Eingang kamen, desto mehr Menschen säumten den Wegesrand. Plötzlich sprang ein junges Mädchen lachend aus der Menge hervor.

»Catlin!«

Das Pferd aus dem Mietstall, auf dem Catlin auch diesmal saß, erschrak und scheute.

»Zurück, Mabel!«, schrie Catlin voller Angst, doch es war zu spät. Das Pferd spürte die Furcht seiner Reiterin und stieg. Mabel erblasste, rührte sich jedoch nicht von der Stelle.

Catlin klammerte sich an der Mähne fest, um nicht aus dem Sattel zu rutschen. Die Vorderhufe des Pferdes kamen Mabel dabei gefährlich nahe und drohten sie an der Schläfe zu treffen. Catlins Herz setzte einen Schlag lang aus.

Richard stellte sich in die Steigbügel und versuchte die Zügel des scheuenden Pferdes zu ergreifen. Zur gleichen Zeit sprang der junge König geistesgegenwärtig von seinem Pferd und riss das Mädchen, das noch immer wie angewurzelt dastand, zur Seite. Die Menge johlte und klatschte jubelnd Beifall.

»Ruhe!«, donnerte eine Männerstimme, als Catlins Pferd ängstlich schnaubte.

Zitternd und bleich stand Mabel am Straßenrand, während die Arme des jungen Königs noch immer um ihren Leib gelegt waren.

»Es … es tut mir leid«, stammelte sie.

»Das hätte böse enden können«, sagte Henry ernst und hielt das Mädchen noch immer fest an sich gepresst.

»Ich danke Euch«, hauchte Mabel, sah ihm schmachtend in die Augen und senkte den Blick.

Sie war doch tatsächlich dabei, dem König den Kopf zu verdrehen! Catlin rang nach Luft. Obwohl Mabel ein wenig mager und im eigentlichen Sinn nicht schön war, zog sie viele Männer in ihren Bann, junge wie alte. Ob sie auch nur die leiseste Ahnung hatte, wem sie da schöne Augen machte?

Als Catlin ein wenig zitterig und umständlich vom Pferd glitt, stand Adam plötzlich neben ihr.

»Seid Ihr wohlauf?«, fragte er besorgt. Catlins Herz klopfte heftig, sie bejahte, sah ihn aber nicht an, wusste sie doch nur zu gut, dass seine Sorge ihr allein als Base seines besten Freundes galt.

»Mylord«, wandte sich Catlin an Henry, der nun die Arme sinken ließ und Mabel freigab. »Erlaubt Ihr, dass ich mich hier von Euch verabschiede und meine Freundin nach Hause begleite?« Obwohl Catlin nicht zur Entourage des Königs gehörte, wusste sie, dass es sich nicht geziemte, ihn ohne seine Erlaubnis zu verlassen.

Der junge König löste den Blick nur langsam von Mabel und musterte Catlin verwirrt. Es dauerte einen Augenblick, bis er ihre Frage begriffen hatte, dann aber nickte er zustimmend. »Gewiss.«

»Ich bringe das Pferd zurück in den Mietstall, wir treffen uns dort!«, rief Richard, der noch immer die Zügel des inzwischen beruhigten Tieres in der Hand hielt. Und ehe sie sich versahen, hatte sich Henry wieder auf sein Pferd geschwungen. Es tänzelte und bäumte sich auf, sodass Mabel erneut zusammenzuckte. Catlin dagegen schmunzelte, denn sie wusste inzwischen, dass gute Reiter wie der König ihre Pferde absichtlich steigen ließen, um die Mädchen zu beeindrucken.

»Komm!«, sagte sie und legte nun ihrerseits den Arm um ihre Freundin. »Das war mächtig knapp«, murmelte sie kopfschüttelnd und schob sich mit Mabel durch die Menge.

Zweimal sah Henry sich noch nach ihnen um.

»Wer war das?«, fragte Mabel. Rote Flecken bedeckten den Ausschnitt ihres Kleides.

»Henry der Dritte, König von England«, antwortete Catlin mit gerecktem Kinn. »Hast du das königliche Banner nicht gesehen?«

»Schon, aber ... ich wusste ja nicht, wer von den Männern ... ich meine ... ich dachte nicht, dass er ...« Mabel stellte sich auf die Zehenspitzen, um noch einen Blick auf den Zug des Königs zu werfen. »... dass er so jung ist und so gut aussieht.«

»Also hast du nicht absichtlich versucht, unserem König den Kopf zu verdrehen?«

»Um Himmels willen, nein!« Mabel blitzte die Freundin empört an. Erst nach einer Weile des Schweigens sprach sie leise weiter. »Seine starken Arme ...« Nun errötete sie auch im Gesicht bis zu den Haarwurzeln hinauf. »Sie haben sich gut angefühlt.« Mabel seufzte, lächelte verzückt und hakte sich bei Catlin unter. »Kennst du ihn besser? Du musst mir alles über ihn erzählen. Ob ich ihn je wiedersehe? Meine Güte, du hast mir nie gesagt, dass du den König kennst!« Sie zog Catlin in eine stillere Seitengasse. »Ist er mutig? Und lacht er gern? Wie alt ist er?« Mabel wollte gar nicht mehr aufhören, Catlin mit Fragen zu bestürmen.

»Schlag ihn dir aus dem Kopf!«, rief Catlin schließlich lachend. »Er ist kein Sticker oder Weber und auch nicht irgendein Kaufmannssohn, der dir nachstellen wird. Er ist der König von England.« Sie schüttelte tadelnd den Kopf. »Sich ausgerechnet in ihn zu verlieben wäre wirklich töricht.« Sie lachte auf, dabei wusste sie genau, dass der Anziehung eines stattlichen jungen Mannes nicht viel entgegenzusetzen war. Schließlich erging es ihr mit Adam nicht viel anders. Der König aber war für Mabel noch unerreichbarer als Adam für sie. Auch wenn Henrys Herz immerhin noch frei zu sein schien, so würde er es doch keiner einfachen Stickerin schenken, und sei sie auch noch so reizend.

»Sag mir, was kann ich tun, um ihn wiederzusehen?«, fragte Mabel, als sie vor der Tür ihres Hauses angekommen waren. »Wie lange hält er sich hier auf? Wird er nur in der Abtei bleiben, oder geht er auch auf die Jagd?«

Catlin zuckte mit den Schultern. »Ich weiß es nicht, Mabel. Vergiss ihn, er ist der König!« Sie trat von einem Bein auf das andere. »Kann ich kurz bei euch austreten?«

Mabel nickte, öffnete die Tür und deutete durch den Flur zum Hof hinaus. »Der Abtritt ist jetzt hinten rechts im Garten. Beeil dich, ich warte so lange.«

Catlin grüßte kurz in die Werkstatt, in der Mabels Eltern und die Lehrlinge arbeiteten, und huschte über den Hof. Auf dem Rückweg winkte sie freundlich, als Mabels Mutter mit fragendem Blick von ihrer Arbeit aufsah. »Ich muss wieder gehen!«, rief sie ihr entschuldigend zu. »Mabel kommt gleich.« Vermutlich hatte ihre Freundin wieder einmal eine Stickarbeit abgeliefert und war auf dem Rückweg vom Trubel des königlichen Zuges abgelenkt worden. Ihre Mutter aber war streng und sah es nicht gern, wenn die Tochter trödelte.

»Du musst wieder hinein!«, raunte Catlin ihrer Freundin zu und wies mit dem Daumen hinter sich.

»Ich weiß …«, antwortete Mabel gedehnt. »Komm mich bald wieder besuchen, und erzähl mir von der Hochzeit, am Sonntag nach der Messe vielleicht!«, rief sie Catlin nach, als diese das Haus bereits verlassen hatte.

»Ja, sicher!« Catlin wandte sich um und winkte. »Bis Sonntag dann!«

Als Catlin kurz darauf den Mietstall erreichte, war Richard noch nicht da. Er musste den König erst zum Abt bringen, es konnte also noch eine Weile dauern, bis er kam. Catlin setzte sich auf ein Fass und wartete.

»Hier!«, rief einer der Stallburschen, der noch kurz zuvor mit Auskehren beschäftigt war, schlenderte mit hängenden Armen auf sie zu und warf ihr einen schrumpeligen kleinen Apfel zu. »Magst du?«

Catlin gelang es nur mit Mühe, den Apfel zu fangen. »Danke!« Sie merkte erst jetzt, dass sie hungrig und durstig war, und biss gierig hinein.

»Da bist du ja!«, rief Richard, als er nicht lange darauf zum Stall kam, als hätte er auf Catlin gewartet. »Wer war das Mädchen?«, erkundigte er sich, winkte den Stallburschen herbei und drückte ihm die Zügel der Stute in die Hand.

»Meine Freundin Mabel. Sie ist Stickerin, eine wirklich gute sogar. Der Abt lässt fast alles in der Werkstatt ihrer Eltern arbeiten, und Mabel wird sie einmal übernehmen«, antwortete Catlin stolz, sprang vom Fass auf und kratzte sich undamenhaft am Allerwertesten. Als es ihr bewusst wurde, errötete sie. Zum Glück schien Richard die Geste nicht bemerkt zu haben, er nickte nur leicht gelangweilt und folgte dem Burschen in den

Mietstall. Als er zurückkam, rieb er sich zufrieden die Hände, als habe er ein gutes Geschäft gemacht. Er bestieg sein Pferd und streckte den Arm aus, um Catlin Halt zu geben und sie zu sich in den Sattel heraufzuziehen. »Es wird bald dunkel, wir sollten uns beeilen.« Er warf einen kurzen Blick zum Himmel hinauf.

»Bleibst du noch eine Nacht bei uns?« Catlin flüsterte fast. Das Herz wurde ihr schwer bei dem Gedanken, dass nun auch Richard davonziehen würde, nachdem Knightlys Weg sich bereits in London von dem ihren getrennt hatte.

»Nein, ich kann nicht, ich muss zurück zur Abtei, der König wünscht meine Anwesenheit.«

»Hm«, machte sie enttäuscht, schlang ihm die Arme um den Leib, der sich leicht zu verkrampfen schien, als sie ihn umfing, sich jedoch entspannte, sobald sie ihre Wange an seinen Rücken schmiegte. Dann gab Richard seinem Pferd die Sporen.

Als sie in den Hof der Schmiede kamen, runzelte Catlin die Stirn. Der Hund bellte nicht, und das Haus war dunkel, obwohl es bereits dämmerte. Kochte Elfreda denn kein Nachtmahl?

»Irgendetwas stimmt hier nicht«, flüsterte sie Richard zu und ließ sich vom Pferd gleiten. Ihr Vetter stieg ebenfalls ab und band das Tier an.

Bones! Catlin rannte los, als sie den hingestreckten Körper des Hundes unweit der Werkstatt entdeckte.

Das Fell auf seinem Kopf war mit Blut verkrustet. Catlin sank neben ihm auf die Knie. »Ach, Bones, mein armer Bones!«, flüsterte sie, als er leise fiepte. Hin und her gerissen zwischen Sorge um den Hund und Erleichterung, dass er noch lebte, strich sie ihm liebevoll über den Rücken. Plötzlich wurde ihr eiskalt. Ihr Vater hätte den Hund nie im Leben einfach so liegen gelassen! Sie sprang auf und sah Hilfe suchend zu Richard hinüber.

Nach einem prüfenden Blick auf den Boden hatte der schon die Hand an der Tür zur Schmiede. »Bleib hier!«, befahl er ungewöhnlich streng und öffnete vorsichtig.

Catlin folgte ihm auf dem Fuß und betrat dicht hinter ihm die dunkle Werkstatt.

Dass es in einer Schmiede nach Eisen roch, war nicht ungewöhnlich, der süßliche Hauch von Blut aber, der sich mit dem Metallgeruch vermischte, jagte Catlin Schauer über den Rücken. Sie riss die Augen auf, denn in den Essen brannte kein Feuer, und die wenigen glühenden Kohlen strahlten nur ein spärliches Licht ab. Als die Tür krachend hinter ihnen zufiel, fuhr sie zusammen. Zum Glück kannte sie sich in der Werkstatt aus. Sie tastete sich an der Wand entlang und griff mit zitternden Fingern nach einem der aufgestapelten Kienspäne, um ihn an der Glut zu entzünden. Nur wenige Schritte trennten sie noch von der nächsten Esse, als ihr der Atem stockte. Ihr Fuß war gegen einen leblosen Körper gestoßen. Ein spitzer Schrei löste sich aus ihrer Kehle.

Richard, der sich ebenfalls vorwärtsgetastet hatte, fand einen Lappen, den er auf die glühenden Kohlen warf. Flammen leckten daran. Richard griff nach einem kleinen Holzscheit und legte es nach. Das Feuer loderte auf und warf sein zuckendes Licht auf den Schrecken in der Schmiede.

Catlin sah, dass es Peters Leichnam war, den sie mit dem Fuß angestoßen hatte. Der alte Mann lag mit verdrehten Gliedmaßen am Boden. Mit enger Kehle, unfähig, etwas zu denken oder zu tun, stand Catlin nur da und starrte in seine erloschenen Augen. Ihr Herz schlug so heftig, dass ihr die Brust schmerzte.

»Henry!«, rief Richard und stürzte auf den Schmied zu, der hinter einem Amboss lag und leise stöhnte.

»Vater!« Catlin löste sich aus ihrer Erstarrung und lief zu ihm.

»Edwin, wo ist Edwin?«, stöhnte der Schmied.

Richard sah sich um und entdeckte den Gesellen regungslos in einer Blutlache liegen. Sein Brustkorb hob sich nicht mehr, und am Hals klaffte eine lange, tiefe Schnittwunde, an der das Blut bereits eintrocknete.

»Er ist tot«, antwortete Richard leise und bekreuzigte sich.

»Helft mir hoch!«, befahl der Schmied, betrachtete voller Schmerz die beiden niedergemetzelten Gehilfen und wandte den Blick dann Richard und Catlin zu.

»Wir wurden überfallen«, erklärte er schwer atmend. »Die Jungen konnten sich befreien und wollten Hilfe holen. Wo sind sie? Habt ihr sie gesehen?«

Richard und Catlin hoben die Schultern und schüttelten besorgt die Köpfe.

Als draußen vor der Tür plötzlich dumpfe Männerstimmen zu hören waren, erschrak der Schmied beinahe zu Tode. »O mein Gott, sie kommen zurück!«, rief er bebend und wollte schon nach einem Vorschlaghammer greifen, doch er konnte sich kaum auf den Beinen halten und strauchelte.

Richard straffte energisch die Schultern, als wolle er sich wappnen, und legte die Hand an den Griff seines Schwertes, bereit, möglichen Angreifern entgegenzutreten, während Catlin ihren Vater stützte.

»Hallo?«, rief eine Stimme von draußen. »Richard?«

»Adam! Der Herr sei gepriesen.« Richard atmete auf

und stürmte zur Tür. »Wie kommst du hierher?«, empfing er den Freund verwundert und dankbar zugleich.

»Einer der Jungen kam in die Abtei, die anderen haben wir auf dem Weg aufgelesen.«

»Wir müssen meinen Onkel ins Haus bringen«, sagte Richard. Catlin und der Schmied waren ihm zur Tür gefolgt. »In der Werkstatt liegen zwei Tote.«

Der Schmied knickte kurz ein, fing sich aber wieder.

»Vater, wo sind Winnifred und Elfreda?«, fragte Catlin, als sie sah, dass keine der beiden im Hof war.

Jake, der jüngste Schmiedelehrling, heulte ungehemmt wie ein Kleinkind, aber ihm fehlte nichts. Blake und Duncan hatten tüchtig blutende Platzwunden davongetragen, während Owen nur leicht verletzt war. Jake schien vollkommen verstört. »Winnie!«, heulte er schluchzend. »Wo ist Winnie?«

Kalte Angst kroch Catlin wie eine züngelnde Schlange den Rücken herauf.

»Geh und hilf bei der Suche nach ihr!«, befahl der Vater. »Ich komme allein zurecht«, fügte er hinzu, wankte aber, als Catlin ihn losließ, und hielt sich nur mit Mühe auf den Beinen.

»Und Elfreda? Was ist mit Elfreda?«, rief Catlin vollkommen von Sinnen vor Angst. Ihre Kehle war wie zugeschnürt, und sie fürchtete, keine Luft mehr zu bekommen.

»Elfreda ist schon seit Tagen fort. Ihr Vater liegt im Sterben.« Henry rang nach Atem. »Sucht Winnie!«

Die Männer, die mit Adam gekommen waren, hatten bereits mit der Durchsuchung des Wohnhauses begonnen. »Hier ist niemand!«, riefen sie.

Wenn sie nicht im Haus war, musste sich Winnie irgendwo draußen versteckt haben. Catlin sah sich um, drehte sich nach rechts, dann nach links. Es war fast dunkel, wie sollten sie da noch jemanden finden? Den Gedanken, dass die Männer, die die Schmiede überfallen hatten, sie womöglich verschleppt hatten, ließ sie nicht zu. Wo, zermarterte sie sich das Hirn, wo kann Winnie sich verkrochen haben? Als einer der Männer des Königs sich der Hütte näherte, in der das Holz getrocknet wurde, riss Catlin die Hand hoch. »Wartet!«, rief sie, bevor er sich anschicken konnte, die Tür zu öffnen, und rannte darauf zu. Wenn sie sich dort verborgen hielt, würde sie womöglich in Panik geraten, wenn ein Fremder hereinkam.

Catlin zog die Tür einen Spaltbreit auf. »Winnie?« Vorsichtig setzte sie einen Fuß in die Hütte. »Winnifred, ich bin's, Catlin!« Sie lauschte, vernahm ein ersticktes Schluchzen und trat ein. »Geht es dir gut?« Statt einer Antwort hörte sie nur ein Schniefen. »Hab keine Angst! Sie sind weg.« Catlin ging dem Weinen nach und fand Winnifred unter dem kleinen Tisch, der an einer Schuppenwand stand. In sich zusammengesunken, die Knie bis ans Kinn herangezogen, das Gesicht in beiden Händen verborgen, saß sie da und weinte. Als sie kurz aufblickte, fiel das Licht der bereits tief im Westen stehenden Sonne auf das verschreckte Mädchen, und Catlin bemerkte, dass ein Wangenknochen blutunterlaufen war, als hätte ein Faustschlag sie getroffen.

»Schschsch«, sagte Catlin sanft, versuchte den eigenen Schreck zu verbergen und Winnie zu beruhigen. »Komm!« Sie streckte die Hand aus, doch das Mädchen schüttelte entschlossen den Kopf.

»Ich komme nie wieder hier heraus!«

Catlin seufzte leise und kniete auf dem Boden nieder. »Ach, Winnie«, sagte sie weich, beugte sich vor und strich dem Mädchen sanft über den Kopf. »Um Himmels willen, was ist mit deinen Haaren?« Erschrocken betrachtete sie ihre Hand, in der sie ein ganzes Büschel hielt.

Winnifred schluchzte auf.

Erst jetzt entdeckte Catlin, dass Winnifreds Kleid an der Schulter zerrissen war und nackte Haut freigab, auf der blutige Kratzspuren zu sehen waren.

»Komm mit ins Haus, es ist kalt hier.« Sie wollte Winnifred unter dem Tisch hervorziehen, doch die schlug wild um sich. Hilflos stand Catlin auf und verließ den Schuppen. Wenn Winnie nicht wollte, konnte sie sie schließlich nicht zwingen.

»Die Männer, sie haben sie ... sie haben ihr ... Gewalt ...«, stammelte Duncan, der draußen gewartet hatte. Da erst sah Catlin, dass er schwerer verletzt war, als es zunächst den Anschein gehabt hatte. Mit gut sechzehn war er der Älteste unter den Lehrjungen. Stark wie ein Ochse, stand er nun da wie ein hilfloses Kind und sah Catlin aus zugeschwollenen Augen an. Tränen liefen ihm über die Wangen. »Ich habe versucht, ihr zu helfen ... Wirklich, ich hab's versucht. Ich hab's versucht ...«, wiederholte er immer wieder voller Verzweiflung.

Adam, der mit einem Mal neben ihm stand, legte ihm mitfühlend die Hand auf den Arm. Worte hatte er nicht.

Langsam begriff Catlin, was die fremden Männer getan hatten. »Es ist vorbei, alles wird gut«, murmelte sie mehr zu sich selbst als zu Duncan und nahm dankbar die kleine Laterne entgegen, die Adam ihr hinhielt. Die Knie drohten ihr zu versagen, als sie sich umwandte und in die Hütte zurückkehrte. Sie konnte Winnie nicht allein lassen, auch wenn jeder Schritt sie unsäglich viel Kraft kostete. Während sie unbeschwert den Rückweg von London genossen hatte, waren Peter und Edwin getötet und entsetzlich viel Leid über den anderen ausgeschüttet worden. Bis zu diesem Tag hatte sie stets geglaubt, sie würde spüren, wenn einer ihrer Lieben in Gefahr geriet. Tatsächlich aber hatte sie während ihrer Abwesenheit keinen einzigen Gedanken daran verschwendet, dass den Schmieden, die sie immer beschützt hatten, etwas zustoßen könne. Nun aber wogen Kummer und Sorgen um ihren Vater und das Mitleid mit Winnie schwer wie Blei an ihren Füßen. Wie nur hatte so ein Unglück geschehen können? Winnifred wimmerte und schluchzte. Sie verbarg das Gesicht vor Scham in den Händen, als Catlin sie überreden wollte, doch endlich den Platz unter dem Tisch zu verlassen und mit ihr ins Haus zu kommen. »Dort drüben ist es schön warm«, versuchte sie das Mädchen zu locken, doch Winnie schüttelte nur den Kopf.

Die ganze Nacht über blieb Catlin bei ihr, obwohl sie sich nichts sehnlicher wünschte, als endlich zu ihrem Vater hinüberzugehen und nach seinen Wunden zu sehen. Einmal, mitten in der Nacht, stand sie auf, um sich die kalten, steifen Glieder zu vertreten. Sie wollte die Hütte nur kurz verlassen, um sich zu erleichtern, doch Winnie flehte sie an, sie nicht allein zu lassen. Die Männer im Hof ängstigten sie zu Tode, ganz gleich, wie glaubhaft Catlin ihr versicherte, dass sie nichts zu befürchten habe. »Sie beschützen uns!«, beteuerte sie immer wieder. »Es sind Richard und seine Gefährten. Sieh nur, sie haben uns Decken gebracht, damit wir nicht frieren!« Catlin legte Winnie eine Decke um die Schultern, doch alle Beschwichtigungsversuche scheiterten. Die Angst des Mädchens war zu übermächtig.

Als die Sonne am nächsten Morgen aufging, erwachte Catlin mit den grauenvollen Bildern des Vortages, die sie bis in ihre Träume verfolgt hatten.

Winnifred hatte die Augen noch geschlossen. Irgendwann musste sie über ihren Tränen erschöpft eingeschlafen sein. Ihre Stirn war in Falten gelegt, der Zug um ihren Mund wirkte hart.

Catlin erhob sich und schlich nach draußen.

Trotz seiner Verletzungen stand Duncan aufrecht und hoch erhobenen Hauptes vor der Hütte, die Hände neben den Oberschenkeln zu Fäusten geballt.

»Was tust du hier?«, wunderte sich Catlin.

Duncan antwortete nur zögernd. »Ich konnte nicht schlafen.«

»Stehst du schon lange so da?«

»Die ganze Nacht. Ich musste doch aufpassen.«

Catlin wusste nicht, was sie darauf sagen sollte. »Dich trifft keine Schuld«, murmelte sie schließlich.

»Ich hätte sie töten müssen!« Duncan warf den Kopf herum und blitzte Catlin mit noch immer verschwollenen Augen an. »Aber es waren zu viele.« Er brach erneut in Tränen aus.

»Du musst stark sein.« Catlin wusste, wie sehr er Winnifred mochte. »Für Winnie.«

Duncan sah sie an, als spräche sie in einer fremden Sprache zu ihm.

»Sie wird nicht darüber reden. Sie schämt sich, verstehst du?« Dass sie gar fürchten musste, von einem dieser Teufel einen fauligen Samen eingepflanzt bekommen zu haben, erwähnte Catlin lieber nicht. »Wenn sie dich weinen sieht, wird es nur schlimmer für sie. Du musst ihr Kraft geben, ihr zeigen, dass du stark bist. Wir alle müssen stark sein.«

Duncan nickte und wischte sich mit dem Ärmel über das geschundene Gesicht.

»Ich muss austreten. Geh zu ihr, und setz dich in ihre Nähe, damit sie beim Aufwachen nicht allein ist. Nur anrühren darfst du sie nicht.«

Duncan gehorchte, und Catlin nutzte die Gelegenheit, schnell noch zum Haus hinüberzugehen und nach ihrem Vater zu sehen.

»Sie haben alle Messer und die beiden neuen Schwerter aus der Werkstatt mitgenommen«, hörte sie den Schmied gerade zu Adam sagen, als sie die Stube betrat.

»Wie geht es dir, Vater?« Catlin eilte auf ihn zu und umarmte ihn.

Der Vater beachtete sie kaum und antwortete nicht. »Das waren keine gewöhnlichen Räuber, keine Vogelfreien, die zum Stehlen gezwungen sind, um zu überleben. Das waren Soldaten des Königs«, erklärte er Richard und Adam aufgebracht.

Bones, der zu seinen Füßen lag, winselte leise und wedelte müde mit dem Schwanz, als Catlin sich zu ihm kniete. »Ach, Bones, mein lieber, treuer Bones!« Sie legte ihre Wange an sein struppiges Fell und streichelte ihn voller Zuneigung.

»Nicht Soldaten des Königs, sondern junge Söldner vermutlich«, erklärte Adam. »Nachgeborene Söhne aus niederem Adel, die für den Krieg leben und sich langweilen, wenn sie nicht kämpfen können. Sie versaufen ihr Geld und verspielen es. Sind ihre Börsen dann leer, überfallen sie die einfachen Leute. Offenbar treiben sie schon seit Tagen ihr Unwesen in dieser Gegend. Die Lehrburschen haben gesagt, dass sie auch einige Bauern und den Müller heimgesucht haben. Sie sind gut bewaffnet und bestens ausgebildet. Aber glaubt mir, das lässt ihnen der König nicht durchgehen!«

»Worauf wartet ihr dann noch?«, fuhr Catlin Adam verzweifelt an und durchbohrte die beiden Männer mit entrüsteten Blicken. »Warum macht ihr euch nicht auf und sucht die Übeltäter? Wollt ihr warten, bis sie noch mehr Menschen töten und Frauen schänden?«, schrie sie ihren Zorn hinaus, wohl wissend, dass keiner von ihnen Schuld an diesem Unglück trug.

Richard ging auf sie zu und legte ihr den Arm um die Schultern. »Wir wollten uns gerade beraten, wie wir die Suche am besten angehen. Einfach loszustürmen hat nicht viel Sinn. Wir wissen ja nicht, welches Ziel die Bande als Nächstes im Auge hatte.«

Catlin brach in Tränen aus.

Der Schmied sprang auf, sank aber sogleich wieder auf seinen Stuhl zurück.

»Onkel, Ihr müsst Euch schonen«, mahnte Richard und legte Henry entschlossen die Hand auf den Oberarm. »Wir fassen die Verbrecher, das verspreche ich.«

Als die Sonne höher stand und den blassblauen Himmel anstrahlte, gelang es Catlin endlich, Winnie zum Verlassen der Hütte zu überreden.

»Lass uns zum Bach gehen!« Catlin hatte ein Leinentuch, ein Tonfläschchen, ein sauberes Kleid und den Schwamm mitgenommen, den sie in London für Elfreda gekauft hatte. Sie nahm Winnie bei der Hand und zog sie hinter sich her. Unterhalb der Stelle, an der sie gewöhnlich ihr Wasser schöpften, watete sie in das eiskalte Nass, tauchte den Schwamm ein und wusch vorsichtig die zitternden Beine des jungen Mädchens. Erst die Waden, dann behutsam höher hinauf bis zu den Schenkeln.

Winnie stand wie erstarrt in dem kalten Wasser. Tränen liefen ihr über das Gesicht. »Wasch sie ab! Bitte, wasch sie ab!« Sie weinte bitterlich. »Ich rieche sie noch immer an mir!«

Catlin nickte und weinte mit ihr. Stumm fuhr sie immer weiter mit der Hand unter Winnies Kleid, um das Blut und die fremden Männer von ihr abzuwaschen. Wieder und wieder tauchte sie den Schwamm ins Wasser, spülte ihn aus und schwemmte die Sünde den Bach hinunter. Winnie schlotterte vor Kälte, doch den Schmutz fortzuwaschen war wichtiger als ein Schnupfen, den sie vielleicht davontrug. Catlin fuhr sanft mit dem Schwamm über Winnies Scham, ihren Bauch und die kleinen Brüste, dann zog sie ihr das zerrissene Kleid über den Kopf. Der Bach war ihr Verbündeter, riss es mit sich und spülte es glucksend fort. Catlin ließ Unmengen von Wasser über Winnies geschundenen Körper rinnen, schrubbte sie mit dem Schwamm, bis sich ihre Haut rötete, und rubbelte sie schließlich mit dem Leinentuch trocken. Eine Ecke des Tuches machte sie nass und wischte damit sanft über Winnies blasses Gesicht. »Es wird alles gut«, murmelte sie immer wieder, während Winnie nur dastand und schluchzte.

Das Fläschchen, das sie mitgebracht hatte, enthielt feinstes Rosenöl. Catlin hatte es in London von Hilda geschenkt bekommen und war froh, es nun an Winnie weitergeben zu können. Mit weichen, sanften Händen verteilte sie es auf den verkratzten Armen und Winnies blutunterlaufenem Hals. Gewürgt hatten die Schänder sie also auch. »Es wird alles gut«, murmelte Catlin abermals.

Als Winnie das saubere Kleid anhatte, schien sie bereit, in die Welt zurückzukehren. Vor dem Haus aber blieb sie plötzlich stehen. Sie zitterte am ganzen Leib und fuhr zusammen, als die Tür aufging.

»Elfreda!«, rief Catlin erleichtert und fiel der Haushälterin um den Hals. Tränen rannen ihr über die Wangen.

»Wann bist du zurückgekommen?« Nie hatte Catlin sich so gefreut, Elfreda zu sehen, wie in diesem Augenblick.

»Gerade eben erst. Ich hatte so ein merkwürdiges Gefühl …« Sie betrachtete Winnie mitfühlend und umarmte Catlin. »Ich bin so froh, dass wenigstens dir nichts geschehen ist!«, flüsterte sie ihr ins Ohr.

Catlin entfuhr ein leiser Seufzer. »Sie haben Winnie … sie haben ihr …« Catlin brach ab. Schweiß stand auf ihrer Stirn.

»Ich weiß«, flüsterte Elfreda und ließ Catlin los. »Kommt mit ins Haus!«, forderte sie die beiden mit aufgesetzter Sorglosigkeit auf, nahm Winnie wie ein Kind an die Hand und schob Catlin als Erste hinein. »Ich bereite euch heißen Haferbrei mit Milch und Honig.« Sie lächelte aufmunternd, ließ Winnie auf der Bank Platz nehmen und lächelte gerührt, als sich der halb zu Tode geprügelte Bones schwerfällig erhob und zu ihr hinschleppte. Es war, als spüre er genau, wie sehr das arme Mädchen seiner Wärme und Zuneigung bedurfte. Er winselte leise und stieß Winnie mit der Schnauze an, bis ihre Hand gleichgültig vom Schoß glitt. Er leckte sie tröstend und ließ sich dann mit einem gequälten Schnaufen zu ihren Füßen nieder.

Catlin trat derweil zu dem Lehnstuhl, auf dem ihr Vater saß und schlief. Behutsam küsste sie ihn auf die Stirn, doch er erwachte nicht.

»Was ist mit seiner Hand?« Sie runzelte die Stirn, denn den Verband hatte sie zuvor nicht bemerkt.

»Adam hat sie geschient, soweit ich weiß. Ich glaube, zwei Finger sind gebrochen und anscheinend auch die Hand, hier.« Elfreda wies auf den Knochen, der zum Mittelfinger führte. »Hoffentlich verheilt alles gut.«

»Zum Glück ist es die Rechte«, stellte Catlin fest. »Mit der hält er zwar die Zange, aber mehr Kraft und Ausdauer braucht er mit der Linken, weil er damit schlägt.« Für Catlin und die Lehrlinge war es manchmal verwirrend, wenn der Schmied ihnen etwas zeigte – wie man den Hammer hielt oder die Feile ansetzte, denn alle benutzten dafür die rechte Hand. »Ich habe keine Pferde mehr vor der Schmiede stehen sehen. Sind Richard und seine Männer endlich aufgebrochen?« Catlins Stimme klang aufgebracht.

Elfreda nickte. »Ja, Herz«, murmelte sie. »Sie werden sie kriegen, glaub mir.« Sie bemühte sich ganz offensichtlich um ein zuversichtliches Lächeln, das jedoch eher zweifelnd ausfiel. »Sie wollen sich mit Männern aus der Gegend zusammentun, kennen sich ja hier nicht aus«, erklärte sie.

Catlin setzte sich stumm an den Tisch. Ihr Vater schlief doch tiefer, als sie gedacht hatte. Sein Brustkorb hob und senkte sich gleichmäßig, aber in seinem Gesicht zuckten die Sorgen um die buschigen Brauen.

»Ich habe die Jungen nach Hause geschickt, an Arbeit ist zurzeit ohnehin nicht zu denken.« Elfreda kehrte Winnie den Rücken zu und wischte sich eine Träne aus dem Augenwinkel. »Peter und Edwin sind in der Schmiede aufgebahrt, und Duncan holt den Priester«, fügte sie mit gesenkter Stimme hinzu.

Winnie starrte vor sich hin und murmelte etwas. Entweder betete sie, oder sie verfluchte ihre Schänder.

»Hafer, Milch und Honig.« Elfreda sah sich suchend um, hob einige Scherben auf, die am Boden lagen, fand schließlich, was sie suchte, und schürte das Feuer.

»Sie haben die Feuerstelle aufgegraben, weil sie geglaubt haben, dass dein Vater sein Geld dort versteckt. Auf den Gedanken, es in der Schmiede zu suchen, sind sie offenbar nicht gekommen.« Sie rührte in dem Topf mit dem Haferbrei.

»Ich bin gleich zurück.« Catlin schlüpfte aus der Tür und ging hinüber zur Schmiede. Einen Augenblick lang blieb sie unentschlossen davor stehen, dann atmete sie tief durch und trat ein.

Peter und Edwin lagen auf einem breiten Tisch, den die Männer aus drei Böcken und langen Holzbrettern aufgebaut hatten. Ihre Augen waren geschlossen, die Hände auf der Brust gefaltet. Einer der Männer, Richard oder Adam vermutlich, hatte Edwin ein Tuch um die klaffende Wunde am Hals gebunden. Nun schien er zu schlafen – dabei hatte man ihm die Kehle aufgeschlitzt und ihn ausbluten lassen wie ein Tier. Das Blut auf dem Boden war notdürftig mit Sand bedeckt, auf Edwins Kleidern aber war es bereits zu braunen Flecken getrocknet, und der süßliche Geruch lag noch immer in der Luft. Catlin kämpfte gegen eine plötzliche Übelkeit an. Sie sprach ein kurzes Gebet für Edwin, bekreuzigte sich und wandte sich dann Peter zu. Blut klebte an seiner Schläfe und in seinem Bart. Catlin betrachtete ihn voller Zuneigung und strich sanft über das weiche graue Haupthaar des Alten. Sie schloss die Augen und dachte an den Tag ihrer Abreise. Sie fühlte noch, wie er sie umarmt hatte, und erinnerte sich an ihr Versprechen. Sie schlug die Augen auf, wandte sich um und verließ entschlossenen Schrittes die Schmiede.

Nach dem letzten Löffel Getreidebrei, den Elfreda mit viel Honig gesüßt hatte, fühlte sich Catlin gestärkt und war nun bereit, zu tun, was getan werden musste. Sie öffnete die Truhe auf der anderen Seite des Raumes und holte ein Bündel heraus.

»Was hast du vor?« Elfreda runzelte die Stirn.

»Ich habe Peter versprochen, dass ich ihm den Bart schabe, wenn ich zurück bin …« Catlin brachte es nicht übers Herz, Elfreda anzusehen. Sie nahm ein Tuch, tauchte einen Zipfel davon in den Eimer und wrang das überschüssige Wasser aus. Der Gedanke, nun ihren allerletzten Liebesdienst an Peter zu verrichten, war tröstlich und zugleich beängstigend. Sie rang verzweifelt nach Atem. »Was man verspricht, das muss man halten.«

Elfreda nickte und strich ihr über die Wange. »Bist ein gutes Kind.«

Herr, gib mir Kraft!, flehte Catlin stumm und ging hinüber zur Werkstatt. Am Tag zuvor noch war sie ein fröhliches Mädchen gewesen, unglücklich verliebt zwar, doch voller Hoffnungen. Seitdem hatte sich alles jäh verändert. Die Idylle der Schmiede war zerstört, Winnie geschändet, Peter und Edwin lebten nicht mehr, und der Vater war so schwer verletzt, dass er eine ganze Weile nicht würde schmieden können. Immerhin hatte er die Ersparnisse so gut versteckt, dass die Räuber sie nicht gefunden hatten. Wenn sie das Geld einteilten, reichte es hoffentlich, bis er wieder arbeiten konnte. Das Leben in der Schmiede aber würde für alle Zeiten ein anderes sein.

In der Werkstatt angekommen, wischte Catlin mit

dem feuchten Leinen das Blut von Peters Stirn, öffnete das Bündel, holte das Rasiermesser heraus und schärfte es. Bei dem Gedanken, das kalte Gesicht des Toten berühren zu müssen, graute ihr, trotzdem wollte sie ihr Versprechen einlösen, damit Peter mit blankem Gesicht vor seinen Schöpfer treten konnte. Als sie ihm mit der Klinge über den Hals fuhr, musste sie an Edwin denken. Ob er gemerkt hatte, wie ihm das Blut aus dem Hals gequollen war, nachdem man ihm die Gurgel durchtrennt hatte? Catlin hielt kurz inne, um sich zu sammeln.

»Ich habe es versprochen«, flüsterte sie. Tränen liefen ihr über das Gesicht und tropften auf Peters Hemd. Als der Bart endlich abrasiert war und Catlin der fahlen Haut des Toten ansichtig wurde, brach sie schier zusammen. »Peter, Onkel Peter!«, weinte sie, legte die Stirn auf seine gefalteten Hände und betete, der Herr möge sich seiner Seele annehmen.

»Der Priester ist gekommen«, sagte Duncan leise, fast entschuldigend. Erst als Catlin aufsah, trat er mit einem zögernden Blick in die Werkstatt ein.

Für die Letzte Ölung und die Beichte war es zu spät. Peters und Edwins Leiber waren längst erkaltet, ihre Seelen fort. Trotzdem würden ihnen die Gebete des Priesters, der die beiden seit vielen Jahren als aufrechte, gottesfürchtige Männer gekannt hatte, zweifellos helfen, den Weg ins Paradies zu finden. Catlin küsste Peters wächserne Wange und verließ Hals über Kopf die Werkstatt.

Am darauffolgenden Tag kamen einige kräftige Männer aus der Nachbarschaft und holten die Leichen von Peter und Edwin ab, um sie ins Dorf zu tragen, wo sie auf dem kleinen Friedhof neben der Kirche beerdigt werden sollten.

Catlins Vater hatte Mühe mit dem Laufen, hielt es jedoch für seine selbstverständliche Pflicht, die beiden Männer, die er so sehr geschätzt hatte, zu ihrer letzten Ruhestätte zu geleiten.

Catlin stützte ihn, gefolgt von Winnifred und Elfreda.

Duncan, Blake, Owen und Jake stießen bald darauf mit ihren Eltern und Geschwistern zu dem Trauerzug. Je näher sie dem Dorf kamen, desto mehr Nachbarn und Freunde schlossen sich ihnen an. Die Frauen sprachen laut murmelnd Gebete, während die Männer darüber nachsannen, wie sie sich und ihre Familien in Zukunft vor ähnlichen Überfällen schützen konnten. Auch die Kinder wussten, was geschehen war, darum stritten sie nur leise und tollten weniger herum als üblich.

Die ganze Gemeinde versammelte sich auf dem Kirchplatz, fassungslos, dass ihrem friedlichen Landstrich etwas so Schreckliches widerfahren war. Auch der Müller war verletzt und sein Knecht erschlagen worden. Und bei den Bauern hatte es ebenfalls zwei Opfer gegeben. Nun wurden alle fünf Toten zu Grabe getragen. Die Hinterbliebenen weinten, die Freunde schworen Rache, und nach der ergreifenden Rede des Priesters, der den Herrn um Vergebung für die Sünden der Toten bat, wurden die in Leinen gewickelten Leichen in die frischen Gruben gelegt, die man in aller Eile ausgehoben hatte. Als die erste Schaufel Erde auf Peters Grab hinunterpolterte, bedeckte die Sonne ihr Antlitz mit einer dunklen Wolke, als trauere auch sie. Catlin schauderte, zog ihr Tuch enger um die Schultern und wandte sich schweigend ab. Wut und Verzweiflung drohten sie zu überwältigen, und sie glaubte niemals im Leben wieder lachen zu können.

Der Priester hatte beim Herrn um Vergeltung für die Toten gefleht und damit der Hoffnung der Gläubigen Ausdruck verliehen, der Allmächtige möge dafür sorgen, dass die Schuldigen gefangen und noch im Diesseits bestraft würden.

Als die Gräber zugeschaufelt waren, zogen die Trauernden zum Dorfplatz und standen dort noch lange zusammen. Sie sprachen von alten Zeiten, erzählten anrührende oder auch spaßige Geschichten aus vergangenen Tagen, aus dem Leben der Verstorbenen und jener, die ihnen nahegestanden hatten. Und so wurde bei aller Trauer, wie bei fast jeder Beerdigung, hin und wieder sogar gelacht.

Catlin sprach mit niemandem, hörte aber zwei Witwen zu, die über Peter redeten. Beide hatten als junge Frauen gehofft, dass er sie eines Tages freien werde. Viele Jahre waren sie sich deshalb spinnefeind gewesen, obwohl sie wie Schwestern aufgewachsen waren. Am Ende hatte keine von ihnen Peter zum Gatten bekommen. Beide waren mit anderen Männern verheiratet worden, hatten Kinder geboren und ihre Lebensgefährten längst begraben.

»Die Wege des Herrn!«, sagte eine von ihnen mit einem bedauernden Seufzer. »Aber es ist vermutlich besser so gewesen. Peter hat ohnehin immer nur Agnes geliebt«, sagte sie.

»Aber die«, fügte die zweite hinzu, »musste ja unbedingt diesen Tunichtgut heiraten. Hat sie fast an den Bettelstab gebracht.«

»Ja, ja, Peter war eine Seele von Mann … und Agnes wäre mit ihm zweifellos besser dran gewesen.«

Die Freundinnen, denn das waren sie inzwischen wieder, nickten einhellig, und Catlin fragte sich, ob es sich bei dieser Agnes wohl um ihre Tante handelte, eine Halbschwester ihres Vaters. Catlin hatte schon lange nichts mehr von ihr gehört, wusste aber, dass ihr Mann sich keiner großen Beliebtheit im Dorf erfreute. Wenn Peter tatsächlich in sie verliebt gewesen war, dann wäre er ja um ein Haar tatsächlich ihr Onkel geworden. Ein warmes Gefühl von Geborgenheit erfüllte sie.

Die Trauergesellschaft löste sich erst am Nachmittag auf. Duncan bestand darauf, Catlin, Elfreda, Winnie und den Schmied zu begleiten, und ließ sich nicht zur Rückkehr nach Hause überreden. Offenbar fühlte er sich noch immer schuldig und meinte, unbedingt auf Winnie achtgeben zu müssen.

Als sie kurz vor dem Dunkelwerden alle gemeinsam in der Stube saßen, wurde die nachdenkliche Stille am Tisch durch Hufgetrappel im Hof gestört. Winnifred begann am ganzen Körper zu zittern, während Bones, der wie gewöhnlich zu ihren Füßen lag, den Kopf hob und knurrte.

Duncan hatte eine Axt aus der Werkstatt mitgebracht, und auch Catlin hatte sich mit einem Werkzeug bewaffnet. Mit klammen Fingern nahm sie den Griff des Handhammers in die Rechte.

Bones hatte noch immer die Ohren gespitzt und winselte.

Plötzlich ergriff Catlin Panik. Angriff, dachte sie, Angriff ist die beste Verteidigung. Sie sprang auf, hob den Arm mit dem Hammer und riss die Tür auf. Aus den Augenwinkeln sah sie, dass auch Duncan auf den Beinen war, bereit, ihr mit der Axt in der Hand beizustehen. Sogar ihr Vater hatte sich von seinem Lehnstuhl erhoben.

»Ho!«, rief Richard, hob abwehrend die Hände und wich so weit zurück, dass er Arthur, der hinter ihm stand, auf die Füße trat. »Vorsicht, lasst mich am Leben!«

Bones schnaufte und legte den Kopf beruhigt auf Winnies Füße. Der Schmied ließ sich erleichtert auf seinen Sitz zurückfallen.

»O mein Gott, Richard, ihr habt uns einen Heidenschreck eingejagt!« Catlin senkte den Hammer, und Duncan stellte die Axt in einer Ecke ab.

»Habt ihr sie? Habt ihr sie gefunden?« Catlin trat auf Richard zu, als wolle sie ihm den Eintritt verwehren, bis feststand, dass die Gefahr gebannt war.

»Es ist vorüber. Wir haben sie gefasst und vor den König geführt. Er wird sie aufknüpfen lassen.«

»In der Stadt?«

»Auf dem Markplatz«, bestätigte Richard. »Morgen, noch vor dem Mittagsläuten.«

»Ich will sie hängen sehen!«, sagte Winnie laut. Ihre Stimme klang hart und viel zu alt. Sie war doch erst dreizehn. Alle starrten sie verblüfft an. Immerhin zeigte ihr blasses Gesicht wieder ein wenig Farbe. »Ich will sehen, wie sie zappeln und um Gnade winseln, bevor sie zur Hölle fahren.«

Elfreda setzte sich zu ihr auf die Bank und umarmte sie.

Es wird alles gut, dachte Catlin. Es wird alles gut.

»Wir wollten euch Bescheid geben, dass ihr in Sicherheit seid«, sagte Richard. »Nun aber müssen wir umgehend zum König zurück.«

Catlin nickte. »Dann sehen wir uns morgen.«

Richard strich ihr väterlich über das Haar und ging.

Um die Hinrichtung auf keinen Fall zu verpassen, machten sie sich am nächsten Morgen schon in aller Herrgottsfrühe auf den Weg nach St. Edmundsbury.

Duncan wich keinen Augenblick lang von Winnies Seite. Wortlos begleitete er sie, vielleicht um ihr zu beweisen, dass nicht alle Männer gewissenlose Schurken waren. Der Gedanke, dass die Unholde, die ihr so grausam Gewalt angetan hatten, schon bald in der Hölle schmoren würden, schien Winnie neuen Lebensmut zu verleihen. Sie wirkte geradezu vergnügt, ihre Wangen waren gerötet. Entschlossen setzte sie einen Fuß vor den anderen.

Der Schmied hingegen war noch immer schwach, musste langsam gehen und Pausen einlegen, um Kraft zu schöpfen. Dennoch hätte er um nichts in der Welt zu Hause bleiben wollen.

Die Nachricht von der Hinrichtung hatte sich in Windeseile herumgesprochen. Von überall her strömten Menschen herbei, die sich das Schauspiel nicht entgehen lassen wollten. Viele wussten nicht einmal, was den Verurteilten vorgeworfen wurde, und stellten Überlegungen an, was wohl geschehen war. Manch einer glaubte zu wissen, dass sie des Verrates am König angeklagt waren, andere hatten gehört, es seien Vogelfreie, die auf dem Marktplatz aufgeknüpft werden sollten.

Die Bauern und der Müller, die es besser wussten, weil auch sie überfallen worden waren, klärten die Neugierigen auf, verfluchten die räuberischen jungen Adligen und dankten dem Herrn, dass er ihre Gebete erhört hatte und mit der Stimme des Königs, der durch Zufall in St. Edmundsbury weilte, so rasch für Gerechtigkeit sorgte.

Die Stadttore waren schon seit dem Morgengrauen geöffnet, und die ersten Schaulustigen hatten sich bereits auf dem Marktplatz versammelt. Sie unterhielten sich und tauschten Neuigkeiten aus, begrüßten Bekannte und Verwandte, die sich zu ihnen gesellten, und sicherten sich die besten Plätze. Dicht genug am Geschehen, um die Gesichter der Verbrecher und ihren Todeskampf aus nächster Nähe sehen zu können, aber weit genug entfernt, um nicht Gefahr zu laufen, von den Verurteilten bespuckt zu werden.

Auch die Trauernden vom Vortag fanden sich auf dem Platz ein. Sosehr es Catlin auch erleichterte, dass die Schuldigen gefunden waren, sosehr bedrückte sie die Aussicht, sie hängen zu sehen. Für einen anständigen Christen war die Vorstellung ein Gräuel, bis in alle Ewigkeit in der Hölle zu schmoren, statt ins Paradies einzugehen. Doch genau das war es, worauf sie alle an diesem Tag hofften – dass die Räuber in der Hölle schmorten. Auf Erden im Elend zu leben ertrugen die meisten nur in der Hoffnung, im Jenseits eine bessere Welt vorzufinden. Dafür aber musste ein jeder gottesfürchtig leben und seinen Mitmenschen Gutes tun. Was also konnte aus der Sicht der Opfer eine gerechtere Strafe für Mörder, Räuber, Frauenschänder und Verräter sein als ewiges Leid in der Hölle? Catlin beobachtete die Menschen ringsum.

Viele sahen den Zimmerleuten zu, die mit dem Aufbau der Galgen beschäftigt waren. Einige machten Bemerkungen dazu und nickten, wenn der Henker laut brüllend Befehle erteilte. Sie fachsimpelten über das Hängen und wie die Knoten angelegt werden mussten, damit die Verurteilten nicht so rasch das Bewusstsein verloren.

»Schließlich sollen sie ihre Strafe ja genießen«, sagte ein rundlicher Kaufmann voller Schadenfreude. »Immerhin hat sie der König höchstpersönlich zum Tod durch den Strang verurteilt. Das ist doch was!« Er lachte schallend.

Während der Henker den festen Stand eines jeden Galgens überprüfte, vertrieben sich einige Männer ganz in der Nähe die Zeit mit Geschichten und Zoten über Gehenkte.

»Habt ihr schon von dem Räuber aus York gehört, der überlebt hat, weil er ein guter Christ gewesen sein soll?«

»Als ob ein guter Christ andere bestehlen täte!«

»Nun ja, immerhin soll er bei jedem seiner Raubzüge der Jungfrau Maria die Ehre erwiesen haben.«

»Und das hat ihm die Haut gerettet?«

»Und ob. Als ihn der Henker am Abend vom Galgen herunterholte, um das Seil in Stücke zu schneiden und zu verkaufen, so wie es allenthalben üblich ist, da fing der Gehenkte an zu husten und zu prusten, richtete sich auf und dankte der Jungfrau Maria für seine Errettung. Und weil alle sagten, das sei ein Wunder, wurde er tatsächlich vom Bischof begnadigt. Jawohl, das könnt ihr mir glauben!«

Ein ungläubiges Raunen lief durch die Menge. Ein Mörder oder Räuber musste doch bestraft werden! Wie konnte es da angehen, dass die heilige Jungfrau Maria einem solchen Unhold das Leben rettete? Andererseits hieß es auch, einem gläubigen Menschen würden alle Sünden vergeben, so er nur ernsthaft bereute und inbrünstig betete. Während Catlin noch darüber nachsann, ob der Dieb aus York wirklich bereut hatte, rückte die Menge auf dem Platz immer dichter zusammen.

»Manchem soll das Hängen ja Lust verschaffen«, raunte ein Mann hinter vorgehaltener Hand. »So ein Ding haben manche.« Er deutete mit beiden Händen eine Fußlänge an. »Und schießen noch mit dem letzten Atemzug«, spottete er.

Winnie, die seine Worte ebenfalls vernommen hatte, warf dem Mann einen bitterbösen Blick zu, doch er bemerkte es nicht.

»Ach was«, winkte eine junge Frau mit roten Äderchen auf den Wangen ab und lachte. »Die meisten scheißen sich vor Angst ein.«

»Ihr habt gut lachen, Gevatterin, gibt es doch nur selten Weiber, die am Strick baumeln. Oder habt Ihr schon oft davon gehört?«, rief einer herausfordernd und sah sich Beifall heischend um.

»Weil sie nicht dafür bestraft werden, wenn sie den Kochlöffel auf dem Rücken ihrer Männer tanzen lassen«, lästerte ein anderer.

Die Leute ringsum lachten und zogen ihn auf. »Musst dich selber wehren, wenn dir deine Alte das Leben schwer macht. Verprügle sie, wenn du kannst, nur kaltmachen darfst du sie nicht, sonst hängst du auch bald dort oben.«

Ein Fuhrwerk voller Fässer mit frisch gebrautem Bier machte am Rand des Marktplatzes halt. An einer günstigen Stelle sprang der Fahrer vom Bock und blockierte die Räder mit Holzkeilen, damit der Wagen nicht fortrollte.

Obwohl kein Markttag war, konnten Kurzentschlossene durchaus gute Geschäfte tätigen, denn schon bald würden Langeweile, Aufregung und das viele Geplapper die Wartenden durstig und hungrig machen.

Zwei Frauen schleppten einen Tisch ins Freie und

stapelten Pasteten aufeinander, um sie den Schaulustigen zu verkaufen.

Marketenderinnen zockelten mit kleinen Handwagen über den Platz, priesen ihre Waren an und hielten Bier, Honigkuchen, Fischküchlein, Bratenstücke und andere Leckereien feil.

Ein paar schmutzige Jungen karrten Pferdemist und faules Gemüse herbei, Unrat, der sich hervorragend zum Bewerfen der Verurteilten eignete. Drei alte Weiber waren gar mit Steinen in den Schürzen in die Stadt gekommen.

Am Brunnen war die Hölle los. Wer nicht das Wasser des verschmutzten Bächleins verwenden wollte, das durch die Stadt floss, musste sich sputen, um noch schnell mehrere Eimer hochzuziehen und heimzuschaffen. Schon bald wäre der Weg durch die Menge versperrt, und wer dann noch Wasser brauchte, musste bis zum Nachmittag warten.

Immer mehr Volk strömte durch das Stadttor, und der Marktplatz war schon bald überfüllt. Ein Jongleur zeigte seine Kunststücke, und ein Mann mit einer Flöte spielte dazu auf. Kinder liefen einander nach, schlüpften an den Schaulustigen vorbei, zerrten die Frauen an den Kleidern und zwängten sich zwischen den gespreizten Beinen der Männer hindurch, bis der eine oder andere zornig am Ohr gepackt und unter lautem Gelächter davongejagt wurde. In einer Ecke schlossen Männer Wetten ab, ob einer oder mehrere der Verurteilten zusammenbrechen und um Gnade winseln würden. Man hielt nicht viel von den adligen Sprösslingen, darum setzten einige sogar darauf, dass alle im letzten Augenblick noch ihrer Strafe entkommen und freigekauft würden. Schließlich war es nicht unüblich, dass man für das Leben eines Mannes bezahlte. Ein Bauer war nicht viel wert, genauso wenig wie ein Weib oder ein Tagelöhner. Aber fünf Adlige, das könne sich für den Abt schon lohnen, behauptete einer unter ihnen, und sein Nachbar gab ihm recht.

Als die Sonne sich auf den Weg zu ihrem höchsten Stand am Himmel machte, setzte sich in der Abtei ein beachtlicher Zug in Gang. Allen voran ritten Abt Hugh, begleitet von einigen Mönchen, sowie der König mit einer Auswahl an Männern seiner Entourage. Auf einem Wagen in der Mitte des Zuges standen die fünf Verurteilten, an Händen und Füßen mit eisernen Ketten gefesselt, die Kehrseiten den Pferden zugewandt.

Der kleinste unter ihnen, ein feister, pausbäckiger Mann, heulte und zeterte wie ein Säugling, während ein zweiter, größer als er und älter als die anderen, leise betete und den Herrn um Vergebung für seine Sünden bat.

Der Dritte, ein großer, kräftiger Mann mit breitem Nacken, beschimpfte alle und jeden. Er verfluchte den König und seine Nachkommen, verspottete die Zuschauer und verhöhnte den Abt mit seinen Mönchen und Heiligen, spuckte und tobte wie von Sinnen.

Die Schaulustigen am Straßenrand waren dankbar für diese Vorstellung, grölten vor Hass und Vergnügen gleichermaßen.

Die beiden jüngeren Männer, die hinter ihm standen, schienen sich für etwas Besseres zu halten. Sie glichen einander bis aufs Haar und hatten die Häupter hoch erhoben. Selbstgefällig blickten sie auf die Menge hinab. Der Hohn, der auf sie niederging, entlockte ihnen nicht einmal das kleinste Wimpernzucken.

So gut er es mit den eisernen Fesseln vermochte, fing der Stiernackige die fauligen Obst- und Gemüsereste auf, die die Schaulustigen auf die Gefangenen warfen, und schleuderte sie in die Menge zurück. Auf diese Weise bekamen die beiden Blasierten kaum etwas davon ab. Sie schauten nur hochmütig in die Menge und peitschten sie mit ihrer Selbstherrlichkeit nur noch mehr auf.

Auf dem Marktplatz angekommen, machte der Wagen vor den fünf Galgen halt. König und Abt ließen den Wartenden genügend Zeit, um die Verbrecher noch eine Weile mit Steinen, Pferdemist und faulen Eiern zu bewerfen.

»Schweine!«, riefen zwei alte Weiber voller Hass.

»Ist es wahr, dass sie auch bei euch waren?«, fragte plötzlich jemand und zupfte Catlin am Ärmel.

»Mabel!«

»Und? Ist es wahr?«

Catlin schob die Freundin ein wenig zur Seite, damit Winnie sie nicht hören konnte, und beugte sich zu ihr vor. »Sie haben Peter und Edwin getötet und Winnie … Winnie Gewalt angetan«, raunte sie ihr stockend ins Ohr. »Wäre ich zu Hause gewesen, hätte mir das Gleiche geblüht.«

Mabel sah mitleidig zu Winnie hinüber, die mit glutroten Wangen in der Menge stand und wie so viele ringsum aus voller Kehle Schmähungen schrie.

Nach einer Weile beruhigte sich der Pöbel ein wenig, und der junge König richtete sich in den Steigbügeln auf.

»Der König!«, rief jemand. »Lang lebe der König!«

Mützen, Hüte und Lederkappen flogen in die Höhe.

»Lang lebe der König!«, rief Mabel mit der Menge.

»Ich glaube, ich bin verliebt«, fügte sie an Catlin gewandt hinzu.

Catlin runzelte die Stirn. Dort oben würden gleich fünf Männer für ihre Schandtaten gehängt, und Mabel dachte an nichts anderes als an die Liebe.

»Es tut mir leid, ich kann nichts dafür«, entschuldigte sich Mabel, als könne sie Catlins Gedanken lesen, und zuckte zerknirscht mit den Schultern.

Der junge König hob die Hand, und der Jubel erstarb. Ob dies das erste Todesurteil war, das er fällte? Catlin versuchte sich vorzustellen, wie es sein mochte, solche Macht zu besitzen. Schätzte man sie, oder empfand man sie als kaum erträgliche Bürde?

»Diese Männer« – Henry der Dritte deutete auf die Gefangenen – »sind von hoher Geburt.«

Empörtes Gemurmel war zu hören.

»Doch das gibt ihnen nicht das Recht, Unschuldige zu töten«, fuhr er fort.

Die Menge jubelte.

»Hängt sie auf!«, rief Winnie.

Der König, die Mönche und die Menge sahen sie erstaunt an – sie war ja fast noch ein Kind.

»Ja, hängt sie!«, stimmten ihr die Menschen auf dem Platz zu.

»Auf Mord und Räuberei steht der Strang!«, rief Henry mit rauer Stimme in die johlende Menge.

Richard stand gleich neben ihm und nickte ihm aufmunternd zu. Ein Unrecht, wie es hier geschehen war, musste vergolten werden. Wollte der König nicht den geballten Zorn seiner Untertanen auf sich lenken, musste er an diesen Männern ein Exempel statuieren. Marodierende Söldner gaben schon seit geraumer Zeit in weiten Teilen des Landes Anlass zur Sorge, und jungen

Adligen wie diesen, die glaubten, sich alles nehmen zu können, weil sie für den König in den Krieg zogen, musste Einhalt geboten werden.

Auf ein Handzeichen Henrys und ein bestätigendes Nicken des Abtes hin wurden die Männer vom Wagen gezerrt. Sie fielen in den Straßenkot und fingen sich Prügel ein, bis sie wieder auf den Beinen waren. Die Fesseln an ihren Füßen ließen nur kleine Schritte zu, doch das war den Schaulustigen gleich. Sie wünschten sich nichts sehnlicher, als die fünf Männer so bald wie möglich auf dem Podest in der Mitte des Platzes zu sehen, wo die Galgen für sie bereitstanden.

Soldaten des Königs zerrten die Verurteilten dort hinauf. Auch ihnen sollten die Hinrichtungen als Abschreckung dienen. Jedermann sollte wissen, dass der König gerecht war und hinterhältigen Mord bestrafte, ganz gleich, welcher Herkunft die Täter waren. Viel zu oft waren die kleinen Leute der Willkür ihrer Lehnsherren – Adligen oder habgierigen Klerikern – ausgeliefert. Das schürte ihren Hass und konnte auf Dauer zu nichts Gutem führen. Abt Hugh wusste das nur allzu gut, und genau aus diesem Grund war auch er dafür gewesen, die Schuldigen ohne langes Federlesen aufzuknüpfen.

»Bevor sie dem Tod durch den Strick überantwortet werden, sollen die Verbrecher ihre Schuld vor dem Herrn bekennen und bereuen können.« Auf einen Wink des Königs hin eilte ein Priester herbei.

Aus der Menge waren Buhrufe zu hören. Man wollte die Unholde in der Hölle wissen. Keinem von ihnen sollte Gott vergeben.

Der Betende beichtete dem Priester leise murmelnd und empfing das Kreuz, das dieser über seiner Stirn zeichnete, in Demut. Der Feiste heulte nur, und der Wütende bespuckte den Gottesmann. Die Zwillinge stießen so schmutzige Worte aus, dass der Priester vor Empörung errötete, ihnen das Zeichen des Kreuzes verweigerte und das Podest verließ.

Nun legte der Henker jedem der Verbrecher eine Schlinge um den Hals und zog sie enger, dann stiegen auf sein Zeichen hin vier kräftige Männer auf das Podest.

Der Feiste heulte laut auf, der Stiernackige schimpfte noch wütender, und der Ältere betete noch inbrünstiger, während die Zwillingsbrüder weiterhin unberührt und voller Hochmut auf die Menge hinabsahen.

Mit aller Kraft zogen nun die Männer den ersten Verurteilten am Galgen nach oben. Es war der Feiste, den sie langsam in die Höhe hievten. Sein lautes Heulen erstarb in einem Gurgeln. Er zappelte und schaukelte, wehrte und wand sich, bis sein Gesicht erst rot, dann blau anlief. Er hörte auf zu kämpfen und röchelte nicht mehr. Seine Zunge schob sich zwischen den Zähnen hervor. Dann war der Nächste an der Reihe.

»Herr, vergib mir!«, rief der Reumütige laut. Ein faules Ei traf ihn am Kopf, zerschellte an seiner Stirn und lief ihm fürchterlich stinkend am Gesicht herab. Er wehrte sich nicht, als die Männer ihn hochzogen, zuckte und krampfte nur, bis sein Gesicht violett verfärbt und aufgedunsen war.

Als Nächster kam der Wütende an die Reihe. Er bedrohte die Männer, die hinter ihm am Seil standen, verfluchte alles und jeden, spie und spuckte, bis sie endlich zogen und ihm jedes Wort auf den Lippen erstarb. Obwohl die Männer stark waren, hatten sie dennoch Mühe, ihn vom Boden des Podestes abzuheben. Er war schwer und strampelte ebenso wütend, wie er zuvor getobt hatte. Der Henker, der bis dahin nur zugesehen hatte, musste seinen Männern zu Hilfe kommen. Pferdemist und faule Eier trafen den Sterbenden als Vergeltung für seine Verwünschungen. Er gurgelte laut, als wolle er noch einmal schreien, dann wurde er immer ruhiger.

Als der erste der beiden Zwillinge gehängt wurde, flogen wieder Steine. Der Hochmut der Männer kam bei den Schaulustigen schlechter an als der Zorn des Stiernackigen oder der Kleinmut des Heulenden. Am wenigsten Zorn hatten sie dem Betenden gegenüber empfunden, der immerhin zu bereuen schien, auch wenn sie ihm die Vergebung ebenso wenig gönnten wie seinen Spießgesellen. Den beiden Aalglatten aber wünschten sie noch grausamere Höllenqualen als den anderen. Ein Stein traf den Mann, der als Nächster hängen sollte, am Kopf. Eine seiner Brauen platzte auf, und Blut lief ihm ins Auge. Ein zweiter Stein traf ihn an der Schulter, ein dritter an seiner Männlichkeit. Voller Genugtuung lachte und johlte das Volk, als er sich vor Schmerz krümmen wollte, ihn jedoch das Seil um den Hals daran hinderte. Alle lachten ihn aus, als einer in der Menge schadenfroh auf einen nassen Fleck unter seinem Bauch deutete. »Seht nur, er macht sich ins Hemd vor Angst!«, rief eine schrille Stimme.

Als ihm die Männer den Hals lang zogen, gurgelte und zuckte er, wand sich und hielt doch mit seiner Gegenwehr nicht annähernd so lange durch wie der Stiernackige.

Auch sein Bruder bekam es nun endlich mit der Angst zu tun. »Gnade!«, winselte er.

Die Menge lachte ihn aus, warf mit Steinen, Mist und fauligem Gemüse nach ihm.

»Ich flehe dich an, Herr, rette mich!«, schrie er, die Augen zum Himmel gewandt.

»Hängt ihn endlich!«, rief Winnie, das Gesicht rot glühend vor Zorn. »Er ist der Schlimmste von allen! Der Herr wird ihm nicht helfen.«

»Verdammt seist du, Hure!« Der Verurteilte spuckte angewidert aus. »Mein Vater ist der Lord of ...« Weiter kam er nicht.

Der König hatte dem Henker ein Zeichen gegeben, und die Männer zogen den Mann hoch, bevor er den Namen noch aussprechen konnte.

Vermutlich war sein Vater ein Königstreuer, der zu der Schande, seine Söhne so unehrenhaft zu verlieren, nicht auch noch seinen guten Ruf einbüßen sollte.

Als auch der letzte Verbrecher nicht mehr zappelte, wartete der König nicht länger und verließ in Begleitung des Abtes, der Mönche und seiner Männer den Platz.

Richard hielt kurz Rücksprache mit Henry, scherte dann aus dem königlichen Zug aus und stieg vom Pferd. Er umarmte erst seinen Onkel, dann Catlin.

»Der König will die Stadt sogleich verlassen«, erklärte er. »Ich weiß nicht, wann wir uns wiedersehen.«

Als er in Catlins Augen Tränen aufblitzen sah, schüttelte er den Kopf. »Nicht doch!« Er lächelte aufmunternd, schwang sich auf sein Pferd, winkte noch einmal und sprengte davon.

Dass auch der letzte Erhängte eingenässt hatte, bevor er starb, hatte die Schaulustigen befriedigt. Eine Weile noch standen sie vor den fünf Galgen, belachten die bis zur Unkenntlichkeit entstellten Gesichter, lobten die Entscheidung ihres Königs und trollten sich schließlich einer nach dem anderen.

Auch Winnie hatte sich abgewandt. Die Männer lebten nicht mehr, die Tat war gesühnt, wenn auch nicht ungeschehen gemacht.

Duncan legte ihr sanft die Hand auf die Schulter. »Lass uns gehen!«, sagte er.

Obwohl den Opfern Gerechtigkeit widerfahren war, wollte sich auch nach der Hinrichtung der Alltag in der Schmiede nicht so einfach wieder einstellen.

Winnie war noch immer wortkarg und hatte morgens oft rot geweinte Augen, während Elfreda mit geschäftiger Fröhlichkeit das Geschehene zu überspielen versuchte.

Duncan war in der Werkstatt nach dem Schmied plötzlich der Älteste. Er wusste, dass sich sein Meister auf ihn verließ, und bemühte sich, ihm nach Kräften zur Seite zu stehen. Ohne einen erfahrenen Gesellen in der Schmiede, allein auf sich gestellt, konnten die Lehrlinge unter seiner Führung nur kleinere Aufgaben erledigen, die bis dahin liegen geblieben waren.

Solange ihr Vater noch nicht wieder arbeiten konnte und kein Ersatz für Edwin gefunden war, hatte auch Catlin nicht viel in der Schmiede zu tun. Sobald sie konnte, entfloh sie darum der gedrückten Stimmung zu Hause und lief zur Abtei, um dort zum heiligen Edmund zu beten. Sie flehte ihn an, ihren Vater gesund zu machen und seine Hand zu heilen. Auch für Winnie bat sie ihn um Beistand, denn sosehr sich auch alle bemühten, keiner wusste, was zu tun war, damit sie ihr Lachen wiederfand. In jedes ihrer Gebete schloss Catlin die Bitte ein, alle, die sie liebte, künftig zu beschützen, und immer dachte sie dabei auch an Richard, Knightly und Adam.

Als sie an diesem Nachmittag nach dem Gebet aus der Abteikirche trat, traf sie im Hof auf Mabel, die Altarstickereien zum Abt gebracht hatte.

»Wie geht es deinem Vater? Hat er schon einen neuen Gesellen gefunden?«, erkundigte sich Mabel, hakte sich bei Catlin unter und zog sie in eine Ecke des Hofes.

»Vier Männer sind in den letzten Tagen in die Schmiede gekommen, um sich bei ihm vorzustellen, doch mein Vater hat sich bislang für keinen von ihnen entschieden. Ich glaube, es fällt ihm schwer, Edwin zu ersetzen.« Catlin seufzte und ließ sich neben Mabel auf einem Mäuerchen nieder. »Erst gestern hat er wieder davon gesprochen, einen Boten nach Orford zu schicken. Sein alter Freund Raymond leitet die Schmiede dort. Sie gehörte meiner Großmutter, und eines Tages wird sie mein sein, sagt Vater. Auch wenn Raymonds Ältester sie weiterhin führen und mir Pacht zahlen soll. So wurde es für den Fall bestimmt, dass mein Vater nicht mindestens zwei Söhne hat.« Catlin seufzte. »Ich frage mich, was er von Raymond will. Wahrscheinlich hofft er, dass einer seiner Söhne als neuer Geselle zu uns in die Schmiede kommt.«

Mabel zog die Augenbrauen hoch. »Hört sich an, als könnten für dich bald die Hochzeitsglocken läuten.«

Catlin erschrak. »Nein!«, rief sie hastig und schüttelte den Kopf. »Ich bin noch viel zu jung zum Heiraten!«

»So viel ja auch nicht und …« Mabel legte den Kopf schief. »Eine Heirat will abgesprochen und vorbereitet sein. Ein Jahr Verlobung ist durchaus üblich, außerdem will sich dein Vater gewiss davon überzeugen, dass du anständig unter die Haube kommst, bevor er dir eines Tages die Schmiede vererbt.« Sie nickte nachdrücklich, als Catlin schwieg, dann winkte sie ab. »Aber du wirst sehen, das wird sich alles ergeben. Womöglich sucht dein Vater nur den Rat eines alten Freundes.«

Catlin nickte nachdenklich. Was, wenn ihr Vater doch plante, sie zu verheiraten? Sie dachte an Peter und die Geschichte, die er ihr über die Liebe ihres Vaters zu ihrer Mutter erzählt hatte. Nein! Sie schüttelte den Kopf. Er würde sein einziges Kind nicht an einen fremden Mann verkaufen, nicht einmal um die Zukunft der Schmiede zu sichern.

»Ich muss gehen«, sagte Mabel. »Meine Mutter ist unrein und immer dann besonders übel gelaunt. Wenn ich trödele, gibt es nur wieder Schelte.«

»Gewiss, geh nur!« Catlin zwang sich zu einem Lächeln. Sie kannte Mabels Mutter gut genug, um zu wissen, dass ihre Freundin recht hatte.

»Mach dir keine Sorgen!« Mabel legte ihr eine Hand auf den Arm. Es tat ihr offensichtlich leid, dass sie der Freundin mit ihren Vermutungen Angst gemacht hatte. »Bestimmt ist alles ganz harmlos«, versuchte sie sie aufzumuntern.

Catlin lächelte zweifelnd und begleitete Mabel noch ein Stück über den Hof. »Nun geh schon!« Sie winkte zum Abschied. Die Furcht aber blieb, ihr Vater könne Pläne mit ihr haben, in die sie nicht eingeweiht war. Noch immer in Gedanken, schlenderte sie zu dem großen steinernen Turm, in dem Thomas und der Glockengießer arbeiteten.

»Scher dich hinaus, und lass dich nie wieder blicken!«, hörte sie den Meister außer sich vor Zorn brüllen. Dann stolperte ihr ein junger Mann entgegen, sah sie überrascht an, murmelte etwas Unverständliches und stürzte an ihr vorbei.

Die Lust, dem Glockengießer zu helfen, war Catlin plötzlich vergangen. Von der anderen Seite des Hofes aber kam Thomas auf sie zu, also wartete sie auf ihn. Mit gerunzelter Stirn sah er sich nach dem Fremden um, der mit langen Schritten davonging. »Wer war das?«

»Keine Ahnung.« Catlin wies mit dem Daumen hinter sich auf den Turm. »Er kam von drinnen. Ich glaube, sie haben gestritten. Ich habe gehört, wie der Meister ihn angebrüllt hat.«

Thomas zuckte gelangweilt mit den Schultern. »Mir ist es gleich. Der Glockenmantel ist fertig und muss erst trocknen, wir können ohnehin nichts tun.«

Catlin nickte erleichtert und hob die Hand zum Gruß »Bis dann also.«

Nachdem er in Erfahrung gebracht hatte, wo er den Meister fände, hatte Randal sich große Hoffnung auf eine Versöhnung gemacht und sich genau zurechtgelegt, was er zu seiner Verteidigung vorbringen wollte. Doch das Ganze war aus dem Ruder gelaufen.

Zwei Jahre war es her, seit der Meister ihn fortgejagt hatte wie einen räudigen Hund. Randal konnte noch immer nicht fassen, was geschehen war und wie es ein zweites Mal dazu hatte kommen können. Er ballte die Fäuste. Seine Fingernägel bohrten sich in das Fleisch der Handflächen. Schmerz hatte etwas Erlösendes. Sechs, fast sieben Jahre lang hatte er dem Meister gedient, hatte alles von ihm gelernt und allzeit getan, was dieser von ihm verlangt hatte, war ihm ergeben gewesen, bereit, alles zu tun. Nicht einmal zehn war er gewesen, als er zu ihm gebracht und der Lehrvertrag durch Handschlag besiegelt worden war. Die gesamten Ersparnisse und seinen Sohn obendrein hatte das den Vater gekostet, denn schon wenige Wochen später war der Meister mit seinem neuen Lehrjungen weitergezogen. In die nächste Stadt, zu einem neuen Auftrag.

Seitdem hatte Randal seinen Vater nicht mehr gesehen.

Im letzten Jahr, ganz auf sich allein gestellt, war er auf der Suche nach Arbeit in die Nähe seines Heimatdorfes gekommen und hatte das Haus aufgesucht, in dem er geboren und aufgewachsen war. Dort hatte er erfahren, dass sein Vater gestorben, die Mutter erneut verheiratet war. Drei kleine Kinder, eines davon noch in Windeln, hatten an ihrem Rockzipfel gehangen. Unsicher hatte sie den Sohn gemustert. Nicht Freude über das Wiedersehen oder Stolz, weil er ein Mann geworden war, hatte er in ihren Augen gelesen, sondern Furcht. Angst vermutlich vor der Eifersucht ihres neuen Gemahles. An ihrem argwöhnischen Blick, der immer wieder zur Tür huschte, dem gramgebeugten Rücken und dem demütig gesenkten Kopf hatte er erkannt, dass der Stiefvater sie schlug. Trotzdem hatte er kein Mitleid mit ihr empfunden, nur Trauer und schreckliche Einsamkeit. Randal rang nach Atem. Immer wenn er daran dachte, war ihm, als müsse er ersticken. Von seiner Mutter war ihm nur die Lieblosigkeit jenes Augenblickes geblieben und von seinem Vater nicht mehr als die Erinnerung an den Tag, an dem er ihm zum letzten Mal Lebewohl gesagt hatte. Der Vater hatte ihm Gutes gewollt, hatte ihn einzig aus diesem Grund fortgehen lassen. Doch ein Junge brauchte den Vater, um zum Mann zu werden. Darum hatte sich Randal den Meister zum Vorbild erkoren, und mit den Jahren war ihm dieser zu einem besseren Vater geworden, als er ihn je gehabt hatte.

Der Meister hatte Helfer für die schweren Aufgaben gehabt, die sie nicht allein hatten bewältigen können. Oft aber waren sie nur zu zweit gewesen, bei der Arbeit und am Abend, wenn sie sich müde vom Tagewerk etwas zu essen bereitet hatten. Der Meister war oft wortkarg gewesen, trotzdem hatte Randal sich ihm verbunden gefühlt.

Mein Junge, hatte der Meister ihn irgendwann genannt, und manchmal hatte er sogar *Sohn* zu ihm gesagt. Für Randal war dies Beweis genug gewesen, dass der Meister mehr in ihm sah als einen einfachen Lehrjungen.

Manchmal, wenn der Meister über Tags unzufrieden gewesen war und ihn gescholten hatte, war Randal des Nachts weinend eingeschlafen und umso glücklicher gewesen, wenn am nächsten Morgen alles vergeben und vergessen war. Die Angst jedoch, den Meister eines Tages zu verlieren, so wie Vater und Mutter, hatte ihn niemals losgelassen.

Am meisten hatte er sich jedes Mal vor dem Ende ihrer Arbeit gefürchtet. Wenn sie ausbezahlt worden waren und sich einen neuen Auftrag hatten suchen müssen, dann war der Meister für etliche Tage fortgegangen, hatte Randal mit einer Handvoll Münzen in einer wohlfeilen Herberge zurückgelassen und ihm versichert, er werde bald kommen und ihn holen. Kein Auge hatte Randal in jenen Nächten zugetan, keinen Bissen hinunterbekommen, bis der Meister tatsächlich wieder vor ihm gestanden hatte.

Niedergeschlagen war dieser dann zumeist gewesen, und ein Großteil des Geldes, das sie in den Monaten zuvor verdient hatten, war verschwunden.

Immer wieder hatte Randal sich den Kopf zerbrochen, wohin es den Meister wohl gezogen haben mochte, wenn er fortgegangen war. Ob er wohl trank und das Geld verspielte? Aus Angst, dass er irgendwann einmal nicht zurückkommen würde, hatte Randal eines Tages beschlossen, ihm heimlich zu folgen, und so hatte das Unglück seinen Lauf genommen …

Hoch auf des Turmes Glockenstube
Da wird es von uns zeugen laut
Friedrich Schiller, Das Lied von der Glocke

Im Spätsommer, als die Weizenfelder weißblond leuchteten, so weit das Auge reichte, war das Werk des Glockengießers vollendet. Sooft es ihre Arbeit in der Schmiede erlaubt hatte, war Catlin zur Abtei gekommen, um dem Glockengießer bei der Arbeit zuzusehen. Geduldig hatte sich der Meister ihren Fragen gestellt und sie mithilfe eines Glockenspieles gelehrt, einzelne Töne zu benennen. Ihr feines Gehör hatte den Meister beeindruckt, und seine Begeisterung hatte Catlin weiter angespornt. Thomas dagegen hatte nur gelangweilt den Blick zum Himmel erhoben, weil ihm all das nichts bedeutete. Wein keltern, hatte er Catlin einmal anvertraut, das hätte ihm gefallen. Wein?, hatte sie ungläubig nachgefragt. Und Bier brauen, hatte er hinzugefügt, und zum ersten Mal seit Langem hatten seine Augen wieder gefunkelt. Es sei schwierig, Wein zu machen, dass er nicht sauer werde wie Essig, hatte er erklärt, als hätte er Ahnung davon, und voller Inbrunst behauptet, dass auch ein gutes Bier von jedem geschätzt werde. Catlin hatte nur mit den Schultern gezuckt. Wasser, Cidre oder süßer Apfelmost, den es im Herbst manchmal gab, waren ihr bedeutend lieber als der herbe Biergeschmack. Wenn der Glockengießer erst fort sei, dürfe er dem Bruder Bierbrauer helfen, hatte Thomas ihr voller Stolz erzählt. Catlin seufzte leise. Thomas würde seinen Platz in der Gemeinschaft finden und ihr vermutlich bald schon fremd sein. Wenn der Glockengießer fort sei – bislang hatte dies für sie in weiter Entfernung gelegen. Es bedeutete viel Arbeit, bis eine Glocke fertig war. Nach dem Guss hatte sie drei Tage lang auskühlen und dann noch ein wenig nachbearbeitet werden müssen, bis der Glockengießer mit ihrem Klang zufrieden gewesen war. Am vergangenen Sonntag dann war die Glocke schließlich vom Abt gesegnet und mit Weihwasser besprengt worden, bevor man sie im Turm hochgezogen und dort oben befestigt hatte.

Das Mittagsläuten riss Catlin aus ihren Gedanken. Sie musste sich sputen, wenn sie den Glockengießer noch einmal sehen wollte, ehe er St. Edmundsbury verließ.

»Ach hätte ich doch nur einen Sohn, der so ein Herz für die Glocken, solch ein Ohr für ihren Klang und so viel Verstand für mein Handwerk hat wie du«, seufzte er, als Catlin sich von ihm verabschiedete.

»Wohin geht Ihr nun, Meister?«, fragte sie den Tränen nahe.

»Zuerst nach Norden, nach Norwich, um genau zu sein.« Auch ihm schien es schwerzufallen, Lebewohl zu sagen. »Und später nach London.« Mit sichtlicher Mühe rang er sich ein Lächeln ab. »Dort gibt es Kirchen im Überfluss. Wie schön wäre es doch, auf meine alten Tage nicht mehr ständig umherziehen zu müssen!«

Catlin nickte verstehend. »Ihr bräuchtet einen Lehrling, der Euch immer zur Seite stände und alles von Euch lernen wollte.« In ihre Stimme mischte sich ein Funke Hoffnung, er könne sie zum Mitkommen auffordern.

»Nein«, knurrte der Glockengießer, »ich will keinen Lehrling. Man glaubt, einen Menschen zu kennen, und dann … Man wird nur enttäuscht.« Er schüttelte grimmig den Kopf. »Wenn ich Unterstützung brauche, dann finde ich immer einen Helfer. Aber mein Wissen an irgendeinen Dahergelaufenen weitergeben, der es nicht zu schätzen weiß … Niemals, hörst du? Niemals!«

Catlin wich erschrocken zurück. Mit einer so heftigen Antwort hatte sie nicht gerechnet.

Der Glockengießer musterte sie mit einem traurigen Zug um den Mund. »Dich nähme ich auf der Stelle, wenn es denn möglich wäre«, murmelte er. »Nur dich.« Er strich ihr väterlich über die Wange und räusperte sich verlegen. »Ich muss los, sonst schaffe ich es heute nicht mehr weit genug.«

Catlin nickte tapfer, konnte gleichwohl nicht verhindern, dass sie feuchte Augen bekam.

Der Glockengießer wischte die Träne, die ihr die Wange hinabrann, mit einer sanften Geste fort. »Du musst nicht weinen.«

»Nein!«, stieß Catlin mit erstickter Stimme hervor, schüttelte den Kopf und lächelte tapfer.

Der Glockengießer nickte und wandte sich ab. Er legte seinen Werkzeuggürtel um, lud sich sein schweres Bündel auf den Rücken und machte sich mit einem letzten kurzen Winken auf den Weg.

Als die Glocke zum ersten Mal geläutet worden war, hatte Catlin mit geschlossenen Augen neben dem Meister gestanden und den Klang im ganzen Körper gespürt. Im Kopf, in der Brust – bis in die Zehen und Fingerspitzen hatte er widergehallt. Und in ebenjenem Augenblick hatte sie gewusst, dass es keinen schöneren, keinen richtigeren Beruf für sie gab als den des Glockengießens. Schwerter und Messer zu schmieden war gewiss ein ehrbares Handwerk, das Einfühlungsvermögen, Gewissenhaftigkeit und ein bedingungsloses

Beherrschen der Technik ebenso erforderte wie Kenntnisse des Werkstoffes. Doch um erfolgreicher in seinem Handwerk zu sein als andere, war mehr vonnöten, als seinen Beruf gewissenhaft erlernt zu haben. Tiefe Leidenschaft, der ausgeprägte Wille, sich ständig zu verbessern, die Fähigkeit, von großen Veränderungen zu träumen, und die Kraft, diese auch in die Tat umzusetzen, waren unabdingbare Voraussetzungen, um wahrhaft Großes zu leisten. Das Glockengießen, so hatte es der Meister erklärt, war ein geradezu heiliger Akt und erforderte darüber hinaus nicht nur unerschütterlichen Glauben, sondern auch Gottesfurcht und Demut. Ohne den Segen des Herrn war ein erfolgreicher Guss unmöglich.

Vielleicht war es ja anmaßend zu glauben, der Allmächtige habe ihr das feine Gehör in der Absicht geschenkt, sie mit ebenjener Leidenschaft zu erfüllen, die sie befähigen würde, eines Tages die wunderbarsten Glocken des Landes zu fertigen und auf diese Weise seinen Namen und seine Herrlichkeit zu preisen. Wie aber war ihre Hingabe für das Glockengießen sonst zu erklären? Hörte Catlin eine Glocke klingen, schien es ihr, als spreche Gott selbst zu ihr, als mahne er sie, sich seinem Willen zu beugen und das Handwerk, das er für sie auserwählt hatte, zu dem ihren zu machen.

Ihren Vater allerdings konnte sie vermutlich kaum von ihrem Wunsch überzeugen, bei einem Glockengießer in die Lehre zu gehen. Immerhin sollte sie eines Tages seine Schmiede erben. Außerdem war gleichfalls undenkbar, dass sich je ein Meister bereit erklärte, sie unter seine Fittiche zu nehmen. Wiewohl Glocken nicht mehr ausschließlich von Mönchen gegossen wurden, so war es doch stets die Aufgabe von Männern, dieses heilige Handwerk auszuüben. Einem Mädchen würde gewiss niemand erlauben, es zu erlernen, es sei denn …

Catlin hielt inne, wollte den Gedanken nicht zulassen und atmete tief ein. Dann wischte sie sich mit dem Ärmel entschlossen über die Augen und machte sich auf den Heimweg.

Seit Raymond drei Wochen zuvor aus Orford gekommen war, um ihm zu helfen, schmiedete Henry mit neuem Schwung. Seine Hand schmerzte noch immer, und er ermüdete rascher als früher, aber die Freude, gemeinsam mit dem alten Freund zu arbeiten, überwog bei Weitem. Die beiden berieten sich gründlich, bevor sie mit einem neuen Werkstück begannen. Sie arbeiteten unterschiedliche Entwürfe aus, besprachen diese und erörterten die Einzelheiten in zuweilen hitzigen Debatten. Beim Schmieden selbst kamen sie hingegen nahezu ohne Worte aus. Jeder kannte seine Aufgabe und vertraute dem anderen blind, so wie es sonst nur zwischen Meister und Geselle üblich war, die schon seit Jahren miteinander arbeiteten. Obwohl Raymond an die zehn Jahre älter war als Henry, bei dessen Mutter er in die Lehre gegangen war und die ihm in jungen Jahren viel beigebracht hatte, nahm er es als selbstverständlich hin, dass dieser nun der Herr der Schmiede war und die Entscheidungen traf.

Catlin bemerkte, wie glücklich ihr Vater mit dieser Zusammenarbeit war und dass er sich offenbar wünschte, Raymonds Aufenthalt in seiner Schmiede möge kein Ende nehmen. Und obwohl ihr Vater nie etwas Derartiges gesagt hatte, begriff sie, dass ihm ein Sohn fehlte, der seine Begeisterung für das Schmieden teilte. Dass sie nicht den gleichen innigen Wunsch besaß, Schmiedin zu werden, wie einst ihre Großmutter, hatte er darum bislang nicht wahrhaben wollen.

Seit Catlin aber dem Glockengießer zur Hand gegangen war, wusste sie, wie sich die Leidenschaft für ein Handwerk anfühlte. Sie verstand die Hoffnungen des Vaters nun besser und arbeitete in der Schmiede, ohne sich zu beklagen. Ihre Gedanken aber waren stets beim Glockengießen.

Eines Tages hörte sie zufällig, wie ihr Vater und Raymond über sie sprachen.

»Meine Catlin erbt die Schmiede, wenn ich dereinst zum Herrn gehe, und dein Jüngster wird dann Meister hier.«

Bei den Worten ihres Vaters erstarrte Catlin.

»Du weißt, dass ich dir im Gegenzug nicht viel zu bieten habe«, hörte sie Raymond leise erwidern. »Wenn du eine vorteilhaftere Verbindung für sie vereinbaren kannst, so will ich dich ohne Groll aus deinem Versprechen von einst entlassen …« Raymond legte eine kurze Pause ein. »Auch wenn ich mir nichts Wünschenswerteres für meinen Sohn vorstellen kann, als dass er Catlin heiratet und eines Tages die Schmiede übernimmt.« Rührung lag in Raymonds Stimme. »Du weißt, wie sehr ich diesen Ort liebe«, fügte er hinzu. »Die beste Zeit meines Lebens habe ich hier verbracht. Und mein Junge könnte noch viel von dir lernen.«

»Du warst ihm ein großartiger Meister, ich bin überzeugt, dass er mir eines Tages ein würdiger Nachfolger sein wird.«

»Dann ist es also abgemacht?«

»Ja, mit großer Freude! Du hast mir zeitlebens nähergestanden als mein eigener Bruder. Ich bin froh, meine

Catlin bei deinem Sohn in guten Händen zu wissen, denn ihr Glück ist mir das Wichtigste auf der Welt.«

Catlin schnaubte leise. Dann lass mich Glockengießerin werden, und zwing mich nicht, ein Leben zu führen, das ich nicht will, und einen Mann zu heiraten, den ich nicht einmal kenne, dachte sie.

»Auch wenn ich ihn vor Jahren zum letzten Mal gesehen habe, so weiß ich doch, dass er ein guter Junge ist, der meine Catlin lieben und ehren wird«, hörte Catlin ihren Vater sagen und rollte mit den Augen.

»Das wird er, mein Freund, darauf hast du mein Wort.« Das war Raymond, und er sprach im Brustton der Überzeugung.

Was weißt du schon? Du bist sein Vater, dachte Catlin. Womöglich ist er ein Unmensch und schlägt mich. Bei dem Gedanken erschrak sie. Ihr Vater hatte nicht darüber gesprochen, wann er sie verheiraten wollte. Wie viel Zeit bleibt mir noch?, fragte sich Catlin bang. Plötzlich fielen ihr Mabel und ihre Unkerei vom Sommer ein. Wie recht ihre Freundin doch gehabt hatte! Am liebsten wäre Catlin sofort zu ihr gerannt, um sich mit ihr zu beraten, doch sie musste ins Haus zurück. Winnie fieberte und konnte derzeit nicht im Haushalt helfen. Darum brauchte Elfreda ihre Hilfe.

Als Catlin beim Gemüseputzen fragte, ob sie mehr über die Hochzeit mit Raymonds Sohn wisse, druckste die Haushälterin herum. »Du weißt schon, dass es ungehörig ist, deinen Vater zu belauschen, nicht wahr?«, erwiderte sie statt einer Antwort.

»Gewiss weiß ich das«, murrte Catlin. »Ich wollte ja auch gar nicht lauschen, aber als ich meinen Namen hörte …« Sie sah Elfreda bettelnd an. »Bitte, sag mir, was du weißt!«

»Ich kann nicht, Kind. Du wirst bis heute Abend warten müssen.«

»Aber ich kann Vater doch unmöglich danach fragen …« Catlin lief rot an. »Was soll er von mir denken, wenn er erfährt, dass ich ihm und Raymond heimlich zugehört habe?«

»Sorge dich nicht, mein Herz! Er wird sicher von sich aus mit dir sprechen. Soweit ich weiß, wollte er nur zuvor mit deinem künftigen Schwiegervater reden …«

»Also weißt du doch mehr!« Catlin schüttelte ungläubig den Kopf. Sie wusste, dass Elfreda in letzter Zeit fast jede Nacht zu ihrem Vater aufs Lager kroch. Seit dem Überfall waren die beiden sich plötzlich nähergekommen, als hätte die Angst ihnen bewusst gemacht, wie viel sie sich bedeuteten. Auch die kleinen Zeichen, eine kurze Berührung, ein Zwinkern zwischen dem Schmied und Elfreda, waren Catlin nicht entgangen. »Warum heiratet *ihr* nicht lieber?«, rief sie erbost. »Oder glaubst du, ich hätte nichts bemerkt? Schenk ihm den Sohn, den er sich so sehr wünscht, dann muss ich diesen Alan … oder wie er heißt … nicht heiraten!«

»Fürs Kinderkriegen bin ich zu alt, aber was eine Ehe mit deinem Vater angeht …«

Catlin starrte Elfreda erschrocken an.

»Auch darüber will Henry mit dir sprechen.«

»Du? Ihr?«, stotterte Catlin. Elfreda lebte, solange sie denken konnte, im Haus und war wie eine Mutter zu ihr. Dass sie dem Vater hin und wieder das Lager wärmte, war Catlin darum gar nicht so seltsam vorgekommen. Dass die beiden nun aber heiraten wollten, versetzte ihr einen Stich.

Catlin floh sprachlos nach draußen. Die Luft war feucht und entwich ihrem halb geöffneten Mund in kurzen Nebelstößen. Alles ringsum drehte sich. War sie noch Tochter und Kind oder schon Frau? Ehefrau bald, wenn es nach ihrem Vater ging! Die Bäume, der Schuppen, Stall und Werkstatt, alles war ihr vertraut und schien doch mit einem Mal fremd. Sogar das Hämmern aus der Schmiede klang plötzlich bedrohlich. Catlin lief los, schneller und schneller, rannte, ohne sich umzusehen. Selbst als das Stechen in der Brust kaum noch auszuhalten war und die Beine brannten, blieb sie nicht stehen. An nichts denken, nur fort!

Irgendwann wurde sie schließlich doch langsamer. Sie rang nach Luft, presste die Hände auf die Oberschenkel, den Körper ein wenig nach vorn gebeugt, die Augen geschlossen. Übelkeit brannte sauer in ihrem Magen. Sie konnte doch nicht einfach darauf warten, dass der Vater sie mit einem völlig fremden Mann vermählte! Trotz der Kälte stand ihr der Schweiß auf der Stirn, lief ihr den Rücken hinab und hinterließ ein Frösteln. Als das Stechen in der Brust nachließ, rannte sie weiter, den Kopf angefüllt und leer zugleich, unfähig, einen klaren Gedanken zu fassen. Die nassen Spuren, die ihre Tränen auf den Wangen hinterließen, wischte sie trotzig mit dem Ärmel fort und eilte weiter, bis sie keuchend vor Mabels Haustür stand. Verwundert, dass ihre Füße sie ganz von allein hierhergetragen hatten, wollte sie schon anklopfen, als die Tür wie von Geisterhand geöffnet wurde. Catlin erschrak und wich einen Schritt zurück.

»Catlin!« Es war Mabels Vater, der soeben aus dem Haus trat. Er lächelte sie freundlich an. »Willst wohl zu Mabel«, sagte er mit gedämpfter Stimme und warf einen prüfenden Blick über die Schulter. »Sie ist in der Werkstatt. Geh nur, ihre Mutter kocht«, flüsterte er Catlin wie einer Verbündeten zu und ließ sie ein. »Ich bin bald zurück, Liebes!«, flötete er durch den Hausflur, zwinkerte Catlin zu und schloss die Tür hinter sich.

»Catlin?« Mabel blickte erstaunt von ihrer Stickerei auf. »Was machst du hier? Und wie du aussiehst! Warum heulst du denn?«, fragte sie besorgt, legte die Stickarbeit beiseite und ging auf die Freundin zu.

»Mein Vater … ich … er …« Es dauerte eine Weile, bis Catlin Mabel zu erzählen vermochte, was sie so sehr verstörte. »Ich werde fortgehen«, beendete sie entschlossen ihren Bericht.

»Weg? Aber wohin denn?«

»Nach Norwich.«

»Norwich, warum Norwich?« Mabel musterte die Freundin verwundert.

Catlin antwortete nicht gleich. Sie hatte nicht ernsthaft darüber nachgedacht. Es war ihr einfach nur durch den Kopf geschossen, aber es ergab einen Sinn. »Ich … ich hoffe, dort den Glockengießer zu finden.« Sie wusste nicht, wie sie es anstellen würde, nur dass die Rettung aus ihrer misslichen Lage bei ihm lag, davon war sie überzeugt. »Wenn ich schon heiraten muss, dann nicht, um Schmiedin zu bleiben.« Angst vor der eigenen Entscheidung drohte ihr die Kehle zuzuschnüren. »Ich werde den Glockengießer bitten, mich zur Frau zu nehmen. Einen Sohn, dem er sein Wissen weitergeben könnte, hat er nicht, und einen Lehrling will er nicht. Mich, hat er gesagt, hätte er wohl genommen, wenn es denn möglich wäre …« Catlin zog die Brauen hoch. »Wenn er mich heiratet, kann er mich sein Handwerk lehren, und vielleicht bekommt er obendrein noch einen Erben.« Catlin warf Mabel einen herausfordernden Blick zu, so als rechne sie damit, für verrückt erklärt zu werden.

»Klingt einerseits närrisch, andererseits ganz vernünftig«, überlegte Mabel jedoch zu Catlins Überraschung und legte den Kopf schief. »Hast du denn Geld dabei?«

Catlin verneinte verlegen. »Keinen Penny.« Sie hatte nie eigenes Geld besessen und war einfach davongerannt, ohne auch nur einen Gedanken darauf zu verschwenden, wohin sie wollte und was sie für eine Reise benötigen würde.

»Einen Mantel hast du auch nicht mitgenommen?«

Catlin schüttelte den Kopf.

Mabel seufzte. »Ich brauche wohl nicht zu fragen, ob du dir das alles gut überlegt hast.« Sie lachte. »Wie gut, dass du mich hast! Ich gebe dir meinen Mantel, und ein paar Münzen lassen sich auch auftreiben. Vielleicht reichen sie nicht bis Norwich, wo auch immer das liegen mag, aber ein wenig werden sie dir wohl helfen.« Dann schlang sie die Arme um Catlin und drückte sie an sich. »Du wirst mir schrecklich fehlen!«

Catlin schluckte und rang nach Atem. Mabel war ihre beste Freundin. »Sag meinem Vater, dass ich nicht anders konnte, und bitte ihn, dir meinen Mantel im Tausch für deinen zu geben.« Ihre Stimme zitterte. »Versprich mir das!« Sie blickte Mabel eindringlich an. »Deine Mutter wird auch so schon wütend genug sein.« Catlin rieb sich mit dem Ärmel über die Nase. »Und wenn du Thomas siehst, dann grüß ihn von mir, ja?« Sie schluckte erneut. Vielleicht sollte sie doch nach Hause zurückkehren, Raymonds Sohn heiraten, der zweifellos ein anständiger Kerl war, und …

Die Glocke im steinernen Turm der Abtei läutete plötzlich, als wolle sie Catlin ermahnen, ihren Traum vom Glockengießen nicht so einfach aufzugeben. Catlin schloss die Augen und atmete gegen den Druck in ihrer Brust an. Da draußen wartet ein Abenteuer auf dich, wisperte es in ihrem Kopf. Wenn du jetzt nicht gehst, schaffst du es nie und wirst dir ewig Vorwürfe machen, es nicht wenigstens versucht zu haben. Catlin öffnete die Augen. Ganz gleich, wie sehr ihr Verschwinden den Vater auch erzürnen mochte, er liebte sie und würde sie jederzeit wieder aufnehmen. Trotzdem fiel es ihr schwer, Abschied zu nehmen. Sie musste an Bones denken, der für gewöhnlich im Hof der Schmiede lag und vor sich hin döste. Als ihr Vater ihn vor vielen Jahren mit heimgebracht hatte, war er nicht mehr als Haut und Knochen gewesen. Wie ein Wunder schien es Catlin noch immer, dass ein so kräftiger Kerl aus ihm geworden war. Seine Aufgabe als Wachhund nahm Bones überaus ernst. Sobald er ein Geräusch vernahm, spitzte er die Ohren, öffnete ein Auge oder hob aufmerksam den Kopf. Als sie aber fortgerannt war, hatte er ihr nur müde nachgeblickt. Wie hätte er auch ahnen sollen, dass sie nicht so bald zurückkehren würde?

Mabel nahm ihren Wollmantel vom Haken hinter der Tür, schüttelte einige Münzen aus einem Tontopf im Regal und drängte Catlin zum Gehen. »Mein Vater kommt sicher gleich zurück, und wenn meine Mutter in der Küche fertig ist, dann schimpft sie, wenn ich nicht an meiner Arbeit sitze. Ist besser, wenn sie dich nicht sieht. Auch deswegen ...« Sie deutete auf die Münzen.

»Du musst sie für mich stehlen?« Catlin plagte das schlechte Gewissen. »Ich werde sie deiner Mutter irgendwann zurückzahlen, sag ihr das!«

»Gewiss doch, mach dir keine Gedanken darum. Geh und finde dein Glück! Das habe ich auch vor, obwohl ich noch nicht weiß, wie und wo ich danach suchen soll. Doch ewig ertrage ich die Launen meiner Mutter nicht, so viel steht fest.« Mabel lächelte der Freundin aufmunternd zu.

»Kümmerst du dich ein bisschen um Winnie?« Catlin fühlte sich elend, weil sie alle ihre Lieben im Stich ließ, um einem Traum nachzujagen.

»Oh, ich vermute, das wird Duncan tun, und zwar sicher viel besser, als ich es könnte.« Sie schmunzelte. »Ich glaube, aus den beiden wird einmal ein Paar.«

»Mabel!«, schrillte die Stimme ihrer Mutter aus der Küche. »Mabel, komm her und hilf mir!« Sie klang ungnädig wie immer.

»Ich muss zu ihr, aber wir sehen uns wieder.« Mabel umarmte Catlin noch einmal kurz. »Versprochen.« Sie verschwand im hinteren Teil des schmalen, dunklen Flures. »Ich komme, Mutter!«

Einen Augenblick lang zögerte Catlin noch, dann öffnete sie die Tür, trat über die Schwelle und wandte sich nach links.

»Norwich«, flüsterte sie. Irgendwo im Norden lag dieser Ort, so hatte der Glockengießer gesagt.

»Nanu, was führt denn eine so reizende junge Dame in unsere Stadt? Und so allein?«, gurrte jemand widerwärtig schmalzig und umfasste Catlins Hüften plump mit beiden Händen. »Hast du keinen Beschützer, mein Täubchen? Ist nicht ungefährlich für ein wohlgeformtes junges Ding wie dich.« Der Mann legte den Arm schwer um Catlins Schultern und zog sie an sich.

Nicht mehr als drei Tage hatte sie bis Norwich gebraucht, doch jeder einzelne dieser Tage war ihr unendlich lang erschienen. Ihr Körper fühlte sich an, als bestünde er aus Blei, ihr Kopf schmerzte, als wolle er bersten, ihre Glieder waren steif, die Gelenke wie knotig. Zuweilen fror sie so stark, dass ihre Zähne aufeinanderschlugen, obwohl es gar nicht kalt war, dann wieder rann ihr der Schweiß in Strömen von der Stirn. Unterwegs hatte sie einmal in einer Scheune geschlafen, zweimal unter freiem Himmel. Albträume hatten sie aus dem kaum erholsamen Schlaf gerissen. Ihr Kopf war heiß, ihre Wangen glühten, und durch die Nase konnte sie schon seit dem Vortag keine Luft mehr bekommen. Sie zitterte am ganzen Körper, und unter der Last des fremden Arms auf ihren Schultern brach sie vor Verzweiflung fast zusammen. Sie wagte den Fremden nicht anzusehen, konnte sie doch nur noch mit Mühe ein Bein vor das andere setzen. Wie sollte sie sich da dieser Umarmung entledigen?

»Komm, mein Honigschnäuzchen!«, hörte sie den Kerl säuseln. »Bei mir und meinen Mädchen ist es ruhiger.« Er versuchte sie in eine dunkle Gasse zu zerren.

Catlin würde übel, als sie seinen fauligen Atem roch. Neben ihm stolzierten zwei grell geschminkte junge Frauen einher. Sie trugen gestreifte Tücher um die Schultern und rissen beim Lachen die blutroten Münder auf. Mit seinen Mädchen meinte er offenbar Huren! Catlin wurde von Panik ergriffen. Sie wollte sich wehren, sich aus der Umklammerung befreien und weglaufen. Nur fort von hier! Alles drehte sich. Der Boden drohte sie zu verschlingen wie ein gieriger Schlund.

»Gebt lieber auf Euren Beutel acht!«, rief jemand, dann flog die Börse des Zuhälters in hohem Bogen durch die Luft. Münzen fielen klimpernd zu Boden.

Der Mann stieß Catlin fort, stürzte sich, wüste Beschimpfungen brüllend, auf die Münzen im Dreck und schlug wie von Sinnen um sich, damit ihm niemand auch nur einen Penny streitig machen konnte.

Catlin war kaum noch in der Lage, sich auf den Beinen zu halten, als sie plötzlich am Arm gepackt und fortgerissen wurde.

Der Wind pfiff und heulte, rüttelte an Türen und Fensterläden, riss bunte Blätter von den Bäumen und trieb sie vor sich her. Randal zog die Kapuze seiner Gugel über den Kopf und suchte Schutz im Windschatten einer Mauer. Wochenlang zog er schon umher, immer auf der Suche nach Arbeit. Hier und da hatte er sich als Helfer verdingen können, doch von der Hand in den Mund zu leben, mit schlecht bezahltem, hartem Broterwerb, der seinen Fähigkeiten nicht entsprach, war ganz und gar nicht nach seinem Geschmack.

Er wollte das Handwerk seines Meisters ausüben, doch in das Geheimnis der Glockenrippe hatte dieser ihn noch nicht eingeweiht. Erst im letzten Lehrjahr hatte er das tun wollen. Ein einziges Jahr länger bei seinem Meister, und Randal wäre Geselle gewesen, hätte an sich arbeiten und ein guter Glockengießer werden können. So aber fehlte ihm das Wichtigste. Das alles Entscheidende. Das Geheimnis, das den Glockengießer befähigte, dem Metall den richtigen Klang zu entlocken, den Ton zu errechnen, den eine Glocke haben sollte, abhängig von Größe, Gewicht und Umfang. Ohne die Formeln war es nicht möglich, eigene Erfahrungen zu sammeln und selbst einmal Meister zu werden.

Randal war der Verzweiflung nahe. Wie sollte er sein Schicksal herausfordern, wie es zum Guten wenden?

Es gab nur eine Möglichkeit. Er musste sich die Formeln irgendwie beschaffen, musste einen Gesellen dazu bringen, sie ihm zu verraten oder zumindest so viel zu erklären, dass er damit arbeiten, daraus lernen und allein eine Glocke gießen konnte. Randal huschte an der Mauer entlang bis zum Gasthaus. Hier, so hatte er gesehen, verkehrten Glockengießer. Nicht der Meister, der blieb zu Hause bei Weib und Kind, aber seine Lehrlinge und Gesellen tranken, spielten und aßen in der Schenke.

Randal musste versuchen, sich mit ihnen anzufreunden. Wenn er vertraut mit ihnen wurde, halfen sie ihm vielleicht gar, eine Arbeit zu finden, und irgendwann bekam er dann gewiss die Gelegenheit, einen der Gesellen zu übertölpeln. Er würde ihn betrunken machen, ihm eine Wette aufdrängen, die er nicht gewinnen konnte, ihn im Armdrücken oder Würfeln besiegen und ihm dann das Geheimnis der Glockenrippe entlocken.

Irgendwie musste es ihm gelingen.

Randal blickte zum Himmel empor und bat den Herrn um Beistand, dann riss er die Tür zum Schankraum auf und trat ein. Rauchschwaden waberten über dem Feuer in der Mitte des Raumes bis unter die niedrige Decke. Kleine Talglichter auf den Tischen flackerten im Takt einer Laute, die ein fahrender Sänger anschlug.

»Und so führte er sie ins Stroh, oho, oho!«, schmetterte der Barde und stampfte dabei mit dem Fuß auf. Ein Mädchen, jünger als Randal, mit filzigem langem Haar, schmutzigen Füßen und einem abgewetzten Kleid tanzte dazu, wirbelte zwischen Tischen und Bänken umher, ließ sich hier und da auf den Schoß eines Gastes fallen und von den grölenden Männern begrapschen. Als sie Randal entdeckte, der noch keinen Platz gefunden hatte, drängte sie sich an ihn und versuchte ihn mit aufreizenden Gesten und freizügigen Einblicken in ihren Ausschnitt zu umgarnen. Sie war schön, hatte dunkle Augen und feste kleine Brüste, aber Randal hatte keinen Blick dafür.

»Lass mich, oder dich holt der Teufel!«, fauchte er ihr ins Ohr, als sich ihre Hände unter sein Hemd schieben wollten.

Sie warf den Kopf in den Nacken, als hätte er mit ihr getändelt, bog und wand sich beinahe lustvoll, neigte den Kopf und schenkte ihre Aufmerksamkeit plötzlich einem anderen. Der ließ sich nicht zweimal bitten, schloss sie sogleich in die Arme und versuchte ihr einen Kuss auf den Mund zu drücken.

Randal nahm in der Nähe des Tisches Platz, an dem die Glockengießer saßen, und der Sänger stimmte die nächste Strophe seines zotigen Liedes an, sang von einer Herrin, die ihre Gunst einem starken Bauernlümmel schenkte, während ihr Gatte die Dienstmagd beglückte.

Schwärze umgab Catlin, dann fühlte sie etwas Kaltes am Kopf und kam langsam zu sich. Jemand kühlte ihr die Stirn mit einem feuchten Tuch.

»Reizende Bekanntschaft, die du da auf der Straße gemacht hast«, sagte ein Junge, zwei, vielleicht drei Jahre älter als sie, aber nicht größer. Als er grinste, sah Catlin, dass einem seiner Schneidezähne ein dreieckiges Stück fehlte. Seine graublauen Augen blitzten sie übermütig an. »In der Nähe der Gropekuntelane herumzulungern ist wahrhaftig nicht ratsam – da steht ein Hurenhaus neben dem anderen.«

»Ich habe nicht herumgelungert!« Catlin wollte sich erheben, doch schon beim ersten Versuch wurde ihr schwindelig und übel.

»Du bist krank. Ziemlich hoch das Fieber, man könnte ohne Weiteres Spiegeleier auf deiner Stirn braten.« Der Junge hob den Lappen. »Tut gut, oder?«

Catlin nickte zaghaft. »Wo bin ich hier, und wer bist du?«, fragte sie matt und sah sich um. Sie befand sich in einem sauberen Raum, der mit schweren dunklen Eichenmöbeln und einer Truhe mit einem Kissen aus grüner Seide ausgestattet war.

»Eine Frage beantworte ich, entscheide du, welche.« Der Junge tauchte das Tuch in kaltes Wasser, wrang es aus und legte es ihr wieder auf die Stirn.

»Also gut, wie heißt du?« Das Atmen stach in der Brust.

»Wie heißt du? Wer bist du? Die Fragen sind immer die gleichen. Warum will niemand wissen, wovon ich träume, was meine Lieblingsfarbe ist oder was ich gern esse? Die Menschen glauben, jemanden zu kennen, nur weil sie seinen Namen wissen.« Er wischte sich seufzend die Hand am Hemd ab und streckte sie Catlin entgegen. »Ich bin Nigel, aber auf der Straße nennen sie mich Quickhands«, stellte er sich stolz vor.

»Bist du … ein Dieb?« Catlin sah ihn mit großen Augen an. Als er nickte, drehte sie den Kopf ein wenig zur Seite und legte ihre heiße Wange an das kühlende Kissen. Bei ihr gab es nichts zu holen, was also wollte er von ihr? Müdigkeit legte sich auf ihre Lider, und sie schloss die Augen.

»Glockengießen, Mohnblumenrot und Honigkuchen«, murmelte sie matt.

»Na, dann hatte der Kerl ja recht damit, dich Honigschnäuzchen zu nennen. Schlaf jetzt, hier bist du in Sicherheit.«

»Danke, dass du mich vor ihm gerettet hast«, murmelte Catlin mit schwerer Zunge, dann nickte sie ein.

Zu dem Fieber gesellte sich ein trockener Husten, der sie sogar im Schlaf zum Bellen reizte wie einen Hund und ihr schier die Brust zerriss. In kurzen, benommenen Wachzeiten nahm sie zwar wahr, dass jemand an ihrem Bett saß und ihr Brühe oder Kräutersud einflößte, aber sie hätte nicht zu sagen vermocht, wer es war. Dann wieder fiel sie in tiefen Schlaf und wurde von wilden Träumen heimgesucht.

Ein herzhafter Duft weckte sie schließlich. Sie fühlte sich noch immer matt und kraftlos, war aber etwas klarer im Kopf.

»Hier, für dich. Gebratene Zwiebel, die ist gut gegen den Husten, und die geschmorte Leber wird dich stärken.« Nigel streckte ihr einen Löffel entgegen.

Catlin öffnete den Mund, ohne nachzudenken.

»Du hast zwei Tage durchgeschlafen, ich hab mir schon Sorgen gemacht.« Als Nigel schief lächelte, bemerkte Catlin einen traurigen Zug um seine Augen. »Hier, trink!«, forderte er sie auf, als sie hinuntergeschluckt hatte, und reichte ihr einen Becher.

»Mhm, schmeckt gut, ist süß!« Catlin war angenehm überrascht.

»Kommt von dem Honig, der ist ebenfalls gut gegen Husten.«

Catlin fragte sich, woher Nigel das wusste. Ob es noch jemanden im Haus gab? Plötzlich überfiel sie heftige Sehnsucht nach ihrem Vater und Elfredas Fürsorge. Sie fühlte sich elend und schwach. Wie sollte sie trotz Nigels umsichtiger Pflege jemals wieder genug Kraft schöpfen, um den Handhammer zu schwingen oder einen Vorschlaghammer zu führen? Sie seufzte leise – sie wollte ja ohnehin viel lieber Glocken gießen. »Wessen Haus ist das?«, fragte sie nach einer Weile ohne große Hoffnung auf eine Antwort.

»Es gehört meinem Vater.« Nigel senkte den Kopf.

»Deinem Vater?«, fragte Catlin ungläubig. »Und wo ist der?«

»Auf Reisen verschollen, schon seit fast einem Jahr.« Als Nigel aufsah, wusste Catlin, warum er ihren Blick gemieden hatte, denn seine Augen glänzten verdächtig. »Wahrscheinlich ist er tot. Aber das darf niemand wissen. Mein Onkel würde sich alles, was sich mein Vater erarbeitet hat, unter den Nagel reißen und es in kürzester Zeit mit Huren und Würfelspiel durchbringen.«

»Glaubst du wirklich, dass nach so langer Zeit noch niemand etwas bemerkt hat?«

»Alle glauben, dass er in London lebt.« Nigel lächelte gequält. »Mein Vater besitzt dort ein Haus mit Kontor.«

»Dann ist er wohlhabend.«

Nigel hob die Schultern und ließ sie wieder fallen.

»Und warum stiehlst du dann?«

Der Junge atmete hörbar ein. »Damit ihn niemand vermisst, muss es so aussehen, als verdiene mein Vater viel Geld mit seinen Geschäften. Hier in Norwich denkt man, dass er mich von London aus unterstützt, und in London glaubt man, dass er sich in Norwich aufhält. Ich muss den Schein so lange aufrechterhalten, bis ich alt genug bin, um sein Erbe anzutreten. Zum Glück habe ich schon früh lesen und schreiben gelernt, andernfalls wäre ich längst verloren.«

Vermutlich hatte Nigel sich bisher kaum einem Menschen anvertraut. Vielleicht bin ich sogar die Einzige, der er seine schwierige Lage gestanden hat, dachte Catlin, hin und her gerissen zwischen Stolz, Mitleid und einem gewissen Maß an Unverständnis. Immerhin war Nigel ein Dieb. Durfte sie einen Dieb überhaupt zum Freund haben? Sie legte die Stirn in Falten. Die Männer, die vor einiger Zeit die Schmiede überfallen hatten, waren Plünderer und Mörder gewesen und zu Recht an den Galgen gekommen. Gab es einen Unterschied zwischen solchen Räubern und einem kleinen Taschendieb? Würde Gott Nigel verzeihen, wenn er bereute? Oder würde der Junge eines Tages in der Hölle schmoren? Diebstahl war Sünde, das stand zweifelsfrei fest. Andererseits befand sich Nigel in einer Notlage. Gewissermaßen. Beraubten nicht auch die Lords und Ladys das Volk? Und die Kirche, ja, sogar der König holten sich vom Pöbel, was sie zu brauchen glaubten. Ob Abgaben für den Bau eines Gotteshauses oder zusätzliche Steuern für einen Krieg – wie oft nahmen sie ihren Untertanen das sauer verdiente Geld fort? In die Hölle kamen sie dafür nicht. Sie beichteten ihre Sünden, bereuten, und der Herr vergab ihnen. Warum also sollte Nigel nicht doch eines Tages das Tor zur Ewigkeit durchschreiten und mit den Engeln den Herrn preisen?

Catlin berührte seine Hand. »Warum hast du mich gerettet?«

»Weil der Lump dich in sein Hurenhaus bringen wollte, doch dorthin gehörst du nicht.« Nigel runzelte die Stirn.

»Danke«, hauchte Catlin. Ganz gleich, ob er ein Dieb war oder nicht, Nigel schien ein gutes Herz zu haben. Sie öffnete brav den Mund, als er ihr den nächsten Löffel hinstreckte, und aß.

»Du bist nicht von hier«, stellte er fest.

Catlin schüttelte den Kopf. »Üchuche Chon, gen Gockengiefer«, sagte sie mit vollem Mund.

Nigel lachte. »Chon, gen Gockengiefer? Was, bitte, soll das denn heißen?«

Catlin kaute, wedelte mit der Hand, bis sie so weit war, dass sie schlucken konnte, und wiederholte ihre Worte. »Ich suche John, den Glockengießer.«

»Und der stammt aus Norwich?«

»Nein, aber ich hoffe, dass ich ihn finde. Ich glaube, er versucht hier Arbeit zu finden.« Dann erzählte sie Nigel, warum sie dem Glockengießer gefolgt war. »Und wovon träumst du?«

»Ich wäre gern ein angesehener Kaufmann wie mein Vater und zugleich der beste Dieb Londons. Im Geheimen, versteht sich.« Er seufzte. »Ich würde nur Reiche bestehlen und alles den Armen geben.«

»Aber für das Stehlen landest du in der Hölle!«, rief Catlin besorgt aus.

»Selbst wenn ich alles den Armen und der Kirche gäbe?« Nigel musterte sie ungläubig. »Denk doch nur an all das Gute, das ich tun könnte.«

Catlin wusste nicht recht, was sie davon halten sollte. Seine Sünden zu bereuen war Voraussetzung, um Vergebung zu erlangen, doch Nigel schien alles andere als reumütig, darum kam sie lieber wieder auf den Glockengießer zu sprechen.

»Nun, Gotteshäuser, in denen du nach ihm fragen kannst, gibt es hier viele.« Nigel zog die Brauen hoch. »Bitte, einen Löffel noch!« Er lächelte. »Sobald es dir besser geht, helfe ich dir bei der Suche. Aber jetzt solltest du dich ein bisschen ausruhen.«

Catlin nickte brav, gähnte und schlief rasch wieder ein.

Eine knappe Woche später ging es Catlin gut genug, um aufstehen und sich anziehen zu können. Der Husten klang nicht mehr so rau, und die Fieberhitze war verschwunden. Obgleich sie sich noch schwach fühlte, konnte sie es kaum erwarten, den Glockengießer endlich zu finden.

»Wenn du willst, fangen wir bei den Kirchen hier in der Nähe an, da wären Saint Anne, Peter und Paul, Saint Matthews und noch einige andere, bei denen wir fragen können«, zählte Nigel auf und ging voran.

Catlin blinzelte geblendet, als sie aus dem dunklen Hausflur ins helle Tageslicht trat.

»Obacht!«, rief Nigel, streckte den Arm schützend vor sie und drückte sie an die Hauswand. Ein Ochsengespann holperte rumpelnd die enge Gasse hinunter. »Puh, das war knapp!« Er musterte sie besorgt. »Geht es dir gut?«

»Ja!«, rief sie gegen das Poltern an. »Ich glaube, ich muss nur besser achtgeben.« Obwohl sie schon nach wenigen Schritten außer Atem geriet, folgte sie Nigel, so rasch sie konnte.

»Die Taubenpasteten hier schmecken köstlich!« Ihr Begleiter zog sie zu einem Laden, wo er zwei goldgelbe Pasteten kaufte und ihr eine davon reichte. »Hier, koste einmal!«

Zum ersten Mal seit Tagen hatte Catlin wieder Appetit. Gierig biss sie in die heiße Pastete, während sie weitergingen.

Für einen winzigen Augenblick blieb Nigel hinter ihr zurück. Noch ehe sie recht bemerkt hatte, dass er nicht mehr an ihrer Seite war, hatte er sie schon wieder eingeholt und schlenderte neben ihr her.

»Meine Börse, jemand hat meine Börse aufgeschlitzt!«,

zeterte plötzlich ein feister, bunt herausgeputzter Kaufmann. Vor Empörung fuchtelte er dabei mit den Armen und wirkte wie ein überfütterter Kapaun, der sich vergeblich in die Lüfte erheben will. »Quickhands, das kann nur Quickhands gewesen sein!«, gackerte er entrüstet. »Zum dritten Mal hat mich der Unhold in diesem Jahr beraubt!«

Catlin drohte der Herzschlag auszusetzen. Der Bestohlene hatte Nigel erkannt. Gleich würden sich kräftige Männer auf ihn stürzen, ihn binden und dem Büttel vor die Füße werfen. Dann würde er ins Gefängnis gesperrt und aufgeknüpft werden. Oder man würde ihm eine Hand abhacken, vielleicht auch die Ohren abschneiden. Eine Gänsehaut lief Catlin über den Rücken. Sie wagte kaum, Nigel anzusehen, doch nichts geschah. Unschuldig und vollkommen unbeteiligt dreinblickend schritt er neben ihr her, ohne dass jemand eingriff. Der Bestohlene schien nicht übermäßig beliebt zu sein, denn niemand beachtete sein Wehgeschrei oder bedauerte ihn gar. Im Gegenteil, die meisten Schaulustigen feixten verstohlen, einige tuschelten und lachten gar.

Nigel grüßte den Kaufmann freundlich, tat, als wäre nichts geschehen, und spazierte in aller Seelenruhe mit Catlin an ihm vorbei.

»Warst du das?«, flüsterte sie ungläubig, als sie weit genug von ihm entfernt waren. »Wieso wusste er, dass du es warst, und hat dich doch laufen lassen?«, fragte sie, als er nickte, und zog die Brauen zusammen.

»Niemand hat den Burschen, den sie Quickhands nennen, je zu Gesicht bekommen, und doch ist sein Name in aller Munde.« Nigel grinste stolz und hob die Schultern. »Der Mann, dem ich die Börse geleert habe, ist ein geldgieriger Geizhals, der nie einen Penny für andere gibt. Ich tue nichts weiter, als das Verteilen mildtätiger Gaben für ihn zu erledigen.«

Einen Großteil der Münzen, die er durch den gezielten Schnitt in den Geldbeutel erbeutet hatte, verschenkte Nigel sogleich wieder. Zwei Bettlern gab er davon und wurde zum Dank mit wahren Sturzfluten von Gebeten zum Schutz seiner Gesundheit und der seiner Familie überhäuft. Einer ausgemergelten jungen Frau mit einer großen Kinderschar, die Nigel laut jubelnd umringte, steckte er etwas Silber und jedem der Kinder zwei Kupfermünzen zu. Zu guter Letzt kaufte er einem kleinen Mädchen, das im Straßenschmutz spielte, eine Steige rotbackiger Äpfel, ein Fässchen gesalzenen Fisch und einen großen Laib Brot und trug ihr die Waren nach Hause. »Gäbe ich ihr Geld, brächte ihr Vater es auf der Stelle in die nächstbeste Schenke. Die Familie hätte noch immer nichts zu essen und müsste am Ende gar unter seinen Schlägen leiden, weil er betrunken nach Hause käme. Also kaufe ich lieber das Nötigste, damit alle etwas zu beißen haben«, erklärte er Catlin anschließend und steuerte zielstrebig auf die nächste Kirche zu. »Lass uns hier als Erstes fragen, ob jemand den Glockengießer gesehen hat!«

Der Priester nahm Nigels großzügige Almosen mit Freude und Dankbarkeit entgegen. »Sag deinem Vater, Gott der Herr wird es ihm lohnen«, trug er Nigel auf, denn der hatte behauptet, er bringe die mildtätige Gabe in dessen Auftrag zur Kirche. Von einem Glockengießer auf der Suche nach Arbeit aber hatte der Geistliche nicht gehört.

»Sein Vater ist viel auf Reisen«, raunte der Gottesmann in der nächsten Kirche Catlin hinter vorgehaltener Hand zu. Er blickte voller Zuneigung zu Nigel hinüber, der vor dem Altar niedergekniet war. »Der arme Junge ist zu viel allein. Er kommt häufig her, betet für seinen Vater und verteilt Almosen. Ein guter Junge ist er, ganz der Vater, der ein selbstloser, überaus freigiebiger Mensch ist.«

Catlin lächelte unbehaglich. Wenn der Priester wüsste, woher das Geld kommt, täte er gewiss entsetzt, dachte sie. Ob er die Annahme der Almosen jedoch verweigern würde, bezweifelte sie. Vermutlich würde er gar von Nigel fordern, alles, was er erbeutet hatte, der Kirche zu spenden, da er es kaum seinem Besitzer zurückgeben konnte, ohne für sein Vergehen bestraft zu werden.

Welch große Bedeutung der Klerus dem Geld beimaß, wusste Catlin so gut wie jedermann. Goldene und silberne Altargefäße, Juwelen, teure Gewänder und Kathedralen aus Stein, die bis hoch in den Himmel emporragten, all das war kostspielig, wenngleich ebenso wenig notwendig, um den Herrn zu preisen, wie das aufwendige Leben von Bischöfen, Äbten und anderen Gottesmännern, die sich beileibe nicht allen einfachen Mönchen gleich in Bescheidenheit übten.

Die kleinen Gemeinden von Norwich aber, denen Nigel das gestohlene Geld brachte, waren keine Orte verschwenderischen Überflusses, sondern Begegnungsstätten für die Gläubigen. Sie kamen in den Kirchen zusammen, um gemeinsam zum Herrn zu beten und ihm zu huldigen, aber auch um Neuigkeiten auszutauschen und durch eine mehr oder minder hochherzige Gabe bessere Aussicht auf einen Platz im Paradies zu erwerben. Die meisten gaben, so viel sie konnten, doch es reichte nie aus, um die Ärmsten der Armen, Alte und Kranke zu versorgen. Darum war jeder zusätzliche Penny gern gesehen.

Als sie wenige Tage später alle Kirchen der Stadt aufgesucht, den Glockengießer jedoch noch immer nicht gefunden hatten, war Catlin ratlos und niedergeschlagen. Niemand hatte sich an den Mann erinnern können. Ob er überhaupt nach Norwich gekommen war? Allmählich zweifelte Catlin daran. Vielleicht hatte er im letzten Augenblick sein Ziel geändert. Oder aber er hatte von Norwich gesprochen, aber ein Dorf in der Nähe gemeint. Catlin drohte zu verzagen. Wo konnte er nur stecken?

»Was soll ich tun? Er kann überall sein.« Catlin sah Nigel hilflos an.

Der aber wusste keine Antwort und hob nur die Schultern.

»Aber ich muss ihn finden, hörst du? Ich muss!«

»Ich verstehe schon«, murmelte er und dachte einen Augenblick lang nach. »Sagtest du nicht, dass er später nach London gehen wollte?«

Catlin nickte, und eine Träne lief ihr über die Wange.

»Vielleicht solltest du dort nach ihm suchen.« Nigel zog die Brauen hoch und sah Catlin aufmunternd an.

»Und wenn er doch in einer anderen Stadt Arbeit gefunden hat? Dann kann es Monate oder gar Jahre dauern, bis er nach London aufbricht.« Mutlos senkte sie den Kopf. »Außerdem habe ich kein Geld für die Reise«, stammelte sie und wagte Nigel nicht anzublicken, damit er nicht glaubte, sie wolle ihn anbetteln. »Und ich wüsste auch nicht, wie ich allein in London zurechtkommen soll.«

»Also, erstens bin ich ein Ehrenmann und lasse dich nicht allein, und zweitens hatte ich ohnehin vor, in absehbarer Zeit im Haus meines Vaters vorstellig zu werden. In London sollen sie glauben, er habe mich geschickt, weil er selbst zu beschäftigt sei, und hier in Norwich, er habe mich aufgefordert, zu ihm zu kommen, um ihm bei seiner Arbeit zu helfen.« Nigel hielt den Kopf schief und lächelte Catlin an. »Was hältst du also davon, wenn wir uns Pferde mieten und reisen wie junge Kaufleute?«

»Aber das kostet doch ein Vermögen!«, stieß Catlin mit weit aufgerissenen Augen hervor.

»Grundgütiger, wenn das deine einzige Sorge ist!«, rief Nigel und grinste verschmitzt.

Catlin rang nach Atem. »Aber ich mag es nicht, wenn du stiehlst! Auch wenn du das Geld von den Reichen nimmst und mit den Armen teilst, so ist es doch Sünde.« Sie betete im Geist rasch ein Ave-Maria, wohl wissend, dass dies allein nicht ausreichte, um Vergebung für Nigels Seele erhoffen zu können.

»Lass uns die nötigen Vorbereitungen treffen«, schlug Nigel vor und lenkte von dem heiklen Thema ab. »Agatha und ihr Mann kümmern sich in meiner Abwesenheit um das Haus, so wie sie es schon früher getan haben. Früher«, fügte er nachdenklich hinzu, »als mein Vater noch lebte.« Er versuchte sich an einem Lächeln, doch es wollte ihm nicht so recht gelingen. »Vielleicht ist er ja inzwischen längst nach London zurückgekehrt, und die Nachricht ist nur noch nicht hier eingetroffen.« Sein Gesicht hellte sich eine Spur auf.

Catlin nickte. Ganz ohne Hoffnung zu leben ist schwerer, als sich hin und wieder selbst zu belügen, dachte sie mitleidig.

In den darauffolgenden Tagen erzählte Nigel überall herum, sein Vater habe ihm eine Nachricht geschickt und erwarte ihn demnächst in London, wo er ihm bei seinen Geschäften helfen solle. Dann kaufte er Catlin einen gefütterten Mantel und warme Stiefel, denn der Winter war nicht mehr fern, und brachte eine stattliche Anzahl Silbermünzen zu einem Juden, der ihm dafür einen Wechsel ausstellte. Mit diesem würde Nigel in London bei einem Verwandten des Geldverleihers oder später, zurück in Norwich, wieder an sein Geld kommen.

»Wir brechen noch heute auf«, sagte er eines Tages beim Frühmahl und vergrub noch rasch vier silberne Teller, zwei Leuchter, eine Handvoll Schmuck von seiner Mutter und drei ungefasste Edelsteine in einer Truhe im Garten.

Er besorgte zwei Mietpferde, belud sie mit Decken, Proviant und zwei Ballen feinster Wolle, die in London verladen und mit dem Schiff aufs Festland gebracht werden sollten. Nach ein paar letzten Anweisungen gab er Agatha noch genügend Geld für die Zeit seiner Abwesenheit. Dann verschloss er seine Kammer, versteckte den Wechsel im Stiefel, befestigte eine halb gefüllte Geldbörse am Gürtel und verbarg einen weiteren Beutel mit Münzen unter seinem Hemd.

Catlin staunte, wie viele Reichtümer Nigel besaß. Ob er das alles gestohlen hatte?

»Das meiste hat mir mein Vater hinterlassen«, erklärte er beim Anblick ihres ungläubigen Gesichts.

»Aber warum stiehlst du, wenn du doch so viel besitzt?«

»Würde ich silberne Teller und Leuchter oder gar Edelsteine veräußern, so spräche sich rasch herum, dass ich in Geldnot bin. Jene, die Profit aus möglichen Schwierigkeiten meines Vaters schlagen wollten, wären nicht weit, und schon bald spräche sich herum, dass er wohl niemals heimkehren wird. Lasse ich aber in seinem Namen der Kirche großzügige Almosen zukommen und mir hin und wieder neue Stiefel und Kleider anfertigen, so kommt kein Mensch auf den Gedanken, dass etwas nicht stimmt.«

Catlin nickte. Sie verstand sehr wohl, dass Nigel tat, was er tun zu müssen glaubte, auch wenn es sicher falsch war. Doch wer war sie, dass sie ihn dafür verurteilen durfte? Handelte sie nicht selbst nach eigenem Gutdünken, obwohl sie ihren Vater damit verletzte und seinen Willen missachtete, ohne zu wissen, ob ihr Vorhaben je gelänge? War ihr Ungehorsam nicht ebenfalls ein Vergehen wider die Gebote des Herrn? Wie sollte ausgerechnet sie sich da zu Nigels Richter aufschwingen? »Es ist nicht wichtig, was ich darüber denke«, sagte sie und wandte sich ab. Gott selbst würde Nigel eines Tages richten und entscheiden, ob der Junge mit seinen guten Taten die schlechten wettgemacht hatte. Catlin vermochte nicht zu sagen, ob sie sich womöglich ebenfalls schuldig machte, weil Nigel mit dem gestohlenen Geld für sie sorgte, oder ob ihr Wohlergehen als Teil seiner Sühne gelten durfte. Nigel war gewiss kein übler Kerl, darum beschloss sie, ihn künftig in ihre Gebete einzuschließen und den Allmächtigen um Vergebung für ihn anzuflehen. Vielleicht, so hoffte sie im tiefsten Innern, kam es Nigel am Jüngsten Tag zugute, dass er sie nicht im Stich gelassen hatte, als sie krank und wehrlos gewesen war. Und wenn sie es schaffte, das angestrebte Ziel zu erreichen und Gott eines Tages mit dem Klang einer ganz besonderen Glocke zu erfreuen, dann vergab er vielleicht nicht nur ihr, sondern auch Quickhands.

»Vermutlich ahnt Agatha, dass dein Vater gar nicht in London ist«, sagte Catlin, nachdem sie Norwich verlassen hatten und eine Weile schweigend nebeneinanderher geritten waren.

»Sie ahnt es nicht nur, sie weiß es«, sagte Nigel, ohne Catlin anzusehen. »Sie war meine Amme und kennt mich wie kein anderer: meine Geheimnisse, was ich liebe und fürchte … Sie weiß alles über mich. Sogar, dass ich dich …« Nigel hielt inne. »… dass ich dich nach London begleite, weil ich dich in Sicherheit wissen will«, fügte er rasch hinzu.

Catlin lächelte unsicher. Sie bezweifelte, dass er sie zu beschützen vermochte, falls sie von Räubern angegriffen würden. Trotzdem war sie froh, nicht allein reisen zu müssen, und Nigel überaus dankbar für seine Begleitung.

»Ich muss aufpassen, wenn wir erst in London sind«, hob Nigel nach einer Weile an. »Die Leute werden mich ausfragen. Wo mein Vater ist und warum er nicht selbst kommt. Sage ich ihnen, er sei krank und könne darum nicht reisen, so wünscht sich wohl mehr als einer, dass er bald das Zeitliche segnet – in der Hoffnung, das Kontor meines Vaters unter Wert aufzukaufen, angebliche Schulden einzufordern oder mich sonst irgendwie zu übervorteilen. Besonders die Neugier meines Onkels fürchte ich. Er ist der jüngere Bruder meines Vaters und hat schon vor Jahren das von seinem Weib geerbte Vermögen verspielt. Seit Langem unterstützt mein Vater ihn überaus großzügig, und auch ich habe ihm in letzter Zeit immer wieder Geld zukommen lassen, damit er keinen Verdacht schöpft.« Nigel schwieg einen Augenblick lang, dann sah er Catlin bittend an. »Ich muss ihn besuchen, wenn wir in London sind. Bitte begleite mich, und erzähl ihm von meinem Vater, was ich dir auftrage.« Er senkte den Blick. »Glaub mir, ich schäme mich, weil ich das von dir verlange«, fügte er mit belegter Stimme hinzu.

Nigel wusste aus ihren Erzählungen, dass Catlin Lügen verabscheute, doch in seiner Lage hatte er kaum eine andere Wahl. »Erzähl mir von ihm!«, forderte sie ihn darum auf.

»Von meinem Vater?« Nigel lächelte versonnen. »Er war stets streng mit mir, hat es gut gemeint.« Nigels Augen glänzten, als er von seinem Vater, seiner Kindheit und der viel zu früh verstorbenen Mutter erzählte. »An ihr Antlitz erinnere ich mich kaum. Ein einziges undeutliches Bild habe ich im Kopf, ein verschwommenes Gesicht, das sich zu einem Kuss nähert.« Er räusperte sich verlegen, weil seine Stimme zu versagen drohte. »Ich bewahre es in meinem Herzen auf wie eine Kostbarkeit, die mir niemand nehmen kann.«

Catlin schluckte. Sie beneidete ihn um diese Erinnerung und gönnte sie ihm zugleich. Unwillkürlich fuhr ihre Hand zum Hals, an dem ein feines silbernes Kreuz an einem schmalen Lederband hing. Es hatte einst ihrer Mutter gehört und war das einzige Andenken an sie.

»Mein Vater kann wunderbar von seinen Reisen erzählen ...« Nigel hielt inne. »Konnte«, verbesserte er sich niedergeschlagen. »Er fehlt mir so!« Nigel rang nach Atem und wandte den Blick ab.

Catlin verstand ihn nur allzu gut. Sie vermisste ihren Vater schmerzlich und kämpfte noch immer mit ihrem schlechten Gewissen. Im Gegensatz zu Nigel hätte sie umkehren können. Dann hätte sie ihren Vater wiedergesehen, ihren Traum jedoch ein für alle Mal aufgeben müssen. Dazu aber war sie nicht bereit. Noch nicht.

Am Nachmittag des zweiten Tages – sie ritten schon seit einer Weile schweigend nebeneinanderher – überholten sie auf der einsamen Landstraße einen kleinen

Jungen. Das Kerlchen schien mutterseelenallein unterwegs zu sein und stapfte mit hängendem Kopf vorwärts. Catlin runzelte die Stirn. Das Kind trug eine winzige Mönchskutte – wie konnte es da ohne Begleitung sein? Sie zügelte ihr Pferd.

»Was ist?« Nigel, der seit der Mittagsrast nur stumm vor sich hin gestarrt hatte, musterte sie verwundert und hielt sein Reittier ebenfalls an.

»Der Junge!« Catlin drehte sich im Sattel um und spähte in seine Richtung. »Er scheint ganz allein unterwegs zu sein.«

Nigel, der sich nun ebenfalls umwandte, kratzte sich nachdenklich den Nacken. »Vielleicht ist sein Begleiter nur kurz ins Gebüsch gegangen. Warte hier, ich frage ihn.« Er ließ sich vom Pferd gleiten und ging auf den Jungen zu.

Catlin konnte ihre Neugier nicht im Zaum halten, stieg ebenfalls ab und folgte Nigel.

Der Junge hatte ein tränenverschmiertes, schmutziges Gesicht, und die Nase lief ihm.

»Was ist mit dir?«, fragte Nigel und beugte sich zu ihm hinunter.

Der Kleine schluchzte heftig.

»Komm her!«, forderte Catlin ihn auf, trat zu ihm und nahm ihn in die Arme. Sie wiegte ihn hin und her, bis er noch einmal aufschluchzte und zu sprechen anhob.

»Der Prior ist tot. Alle sind tot.« Er vergoss erneut heiße Tränen.

»Wie heißt du?« Catlin nahm einen Zipfel ihres Kleides und trocknete ihm die Tränen.

»Corvinus.« Der Junge zog die Nase geräuschvoll hoch und blickte sie aus großen braunen Augen an. »Mein Vater hat mich zu den Mönchen geschickt, als ich noch klein war«, sagte er und schlug die Augen nieder. »Nun aber kann ich nicht mehr zurück.«

»Aus welchem Kloster kommst du?«

»Saint Edmund.«

Catlin hielt den Atem an.

»Du bist aus Saint Edmundsbury?« Ihr Herz hüpfte.

Der Junge legte den Kopf schräg, dann verneinte er. »Saint Edmund bei Tibenham.« Er rieb sich mit dem Ärmel über die Nase. »Die Mönche sind krank geworden. Erst die Alten, dann auch die anderen. Keiner konnte mehr arbeiten, sie haben nicht mehr gegessen, und dann waren sie tot.«

»Und du – bist du auch krank?« Catlin widerstand dem Drang, vor dem Jungen zurückzuweichen, und strich ihm sanft über das zerzauste Haar.

Corvinus wischte sich mit den flachen Händen die Tränen aus dem Gesicht. »Mir geht es gut«, behauptete er trotzig. »Als die anderen alle tot waren, hat der Prior gesagt, dass ich fortmuss. Aber ich hatte Angst und wollte nicht allein gehen. Ich wusste, dass er auch krank war, aber als wir endlich aus dem Wald heraus waren … Ich dachte, er schafft es.« Der Junge blinzelte zu den beiden hoch. »Doch dann ist er zusammengebrochen und einfach liegen geblieben. Ich hab ihn angebettelt, dass er aufstehen soll, aber …« Er starrte zu Boden, als betrachte er die abgewetzten, viel zu kleinen Sandalen an seinen Füßen.

Ihm muss kalt sein, dachte Catlin, als ihr ein Schauer über den Rücken lief.

Der Brustkorb des Jungen hob und senkte sich in rascher Folge, dann brach es aus ihm heraus. »Zwei Nächte und einen ganzen Tag habe ich neben ihm gesessen. Dann wusste ich, dass ich allein weitermuss.«

»Wir können das arme Kerlchen unmöglich hier zurücklassen«, raunte Catlin Nigel zu. »Sein Vater hat ihn der Kirche anvertraut und glaubt ihn dort wohlbehalten.« Dann wandte sie sich wieder an den Jungen. »Weißt du, wohin dich der Prior bringen wollte?«

»In die Abtei zu Whittingham.« Corvinus hatte gerade erst aufgehört zu weinen, da schossen ihm schon wieder Tränen in die Augen. »Aber ich weiß nicht, wie man dahin kommt.« Er zog erneut laut die Nase hoch und bemühte sich verzweifelt um Haltung. »Und ich habe Hunger.«

»Ganz gleich, wo die Abtei liegt, wir bringen dich hin«, beruhigte ihn Nigel ohne Zögern. »Nicht wahr, Catlin?«

»Ja, das versprechen wir dir«, bestätigte Catlin und warf Nigel einen dankbaren Blick zu. »Wir haben Proviant dabei, komm und stärk dich erst einmal!« Sie legte dem Jungen eine Hand auf die Schulter und zog ihn mit sich zu ihrem Pferd.

»Wie wär's mit einer Rast?«, schlug sie Nigel vor und freute sich, als Corvinus heißhungrig Brot, Speck und den Apfel verspeiste, den ihr Begleiter aus dem Gepäck geholt hatte.

Die dunklen Tage im Kloster, als die Mönche einer nach dem anderen gestorben waren, würden dem mutigen kleinen Kerl wohl noch lange zu schaffen machen. Trotzdem hoffte Catlin, dass er sich nicht unterkriegen ließ.

»Ich habe vergessen, vor dem Essen zu beten!«, fiel es Corvinus plötzlich ein. Das schlechte Gewissen stand ihm ins bleiche Gesicht geschrieben, und schon wieder glänzten seine Augen.

»Gott wird dir vergeben, wenn du ihn darum bittest«, sagte Catlin gütig. »Komm, wir beten gemeinsam!«

Corvinus nickte brav und holte das Versäumte sogleich voller Inbrunst nach.

Catlin konnte nicht anders, als den Jungen ins Herz zu schließen. »Sieh nur, wie reizend er aussieht! So voller Unschuld«, sagte sie am Abend zu Nigel, als Corvinus selig und süß schlummerte, die geschürzten Lippen leicht geöffnet. Ein Zucken wie das Engelslächeln eines Säuglings umspielte seinen Mund.

»Ich hoffe, nach all dem Schrecklichen träumt er etwas Schönes.« Nigel rückte näher an Catlin heran. »Vielleicht träumt er von dir. Gewiss bist du ihm wie ein Engel erschienen.« Er sah Catlin eine Spur zu tief in die Augen.

»Du weißt wohl, dass ich den Glockengießer fragen werde, ob er mich heiratet – wenn ich ihn finde«, erwiderte sie ein wenig schroff. Ihre Worte stießen Nigel sicherlich vor den Kopf, doch ihm falsche Hoffnungen zu machen wäre nicht recht gewesen.

»Gewiss doch, ich weiß!« Nigel lachte scheinbar spöttisch auf. »Glaubst du etwa, ich … ich hätte mir etwas anderes erhofft?«, behauptete er einen Hauch zu heftig und rückte von ihr ab. »Es ist spät, lass uns schlafen!«, brummte er dann, angelte mit einem Stock zwei große Steine aus der Glut des heruntergebrannten Feuers und legte Holz nach. »Die Steine werden uns ein wenig wärmen«, erklärte er und legte sie rechts und links neben Corvinus. Dann streckte er sich neben dem Jungen am Fuß einer großen Eiche aus und machte es sich auf dem unebenen Boden so gemütlich wie möglich.

Catlin ließ sich auf der anderen Seite von Corvinus nieder und richtete sich ebenfalls ein, so gut es ging. Sie teilte ihre Decke mit dem Kleinen und legte schützend einen Arm um ihn.

»Morgen erkundige ich mich nach dem Weg zur Abtei«, murmelte Nigel, dann schliefen sie im Schein des Feuers ein.

Catlin erwachte mitten in der Nacht mit steifen Gliedern. In der Feuerstelle glomm nur noch wenig zartrote Glut, ringsum umgab sie tiefste Finsternis. Das Gras raschelte, und in der Ferne schrie eine Eule. Catlin wagte nicht aufzustehen, dabei wäre es ein Leichtes gewesen, das Feuer mit einigen trockenen Ästen wiederzubeleben. Zitternd vor Kälte schmiegte sie sich an Corvinus, der friedlich und gleichmäßig atmend schlief. Doch zur Ruhe kam Catlin nicht wieder. Wie ein verängstigtes Tier starrte sie mit aufgerissenen Augen in die Dunkelheit, bis ihr Kopf schmerzte. Jedes Geräusch wurde durch die Schwärze der Nacht um ein Vielfaches verstärkt. Es knisterte und knackte im Unterholz, als schlichen wilde Tiere, Räuber, Hexen oder böse Geister um sie herum. Catlins Atem ging immer heftiger. Wie festgenagelt lag sie da und horchte. Auf dem Weg nach Norwich war sie zu krank gewesen, um sich zu fürchten, nun aber war ihr Geist wach und gaukelte ihr beängstigende Trugbilder vor. Das Blut rauschte ihr in den Ohren. Ihr Herz wummerte. Als sie ein Schnaufen an ihrem Haar vernahm, erstarrte sie schier zu Eis. Erst als etwas Weiches ihre Nase berührte, fuhr sie in die Höhe. Sie war wohl doch noch einmal eingenickt, denn der Himmel am östlichen Horizont hatte inzwischen die Farbe von Blaubeermilch.

Eines der Pferde stand in ihrer Nähe, schnaubte und schüttelte den Kopf, als lache es sie aus, senkte die Nase wieder ins Gras und beachtete sie nicht länger. Corvinus, der plötzlich neben ihr hockte, kicherte und versteckte die Hand hinter dem Rücken.

»Was hast du da?« Catlin ergriff seinen Arm und riss ihn nach vorn. Corvinus sah sie erschrocken an und senkte den Blick, als sie einen langen Halm mit weicher Rispe in seiner Hand entdeckte. Aufgewühlt vom Schreck, brauchte Catlin einen Augenblick, um zu begreifen, dass er es gewesen war, der sie an der Nase gekitzelt hatte.

»Nun komm schon, Cat, die Nacht ist vorüber!«, rief Nigel versöhnlich, rollte die Decken zusammen, unter denen sie geschlafen hatten, verstaute sie und trat die Glut aus.

Von den Bauern, die beim Singen fröhlicher Erntelieder die reifen Ähren von den gelben Feldern am Wegesrand schnitten, erfuhren sie, dass die Ländereien ringsum bereits zur Abtei von Whittingham gehörten und dass die Klosteranlage kaum mehr als einen halben Tagesritt entfernt lag. Einer der Bauern – ein alter Mann mit gebeugtem Rücken und einem weiß erblindeten Auge, der sich auf seine Sense stützte – empfahl ihnen, dem Weg weiter zu folgen, bis sie an eine Gabelung mit drei alten Birken kämen. Dort sollten sie den linken Weg wählen, der sich gen Osten schlängelte, dann würden sie die Abtei schon bald auf einem Hügel zu ihrer Rechten entdecken.

Nach einem artigen Dank führten die drei ihren Weg in Gedanken versunken fort, bis Corvinus auf einmal aufsah.

»Seid ihr Verliebte?«, fragte er arglos, wandte sich erst zu Nigel und dann zu Catlin um. »Ich meine, wenn ihr von zu Hause ausgerissen seid, verrate ich euch bestimmt nicht, Ehrenwort!« Der Gedanke, mit flüchtenden Liebenden unterwegs zu sein, gefiel ihm offenbar, denn seine Augen glänzten vor Aufregung über ein solches Abenteuer. »Unser alter Prior hat einmal die Geschichte von einem Priester und einem Edelfräulein erzählt, die zusammen fortgelaufen und von einem berühmten Ritter des Königs erwischt worden sind …«, plapperte er drauflos.

Als sie die drei Birken erreichten, deren Blätter golden in der Herbstsonne leuchteten, und nach Osten abbogen, redete Corvinus noch immer wie ein Wasserfall.

»Langsam, mein kleiner Freund, langsam!«, rief Nigel schließlich und schüttelte ungläubig den Kopf. Kaum hatte Corvinus nämlich die eine Geschichte beendet, wollte er schon mit der nächsten beginnen. »Erstens sind wir keine Liebenden, und zweitens solltest du ab und an Luft holen.« Er versetzte dem Jungen einen freundschaftlichen Stoß in die Rippen. »Und gib Obacht, damit uns von deinem Geschwätz nicht die Ohren abfallen!«

Corvinus murmelte etwas, das wie »Vergebt mir!« klang, und senkte den Kopf.

»Wie wäre es mit einer kleinen Mahlzeit?«, schlug Catlin vor, um ihn aufzumuntern. »Es ist sicher bald Mittag.«

»Au ja!« Corvinus strahlte. »Ich hab einen Riesenhunger!«

»Himmel, er frisst uns noch die Haare vom Kopf!«, maulte Nigel zum Spaß.

Corvinus nahm seine Worte jedoch für bare Münze, wurde bleich wie ein Kreidefelsen und sah aus, als wolle er sogleich wieder in Tränen ausbrechen.

»Aber nicht doch, Corvinus! Nigel ist ein Spaßvogel, er beliebt zu scherzen. Wir haben genügend zu essen für uns alle dabei«, griff Catlin ein und warf ihrem Begleiter einen vorwurfsvollen Blick zu. »Nicht wahr, Nigel?«, sagte sie streng.

»Gewiss doch. Solange er mir etwas übrig lässt, kann er essen, bis er platzt«, brummte Nigel augenzwinkernd, und nachdem sie sich die Bäuche mit dunklem Brot, Schinkenspeck und Käse vollgeschlagen hatten, zauberte er zum Nachtisch sogar noch eine Birne aus dem Gepäck hervor. »Komm, verdien sie dir!«, rief er Corvinus zu und winkte ihn herbei, um sich mit ihm zu balgen.

Der Junge stürzte sich so übermütig auf ihn, dass sie gemeinsam über das trockene Gras rollten. Geschickt schürzte Corvinus seine Kutte, schlang die Beine um Nigels Leib und saß gleich darauf rittlings auf dessen Brust. Stolz reckte er den rechten Arm in die Höhe. »Sieger!«, jubelte er und bewegte den Körper auf und ab, als ritte er auf einem Pferd.

»Schon gut, du hast gewonnen, ich ergebe mich«, ächzte Nigel, als wäre er dem Knaben wahrhaftig unterlegen. »Rette mich, Catlin!«, bettelte er und röchelte, als ersticke er.

»Bitte, liebster Corvinus, lass den armen Nigel gehen! Ich schenke dir auch einen Kuss«, flehte Catlin und zwinkerte ihm zu.

»Hätte ich geahnt, dass ich mir einen Kuss verdienen kann, so hätte ich mich nie von ihm besiegen lassen«, beklagte sich Nigel enttäuscht. »Ich hätte den Kampf und die Gunst der holden Maid gewonnen!« Er griff sich an die Brust und stöhnte, als sterbe er an gebrochenem Herzen.

Catlin überhörte seine Worte geflissentlich, während Corvinus triumphierte. »Dann bist du also doch in sie verliebt!« Er beugte sich vor, als Nigel die Birne neckend hin und her schwenkte, und versuchte sie zu erhaschen. »Gib sie mir, du Schurke!«, rief er verwegen und griff so lange danach, bis Nigel sie ihm schließlich überließ.

»Wohl denn«, seufzte Catlin, als wäre sie enttäuscht, dass Corvinus den Kuss nicht von ihr einforderte, »so muss ich wohl zurückstehen, wenn der Magen des tapferen Recken ruft.«

Corvinus nickte grinsend und verspeiste zufrieden die Birne. Ihn und Nigel wie Brüder miteinander raufen zu sehen erinnerte Catlin an Thomas, mit dem sie sich oft gebalgt hatte, und plötzlich musste sie auch an Winnie und Elfreda, an ihren Vater und den armen Peter denken. Wie weit sie von zu Hause fort war und wie unwahrscheinlich vorerst ihre Rückkehr dorthin war, wurde ihr mit einem Mal schmerzlich bewusst. Catlin erhob sich und wandte sich ab, damit Nigel und Corvinus nicht merkten, wie traurig sie mit einem Mal war.

»Lasst uns weiterreiten!«, schlug Nigel vor und sprang ebenfalls auf.

Catlin hatte ihre Augen mit der Hand beschirmt, um die Klosteranlage besser sehen zu können, die sich in der Ferne auf einer sanften Anhöhe erhob. Geheimnisvoll wirkte sie, wenn auch bei Weitem nicht so groß wie die von St. Edmundsbury. Eine große dunkle Wolke schob sich vor das Antlitz der Sonne und warf einen mächtigen Schatten auf die Abtei. »Ich komme«, murmelte Catlin abwesend. Beim Gedanken daran, den tapferen kleinen Corvinus schon bald bei den Ordensbrüdern zurücklassen zu müssen, wurde ihr schwer ums Herz. »Es ist windig geworden«, behauptete sie und wischte sich eine Träne aus dem Augenwinkel.

Je näher sie der Abtei kamen, desto wehrhafter wirkte das düstere Gemäuer aus dunkelgrauen großen Steinquadern mit seinen beiden gedrungenen Türmen, dem wenig einladenden Torhaus und den schmalen, spitz zulaufenden Fenstern, die an Schießscharten erinnerten. Der Bruder an der Pforte musterte die Ankömmlinge mit ausdruckslosem Blick, bis Nigel ihren Wunsch, den Abt zu sprechen, vorgetragen hatte. »Wartet hier, ich frage nach, ob euch jemand empfängt«, versprach er mürrisch, rief einen schlaksigen Novizen herbei, der an seiner Stelle am Tor wachen sollte, und schlurfte davon.

Mönche mit hochgeschlagenen Kapuzen wandelten am Torhaus vorüber, schweigend, die Hände in den Ärmeln verborgen, die Blicke andächtig gesenkt. Als aus der Kirche, die linker Hand lag, Gesang an Catlins Ohr drang, musste sie an St. Edmundsbury denken. Wehmut ergriff sie. Zu Hause war man den Trubel beachtlicher Pilgerscharen gewohnt. Hier dagegen schienen die Mönche die Einsamkeit ihrer Klausur zu schätzen. Catlin warf einen besorgten Blick zu Corvinus hinüber. Ob er an diesem Ort glücklich werden würde? Sie lächelte aufmunternd, als er zu ihr aufsah, damit er sich nicht unnötig sorgte.

Erstaunlicherweise dauerte es nicht lange, bis der Bruder Pförtner flüchtig um die Ecke linste, sie mit einem Handzeichen zum Mitkommen aufforderte und wieder verschwand. Die drei eilten ihm nach, über den Hof der Abtei, der so morastig war, dass ihre Schuhe im Schlamm schmatzten. Draußen war der Boden trocken gewesen. Catlin runzelte die Stirn, bis sie die hölzernen Rahmen entdeckte, in denen je eine Tierhaut zum Trocknen aufgespannt war.

»Was haben diese Vorrichtungen zu bedeuten?«, flüsterte Nigel, der ihrem Blick gefolgt war.

»Pergament für das Scriptorium«, antwortete Catlin mit ebenfalls gesenkter Stimme. Auch in St. Edmundsbury hatte es Mönche gegeben, die sich auf die Herstellung von Pergament verstanden hatten. Es war ein mühseliges Handwerk, bei dem die Tierhäute in Kalk gelegt wurden, bevor man sie sorgfältig abschaben konnte, um Fleischreste und Fell zu entfernen. Danach mussten sie gründlich gespült werden, was eine gehörige Menge Wasser erforderte und erklärte, warum der Boden des Hofes so aufgeweicht war.

»Da drüben die Treppe hinauf – und vergesst nicht anzuklopfen!«, wies der Mönch sie brummig an, zog seine Kutte bis über die Waden hoch und machte kehrt.

Am oberen Treppenabsatz angekommen, fanden sie sich vor einer schwarzen Holztür wieder. Nigel klopfte entschlossen an, dann traten sie ein. Als der Älteste und Wortführer ging Nigel als Erster auf den Abt zu, der an einem großen Eichentisch saß und Schriftrollen studierte. Er sah nicht auf und ließ seine Besucher für eine Weile vollkommen unbeachtet.

Nigel hatte schon beim Eintreten seine Bundhaube abgenommen, ganz so, wie es sich gehörte. Nun hielt er sie in beiden Händen, knetete sie unentschlossen und räusperte sich. »Verzeiht, ehrwürdiger Vater«, hob er an und machte eine tiefe Verbeugung. Als der Abt mit widerwilliger Miene aufsah, erklärte er ihm stockend und mit wenigen Worten, unter welchen Umständen sie Corvinus begegnet waren. »Wir haben ihm versprochen, ihn zu Euch zu bringen«, beendete er seinen Bericht und versuchte sich an einem verkrampften Lächeln.

Der Abt war ein griesgrämiger, ausgezehrter Mann mit eisblauen Augen. Er runzelte die Stirn, schob seinen Stuhl ein wenig zurück und winkte Corvinus herbei. Als der Kleine in seiner schäbigen Kutte mit gesenktem Kopf vor ihm stand, beugte sich der Abt zu ihm vor.

»Nun, mein Junge, wenn du aus Tibenham kommst, wie du vorgibst, so weißt du doch gewiss, wie der Prior dort heißt, oder?«, fragte er mit lammfrommer Stimme, aber Argwohn im Blick.

Corvinus wich einen Schritt zurück, und Catlin fragte sich unwillkürlich, ob dies aus Angst geschah oder weil der Abt womöglich aus dem Mund roch wie so viele Mönche, wenn sie sich kasteiten und kaum Nahrung zu sich nahmen.

»Martinus«, antwortete Corvinus weinerlich. Gewiss hatte er noch mit den schrecklichen Bildern der toten Mönche zu kämpfen. Er dauerte Catlin, so kläglich, wie er den Abt ansah, der aber richtete sich brüsk auf und schlug empört mit der flachen Hand auf den Tisch. Die Pergamentrollen hüpften in die Höhe, als wären sie ebenso erschrocken wie Corvinus. Ein Schlüsselbund klirrte vorwurfsvoll, und eine Stange Siegellack fiel zu Boden.

»Der Prior von Tibenham heißt nicht Martinus!«, brüllte der Abt den am ganzen Leib zitternden Jungen an, dann wandte er sich an Nigel. »Lügen, nichts als Lügen!«, schrie er auch ihn an.

Corvinus liefen Tränen über die Wangen, seine Schultern bebten.

»Wenn ihr glaubt, euren Bruder hier wohlfeil unterbringen zu können, dann irrt ihr!« Der Abt starrte die Bittsteller mit kalten Augen an.

»Er … er ist nicht unser Bruder«, wagte Nigel ihm zögernd zu widersprechen, und Catlin bewunderte ihn für seinen Mut. Kein Wort hätte sie an seiner Stelle herausgebracht.

Der Abt aber beachtete den Einwand nicht und fuhr unbeirrt fort. »Wenn ihr wollt, dass der Junge Mönch wird, so müsst ihr mit einer stattlichen Summe Silber oder einem ordentlichen Stück Land für sein Auskommen in der Kirche sorgen, so wie es üblich ist.« Er spie angewidert in ein Kohlebecken, das neben ihm stand. Es zischte, dann verbreitete sich ein unangenehmer Geruch.

»Mein Vater hat doch bereits …«, versuchte Corvinus nun seinerseits zu erklären, doch der Abt gebot ihm mit erhobener Hand zu schweigen. »Und der Prior hieß sehr wohl Martinus, der neue Prior. Der, der gewählt wurde, nachdem unser alter Prior gestorben ist«, fügte er leise, aber aufmüpfig hinzu.

Der Abt schoss erstaunlich behände von seinem Stuhl auf. »Schluss mit dem Unsinn! Ihr habt gehört, was ich zu sagen habe«, fauchte er Nigel an. »Wenn ihr ihn hierlassen wollt, müsst ihr zahlen.«

»Bitte …«, versuchte es Corvinus noch einmal.

»Zahlt – oder nehmt ihn wieder mit!« Der Abt zeigte keinerlei Mitgefühl mit dem Jungen. Er setzte sich wieder an den Tisch und vertiefte sich in seine Schriftrollen.

Catlin zupfte Nigel am Ärmel. »Lass uns gehen!«, flüsterte sie. Der Abt würde seine Meinung nicht ändern. Sie streckte die Hand nach Corvinus aus. »Komm!«, sagte sie sanft.

»Es kann nicht der Wille des Herrn sein, dass der Junge hierbleibt«, erklärte sie Nigel, als sie den Hof überquerten. »Wer weiß, warum er uns den Jungen über den

Weg geschickt hat.« Sie lächelte Corvinus aufmunternd an.

»Und was jetzt?«, wollte Nigel wissen, als sie die Abtei verlassen hatten. »Wir können ihn doch nicht einfach mitnehmen.«

»Es tut mir leid«, jammerte Corvinus und zog die Nase hoch. »Wirklich!«

»Schon gut, Kleiner, dich trifft keine Schuld.« Nigel hob den Jungen auf sein Pferd und stieg hinter ihm auf. Plötzlich hellte sich Nigels Gesicht auf. »Weißt du was?«, fragte er Corvinus.

Der tapfere kleine Kerl schüttelte den Kopf.

»Wenn dich die Kirche nicht mehr will, dann bringen wir dich eben zu deinem Vater zurück.« Nigel nickte vor Freude über seinen großartigen Einfall lebhaft mit dem Kopf, doch sein Lächeln erstarb, als er sah, dass Corvinus' zarter Körper erneut bebte wie eine Espe im Wind.

»Mein Vater ist tot«, schluchzte der Junge. »Letztes Jahr vor dem Christfest ist er meiner Mutter ins Grab gefolgt, hat der Prior gesagt.« Er zog die Nase abermals geräuschvoll hoch. »Wo soll ich denn bloß hin?«

»Ach, Kleiner!« Nigel legte tröstend die Arme um ihn.

Catlin streckte die Hand aus und tätschelte ihm das Knie. »Mach dir keine Sorgen!«, versuchte sie ihn zu trösten. »Nigel und ich, wir lassen dich nicht im Stich.«

Wochenlang hatte Randal vergeblich versucht, eine vernünftige Arbeit zu bekommen, doch mehr als eine Gehilfenstelle bot ihm niemand an. Gründe, warum er nicht als Geselle arbeiten konnte, nannte man ihm zur Genüge, doch wollten sie ihm nicht so recht einleuchten. Randal war fest davon überzeugt, sein Handwerk zu verstehen und mit den anderen Gesellen, ja, sogar dem Meister Schritt halten zu können. Zweifel, die ihm hin und wieder kamen, spülte er mit Bier hinunter, bis sie zerrannen und er sich wieder stark fühlte. Seine Zukunft aber, das wusste er, musste er selbst in die Hand nehmen. Kein anderer würde das an seiner statt tun.

Es war sein erster Tag in London, und Randal war fest entschlossen, eine Anstellung zu finden. Nicht irgendeinen Broterwerb, sondern eine gute Arbeit, die ihn seinem Ziel näher brachte, wenn auch nur um einen winzigen Schritt. In der Töpfergasse spähte er in eine Werkstatt und dachte bei sich, ein solcher Betrieb könne genau der richtige Ausgangsort für sein Vorhaben sein. Ob man ihn hier gebrauchen konnte? Ohne länger nachzudenken, trat er über die Schwelle und erkundigte sich nach dem Meister. Diesem stellte er sich vor und erklärte, was er gelernt hatte, bei welchem Meister und wie lange. So fragte er mit einem wohlüberlegten Spruch nach Arbeit, Lohn und Unterkunft.

Alles, was Randal ihm erzählte, schien dem Töpfer zu gefallen. Er nickte, lachte und streckte seinem Besucher ohne Zögern die Hand hin. Stolz und in seiner Ehre bestärkt, schlug Randal ein. Der Lohn, den der Töpfer anbot, war nicht eben großzügig bemessen. Bedachte Randal jedoch, dass Unterkunft und Verpflegung hinzukamen, dann würde ihm bei sparsamer Lebensführung dennoch genug bleiben, um jede Woche einige Münzen zur Seite legen zu können. Und weil er wusste, wofür er sparte, war er zunächst durchaus zufrieden.

Die stramme Töpfersfrau ging ihrem Gemahl für gewöhnlich tatkräftig in der Werkstatt zur Hand, wie er erwähnte, doch weil sie erneut guter Hoffnung war und ihm in Bälde ein weiteres Kind schenken sollte, meinte er, einen guten Mann wohl gebrauchen zu können.

»Einen Sohn, möge der Herr mir endlich einen Sohn schenken!«, rief er, hob den Blick, streckte die Hände flehentlich gen Himmel und bekreuzigte sich. »Fünf Töchter habe ich bereits«, klagte er, »doch nicht einen einzigen Sohn. Wenn es so weitergeht, wird meine Merilda eines Tages die Töpferei erben«, fuhr er fort, klopfte Randal auf die Schulter und stellte ihn seiner Familie vor.

Merilda, seine Älteste, war kein Kind mehr und noch keine Frau. Nicht Fisch, nicht Fleisch, nicht hässlich, nicht schön, nicht groß, nicht klein. Kein Stammhalter, aber auch nicht ohne Hoffnung, doch einmal in den Besitz der Töpferei zu gelangen. Möglicherweise also eine gute Partie.

Randal wusste, dass seine dunklen Augen beim Weibsvolk Eindruck machten. Er hatte schon so manche Erfahrung im Umgang mit jungen Mädchen und wusste beim ersten Blickwechsel mit Merilda, dass sie Gefallen an ihm fand. Er grüßte sie freundlich, schüttelte die Hand jeder ihrer Schwestern und machte der Frau des Meisters Komplimente über ihr behagliches Heim und das gute Essen, das sie ihm vorsetzte, um ihn willkommen zu heißen.

»Randal ist mir unersetzlich geworden«, erklärte der Meister schon bald voller Stolz und stellte ihn jedem seiner Kunden vor. »Er ist fleißig und versteht etwas von Ton.«

Randal wusste, dass er nicht ewig Töpfer bleiben

wollte, aber für eine gewisse Zeit schien er hier richtig zu sein. Wenn der Meister womöglich doch keinen Sohn bekam, dann sah es für ihn gar nicht schlecht aus, denn Merilda errötete, sobald er sie ansah, und der Meister und sein Weib würden sich mit einem wie ihm als Schwiegersohn gewiss glücklich schätzen.

Randal arbeitete viel und hart, buckelte den Lehm und fertigte geschickt auch die größten Töpfe an. Er kannte sich aus mit dem Magern von Ton, wusste, welche Mischungen am besten für große Flächen geeignet waren, und auch mit dem Brennen wusste er bestens Bescheid. So bekamen denn auch die größten Gefäße niemals Risse. Sein Meister hatte kaum noch Ausschuss zu beklagen und verdiente besser denn je zuvor. Er wollte Randal folglich schon bald nicht mehr missen, zahlte ihm freiwillig mehr Lohn, lobte ihn, wo er nur konnte, und nannte ihn den besten Gesellen, der je für ihn gearbeitet hatte. Randal genoss die Aufmerksamkeit des Töpfers, wenngleich die Arbeit auf Dauer kaum seinen Vorstellungen entsprach. Zuspruch und Lob indes hatte ihm sein alter Meister nie gespendet. Und so genoss er die Anerkennung und das gute Gefühl, endlich jemand zu sein, respektiert und sogar geliebt zu werden.

Bei jedem Gedanken an den alten Meister aber umwölkte sich Randals Stirn. Es war nicht gerecht, dass jener ihn noch immer verdächtigte … Randal brachte es nicht fertig, Worte für die unaussprechliche Tat zu finden, derer er fälschlicherweise beschuldigt wurde. Eines Tages aber musste der Meister begreifen, dass er ihm unrecht getan hatte, dass Randal ein guter Lehrjunge gewesen war und schon bald einen hervorragenden Glockengießer abgeben würde. Eines Tages würde er seine eigene Werkstatt haben, Kunden, die Schlange standen, und einen herausragenden Ruf wie kein Zweiter genießen. Er würde den Meister überflügeln. Immerhin hatte er es bereits bis nach London geschafft, in die Stadt, von der auch der Glockengießer träumte. Früher oder später würden sie sich hier begegnen. Und dann, so malte sich Randal des Nachts auf seinem Strohlager immer wieder aus, würde der Meister bereuen, ihn fortgejagt zu haben. Er würde heiße Tränen weinen, ihn in die Arme schließen und um Vergebung bitten, weil er ihn auf so üble Weise beschimpft und verdammt hatte. *Du bist mir wie ein Sohn,* würde der Meister sagen. *Bleib bei mir, und sei mein Vertrauter! Alles, alles, was ich weiß, will ich dich lehren, alle meine Formeln will ich dir anvertrauen …*

Richard saß unter einem Baum und kaute auf einem Grashalm herum. Was wohl sein Vater dazu sagen würde, dass er mit dem König nicht etwa auf Reiher- oder Kranichjagd war, sondern ihm soeben ein Mädchen zugeführt hatte? Richard nahm sein Messer zur Hand, ergriff ein Holzstück, das neben ihm auf dem Boden lag, und hackte wild darauf ein. »Ich bin doch kein Kuppler«, knurrte er. »Ich bin Falkner, und wann war ich das letzte Mal auf der Jagd? Nicht auf Weibsvolk, wohlgemerkt!« Er schnaufte. *Du und deine Moral,* hätte Knightly gesagt, ihn ausgelacht und den Kopf geschüttelt, und vermutlich hätte nicht einmal Adam etwas Verwerfliches darin gesehen. »Der König wirkt wie ein verliebtes Kalb«, hatte er Richard erst kürzlich zugeraunt. »Weißt du, wer die Glückliche ist?« Richard malträtierte nun nicht mehr nur das Holz, sondern auch den Waldboden. Er war dem Freund eine Antwort schuldig geblieben, um nicht lügen zu müssen, denn der König hatte ihm befohlen, niemanden einzuweihen.

»Catlin ist Eure Base«, hatte er zu bedenken gegeben, »und Mabel ihre Freundin, wer also sollte besser für diese Aufgabe geeignet sein als Ihr?« Dann hatte er ihn zu seinem Onkel geschickt. »Ihr müsst Eure Base nach ihr fragen, ohne sie wissen zu lassen, dass *ich* Euch darum bat.« Henry war errötet wie eine Jungfrau, obwohl er, wie Richard wusste, ganz sicher nicht mehr unerfahren war. »Sie will mir einfach nicht aus dem Sinn gehen.« Der junge König hatte sehnsüchtig geseufzt, ihren Namen immer wieder vor sich hin gemurmelt und sich daran gelabt wie an einer süßen Frucht. »Ich muss sie wiedersehen!«, hatte er eindringlich gesagt.

Richard ließ die Schneide seines Messers über das Holz gleiten. Wer war er schon, dass er sich verweigern konnte? Seine Mutter war nur eine Halbschwester des Königs. Ein Bastard wie sein Vater. Richard hörte den König und das Mädchen in der Ferne kichern wie Kinder. Wie glückstrunkene Kinder. Richard seufzte. Sie waren ganz offensichtlich ineinander verliebt. Richards Herz zog sich zusammen. Er beneidete die beiden. Um ihre Liebe und ihre Unbekümmertheit. Mabel jauchzte, und der König drohte ihr lachend. »Warte nur, ich kriege dich!« Dann kicherte das Mädchen wieder, gurrender diesmal, erwartungsvoll.

Richard presste den Kopf an den Baumstamm, ohne sich nach den beiden umzusehen. Nicht weil er besonders taktvoll war, sondern weil er den Anblick nicht ertragen hätte.

Als er zu seinem Onkel in die Schmiede gekommen war, hatte er Catlin zu sehen erwartet und sich darauf gefreut, doch seine Base war nicht zu Hause gewesen.

»Ausgeflogen, das Vögelchen«, hatte der Schmied mit düsterer Miene gebrummt. »Flügge geworden, ohne dass ich es gemerkt habe. Wollte den Mann nicht, den ich für sie ausgewählt hatte.« Niemand wusste, wo sie war. »Glocken wollte sie läuten hören. Hochzeitsglocken mit dem fremden Meister«, hatte der Onkel hinzugefügt. Der Schmied verübelte Catlin nicht ernsthaft, dass sie sich davongemacht hatte, dazu vermisste er sie zu sehr. Aber er war enttäuscht. »Such sie!«, hatte er Richard gebeten. »Du musst sie finden.«

»Das werde ich«, hatte Richard versprochen, doch zunächst hatte er sich um die Herzensangelegenheit seines Königs kümmern müssen. Er hatte Winnie nach Mabel gefragt und erfahren, wo das Mädchen wohnte. Die Stickerin zu einem Treffen mit dem König zu bewegen war nicht sonderlich schwierig gewesen. Wie auch? Henry war nicht nur der König von England, er war auch von einnehmendem Äußeren, schlank und gut gewachsen, mit einem freundlichen, ebenmäßigen Gesicht, das von dunklen Locken umrahmt war. Auch Mabel hatte er ganz offensichtlich beeindruckt. War er doch nicht nur ihr König, sondern auch der Held, der sie vor den gefährlichen Hufen eines scheuenden Pferdes gerettet hatte. Den ganzen Weg bis zu ihrem geheimen Treffpunkt hatte sie von ihm geschwärmt und Richard öfter als einmal gefragt, was der König wohl von ihr erwarten mochte. Was wird er schon wollen?, hatte Richard gedacht, aber geschwiegen. Ihre rot angehauchten Wangen und der Glanz in ihren Augen hatten ihn gerührt. Doch das hatte sie nicht bemerken dürfen, also hatte er sie über Catlins Verschwinden ausgefragt.

Nach Norwich war sie also aufgebrochen. Richard schüttelte den Kopf. Wie töricht, einfach fortzulaufen! Nicht einmal der König konnte – bis auf wenige Ausnahmen, so wie an diesem Tag – bestimmen, wie er sein Leben einrichtete. Jeder hatte Verpflichtungen, manch einer mehr, so wie der Herrscher eines Landes oder ein hoher Kirchenfürst, der andere weniger, doch alle mussten ihren Pflichten Genüge tun. Sobald der König ihn für eine Weile entbehren konnte, würde er nach Norwich aufbrechen, um Catlin zu suchen, wie er seinem Onkel versprochen hatte. Richard schloss die Augen, als das Kichern der beiden Verliebten näher kam. Der junge König war sein Freund, und doch hatte er nicht die geringste Ahnung, wie schwer es Richard fiel, hier zu sitzen und Zeuge dieser Tändelei zu werden.

Randal schlich dem Meister hinterher. Lange hatte er überlegt, ob er wie gewöhnlich geduldig auf seine Rückkehr warten oder ihm folgen sollte, um endlich in Erfahrung zu bringen, wohin es ihn zog, wohin er sein Geld trug und warum er jedes Mal so schlecht gelaunt zurückkehrte. Randals Füße fühlten sich an wie Wolfsklauen, gruben sich in den Boden, während er lief und lief. Der Meister war seinen Blicken entschwunden. Randal hob die Nase in die Luft. Er nahm Witterung auf wie ein Wolf, der das Rudel sucht. Er hetzte und rannte, bis er fühlte, dass der Meister ganz nahe war. Dann sah er ihn! Eine Pforte öffnete sich, und die Schwärze dahinter verschluckte den Meister. Randal fürchtete ihn zu verlieren, zitterte am ganzen Leib, schwitzte, folgte ihm, suchte nach einem Weg, um auf die andere Seite der hohen Mauer zu schauen, hinter der sein Meister verschwunden war. Gott sieht dich! Randal schauderte. Hitze und Kälte wechselten sich ab wie im Fieberwahn. Dann sah er den Meister plötzlich über eine Wiese laufen, sah, wie er einen Mönch in die Arme schloss, ihn herzte und küsste. Randals Hand fuhr zum Hals. Luft! Er brauchte Luft zum Atmen. Er würgte und schwitzte. Die Zärtlichkeit jener Geste schnitt ihm wie eine scharfe Klinge mitten ins Herz. Arm in Arm lief der Meister mit dem jungen Mönch über die Wiese, balgte sich mit ihm im Gras und rang mit ihm. Eifersucht zehrte an Randal wie ein Feuer und drohte ihn zu verbrennen. Schweiß rann ihm am Körper hinab. Warum er? Warum nicht ich? Was hatte der junge Mönch, fast ein Knabe noch, was er nicht hatte? Randal konnte sich nicht dicht genug an die beiden heranschleichen, um sie zu belauschen, konnte nur ahnen, was sie sich zu sagen hatten, sah, wie sie wieder hinter der Mauer verschwanden, und ließ seiner Vorstellungskraft freien Lauf. Mönche hatten keusch zu sein. Randal wusste von Unzucht unter Männern. Sogar Bischöfe gaben sich ihr hin. Schenkte man den Gerüchten Glauben, so frönten mehr Männer der widernatürlichen Lust mit einem Knaben, als man erwarten mochte. Wut und Hilflosigkeit überkamen Randal. Warum liebte der Meister den Mönchsjungen mehr als ihn? Bei den Latrinen hatte er einmal zwei Männer beobachtet, die sich der stummen Sünde hingegeben hatten. Wie Tiere einer hinter dem anderen. Es wollte ihm den Atem verschlagen, so abstoßend fand er das, was er da gesehen hatte. Wenn dies aber der

Preis war, um die väterliche Liebe seines Meisters für immer sein Eigen zu nennen, so würde er ihn zahlen, denn um nichts in der Welt wollte er ihn verlieren. Er brauchte ihn, seine Aufmerksamkeit, das leichte Nicken, wenn er mit der Arbeit seines Lehrjungen zufrieden war, denn mehr Lob gab es selten. Randal spürte, dass ihm Tränen über die Wangen liefen. Auch wenn es ihm unsagbar schwerfiel, er wusste, was zu tun war, wollte er den Meister an sich binden.

Schweißgebadet erwachte Randal. Gerade noch rechtzeitig, bevor die Schmach zu groß geworden wäre. Das Herz aber war ihm bleischwer. Es war nur ein Traum gewesen. Ein törichter, dummer Traum, versuchte er sich einzureden, doch es gelang ihm nicht, die Gespenster der Nacht zu verjagen. Immer wieder holte ihn die Enge in seiner Brust ein. Es war nicht recht, dass er leiden musste. Der Meister war schuld. *Er* hatte die Strafe verdient, nicht Randal. Der Gedanke an das Geschehene trieb ihm Hitze und Schweiß auf die Stirn und den ganzen Körper. Niemals hätte er tun dürfen, was er getan hatte. Hätte er nur einen Augenblick lang ermessen, wozu es geführt hatte, so hätte er niemals …

Um sein Tagwerk erledigen zu können, musste Randal den Traum verdrängen. Vergessen konnte er ihn nicht. Den Traum nicht, das Geschehene nicht und auch den Meister nicht. Er trug den furchtbaren Augenblick immer mit sich herum. Die Angst, die Scham, die Trauer, die Wut – manchmal gelang es ihm, alles einzusperren, tief in seinem Herzen, in einem toten Winkel. Dann lebte er besser, konnte lachen, sich mit einer Frau vereinen, sich einbilden, dass nie etwas geschehen war, dass er nichts bereuen musste. Doch dieser Zustand hielt nicht lange an. Wie ein Geschwür brach die Erinnerung hervor. Durch etwas, das er auf der Straße sah, durch einen Geruch, ein Geräusch oder ein Wort.

Randal kleidete sich an, versuchte die Erinnerungen wieder dort einzuschließen, wo sie sicher aufbewahrt waren, nicht vergessen, aber auch nicht als fortwährende Qual. Er fühlte sich tot. Erst wenn er sein Messer nahm und sich mit dessen Spitze die Haut ritzte, bis Blut floss, am Bein, damit es niemand sah, ging es ihm ein wenig besser. Voller Narben waren seine Oberschenkel bereits. Doch nur wenn er sich schnitt, fühlte er sich lebendig. Der Schmerz half, die Erinnerungen zurückzudrängen und einzuschließen, so lange, bis sie wieder aus ihm hervorbrachen und ihm Schweiß und Schamesröte ins Gesicht trieben.

Eines Tages würde der Meister einsehen, dass er ihm unrecht getan hatte. Eines Tages …

Nehmet Holz vom Fichtenstamme,
Doch recht trocken lasst es sein

Friedrich Schiller, Das Lied von der Glocke

London, Winter 1224/25

Das Christfest verbrachten Catlin, Nigel und Corvinus im Haus des Kaufmannes, wo man sie überaus herzlich willkommen geheißen, sich nach der Gesundheit von Nigels Vater erkundigt und sich über die großzügige Weihnachtszulage in Form je einer kleinen Silbermünze gefreut hatte, die Nigel in dessen Namen sämtlichen Mägden und Knechten ausgehändigt hatte. Weiteren Fragen war er damit ebenso aus dem Weg gegangen wie mit dem Brief, der angeblich von seinem Vater stammte und an den Verwalter seines Kontors gerichtet war. In diesem hieß es, man möge Nigel die Zahlen vorlegen und ihm ausführlich Bericht erstatten. Catlin wusste, dass Nigel schreiben und rechnen gelernt hatte, um später die Geschäfte seines Vaters übernehmen zu können, dennoch war sie überrascht, wie flink und sicher er mit dem Rechenbrett umging. Und weil er eine rasche Auffassungsgabe besaß, den Erklärungen gut folgen konnte und hier und da mit einer klugen Nachfrage beeindruckte, taute auch der anfänglich zurückhaltende Verwalter bald auf, der in Abwesenheit des Kaufmannes für alles verantwortlich zeichnete. Während Nigel sich nach dem Christfest jeden Tag im Kontor aufhielt, durchstreifte Catlin zusammen mit Corvinus die Stadt, um den Glockengießer zu finden, und hoffte, dass sie nicht etwa Hilda über den Weg lief. Auch wenn sie nur allzu gern mit ihr beisammengesessen hätte, um Neuigkeiten auszutauschen und von ihren Vettern zu hören, so wäre es ihr doch schwergefallen, die gute Seele zu belügen. Die Wahrheit aber hätte Catlin ihr nicht erzählen können. Aus Sorge um sie hätte Hilda ihrem Onkel gewiss eine Nachricht zukommen lassen, und der hätte umgehend einen Boten zu ihrem Vater geschickt, damit dieser Catlins Aufenthaltsort erfuhr und sie zurückholte. Doch sie wollte nicht nach Hause. Wenn sie jetzt aufgab, um einen Mann zu heiraten, den sie nicht einmal kannte, ein Handwerk auszuüben, das sie nicht liebte, und ein Leben zu führen, für das sie nicht bestimmt war, so würde sie ihre Zukunft auf einer Niederlage aufbauen und niemals erfahren, ob sie es hätte schaffen können. Sie musste den Glockengießer finden. Unbedingt. Sie ließ weder den Gedanken zu, dass er womöglich gar nicht in London, sondern weit fort in einer anderen Stadt lebte, noch die Vorstellung, er könne sie abweisen, falls sie ihn tatsächlich fand. Sie suchte vor allem Stadtviertel auf, in denen er sich am ehesten aufhalten mochte. In der Gerbergasse hielt sie Ausschau nach ihm, weil man breite Lederriemen brauchte, um eine Glocke zu befestigen. In der Töpfergasse, wo große Fuhrwerke Lehm abluden, bei den Mietställen, wo man aus dem Fell von Pferden gestriegeltes Rosshaar erwerben konnte, und bei den Ziegelbrennereien trieb sie sich herum, bis sie eines Tages wahrhaftig die Stimme des Glockengießers vernahm. Wie versteinert blieb sie stehen. Der dunkle, satte Tonfall, die Satzmelodie. Sie brauchte sich nicht umzusehen, um sicher zu sein.

»Schläfst du schon?« Das Quietschen der Tür übertönte Merildas Stimme. Als der Holzboden knarrte, wusste Randal, dass sie sich seinem Bett näherte. Es war erstaunlich, wie rasch ihre Brüste gewachsen waren und sich das Kind zur Frau entwickelt hatte. In der Liebe war die sonst so zurückhaltende Merilda unersättlich. Fast jede Nacht schlich sie sich in seine Kammer. Randal konnte sich ein Grinsen nicht verkneifen. Der Töpfer hatte wieder keinen Sohn bekommen, und weil seine Gemahlin nicht mehr die Jüngste war, würde sie ihm wohl auch keine Kinder mehr gebären. Das zumindest hatte die Hebamme gesagt. Fast zwei Tage lang hatte die Meisterin in den Wehen gelegen. Das Haus war unter ihren Schreien förmlich erzittert. Niemand hatte noch arbeiten können. Die Kinder waren mit gesenkten Köpfen herumgeschlichen oder hatten sich nach draußen verzogen. Der Töpfer hatte derweil in der Schenke kannenweise warmes Bier in sich hineingeschüttet, um nicht hören zu müssen, wie seine Alte ihn und die Gier seiner Lenden verfluchte. Ein weiteres Kind werde sie umbringen, hatte die Hebamme ihm verkündet. Und das Kind obendrein. Der Töpfer solle sich in Enthaltsamkeit üben. Leben wie ein Mönch, hatte er geflucht, als die weise Frau aus dem Haus gewesen war. Nur noch Arbeit. Fressen als einziges Vergnügen und ab und an ein Saufgelage und eine Würfelrunde. Das war alles, was das Leben in Zukunft für ihn bereithielt.

Wie wäre wohl seine Antwort ausgefallen, hätte er erfahren, dass eine seiner Töchter zu seinem Gesellen ins Bett stieg? Sogar in der heiligen Nacht. Randal rückte beiseite und machte Merilda Platz. Er war nackt, aber ihm war nicht kalt. Die dicke Pferdedecke wärmte ihn. Merilda dagegen hatte eisige Füße. Sie drehte sich zur

Seite, legte das rechte Knie auf eine Stelle knapp unterhalb seiner Männlichkeit und schob ihren frostigen Fuß zwischen seine Waden.

Randal legte ihr eine Hand auf den Rücken und schob ihr dünnes Leinenhemd nach oben. Er wusste, dass sie darunter nichts trug.

Merilda streichelte seine spärlich behaarte Brust. »Wirst du meinen Vater fragen?«, säuselte sie und umkreiste seine linke Brustwarze mit dem Finger.

Randal antwortete nicht. Er würde den Meister erst an jenem Tag fragen, an dem Merilda ein Kind von ihm erwartete. Nur dann würde er sie freien, denn nur dann konnte er sicher sein, dass der Töpfer ihnen früher oder später die Werkstatt überließ. Wenn er nur nicht versuchte, doch noch einen Sohn zu zeugen! Randal runzelte die Stirn. Auf die Freuden der Ehe zu verzichten würde dem Meister fürwahr schwerfallen, und zu den Huren zu gehen konnte er sich nicht leisten. Fünf Töchter, die alle eine Mitgift benötigten, waren nicht gerade wohlfeil.

»Küss mich!«, forderte Merilda ihn auf.

Randal nahm ihr Gesicht in beide Hände und küsste sie. Wie eine frische Zwiebel, scharf und süß, dachte er, als Merilda seine Zunge einsaugte und sich an ihn klammerte. Und so wie eine Zwiebel einen üblen Nachgeschmack im Mund hinterließ, so war es auch, wenn Merilda nach der Liebe wieder ging. Solange sie in seinen Armen lag, fühlte er sich stark und sicher. Sobald sie aber fort war, blieben nur ein schales Gefühl und eine lange dunkle Nacht zurück. Einsamkeit konnte Randal kaum ertragen. Lieber eine Horde Kinder und weniger zu essen auf dem Tisch, als in teure Gewänder gekleidet, aber allein zu sein. Merilda war ein gutes Mädchen, fleißig und geschickt, anschmiegsam und freundlich. Was aber noch wichtiger war – sie liebte ihn. Im Grunde war der Töpfer zu beneiden. Eines Tages ein Leben wie er zu führen war nicht die schlechteste Aussicht. Randal aber konnte nicht einfach ein friedliches Dasein fristen, er musste seinem alten Meister beweisen, dass er sich in ihm getäuscht hatte. Eines Tages sollte der Meister es begreifen und bereuen, dass er ihn fortgeschickt hatte. Er sollte Randal anflehen, zu ihm zurückzukommen, damit er ihn zurückweisen konnte. Er wollte, nein, er musste ihm zeigen, dass er ihm ebenbürtig war, ihn vielleicht gar überflügeln konnte. Nur dann würde der Meister erkennen, aus welchem Holz Randal geschnitzt war. Dass ein ganzer Kerl in ihm steckte.

Randal stellte sich vor, wie Merilda in ihrem durchscheinenden Hemd an der Töpferscheibe saß. Im flackernden Licht des Feuers glänzte ihr Haar, das sie nicht wie gewöhnlich zu einem festen Zopf geflochten trug. In weichen Wellen fiel es ihr über den Rücken. Schweiß rann ihr von der Stirn und über die Schläfen, denn der Ofen glühte. Ihre Kehle und der Ausschnitt ihres Hemdes schimmerten. Die nassen Hände um den feuchten Ton geschlungen, trieb sie mit dem rechten Fuß die Töpferscheibe an und schob sich mit dem Handrücken eine Strähne aus dem Gesicht. Wasser mit Ton vermengt, lief ihr den Hals hinab. Erst drehte sie die Scheibe langsam und gefühlvoll, dann schneller, fordernder. Geschickt ließ sie den Ton durch die Finger gleiten, streichelte ihn wie einen Geliebten, umfasste ihn fest und geschmeidig zugleich, fuhr sanft mit den Händen hinauf und wieder hinab.

Randal atmete schwer.

Er sah sich zu des Meisters Lager schleichen und

unter seine Decke schlüpfen. Sünde, dachte er, es ist Sünde. Er schämte sich für seine Nacktheit, aber wenn der Meister es so wollte, dann hatte er zu gehorchen. Es war nicht recht, sagte die Kirche, doch das Wort des Meisters hatte mehr Gewicht. Nie wieder sollte er zu dem Mönchsjungen gehen, nun, da Randal zu ihm gekommen war. Nie mehr würde der Meister ihn allein in einer Herberge zurücklassen. Nie mehr wollte er sich fürchten, dass der Meister nicht zurückkam. Wollte keine Angst mehr vor der Einsamkeit haben.

Der Meister atmete ruhig und regelmäßig wie ein Schlafender. Randal suchte in seinem Innern nach Kraft und rückte näher, schmiegte sich an ihn, spürte seine nackte Haut und drängte den Schoß an seinen Rücken. Zerrissen zwischen aufsteigender Wollust und Scham, kämpfte er einen Augenblick lang mit Übelkeit.

»Ich liebe dich«, säuselte ihm Merilda ins Ohr und setzte sich auf seine Leibesmitte. »Du bist unersättlich«, stöhnte sie und warf den Kopf in den Nacken. Randal wusste nicht, ob er wachte oder schlief, und für einen kurzen Augenblick verschmolzen Merilda und der Meister zu einer Person. »Nein!«, rief er vor Schreck, bäumte sich auf und schauderte. Sein Herz schlug wild, Schweiß stand ihm auf der Stirn, lief ihm im Rücken hinunter bis in die Steißfalte. Merilda beugte sich zu ihm herab. »Ich muss zurück in mein Bett«, flüsterte sie ihm ins Ohr, küsste ihn noch einmal und stahl sich hinaus, ließ ihn erneut allein mit seiner Einsamkeit, mit den schrecklichen Träumen von seinem Meister, mit der Angst. Bis der Morgen graute, warf sich Randal auf seinem Lager hin und her.

Frühjahr 1225

»Ich bin ihr auf der Straße begegnet und wusste sofort, dass sie es ist!« Nigel lief aufgeregt hin und her. Die Märzsonne hatte ihm erste Sommersprossen auf die Nase gehaucht, und Catlin musste zugeben, dass sie ihm ein keckes Aussehen verliehen und gut standen. »Sie ist die Frau, die ich heiraten werde!«, rief er atemlos, und in seinen Augenwinkeln bildeten sich winzige Lachfalten. »Als Kinder spielten wir zusammen auf der Straße. Mein Vater besaß damals nur das Kontor hier in London, das in Norwich erwarb er erst später. Ich bin Londoner, musst du wissen«, fuhr er fort und grinste verzückt. »Sie hat ein Gesicht wie ein Engel«, schwärmte er seufzend. »Und ihre Augen! Nie im Leben habe ich schönere Augen gesehen.« Er ließ sich auf die Bank neben Catlin fallen. »Als ich sie grüßte, schlug sie die Augen nieder. Doch gleich darauf sah sie schon wieder hoch und wandte sich gar zweimal nach mir um«, berichtete er übermütig. »Das bedeutet doch gewiss, dass ich ihr nicht gleichgültig bin, oder?« Nach Zustimmung heischend warf er Catlin einen Seitenblick zu.

Catlin musste an Adam denken, an seine stattliche Erscheinung und das Grübchen auf seiner Wange, wenn er lächelte. Immer wieder hatte sie zu ihm hinsehen müssen, doch sobald sich ihre Blicke gekreuzt hatten, war ihr das Blut in den Kopf geschossen, und sie hatte die Lider gesenkt, nur um schon kurz darauf wieder zu ihm aufzuschauen. »Ja, vermutlich«, murmelte sie und verspürte ein Pochen in der Ader am Hals.

Nigel strahlte und nickte zufrieden. »Ihr Name ist Ewe.« Er wiederholte ihn ein paarmal in verschiedenen

Stimmlagen, sprang auf und wanderte abermals umher. Plötzlich wurde er aschfahl. »Und wenn sie nun aber schon einem anderen versprochen ist?« Er raufte sich die Haare und stöhnte. »Ich bin wirklich ein Pechvogel!«

»Aber Nigel, du weißt doch gar nicht, ob sie schon verlobt ist!«

»Sicher. Du hast recht.« Er schüttelte den Kopf, als könne er nicht fassen, was er soeben gedacht hatte, und stapfte weiter auf und ab. »Ich werde Erkundigungen über ihre Familie einziehen. Ihr Vater ist Kaufmann, soweit ich weiß.« Er seufzte. »Ach, Catlin, würde mein Vater doch noch leben! Dann wäre alles viel einfacher.«

»Dich hat die Liebe wohl mächtig erwischt, oder ist es nur der Frühling?«

Nigel schüttelte den Kopf. »Nein, der Frühling kann kein solches Feuer entfachen, das muss die Liebe sein.« Er setzte einen hilflosen Hundeblick auf. »Bist du mir nun gram?«

Catlin lachte auf und runzelte die Stirn. »Ich und gram sein? Warum sollte ich mich deinetwegen grämen? Sag!« Dass es in ihrer Brust ein wenig zwickte, hätte sie niemals zugegeben.

»Nun, weil ich doch glaubte, dass ich ... dass ich *dich* liebe«, stammelte Nigel sichtlich verwirrt. »Ich ... ich liebe dich auch, aber du heiratest bald einen anderen und willst mich ohnehin nicht zum Gemahl, richtig?«

»Richtig.« Catlin lächelte versöhnlich. »Ich bin dir keinesfalls böse, Nigel. Ganz und gar nicht, ich wünsche mir vielmehr von ganzem Herzen, dass deine Ewe frei ist und du um ihre Hand anhalten kannst.« Sie wiegte den Kopf hin und her. »Obwohl ich bei näherer Betrachtung finde, dass du ein wenig zu jung zum Heiraten bist.«

»Vergiss nicht, dass ich älter bin als du!«, rief Nigel

und wedelte ihr mit dem Zeigefinger vor der Nase herum. »Aber keine Sorge wegen der Werkstatt, die kaufe ich trotzdem, versprochen!«

»Du bist zu nichts verpflichtet.«

»Das weiß ich, doch will ich schließlich, dass du für mein Seelenheil betest. Nur dann kann ich nach meinem Ableben vielleicht das Tor zur Ewigkeit durchschreiten.« Nigel sah sie flehend an. »Ich fürchte das Fegefeuer«, gestand er kleinlaut.

»Ich bete für dich, Nigel. So oder so. Ich liebe dich wie einen Bruder, den ich nie hatte und den ich mir doch stets gewünscht habe. Du wirst nicht in der Hölle schmoren, wenn ich es mit Gebeten verhindern kann. Glaub mir!« Sie lächelte und begriff plötzlich, dass das Zwicken in ihrer Brust ein Anflug von Eifersucht war. Es hatte gutgetan, sich Nigels Zuneigung sicher zu sein, und es schmerzte, nicht mehr den ersten Platz in seinem Herzen einzunehmen. Wie eigensüchtig du doch bist!, schalt sie sich insgeheim. Gönn ihm sein Glück – schließlich strebst auch du nach nichts anderem. Sie nickte unwillkürlich. Vielleicht, so versuchte sie sich einzureden, gab er ja das Stehlen auf, wenn er erst einmal verheiratet wäre.

Obwohl Randal dem Töpfer gegenüber noch immer tiefen Groll hegte, konnte er nicht anders, als Merilda mit einem liebevollen Blick zu bedenken. Der Tag ihrer Hochzeit, den sie noch wenige Monate zuvor so heftig herbeigesehnt hatte, lag schon eine ganze Weile hinter ihnen. Anfang des Jahres war sie tränenüberströmt zu ihm gekommen, hatte ihm gebeichtet, dass sie ein Kind von ihm erwartete, und ihn angefleht, zu ihrem Vater zu gehen. Der Gedanke an Nachwuchs, ganz gleich, ob Sohn oder Tochter, hatte Randal vom ersten Augenblick an mit einem Gefühl von Wärme und Zuversicht erfüllt und die vielleicht irrwitzige Hoffnung auf eine bessere Zukunft in ihm geweckt. Zärtlich hatte er Merilda beruhigt und ihr die Ehe versprochen. Doch erst kurz vor dem Osterfest, als sich der Bauch der zierlichen jungen Frau allmählich gerundet hatte, war er zu ihrem Vater gegangen und hatte um dessen Einverständnis ersucht. Wie erwartet hatte der Töpfer wenig Federlesens gemacht und freudig eingeschlagen. Ein wenig zu schnell, dachte Randal im Nachhinein und schnaubte. Ob er schon geahnt hatte, dass er die Werkstatt und damit sein Auskommen verlieren würde?

Nach der Geburt seines letzten Kindes hatte sich der Töpfer Würfel- und anderen Glücksspielen hingegeben und so in kürzester Zeit nicht nur sein Geld verprasst, sondern dazu noch hohe Schulden gemacht. So war es nicht weiter verwunderlich, dass er die Gelegenheit, seine Älteste unter die Haube zu bringen, so rasch wahrgenommen hatte. Wie sehr sich Randal erhoffte, später die Töpferei übernehmen zu können, musste er gewusst haben. Genau darum hatte er wohl kein Wort über den anstehenden Verlust seiner Werkstatt verlauten lassen und sich bei der Hochzeit seiner Tochter ein Lächeln abgerungen.

Von dem Verkauf der Töpferei hatte Randal erst im letzten Augenblick erfahren. Die Gläubiger seines Schwiegervaters hatten auf der Veräußerung bestanden, um an ihr Geld zu kommen.

Randal rang nach Atem und warf trotz der Wut, die in

seinem Innern tobte, einen liebevollen Blick auf sein junges Weib. Ihr Bauch stand unübersehbar aus dem zierlichen Leib hervor. Als hätte sie einen riesigen Kohlkopf verschluckt, schoss es Randal durch den Kopf. Bei dem Gedanken, dass dieses zarte Geschöpf in gut zwei Monaten ein Kind gebären würde, schauderte ihn. Wie sollte er nur schon bald für Weib und Kind sorgen? Mussten sie doch schon bald ihre Bündel packen und Werkstatt und Haus verlassen. Kummer grub ihm tiefe Falten in die Stirn. Wenngleich er schon bald durch die Schuld des Töpfers ohne Arbeit und Bleibe war, so stellte die Heirat mit Merilda doch einen Glücksfall für ihn dar. Seit sie an seiner Seite schlief, schien ihm die Dunkelheit der Nacht weniger bedrohlich und sein Dasein nicht mehr so erbärmlich einsam. Er hatte ein Weib und bald ein Kind, also zählte er und konnte kein Niemand mehr sein.

Ein wohlhabender Kaufmann hatte Haus und Werkstatt erworben. Randal hatte seinen ganzen Mut zusammengenommen und war zu seinem Haus gegangen, um mit ihm zu sprechen. Doch der Kaufmann war auf Reisen gewesen, und nur sein Sohn, ein hochgewachsener junger Mann mit wachem Blick, hatte Randal empfangen. Ein wenig verwirrt und mit trockenem Hals hatte Randal sein Anliegen vorgetragen und gebeten, ihm die Werkstatt zu verpachten. Seine sämtlichen Ersparnisse hätte ihn der Mietzins für die ersten drei Monate gekostet, doch das wäre es ihm wert gewesen. Der junge Mann aber hatte freundlich, wenn auch bestimmt abgelehnt. Aus der Töpferei, so hatte er Randal erklärt, werde schon bald eine Glockengießerwerkstatt. Auf Randals verzweifelten Blick hin hatte er ihm versichert, dass dieser Plan unumstößlich sei und er sich bereits mit einem Meister dieses Handwerkes geeinigt habe. Einen Monat gewähre er ihm noch, dann müsse er mit seiner Familie gehen. Eine Mischung aus Panik und Fassungslosigkeit hatte Randal erfüllt, ihm Atem, Kraft und Hoffnung geraubt. Die Erkenntnis, dass die Werkstatt endgültig verloren war, hatte ihn so heftig gewürgt, dass er mit der Hand zum Hals gefahren war und um Luft und Haltung gerungen hatte. Wie? Wie konnte der Herr zulassen, dass ein anderer als er eine Glockengießerei in jener Werkstatt einrichtete? Wut auf Merildas Vater, auf den Kaufmann, auf sich und die ganze Welt hatten sich mit Verzweiflung und dem abgrundtiefen Gefühl von Hilflosigkeit abgewechselt. Wie betäubt war er nach der Unterredung durch die Gassen der Stadt gestolpert, den Blick verschleiert, die Beine bleischwer. Vielleicht, so hatte er sich einzureden versucht, vielleicht war dies eine Prüfung des Herrn. Eine Gelegenheit, sich zu beweisen, vor Gott und vor seinem Meister. Und wieder hatten ihn in den folgenden Nächten Albträume gequält. Wenngleich Merilda nicht gewusst hatte, warum ihr Liebster wie schon so oft aufgelöst aus einem Traum hochgeschreckt war und wirres Zeug vor sich hin gestammelt hatte, so war sie doch bemüht gewesen, ihn zu trösten. Sie hatte ihn in die Arme geschlossen und zugelassen, dass er sich an ihre Brüste schmiegte, die prall vor Milch waren und zuweilen tropften, obgleich das Kind noch nicht auf der Welt war. Und als er daran genuckelt hatte wie ein Säugling, hatte sie ihn nur lachend gescholten, er solle seinem ungeborenen Sohn nicht die Milch rauben.

»Mein Sohn«, murmelte Randal bei dem Gedanken daran. Seine Mundwinkel zuckten. Er wurde Vater wie sein Vater vor ihm und davor dessen Vater. Was aber bedeutete das? Wie musste ein Vater sein? Undeutliche Bilder aus seiner Kindheit tanzten vor seinem inneren Auge umher. Erinnerungen an gute Tage mit seinem Vater, wenn Randal ihm Essen und Dünnbier aufs Feld gebracht hatte, damit er sich in der Mittagszeit stärken konnte. Auch glaubte er sich daran zu erinnern, wie er auf den Knien des Vaters gesessen und die Fingerchen in den wirren Bart des hünenhaften Mannes gekrallt hatte, bis er dafür gescholten worden war. Bilder von seinem Meister, gute und weniger gute Erinnerungen, drängten sich dazwischen, bis Randal am ganzen Leib zitterte.

Er musste zeigen, wozu er fähig war. Bis der Meister endlich begriff, was er getan hatte, ihm verzieh, ihn anerkannte und mehr noch – zu ihm aufsah, ihn wertschätzte, vielleicht gar fürchtete. Randal wusste, dass es nur einen Weg gab. Er musste die Töpferei um jeden Preis zurückbekommen. Besser noch, die Glockengießerei musste sein Eigen werden.

»Eines Tages gehört die Werkstatt mir, das verspreche ich dir«, raunte er und zog sein Eheweib an sich. Die Weichheit ihres zarten Körpers verlieh ihm Kraft. Mit geschlossenen Augen hielt er sich an ihr fest. Ihr Bauch war so fest an seinen Leib gepresst, dass er die Bewegungen des Kindes ganz deutlich spürte. Mein Sohn, dachte er voller Stolz. »Wir müssen für eine Weile fortgehen«, flüsterte er Merilda ins Ohr.

»Weg aus London?« Sie starrte ihn erschrocken an. »Wohin?« Tränen schossen ihr in die Augen.

»Nach Oxford«, antwortete Randal sanft und wischte mit dem Daumen über das feuchte Rinnsal auf ihrer Wange. »Dort kenne ich einen Meister, der mir Arbeit geben wird.«

»Und meine Schwestern? Meine Mutter?« Merilda betrachtete ihn mit tränengefüllten Augen. Nach ihrem Vater fragte sie nicht, denn der spielte und soff, sobald er auch nur einen Penny in den Fingern hatte, und lebte wie ein Bettler in der Gosse.

»Sie kommen sicher eine Zeit lang ohne uns zurecht«, versuchte Randal sie zu beruhigen und streichelte ihr über die Wange. Merildas Mutter und zwei ihrer Schwestern hatten Arbeit als Mägde gefunden. Sie würden sich und die beiden jüngeren Geschwister wohl durchbringen. »So bald wie möglich kehren wir zurück«, versprach Randal und versuchte sich vorzustellen, wie er eines Tages den Schlüssel zur Werkstatt in der Hand hielt, ihn ins Schloss steckte und die Tür zu seiner Glockengießerei öffnete. Auf Händen würde er Merilda über die Schwelle tragen.

Der Himmel sah ebenso unentschlossen aus, wie Catlin sich fühlte. Graue Wolkentupfer zogen langsam gen Westen, nicht bedrohlich dunkel und schwer, als zöge ein nachösterliches Unwetter auf, sondern wollig und luftig wie Schäfchen, die der Himmelshirte über das strahlend blaue Firmament zur Weide führte. Die Sonne hatte zur Feier des Tages ihr schönstes, leuchtend gelbes Kleid angezogen und bemühte sich redlich, ein wenig Frühlingswärme in die dunklen Gassen der Stadt zu schicken. Als aber ein frischer Wind den Staub der Straße aufwirbelte, lief Catlin ein Schauder über den Rücken. Das war er nun also. Der Tag, der sie zur Frau des Glockengießers machen sollte.

Der Priester von St. Mary, einer winzigen Kirche im Norden der Stadt, würde ihren Bund fürs Leben segnen, so war es vereinbart.

»Lass uns ein wenig früher aufbrechen und einen kleinen Umweg machen, ich muss dir unbedingt etwas zeigen.« Nigel strahlte Catlin an wie ein Kind. »Allein!«

»Was denn?«, fragte sie aufgewühlter, als sie zugeben wollte.

»Es war eine wirklich günstige Gelegenheit, du wirst schon sehen«, raunte ihr Nigel mit geheimnisvoller Miene zu.

»Muss das ausgerechnet heute sein?«

»Ja, es muss heute sein«, bestätigte Nigel und zog sie auf die Straße. »Ich halte es einfach nicht mehr aus. Sechs Wochen harre ich schon des heutigen Tages.«

Catlin verstand nicht, was am Tag ihrer Hochzeit so besonders für Nigel war, doch sie fragte nicht, eilte nur schweigend neben ihm her, froh, dass er noch immer ihren Arm hielt. Um nichts in der Welt sollte er sie loslassen, denn je näher ihre Hochzeit rückte, desto furchtsamer wurde sie. Als sie von einer breiten Straße in eine schmalere Gasse einbogen, bemerkte Catlin eine zierliche junge Frau. Dass sie guter Hoffnung war, ließ sich nicht übersehen, ihr Gesicht jedoch zeigte keinerlei Freude. Tränen rannen ihr über die Wangen. Der junge Mann neben ihr hatte den Arm liebevoll um ihre Hüften gelegt und schien sie trösten zu wollen. Die rechten Worte indes fand er wohl nicht, denn sie wirkte nach wie vor zutiefst beunruhigt. Catlins Blick kreuzte den des jungen Mannes, und für einen Augenblick war ihr so, als hätte sie ihn schon einmal gesehen.

»Komm!«, rief Nigel, dem die junge Frau und ihr Begleiter nicht aufgefallen waren, und zog Catlin aufgeregt mit sich. »Da, siehst du?«, rief er vor einem der Häuser und deutete auf einen tönernen Topf, der an einem Eisenhaken über der Tür hing.

»Eine Töpferei«, stellte Catlin gelangweilt fest und blickte ihren Freund verwundert an. »Was ist damit?«

»Es musste alles so schnell gehen, ich fand keine Zeit, dich nach deiner Meinung zu fragen«, erläuterte Nigel. Seine Augen leuchteten vor Freude. »Aber wenn dir die Werkstatt nicht zusagt …«

Catlin runzelte die Stirn. »Wie?«

»Ich habe sie gekauft.« Nigel zog die Augenbrauen hoch und nickte zur Bekräftigung. »Die Töpferwerkstatt ist für dich. Für eure Glockengießerei und mein Seelenheil, versteht sich«, fügte er schalkhaft hinzu und sah sie triumphierend an. »Der Preis war geradezu lächerlich, darum musste ich umgehend zugreifen, sonst wäre mir ein anderer zuvorgekommen. Ich habe keine Erfahrung mit dem Erwerb von Häusern. Es ist das erste, das ich gekauft habe, aber ich glaube, es ist genau das richtige. Komm, überzeug dich selbst!« Er wollte die Tür öffnen, doch sie war verschlossen.

»Hat zumachen müssen, der Töpfer«, vernahm Catlin plötzlich eine Frauenstimme. »Hat sein Geld versoffen. Sein armes Weib. So eine Schande. Dabei hat er recht brauchbare Töpfe gemacht«, brummte die Alte kopfschüttelnd. Als Catlin und Nigel keine Anstalten machten, wieder zu gehen, kam sie näher. »Wie Kundschaft seht Ihr nicht aus«, stellte sie fest. Und als Nigel den Kopf schüttelte, musterte sie ihn mit zusammengekniffenen Augen. »Seid Ihr etwa der neue Töpfer?« Dass Nigel kein Handwerker war, konnte man an seinem Gewand erkennen, und weil er Catlin erst kürzlich ein neues Kleid gekauft hatte, sah auch sie nicht wie eine Töpferin aus.

»Ich habe das Haus gekauft«, erklärte Nigel kühl. »Aber es wird kein Töpfer mehr darin sein Tagwerk verrichten, sondern ein Glockengießer.«

Die Frau wiegte den Kopf hin und her. »Ein Glockengießer«, murmelte sie beeindruckt und streckte Nigel einen schmiedeeisernen Ring mit drei schwarzen Schlüsseln entgegen. »Wenn Ihr der neue Besitzer des Hauses seid, dann seid Ihr der, auf den ich warte. Die Schlüssel.« Sie wies auf ein Haus auf der anderen Seite der Gasse. »Ich wohne dort drüben«, sagte sie und wandte sich ab.

Nigel bedankte sich, schloss auf und ging voran. »Ich hoffe, die Werkstatt ist groß genug«, sagte er.

Catlin blickte sich um. »Oh, das ist sie«, murmelte sie. »Das ist sie wahrlich.«

»Oben gibt es zwei weitere Räume, genug Platz also für dich, John und eure Helfer. Und der Hof«, fuhr er fort, während er sie zur hinteren Tür führte, »der ist riesig. Sogar ein Brunnen ist vorhanden.«

»Aber wie sollen wir das bezahlen? Wir haben noch keine Aufträge, und ein so großes Haus kostet sicher einen hohen Mietzins«, gab Catlin verzagt zu bedenken.

»Die Werkstatt ist dein, wie ich dir versprochen habe. Und für die Wohnräume müsst ihr nicht viel Pacht bezahlen, solange du nur das Beten nicht vergisst, damit meine Seele ewig lebt, statt im Fegefeuer zu schmoren.«

Catlin nickte bewegt und schluckte.

»Dann ist es abgemacht.« Nigel streckte die Hand aus, und Catlin schlug ein. Er nahm sie in die Arme. »Ich hoffe, du tust das Richtige«, flüsterte er ihr ins Ohr.

»Aber gewiss doch.« Catlins Rücken versteifte sich, und Nigel ließ sie los. »Wir sollten uns auf den Weg machen, John wartet bestimmt schon.«

Nigel stimmte ihr zu, schloss hinter sich ab und lachte

zufrieden, als sie die Straße betraten. »Da ist er ja!«, rief er und riss Catlin aus ihren Gedanken über die anstehende Hochzeit.

»Wer?« Catlin blickte sich verdutzt um.

»Dein Vater.«

Catlins Herz setzte kurz aus und pochte dann umso heftiger. Ihr Vater? Suchend spähte sie in die Richtung, in die Nigel deutete. Die Enttäuschung, als sie dort nur einen Fremden erblickte, war unbeschreiblich.

»Aber das ist nicht mein …« Empört fuhr sie zu Nigel herum.

»Gewiss, das weiß ich wohl.« Nigel rollte mit den Augen. »Wie hätte ich es auch anstellen sollen, ihn herzubekommen?« Er schnaubte leise und nickte dem Fremden zu, als dieser sich die Mütze vom Kopf zog und eine kleine Verbeugung andeutete. »Aber der Priester weiß es nicht, und der Mann dort drüben ist Schmied und bereit, sich heute als dein Vater auszugeben. Eine Ehe kann der Priester nur dann segnen, wenn er keinen Zweifel hegt, dass alles mit rechten Dingen zugeht. Und weil ein Vater oder ein Vormund dem Bräutigam die Braut zuzuführen hat, bleibt dir keine andere Wahl. Außerdem braucht ihr zwei Trauzeugen«, fügte Nigel hinzu.

»Richtig.« Catlin nickte kleinlaut. *Ich* werde in der Hölle schmoren, nicht Nigel, dachte sie. Eine Lüge ist eine Lüge, das weiß auch Gott. Hart wie ein Stein fühlte sich ihr Magen an, und Schuldgefühle nagten in ihrem Innern. Immerhin ist er ein Schmied, versuchte Catlin ihr schlechtes Gewissen zu besänftigen, aber es half nichts. Sie schickte sich an zu heiraten, und das ohne den Segen ihres Vaters. Heimlich. Einen Augenblick lang dachte sie daran, auf dem Absatz kehrtzumachen und einfach fortzulaufen. Sie schwankte leicht.

»Ist dir nicht wohl?«, fragte Nigel besorgt.

»Doch«, hauchte sie ohne große Überzeugung. »Lass uns nur endlich gehen!«

Nigel nahm ihren Arm und drückte ihn sanft. »Du musst es nicht tun. Noch kannst du's dir anders überlegen.«

»Nein!« Catlins Antwort kam eine Spur zu schnell.

Nigel nickte stumm. Vergeblich hatte er sie in den vergangenen Wochen von ihrem Vorhaben abzubringen versucht. Alle erdenklichen Gründe hatte er angeführt und schließlich aufgegeben. »Was immer du tust, ich stehe hinter dir«, hatte er versprochen. Catlin warf ihm einen kurzen dankbaren Blick zu.

Nigel drückte dem Fremden eine Münze in die Hand. »Der Rest folgt hinterher«, raunte er ihm zu. Dann brachen sie auf und schritten schweigend die Straße entlang.

Catlin sah zu Boden, als koste es sie Mühe, einen Fuß vor den anderen zu setzen. Tausend Gedanken schossen ihr durch den Kopf. Ihr bisheriges Leben schien an ihr vorüberzuziehen. Und mit jedem Schritt, den sie der Kirche von St. Mary näher kamen, wurde ihr Gang schleppender. Als wären ihre Beine mit Bleigewichten beschwert. Sie fühlte sich hilflos und ausgeliefert. Dumme Gans!, schalt sie sich. Hast es doch selbst so gewollt. John war ein guter Mensch, davon war sie überzeugt. Niemals war er ihr ungebührlich nahe gekommen, nie hatte er auch nur eine einzige anzügliche Bemerkung gemacht, nicht einmal seit sie sich einig geworden waren. Catlin schluckte. Heute aber schlossen sie den heiligen Bund der Ehe, und was darauf folgte, war ihre Hochzeitsnacht. Die Nacht, in der die Braut ihre Unschuld verlor, ob sie wollte oder nicht. Gewiss,

John hatte von einem Keuschheitsgelübde gesprochen. Aber eine Ehe war doch sicher der beste Grund für Gott, nicht länger auf der Einhaltung eines solchen Gelöbnisses zu bestehen, oder etwa nicht? Immerhin galt eine Ehe doch erst durch Kinder als wahrhaft gesegnet. Der Gedanke, eines Tages ein Kind, Johns Kind, auf die Welt zu bringen, jagte Catlin eine Heidenangst ein, war sie doch selbst noch vor Kurzem ein Kind gewesen.

»Was ist?«, fragte Nigel sanft, als sich ihre Schritte verlangsamten.

»Nichts«, log Catlin, spürte, wie ihr das Blut in den Kopf schoss, und bückte sich, um Nigel nicht ansehen zu müssen. »Nur ein Stein im Schuh«, behauptete sie und tat, als entferne sie ihn. Dann atmete sie tief ein, richtete sich wieder auf und rang sich ein zuversichtliches Lächeln ab.

Am Morgen hatte Merilda leise schluchzend ihre Habseligkeiten zusammengesucht und zu einem prallen Bündel geschnürt. Ihr ganzes Leben, eingebunden in ein großes Tuch. Nun, da sie das Haus verlassen und die Tür hinter sich abgeschlossen hatten, konnte die Ärmste ihre Tränen nicht mehr zurückhalten.

»Ich finde eine gute Arbeit, und dann legen wir Geld für einen Neuanfang zur Seite«, versprach Randal sanft, nachdem er der Frau des Seilers von gegenüber den Schlüssel für den jungen Kaufmann gegeben hatte. »Du wirst sehen, wir kehren schon bald zurück.« Er drückte seine Lippen sanft auf ihren Scheitel, schulterte sein Bündel und führte sie die Straße entlang. »Bitte, Liebste, weine nicht!«, bat er sie, als aus ihren Tränen wahre Sturzbäche wurden, und wagte sie fortan nicht mehr anzusehen. Zu nahe ging ihm ihr Elend. Er küsste ihren Hals und brachte sie fort von ihrem Heim in eine ungewisse Zukunft. Bei dem Gedanken, was sie noch erwarten mochte, schweifte sein Blick in die Ferne und kreuzte den einer jungen Frau. Verwundert, weil auch in ihren Augen Wehmut stand, betrachtete er sie. Sie war in Begleitung des jungen Kaufmannes, der die Werkstatt erworben hatte. Ob sie sein Weib war? Freudestrahlend sah auch sie nicht aus, eher furchtsam und verzagt. Randal musterte sie unauffällig. Wie Merilda war auch sie fast noch ein Kind. Vielleicht, so überlegte er, hatte sie den jungen Kaufmann gegen ihren Willen geheiratet und war nun nicht glücklich mit ihm. Randal konnte nicht umhin, einen Hauch von Genugtuung zu verspüren. Merildas Schluchzen aber holte ihn in die Wirklichkeit zurück. Selbst wenn die junge Frau nicht begeistert von ihrem Gemahl schien, so hatte sie zumindest keine Geldsorgen. Und wenn sie eines Tages ein Kind bekam, musste sie kaum fürchten, es nicht ernähren zu können. »Bitte, mein Liebling, sei nicht traurig!«, raunte Randal Merilda ins Ohr. »Ich sorge für dich und das Kind. Niemals, hörst du, niemals lasse ich euch im Stich.« Er hauchte ihr einen Kuss auf die Wange und zog sie mit sich.

Das Läuten der Glocke von St. Mary hallte in Catlins Kopf nach. Eine fremde Stimme drang an ihr Ohr. War die Trauung schon vorüber? Der dichte Nebel, der sie eingehüllt hatte, während der Priester feierliche Worte an sie gerichtet hatte, lichtete sich nur langsam. Catlin versuchte sich zu erinnern, ob sie John das Jawort gegeben hatte, doch es gelang ihr nicht.

»Glückwunsch, mein Kind«, sagte der Mann, der sich vor dem Priester als ihr Vater ausgegeben hatte. Täuschte sie sich, oder klang seine Stimme gerührt, so als sei er tatsächlich Zeuge der Vermählung seiner Tochter gewesen? Geradezu liebevoll nahm er Catlins Gesicht zwischen seine rauen Hände und küsste sie auf die Stirn wie ein Vater. Die Erkenntnis, dass sie plötzlich verheiratet war, traf Catlin wie ein Keulenschlag. Sosehr sie diese Vermählung auch gewollt hatte, nun erschreckte es sie, Johns Eheweib zu sein. Bis dass der Tod euch scheidet. Der Tod. Bis einer von ihnen gestorben war. Und dann? Catlins Hals war wie zugeschnürt. Einen Fremden als ihren Vater ausgegeben zu haben fühlte sich falsch an. Vor Gott und der Kirche. Vor ihr selbst. Mit ungeahnter Heftigkeit überkam Catlin ein nie gekanntes Gefühl von Einsamkeit und Trauer. Weder ihre Freunde, Thomas, Mabel und Winnie, noch ihre Vettern, Richard und Knightly, ihre Base Alix oder ihr Onkel William ahnten, dass sie mittlerweile verheiratet war. Ja, nicht einmal ihr Vater und Elfreda wussten von der Eheschließung. Keiner von ihnen hatte sie zur Kirche geleitet und ihr beigestanden. Catlin atmete gegen die zunehmende Enge in der Brust an. Ganz gleich, wie traurig sie war und wie sehr sie alle vermisste, der Tag würde vergehen wie alle anderen auch. Catlin schluckte. Sie war die Frau des Glockengießers, so wie sie es gewollt hatte.

Im Sommer hatte Merilda Randal einen Sohn geschenkt, so wie er es sich erhofft hatte. Nun war er Vater, hatte Verantwortung für Weib und Kind. Der Säugling lag noch hilflos in den Windeln und war doch schon so einnehmend, dass Randal sich an ihm kaum sattsehen konnte.

»Mein Sohn«, sagte er zärtlich zu dem kleinen Bündel, das mit unschuldigen großen Augen in die Welt sah, hin und wieder lächelte und mit dem zarten Mund Bläschen aus Speichel formte. Randal barst fast vor Stolz. »Für dich werde ich die Werkstatt zurückholen.« Er strich dem Knaben sanft über das kahle Köpfchen und strahlte ihn an.

Seit der Geburt ihres Sohnes strotzte die einst so zarte Merilda vor Kraft und hatte dank ihrer Jugend genügend Milch für zwei Kinder, darum verdiente sie als Amme dazu. Jeder Penny war ihnen willkommen, auch wenn Randal wie erhofft Arbeit in Oxford gefunden hatte. Er half einem Glockengießer, der ihn wie seinesgleichen behandelte, und so hatten sie nicht nur ein Auskommen, Randal war auch nahezu glücklich. Wäre da nicht sein alter Meister gewesen. Bevor sie die Stadt verlassen hatten, war Randal ein letztes Mal zur Töpferei gegangen, um zu sehen, wer inzwischen dort lebte und arbeitete. Er hatte geglaubt, seinen Augen nicht trauen zu können, als er entdeckt hatte, dass es sein ehemaliger Meister war, der die Werkstatt nun führte. Der Mann, der ihn um sein Glück betrogen hatte! Ausgerechnet er hatte ihm alles weggenommen. Um ein Haar hätte diese Beobachtung Randal um den Verstand gebracht. Kann Gott wirklich so grausam sein?, hatte er sich gefragt, sich dann jedoch eines Besseren besonnen und dem Herrn sogar gedankt. Schließlich konnte es sich doch nur um einen Wink des Schicksals handeln, dass ausgerechnet sein

Meister jener Glockengießer war, dem er die Werkstatt fortnehmen wollte. Es musste sich um eine göttliche Fügung handeln, die ihn darin bestärken sollte, seinen Weg zu gehen. Den einzig möglichen Weg, um seiner Seele Frieden zu schenken. Der Meister hatte sich mit dem jungen Ding vermählt, das er für die Frau des Kaufmannes gehalten hatte. In ihrem einfachen Leinenkleid war sie recht artig anzusehen. Auch schien sie tüchtig mit anzupacken. Einen ganzen Tag lang hatte Randal auf der Lauer gelegen, bis er den Meister aus dem Haus hatte gehen sehen. Sein Weib hatte ihn nicht verabschiedet, doch kurz nachdem er gegangen war, hatte sie die Tür geöffnet und ihm nachgesehen, so als frage sie sich, wohin er wohl ging. Etwas unsagbar Trauriges hatte ihr angehaftet. Eine Spur von Sehnsucht und Einsamkeit, die Randal nur allzu gut kannte. Einen Augenblick lang hatte er sie gar bedauert. Doch sein Mitgefühl hatte nicht lange angehalten.

O! zarte Sehnsucht, süßes Hoffen,
Der ersten Liebe goldne Zeit

Friedrich Schiller, Das Lied von der Glocke

Januar 1226

Mehr als ein halbes Jahr war seit der Hochzeit vergangen, und noch immer war Catlin unberührt. Nigel hatte nicht glauben wollen, dass der Glockengießer sein Keuschheitsgelübde auch nach der Eheschließung einhielt, doch John hatte ihn eines Besseren belehrt. Kein einziges Mal hatte er Catlin näher zu kommen versucht. Abends legte er sich neben sie ins Bett, wünschte wohl zu ruhen, küsste sie auf die Stirn und wandte sich ab, um zu schlafen. In den ersten Tagen und Wochen hatte Catlin noch befürchtet, er könne doch darauf bestehen, dass sie ihren ehelichen Pflichten nachkam, inzwischen aber war sie überzeugt, dass er lediglich väterliche Gefühle für sie hegte.

Die Werkstatt, die Nigel gekauft hatte, war groß und bestens geeignet, darin eine Glockengießerei einzurichten.

»Zu einfach, das ist zu einfach«, hatte John gemurmelt, als Nigel sie nach der Hochzeit zum Haus des Töpfers geführt und ihnen die Höhe des Mietzinses für die Räumlichkeiten mitgeteilt hatte. »Warum verlangt er nicht mehr?«, hatte der Meister Catlin noch am gleichen Abend gefragt. Ob sie am Ende gar ein Kind von dem jungen Kaufmannssohn erwarte?, hatte er wissen wollen und sie dabei mit aller Strenge gemustert. Und wiewohl er schließlich vorgegeben hatte, ihr zu glauben, weil sie beteuerte, dass Nigel nur ein Freund sei, hatte er ihre Leibesmitte von jenem Tag an immer wieder mit zweifelnden Blicken bedacht, sobald er sich unbeobachtet wähnte. Erst als sie auch nach Monaten noch immer so rank und schlank war wie zuvor, wurde er eine Spur freundlicher zu Nigel, wenngleich er keineswegs verhehlte, wie befremdlich er es fand, dass der junge Mann Haus und Werkstatt ohne Zögern gekauft hatte, nur um ihnen zu helfen. Von der Vereinbarung, beim Glockengießen für Nigels Seelenheil zu beten, hatte Catlin ihm wohlweislich nichts erzählt, denn niemand – nicht einmal er – sollte erfahren, wer der Dieb war, der inzwischen auch in London zugange und als Quickhands bekannt war. Nigel selbst hatte den Spitznamen in Umlauf gebracht, denn es bereitete ihm größte Freude, wenn die Menschen zugleich ehrfürchtig und mit gewissem Wohlwollen hinter vorgehaltener Hand über ihn sprachen. Er unterstützte die Gerüchte über den edlen Dieb, der nach jedem Beutezug in einer Londoner Kirche üppige Almosen spenden ließ. Zu seiner Sicherheit beauftragte er stets einen Blinden, das Geld mit einem Gruß von Quickhands und der Bitte zu überbringen, ein Gebet für ihn zu sprechen. Auf diese Weise erfreute sich der Dieb, der die Reichen bestahl und die Bedürftigen großmütig bedachte, bei den Ärmsten der Armen schon bald großer Beliebtheit. Er galt als Held des Volkes, über dessen Namen die Kinder beim Spiel auf der Straße einen Abzählreim erdacht hatten.

Eana, meana, mona, moin,
Copper, silver, golden coin,
Hide your purse and be aware,

Quickhands makes you' money share,
One, two, three, four, five, six, seven,
Praise the lord and go to heaven.

Die meiste Zeit jedoch widmete Nigel nicht dem Stehlen, sondern der Arbeit im väterlichen Kontor. Vor allem seit er um die Hand der anmutigen Ewe angehalten hatte, war er bemüht, bei den anderen Kaufleuten einen guten Eindruck zu hinterlassen.

Nigel pickte einen Kuchenkrümel vom Tisch und steckte ihn in den Mund. »Irgendwann muss ich wohl oder übel meines Vaters Ableben verkünden, schließlich werden wir bald heiraten.« Er seufzte tief.

»Hier, iss noch etwas!« Catlin setzte ihm ein weiteres Stück Apfelkuchen vor, den sie mit klein gehackten Rosinen, Honig und Datteln gesüßt und mit Mandeln und Zimt zubereitet hatte.

»Danke, schmeckt wirklich köstlich.« Nigel lächelte kurz und wurde wieder ernst. »Ewes Vater lässt sich nicht ewig mit Ausflüchten abspeisen. Ich muss eine Lösung finden, unbedingt!« Er biss in den Kuchen und stöhnte vor Wonne. »Hm!« Er leckte sich über die Lippen. »Vielleicht hättest du Kuchenbäckerin werden sollen«, sagte er mit vollem Mund.

»Ach du!« Catlin gab ihm einen Klaps auf den Arm. »Kuchenbäckerin! Ich hoffe, du wirst eines Tages erleben, dass ich die wunderbarsten Glocken des Landes gieße.« Sie schüttelte den Kopf. »Kuchenbäckerin«, murmelte sie geringschätzig.

In den ersten Monaten waren in der Gießerei nur Aufträge für kleinere Glockenspiele und Pilgerglocken eingegangen. Ihr schöner, weicher Klang hatte der Werkstatt jedoch rasch einen guten Ruf beschert, und so war im Herbst neben einem größeren Glockenspiel auch der Guss von zwei recht großen Glocken in Auftrag gegeben worden, die bis zum Osterfest fertig sein mussten.

»Zwei Glocken gleichzeitig zu fertigen erspart uns viel Arbeit und senkt unsere Ausgaben«, hatte John Catlin höchst zufrieden erklärt. »Zum einen können wir die Helfer besser einsetzen und zum zweiten günstigere Preise für nahezu alles Benötigte verhandeln. Für die Ziegel, den Lehm und die Rosshaare, aber was noch wichtiger ist – auch für Zinn und Kupfer.« Er hatte einen Blick in die Werkstatt geworfen und voller Genugtuung genickt. »Tief wird die Grube diesmal werden und größer«, hatte er gemurmelt und mit erhobenem Daumen und einem zugekniffenen Auge Maß genommen.

Bei dem Gedanken daran schmunzelte Catlin. John hätte niemals zugegeben, dass Nigel die Werkstatt nicht besser hätte aussuchen können, doch genauso war es. Der Boden aus gestampftem Lehm konnte tief genug ausgegraben werden, damit in der Grube Glockenkern, falsche Glocke und Glockenmantel für zwei, später womöglich gar für drei größere Glocken gleichzeitig aufgebaut werden konnten. Sowohl die ausgehobene Erde als auch die Ziegel und der Lehm für die Formen, die ihnen geliefert wurden, ließen sich im Hof lagern. Sogar ein Ofen, an dem nur wenig hatte verändert werden müssen, war schon vorhanden gewesen, und einen Brunnen gab es hinter dem Haus schließlich auch.

»Wir können deinem Nigel schon bald einen Teil unserer Schuld zurückzahlen«, pflegte ihr John immer wieder zu versichern. Catlin runzelte dann die Stirn. Sie mochte es nicht, wie er *deinem Nigel* sagte, und fand die Äußerung herablassend, beinahe verächtlich.

»Wir zahlen ihm Mietzins und schulden ihm nichts«, antwortete sie für gewöhnlich ein wenig spitz. »Es sei denn, du möchtest ihm die beiden Wohnräume irgendwann abkaufen«, fügte sie hinzu, wohl wissend, dass John die Mittel dazu gar nicht besaß.

»Ja, das täte ich wohl, so ich denn könnte. Mir behagt nun einmal der Gedanke nicht, ihm verpflichtet zu sein«, erwiderte John stets mit griesgrämiger Miene und kehrte ihr den Rücken zu.

Auch wenn er hin und wieder ein wenig brummig sein konnte, so war der Glockengießer doch beileibe kein schlechter Mensch. Er arbeitete hart und viel, ohne sich je zu beschweren, und war von großer Frömmigkeit. Vor jeder Mahlzeit und dem Schlafengehen betete er inbrünstig, auch hätte er niemals den sonntäglichen Kirchgang verpasst. Darüber hinaus übte er sich in Demut und Bescheidenheit. Oft genug betonte er, dass der Erfolg in seinem Handwerk vor allem des Segens von oben bedurfte und dass er dem Herrn ehrlichen Herzens entgegentreten musste, wollte er gute Glocken gießen. Eines Tages entdeckte Catlin, dass er zuweilen ein härenes Hemd trug, so als wäre er ein Mönch und kein Handwerker. Wenn sie einen Zipfel des kratzigen Untergewandes unter seinem Arbeitskittel hervorblitzen sah, dann fragte sie sich, was er verbergen mochte. Wofür er wohl büßen zu müssen glaubte. Zu Beginn ihrer Übereinkunft – denn mehr als dies war ihre Ehe nicht – hatte John die Bedingung gestellt, ihn niemals nach seiner Vergangenheit zu fragen. Er hatte beteuert, kein Mörder oder Dieb zu sein, und ihr deutlich zu verstehen gegeben, dass er Neugierde, sein früheres Leben betreffend, nicht dulden werde. Ob es mit seinem Keuschheitsgelübde zu tun hatte? Welches Abkommen mag er wohl mit dem Herrn geschlossen haben?, fragte sich Catlin, wenn er kurz vor dem Beginn eines Gusses mit zitternder Stimme den Beistand des Allmächtigen erflehte.

Obwohl John bei der Arbeit stets streng und fordernd war, schien er Catlins Beitrag in der Werkstatt doch nach wie vor zu schätzen. Hin und wieder nickte oder lächelte er anerkennend, wenn sie ohne Nachfrage ausführte, was sie von ihm gelernt hatte. Catlin musste immer häufiger an ihren Vater denken, dem John in seiner Art zuweilen ähnelte. Meist wurde sie dann traurig und entsann sich schmerzlich der guten Tage in der Schmiede, damals, bevor die Männer sie überfallen und ihr friedvolles Dasein zerstört hatten. Dann fragte sie sich, ob alle, die sie liebte, wohlauf waren. Ob sie sich Sorgen um Catlin machten oder enttäuscht waren, weil sie schon so lange spurlos verschwunden war. Im Schlaf kehrte sie häufig und gern heim. Der alte Peter lebte noch in ihren Träumen, schloss sie weinend vor Glück in die Arme und flüsterte ihr zu, wie sehr sie ihrer Mutter ähnlich sehe. Winnie hüpfte um Catlin herum und feierte ihre Rückkehr, während der Vater ihr ohne Vorwurf im Blick und ohne Vorhaltungen eine Hand auf die Schulter legte und seine Tochter willkommen hieß. In der Schmiede gab es keinen Raymond, und von einer Hochzeit war nicht die Rede. Nur in die Nähe der Hütte, in der das Holz aufbewahrt wurde, wagte sich Catlin in ihren Träumen nicht. Etwas Böses schien dort auf sie zu lauern. Gänsehaut überzog ihren Körper, und die Nackenhaare stellten sich ihr auf, sobald sie in Richtung des Schuppens blickte. Wenn sie des Morgens nach einem solchen Traum erwachte, war sie stets nachdenklich und noch eine ganze Weile niedergeschlagen.

Obwohl John oft kühl und unnahbar wirkte, war er

doch feinfühlig und spürte, wenn Catlin betrübt war. Vermutlich entging ihm nicht, dass sie sich zuweilen des Nachts im Schlaf herumwälzte, lachte oder wimmerte, doch er fragte niemals nach. Nur hin und wieder drückte er ihr schweigend die Hand oder strich ihr über den Arm, wenn sie verzagt war, und versuchte sie abzulenken. An der Mischung aus Stolz, Erstaunen und Wehmut, mit der er sie bisweilen betrachtete, glaubte Catlin zu erkennen, dass er nicht bereute, ihr Gemahl und Meister zu sein. An manchen Tagen hingegen war er noch wortkarger und in sich gekehrter als gewöhnlich. Tief in Gedanken versunken schien er so, als erinnere auch er sich an etwas, das ihn unendlich traurig stimmte. Dann war es Catlin, die ihm die Hand auf den Arm legte und ihm wortlos Stütze zu sein versuchte. In diesen stummen Augenblicken waren sie sich so nahe wie nie. Ich weiß nichts von ihm, dachte Catlin dann, wagte jedoch keine Fragen zu stellen. Schließlich hatte sie ihm versprochen, ihn niemals auf seine Vergangenheit anzusprechen. Also beschränkte sich der Austausch der Eheleute auf die alltäglichen Verrichtungen und die Arbeit. Catlins Gedanken jedoch kreisten immer wieder darum, was John wohl erlebt haben mochte, dass er sich um keinen Preis dazu äußern wollte.

An weniger arbeitsreichen Tagen unterrichtete der Glockengießer seine Ehefrau im Rechnen und brachte ihr mithilfe des Glockenspieles bei, weitere Töne zu benennen. »Deine Hörfähigkeiten sind außerordentlich«, hatte er sie nach ihrem ersten Unterricht in St. Edmundsbury gelobt. Ihre Hoffnung, sie möge darum schneller vorankommen als gewöhnliche Lehrlinge, hatte er indes umgehend zunichtegemacht. »Zunächst muss jeder Glockengießer lernen, was er benötigt, um den Glockenkern aufzubauen, was er beim Gestalten der falschen Glocke beachten muss und wie mit dem Glockenmantel zu verfahren ist, ganz gleich, wie hervorragend sein Gehör ist. Du wirst noch mehr über Feuer erfahren, als du bereits in der Schmiede gelernt hast«, hatte er ausgeführt. »Du wirst lernen, wie die Glockenformen befeuert werden, wie das rechte Verhältnis von Kupfer und Zinn für die Glockenspeise zusammenzustellen ist und wie du das Verhalten der Bronze beim Guss genauestens im Auge behältst, um jegliche Einschlüsse zu verhindern und den richtigen Zeitpunkt für den Guss zu erspüren. Doch das alles erst im siebten Jahr, wenn das Handwerk des Glockengießers das deine geworden ist. Erst im siebten Jahr«, hatte er betont und plötzlich zornig die Brauen zusammengezogen. »Wenn du überhaupt so weit kommst, weihe ich dich in das Geheimnis der Glockenrippe ein.«

Zuerst war Catlin maßlos enttäuscht gewesen. So viele Jahre sollte sie warten, um das Wichtigste zu lernen? Schneller, dachte sie verzweifelt, ich will mir alles viel schneller aneignen! Dann aber staunte sie, was es alles allein über den Glockenkern zu wissen gab, über die Ziegel und wie man sie behauen musste, um den Kern aufbauen zu können, über den Lehm, mit dem die Ziegel vermauert wurden, und die unterschiedlichen Lehmmischungen, mit denen man die Glockenform anschließend immer wieder einschmieren musste, wobei keine Risse entstehen durften. Und bei jedem Schritt war das Maß aller Dinge die Glockenrippe, welche die Form und Größe des Glockenkernes, der falschen Glocke und des Mantels bestimmte. Catlin bemerkte, dass es zwei Linien auf der hölzernen Schablone gab, und sah zu, wie John nach Beendigung des Kernes die Glockenrippe entlang der nächsten Linie aussägte, sodass neuer Platz entstand, den es aufzufüllen galt. Catlin beobachtete jeden seiner Handgriffe ganz genau, zog ihre Schlüsse aus dem und begriff, dass die Glockenrippe nicht nur die Form der Glocke festlegte, sondern auch die Dicke der Glockenwände an unterschiedlichen Stellen. Dass diese wechselnden Wandstärken einen Einfluss auf den Klang hatten, war nicht schwer zu verstehen. Wie man es aber erreichte, dass die Glocke einen ganz bestimmten Ton von sich gab, das war das Geheimnis, dem Catlin unbedingt auf die Spur kommen musste.

Als die beiden Glocken rechtzeitig vor Ostern fertig und bezahlt waren, verschwand John zum zweiten Mal für einige Tage.

»Hab etwas zu erledigen«, hatte er auch diesmal ohne weitere Ausführungen erklärt und war kurz darauf wie vom Erdboden verschluckt gewesen. Catlin und Corvinus, der bei ihnen lebte und in der Werkstatt half, hatte er allein zurückgelassen. Weil Corvinus eifrig war und sich geschickt anstellte, hatte John ihm kürzlich in Aussicht gestellt, ihn demnächst Zeit als Lehrling anzunehmen. Nigels Angebot, für die Ausbildung des Jungen zu zahlen, hatte er abgelehnt. »Wenn der Junge ins Kloster zurückwill, soll dein Nigel meinetwegen dafür zahlen. Will das Bürschchen jedoch Glockengießer werden, so lass das meine Sorge sein«, hatte er erklärt und Catlin damit in Erstaunen versetzt. *Ich dachte, du willst keinen Lehrjungen mehr,* hatte sie einwerfen wollen, sich aber rechtzeitig auf die Zunge gebissen.

Corvinus war schon nach wenigen Wochen in der Gießerei vollkommen sicher gewesen, dass er nicht zurück ins Kloster, sondern beim Glockengießer bleiben wollte.

Während der Meister fort war, half er Catlin, in der Werkstatt Ordnung zu schaffen und die Grube für die nächsten Glocken vorzubereiten. Für den Guss war sie mit Erde aufgefüllt worden, bis die Glockenmäntel völlig bedeckt waren und nur noch die rauchenden kleinen Abzüge herausgeschaut hatten, die man Windpfeifen nannte. Nach dem Erkalten der Glocken hatten die Gehilfen sie ausgegraben, sodass der Glockenmantel mit einem Seilzug entfernt und die darunter zum Vorschein kommende Glocke hatte herausgehoben werden können. Die Ziegel des Glockenkernes, die wieder verwendet werden konnten, mussten nun abgeklopft und in einer Ecke gestapelt, der Boden der Grube gefegt werden. Eine rechte Plackerei war das, doch so konnten sie das Geld für Gehilfen sparen.

Randal zitterte vor Angst. Was erwartete der Meister nur von ihm? Randal wusste so gut wie nichts über Sodomiten. Er hatte wohl schon welche gesehen, nur richtig hingeschaut hatte er nicht. Ziegen und Kühe fielen ihm ein, auch Hunde. Eine Träne lief ihm über das Gesicht. Er war noch so jung und unerfahren. Einmal nur hatte er heimlich eine Magd beobachtet, die sich entkleidet hatte. Randal versuchte sich an ihre Brüste zu erinnern, an die Farbe ihrer Haut. Bei dem Gedanken an das Bild in seinem Kopf wurde ihm warm, und seine Männlichkeit regte sich. Der Meister musste es gespürt haben, denn er fuhr hoch, wandte sich um und schlug die Decke zurück. Das flackernde Licht des Feuers leuchtete auf ihrer beider Nacktheit. Der Meister starrte Randal an, spie angewidert aus, ergriff sein Hemd und streifte es hastig über.

»Wie kannst du es wagen?«, brüllte er.

Randal riss die Decke an sich, Hitze stieg ihm ins Gesicht, er bedeckte sich und seine Scham, wäre am liebsten im Boden versunken. »Meister …«, stammelte er.

»Ich bin nicht mehr dein Meister, und du bist nicht mein Lehrling!« Der Glockengießer war außer sich vor Wut. Die Adern an seinem Hals schwollen an, das Blut schoss ihm in den Kopf. »Woher hast du nur solche verderbten Gedanken?«

»Ich dachte … Ihr wollt … ich habe Euch …«

»Du wirst in die Hölle kommen für diesen Schmutz!«

»Aber Meister, ich wollte Euch doch nur …«

»Schweig, kein Wort mehr!«

»Ich will Euch doch nur nahe sein!«, rief Randal in höchster Verzweiflung.

»Du wirst im Fegefeuer brennen.« Der Meister hob die Augen und sah sich um. »Hinfort mit dir, Satan!«, rief er. »Mich verführst du nicht! Ich bin bei Gott, und Gott ist bei mir!« Dann starrte er Randal voller Abscheu an. »Scher dich fort, und lass dich nie wieder blicken!«

Randal griff nach seiner Kleidung und stolperte hinaus ins Freie. »Aber Meister …«, schluchzte er.

»Vater unser im Himmel, geheiligt werde dein Name …«, hörte er den Meister laut beten.

Tränen liefen Randal über das Gesicht, während er durch die Dunkelheit stolperte. »Ich wollte doch nur, dass Ihr mich liebt wie einen Sohn«, murmelte er, dann stieg Ärger in ihm auf. Was hatte der Mönchsjunge, das er nicht hatte? Warum nur behandelte ihn der Meister so ungerecht? Er hatte doch nur tun wollen, was auch er tat. Randal hatte ihn nicht wirklich mit dem jungen

Mönch Unzucht treiben sehen, aber die Verbundenheit zwischen den beiden, ihre innige Nähe hatten keinen anderen Schluss zugelassen. Wie sie sich gebalgt hatten im Gras, damals als er dem Meister nachgegangen war und ihn heimlich beobachtet hatte. Wie sie einander in die Arme gefallen waren und wie sie geweint hatten, als sie sich wieder voneinander hatten trennen müssen. Genauso nahe hatte er dem Meister sein wollen.

»Liebster, wach auf!« Merildas Stimme an seinem Ohr befreite ihn aus dem Dunkel des Albtraumes. »Du weinst wieder!« Liebevoll küsste sie ihn auf die Wange.

»Ich weiß nicht, wovon du so oft träumst, ich weiß nur, dass es ein Ende haben muss«, sagte sie am nächsten Morgen und blickte Randal besorgt an. »Du hast Schatten unter den Augen und isst kaum noch.«

Mein Meister hat mich verstoßen und uns die Werkstatt weggenommen, hätte Randal ihr am liebsten entgegengeschleudert, doch er schwieg. Merilda hätte ihn nicht verstanden. Wie sollte sie auch? Wie hätte er ihr erzählen können, was geschehen war, warum ihn der Meister fortgejagt hatte? Verstand er doch selbst nicht, wie das alles hatte geschehen können.

»Die Werkstatt …«, versuchte er es dennoch verzweifelt. »Ich hole mir die Werkstatt zurück und vertreibe den Glockengießer aus der Stadt«, fauchte er. »Was der kann, kann ich schon lange!«

»Aber du bist Töpfer!« Merilda lächelte ihn milde an und wischte ihm liebevoll eine feuchte Strähne aus der verschwitzten Stirn.

»Nein, ich habe das Glockengießerhandwerk erlernt, auch wenn mich mein Meister vor der Gesellenprüfung davongejagt hat.« Randal reckte das Kinn. »Er wusste, dass ich eines Tages besser sein würde als er«, behauptete er, und je mehr er darüber nachdachte, desto vernünftiger erschien ihm der Gedanke. Diese dumme Nacht war nur eine Ausrede! In Wahrheit fürchtet er mich, dachte Randal, grinste zufrieden und sann auf Rache. Ja, der Meister sollte ihn kennenlernen und schon bald vor ihm erzittern.

London, Spätsommer 1226

Ewe raubt mir den Schlaf!« Nigel raufte sich das Haar. »Ich weiß nicht mehr weiter.« Er sank in sich zusammen und stützte den Kopf in die Rechte.

»Was ist mit ihr?« Catlin legte ihm die Hand auf den Unterarm. Schon bald nach Nigels Hochzeit, bei der sie nur Zaungast gewesen war, hatte sie ein ungutes Gefühl beschlichen, ohne dass sie den Grund dafür hätte nennen können. »Ist sie krank?«

»Krank?« Nigel schüttelte mutlos den Kopf. »Ich glaube, sie ist besessen.«

Catlin bekreuzigte sich vor Schreck. »Vom Teufel?«, hauchte sie.

Mit verzagter Miene hob Nigel die Schultern. »Sie war schon immer eifersüchtig, aber in letzter Zeit …« Er stöhnte auf. »Aus dem fröhlichen Mädchen von einst ist eine … ist …« Er brach ab. »Heute Morgen bei Sonnenaufgang hat sie plötzlich geschrien wie toll. ›Wirf sie hinaus!‹, hat sie gezetert, auf das Bett gedeutet und behauptet, eine fremde Frau läge neben mir. Sie war vollkommen außer sich, riss sich die Haare büschelweise aus.« Er schüttelte hilflos den Kopf. »Aber da war niemand. Ehrenwort!«

»Sicher hat sie nur schlecht geträumt und war noch nicht ganz wach«, versuchte Catlin ihn zu beruhigen, doch Nigel schüttelte entschieden den Kopf. »Sie schläft kaum noch eine Nacht durch. Meist steht sie lange vor Sonnenaufgang auf, zieht sich an und wandert rastlos durchs Haus. Oft murmelt sie merkwürdige, unverständliche Worte. Manchmal scheint sie mit jemandem zu sprechen, obwohl sich außer ihr kein Mensch im Raum befindet. Sie behauptet, ihr Großvater rede mit ihr. Aus dem Jenseits.« Nigel schluckte. »Wenn sie nicht schreit oder mit Toten redet, dann sitzt sie oft nur da. Tagelang zuweilen. Ohne ein Wort. Als ob sie weder mich noch die Mägde sieht.« Er holte tief Luft, als drohe er zu ersticken. »Ich mache mir Sorgen um das Kind.«

»Um das Kind? Welches Kind?« Catlin runzelte die Stirn.

»Das sie unter dem Herzen trägt. Manchmal weiß sie nichts davon, ist ängstlich und verwirrt, dann wieder wirkt sie fast wie früher, lächelt, und ich darf die Hand auf ihren Leib legen.«

»Warum hast du mir nicht längst davon erzählt?« Catlin war leicht gekränkt, dass er sie nicht früher ins Vertrauen gezogen hatte – wegen Ewe, vor allem aber wegen des Kindes.

»Anfangs war ich nicht sicher, ob nicht auch das Kind auf Einbildung beruhte. Aber nun rundet sich ihr Bauch …«

Catlin nickte verstehend. »Ich freue mich für dich.«

Nigel kratzte sich den Nacken. »Ob es besser wird mit ihr, wenn sie erst Mutter ist?« Er wischte sich über die Augen. »Manchmal wirkt sie vollkommen glücklich, dann lacht sie und ist voller Pläne, begeisterter noch als früher, doch lange hält das nie an. Ehe ich mich versehe, ist sie wieder in sich gekehrt und schwermütig.

Catlin musste an John denken. Ohne ein erklärendes Wort war er fortgegangen, schon zum dritten Mal, seit sie verheiratet waren. »John ist zurück«, sagte sie leise.

Nigel sah erstaunt auf.

»Gestern Abend ist er heimgekehrt.«

»Hat er dir endlich erzählt, wo er war?«

Catlin schüttelte traurig den Kopf. »Nichts, nicht ein Sterbenswort!« Schlecht gelaunt und wortkarg war er schlafen gegangen, genau wie die anderen Male. Er wagt es nicht einmal, mir in die Augen zu sehen, warum nur, frage ich dich? Entschuldige«, murmelte sie und wandte sich ab. Nigel sollte nicht glauben, sie sei eifersüchtig und verdächtige John einer Liebschaft, denn solche Gedanken hegte sie keinesfalls. Trotzdem war sie wütend. »Ich bilde mir nichts ein, ich bin nicht wie Ewe«, fuhr sie leise fort. »Ich unterstelle ihm keine Untreue und weiß, dass ich kein Recht habe, ihn auszufragen. Aber es schmerzt mich, dass er mir nicht vertraut.«

Nigel nahm Catlins Hand und drückte sie.

»Haben wir unseren Mietzins nicht gezahlt, oder was verschafft uns die Ehre?«, fragte plötzlich eine mürrische Stimme.

Catlin fuhr herum und errötete, als wäre sie bei einer verbotenen Tat ertappt worden. Sie entzog Nigel die Hand und richtete ihr Haar, das sie zu einem Zopf geflochten trug. »Wir haben nur ein wenig geplaudert«, sagte sie rasch.

Nigel erhob sich. »Ich wollte ohnehin gerade gehen. Danke, Catlin, dass du mir zugehört hast.« Er warf ihr ein mattes Lächeln zu. »Meister«, grüßte er den Glockengießer knapp und verließ das Haus.

»Du benimmst dich wie ein eifersüchtiger Ehemann!«, fuhr Catlin John an. »Ausgerechnet du! Verschwindest tagelang spurlos und kehrst schlecht gelaunt zurück. Was glaubst du wohl, wie mir das gefällt? Hätte Nigel mich nicht hin und wieder besucht, ich wäre wie üblich allein mit Corvinus gewesen und hätte mir die Augen ausgeweint.« Sie schnaubte empört.

»Ich habe dich geheiratet, weil du das Glockengießen lernen wolltest. Liebe oder Treue habe ich dir nie versprochen. Was willst du also?«, fuhr John sie an.

Catlin rang nach Luft. »Ich will, dass du mir vertraust.«

»Das Geheimnis der Glockenrippe willst du erfahren, das ist alles«, knurrte er. »Für dich gibt es doch nur die Glocken, was weißt du schon vom Leben, von Schmerz und Verlust?«

Catlin schossen Tränen in die Augen. Sie hatte ihr Heim und alle ihre Lieben verlassen, nur um dieses Handwerk zu erlernen, und war noch immer nicht halb so weit, wie sie es sich erhofft hatte. »Drei Jahre lehrst du mich schon das Glockengießen. Doch bis du mir beibringst, wie man eine Glockenrippe fertigt, soll ich sieben Jahre warten. Sieben Jahre! Und wofür? Was, wenn du vorher stirbst? Wenn du wieder einmal verschwindest und nicht wiederkommst? Was ist dann mit mir?«, schrie sie. »Ich habe nicht einmal einen Sohn von dir und werde nie einen bekommen!« Sie stampfte mit dem Fuß auf, stürmte durch die Werkstatt auf die Straße und lief ziellos umher.

Orford, Frühjahr 1227

»Al! Alan!«, gellte eine Frauenstimme über den Hof. Alan runzelte die Stirn und legte das Eisen ins Feuer zurück. Als die Tür zur Schmiede aufgerissen wurde, wehte eine kühle Brise herein.

»Was gibt's?«, fragte er besorgt, als seine älteste Base in die Werkstatt stürzte.

»Dein Vater! Er ist zusammengebrochen.« Sie rang nach Atem.

»Wo ist mein Bruder?« Alan legte den Hammer auf dem Amboss ab.

»Bereits bei ihm. Schnell, Alan!« Sie starrte ihn mit schreckgeweiteten Augen an.

Alan nickte. Sein Herz raste. Er riss sich die Lederschürze vom Leib, warf sie achtlos zu Boden und rannte hinaus.

»Vater«, sagte er leise, als er an sein Lager trat.

»Raymond, Alan ist da!« Die Mutter strich ihrem Gatten sanft über die Wange, als er sich nicht rührte. Sein Gesicht wirkte merkwürdig schief, so als lächelte er mit nur einer Seite, während die andere schlaff herabhing.

»Du musst nach Saint Ed…«, murmelte der Schmied plötzlich und atmete mühsam. »… zu Henry, er braucht dich.«

»Raymond, mein Liebster«, sagte die Mutter weich, »du weißt doch, dass seine Tochter fortgelaufen ist. Sie will unseren Jungen nicht.« Sie klang vorwurfsvoll, was ihrem gekränkten Stolz zuzuschreiben war und ihr niemand verübelte.

»Das ist… vollkommen… gleich«, stammelte der Schmied. »Henry hat keinen… Sohn, der ihm… nachfolgen kann. Du wirst ihm in der Schmiede helfen … wie es abgemacht war.« Der Ausdruck von Stolz und Liebe verklärte seine entstellten Gesichtszüge. »Sorg für ihn im Alter!« Er schnaufte heftig. »Für mich sorgt bald der Herr.«

»Nein, Vater, das darfst du nicht sagen!« Alans Herz krampfte sich zusammen. Der Vater hatte es lange nicht verwunden, dass die Tochter seines besten Freundes geflohen war, um seinen Jüngsten nicht heiraten zu müssen. Dem Freund selbst aber hatte er niemals Vorwürfe gemacht, denn er war ein guter Mensch und wusste wohl zu unterscheiden, was Henry gewollt und was nicht in seiner Macht gestanden hatte.

»Du sollst einmal Meister werden, Junge«, röchelte Raymond. »Hier aber bliebest du nur Geselle.« Er wandte den Kopf zur Seite, lächelte sein Weib und seinen Ältesten schief an, schloss die Augen und tat seinen letzten Atemzug. Vergeblich wartete Alan, dass sich die Brust des Vaters erneut hob.

»Vater? Vater!«, rief er voller Schmerz.

Der Schmied antwortete nicht mehr.

Alan schluckte und schluckte, doch er kämpfte vergeblich gegen die Tränen an. Sein Vater war gestorben. Alan betete zum Herrn, er möge ihn in sein Himmelreich aufnehmen, und hielt noch lange die einst so kräftige Hand des Toten. Nie hatte sie ihn geschlagen, hatte ihn als Kind beschützt und ihm später Halt geboten, nun aber wurde sie kalt und fremd.

»Du musst nicht fortgehen«, sagte Alans Mutter und legte ihrem Sohn liebevoll die vertraute weiche Hand auf den Arm. »Niemals, hörst du?«, beharrte sie, wohl wissend, dass ein guter Sohn wie er dem Letzten Willen des Vaters Folge leisten würde.

»Du weißt, dass du immer einen Platz in der Schmiede haben wirst«, bekräftigte auch sein älterer Bruder, als Alan schon tags darauf seine Habseligkeiten zusammenpackte. »Arbeite mit mir, nicht für mich!«, brachte er mit rauer Stimme vor, gleichwohl auch er wusste, dass nur einer von ihnen der Meister sein konnte.

»Danke, Jean, ich weiß dein Anerbieten zu schätzen.« Alan lächelte seinen Bruder an. »Dennoch werde ich gehen, denn Vater hat recht. Ich will nicht mein Leben lang Geselle bleiben, ich will einmal Meister werden. Der Meister in dieser Werkstatt aber bist du und wirst es hoffentlich noch lange sein.« Er klopfte seinem Bruder auf die Schulter. Jean war ein redlicher Mensch, und die Schmiede von Orford stand ihm zu. Seit drei Jahren war er verheiratet, seit zwei Jahren Vater eines Sohnes und auf dem besten Weg, bald erneut ein Kind in den Armen zu halten. Der Ältere übernahm die Führung der Werkstatt, so war es Brauch. Dem Jüngeren blieb nur, so lange als Geselle zu arbeiten, bis der Bruder starb, oder fortzugehen und sein Glück anderswo zu suchen. »Du weißt, Mutter, wie sehr Vater die Schmiede von Saint Edmundsbury liebte. Mach dir also keine Sorgen, es wird mir dort an nichts mangeln.« Das fremde Mädchen, das ihn zurückgewiesen hatte, ohne ihn zu kennen, kümmerte ihn nicht. Vielleicht, so dachte er, war sie ja in Wahrheit gar nicht schön, wie der Vater behauptet hatte, sondern dumm und hässlich, und sei es nur dem Wesen nach. Da konnte er sich doch glücklich schätzen, dass jener Kelch an ihm vorübergegangen war. In St. Edmundsbury würde er Neues lernen, Verantwortung übernehmen und – wenn ihm Fortuna hold war – irgendwann sein eigener Herr sein.

Sie begruben Raymond neben seinem Zwillingsbruder, der nur wenige Monate zuvor gestorben war und drei Töchter hinterlassen hatte, die nun am Grab ihres Onkels standen und bitterlich weinten. Die Lehrlinge und Gehilfen starrten betroffen in die Grube, walkten ihre Mützen in den Händen und wischten sich verstohlen die Tränen aus den Augenwinkeln.

»Ich wusste, dass keiner den anderen lange überlebt.« Alans Mutter bekreuzigte sich. »Sie waren sich zu ähnlich und darum so nahe«, sagte sie tapfer. »Nun sind sie im Paradies erneut vereint und schauen auf uns herab.« Alan warf einen kurzen Blick nach oben, als könne er in den Wolken einen Blick auf das Antlitz seines Vaters erhaschen. Doch außer einem grauen Himmel war dort nichts zu sehen.

Jeder der Trauergäste warf eine Handvoll Erde in die Grube, dann ergriffen Jean und Alan ihre Spaten und schaufelten das Loch zu, in dem der Leichnam ihres Vaters lag.

Jean sah mit einem Schlag gealtert aus. Er war sich wohl bewusst, dass er als Meister der Schmiede von nun an allein die Verantwortung für die Werkstatt trug, für Haus und Hof, für seine Basen, seine Mutter, die Helfer und Lehrlinge.

Alan spürte, dass für ihn die Zeit zum Abschiednehmen gekommen war. Zurück in der Schmiede, schnürte er sein Bündel, legte den Werkzeuggürtel um, an dem sein Hammer, das Messer und die Feile hingen, die ihm der Vater einst geschenkt hatte, und legte den Mantel um die Schultern. Er umarmte seine Basen, klopfte dem Bruder auf die Schulter, küsste und tröstete seine Mutter, deren Tränen nicht versiegen wollten, und machte sich auf den Weg.

Er erinnerte sich kaum noch an Henry und St. Edmundsbury, schließlich mochten bald elf Jahre vergangen sein, seit er zum letzten Mal dort gewesen war. Dennoch fürchtete er sich nicht vor seinem ungewissen Schicksal. Der Vater hatte so viel von der Schmiede erzählt, so sehr von seinem Freund und seiner besonnen Art geschwärmt, dass Alan fest daran glaubte, das Richtige zu tun.

Mit züchtigen, verschämten Wangen
Sieht er die Jungfrau vor sich stehn
Friedrich Schiller, Das Lied von der Glocke

London, Juli 1228

In diesem Sommer war die Hitze in der Stadt unerträglich. Es hatte so wenig geregnet, dass das Wasser in den Brunnen fast versiegte und die Straßen trocken und staubig waren.

»Eine Glocke, damit es regnet!« Catlin schüttelte ungläubig den Kopf. »Dass eine Glocke vor Sturm, Hagel oder Feuer warnt, gut, vielleicht auch vor übermäßigem Regen. Aber um solchen herbeizurufen? Das grenzt an Ketzerei!«

»Sei doch still!« John sah sich besorgt um. »Der Lord Mayor weiß sich keinen Rat mehr. Alle wollen, dass er etwas unternimmt, doch was lässt sich gegen eine solche Dürre schon ausrichten?«

»Wie wär's mit Beten?«, schlug Catlin schnippisch vor. Seit mehr als drei Jahren war sie nun mit John verheiratet. Sie schätzte ihn für sein unglaubliches Wissen, seine Kunstfertigkeit und sein gutmütiges Wesen, dennoch war sie in letzter Zeit oft gereizt. Die Hitze war ihrer Laune nicht eben zuträglich, doch Abkühlung fand sie zurzeit nicht einmal nachts.

»Siehst du?«, sagte der Glockengießer. »Die Hilfe Gottes suchen, darin liegt die Lösung. Und mit dem Klang einer Glocke zu bitten ist so abwegig nun auch nicht, oder?«

»Nein, wohl nicht«, gab Catlin mürrisch zu. »Aber sie wird kaum rechtzeitig fertig sein, um noch etwas ausrichten zu können. Das weißt du selbst.«

»Gewiss weiß ich das – und der Lord Mayor ebenfalls. Will er den verzweifelten Bürgern doch vor allem zeigen, dass er nicht untätig bleibt.«

Plötzlich durchschaute Catlin den Zusammenhang. »Und wenn es regnet, während wir die Glocke fertigen, so wird es auf sie zurückgeführt werden und uns künftig von Nutzen sein. Das ... das ist ...« Sie schüttelte erneut den Kopf. »... ein kluger Einfall«, murmelte sie.

John hörte schon nicht mehr zu. Er hatte sich abgewandt und begann mit ersten Vorbereitungen für die neue Glockenrippe. »Ich habe endlich einen Gesellen gefunden!«, rief er ihr von seinem Arbeitstisch aus zu. »Und das trifft sich wohl, denn ich muss bald noch einmal fort. Zuerst aber will ich die Glockenrippe fertig haben. So könnt ihr mit der Arbeit beginnen, während ich weg bin.«

»Du willst schon wieder fort?« Vier, vielleicht fünf Monate war es erst her, seit er das letzte Mal weg gewesen war. »Wohin gehst du nur immer?«, keifte sie.

John erwiderte nichts.

Catlin fühlte sich leer. Ihr Gatte hatte Wort gehalten und sie kein einziges Mal angerührt. Er achtete sie und vermittelte ihr sein ganzes Wissen, aber er schenkte ihr nie auch nur das geringste Gefühl von Geborgenheit und Zuneigung. Ein Kuss auf den Scheitel zur Nacht, mehr hatte er nicht für sie übrig. Nicht seine Liebe ersehnte Catlin, vielmehr verletzte sie sein mangelndes Vertrauen. Dass er immer wieder ohne ein Wort der Erklärung verschwand, schmerzte sie. Auch begriff sie nicht, warum er so gut gelaunt und erwartungsvoll aufbrach und dann stets mürrisch und in sich gekehrt zurückkam.

Catlin fühlte sich unsagbar einsam. Sie vermisste ihren Vater und Elfreda, Winnifred und die Schmiede. Wie gern wäre sie zu Mabel gelaufen, wenn sie traurig war, oder hätte sich von Thomas zum Lachen bringen lassen. Doch St. Edmundsbury lag in unendlicher Ferne. Auch Nigel konnte sie nicht trösten, denn seit er mit Ewe ein Kind hatte, kam er kaum noch zur Werkstatt. Weder ihre Eifersucht noch ihre Missstimmung hatten sich durch die Geburt des gemeinsamen Sohnes gebessert, im Gegenteil. Wenn sie nicht teilnahmslos herumsaß, war Ewe zänkisch, kreischte herum, verdächtigte die Mägde des Diebstahls und Nigel des Ehebruchs. Obwohl sie zunächst niemandem gestattet hatte, ihr Kind auch nur zu berühren, hatte Nigel schon bald eine Kinderfrau suchen müssen, denn Ewe hatte den Säugling bereits in den ersten Tagen nach der Geburt vernachlässigt. Immer wieder hatte sie ihm die Brust verweigert. Sein jämmerliches Weinen ließ sie zunächst kalt, führte dann aber zu solchen Wutausbrüchen, dass Nigel zuweilen fürchtete, sie könne dem Jungen ein Leid antun. Ewe forderte ständig und gab nichts. Ja, sie drohte gar, sich in die Themse zu stürzen, wenn Nigel nicht tat, was sie verlangte. Fest davon überzeugt, dass er sie mit Catlin betrog, zeterte sie, wenn er zur Gießerei wollte. Um Streit mit ihr aus dem Weg zu gehen und weiterhin als Quickhands unterwegs sein zu können, beugte sich Nigel und mied die Gießerei. Obwohl es gefährlich war, weil Ewe ihm misstraute, entfloh er dem heimischen Herd so oft wie möglich, um zu stehlen. Quickhands war der Held der Armen und in aller Munde. Sogar ein Kopfgeld war auf ihn ausgesetzt. Catlin seufzte. Wenn ihm das nur nicht eines Tages zum Verhängnis wurde! Manchmal begegneten sie sich durch Zufall auf der Straße. War Ewe dann an seiner Seite, so spazierten sie mit einem höflichen Gruß aneinander vorbei. Nur wenn Nigel allein war, blieben sie ein Weilchen stehen, schwatzten und lachten wie früher. »Ich bereue nicht, sie geheiratet zu haben«, sagte Nigel einmal, doch so gut er als Dieb war, so schlecht erwies er sich als Lügner. Catlin fühlte sich ihm zutiefst verbunden, befanden sie sich doch beide in der gleichen misslichen Lage – verheiratet, ohne glücklich zu sein.

Als Catlin an diesem Nachmittag zum Markt ging, zog es sie auf dem Rückweg in jene Straße, in der das Haus ihres Onkels stand. Ein paarmal schon war sie in der Gegend umhergestreift, immer auf der Hut, um nicht gesehen zu werden. Ob Richard, Knightly oder Adam seit der Hochzeit des Earl of Pembroke wieder einmal dort gewesen waren? Catlin machte an der Straßenecke halt und spähte zum Haus hinüber.

»Mistress Catlin?«, fragte plötzlich eine ungläubig klingende Stimme hinter ihr.

»Ich … ähm …«, stammelte sie, als sie herumfuhr und fast mit Aeldred, Hildas Ehemann, zusammengestoßen wäre.

»Ich hätte Euch beinahe nicht erkannt!« Der Knecht ihres Onkels lächelte. »Eine rechte Hausfrau scheint Ihr mir inzwischen geworden zu sein.« Er deutete auf den Korb an ihrem Arm, in dem das Gemüse vom Markt lag.

Catlin nickte.

»Ihr lebt in London? Seid Ihr verheiratet?«

»Eine Weile schon«, bejahte Catlin.

»Dann habt Ihr auch Kinder?« Aelfred strahlte. »Piers,

unser Ältester, hat sich ebenfalls vermählt, letztes Jahr im Frühling, und im Winter drauf kam unser erster Enkel.«

»Da gratuliere ich.« Catlin lächelte und blieb die Antwort auf Aeldreds Frage schuldig. »Tut mir leid, ich muss gehen, mein Gemahl wartet.« Sie legte dem Knecht flüchtig die Hand auf den Unterarm, machte kehrt und lief mit großen Schritten die Straße entlang, aufgewühlt und voller Angst, er könne ihr heimlich folgen. Immer wieder warf sie einen Blick zurück, doch ihre Furcht war unbegründet. Aeldred hatte bereits das Haus ihres Onkels erreicht. Er hob die Hand und winkte. Catlin winkte zurück und hastete weiter. Wenn er Hilda von dem Wiedersehen erzählte, und das tat er zweifelsohne, dann war es nur eine Frage der Zeit, bis auch ihr Vater erfuhr, dass sie in London lebte. Der Gedanke, er könne kommen und nach ihr suchen, hatte etwas Tröstliches und erwärmte ihr Herz. An ihrer Verbindung mit dem Glockengießer konnte er ohnehin nichts mehr ändern. Zum Glück wusste niemand außer Nigel, dass die Ehe nie vollzogen worden und damit im Grunde ungültig war. Bei dem Gedanken an den Vater erhellte ein Lächeln Catlins Gesicht. Doch es erstarb, sobald sie gründlicher darüber nachdachte. Nein, der Vater würde nicht nach ihr suchen. Vermutlich war er noch immer wütend und enttäuscht, dass sie davongelaufen war und ihn im Stich gelassen hatte. Außerdem würde er wohl kaum je die Schmiede verlassen und nach London reisen. Schweißgebadet von der unerbittlichen Sommerhitze, kehrte sie in die Werkstatt zurück. »Ich bin wieder da!«, rief sie, betrat die Küche und stellte den Korb ab. Vor Durst klebte ihr die Zunge am Gaumen. Auf dem Tisch stand ein Krug mit einem Rest Ale. Catlin leerte ihn in einem Zug. Das Ale war warm und schmeckte bitter. Sie leckte sich über die Lippen und atmete auf. »Tut das gut«, murmelte sie.

»Da bist du ja!« Es war John, der hinter ihr die Küche betrat.

»Ich muss aussehen wie eine Dörrpflaume!« Catlin wandte sich lachend um und lief rot an, als sie erkannte, dass er nicht allein war.

John nickte geistesabwesend. »Das ist Flint, der neue Geselle«, stellte er ihr den Fremden vor.

»Gott zum Gruße, Meisterin.« Der junge Mann grinste und verbeugte sich.

Er war groß und kräftig, acht, vielleicht neun Jahre älter als Catlin, hatte wirres, halblanges blondes Haar, das ihm in die Stirn fiel, und meerblaue Augen, die vermutlich Eis zum Schmelzen bringen konnten. Plötzlich fühlte sich Catlin merkwürdig schwach in den Knien. Von der Hitze, dachte sie, oder vom Ale.

»Ein gemütliches Heim!« Flint nickte wohlwollend, und als John sich abwandte, musterte er Catlin unverhohlen von oben bis unten. Das Zucken seiner rechten Braue ließ den Verdacht zu, dass ihm gefiel, was er sah. »Heiß!«, sagte er.

»Wie?« Catlin rang nach Luft.

»Viel zu heiß heute, nicht wahr?« Flint sah ihr so tief in die Augen, dass sich Catlins Magen anfühlte, als hätte sie einen Schwarm Bienen verschluckt. »Ein stickiger Sommer, man kann kaum schlafen des Nachts, ganz gleich, wie müde man ist«, fügte er grinsend hinzu.

Obwohl seine Worte nichts Anzügliches enthielten, stieg Catlin abermals das Blut in den Kopf.

John bemerkte es nicht. In Gedanken war er schon wieder bei der neuen Glockenrippe. »Ich habe Flint bereits die Werkstatt gezeigt«, erklärte er.

»Sehr schön«, bestätigte der neue Geselle nickend und durchbohrte Catlin noch immer mit Blicken. Sie bezweifelte, dass er wirklich nur die Werkstatt meinte.

»Corvinus, komm her!« John winkte den Jungen herbei.

»Das ist Flint, der neue Geselle. Flint, das ist Corvinus, seit letztem Jahr mein Lehrling.« Er legte Corvinus die Hände auf die Schultern. Der Junge war gewachsen, seit Catlin und Nigel ihn auf der Straße aufgegriffen hatten. Er aß für drei, betete nur noch vor den Mahlzeiten und dem Schlafengehen und war ein rechter Lausbub geworden, der so oft wie möglich mit den Jungen seines Alters auf der Straße herumtollte. Sein Kittel war schon wieder ein Stück zu kurz, sein Gesicht verschmiert und sein Haar staubig vom Lehm. »Auch mein Weib arbeitet mit uns. Sie hat ein untrügliches Ohr«, fuhr John fort.

Flint nickte, doch er wirkte nicht überzeugt.

Solange er mir keine Befehle erteilt und mich nicht zur Handlangerin machen will, soll es mir einerlei sein, dachte Catlin abschätzig.

John schien ihre Gedanken zu lesen, denn er lachte plötzlich auf. »Eines rate ich dir: Was auch immer geschieht, vergiss nie, dass sie die Herrin im Haus ist! Willst du drei ordentliche Mahlzeiten am Tag haben, so empfehle ich dir, sie artig Meisterin zu nennen und dich gut mit ihr zu stellen.« Er zwinkerte dem neuen Gesellen zu.

»Seid unbesorgt, Meister, daran werde ich mich gewiss halten.« Er warf Catlin einen Blick zu, der sie in der Magengrube traf, dann folgte er John, der schon hinausgestürmt war, um sich seiner Arbeit zu widmen.

»Ich mag ihn nicht«, sagte Corvinus, als die beiden in der Werkstatt verschwunden waren, und half Catlin beim Ausräumen des Korbes. »Er sieht dich so merkwürdig an.« Corvinus schüttelte ärgerlich den Kopf.

»Ach was, Unsinn, das bildest du dir ein!«, widersprach Catlin eine Spur zu heftig. »Das bildest du dir ein«, wiederholte sie murmelnd mehr zu sich selbst als zu Corvinus.

Vom ersten Tag an machte Flint sich in der Werkstatt unentbehrlich. Da die körperlichen Kräfte des Meisters nach einem qualvollen Husten im vergangenen Frühjahr noch immer nicht gänzlich zurückgekehrt waren, nahm ihm der Geselle ohne Murren die schwersten Arbeiten ab. Er zollte ihm stets Hochachtung, belästigte ihn nicht mit unnützen Fragen und gewährte ihm die nötige Muße, damit John sich ganz der Glockenrippe widmen konnte. Auf Catlin hatte Flint genau die gegenteilige Wirkung. Wenn er in der Nähe war, vermochte sie ihre Aufmerksamkeit nicht auf die Arbeit zu richten und ließ sich immer wieder ablenken. Flints Blicke waren so durchdringend, dass sie ihr förmlich den Rücken durchbohrten, wenn sie sich umgewandt hatte, und drohten ihren Magen in Flammen zu versetzen.

»Ich verstehe wahrhaftig nicht, was dich an ihm stört«, entrüstete sich der Glockengießer, als Catlin erneut von dem Gesellen anfing und kein gutes Haar an ihm ließ. »Er ist jung und stark. Außerdem scheint er genau zu wissen, was er will.« John entledigte sich seiner Beinlinge und stieg zu ihr ins Bett.

Das ist es ja, was mich beunruhigt, wollte Catlin schon sagen, doch sie schwieg. Die sommerliche Hitze schien noch unerträglicher, sobald sie an Flint dachte. *Ich bin es, die er will,* hätte sie John am liebsten voller Entrüstung an den Kopf geschleudert. Dass er es nicht sah, bedeutete nicht, dass es nicht so war. Doch wie, in aller Welt, sollte sie ihm verständlich machen, wie sehr sie den Blick aus den meerblauen Augen des jungen Mannes fürchtete, ohne dass John glaubte, sie werfe sich Flint an den Hals? Wie ihrem Gatten gestehen, dass sie um ein Haar in Ohnmacht fiel, sobald der Geselle auch nur ihren Arm streifte? Wie sollte John glauben, dass sie es nicht darauf abgesehen hatte, Flint näherzukommen als nötig?

»Ich bitte dich, such dir einen anderen Gesellen! Ich traue ihm nicht.« Catlin vermied es, ihren Gemahl bei dieser Forderung anzusehen. Lügnerin!, hallte es in ihr wider. Du traust dir selbst nicht. Du fürchtest dich vor diesem flauen Gefühl im Magen, wenn Flint dich ansieht.

»Wenn ich zurück bin«, murmelte John, »und du glaubst noch immer, dass er nicht taugt, suche ich mir einen anderen Gesellen.« Er küsste sie auf den Scheitel und drehte sich um.

»Warum willst du nur schon wieder fort?«, murrte Catlin, wohl wissend, dass jeder Einwand zwecklos war. Warum spürte John nicht, wie gefährlich es war, sie mit Flint allein zu lassen? Doch anstatt sich Sorgen um ihre Tugend zu machen, schlief ihr Gemahl schon bald den Schlaf des Gerechten. Catlin dagegen lag noch lange wach. Sogar das dünne Laken, das ihren Leib bedeckte, war ihr noch zu viel in der brütenden Hitze, die selbst in der Nacht nicht nachließ. Aufgeheizt wie ein Ofen waren die Straßen und Häuser der Stadt, und kein Lufthauch, nicht einmal ein Sommerregen sorgten für Abkühlung. Catlin musste an Flint denken. Er hatte in den letzen Tagen oft mit freiem Oberkörper gearbeitet. Eine wahre Augenweide war das Spiel seiner Muskeln gewesen. Catlins Mund wurde trocken. Wie es wohl sein mochte, das Gesicht an seine kräftige Brust zu legen, von seinen starken Armen gehalten zu werden und seine sonnengebräunte Haut zu berühren? Bis vor Kurzem hatte der junge Geselle noch in einem Kirchhof unter der glühenden Sonne gearbeitet, darum schimmerte sein Körper wie Bronze, wenn er schwitzte. Jeder Muskel seiner Arme, seines Rückens und seines Bauches trat deutlich hervor, sobald er etwas hob oder sich bewegte. Catlin leckte sich die ausgedörrten Lippen. Gewiss wäre es ein Leichtes für ihn gewesen, sie auf Händen zu tragen. Ihr Herz raste. Sie schloss die Augen und entsann sich des aufregenden Gefühles, das sie durchflossen hatte, als Flint sich an der engsten Stelle des düsteren Flures hinter der Werkstatt dicht an ihr vorbeigedrängt hatte. Er war kurz stehen geblieben und hatte seinen Körper an den ihren gepresst, sein Gesicht war ihr ganz nahe gewesen. Catlin hatte mit zittrigen Knien zu ihm aufgesehen und so tief in seine funkelnden Augen geblickt, dass ihr leuchtendes Blau sie zu verschlingen gedroht hatte. Als er dann den Kopf gesenkt und sein Atem ihren Hals gestreift hatte, war ihr Herz ins Stolpern geraten. Zu ihrer Verwunderung hatte sie es nicht in der Brust schlagen gefühlt, sondern tief unten im Magen.

Catlin fand nicht in den Schlaf, so aufgewühlt war sie bei dem Gedanken an diesen Mann.

Richard beobachtete Mabel und den König, wie sie in der Ferne wieder einmal turtelten. Henry war verrückt nach dem Mädchen, das war nicht zu übersehen. Richard kannte den jungen König bereits aus Kindertagen. Sein Großvater, der Maréchal, hatte sie zusammengeführt, als Richard neun Jahre alt gewesen war. Seit jener Zeit verband sie eine tiefe, ehrliche Freundschaft. Beide liebten sie Schach, weinselige Gelage, die Jagd mit Falken, Pferde, Hunde – und dasselbe Mädchen. Von Richards Zuneigung zu Mabel aber durfte Henry niemals etwas erfahren. Der junge König hatte großen Erfolg beim schönen Geschlecht und das auch schon hin und wieder zu nutzen gewusst. Bis Mabel aufgetaucht war. Seitdem gab es für ihn nur noch die junge Stickerin. Sie bedeutete ihm mehr als alle, die ihm bisher ihre Gunst geschenkt hatten. Ihr Zusammentreffen hier in St. Edmundsbury vor einigen Monaten war das erste von vielen weiteren gewesen. Unzählige Schäferstündchen hatte der König seither mit der Mabel verbracht. Richard blähte die Nasenflügel. Seine Gefühle waren Verrat. Verrat an seinem Freund und König. Und doch waren sie allgegenwärtig, schmerzten und schienen kaum erträglich. Seine Sehnsucht würde niemals erfüllt werden. Weder in diesem Leben noch im Jenseits.

»Irgendwann muss ich mich opfern und mir eine standesgemäße Braut suchen. Eine Prinzessin, die dem Land wichtige Verbündete beschert, eine stattliche Mitgift und einen Erben. Ein Mädchen von hoher Geburt, dazu erzogen, die Aufgaben einer Königin mit Erhabenheit und Güte zu erfüllen. Doch bis dahin werde ich meine Zeit mit jener Frau verbringen, die mein Herz erwählt hat.« Ein gewisser Trotz war aus den Worten des jungen Königs herauszuhören gewesen. »Noch bin ich frei!«, hatte er gerufen und die Arme ausgestreckt, als wolle er die ganze Welt umarmen, doch es war Richard gewesen, den er an die Brust gedrückt hatte. »Danke, dass Ihr Euch stets um alles kümmert«, hatte er ihm ins Ohr geflüstert, und Richard wäre vor Scham am liebsten im Erdboden versunken. Judas, ich bin ein Judas, hatte es in seinem Innern widergehallt, und doch hatte er sich ein Lächeln abgerungen. »Wir sind Freunde, Mylord«, hatte er geantwortet und gehofft, Henry werde nicht merken, wie aufgewühlt er war. *Wir sind Freunde, aber Ihr verlangt zu viel von mir, denn ich liebe die, der auch Euer Herz gehört,* hätte er sagen sollen, doch er schwieg.

»Ihr seid mein bester Freund. Darum vertraue ich Euch wie keinem anderen«, hatte Henry ihm versichert. »Ihr werdet mich niemals verraten, nicht wahr?«

Richard hatte entsetzt den Kopf geschüttelt. Ob Henry doch etwas ahnte? »Eher ginge ich ins Kloster«, murmelte er vor sich hin. Ganz gleich, wie sehr er sich danach sehnte, den Platz seines Freundes einzunehmen, Mabel würde niemals ihm gehören. Lancelot und König Artus fielen ihm ein. Troubadoure trugen die Geschichten des Königs und der Ritter seiner Tafelrunde von Grafschaft zu Grafschaft und von Königshof zu Königshof. Lancelot war einer von König Artus' Männern gewesen, vor allem aber sein Freund. So wie Richard Henrys Freund war. Doch Lancelot war auch ein Verräter gewesen, denn Ginevra hatte nicht nur dem König den Kopf verdreht, sondern auch ihm. Richard rang nach Atem. Mabel war nicht Ginevra, und er war nicht Lancelot. Trotzdem konnte er nicht umhin, an die traurige Geschichte zu denken. Der berühmte Ritter hatte die Frau seines Königs nicht nur aus der Ferne bewundert und geliebt. Er hatte mit ihr die Ehe gebrochen und seinen Freund zutiefst enttäuscht.

»Niemals werde ich meinen König betrügen«, flüsterte er. »Niemals brächte ich fertig, wozu sich Lancelot hinreißen ließ. Ganz gleich, ob Eheweib oder Geliebte. Mabel gehört Henry.«

»Bruderherz!« Richard erhielt einen kräftigen Schlag auf den Rücken und zuckte zusammen. »Milo meinte, dass ich dich hier finde.« Knightlys Lachen war unverkennbar. Richard sprang auf, errötete kurz, weil er nicht wusste, ob der Bruder seine Worte über Mabel und den König gehört hatte, und schloss Knightly in die Arme.

»Meine Güte, wie lang ist's her? Wir haben uns eine Ewigkeit nicht gesehen.«

»Seit der Hochzeit meines Herrn«, bestätigte Knightly schmunzelnd. »Lass dich betrachten!« Er hielt Richard noch immer bei den Schultern, als wäre dieser der Jüngere von ihnen beiden. »Du hast schon einmal besser ausgesehen«, brummte er. »Zu wenig Schlaf?«

Richard nickte.

»Du bist verliebt!« Knightly grinste von einem Ohr zum anderen, und Richard spürte, wie ihm das Blut in den Kopf schoss. Schon als Kind hatte er nichts vor seinem Bruder geheim halten können. Wenn der Vater ihm versprochen hatte, ihn zur Jagd mitzunehmen, und Knightly es nicht hatte erfahren sollen, weil er noch zu jung gewesen war, hatte Richard stets ein schlechtes Gewissen gehabt. Sein Bruder indes hatte ihm an der Nasenspitze angesehen, dass etwas nicht stimmte. So war es auch diesmal. Leugnen schien zwecklos. »Vertreten wir uns ein wenig die Füße, dann erzähle ich dir von meinem Herzeleid.«

Knightly schmunzelte nicht mehr, sondern schenkte dem Bruder ein aufmerksames Ohr und war nur allzu bereit, ihm wie stets Mut zuzusprechen. Nach vorn blicken und das Beste aus jeder Lebenslage machen – darin war er Richard überlegen. Statt sich wie jener ständig Sorgen zu machen, zu rechnen und zu planen, sein Gewissen zu befragen und sich Vorwürfe zu machen, wenn er etwas versäumt hatte oder ihm etwas misslungen war, lebte Knightly nur für den Augenblick. Er nutzte jede Gelegenheit beim schönen Geschlecht, ganz gleich, ob jungfräulich, versprochen oder gar verheiratet. Er spielte und trank, wie es ihm gefiel, kämpfte ohne Angst um sein Leben und genoss jeden Tag ohne Sorge, was am nächsten oder darauffolgenden geschehen mochte. Doch obgleich sie so verschieden waren, verstanden sich Richard und Knightly wie kaum zwei andere Brüder. Niemandem vertrauten sie mehr als einander. Keinem Freund öffneten sie ihr Herz so rückhaltlos.

»Du bist zu bedauern«, sagte Knightly, als Richard geendet hatte. »Andererseits wäre es noch schlimmer, würde sie dir mehr Aufmerksamkeit schenken. Stell dir nur vor, sie behandelte dich wie einen Freund, einen Vertrauten gar, erzählte dir von ihrem Glück und wollte den Kummer jeder Trennung von ihrem Geliebten mit dir teilen.« Er lächelte aufmunternd. »Es ist gut, dass sie in dir nicht mehr sieht als einen Freund des Königs, dem dieser so sehr vertraut, dass er ihr Leben in seine Hände legt.« Dann musterte er Richard mit geneigtem Kopf. »Du scheinst deine Gefühle gut vor ihm zu verbergen. Würde Henry merken, wie du für Mabel empfindest, würde er dich nicht mit ihr fortschicken. Es spricht für dich, mein Bruder, dass du deine Seele wenn schon nicht vor mir, so doch vor anderen zu verbergen weißt. Im König einen Freund zu haben ist ein wertvolles Geschenk, das man nicht aufs Spiel setzt. Ein Konkurrent des Königs zu sein ist gewiss kein Honiglecken.« Er hob die Brauen.

Richard bemühte sich um ein Lächeln und nickte zustimmend. Wie brachte es Henry nur fertig, nicht die leiseste Ahnung zu haben, wie es um das Herz seines

Freundes bestellt war, obwohl es diesem offenbar an der Nasenspitze anzusehen war? Doch wichtig war nur, dass der König seine Arglosigkeit niemals bedauern musste. »Wie gut, dass du mein Bruder bist und nicht mein König!«, rief Richard lachend aus und legte Knightly den Arm auf die Schultern. »Komm, ich lade dich auf ein Ale ein.«

»Guter Vorschlag, denn schon morgen muss ich wieder abreisen. Wer weiß, wann wir uns das nächste Mal sehen?« Knightly lachte. »Und mit etwas Glück findet sich in der Spelunke auch eine hübsche Maid, die dir die närrische Verliebtheit austreibt und dich ein wenig ablenkt.«

Wider Willen musste Richard lachen. Allzu gern hätte er noch einige Tage mit Knightly verbracht, mit ihm gezecht und gespielt, geschwiegen und in Erinnerungen geschwelgt.

»In weniger als einer Woche bin ich zurück«, sagte John eines Morgens. Er hatte ein Bündel gepackt, küsste Catlin auf den Scheitel und verabschiedete sich von Flint und Corvinus.

»Heute Nacht sind wir allein«, flüsterte Flint, als der Meister fort war und Catlin sich hinunterbeugte, um einen Stein aufzuheben und mit dem Handhammer in Form zu klopfen. Der unverschämt offene Blick des Gesellen verschlug ihr den Atem.

Corvinus dagegen beäugte Flint vom ersten Tag an argwöhnisch. »Geh und hol Wasser vom Brunnen!«, fuhr Flint ihn an, als er bemerkte, wie feindselig ihn der

Junge wieder ansah. »Los, mach schon!«, scheuchte er ihn. »Wir brauchen nicht weniger als sechs Eimer.« Er ergriff einen Hammer, schlug mit aller Kraft auf einen Ziegel ein – und traf seinen Daumen. »Sapperlot!«, rief er und steckte ihn in den Mund und saugte daran wie ein Kleinkind, um den Schmerz zu lindern.

»Lass sehen!« Catlin streckte die Hand aus, ergriff Flints Linke und betrachtete den versehrten Daumen. »Wird schon blau. Wir sollten den Nagel anbohren, das nimmt den Druck, und der Schmerz lässt nach.«

»Ich weiß«, brummte Flint und hielt ihre Hand fest, als sie sich umwenden wollte, doch Catlin entzog sie ihm. »Schon gut«, brummte er, als sie mit dem Handbohrer zurückkehrte. »Ich kümmere mich selbst darum – ist nicht das erste Mal.« Er legte den Daumen auf einen Backstein, drückte die Spitze des kleinen Bohrers darauf und drehte mit zusammengebissenen Zähnen, bis der Nagel nachgab und Blut hervorquoll. Catlin fühlte sich zittrig und aufgelöst, doch das lag nicht an Flints Verletzung.

Bis zum Mittag arbeiteten sie schweigend nebeneinanderher, und auch bei Tisch sprach keiner ein Wort. Corvinus, der den ganzen Morgen mit Wasser-, Mist- und Lehmschleppen zugebracht hatte, löffelte gierig seinen Getreidebrei während Catlin nur lustlos darin herumrührte.

Als die Glocke über dem Eingang einen Besucher ankündigte, blickte sie verwundert auf. Es war Nigel, der plötzlich den Kopf zur Tür hereinstreckte. »Catlin? Kann ich dich kurz sprechen?« Er runzelte die Stirn, als er den fremden jungen Mann am Tisch sitzen sah.

»Gewiss doch, ich komme.« Catlin sprang auf und folgte dem Freund in die Werkstatt. »Was gibt's?«, fragte sie überrascht. »Du warst seit einer Ewigkeit nicht mehr bei uns.« Ihre Stimme, die sie unwillkürlich gesenkt hatte, klang vorwurfsvoll.

Nigel antwortete nicht gleich. »Wer ist das?«, wollte er stattdessen wissen und deutete mit dem Kopf zur Küche.

»Flint, unser neuer Geselle, John hat ihn eingestellt. Wir haben viel Arbeit. Aber wegen der Glocke bist du gewiss nicht hier, oder?« Catlin bemühte sich um einen gleichgültigen Tonfall, wühlte sie doch schon die Nennung von Flints Namen im Innersten auf.

»Nein, ich komme aus einem anderen Grund.« Nigel zog Catlin in den hintersten Winkel der Gießerei. »Nun, eigentlich doch.« Er sah sich um. »Bei der neuen Glocke, kannst du da ...«

Catlin nickte. »Ja?«

»... so inbrünstig für mich beten wie nie zuvor? Ich habe deine Fürsprache wahrlich bitter nötig.« Der sonst so sorglose Nigel schien ernsthaft in Not zu sein.

»Was hast du angestellt? Den König bestohlen?«, fragte Catlin mit einem Hauch von Spott.

Nigel blickte sie erschrocken an. »Woher weißt du das? Hat es sich etwa schon herumgesprochen?«

»Um Himmels willen, nein!« Catlin starrte ihn ungläubig an. »Sag mir, dass du das nicht getan hast!«

»Ich schwöre, ich wusste nicht, dass es der König war.« Nigel schüttelte den Kopf.

»Bist du von allen guten Geistern verlassen?«

»An seiner Kleidung erkannte ich wohl, dass er kein armer Mann sein konnte«, erklärte Nigel. »Doch woher hätte ich wissen sollen, dass der junge Mann unser König war? Ich meine, was, in Gottes Namen, hatte er mit einem Mädchen am Arm und ohne Leibgarde in einer ruhigen Seitengasse zu suchen?«

Catlin hob die Brauen. Obwohl die Sache durchaus ernst war, konnte sie sich eines Schmunzelns nicht erwehren. Dass der junge König ein Liebchen haben sollte, schien ihr nicht verwunderlich. Er war ein schmucker Bursche und einem amourösen Abenteuer wohl kaum abgeneigt. Ein Spaziergang in London mit der Gespielin am Arm, einem Mädchen aus hohem Hause vermutlich, das nicht oft aus den eigenen vier Wänden herauskam und dem er zeigen wollte, wie weltgewandt er war, das hörte sich ganz nach Henry an. »Das Stehlen bringt dich noch an den Galgen«, zischte Catlin. »Wenn sie dich erwischen, helfen meine Gebete auch nicht weiter.« Nicht einmal die Tatsache, dass sie den König höchstselbst kannte und ihr Vetter zu dessen engsten Beratern gehörte, würde Nigel retten können, wenn ihn der Büttel als Schuldigen überführte. »Wenn herauskommt, dass du … dass Quickhands den König bestohlen hat, wird man nicht ruhen, bis er gefasst ist.« Sie schüttelte tadelnd den Kopf. »Du solltest dich in den nächsten Wochen um deine Geschäfte und deine Familie kümmern und dafür sorgen, dass Quickhands zunehmend in Vergessenheit gerät.«

»Du hast ja recht.« Reumütig senkte Nigel den Kopf. »Ich hatte gleich ein ungutes Gefühl, doch ich konnte nicht widerstehen. Eine so gut gefüllte Börse und so schlecht bewacht! Nicht einmal ein Schwert hatte er umgegürtet.«

»Was vermutlich dein Glück war, denn er kann hervorragend damit umgehen«, entfuhr es Catlin. »Habe ich gehört …«, fügte sie rasch hinzu. »Immerhin ist er ein Edelmann.« Nigel sollte nicht glauben, sie könne in der Lage sein, seinen Kopf aus der Schlinge des Scharfrichters zu befreien, falls man ihn eines Tages aufknüpfen wollte. »Ich werde noch inbrünstiger für dich beten als sonst«, versprach sie. »Aber du musst achtsamer sein. Am besten hörst du ganz mit dem Stehlen auf.«

»Ich versuch's«, erwiderte Nigel kleinlaut. »Versprochen.«

»Besser, du gehst jetzt. Wenn Ewe erfährt, dass du hier warst... Wie... wie geht es ihr und dem Kleinen überhaupt?«, fragte Catlin noch rasch, um nicht den Anschein von Gleichgültigkeit zu erwecken.

»Meinem Sohn geht es prächtig, er läuft bereits, ein wenig wacklig noch, aber...« Nigels Augen leuchteten vor Stolz. »Ewes Schwermut hingegen ist oft kaum zu ertragen«, fügte er hinzu und bedachte Catlin mit einem so traurigen Blick, dass ihr ganz schwer ums Herz wurde. »Aber wenn der Kleine die Arme nach mir ausstreckt und glucksend lacht, tritt mein Kummer in den Hintergrund.« Er holte tief Luft. »Jedem von uns legt der Herr Prüfungen auf. Ewe gehört zu den meinen.« Er lächelte dünn. »Und John?«

Catlin schüttelte den Kopf. »Ist wieder einmal fort, und wie üblich weiß ich nicht, wohin er aufgebrochen ist.« Sie seufzte. »Zum Glück haben wir genug zu tun.« Dass die Anwesenheit des neuen Gesellen sie in Aufruhr versetzte, erwähnte sie nicht. Bei dem Gedanken an Flint aber schoss ihr schon wieder die Röte ins Gesicht.

»Was hast du da zu suchen?«, hörte sie Flint plötzlich im Obergeschoss brüllen. »Du entschuldigst mich?« Sie legte Nigel eine Hand auf den Arm und blickte sich besorgt um. »Ich muss nachsehen, was dort oben los ist.«

»Sicher, geh nur!« Nigel verzog das Gesicht zu einem gequälten Lächeln, hauchte ihr einen flüchtigen Kuss auf die Wange und verließ die Werkstatt.

»Aber … ich … ich habe nicht …«, jammerte Corvinus, als Catlin die Kammer betrat, die sich der Junge mit Flint teilte. Er warf ihr flehentliche Blicke zu und versuchte sich aus Flints eisernem Griff zu befreien.

»Was ist denn geschehen?«, fragte sie mit lauter Stimme.

»Er war an meinen Sachen«, wetterte Flint. »Steckt seine Nase in Angelegenheiten, die ihn nichts angehen. Was hast du da?«, fauchte er und packte die Hand des Jungen mit seiner großen Pranke. »Gib her!«, zischte er und brachte eine Münze zum Vorschein. »Sieh nur, was er mir gestohlen hat!« Triumphierend zeigte er Catlin das Geldstück und schüttelte Corvinus wie einen Baum voll reifer Äpfel.

»Nein!« Die Augen des Jungen füllten sich mit Tränen. »Ich hab sie nicht gestohlen, und ich war auch nicht an seinen Sachen!«, rief er weinerlich. »Das ist nicht meine Münze. Bitte, Catlin, du musst mir glauben!«

»Immerhin gibt er zu, dass es nicht seine Münze ist«, triumphierte Flint.

Catlin musste an Nigel denken. Ein guter Mensch konnte sehr wohl ein Dieb sein. Von Corvinus aber hatte sie einen solchen Vertrauensbruch nicht erwartet, noch dazu in ihrem Haus. Sie war tief enttäuscht.

»Nein, Catlin, ich war's nicht!«, beteuerte Corvinus, als sie sich wortlos abwenden wollte. »Ich hab das Geld nicht gestohlen!«

Catlin ging auf ihn zu und sah ihm tief in die Augen. »Dann ist es doch deine Münze?«

Corvinus brach in Tränen aus, als wäre er noch immer sieben Jahre alt. Er schluchzte und schüttelte heftig den Kopf. »Nein, es ist seine, aber *er* hat sie …« Weiter kam er nicht.

»Ich sagte ja, dass es meine Münze ist!«, rief Flint voller Genugtuung. »Da der Bursche seinen Fehler nun zugegeben hat, sollten wir ihn nicht allzu hart bestrafen.« Er bedachte Catlin mit einem gewinnenden Lächeln, wandte sich erneut an Corvinus und hob bedrohlich die Stimme. »Solltest du dich allerdings ein weiteres Mal an meinem Eigentum vergreifen, dann ... Wie ein Schraubstock hielt seine Hand den Arm des Jungen umklammert.

Corvinus wischte sich entschlossen über die Augen, riss sich von Flint los und rannte hinaus. Nicht einmal zum Nachtessen tauchte er auf.

Wir sollten ihn nicht allzu hart bestrafen, hatte Flint gesagt. *Wir.* Als hätte er mitzubestimmen. »Corvinus hat sich seine Buße selbst auferlegt«, murmelte Catlin wie nebenbei, als sie ihr Mahl ohne den Jungen einnahmen. »Ohne Essen ins Bett zu gehen ist Strafe genug für ihn. Er arbeitet hart ...« Sie sah Flint nicht an. Wie traurig, dass sie sich offenbar in Corvinus getäuscht hatte! Sein Verrat, denn als solchen empfand sie den Diebstahl, schmerzte sie unendlich. Nie hatte sie ihm misstraut. Hatte stets mit ihm geteilt, was sie besaß, und ihm ohne Zögern ein Heim geboten. Trotzdem musste sie sich nun fragen, warum er sie hinterging.

Catlin blieb bis zum Ende der Mahlzeit nachdenklich. Vielleicht, so überlegte sie, musste Corvinus die Möglichkeit erhalten, sich hin und wieder einen Penny zu verdienen. Wohl war für Unterkunft und Verpflegung gesorgt, auch hatte er gut erhaltene Kleidung bekommen und musste darüber hinaus nicht einmal Lehrgeld zahlen, trotzdem schien er ein wenig Geld zu brauchen. Catlin nahm sich vor, Nigel zu fragen, was er davon hielt. Sie räumte die leer gelöffelten Holzschalen vom

Tisch, wischte sie aus und stellte sie auf das Eisenregal an der Wand, wo die noch sauberen Schalen von John und Corvinus standen.

»Ich gehe zu Bett«, sagte sie und fuhr zusammen, als sie sich umwandte und Flint plötzlich dicht vor ihr stand. Das wirre Haar fiel ihm in die Stirn, als er auf sie herabsah, und sein kräftiges Kinn zeigte Entschlossenheit.

In der Küche flackerten nur das Herdfeuer und ein Talglicht auf dem Tisch, das sich in seinen blauen Augen spiegelte und sie zum Glitzern brachte wie Sterne am Nachthimmel.

»Du bist schön«, flüsterte er ihr mit rauer Stimme ins Ohr.

Catlin rang nach Atem. Was erlaubte er sich? *Du bist schön,* hatte er gesagt. Plötzlich drehte sich ringsum alles. Mit den Fingern umklammerte sie die Tischkante hinter sich, schloss die Augen und verharrte, ohne zu wissen, worauf sie wartete.

Eine gefühlte Ewigkeit lang stand Flint ganz dicht vor ihr. Sein Atem an ihrem Ohr jagte ihr Schauer über den Rücken. Als seine Lippen schließlich ihren Hals berührten, sanft und fordernd zugleich, schoss ihr Hitze wie von einem Blitz durch den Körper, entflammte jeden Winkel und hinterließ umso jähere Enttäuschung, als er sich aufrichtete und ihr den Weg freigab.

»Gute Nacht«, sagte er heiser.

Wortlos verließ Catlin die Küche und stieg mit zitternden Knien die Treppe hinauf. Als sie am oberen Treppenabsatz ankam, erblickte sie Corvinus, der die Tür zu seiner Kammer öffnete, hineinschlüpfte und sich umwandte.

»Ich habe ihn nicht bestohlen«, beteuerte er leise. Sein verzweifelter Blick traf Catlin unerwartet hart und verunsicherte sie.

Corvinus senkte den Kopf und schloss die Tür.

Vielleicht handelt es sich doch nur um eine dumme Verwechslung, und alles klärt sich noch auf, versuchte sich Catlin einzureden und betrat die eheliche Schlafkammer. Sie zog sich aus und glitt unter die rauen Leinenlaken, die nach Lavendel dufteten. Wie Hilda hatte Catlin Säckchen damit gefüllt, um Wanzen und anderes Ungeziefer fernzuhalten. Die Felldecke, die auf der Schlafstatt lag, seit es kühler geworden war, fühlte sich warm und weich an. Nach der Begegnung in der Küche war Catlin noch immer tief verwirrt. Sie strich mit der Hand über den Pelz, zog ihn bis zur Nase und schloss die Augen. Doch sosehr sie sich auch bemühte, sie fand keine Ruhe.

Erschöpft nahm Richard an dem großen Eichentisch Platz und stützte den Kopf in die Hände. Nur dreieinhalb Tage hatte er von Norwich nach London gebraucht, weil er weder sich noch seinem Pferd längere Ruhepausen gegönnt hatte. Nun war er hungrig und freute sich auf ein behagliches Nachtlager. Unruhige Träume hatten ihn in den letzten Tagen immer wieder aus dem Schlaf gerissen, sodass ihm die vergangenen Nächte keine Erholung geschenkt hatten.

»Erinnerst du dich an meine Base Catlin?«, fragte er Hilda, ohne aufzusehen, nickte jedoch zum Dank, als sie ihm eine dicke Scheibe Brot, ein Stück herzhaft duftenden Käse und einen Krug sprudelnden Cidre vorsetzte. Hungrig machte er sich darüber her.

»Aber gewiss erinnere ich mich, Mylord. Ein reizendes Kind. Höflich und zurückhaltend wie eine richtige Dame.« Hildas Stimme war anzuhören, dass sie lächelte. »Aeldred sagt, die Ehe stünde ihr gut. Hat sie inzwischen Kinder?«

»Welche Ehe?« Richard lachte empört auf. »Fortgelaufen ist sie vor dem armen Kerl, den ihr Vater für sie ausgewählt hat. Ich habe ihn kennengelernt, als ich meinen Onkel das letzte Mal besuchte. Ein tüchtiger junger Mann, dieser Alan, und stets gut gelaunt.« Richard schüttelte ungläubig den Kopf. »Fortgelaufen wegen eines törichten Traumes.«

Hilda starrte ihn mit großen Augen ungläubig an. »Aber …«

»Alan wird es als Schmied sicher einmal weit bringen, tritt er doch eines Tages in die Fußstapfen meines Onkels. Meine Base aber will unbedingt Glockengießerin werden«, erregte sich Richard, ohne Hildas Einwand zu beachten. »Darum ist sie einfach auf und davon. Nach Norwich, hieß es, darum habe ich mich auf die Suche nach ihr gemacht. Die ganze Stadt habe ich durchkämmt, um sie zu finden, aber nichts. Nicht die geringste Spur.« Er fuhr sich durchs Haar und seufzte.

»Aber Mylord!«, rief Hilda aus.

Richard zog eine Grimasse. »Ich weiß, es ist unglaublich. Ein anständiges Mädchen läuft nicht einfach davon, und doch hat sie es getan. Ein Dickschädel, so fürchte ich, wie einst ihre Großmutter.«

»Aber Mylord«, wiederholte Hilda, »Aeldred hat sie doch gesehen!«

»Er hat sie gesehen? Wann? Wo?« Richard schlug so heftig mit der Faust auf den Tisch, dass sein Becher tanzte. »Aeldred!«, rief er nach dem Knecht. »Warum berichtet mir das niemand?«, knurrte er Hilda an.

»Verzeiht, Mylord, aber wir wussten doch nicht, dass sie …«, stammelte Hilda und war den Tränen nahe.

»Erzähl mir von der Begegnung mit meiner Base!«, forderte Richard den Hausknecht auf, als der in den Wohnraum gestürzt kam und nach seinem Begehr fragte. »Wann war das?«

»Ist schon eine Weile her, Mylord«, erwiderte Aeldred und walkte die Mütze, die er sich beim Betreten des Raumes vom Kopf gerissen hatte. Er schob die Zungenspitze in den Mundwinkel und dachte angestrengt nach. »Es war warm«, murmelte er, dann hellte sich sein Gesicht auf. »Ja, es war höllisch heiß an jenem Tag«, erinnerte er sich. »Im Sommer hat es einige Wochen lang nicht geregnet. War grässlich stickig, überall nur Staub, und die Brunnen waren am Versiegen.«

»Aeldred!« Hilda warf ihm einen gestrengen Blick zu. »Erzähl von Catlin!«

»Richtig, das Mädchen!« Aeldred lächelte versonnen. »Gut hat sie ausgesehen, hatte Gemüse in einem Korb dabei, war wohl auf dem Markt gewesen.«

»Und?«, fragte Richard ungeduldig nach. »Was noch?«

»Ich hab ihr erzählt, dass unser Piers auch verheiratet ist.«

»Auch?« Richard war einen Schritt auf den Knecht zugegangen und sah ihn mit zusammengezogenen Brauen forschend an. »Wieso auch?«

Aeldred blickte unsicher von Richard zu Hilda und wieder zu seinem Herrn zurück. »Nun, Eure Base ist doch ebenfalls verheiratet«, sagte er zögernd. Dann schien er zu begreifen. »Ihr wusstet es nicht, Mylord?«, erkundigte er sich vorsichtig.

Richard holte nur tief Luft und atmete hörbar aus.

»Seit Kurzem, hat sie gesagt … seit Kurzem sei sie verheiratet«, fuhr Aeldred mit besorgter Miene fort. »Und sie lebt hier in London.« Als Richard hoffnungsvoll aufhorchte, war er sichtlich erleichtert.

»Wo?«, drängte er. »Wo genau wohnt sie?«

»Tut mir leid, Mylord, das weiß ich nicht«, antwortete der Knecht kleinlaut. »Sie ist gegangen, bevor ich sie fragen konnte. Hatte es plötzlich eilig. Sagte, ihr Gemahl warte auf sie.« Aeldred sah seinen jungen Herrn flehentlich an. »Bitte, Mylord! Hätte ich auch nur geahnt, dass Ihr nichts davon wisst, wäre ich ihr nachgeschlichen.«

Richard klopfte ihm auf die Schulter. »Schon gut, Aeldred, Euch trifft keine Schuld.« Einen Augenblick lang starrte Richard ins Leere. In den schmalen Häusern Londons hausten so viele Menschen auf engstem Raum beisammen. Unzählige Gassen und Straßen wanden sich wie Gewürm innerhalb der Stadtmauern. »Wie soll ich sie nur finden?«, seufzte er verzagt.

»Ihr könntet auf dem Markt nach ihr Ausschau halten«, schlug Hilda vor. »Wir helfen Euch.« Sie versuchte ihn mit einem Lächeln aufzumuntern. »Ihr werdet sie finden.«

»Gewiss habt Ihr recht«, erwiderte Richard und bemühte sich um Zuversicht. »Wenn sie sich wahrhaftig in London aufhält, dann werde ich sie aufspüren.« Als er schwere Schritte auf dem Flur und das Geklirr von Sporen hörte, hielt er inne.

»Adam!«, freute er sich, als sein Freund die Stube betrat.

»Richard! Wie gut es tut, dich zu sehen!« Adam ging auf ihn zu und umarmte ihn herzlich. »Wie geht es dir?«

»Ein bisschen steif vom Ritt und nicht glücklich darüber, dass ich Catlin noch immer nicht gefunden habe«, erwiderte Richard. »In Norwich suchte ich vergeblich, doch erfuhr ich soeben, dass Aeldred meinem Bäslein hier in London begegnet ist. Er meint, sie sei verheiratet und lebe in der Stadt. Ich wollte gerade aufbrechen, um mich nach ihr umzusehen.«

Adam schüttelte den Kopf »Ich fürchte, das musst du verschieben, mein Freund. Der König schickt nach dir, darum bin ich hier.«

»Kann er nicht *einmal* warten?«, entfuhr es Richard. Er blähte die Nasenflügel.

»Diesmal wohl kaum, denn er wurde gestern beraubt. Der Übeltäter muss unbedingt gefasst und ein Exempel statuiert werden.«

»Henry wurde beraubt?« Richards Herzschlag setzte aus. »Wo ist er jetzt? Geht es ihm gut?«

»Er ist wohlauf und wartet im Palast auf uns. Umgehend.«

»Warst du dabei, als er überfallen wurde?« Richard zog seine Stiefel an und nahm den Mantel vom Haken.

Adam schüttelte den Kopf. »Nein, darum weiß ich bedauerlicherweise auch keine Einzelheiten zu berichten. Nur dass man ihn bestohlen hat, wurde mir gemeldet, und das mitten in London.«

»Hier in der Stadt?«, fragte Richard empört. »Ungeheuerlich! Wer wagt eine solche Dreistigkeit?« Er streifte die Handschuhe über und nickte. »Lass uns gehen!« Er folgte Adam auf den Flur und rief nach Aeldred.

»Sattele mein Pferd!«, befahl er dem Knecht und wandte sich an Hilda.

»Geht morgen beide auf den Markt, und erkundigt Euch nach Catlin!«, bat er. »Doch sie soll nicht erfahren, dass ich sie suche. Darum seid vorsichtig – ich will nicht, dass sie erneut davonläuft. Sobald ich zurück bin, erstattet Ihr mir Bericht.«

»Wann dürfen wir mit Eurer Rückkehr rechnen, Mylord?«

Richard hob die Schultern. »Das vermag ich nicht zu sagen. Der König verfügt über mich, wie es ihm beliebt.«

»Gewiss, Mylord.« Hilda vollführte einen tiefen Knicks. »Wir finden Eure Base, sorgt Euch nicht.«

Da es bereits dämmerte, mussten sich Richard und Adam sputen. Sie trieben ihre Pferde mit den Sporen an und erreichten den Palast bei Einbruch der Nacht. Als sie die Halle betraten, waren Henry und Mabel so eifrig in ein Brettspiel vertieft, dass keiner der beiden aufsah. *Fuchs und Gänse* war überaus beliebt, nicht nur am Königshof. Während einer der beiden Spieler mit dem Fuchs nur eine einzige Figur besaß, zog der andere mit dreizehn Gänsefiguren über das Brett. Der Fuchsspieler versuchte, die Gänse zu fangen, indem er über sie hinwegsprang. Seinem Gegner musste es währenddessen nicht nur gelingen, ihm zu entkommen, er musste den Fuchs auch mithilfe der Gänse in die Enge treiben, bis ihm kein Zug über das Spielbrett mehr gelang.

»Ich wusste nicht, dass sie ebenfalls hier ist«, murmelte Richard überrascht und bemühte sich, Mabel nicht anzustarren.

»Vor zwei Tagen musste ich sie herbringen, weil du nicht zur Verfügung standest«, erwiderte Adam. Irrte sich Richard, oder schwang in der Antwort ein leiser Vorwurf mit? Adam hob die Brauen. »Der König ist verrückt nach ihr, wie du siehst.« Während sie Seite an

Seite die riesige Halle durchschritten, blickte er gebannt auf die beiden Turteltauben, die sich zwischen jedem Spielzug küssten und herzten. Ein Lächeln huschte über sein Gesicht.

Sicher denkt er an Alix, vermutete Richard gerührt. »Ganz offensichtlich – daran besteht kein Zweifel«, bestätigte er mit gesenkter Stimme und nickte nachdrücklich.

»Da seid Ihr ja endlich!«, rief Henry erfreut, als die beiden Gefolgsleute vor ihn traten und sich tief verbeugten.

»Lasst Euch Wein einschenken!«, verlangte er. »Page!«, rief er laut und klatschte in die Hände. Sofort stürzte einer der Knaben aus seinem Gefolge herbei und bediente sie.

Henry hatte nur Augen für Mabel.

Wie schön sie ist!, durchfuhr es Richard, und als ihre Wangen aufglühten, weil Henry ihr einen Kuss auf den Hals hauchte, packte ihn gnadenlose Eifersucht. Nicht einen Augenblick länger ertrug er den Anblick der beiden Liebenden, ohne sich der Gefahr auszusetzen, seine Gefühle preiszugeben. Da der König sie ohnehin nicht länger beachtete, deutete er eine kurze Verbeugung an, murmelte, Seine Majestät möge ihn entschuldigen, und wandte sich ab. Er durchquerte die Halle entschlossenen Schrittes und gesellte sich zu einer Gruppe junger Ritter, die sich in einer Ecke versammelt hatten. Adam, der ihm gefolgt war wie ein Schatten, zeigte sich verdutzt, doch Richard beachtete seinen fragenden Blick nicht. Er sprach die Männer an und verlangte einen ausführlichen Bericht über den Angriff auf den König. Auch Adam stellte ihnen Fragen. Dabei bemerkte er weder, dass Richard den Ausführungen kaum zu folgen vermochte, noch, dass er immer wieder zu Mabel hinübersah.

»Seit Monaten tuschelt ganz London über einen gewitzten Dieb. Quickhands wird er genannt, und wie schon sein Name sagt, soll er nicht nur überaus geschickt, sondern vor allem unglaublich schnell sein«, erklärte Sir Roger, ein junger Ritter, der sich erst seit Kurzem an der Seite des Königs befand und doch bereits dessen volles Vertrauen genoss. »Er bestiehlt nur die Wohlhabenden und verteilt seine Beute unter Londons Bedürftigen. Auch den Kirchen der Stadt gewährt er großzügige Almosen. Es heißt, dass nur er hinter dem Raub stecken kann.« Sir Roger kratzte sich nachdenklich am Kinn. »Der Verdacht liegt in der Tat nahe. Schließlich ist unserem Herrn zunächst nicht einmal aufgefallen, dass man ihn um den Inhalt seines Beutels erleichtert hatte. Der Dieb hat die königliche Börse unbemerkt aufgeschnitten und die herausfallenden Münzen lautlos aufgefangen. Er war bereits über alle Berge, als Seine Majestät den Verlust des Geldes bemerkte.«

»Was war mit der Leibwache?« Richard musterte Sir Roger mit missbilligendem Blick. »Wie konnte der Dieb dem König so nahe kommen?«

Sir Roger grunzte leise. »Er war allein.« Der junge Ritter senkte die Stimme. »Mit ihr.« Er warf Mabel einen geringschätzigen Blick zu, und Richard wäre ihm dafür am liebsten an die Gurgel gegangen. »Seine Majestät hatte die Begleiter abgehängt, als wäre es ein Spiel.« Er schüttelte aufgebracht den Kopf. »Es wird dem Dieb noch leidtun, ausgerechnet den König beraubt zu haben.« Ein Muskel an seiner Wange zuckte.

»Weiß man, wer dieser Quickhands ist?«, erkundigte sich Adam wissbegierig.

»Wüssten wir es, befände er sich kaum noch auf freiem Fuß, wie Ihr Euch gewiss denken könnt«, antwortete Sir Roger herablassend. »Es sind bereits fähige Männer auf ihn angesetzt, doch sie müssen umsichtig vorgehen. Wer auch immer etwas über ihn weiß, wird diesen Quickhands nicht so einfach verraten. Die Londoner lieben ihn. Sie singen Spottlieder auf seine Opfer und feiern ihn, wenn er wieder einmal einen unbeliebten Reichen erleichtert hat. Sogar die Kinder auf der Straße bewundern ihn und spielen seine Abenteuer nach. In den Augen des einfachen Volkes ist er kein gemeiner Dieb, sondern ein Held, der den Wohlhabenden die Stirn bietet. Wenn der Pöbel erfährt, dass Quickhands den König um den Inhalt seiner Börse gebracht hat, wird man ihn noch mehr verehren, und unser Herr wird zum Gespött der Leute.« Empörung über die Dreistigkeit des berühmten Diebes war aus seiner Stimme herauszuhören. Zugleich aber klang es auch, als fürchte er, bei der Suche nach dem Schuldigen zu versagen und seinen Herrn dadurch zu enttäuschen. Henry für seinen Teil schien jedoch keineswegs beunruhigt ob des Angriffes auf ihn.

Richard wandte sich um, als er den jungen König laut lachen hörte, und beobachtete mit hämmerndem Herzen, wie Henry Mabels Hand ergriff und sie kichernd hinter sich herzog. Zu wissen, dass die Tür, durch die sie die Halle zur Nacht verließen, über einen engen Flur zum königlichen Schlafgemach führte, drohte Richard um den Verstand zu bringen.

Als Catlin ein leises Quietschen vernahm, gefolgt von einem schabenden Geräusch, horchte sie auf. War das nicht die Tür zu ihrer Kammer, die sich geöffnet und wieder geschlossen hatte? Sie riss die Augen auf und starrte in die Dunkelheit. Sie war doch gerade erst zu Bett gegangen. War sie etwa bereits eingenickt und hatte geträumt? Sie hielt den Atem an und rührte sich nicht. Kein Laut war zu hören. Sie zwickte sich in den Unterarm und stieß einen leisen Schmerzenslaut aus, über den sie selbst erschrak. Törichtes Ding!, schalt sie sich stumm. Jagst dir selbst Angst ein. Sie zog die Decke bis über das Kinn hoch und genoss die Wärme und Geborgenheit des Bettes, das sie in dieser Nacht nicht mit ihrem Gatten teilen musste. Ganz still lag sie da und wartete, ob das schabende Geräusch sich wiederholte. Nun aber, da sie hellwach war und lauschte, nahm sie außer fernem Stimmengewirr und dem Rumpeln eines Karrens nichts Ungewöhnliches wahr. Sie neigte den Kopf zur Seite und kuschelte sich in die Kissen, als ihr Blick auf einen dunklen Umriss neben dem Bett fiel. Ihr Herzschlag drohte auszusetzen. Was hatte dieser Schatten zu bedeuten? Sicher war es nur das fahle Mondlicht, das zwischen den Ritzen des Ladens in die Schlafkammer fiel und ihr einen Streich spielte. Sie schloss die Augen und atmete möglichst regelmäßig. Ob der Schatten noch da war? Sie beschloss, die Augen wieder zu öffnen und nachzusehen. Der Schatten war noch immer sichtbar, schien gar ein wenig näher gerückt. Catlin schlug das Herz bis zum Hals. *Ist da jemand?*, wollte sie schon fragen, doch das erschien ihr allzu töricht. Wer sollte da schon sein? Vermutlich war es nur ein Kleid, das am Haken an der Wand hing. Ihre Augen brannten vor Müdigkeit und wollten ihr zufallen, doch sie kämpfte gegen den

Schlaf an. Ein Einbrecher stünde doch gewiss nicht einfach nur da, ohne sich zu bewegen. Ihr Herz pochte so laut, dass das Geräusch sicherlich im ganzen Haus zu hören war.

Nur langsam gewöhnten sich ihre Augen an das spärliche Licht, das der schmale Mond in die Kammer sandte, und schon bald schälte sich aus dem dunklen Umriss immer deutlicher die Gestalt eines Mannes heraus. Ich schlafe, versuchte sich Catlin einzureden, als sie Flint zu erkennen glaubte. Obwohl ihr der Geselle tagsüber unverhohlen schöne Augen machte, wagte er sich wohl kaum des Nachts ungebeten in ihre Kammer. Der Gedanke hingegen, er könne sich doch trauen, jagte ihr eine Hitzewelle durch den Leib. Der Geruch nach Schweiß und Lehm stieg ihr in die Nase, dazu eine leichte Ledernote, wie sie Flints Gürtel anhaftete. Für gewöhnlich legte er ihn ab, wenn ihm bei der Arbeit so heiß war, dass er den Oberkörper entblößte. Die Ader an Catlins Hals klopfte, als sie daran dachte, wie gut er aussah mit seinen kräftigen, feucht glänzenden Schultern, den starken Armen und dem flachen Bauch, der an ein Waschbrett erinnerte. Catlin wurde heiß, obwohl es in der Kammer kalt war. Ein Kribbeln und Flattern wie von tausend Flügeln in ihrem Magen machte sie trunken und tollkühn. Ohne ein Wort hob sie mit der Rechten die Decke an, glitt auf Johns Seite hinüber und legte die Linke einladend aufs Laken. Der Schatten zögerte nicht und trat ans Bett. Catlin wusste, dass es Flint war, der zu ihr unter das Leintuch und die Felldecke schlüpfte. Als sie aber gewahr wurde, dass er vollkommen nackt bei ihr lag, keuchte sie leise auf. »Ich bin noch …«, flüsterte sie in die graue Nacht hinein. *Jungfrau,* wollte sie sagen. *Obwohl ich verheiratet bin.*

Flint schwieg beharrlich. Ob er ahnte, wie sehr Catlin sich fürchtete und zugleich auf einen Kuss von ihm wartete? Der Gedanke an Thomas durchzuckte sie. Als sie zehn, vielleicht elf Jahre alt gewesen war, hatte er ihr einen kurzen, feucht klebrigen Kuss auf den Mund gedrückt. »So machen Verliebte das«, hatte er gesagt und versprochen, ihr bis ans Lebensende treu zu bleiben. Doch sein Vater hatte ihn zu den Mönchen geschickt, und Catlin war dankbar gewesen, dass Thomas seinen Liebesschwur nicht hatte halten können. Sie waren Freunde, und das würden sie ein Leben lang bleiben. Flint aber war kein Freund. Er war Verlockung.

Doch es geschah nichts. Gar nichts. Und bald schon konnte Catlin die Spannung kaum noch ertragen. Warum rührte sich Flint nicht? Fand er sie etwa nicht anziehend genug? Während sie noch darüber nachsann, was sich wohl zutragen mochte, wenn sie nichts tat, um ihn zu ermutigen, näherte er sich ihr vorsichtig, beinahe zaghaft. Das Mondlicht schien plötzlich ein wenig heller und tauchte den ganzen Raum in dunkles Grau. Sogar Flints Augen, die von ungewöhnlich schönem Blau waren, schimmerten grau und geheimnisvoll. Sein Gesicht kam dem ihren so nahe, bis sich ihre Münder berührten. Seine Lippen waren trocken und weich, nicht klebrig wie die von Thomas. Catlin öffnete den Mund, um zu atmen, und doch schien ihr, als würde nicht genügend Luft in ihre enge Brust gelangen. Sanft und zugleich fordernd erkundete Flints Zunge ihren Mund, und Catlin staunte, welch unbändiges Verlangen nach mehr sie empfand.

Als Catlin am nächsten Morgen die Augen öffnete, erschrak sie, denn es war helllichter Tag. Sie fuhr hoch und setzte sich im Bett auf, dann fiel ihr Flint ein. Erschrocken blinzelte sie neben sich. Das Laken war zerwühlt, als hätten sie unruhige Träume geplagt, doch sie war allein. Erleichtert ließ sie sich in die Kissen zurückfallen und schloss noch einmal die Augen. Sie hatte doch tatsächlich geträumt, dass Flint zu ihr ins Bett gestiegen war. Catlin lächelte, fühlte, wie ihr das Blut jäh zu Kopf stieg, und zog das Laken vors Gesicht. Das raue Leinen strich über ihre nackte Haut und liebkoste sie wie zärtliche Hände. Sie wandte den Kopf zur Seite, versenkte die Nase im Kopfkissen und genoss den Duft, der ihm entströmte. Plötzlich tat ihr Herz einen Satz. Das Kissen roch nach Flint! Catlin sprang aus dem Bett und schlug die Decke zurück, als vermute sie ihn darunter versteckt. Ein Blutfleck prangte dort, nicht größer als eine Silbermünze. Unrein aber konnte sie noch nicht wieder sein. Catlin keuchte, als wäre sie gerannt. Es war kein Traum. Flint war hier gewesen. Hier, in ihrer Kammer, in ihrem Bett! Flint, der neue Geselle. Nicht John, ihr Gemahl und Meister. Einem nahezu Fremden hatte sie ihre Jungfräulichkeit zum Geschenk gemacht. Catlin schauderte. Ob es die Erinnerung an die vergangene Nacht war oder die herbstliche Kühle an diesem Morgen, vermochte sie nicht zu sagen. Ihr Kopf war wie leer gefegt. Ihr Blick fiel erneut auf das Laken. Wenn John heimkam … Sie war nicht imstande, den Gedanken fortzuführen. Sie riss das Leinen von der Strohmatratze und sah sich gehetzt um. Auf dem Tisch in der Kammer standen ein Krug mit Wasser und eine Schüssel, in der sich die Eheleute am Morgen vor dem Ankleiden wuschen. John war für gewöhnlich der Erste, sodass Catlin anschließend allein in der Kammer zurückblieb und sich unbeobachtet waschen konnte. Wenn sie unrein war, spülte sie hier auch die Tücher aus, die sie verwendete, um das Monatsblut aufzufangen. Nun aber suchte sie auf dem großen Laken nach dem verräterischen Fleck der vergangenen Nacht und konnte ihn nicht mehr finden. Schon wollte sie erleichtert aufatmen. Vielleicht hatte sie sich doch getäuscht! Plötzlich aber war er da. Genau vor ihren Augen. Sündig. Anklagend. In vielen Dörfern wurde das Laken von Jungvermählten nach der Hochzeitsnacht aus dem Fenster gehängt, um allen zu zeigen, dass sie die Ehe vollzogen hatten. Doch Catlin war nicht mit Flint vermählt, darum schämte sie sich für ihre Freigebigkeit. Sie machte sich Vorwürfe und betete, der Herr möge ihr das sündige Verhalten vergeben. Schlechten Gewissens dachte sie an John, dem sie eheliche Treue gelobt hatte. Sie hatte ihn verraten, während er Wort gehalten hatte. Sein Versprechen, ihr niemals nahezutreten, hatte er nicht gebrochen. Er war ihr ein guter Ehemann und der beste Meister, den sie sich vorstellen konnte. Sie öffnete den Fensterladen und ließ die Sonne herein. Was aber würde er sagen, wenn er ihren Fehltritt herausbekäme? Er musste sie nicht nur für verderbt halten, er konnte sie sogar davonjagen. Wie enttäuscht wäre er, wenn er erführe, dass sie bei der erstbesten Gelegenheit schwach geworden war. Nicht einen Tag allein mit Flint hatte sie überstanden, ohne sich ihm an den Hals zu werfen. Hilflose Traurigkeit überkam sie. Sie trat an die Waschschüssel, goss Wasser über den Fleck und rieb verzweifelt daran herum, spülte und rieb erneut. Schweißperlen standen auf Catlins Stirn.

Als es an der Tür klopfte, fuhr sie erschrocken zusammen.

»Catlin?« Corvinus' Stimme klang besorgt.

»Ich komme gleich!« Catlin gab sich Mühe, unbekümmert zu klingen. »Häng derweil den Kessel über das Feuer!«

»Ist bereits geschehen, und frisches Wasser habe ich auch vom Brunnen geholt. Ist schließlich schon spät. Die Glocke von Saint Peter hat bereits vor einer Weile geläutet«, erwiderte Corvinus vorwurfsvoll.

»Ist ja gut«, antwortete Catlin ungehalten. »Die Welt wird kaum untergehen, nur weil ich ein einziges Mal spät dran bin.«

Corvinus antwortete nicht.

Catlin hörte ihn die Treppe hinunterpoltern. Sie nahm das Leinen, hielt es kurz ins Licht des geöffneten Fensters und atmete erleichtert auf, weil nichts mehr zu sehen war. Der größte Teil des Stoffes war zum Glück trocken geblieben. Zufrieden legte sie das Laken wieder auf die Strohmatratze, ließ die Decke jedoch zurückgeschlagen, damit es trocknen konnte. In wenigen Augenblicken würde sie die Schlafkammer verlassen, in die Werkstatt hinuntersteigen, als wäre nichts geschehen, und Corvinus und Flint entgegentreten, ohne sich anmerken zu lassen, wie beschämt sie war. Wenn sie nur nicht rot anlief!

Catlin kleidete sich an und atmete tief durch. Dann war sie bereit. Sie öffnete die Tür und eilte raschen Schrittes die Treppe hinunter. Als sie Flints herrische Stimme hörte, hielt sie am unteren Treppenabsatz inne.

»Steh nicht herum und halt Maulaffen feil!«, fuhr er Corvinus an. »Es gibt Arbeit im Überfluss, also beweg dich!« Der samtige Ton der Nacht war verschwunden, geblieben war die Entschlossenheit, die Flint vom ersten Tag an gezeigt hatte. Dass ein eisiger Hauch in seiner Stimme liegen konnte, wollte Catlin sich nicht eingestehen. Stattdessen überlegte sie fieberhaft, wie sie es vermeiden konnte, ihm unter die Augen zu treten. Wie sollte sie ihn ansehen, ohne vor Scham im Boden zu versinken? Er hatte ihren Körper an Stellen berührt, für die sie nicht einmal die Namen kannte, und Gefühle in ihr hervorgerufen, die ihr völlig unbekannt gewesen waren. Schon beim Gedanken daran schoss ihr die Schamesröte in die Wangen. Mehrere Hundertschaften von Schmetterlingen schienen in ihrem Magen mit den Flügeln zu schlagen und ihr jegliche Kraft aus den Knien und Armen zu saugen wie Nektar aus bunten Blüten. Sie senkte den Blick, als sie die Werkstatt betrat, aus Furcht, Corvinus könne eine Veränderung an ihr bemerken und ihr ansehen, dass sie sich mit Flint versündigt hatte. Was Flint wohl über sie dachte? Catlin rang nach Atem. Gewiss hielt er sie für leichtfertig. War sie das nicht auch? Sie hatte sich kein bisschen geziert und ihn kaum ernsthaft um sie werben lassen. Doch was noch schlimmer war – sie war verheiratet und hatte die Ehe gebrochen. Die Ehe mit einem Mann, der sie achtete und ihr sein ganzes Wissen beibrachte, einem Mann, der es nicht verdient hatte, betrogen zu werden. Eine solche Sünde ließ der Herr kaum ungestraft. Catlin betrat die Küche und machte sich am Herdfeuer zu schaffen. Das Wasser kochte bereits, also holte sie fetten Speck und Zwiebeln aus der Speisekammer und schnitt sie in Stücke. Das würde den einfachen Hafer- und Hirsebrei, den sie gewöhnlich morgens zu sich nahmen, in ein herzhaftes Frühstück verwandeln, das ihnen Kraft für einen anstrengenden Arbeitstag geben sollte.

»Wunderschön!«, flüsterte eine weiche Stimme dicht an ihrem Ohr. Es war Flint, der plötzlich hinter ihr stand.

»Herr im Himmel!«, entfuhr es Catlin vor Überraschung. »Wenn Corvinus uns sieht!«, zischte sie, ohne sich umzuwenden.

»Corvinus ist weg. Ich habe ihn fortgeschickt«, raunte er ihr zu.

»Fort?« Catlin wandte sich erschrocken um. »Aber ...«

»Wir brauchen Rosshaare.« Flint grinste breit. Seine blauen Augen funkelten. »Du bist so wunderschön«, wiederholte er. Sein Blick wanderte bewundernd an ihrem Leib hinab und verweilte in Brusthöhe, bevor er ihr wieder ins Gesicht sah.

Catlin errötete und rang nach Luft. Wenn er nur keine Andeutungen über die vergangene Nacht machte!

Flint stand so dicht vor ihr, dass Catlin ihm nicht entkommen konnte. »John wird einige Tage fort sein«, flüsterte er ihr ins Ohr, umfasste ihre Hüften und küsste ihren Hals.

Catlin atmete keuchend. Ein wohliger Schauer lief ihr über den Rücken. Scham und Furcht wichen dem Verlangen nach seinem Körper. Sie schloss die Augen und überließ sich seinen immer leidenschaftlicheren Zärtlichkeiten. Seine Hände waren geschickt und wanderten nach oben.

»Nicht!«, stieß sie mit letzter Kraft hervor. »Corvinus kann jeden Augenblick zurückkehren.«

»Du hast recht«, erwiderte er zu ihrem Erstaunen, ließ sie los und trat einen Schritt zurück.

Nur mühsam verbarg sie die Enttäuschung darüber, dass er nicht beharrlicher war. Sie verzehrte sich nach seinen Küssen, dem Liebkosen seiner rauen, trockenen Hände. Andererseits wusste sie sehr wohl, dass es vernünftig war, sich in Acht zu nehmen, unabdingbar gar, denn Corvinus durfte auf keinen Fall von der Tändelei erfahren. Er hasste den Gesellen, seit dieser ihn des Diebstahles bezichtigt hatte. Daraus machte er keinen Hehl und würde Flint und sie womöglich an John verraten.

Richard schlenderte zum wiederholten Mal über den Markt. Die Stände waren in diesem Herbst besonders reichhaltig gefüllt, denn der Frühling war feucht und mild gewesen, der Sommer sonnig und heiß. So war denn die Ernte entsprechend großzügig ausgefallen. Ganze Wagenladungen an Weizen, Roggen, Hirse, Gerste und Hafer in großen und kleinen Säcken waren in die Stadt gekarrt worden, dazu Berge von Hopfen für das Bier, das man nicht nur in Klöstern und Gasthäusern, sondern auch in vielen Londoner Haushalten gern und regelmäßig braute. Die Marktstände bogen sich schier unter den aufgehäuften weißen und gelben Rüben, den Roten Beten und Pastinaken, den Kohlköpfen, Lauchbündeln und Zwiebelzöpfen. Erbsen, Ackerbohnen und Kichererbsen, aus groben Säcken geschöpft und abgewogen, wurden in die Körbe der Hausfrauen und Mägde gefüllt. Zwischen den bunten Ständen drängten sich Kauflustige und Neugierige. Viele standen Schlange und tauschten Neuigkeiten oder Kochrezepte aus, klatschten über andere Leute und brachten Gerüchte in Umlauf, die sich in Windeseile verbreiteten. Die Verkäufer priesen die Vorzüge ihrer Waren an, verkündeten lautstark deren Preise und versuchten sich gegenseitig zu unterbieten, sobald die Schlangen bei den anderen Ständen länger wurden. Der Lärm war ohrenbetäubend. Wer mit der Stimme nicht mehr durchdrang, packte einen möglichen Kunden schon einmal am Gewand, damit dieser einen Blick auf die Auslagen warf. Die Londoner Händler hatten von ihren Reisen Oliven und getrocknete Weinbeeren aus Italien mitgebracht, Gurken und Knoblauch aus Frankreich, Aprikosen, Granatäpfel und Feigen aus Spanien. Vom Duft der Früchte, der frischen Kräuter und exotischen Gewürze lief Richard das Wasser im Mund zusammen. Kinder und alte Weiber gingen mit Weidenkörben umher und boten die letzten Brombeeren und die ersten Waldpilze feil. Catlin aber war nirgendwo zu sehen.

An der Themse fand ein großer Fischmarkt statt, und für einen Augenblick überlegte Richard, ob er nicht dort nach ihr Ausschau halten sollte. Ein Lächeln huschte über sein Gesicht, als ihm die Garküche am Hafen einfiel. Vielleicht fand er sie dort. Als er sich einen Weg durch die Menge bahnte, lief auf einmal ein Huhn vor ihm her und gackerte aufgeregt. Um ein Haar wäre es ihm unter die Füße geraten, als es sich aus Angst vor den vielen Menschen plötzlich vor ihm auf den Boden hockte und nicht mehr rührte. Er beugte sich hinab, erduldete die Stöße der Vorbeidrängenden und packte das Federvieh so fest am Leib, dass es die Flügel nicht mehr ausbreiten konnte. Suchend blickte er sich um, wem es entflohen sein mochte, und entdeckte ein zehn- oder elfjähriges Mädchen in nächster Nähe, das hilflos in seinen leeren Korb starrte.

»Mein Huhn!«, jammerte die Kleine. »Mein Huhn ist fort!« Tränen liefen ihr über die Wangen. Wenn jemand das Tier aufgriff und es als sein Eigentum ausgab, dann konnte sie kaum hoffen, es je zurückzubekommen. Das schien sie zu wissen.

Richard lächelte weich, ging auf das Kind zu und hielt

ihm die braune Henne entgegen. »Ich glaube, die gehört dir«, sagte er freundlich.

Das Mädchen sah ihn mit großen Augen ungläubig an. »Danke, Mylord, vielen Dank!« Sie lächelte erleichtert und beförderte das Huhn wieder in den Korb.

»Die Henne wird gewiss wieder zu entfleuchen versuchen. Du musst gut auf sie achtgeben. Sie soll euch doch sicher noch viele Eier legen. Oder ist ihr Schicksal etwa der Kochtopf?« Richard musste lachen, als ihn das Mädchen erschrocken ansah.

»Ich weiß nicht, Mylord …«, antwortete sie, knickste eilig und stob davon, die Hand auf den Korb gepresst, damit das Federvieh nicht abermals davonflog.

Ein Schnaufen und Stoßen an Richards Bein lenkte ihn von dem Mädchen mit der Henne ab. Als er hinabblickte, entdeckte er ein Schwein, das ihn beschnüffelte. Ein wohlgenährtes Ferkel, um genau zu sein. Ein junger Mann hatte es mit einem Strick um den Hals auf den Markt geführt und bot es schüchtern zum Verkauf an. Richard lehnte dankend ab, obwohl ihm der geforderte Preis nicht allzu hoch erschien. Vielleicht hätte ich das Schwein doch kaufen sollen, überlegte Richard, nachdem er weitergeschlendert war. Gewiss hätte sich Hilda darüber gefreut. Er blickte zurück und suchte die Menge nach dem Ferkelverkäufer ab, doch statt seiner entdeckte er Aeldred unter den Kauflustigen. Er fuhr zusammen, als ihn plötzlich jemand am Ärmel zupfte. Es war Hilda, die mit feuerrotem Gesicht vor ihm stand.

»Ich habe nachgedacht!«, rief sie und rang nach Atem. »Der Glockengießer!« Sie winkte Aeldred näher. »Der neue Glockengießer in der Töpfergasse«, wiederholte sie und nickte erwartungsvoll, als der Knecht sich zu ihnen gesellte. Doch der begriff die Zusammenhänge offenbar nicht.

»Ach!« Hilda winkte ab und wandte sich wieder an Richard. »Der neue Glockengießer hat einen hervorragenden Ruf, die ganze Stadt spricht von ihm. Der Lord Mayor gab bei ihm eine Glocke in Auftrag, als es so heiß war. Um den Herrn milde zu stimmen und dazu zu bewegen, uns wieder Regen zu schicken. Und es ist ihm gelungen! Die Glocke war nicht einmal fertig, und schon fiel Regen vom Himmel.« Hilda leuchtete geradezu vor Begeisterung. »Ihr sagtet doch, Eure Base wolle Glockengießerin werden. Warum fragt ihr *ihn* nicht nach ihr? Vielleicht hat er von ihr gehört und weiß, wo Ihr sie findet.«

Als der Meister die Werkstatt betrat, überkam ihn das unbestimmte Gefühl, dass sich etwas Wesentliches verändert hatte. Ohne zu wissen, wonach er Ausschau halten sollte, sah er sich beklommen um. Das Werkzeug lag am richtigen Platz, der Ofen war von Schlacke befreit, das Holz fein säuberlich aufgestapelt. Alles schien zu sein wie immer, und doch war etwas anders. John trat an den Rand der Grube und spähte hinab.

Sein Blick blieb an Corvinus haften, der mit einer Mischung aus Zorn und Traurigkeit in einem großen Bottich Lehm trat, um ihn mit angefeuchtetem Pferdemist und Rosshaaren zu vermengen. Was den Jungen wohl so aufbrachte? John betrachtete den Glockenkern, auf den Flint mit großzügigen Bewegungen eine Lehmschicht auftrug. Die Bütte neben ihm war nahezu leer, also benötigte er Nachschub. Ob er Corvinus darob gescholten hatte? John beobachtete Flint, der mit einer schwungvollen Bewegung einen Klumpen Lehm auf die Form aufbrachte und ihn gleichmäßig verteilte. Es verstand sich von selbst, dass Catlin ihm half. Sie drehte die Glockenrippe, die an einer Stange in der Mitte des Glockenkernes befestigt war, immer wieder um die Form herum, damit die Lehmschicht an keiner Stelle zu dick wurde. Ein derart emsiges Schaffen musste das Herz eines Meisters erfreuen.

John wollte schon lächeln, als ihm das Glühen auffiel, das von Catlin ausging. So rosig und leuchtend hatte er sie nie zuvor gesehen. John atmete gegen die Enge an, die seine Brust plötzlich bedrängte.

Bestürzt wollte er von der Grube zurücktreten, als Corvinus aufsah und ihn entdeckte.

»Meister!«, rief der Junge erfreut. »Meister, Ihr seid zurück!«

Catlin stand plötzlich da wie eingefroren und starrte John ungläubig an. Flint hingegen nickte ihm flüchtig zu und fuhr mit der Arbeit fort. Sanft und gefühlvoll strich er über den Lehm auf der Glockenform, als liebkose er ein Weib. Ganz wie es sich für einen anständigen Glockengießer geziemt, dachte John zufrieden und entspannte sich ein wenig. Flint war ein guter Geselle. Er wusste, worauf es ankam, war kräftig und seinem Meister eine große Hilfe. Wäre Catlin seine Tochter gewesen, dann hätte sich John glücklich geschätzt, sie Flint zur Frau zu geben. Doch sie war nicht seine Tochter, und obgleich der junge Geselle Catlin niemals das Wasser reichen konnte, vor allem was Gehör und Gespür für die Glocken anging, hätte er doch ein wertvoller Begleiter auf ihrem Weg nach oben sein können.

»Ich bin hungrig und erschöpft von der Reise«, brummte John und wandte sich ab.

»Wir haben Nierenpasteten da!«, rief Catlin eifrig und schickte sich an, aus der Grube herauszuklettern.

John runzelte die Stirn. Für gewöhnlich war sie verdrossen, wenn er nach so vielen Tagen heimkehrte, vor allem weil er ihr stets die Antwort auf ihre Frage schuldig blieb, wo er gewesen war. Diesmal dagegen wirkte sie so gelöst, als sei sie erleichtert über seine Rückkehr und hege keinerlei Groll gegen ihn.

John verspeiste die Pastete, die sie ihm vorsetzte, ohne ein Wort zu verlieren. Der Aufenthalt in der Priorei von Binham hatte ihn nachdenklich gestimmt. Bevor er aufbrach, war er gewöhnlich voller Vorfreude. Wenn er Binham jedoch verlassen und zu seiner Arbeit zurückkehren musste, dann war er stets niedergeschlagen und zürnte dem Herrn wegen seiner unbeugsamen Härte. Kein Zweifel, er liebte das Glockengießen. Die Arbeit war seine Berufung, doch hätte er sie lieber mit seinem Sohn geteilt statt mit einer Fremden. Auch wenn er die junge Frau liebte wie eine Tochter, so war sie doch nicht von seinem Fleisch. Nichts von ihm würde durch Catlin fortbestehen, auch wenn er sein Wissen und seine Erfahrung an sie weitergab.

Wie üblich zog sich John erst einmal zurück. Die Stille und Einkehr von Binham erfüllten ihn noch immer. Während der ersten Tage fiel es ihm mit jedem Mal schwerer, sich wieder an Londons lautes, geschäftiges Treiben zu gewöhnen. Daher war es nicht verwunderlich, dass er sich einsilbig gab, seinen Gedanken nachhing und völlig in sich versunken vom ersten Tageslicht bis zum Dunkelwerden arbeitete. Ihn verwunderte nur, dass Catlin ihn nicht wie sonst mit Fragen bestürmte. Im

Gegenteil, sie schien es gar zu vermeiden, ihm unter die Augen zu treten. Ob ihr mittlerweile gleichgültig war, wohin er mehrmals im Jahr aufbrach? Früher hatte sie es unbedingt wissen wollen. John strich sich über die Bartstoppeln am Kinn. Zärtlichkeit und Nähe, die seine junge Frau vermutlich brauchte, konnte er ihr ebenso wenig schenken wie sein Herz, denn das gehörte für immer einer anderen. Auch Kinder würden Catlin und er niemals haben, das hatte sie vor dem Gang zur Kirche gewusst und dennoch auf der Heirat bestanden. Gewiss fühlte sie sich unendlich einsam an seiner Seite und drohte an der Leere zu verzweifeln. John empfand tiefes Mitleid mit ihr. Sie war so jung, hatte das Leben noch vor sich und wäre gewiss eine wunderbare Mutter gewesen. Herzlich und fürsorglich, wie es einst sein geliebtes Weib gewesen war. John schluchzte unwillkürlich auf. Wie gern hätte er eine ganze Schar Kinder mit Catlin gehabt. Töchter, die so schön und klug waren wie sie, Söhne, die mit ihrem außergewöhnlichen Gehör und ihrem Ehrgeiz gesegnet waren, doch das war nicht möglich.

Randal grinste siegessicher. Die Spinne hatte ihr Netz gewoben, sorgfältig und geduldig. Nun hieß es abwarten, bis sich die Beute so hoffnungslos verfing, dass es kein Entrinnen mehr gab. Randal war zufrieden. Endlich war der Herr mit ihm! Sein Plan war unfehlbar, und seine Geduld würde auf keine lange Probe gestellt werden. Ja, der Wind schien sich bereits zu seinen Gunsten zu drehen. Beglückt schnalzte er mit der Zunge. Flint war ihm im rechten Augenblick über den Weg gelaufen.

Bei einem Krug Bier hatte er ihm von dem Londoner Glockengießer erzählt und ihm in Aussicht gestellt, auch die Gunst der jungen Meisterin erringen zu können. Einen trefflicheren Köder als Flint konnte sich Randal nicht vorstellen. Schmuck anzusehen war der Geselle, und sein hübscher Kopf barst schier vor schmutzigen Gedanken. Skrupellos war er, dreist und unbeirrbar. So war es ein Leichtes gewesen, ihm den Mund wässerig zu machen. Immerhin war das junge Ding, mit dem der Meister verheiratet war, recht artig anzusehen, ein Leckerbissen gar, wenn auch nach Randals Dafürhalten ein bisschen zu spröde. Bevor er London bei seinem letzten Besuch den Rücken hatte kehren müssen, war Randal noch einmal zur Werkstatt geeilt und hatte sie aus einer dunklen Gasse hervor beobachtet. Der wehmütige Blick der jungen Frau hatte ihn an seine eigene Sehnsucht nach Liebe und Zuwendung erinnert, und einen Augenblick lang hatte sie ihm leidgetan. Sein unbändiges Verlangen nach Rache aber hatte rasch wieder die Oberhand gewonnen. Zweifel waren fehl am Platze gewesen. Randal atmete tief ein. Flint war ein Tunichtgut, einer jener Männer, die auch die kleinste Gelegenheit wittern, sich in das Herz einer nach Liebe dürstenden Frau einzuschleichen. Wenn es einem Burschen gelingen mochte, die Frau des Meisters zu verführen, dann ihm. Und da Flint ein recht ordentlicher Glockengießer war, nicht übermäßig begabt, aber stark und zuverlässig, hatte er den Meister unter Befolgung von Randals Ratschlägen ohne große Mühe von sich überzeugt. Randal hatte schon mit Flint gearbeitet, wusste, dass er zupacken, die Hände aber nicht von den Weibern lassen konnte. Des einen Pech war des anderen Glück.

Randal zuckte zusammen, als der Meister die Werkstatt verließ, und wich in die schmale Gasse zurück, in der er auch diesmal wieder Stellung bezogen hatte. Freitags nach der Arbeit pflegte der Meister allein zur Kirche zu gehen und zu beten. Daran hatte sich in all den Jahren offenbar nichts geändert. Randal spähte um die Ecke und hielt den Atem an. Der Meister kam genau auf ihn zu. Einen Augenblick lang erstarrte er, dann bückte er sich, als hätte er eine Münze verloren, tat, als suche er sie, und wandte sich ab.

Der Meister war wieder für einige Tage fort gewesen und erst vor Kurzem zurückgekehrt. Flint hatte ihm davon erzählt und damit geprahlt, dass er die noch unschuldige Meisterin verführt habe. Niemand in der Werkstatt hatte auch nur die geringste Ahnung, wo der Meister gewesen war. Genau wie früher. Randal rang nach Atem. Die Bilder von damals wurde er einfach nicht los. Er sah alles so deutlich vor sich wie an jenem Tag, als er die falsche Entscheidung getroffen hatte. Den Meister und den Mönchsjungen, ihre Wiedersehensfreude und die Vertrautheit, als sie sich umarmt hatten. Randal hatte zu weit entfernt gestanden, um die beiden belauschen zu können. Hatte sie nur mit Händen und Füßen reden gesehen und voller Neid beobachtet, wie der Meister mit dem jungen Mönch gerauft und ihm liebevoll das Haar gezaust hatte. Noch immer verletzt vom Verrat des Meisters, ballte Randal die Fäuste. Nicht für sich allein, auch für Merilda musste er die Werkstatt zurückgewinnen. Und für seine Nachkommen, denn sein Weib war bereits wieder guter Hoffnung. Er lächelte. Der Gedanke an ein weiteres Kind, einen hilflosen Säugling, stimmte ihn ein wenig milder, denn er liebte seinen Sohn wie kaum ein anderer Vater. Der milde Geruch des kleinen Kopfes, auf dem daunenzarte Härchen sprossen, erfüllte ihn mit solcher Liebe und dem Bedürfnis, das unschuldige Wesen zu beschützen, dass er sogar dem Priester zürnte, weil dieser behauptete, auch ein Neugeborenes trage bereits die Erbsünde in sich.

Erst als der Meister schon eine Weile in der nächsten Gasse verschwunden war, wagte Randal die Straße zu überqueren und sich der Werkstatt zu nähern. Er hatte die Tür kaum erreicht, als diese plötzlich aufgerissen wurde und ein junger Bursche herausstürmte, ohne auf ihn achtzugeben.

»Sachte, sachte!«, rief Randal und fing den Jungen auf, bevor dieser bei einem Ausweichversuch auf die Straße stürzte.

»Verzeiht!«, murmelte der Junge. Wie Randal wusste, war er der Lehrbub des Meisters.

Unendlich viel Kraft kostete es ihn, freundlich zu lächeln und besänftigend zu nicken. Er beneidete den Lehrling um die Aufmerksamkeit des Meisters und gönnte niemandem, das Handwerk gerade von John zu erlernen, den er wie einen Vater geliebt hatte und immer noch verehrte, obwohl der ihn so abgrundtief enttäuscht hatte. Randal trat ein und zuckte zusammen, als er den schönen, klaren Klang der Glocke vernahm, die ihn ankündigte.

Flint war allein.

»Wo ist die Meisterin?«, fragte Randal mit gesenkter Stimme.

»In der Küche, sie hat Besuch. Ein hochwohlgeborener Ritter, angeblich ein Vetter.« Flint schien keinesfalls überzeugt, dass die junge Frau einen solch edlen Verwandten aufzuweisen hatte.

Randal zog die Brauen hoch. »Sollte sie doch schon

einen Liebhaber gehabt haben?«, neckte er Flint mit ernster Miene.

»Ich schwöre, sie war noch unberührt!«, erwiderte der Geselle so heftig, als müsse er nicht nur Randal, sondern auch sich selbst überzeugen. »Sie liebt mich«, fügte er stolz hinzu und nickte bekräftigend. »Kann nicht genug bekommen von der Liebe mit mir.« Er grinste und streckte stolz die Brust heraus. Vermutlich hielt er sich für den besten Liebhaber der Stadt.

Randal musste sich beherrschen, um nicht herablassend zu werden. »Ich bin sicher, du hast ihr den Kopf gründlich verdreht«, sagte er anzüglich lächelnd. »Nun gilt es jedoch, sich nicht erwischen zu lassen. Andernfalls war alles vergeblich«, mahnte er nachdrücklich und rückte näher an Flint heran. »Du schuldest mir noch einen Gefallen, vergiss das nicht!«, fügte er mit gedämpfter Stimme hinzu.

Flint nickte. »Ganz gewiss nicht.«

Vermutlich hatte auch er Hoffnungen und Pläne, was die Werkstatt anging, doch ahnte er gewiss nicht, dass Randal seinerseits die Gießerei an sich zu bringen gedachte. Dass Flint im geeigneten Augenblick auffliegen sollte, vermutete er sicher ebenso wenig. Solange sich der Geselle sicher fühlte, war er nicht auf der Hut vor Randal. Früher oder später aber musste er ihn loswerden. Derzeit jedoch war Flint ein nützlicher Verbündeter, mit dessen Hilfe Randal seinem früheren Meister vor dem endgültigen Fall noch das Geheimnis der Glockenrippe entlocken wollte, denn darauf fußte sein Erfolg. Die junge Frau konnte Flint behalten, sie war Randal einerlei, wenn ihm nur die Werkstatt schon bald gehörte.

»Verschaff mir die Berechnungen und Formeln zu

einer seiner Glockenrippen und die Rippe dazu!«, verlangte er mit gesenkter Stimme.

»Wie soll ich das anstellen?«, fragte Flint empört. »Der Meister merkt sofort, wenn etwas fehlt.«

»Es ist mir gleich, wie du das fertigbringst. Wirst dir schon etwas einfallen lassen. Oder etwa nicht?«, zischte Randal drohend.

Flint senkte den Blick, nicht demütig, eher so, als wolle er seinen Unmut verbergen. »Gewiss doch«, knurrte er. »Ich finde einen Weg.« Seine Stimme klang kalt und wenig überzeugend, darum beschlich Randal ein ungutes Gefühl. Was, wenn Flint die Berechnungen verfälschte? Absichtlich oder nicht, ein einziger Fehler konnte eine Formel vollkommen zunichte machen.

»Ich will sie, und das schon bald, hörst du? Und falls du versuchst, mich hinters Licht zu führen, wirst du es bitter bereuen.« Randal durchbohrte den Gesellen mit Blicken und wandte sich zum Gehen.

Mit einem Mal war er nicht mehr sicher, ob Flint wahrhaftig die beste Waffe in seinem Kampf um die Werkstatt war. Besser, du verlässt dich nicht allzu sehr auf ihn, sagte er sich und beschloss, noch eine Weile in der Gasse auf der anderen Straßenseite auszuharren und die Werkstatt zu beobachten. Vielleicht gelang es ihm, dabei etwas Nützliches zu entdecken. Mit etwas Glück erfuhr er zumindest, wer der Vetter der Meisterin war. Auch das mochte eines Tages gewinnbringend zu nutzen sein, denn Wissen bedeutete Macht und konnte ihm einen deutlichen Vorteil verschaffen.

Flint jedenfalls würde er nicht gestatten, seine Pläne zu durchkreuzen, was auch immer es kosten mochte.

»Wie konntest du deinem Vater nur so etwas antun – einfach fortzulaufen?« Mit vorwurfsvollem Blick musterte Richard seine Base. »Und das …« Er vollführte eine verächtliche Geste. »… hierfür!«

»Richard, bitte!« Catlin war den Tränen nahe. Seit einigen Tagen schon war ihr morgens speiübel, auch stand ihr das Wasser rascher in den Augen als gewöhnlich. »Wie hast du mich überhaupt gefunden?«

»Das tut nichts zur Sache«, erwiderte er barsch.

Da Catlin ihren geliebten Vetter weder so abschätzig noch so aufgebracht kannte, fiel es ihr schwer, Haltung zu bewahren. Am liebsten hätte sie sich in seine Arme geworfen, um sich trösten zu lassen. Warum nur nahm sie sich auf einmal alles so zu Herzen?

»Dein Vater ist alt geworden, seit du ihn verlassen hast«, sagte Richard in sanfterem Tonfall, als er Tränen in ihren Augen glitzern sah. »Er sorgt sich um dich, Catlin, hat er doch nie eine Nachricht über deinen Verbleib erhalten. Er wusste nicht einmal, ob du noch lebst. Wäre Aeldred dir nicht zufällig auf der Straße begegnet, so hätten wir dich überhaupt nicht gefunden.«

»Dann hast du also wirklich nach mir gesucht?« Catlin lächelte zaghaft.

»Aber gewiss doch!« Richard blickte sie entrüstet an. »Nicht nur dein Vater, wir alle waren krank vor Sorge. Onkel Henry wird furchtbar erleichtert sein, wenn er erfährt, dass es dir gut geht. Er hat die Hoffnung, dich wiederzusehen, nie aufgegeben.« Richard runzelte die Stirn. »Und du? Hast du auch nur einmal, ein einziges Mal, an ihn gedacht?«, fragte er streng.

Richard hätte seinen Vater niemals enttäuscht.

Catlin senkte den Kopf. Kinder hatten ihre Eltern zu achten. Ein rechtschaffener, zuverlässiger Mann wie

Henry, der Catlin stets ein fürsorglicher Vater gewesen war, hatte mehr als nur Achtung verdient. Genau wie seinem Bruder stand ihm die bedingungslose, hingebungsvolle Liebe seines Nachwuchses zu. Hatte er Catlin doch nicht nur die Mutter ersetzt, so gut er es vermocht hatte, sondern auch sein eigenes Glück hintangestellt, solange er die Tochter hatte versorgen müssen. Darum war es mehr als undankbar, ja, unverzeihlich, dass sie seinem Wunsch nicht entsprochen hatte und fortgegangen war.

Catlin liefen die Tränen inzwischen in Strömen über das Gesicht. »Es vergeht kein Tag, an dem ich nicht an ihn denke«, schluchzte sie. »Mich plagt das schlechte Gewissen, glaub mir! Bleiben aber konnte ich nicht. Ich bin keine Schmiedin. Schwerter und andere Waffen werden niemals mein Handwerk sein. Ich bin dazu berufen, Glocken zu gießen.« Sie hoffte verzweifelt auf das Verständnis ihres Vetters und blickte ihn flehentlich an.

»Dazu berufen!«, knurrte Richard jedoch. »Das klingt, als sei das Glockengießen ein heiliger Akt wie das Gebet eines Mönches oder einer Nonne.« Grimm lag in seiner Stimme.

»Genau das ist es!«, rief Catlin. »Ohne einen unerschütterlichen Glauben, tief empfundene Demut und den Segen des Herrn kann eine Glocke nicht gelingen.« Ihre Augen glänzten nun nicht mehr vor Tränen, sondern vor Begeisterung. »Du als Ritter des Königs magst nur den Wert einer guten Waffe schätzen. Wärst du jedoch ein Mann Gottes, so verstündest du vermutlich, warum ich mich zur Glockengießerin berufen fühle.« Sie legte eine Hand auf Richards Arm und fuhr mit Eifer fort. »Ich bewundere meinen Vater.« Ihr Rücken versteifte sich kaum merklich, und ihr Oberkörper richtete sich auf. »Doch meine Arbeit ist nicht weniger schätzenswert als die eines Schmiedes«, erklärte sie mit fester Stimme. »Aus den Erzen, die der Mensch der Erde abtrotzt, können großartige Waffen gefertigt werden, doch die Glocken, die wir gießen, mein Gemahl und ich, sind ebenso einzigartig. Ich wage gar kühn zu behaupten, dass es die besten Englands sind. Glocken rühren die Menschen zuweilen zu Tränen und verwandeln Sünder in reumütige Gläubige. Sie rufen die Frommen zum Gebet, warnen vor Unwettern und läuten die Feiertage ein. Glocken verkünden den Willen des Herrn und öffnen den Tugendhaften wie den Schuldigen das Tor zur Ewigkeit, so sie bei Gott sind, seine Gebote befolgen und ihn in seiner Allmacht preisen.« Catlins Augen funkelten vor Hingabe und Ehrgeiz, während ihre Hände einfach nicht zur Ruhe kommen wollten.

»Dass du nicht in die Schmiede zurückkehren kannst, versteht sich von selbst«, erwiderte Richard. »Du bist verheiratet, und dein Platz ist an der Seite deines Gemahles. Doch ich bitte dich, Catlin, ersuch ihn um die Erlaubnis, mich das nächste Mal nach Saint Edmundsbury begleiten zu dürfen, damit du deinen Vater noch einmal sehen kannst. Er ist nicht mehr der Jüngste. Ich fürchte, dass seine Tage gezählt sind, und ich weiß, er gäbe alles darum, dich noch einmal in die Arme schließen zu können, bevor es mit ihm zu Ende geht.«

»Du machst mir Angst, Richard! Sag, verbirgst du etwas vor mir? Geht es ihm nicht gut?« Catlin hatte die Augen weit aufgerissen.

»Ich verberge nichts vor dir. Deinem Vater geht es nicht grundschlecht, doch ist er nicht mehr so wohlauf wie früher. Nach dem Überfall auf die Schmiede hat er seine alte Kraft und Zuversicht nie wieder zurückerlangt. Als du dann auch noch verschwunden bist …« Richard seufzte. »Er kann von Glück reden, dass Alan ihm in der Werkstatt so treu zur Seite steht, und das, obwohl du ihn verschmäht hast.«

Catlin rang hörbar nach Atem.

»Weder ich noch dein Vater, ja, nicht einmal Alan selbst tragen dir das nach«, versicherte ihr Richard. »Es wäre ohnehin zwecklos. Was geschehen ist, ist geschehen.« Er nahm sie bei den Schultern. »Dein Vater wird nicht ewig leben, darum solltest du ihn besuchen, bevor es zu spät ist.«

Catlin nickte. Im tiefsten Innern ihres Herzens hatte sie all die Jahre auf Neuigkeiten von ihrem Vater gehofft. Wie oft hatte sie sich der Vorstellung hingegeben, er vermisse sie so schmerzlich, dass er ganz England nach ihr absuche, nur um sie wieder in die Arme schließen zu können und ihr unter Tränen zu vergeben. Rührung schnürte ihr die Kehle zu. »Wirst du schon bald nach Saint Edmundsbury reisen?«, presste sie schließlich hervor.

»Bald, ja, doch den genauen Tag kann ich dir nicht nennen.« Richard starrte einen Augenblick nachdenklich in die Ferne, bevor er sich wieder an sie wandte. »Ich schicke dir einen Boten, sobald ich Näheres weiß. Die Entscheidung, wann ich reise, obliegt allein dem König.« Er straffte die Schultern.

Catlin konnte nicht umhin, die Stirn zu runzeln. Täuschte sie sich, oder missbilligte Richard die Art und Weise, wie der König über seine Männer verfügte? Ein König aber fragte nun einmal nicht, ob seine Entscheidungen den Untertanen gefielen oder nicht, ein König befahl.

»Denkst du, dein Gemahl hat etwas dagegen, dass du mich begleitest?«

»Nein, er stimmt ganz gewiss zu, da bin ich mir sicher«, beruhigte ihn Catlin.

Richard nickte zufrieden. »Nun denn, dann hörst du von mir.« Er schickte sich zum Gehen an.

Catlin begleitete ihn zur Tür und öffnete sie für ihn.

Als Richard bereits auf der Straße stand, schien ihm noch etwas einzufallen. Er wandte sich um. »Könnte es sein, dass du schon einmal von einem Dieb namens Quickhands gehört hast?«

Catlin fürchtete, der Boden unter ihren Füßen könne sich auftun und sie auf der Stelle verschlingen. Sie klammerte sich am Türrahmen fest, um nicht zu schwanken. Einen Augenblick lang überlegte sie, ob Richard vielleicht mehr wusste, als er zugab. Ob er gar einzig wegen Quickhands gekommen war und nicht wegen ihres Vaters, wie er behauptet hatte. »Quickhands?«, fragte sie nach, um Zeit zu gewinnen. Wenn sie so tat, als hätte sie diesen Namen noch nie gehört, wunderte Richard sich womöglich, war der Dieb doch in aller Munde. Wie ein Lauffeuer hatte sich die Nachricht vom Überfall auf den König herumgesprochen. Jeder, der in London lebte, wusste davon. »Gewiss. Ist es wahr, was man sich auf der Straße erzählt? Dass er den König bestohlen hat?«, fragte sie darum betont arglos.

»Und wie wahr es ist!«, grollte Richard. »Doch die Männer des Königs werden ihn finden und ihn am höchsten Galgen der Stadt aufknüpfen.«

Aus Angst um Nigel wurde Catlin die Kehle ganz eng. Sie erinnerte sich noch allzu gut an die Hinrichtung der vier Übeltäter, die die Schmiede überfallen hatten. Die Bilder verfärbter Gesichter und geschwollener Zungen hatten sie noch wochenlang bis in den Schlaf verfolgt. Sich Nigel am Galgen vorzustellen war so abscheulich, dass ihr schauderte. Sie hätte Richard nur zu gern gefragt, ob man bereits mutmaßte, wer hinter dem Namen Quickhands steckte, doch sie wagte nicht, ihrem Vetter in die Augen zu blicken. Zu groß war die Angst, er könne ihr ansehen, dass sie mehr über den Dieb wusste als er und alle anderen in der Stadt.

»Du hörst von mir«, versprach Richard und küsste sie auf die Wange. »Ich bin froh, dass es dir gut geht«, murmelte er, löste die Zügel, die er um den eisernen Ring geschlungen hatte, der neben der Tür in die Hauswand eingelassen war, und bestieg sein Pferd. »Bis bald!« Er schnalzte mit der Zunge und ritt davon.

Catlin verriegelte die Tür von innen und schloss die Augen. Sie musste Nigel warnen. Ihm sagen, dass man Quickhands mit dem Diebstahl in Verbindung brachte, dass ein Ritter des Königs bei ihr gewesen war, wenn auch vermutlich nicht seinetwegen. Und sie musste dem Freund ins Gewissen reden, sich nie wieder in solch große Gefahr zu begeben.

»Flint? Corvinus?«, rief sie. »Ich muss kurz fort!« Sie warf sich den Mantel über die Schultern. »Ihr kommt zurecht?«, erkundigte sie sich und blickte sich in der Werkstatt um. »Wo steckt Corvinus?«, fragte sie verdutzt, als sie den Lehrjungen nicht antraf.

»Beim Bäcker, ich habe Hunger«, brummte Flint.

»Der Meister ist sicher bald zurück«, sagte Catlin.

»Was soll ich ihm sagen, wenn er nach dir fragt?« Flint rieb sich mit dem Ärmel über die Nase.

»Der Mietzins ist fällig«, entgegnete Catlin. Dass sie ihn erst vor wenigen Tagen bezahlt hatte, wusste Flint gewiss nicht, und John kümmerte sich schon seit Längerem nicht mehr um die Zahlungen an Nigel.

Als Flint nickte und sich wieder seiner Arbeit zuwandte, verließ Catlin eilends die Werkstatt.

Randal kannte sich mit den Farben und Wappen der Ritter nicht aus, doch dem Auftreten nach war der junge Mann, der soeben die Glockengießerei verließ, mehr als wohlhabend. Ein einfacher Soldat besaß weder ein solch glänzendes Schwert noch ein so feines Gewand, das sauber gebürstet, ohne jedes Flickwerk, dafür aber mit aufwendigen Stickereien versehen war. Randal kratzte sich nachdenklich am Bart. So vertraulich, wie der Ritter und die Ehefrau des Glockengießers miteinander umgegangen waren, mussten sie sich näher kennen. Ob er wirklich ihr Vetter war? Ein schmutziges Grinsen huschte über Randals Gesicht. Am Ende war der schmucke Edelmann gar ebenfalls ein heimlicher Geliebter und Flint keineswegs der Einzige, dem die junge Frau ihre ehebrecherische Gunst schenkte. Gerade als sich Randal zufrieden auf den Heimweg machen wollte, öffnete sich die Tür zur Werkstatt abermals, und die Meisterin trat auf die Straße. Randal stutzte, als sie sich misstrauisch nach beiden Seiten umblickte. Sah sie nicht aus wie eine Frau, die etwas zu verbergen hatte? Als sie gleich darauf entschlossenen Schrittes die Straße entlangeilte, drängte es ihn, ihr zu folgen. Dabei hätte er nicht zu sagen gewusst, was er sich davon versprach. Er lief ihr durch einige Gassen hinterher, bis die Viertel wohlhabender, die Häuser größer und die Straßen breiter wurden. Vor einem bemalten Haus blieb die junge Frau plötzlich stehen, klopfte ohne einen Augenblick des Zögerns an die Tür und wartete, dass man ihr öffnete. Randal hatte das Haus sofort erkannt, denn hier war er schon einmal gewesen. Damals, als Merildas Vater die Werkstatt verspielt hatte und Randal den Käufer der Töpferei aufgesucht hatte, wenn auch vergeblich. Ob sie ihm gleichfalls jene Aufmerksamkeit schenkte, die sie Flint und vielleicht auch dem Edelmann zukommen ließ?

Randals rechte Braue zuckte. Als er die junge Frau zum ersten Mal gesehen hatte, hatte er sie für ein anständiges Weib gehalten. Doch wie es schien, war sie leichtfertiger als vermutet und betrog den armen Glockengießer. Randal war hin und her gerissen zwischen Mitleid mit dem Meister, der ein untreues Weib nicht verdient hatte, und einer gewissen Genugtuung, weil auch er hinters Licht geführt wurde.

Eine Magd öffnete, riss die Tür noch weiter auf, als sie sah, wer Einlass begehrte, und begrüßte die junge Frau wie einen gern gesehenen Gast. Kurz darauf schloss sich die Tür wieder, und Randal dachte fieberhaft über eine Möglichkeit nach, mehr über das Zusammentreffen im Haus des Kaufmannes zu erfahren. Schließlich suchte er in der angrenzenden Gasse nach einem Seiteneingang zum Hinterhof des Hauses. Als er dort nicht fündig wurde, aber eine große Holzkiste entdeckte, die an der Mauer abgestellt war, kletterte er hinauf und versuchte in den Hof zu spähen.

Ein paar Satzfetzen nur drangen ihm ans Ohr und machten ihn noch neugieriger. Also reckte er sich, sosehr er konnte, um auch einen Blick auf den Mann und die Frau jenseits der Mauer zu erhaschen. Dabei verlor er um ein Haar das Gleichgewicht, krallte sich an einem Stein fest, horchte, runzelte die Stirn, machte sich noch länger, um endlich etwas erspähen zu können, schmunzelte, als er sah, was sich dort abspielte, und rieb sich die Hände. Dabei wäre er fast von seinem Aussichtsplatz gestürzt, als ihn eine laute Stimme erbost anschrie. »He, herunter mit dir! Das ist meine Kiste!«

»Bei allen Engeln des Himmels, Catlin! Du kommst mir wie gerufen!« Nigel eilte mit ausgebreiteten Armen auf sie zu. »Ewe ist verschwunden und hat den Jungen mitgenommen!« Blanke Verzweiflung stand ihm ins Gesicht geschrieben, sein Barthaar war schon länger nicht geschabt, das Haar zerzaust, die Kleidung zerknittert, als hätte er darin geschlafen. »Wenn sie sich nur nicht in die Themse stürzt oder meinem Bub ein Leid antut!«

Catlin legte ihm mitfühlend die Hand auf den Arm. »Was ist geschehen, Nigel? Hattet ihr eine Auseinandersetzung?«

»Eine Auseinandersetzung?« Seine Stimme drohte sich zu überschlagen. »Wir haben vom ersten Tag an gestritten wie die Kesselflicker, doch in den vergangenen Wochen war Ewe zänkischer und niedergeschlagener denn je. Aus dem Schlafzimmer hat sie mich verbannt, unentwegt bezichtigt sie mich des Ehebruchs, sie schimpft und droht, verspottet und beschimpft mich. Sie schlägt nach mir und schreit, als briete ich sie am Spieß, sobald ich ihre Hand festhalte, um ihr Einhalt zu gebieten. Ich bin am Ende, Catlin. Ich weiß nicht mehr aus noch ein.« Er schüttelte mutlos den Kopf.

Catlin hätte gern etwas Tröstendes erwidert, doch ihr wollte einfach nichts einfallen, so übel war ihr plötzlich. Sie schwankte. Unmengen von Speichel liefen ihr im Mund zusammen. Zweimal hatte sie an diesem Morgen bereits speien müssen. Sie schloss die Augen und versuchte tief und gleichmäßig zu atmen. Nur nicht an die Übelkeit denken!, beschwor sie sich immer wieder.

»Ist dir nicht wohl?«, hörte sie Nigel besorgt fragen. Es klang dumpf, wie aus weiter Ferne. Ihr Magen rebellierte heftig, und in ihren Ohren rauschte es.

»Ich … du musst …«, presste sie hervor. Sie war gekommen, um ihn zu warnen, weil die Männer des Königs in der ganzen Stadt nach Quickhands suchten. *Du musst größere Vorsicht walten lassen,* wollte sie sagen. *Wenn du nicht achtgibst, landest du am Galgen, und deine Frau und dein Sohn enden in der Gosse.* Aber sie brachte kein Wort hervor. Ihre Knie fühlten sich an wie frisch geschorene Wolle. Überführte man Nigel als den gesuchten Dieb, so würden sein Haus und sein Geschäft geplündert, das Gesinde, Ewe und das Kind mit Schimpf und Schande davongejagt. »Du musst …«, setzte sie noch einmal an. Doch sammelte sich immer mehr Speichel in ihrem Mund, und der Druck im Magen wurde größer und größer. Sie presste die Lippen aufeinander, schlug die Hand davor, stürzte auf eine Ecke des Hofes zu, hustete, würgte und spuckte, bis die Übelkeit allmählich nachließ.

»Mandelkerne oder Haselnüsse sollen helfen«, sagte Nigel, der auf einmal hinter ihr stand, und tätschelte ihr liebevoll den Rücken. »Du musst sie langsam kauen, wenn dir übel wird, dann soll es rasch besser werden.« Er lächelte mit traurigen Augen. »Wann ist es denn so weit?«

Catlin sah ihn überrascht und entsetzt zugleich an und schüttelte den Kopf. Obwohl sie mit aller Kraft dagegen ankämpfte, stiegen ihr Tränen in die Augen. Nigel hatte beiläufig ausgesprochen, was sie sich selbst bisher nicht eingestanden hatte. Den Gedanken, womöglich ein Kind unter dem Herzen zu tragen, hatte sie in den vergangenen Tagen immer wieder weit von sich geschoben. Dabei war sie durchaus beunruhigt gewesen, denn seit der letzten Nacht mit Flint war sie nicht mehr unrein geworden. Sie hatte sich einzureden versucht, ihre Blutung sei nur ein wenig säumig und werde bald einsetzen, doch die Angst war mit jedem Tag greifbarer geworden.

»Ich weiß nicht, wovon du sprichst!«, stieß sie gereizt hervor.

Nigel lächelte weich. »Ich könnte schwören, dass du gesegnet bist.« Er kreiste mit der Hand über seinem Bauch.

»Ach, was weißt du schon?«, erwiderte sie schroff.

»Es geht so ein Leuchten von dir aus«, erklärte er ein wenig verlegen. »Außerdem war Ewe auch ständig übel.«

»Das Essen von gestern ist schuld, nichts weiter«, behauptete Catlin kurz angebunden. »War wohl verdorben. Die neue Garküche bei uns um die Ecke taugt nichts.«

»Wie du meinst«, murmelte Nigel leicht gekränkt.

Welche Enttäuschung für John, wenn er davon erfährt!, dachte Catlin beschämt. Ob es Gottes Wille war, dass sie Richard ausgerechnet dieser Tage wieder begegnet war? Weil sie vielleicht schon bald ihr Zuhause verlor und reumütig zum Vater zurückkehren musste? Die Vorstellung, wie betrübt alle wären, wenn sie von ihrem Betrug erführen, schnürte ihr die Kehle zu.

»Ich dachte, er rührt dich nicht an!«, brach es aus Nigel hervor. »Aber er ist eben auch nur ein Mann«, fuhr er verächtlich fort. »Wenn er hört, dass du ein Kind erwartest, ist er gewiss außer sich vor Freude. Und hofft bestimmt auf einen Sohn und Erben«, fügte er herablassend hinzu. Dabei hatte er selbst sich aufgeführt, als wäre ein Wunder geschehen, als Ewe ihm den Sohn geschenkt hatte.

»Nein!«, rief Catlin außer Atem und schüttelte heftig den Kopf.

»Dann ist John also nicht der Vater«, stellte Nigel überrascht fest. Es dauerte einen Augenblick, dann rang er nach Luft. »Wer?«, rief er aufgebracht. »Wer hat dir das angetan?« Vor Zorn lief er rot an. »Wenn ich den Schuft in die Finger kriege, bringe ich ihn um!«

Catlin blickte Nigel erschrocken an. Er vermutete offenbar, dass sich jemand an ihr vergangen hatte. »Nein! Es war niemand!«, stieß sie hervor. »Glaub mir!«

»Niemand?« Er lachte höhnisch. »Wie kann es dann angehen, dass du …?«

»Es hat mir niemand Gewalt angetan. Ich …« Sie nahm ihren ganzen Mut zusammen. »Ich liebe ihn …«

»Wen?« Nigel runzelte die Stirn.

»Flint.«

»Flint?« Halb ungläubig, halb enttäuscht starrte Nigel sie an.

»Unser neuer Geselle.« Catlin schlug die Augen nieder. »John hat mich nie angerührt«, sagte sie leise. »Ganz, wie er es versprochen hat. Er wird mich aus dem Haus jagen, wenn er davon erfährt, und Flint wird ebenfalls gehen müssen.« Catlin wischte sich mit dem Handrücken über die Nase und schniefte. »Doch das soll nicht deine Sorge sein.« Sie zwang sich zu einem Lächeln, das unbekümmert wirken sollte. »Lass uns lieber nach Ewe und deinem Sohn suchen!«

Nigel sah sie an, als hätte sie in einer fremden Sprache zu ihm gesprochen.

»Nigel!« Sie legte ihm eine Hand auf den Arm. »Lass uns nach Ewe und deinem Sohn suchen!«, wiederholte sie mit erhobener Stimme.

Nigel nickte hilflos. »Wenn ich nur wüsste, wo wir anfangen sollen.«

»Bei ihren Eltern?«, schlug Catlin vor.

»Nein.« Nigel seufzte traurig. »Dort ist sie nicht, das weiß ich sicher.«

Catlin musste unwillkürlich an ihren Vater denken, und so fiel ihr auch Richards Besuch wieder ein. »Eigentlich bin ich gekommen, um dich zu warnen«, sagte sie und senkte die Stimme. »Die Männer des Königs, der Sheriff und die Stadtwachen, der Büttel ... Jeder Mann in Waffen sucht nach Quickhands.« Sie flüsterte nur noch. »Du musst mit dem Stehlen aufhören. Jetzt gleich und für immer!«, flehte sie. »Wenn sie herausbekommen, dass du Quickhands bist, dann hängen sie dich. Es gilt die Ehre Seiner Majestät wiederherzustellen, da wollen sich alle gegenseitig übertreffen. Der Mann, der Quickhands dem Richter überstellt, wird zu einem noch größeren Helden als der Dieb, der den König zu bestehlen wagte.«

Nigel grinste und machte den Eindruck, als fühle er sich geschmeichelt.

»Für Eitelkeit gibt es wahrlich keinen Grund. Du solltest dich lieber fürchten!«, tadelte Catlin ihn.

»Das tue ich ja«, erwiderte Nigel trotzig. »Im Augenblick aber fürchte ich mehr um das Leben meines Kindes und meines Weibes als um das meine, darum lass uns in der Tat umgehend aufbrechen!« Er zog Catlin am Arm mit sich fort.

Schweigend eilten die beiden durch die Gassen der Stadt in Richtung Themse. Mehr als einmal glaubte Catlin, Ewe und den Kleinen entdeckt zu haben, doch hatte es sich stets um eine Verwechslung gehandelt.

»Da, sieh nur!«, rief Nigel plötzlich und deutete in die Ferne, wo eine Menschenmenge zusammenlief. Das Ufer der Themse war an jener Stelle etwas seichter. Catlin überlief ein Schauer, und eine dunkle, unbestimmte Angst erfasste sie, trieb ihr die Tränen in die Augen. Ob ihr ständiger Hang zum Weinen tatsächlich daran lag, dass sie in anderen Umständen war? Was aber, so fragte sie sich, bedeutete es, Mutter zu werden? Mutter zu sein? Ihre eigene Mutter war viel zu früh gestorben. Woher sollte sie also wissen, welche Pflichten eine Mutter hatte und wie eine Mutter fühlte? Und so erfasste sie neben der Angst auch so etwas wie Spannung und Neugier. Ein Kind würde alles verändern, ihr Leben, ihre Arbeit und ihre Zukunft. Auch ihre Ehe, denn für John gäbe es keinen Zweifel, dass sie ihn hintergangen hatte, wenn er von dem Kind unter ihrem Herzen erführe. Ganz gleich, wie gutmütig er sein mochte, eine solche Schmach konnte nicht einmal er erdulden. Die Brust wurde ihr eng. Während sie noch darüber nachdachte, was ihr blühen mochte, wenn John von ihrem Fehltritt erfuhr, erreichten sie die Menschenansammlung am Flussufer und schlossen sich ihr an.

»Gütiger Herr im Himmel, das arme Kind!«, hörten sie plötzlich eine Frau entsetzt ausrufen. »Warum, Herr, lässt du das zu?«, fragte eine zweite voller Zweifel an der Gnade des Allmächtigen. »Sterben nicht schon genug Kinder? So viele rufst du zu dir, noch bevor sie laufen können! Warum nur?« Es klang, als hätte auch sie schon einen Sohn oder eine Tochter verloren, vielleicht gar mehrere Kinder.

Ein Mann hatte den Knaben aus dem Wasser gezogen und legte ihn vorsichtig auf dem Boden ab. Die dünne Kleidung des Kindes triefte vor Nässe und klebte an dem reglosen zarten Leib. Die Gesichtszüge waren weiß und wächsern, die Lippen blau wie Lavendel. Nigel wurde kreidebleich, dann stürzte er zu Boden und kroch auf Knien zu seinem Sohn. Er riss ihn an sich und drückte ihn voller Schmerz an die Brust. Hilflos rieb er ihm den Rücken, so wie es die Ammen nach dem Stillen zu tun pflegten, wiegte sich vor und zurück und weinte lautlos.

»Haucht ihm Luft in den Mund!«, riet ein Seemann, und Nigel folgte seinem Rat. Er füllte seine Brust und blies ein wenig von seinem Atem vorsichtig durch die Lippen in den kalten Leib hinein. Dann presste er den Jungen abermals an sich, strich ihm liebevoll über den Kopf und wieder im Kreis über den Rücken. Immer wieder blies er Luft in die winzige Brust, die sich daraufhin leicht hob und senkte.

»Du musst leben«, murmelte Nigel verzweifelt. »Bitte!«

Plötzlich hustete der Kleine, spie Wasser und wimmerte kläglich.

»Ein Wunder! Ein Wunder ist geschehen!«, riefen sogleich zwei Frauen. Auch Catlin schrie vor freudiger Überraschung auf. Alle waren erleichtert, lachten und jubelten.

»Der Herr hat Erbarmen, das Kind ist wieder am Leben!«, rief ein Mann den Neugierigen zu, die hinter ihm standen und nichts mitbekommen hatten.

Während Nigel noch immer um das Leben seines

Sohnes bangte, spürte Catlin zum ersten Mal in ihrem Leben so etwas wie Liebe zu dem Kind, das sie in sich trug. Wohl wissend, dass die Übelkeit nur eines von vielen Zeichen für ihren Zustand war, zweifelte sie nicht mehr daran, guter Hoffnung zu sein, und spürte gar ein wenig Freude. Auch ihr Körper hatte sich bereits verändert – die Brust war voller geworden, der Bauch weicher.

»Wie ist das arme Kind nur ins Wasser gelangt?«, fragte einer der Schaulustigen mitleidig. »Hat denn niemand achtgegeben?« Daraufhin blickten sich auch die anderen um, gaben unwillkürlich eine schmale Gasse zur Themse frei und spähten zum Flussufer hinüber, wo Männer mit langen Stangen im Wasser stocherten.

Nigel weinte vor Dankbarkeit, weil ihm der Herr das Leben seines Sohnes zum zweiten Mal geschenkt hatte, wiegte das greinende Kind in den Armen und küsste ihm die Stirn. Doch schien ihm auch davor zu grauen, was die Männer noch aus der Themse befördern mochten.

»Wir haben etwas!«, rief einer von ihnen schon kurz darauf und zog mithilfe seiner Kumpane Ewes erschlafften Körper an Land.

»Sie muss ins Wasser gegangen sein«, war die Stimme einer Frau zu hören. Die Schaulustigen bekreuzigten sich. »Sünde, unverzeihliche Sünde!«, rief ein anderes Weib zutiefst empört.

Weit schlimmer aber, als Gottes Gesetz zu missachten und sich das Leben zu nehmen, fand Catlin, dass Ewe ihren Sohn mit in den Tod hatte nehmen wollen. Ein unschuldiges, nichts ahnendes Kind, um ein Haar getötet von der eigenen Mutter. Catlin blickte zu Nigel hinüber, der den Jungen zärtlich an sich drückte, und empfand tiefes Mitgefühl mit ihm. Warum nur hatte sich Ewe umgebracht? Nigel war ihr ohne Zweifel ein guter Gemahl gewesen, außerdem hatte sie weder an Geldnot gelitten noch andere Sorgen gehabt. Ob sie von Nigels Diebeszügen gewusst hatte? Hatte sie befürchtet, schon bald auf der Straße zu enden? Wie verzweifelt musste sie gewesen sein, das eigene Kind mit in den Tod zu reißen. Aber vielleicht hatte sie Nigel den Sohn auch missgönnt. Oder aber Nigel war gar nicht der Vater des Jungen! Catlin schlug beschämt die Augen nieder. Nur weil sie ihren Gemahl hintergangen hatte, musste nicht auch Ewe einen Fehltritt begangen haben. Möglicherweise hatte sie ihren Sohn einfach so sehr ins Herz geschlossen, dass sie ihn nicht hatte zurücklassen wollen.

Die Tote war achtlos auf dem Boden abgelegt worden, ihre Glieder wirkten verrenkt. Am liebsten hätte Catlin den Körper gerade ausgestreckt und der armen Frau die Hände auf der Brust gefaltet. Einer Selbstmörderin indes war jegliche Achtung versagt. Den Menschen, die ihr Leben freiwillig beendeten, spendete die Kirche keinerlei Beistand. Ewe würde weder in geweihter Erde beigesetzt werden noch eines Tages ins Paradies eingehen. Bei dem Gedanken, dass sie auf ewig im Fegefeuer die schlimmsten Qualen erleiden sollte, schauderte Catlin.

Als seine junge Frau am Abend nach Hause kam, erschrak John. Wie blass und elend sie aussah! In den vergangenen Tagen war ihm die Übelkeit aufgefallen, mit der sie gekämpft hatte. Auch die unbewusste Geste, mit der ihre Hand hin und wieder über den Leib gekreist war, hatte er bemerkt und gewusst, dass sie guter Hoffnung war. Die einzige Frau, die er je geliebt hatte, war ebenfalls unwohl gewesen, als sie ein Kind unter ihrem Herzen getragen hatte. Sein Kind. John tat, als falle ihm Catlins angestrengtes, müdes Aussehen nicht auf.

»Ist spät«, sagte er einsilbig.

»Nigels Frau hat sich ertränkt«, murmelte Catlin matt und setzte sich an den Tisch, auf dem ein unberührter Teller mit Grütze stand.

John konnte nicht verstehen, wie eine vom Leben verwöhnte, wohlhabende junge Frau eine solche Sünde begehen konnte, während andere verzweifelt um ihr Dasein kämpften. »Iss etwas!« Er stellte sich hinter Catlin und legte ihr die Hände auf die Schultern. »Auch wenn die Grütze längst kalt ist.« Es ärgerte ihn, dass er vorwurfsvoll klang, wollte er doch vielmehr Verständnis für ihren Kummer zeigen. Schließlich wusste er, wie viel ihr die Freundschaft mit Nigel bedeutete, und verstand wohl, dass sie dem jungen Kaufmann in einer solch schwierigen Lebenslage zur Seite stehen wollte. Obgleich er Nigel nicht traute, fühlte er dennoch mit ihm. Sein Weib zu verlieren, das wusste er aus eigener Erfahrung, war ein unerträglich harter Schicksalsschlag. Als Catlin keine Anstalten machte, etwas zu sich zu nehmen, deutete er auf den Holzteller, doch sie schüttelte nur den Kopf und stützte ihn verzweifelt in beide Hände.

»Sie hat seinen Sohn mit ins Wasser genommen«, murmelte sie. »Wie konnte sie nur? Eine Mutter muss ihr Kind doch lieben und beschützen.« John spürte an dem Beben in ihren Schultern, dass sie weinte. »Ich …«, setzte sie an, und mit einem Mal befürchtete John, sie könne ihm beichten, dass sie ein Kind erwartete.

»Schsch!«, unterbrach er sie mit weicher Stimme.

»Denk nicht mehr daran! Der Junge ist unschuldig und getauft, er wird beim Herrn im Paradies weilen.« Obwohl er überzeugt war, dass es für die Hinterbliebenen nichts Schlimmeres gab, als ein Kind zu Grabe zu tragen, versuchte er Trost zu spenden.

Catlin hob den Kopf und blickte mit einem schiefen Lächeln zu ihm auf. »Das Kind lebt!«, sagte sie, lachte erleichtert und weinte gleich darauf so bitterlich, dass John sich vollkommen hilflos fühlte.

Liebevoll strich er ihr über das Haar. Wie unendlich dankbar Nigel sein musste, dass der Herr seinen Sohn verschont hatte. Ob der junge Kaufmann dafür einen Handel mit Gott eingegangen war, so wie er es seinerzeit selbst getan hatte? »Geh und ruh dich aus!«, sagte er sanft und doch bestimmt. Irgendwann würde sie ihm gestehen, dass sie ein Kind erwartete, und er würde sich entscheiden müssen, was er dann zu tun gedachte. Davonjagen wollte er sie nicht. Sie war zu begnadet, ihre Leidenschaft für sein Handwerk zu außergewöhnlich. Genau darum liebte er nichts mehr als die Arbeit mit ihr. Der tägliche Austausch mit ihr gab ihm Kraft und beflügelte ihn. »Ich komme gleich nach!«, rief er, als sie die Treppe zur Schlafkammer hinaufstieg. Er brauchte noch einen Augenblick für sich allein, bevor er sich zu ihr ins Bett legen und so tun konnte, als ahne er nichts. Nach seiner letzten Rückkehr war ihm sogleich aufgefallen, dass sich etwas verändert hatte. Zuerst hatte er nicht benennen können, was es gewesen war, dann aber hatte er das Leuchten zu deuten gewusst, das von Catlin ausging, sobald sich Flint in der Nähe aufhielt. Seitdem erinnerte die Stimmung in der Gießerei an einen schwülen Sommertag, an dem das Gewitter zu spüren ist, noch bevor die erste Wolke am Himmel aufzieht. Selbst einem

Blinden wäre aufgefallen, dass die beiden mehr verband als die Arbeit, so sehr knisterte die Luft zwischen ihnen. Der junge Geselle gab Catlin offenbar genau das, was sie sich ersehnte und John ihr nicht bieten konnte. Er wusste nur allzu gut, wie sehr die Liebe den Menschen veränderte, hatte er selbst doch alles dafür aufgegeben. Er hatte sein Seelenheil aufs Spiel gesetzt, nur um sein Leben mit der Frau zu verbringen, die er über alles geliebt hatte. Für sie und das gemeinsame Kind zu sorgen war wichtiger gewesen, als sein Versprechen einzuhalten. Obwohl eine schiere Ewigkeit vergangen war, seit er sein geliebtes Weib verloren hatte, schnürte es John die Kehle zu.

Als Catlin drei Tage nach Ewes Freitod in die Straße einbog, in der Nigel wohnte, erschrak sie beinahe zu Tode, denn vor seinem Haus standen zwei Pferde, angetan mit den Farben des Königs, ein kleines Fuhrwerk und zwei Bewaffnete, die wichtigtuerisch dreinblickten. O mein Gott, sie haben ihn gefunden!, schoss es Catlin durch den Kopf. Ob Nigel entgegen aller Vernunft erneut stehlen gegangen war? Bei dem Gedanken an die Strafe, welche ihn erwartete, schlug ihr das Herz bis zum Hals, und sie rang nach Atem. Zum Richtplatz würden sie ihn zerren, um ihn dort vor den Augen der ganzen Stadt aufzuknüpfen. Der Pöbel, der einst fröhlich freche Lieder über ihn gesungen hatte, würde ihn mit Schmährufen bedenken und Steine nach ihm werfen. Catlins Knie wurden weich. Die Bilder aus St. Edmundsbury waren noch so deutlich, obwohl seitdem

Jahre vergangen waren. Die geschwollenen blauschwarzen Zungen, die aus den Mündern der Verurteilten hervorgequollen waren, die zuckenden Leiber und die eingenässten Bruchen, all das war wieder ganz nahe. Tränen rollten ihr über die Wangen, dann aber stieg plötzlich unbändige Wut in ihr auf. Wie oft hatte sie Nigel gebeten, nein, angefleht, mit dem Stehlen aufzuhören! Aber er hatte unbedingt weitermachen müssen. Ihr Zorn wurde nur noch vom Gefühl tiefer Hilflosigkeit übertroffen. Dennoch kämpfte sie sich entschlossenen Schrittes durch die Menge, um zum Haus zu gelangen.

»Richard?« Catlin wusste nicht, ob sie erleichtert oder erschrocken sein sollte, als sie ihren Vetter im Hauseingang entdeckte.

»Catlin, was tust du hier?« Richard runzelte verwundert die Stirn.

Was sollte sie ihm antworten? Einen Augenblick lang zögerte sie. Gab sie zu, eine Freundin von Nigel zu sein, machte sie sich womöglich der Mitwisserschaft verdächtig. Außerdem wäre Richard sicher wütend, wenn er erführe, dass sie ihm die Freundschaft mit dem allseits gesuchten Dieb verheimlicht hatte. Welche Ausrede sollte sie sich einfallen lassen, ohne Nigel gänzlich zu verleugnen? Catlin zupfte sich unschlüssig am Ärmel. Vielleicht konnte sie Richard um Zuspruch beim König bitten und so Gnade für Nigel erwirken? Gerade als sie zum Sprechen ansetzen wollte, trat ein Soldat dazwischen und wandte sich an Richard, ohne Catlin eines Blickes zu würdigen.

»Die Selbstmörderin hatte kaum eigenen Besitz, denn ihr Vater war kein wohlhabender Mann. Ein einfacher Kaufmann nur, hat sich offenbar recht ordentlich geschlagen, bis zwei gesunkene Schiffe ihn fast völlig ruiniert und um ein Haar an den Bettelstab gebracht haben«, erklärte er. »Für den König ist hier nicht viel zu holen. Ein wenig Geschmeide, das Brautkleid und ein pelzverbrämter Mantel, sonst nichts.«

»Gut, dann gehen wir.« Richard nickte. Er wandte sich noch einmal an Catlin. »Kanntest du sie?«

»Ja«, antwortete Catlin rasch. Gewiss, sie kannte die Verstorbene! Dass sie vor allem mit Nigel befreundet war, verriet sie mit keiner Silbe.

»Ihr Gemahl kann einem leidtun«, sagte Richard. »Ist eine schreckliche Sünde, die sie begangen hat. Geht es dir gut?«, erkundigte er sich plötzlich besorgt. »Du kommst mir ungewöhnlich blass vor.«

»Nicht doch ... nein, es geht mir gut. Sorg dich nicht!« Catlin schenkte ihm ein bemühtes Lächeln. »Ich habe in letzter Zeit einfach zu viel gearbeitet und noch dazu nächtelang schlecht geschlafen.«

Richard lächelte verständnisvoll. »Ich schätze, wir brechen in den nächsten Tagen nach Saint Edmundsbury auf. Hast du deinen Gemahl gefragt, ob du mich begleiten darfst?«

Catlin schüttelte den Kopf. In der Aufregung um Ewes Tod hatte sie ganz vergessen, mit John über den geplanten Besuch bei ihrem Vater zu sprechen. »Das hole ich gleich heute Abend nach, versprochen! Ich bin sicher, er ist einverstanden«, beteuerte sie und lächelte ihren Vetter zuversichtlich an. Richard musste nicht erfahren, dass sie keineswegs vorhatte, John um Erlaubnis zu bitten, sondern ihn lediglich von ihrer Entscheidung unterrichten wollte, mit Richard nach St. Edmundsbury zu reisen.

»Am Tag vor unserem Aufbruch schicke ich dir einen Boten.«

»Danke, ich werde bereit sein.« Catlin nickte und lächelte unsicher. »Auch wenn ich mich vor dem Wiedersehen mit meinem Vater fürchte.«

»Sorg dich nicht! Ich bin sicher, er wird dir keine Vorwürfe machen.« Zur Bekräftigung legte ihr der Vetter einen Arm um die Schultern. »Es wird alles gut«, beteuerte er. »Schließlich bin ich bei dir.« Er zwinkerte ihr verschwörerisch zu.

»Hoffentlich hast du recht«, murmelte Catlin, dachte dabei jedoch nicht nur an ihren Vater, sondern auch an das Kind, das sie erwartete. Mehrmals schon hatte sie John gestehen wollen, dass sie guter Hoffnung war. Doch der Mut hatte sie immer wieder verlassen.

»Was soll ich nur tun?«, hatte sie Flint gefragt, und wie üblich hatte er eine Antwort gewusst. Keine Antwort, wie sie sich eine junge Frau erhoffte, sondern eine überraschende und zugleich denkbar einfache Lösung. »Verführ ihn, und zwar möglichst bald«, hatte er ihr geraten, dabei schien ihm der Gedanke, sie mit John teilen zu müssen, nichts auszumachen. »Er ist dein Gemahl – was ist schon dabei?«, hatte er schulterzuckend hinzugefügt, als er ihr bestürztes Gesicht bemerkt hatte.

So aberwitzig sein Vorschlag auch war, er schien durchaus vernünftig.

John zu verführen mochte in der Tat der einfachste Ausweg sein und weder Catlin noch Flint einer ernsthaften Gefahr aussetzen. Ein einziges Beisammensein wäre ausreichend, um John in dem Glauben zu wiegen, er sei der Vater des Kindes. Manchmal kam eine Frau früher nieder als angenommen. Darum würde der gutmütige Glockengießer kaum Verdacht schöpfen, wenn der Säugling eher geboren würde als erwartet. Wie hinterhältig und niederträchtig eine solche Lüge jedoch war, wusste Catlin ganz genau. Davon abgesehen, dass sie sich nicht vorstellen konnte, das Lager mit John zu teilen, war es sicher alles andere als leicht, ihn zu verführen. Schließlich hatte er Gott Enthaltsamkeit gelobt und sein Wort, wie es schien, niemals gebrochen. Warum er dieses Gelübde abgelegt hatte, wusste Catlin nicht. Seine Vergangenheit ging sie nichts an, das hatte er ihr deutlich zu verstehen gegeben. Doch die Neugier nagte an ihr, wieder und immer wieder fragte sie sich, wo er wohl hinging, wenn er für einige Tage verschwand, was er an seinem Aufenthaltsort trieb, wen er traf und was er sonst noch vor ihr verbarg. Vielleicht hatte er gar eine heimliche Geliebte. Eine verheiratete Frau womöglich. Catlin straffte die Schultern. Im Grunde geschah es ihm ganz recht, dass er hintergangen wurde, war er doch ebenfalls nicht ganz ehrlich.

»Mach ihn einfach betrunken!«, hatte Flint vorgeschlagen, nachdem sie ihm erklärt hatte, dass John ihren Reizen ganz sicher widerstehen werde. Die Aussicht auf Erfolg indes – nachdem er sich einen Rausch angetrunken hätte – war in der Tat nicht von der Hand zu weisen. Catlin atmete tief durch. Wie auch immer sie es anstellte, sie würde John ein Unrecht zufügen. Ganz gleich, was er in der Vergangenheit getan hatte und vor ihr verbarg, er war ihr stets ein guter Gemahl gewesen und verdiente eine solche Missachtung nicht. Trotzdem musste sie es tun. Am besten, noch bevor sie mit Richard zu ihrem Vater aufbrach. Nach ihrer Rückkehr würde sie John dann von dem Kind erzählen und achtgeben, dass man ihren Bauch nicht zu früh bemerkte.

Schweren Herzens beschloss sie also, auf dem Heimweg einen Krug Starkbier zu kaufen, um den Plan in die Tat umzusetzen. Wenn sie selbst nur daran nippte, dann reichte der Inhalt gewiss, um John betrunken zu machen, denn er vertrug nicht viel. In der Hoffnung, ihn zum Bruch des Keuschheitsgelübdes zu bewegen, erstand sie einen Krug Bier und einige Bissen von Johns Leibspeise. Er schätzte das zarte Fleisch des Kiebitzes, besonders wenn die winzigen Keulen und Bruststücke kräftig angebraten und dadurch kross und saftig zugleich waren. Die Portion, die sie erstand, war groß genug, um den ersten Hunger eines hart arbeitenden Mannes zu stillen, doch zu klein, um ihn zu sättigen. Je weniger er zu essen bekam, desto rascher würde der Gerstensaft ihn benebeln. Catlin zupfte sich unsanft am Ohr und kämpfte gegen ihr schlechtes Gewissen an. Damit John nicht misstrauisch wurde, galt es nun noch, einen Grund zu finden, warum sie sein Lieblingsgericht und das Bier gekauft hatte. »Richard!«, murmelte sie, und ein zufriedenes Lächeln umspielte ihre Mundwinkel. Sie würde John tatsächlich um Erlaubnis bitten, ihren Vetter nach St. Edmundsbury begleiten und ihren Vater besuchen zu dürfen. So würde der Glockengießer glauben, sie wolle ihn mit Fleisch und Bier milde stimmen. Ja, er würde nicht einmal Verdacht schöpfen, falls er ihr schlechtes Gewissen bemerkte. Catlin seufzte aus tiefster Seele. Was sie vorhatte, fühlte sich niederträchtig an, auch wenn es so aussah, als gebe es keinen anderen Ausweg. Einige Schlucke Bier werde ich für mich selbst benötigen, dachte sie verzagt, denn es war schwer, die Kraft für diesen unheiligen Akt zu finden und einen Mann zu verführen, den sie nicht liebte. Auch der Gedanke, John könne gar Gefallen am Vollzug der Ehe finden und künftig womöglich häufiger auf seinem Recht bestehen, jagte ihr Angst ein. Was, wenn er glaubte, nichts mehr zu verlieren zu haben, sobald sein Keuschheitsgelübde erst einmal gebrochen war?

Nachdem Randal der Frau des Glockengießers zum Haus des jungen Kaufmannes gefolgt war, hatte er nicht anders gekonnt, als den beiden auf den Fersen zu bleiben – in der Hoffnung, etwas in Erfahrung zu bringen, das sich gegen sie verwenden ließ. Ein Grinsen huschte über sein Gesicht. Die Früchte seiner Arbeit konnte er nicht gleich ernten, doch seine Geduld würde gewiss schon bald umso großzügiger belohnt werden. Einer Liebschaft zwischen den beiden war er nicht auf die Schliche gekommen, als er sie belauscht hatte, dafür war etwas viel Unglaublicheres dabei herausgekommen. Etwas, das er nutzen würde, um die Werkstatt zurückzugewinnen, darum war er mehr als zufrieden. Darüber hinaus hatte er erfahren, dass der junge Kaufmann, der die Werkstatt erworben und sie nicht ihm, sondern dem Glockengießer verpachtet hatte, vom Schicksal hart bestraft worden war. Beinahe zu bedauern war er, fand Randal, schließlich schmerzte es gewiss, sein Weib auf so unglückselige Weise zu verlieren. Außerdem bedeutete der Umstand, eine Selbstmörderin zur Frau zu haben, nichts als Schande und Schmach. Wie schnell kamen in einem solchen Fall Gerüchte in Umlauf, die sich auf sein Geschäft auswirken, ja, sogar den Verlust seines Vermögens bedeuten konnten. Verleumdungen und Verdächtigungen trieben in solchen Fällen oft seltsame Blüten und hinterließen auf diese Weise nicht nur einen trauernden, sondern früher oder später womöglich auch einen verarmten, vielleicht gar saufenden Ehemann.

Wie gut, dass Merilda stets fröhlicher und zufriedener war als so manches Weib, und das, obwohl sie beide keine Reichtümer besaßen. Randal wusste, dass sie ihn liebte, aufrichtig und bedingungslos. Sie stand zu ihm, so wie er war, kannte seine Vorzüge, seinen Fleiß, sein Können und seinen Ehrgeiz ebenso wie einen Teil seiner dunklen Seite. Ihr waren seine Albträume nicht verborgen geblieben, auch wenn sie nicht erahnte, woher sie rührten. Sie hatte die Narben gesehen, die er sich einst mit einem scharfen Messer zugefügt hatte, und irgendwann aufgehört, ihn danach zu fragen, denn Randal hatte ihr deutlich zu verstehen gegeben, dass diese Male nur ihn etwas angingen.

Der junge Kaufmann hatte kein solches Glück mit seinem Weib gehabt. Vermutlich hatte sie ihren Gemahl nicht halb so gut gekannt wie Merilda den ihren und nicht einmal geahnt, dass sich ihr Gatte dem Beutelschneiden verschrieben hatte, wie Randal in Erfahrung gebracht hatte. Dass sie ihr Leben trotzdem auf so tragische Weise beendet hatte, war für Randal ein Geschenk des Himmels. Er grinste breit. Andererseits hätte sie ihren Mann vielleicht verraten, wenn sie gewusst oder zumindest geahnt hätte, wer er wirklich war. Randal seufzte. Hätte er früher davon erfahren, so hätte er ihr die Wahrheit sagen und hoffen können, dass sie den schmutzigen Teil übernahm, doch leider war es dafür zu spät. Nun musste er selbst dafür sorgen, dass der Mann am Galgen endete.

Allenthalben wurde verkündet, der König werde sich für den entscheidenden Hinweis, wer sich hinter dem Namen Quickhands verbarg, erkenntlich zeigen. Was lag also näher, als ihn zum Dank für den Verrat an dem Kaufmann um die Gießerei zu bitten? Randal schmunzelte. Genügend Geld, um sie eines Tages zurückkaufen zu können, vermochte er als Töpfer nicht in zehn Jahren zusammenzusparen, davon abgesehen, dass der junge Kaufmann sie ohne gewichtigen Grund vermutlich gar nicht veräußert hätte. Wurde er aber aufgeknüpft, so fiel sein gesamtes Vermögen an die Krone …

Catlins inneres Glühen schmerzte John mehr, als er zugeben wollte, darum wusste er sich nicht anders zu helfen, als sich noch mehr zurückzuziehen und sich ganz und gar seiner Arbeit zu widmen. Selbst Corvinus schien die Vorliebe der Meisterin für Flint nicht entgangen zu sein, denn auch er wurde zusehends verdrießlicher, und so war es um die Stimmung in der Werkstatt nicht zum Besten bestellt. Nur Flint war wie immer ganz er selbst und ausgeglichen wie eh und je. Er arbeitete, wie es sich gehörte, und suchte nach vollendetem Tagwerk die Schenke auf, um sich ein Ale und ein Würfelspielchen zu gönnen. Hätte Catlin nicht des Öfteren mit hochrotem Kopf die Werkstatt betreten, Kleidung und Haar mit zittrigen Händen zurechtzupfend, bis kurz darauf auch Flint aus der gleichen Richtung erschien, dann hätte John zwar geglaubt, dass sie für den Gesellen schwärmte, jedoch vermutet, dass Flint nicht so für sie empfand. John aber beobachtete die beiden genauer und bemerkte, dass sie heimlich jeden noch so winzigen Augenblick nutzten, um sich zu küssen und zu liebkosen. Es enttäuschte ihn, auf diese Weise von Catlin hintergangen zu werden, auch wenn er wusste, dass er keinerlei Recht hatte, ihr Vorwürfe zu machen. Das verstohlene Glück und das Kind unter ihrem Herzen machten sie zerstreut und müde, aber auch fröhlicher und schöner denn je zuvor. Die verheißungsvollen Blicke, die sie Flint zuweilen schenkte, waren unmissverständlich. Leidenschaft, Liebe und Zärtlichkeit lagen ebenso darin wie ein Maß an Vertrautheit, das John im Umgang mit ihr fremd war. Sein Herz krampfte sich zusammen. Früher hatte er ihr ein Strahlen in die Augen gezaubert, indem er ihr von der Glockenrippe und gelungenen Güssen erzählt hatte. Nun sah er, dass Flints Anblick sie noch mehr zum Leuchten brachte und fühlte sich einsam und ausgeschlossen. Wann wird sie sich mir anvertrauen?, fragte er sich enttäuscht. Wird sie warten, bis sich ihr Bauch so sehr rundet, dass mir die Nachbarn schon zum Nachwuchs gratulieren, bevor sie noch ein einziges Wort geäußert hat? Hält sie mich gar für so blind, was sie betrifft, dass sie hofft, ich würde auch in den kommenden Monaten nichts bemerken? Der Gedanke ärgerte ihn. Dass sie ihn hintergangen hatte, war eine Sache, dass sie ihn nun aber in eine unmögliche Lage brachte, eine ganz andere. Was sollte er sagen, wie sich verhalten, wenn sie endlich allen Mut zusammennahm und ihm von dem Kind erzählte? Er hatte sie nie angerührt, wie also sollte er nicht wütend sein, wenn sie ihm gestand, guter Hoffnung zu sein? Wie sollte er Flint nicht aus dem Haus werfen, wenn die beiden ihn vor vollendete Tatsachen stellten? Schließlich konnte er ihnen ein solches Fehlverhalten nicht durchgehen lassen, ohne ihre Achtung zu verlieren. Seine Würde und seine Ehre als Meister waren alles, was er noch besaß. Er atmete tief durch. Wie sollte es nur weitergehen? So wie Catlin sich benahm, würde sie ihn und die Gießerei womöglich verlassen, wenn er Flint vor die Tür setzte, und ihm folgen. Die Vorstellung, künftig ohne sie leben und arbeiten zu müssen, hielt er nicht aus. Immer wieder hatte er mit ihr darüber gesprochen, wie sehr er hoffte, eines Tages noch größere Glocken als bislang zu gießen, um tiefere, sattere Töne zu erzielen. Wenn sie darüber nachgedacht hatten, wie wunderbar sich die Glocken anhören würden, waren sie stets ins Schwärmen geraten. Zuweilen war es ihnen so vorgekommen, als könnten sie den harmonischen Klang, den sie anstrebten, nicht nur in Gedanken hören, sondern auch fühlen. Niemals hatte er sich inniger mit Catlin verbunden gefühlt als in jenen Augenblicken. Nun aber war sie fahrig und abgelenkt, blickte sich ständig um, ob sich Flint in der Nähe aufhielt, und merkte gar nicht, wie auffällig sie sich benahm. Umso erstaunter war John, als sie an diesem gewöhnlichen Dezembertag mit Kiebitz und Bier nach Hause kam.

»Ich war bei Nigel«, erklärte sie und erzählte von Richard und der geplanten Reise zu ihrem Vater. Dabei goss sie ihm immer wieder Bier nach, erwähnte den Tag ihrer ersten Begegnung in der Abtei von St. Edmundsbury, sprach von der Anziehungskraft, die das Handwerk und Johns Wissen stets auf sie ausgeübt hatten, erwähnte die große Glocke, die sie eines Tages gemeinsam gießen würden, nahm seine Hand und streichelte sie. Dabei lachte sie und fuhr sich aufreizend durchs Haar, bis er begriff, dass sie ihn verführen wollte. Ärger und Enttäuschung nahmen ihm die Luft zum Atmen. Sie hatte vor, ihn ins Bett zu zerren und ihm anschließend den mit Flint gezeugten Bastard unterzuschieben! John wollte aufspringen, sie anbrüllen, ihr ins Gesicht sagen, dass er sie durchschaute und für ihr Tun verachtete, doch dann wurde ihm klar, wie vernünftig diese Lösung war. Also blieb er sitzen und dachte nach. Seinen Schwur gegenüber Gott wollte er um nichts in der Welt brechen, und doch gedachte er nach dem Strohhalm zu greifen, den Catlin ihm hinhielt. Er leerte einen weiteren Becher, dann wusste er, was zu tun war.

Als John den Krug schließlich ausgetrunken hatte, schien der rechte Augenblick gekommen, mit ihm die Kammer aufzusuchen. Er kicherte ständig, war gelöster, fröhlicher als sonst und geradezu anhänglich. Er war näher gerückt, hatte seine Hand auf ihren Rücken gelegt und ihr gar einen Kuss auf die Wange gehaucht. Wenn Catlin ihn überhaupt je verführen konnte, dann jetzt. Bei dem Gedanken pochte ihr Herz wie wild. Du wolltest doch unbedingt Glockengießerin werden, das hast du nun davon, sagte sie sich. Um dir deinen Traum zu erfüllen, warst du gar bereit, ihm beizuwohnen, wann immer er darauf bestanden hätte, so wie es deine Pflicht als sein Eheweib gewesen wäre, wenn er nicht zufällig ein Keuschheitsgelübde abgelegt hätte. Also stell dich nicht so an!, rief sie sich selbst zur Ordnung. Als Jungfer hatte sie weder eine Vorstellung davon gehabt, was zwischen Eheleuten geschah, noch hatte sie ein rechtes Bild von der Liebe gehabt. Nichts hatte sie gewusst von den Gefühlen, die Zweisamkeit in einer Frau auslöste, wenn sie sich dem Geliebten ganz ergab, nackt, wie der Herr sie geschaffen hatte, schutzlos und vertrauensvoll. Das Verschmelzen zweier Körper, die Innigkeit jeder

Berührung, die Glückseligkeit der Erschöpfung, all das kannte sie nur mit Flint. Mit John würde es ein Akt der Vernunft werden, kein Akt der Liebe. Der Gedanke trieb ihr Tränen in die Augen, die sie jedoch geschickt zu verbergen wusste.

»Komm!«, sagte sie, nahm ihn bei der Hand und zog ihn die Treppe hinauf, vorbei an der Kammer, in der Flint für gewöhnlich schlief oder darauf wartete, sich zu ihr schleichen zu können. Zum Glück war er nicht im Haus. Wenige Worte und der Anblick des Bierkruges hatten genügt, um ihn über Catlins Absicht in Kenntnis zu setzen. Mit einem herablassenden Zug um den Mund hatte er sich davongemacht. Er wollte in die Schenke, wie er behauptete, doch Catlin fürchtete, dass er sich in die Arme einer anderen flüchtete. Eifersucht nagte an ihr. Sie ging nicht mit John, weil sie es so wollte, sondern weil Flint es vorgeschlagen hatte und weil es die einzige Möglichkeit war, mit ihrem Kind und dem Mann, den sie liebte, weiterhin unter einem Dach zu leben und Glocken zu gießen.

Beim Knarren der Kammertür, die John kichernd aufstieß, zuckte sie zusammen.

»Zieh dich aus!«, murmelte er und entledigte sich seiner Kleidung.

Catlin errötete und wich in eine Ecke der Kammer zurück, die das flackernde Talglicht nicht mehr erleuchtete, das John auf dem Nachttisch abgestellt hatte. Du schaffst das, versuchte sie sich einzureden und streifte entschlossen erst das Kleid, dann das dünne Hemd über den Kopf. Vollkommen entblößt stand sie da und erwartete das Unvermeidliche, als ein kehliges, dumpfes Geräusch sie aufschreckte. Ungläubig wandte sie sich um und blinzelte zum Bett hinüber.

John war bereits unter die Laken geschlüpft. Er lag auf dem Rücken, halb zugedeckt, hatte den Mund leicht geöffnet und schnarchte! Fassungslos starrte sie ihn an. Er schläft, dachte sie verblüfft, trat näher an das gemeinsame Lager und betrachtete ihn. »John?«, flüsterte sie verstört und kroch zu ihm, doch statt einer Antwort röchelte er nur kurz und schnarchte weiter. Hin und her gerissen zwischen Erleichterung und Verzweiflung, schloss sie die Augen. Wie sollte es nur weitergehen? Wie konnte sie ihn nun noch verführen? Sie drehte sich zu ihm, schmiegte sich an ihn und legte ihm eine Hand auf die Brust. Als er sich nicht rührte, ließ sie die Hand langsam tiefer gleiten. Vielleicht fällt es dir leichter, wenn du dir Flint anstelle von John vorstellst, dachte sie und kniff die Augen fest zu. Plötzlich brummte John ungnädig, und sie zuckte unwillkürlich zurück. Schmatzend wandte ihr der Gemahl den Rücken zu und schnarchte weiter.

»Bitte, verzeih mir!«, hörte sie John um Vergebung flehen. Er hockte vor ihrer Seite des Bettes, hatte die Hände vor sich auf der Matratze liegen und den Kopf auf die Unterarme gesenkt. »Ich habe versprochen, dich niemals anzurühren, verzeih mir, dass ich gefehlt habe!« Er richtete sich auf und blickte Catlin aus glasigen Augen an.

»Nicht, John!«, sagte sie und legte die Hand auf die seine. »Du hast …« Sie wollte ihm versichern, dass er sein Gelübde nicht gebrochen hatte, doch er unterbrach sie.

»Ich werde es nie wieder tun, ich gelobe es bei allen Heiligen!«, weinte er. »Ich schwöre bei Gott und der Bibel, bei meiner Ehre. Bitte, glaub mir!«

Catlin nickte. Sie wusste, dass er seinen Schwur nie

gebrochen hatte, er aber schien zu glauben, dass er ihr beigelegen hatte. »Ich …«, setzte sie an, doch auch diesmal ließ er sie nicht ausreden.

»Sag, dass du mir verzeihst!«, bedrängte er sie. »Ich war betrunken, nie wieder rühre ich auch nur einen Tropfen Starkbier an.« Er raufte sich voller Verzweiflung die Haare. »Bitte, vergib mir, dann wird auch der Herr mir vergeben!«

Obwohl sie die Ehe mit ihm gar nicht hatte vollziehen wollen, war Catlin gekränkt, dass er einfach eingeschlafen war, statt ihren Reizen zu erliegen. Also kostete sie nun den kleinen Triumph aus und ließ ihn in dem Glauben, er hätte tatsächlich gefehlt.

»Es gibt nichts zu verzeihen«, erwiderte sie daher kühl.

»Doch!«, widersprach John. »Auch wenn ich als dein Gemahl das Recht auf den Beischlaf mit dir habe. Mein Versprechen an dich bindet mich ebenso wie mein Gelübde im Angesicht des Allmächtigen.«

Das härene Hemd, das er zum ersten Mal seit Langem wieder unter seiner Arbeitskleidung trug, blitzte am Halsausschnitt hervor, und plötzlich tat John ihr unendlich leid. Das Kind, das sie unter dem Herzen trug, konnte er fortan nicht mehr verleugnen. Ihr Ziel hatte sie also erreicht, doch um welchen Preis?

»Wir sprechen nicht mehr darüber, ja?« Sie strich John liebevoll über das Haar und nickte ihm aufmunternd zu.

Mit gesenktem Kopf küsste er ihre Hand.

Catlin fühlte sich elend, jeder Triumph war wie verflogen, es blieb nur das bittere Gefühl, eine Betrügerin zu sein. Verwerflich und schlecht. Wäre sie ein guter Mensch gewesen, dann hätte sie ihm die Wahrheit gesagt und ihm so die Last der Schuld von den Schultern genommen. Aber sie schwieg, um ihm den Bastard seines Gesellen unterzuschieben.

Ob der Allmächtige ihr jemals vergeben würde?

Vielleicht, so dachte sie, endest du gemeinsam mit Nigel in der Hölle, und der Gedanke, dort für alle Zeiten in den Feuern zu brennen, jagte ihr abgrundtiefe Angst ein. John dagegen würde nach seinem Tod das Tor zur Ewigkeit durchschreiten und bei den Engeln wohnen, dessen war sie sicher.

Zwei Tage später betrat ein Fremder mit einer Nachricht ihres Vetters die Werkstatt.

»Das war Richards Bote«, erklärte Catlin, nachdem der Mann gegangen war, und versuchte fröhlich zu klingen, obwohl das schlechte Gewissen sie noch immer plagte.

John nickte, ohne von seiner Arbeit aufzublicken. Seit er sein Gelübde gebrochen zu haben glaubte, konnte er ihr kaum noch in die Augen sehen.

»Morgen nach Sonnenaufgang ist Aufbruch. Ich soll mich bereithalten«, berichtete Catlin weiter und musste nicht einmal Mühe aufwenden, damit ihre Stimme zitterte. Beim Gedanken, zur Schmiede und zu ihrem Vater zurückzukehren, erbebte sie ganz ohne eigenes Zutun.

»Dann solltest du Corvinus gleich zum Mietstall schicken, damit er dir ein Pferd besorgt.«

»Oh, das ist nicht nötig! Laut dem Boten leiht mir Richard eines seiner Pferde. Nun ja, da er weiß, welch jämmerliche Reiterin ich bin, hat er vermutlich eher ein Maultier für mich vorgesehen.« Bei dem Gedanken, wie ungeschickt sie auf einem Maultier aussähe, umgeben von stattlichen Rittern hoch zu Ross, schüttelte sie lachend den Kopf. »Beim letzten Mal hätte ich um ein Haar zugelassen, dass meine beste Freundin zertrampelt wurde.«

John sah plötzlich auf. »Ich erinnere mich daran, du warst noch Tage danach vollkommen aufgelöst.« Er widmete sich wieder seiner Tätigkeit. »Ich will diese Arbeit noch rasch beenden, bevor es zu dunkel wird«, erklärte er und bemühte sich redlich, gleichgültig zu wirken. »Essen wir bald?«

»Ein wenig dauert es noch, ich wollte uns zum Abschied ein Huhn braten, wenn es dir recht ist.« Als John nickte, rief Catlin nach Corvinus. »Komm und hilf mir!«, forderte sie ihn auf und betrat den Hof, um die braune Henne einzufangen, die keine Eier mehr legte, seit der alte Hahn gestorben war. Statt sich mit dem schönen jungen Gockel zu trösten, trauerte sie ihrer alten Liebe nach, rupfte sich die Federn aus und hatte so ihr Schicksal selbst besiegelt.

Catlin tat die ganze Nacht über kaum ein Auge zu, so bang sah sie der Reise entgegen. Die Aussicht, das bevorstehende Christfest nach Jahren wieder einmal in der Schmiede zu verbringen, wärmte ihr das Herz, wenngleich sie sich auch vor dem väterlichen Zorn fürchtete. In der Gießerei war Weihnachten bislang ein einsames, trauriges Fest gewesen. John war an Feiertagen stets noch verschlossener gewesen als sonst, und Flint hatte die meiste Zeit in der Schenke verbracht. Nur Corvinus hatte sich stets bemüht, zusammen mit Catlin für etwas heimelige Stimmung zu sorgen. Er hatte ihr beim Kochen und Backen geholfen und gemeinsam mit ihr Stechpalmen und Mistelzweige aufgehängt.

»Was meinst du – könntest du auch Corvinus entbehren? Ich nähme ihn gern mit, wenn Richard einverstanden ist«, sprach sie darum am Morgen der Reise ihren Ehemann an, als der sich gerade den Bart schabte. »Weihnachten in der Schmiede ist ein ganz besonderes Fest«, fügte sie leise hinzu.

John hob die Schultern. »Ist nicht viel zu tun während dieser Zeit. Meinetwegen nimm ihn mit.«

Catlin strahlte. »Danke!« Sie riss die Tür zur Kammer auf. »Corvinus!«, rief sie. »Corvinus, schnür dein Bündel! Ich werde Richard fragen, ob du mitkommen kannst.«

Die Tür auf der anderen Seite flog auf. »Ist das wahr?«, rief Corvinus aufgeregt. »Ich darf mit?«

»Wenn Richard einverstanden ist.« Catlin lächelte. Sie war sicher, dass ihr Vetter nichts dagegen hatte, und dankbar, die Reise nicht allein antreten zu müssen, auch wenn die anfängliche Übelkeit nahezu verschwunden war und sie sich stark genug für den langen Ritt fühlte.

Flint hingegen würde sie sicher schmerzlich vermissen. Immer wieder hatte sie sich in den letzten Tagen an ihn geschmiegt und seine Küsse ebenso genossen wie die offensichtliche Erregung, die er zeigte, sobald sie in seinen Armen lag. Bevor sie auseinandergegangen waren, hatte Catlin ihm tief in die Augen gesehen und darin nach dem Versprechen gesucht, dass er sie ewig lieben und ihr bis ans Lebensende treu sein werde. Flint aber hatte nur derb gescherzt und war ihrem sehnsüchtigen Blick ausgewichen. Es fällt ihm schwer, mich gehen zu lassen, hatte Catlin überglücklich daraus geschlossen und war nun zum Aufbruch bereit.

Als Richard mit seinen Männern vor der Tür stand und der Bursche vom Vortag, ein Page offenbar, nach ihr verlangte, trieb sie Corvinus zur Eile an und umarmte John. Flint wünschte der Meisterin eine sichere Reise und empfahl sie dem heiligen Christophorus, wie es sich für einen Gesellen gehörte, dann verneigte er sich und machte sich wieder an die Arbeit. Voller Vorfreude einerseits, aber auch mit Wehmut im Herzen verließ Catlin die Werkstatt. John begleitete sie nach draußen, wo sich ein gutes Dutzend Pferde in der schmalen Gasse drängte. Die Seilerin von gegenüber war aus dem Haus getreten, glotzte neugierig und winkte schließlich, als sie sah, dass Catlin zwar mit großem Aufwand, aber offensichtlich unter friedlichen Umständen abgeholt wurde. Vermutlich war sie sogar beeindruckt, denn die Männer in Richards Begleitung trugen die Farben und das Wappen des Königs.

Richard stieg vom Pferd, begrüßte seine Base und wandte sich sodann an ihren Gemahl, um sich dafür zu bedanken, dass sie mit ihm reisen durfte.

»Bitte, Richard, erlaubst du, dass Corvinus mitkommt? Wir könnten ein Pferd für ihn aus dem Mietstall besorgen.« Catlin sah ihren Vetter bettelnd an.

Richard lachte. »An mir soll es nicht scheitern, wenn Ihr ihn entbehren könnt, Meister«, wandte er sich an John, und als der wortlos nickte, klopfte er Corvinus auf die Schulter. »Wie steht es mit dem Reiten, mein Junge?« Corvinus errötete, ohne zu antworten. »Nun, dann suchen wir dir ein sanftes Pferd aus.« Richard nickte ihm aufmunternd zu. »Bald schon wirst du sicherer im Sattel sitzen als deine Meisterin.«

»Ach du!«, rief Catlin, schlug ihrem Vetter mit der Faust auf den Arm, und alle lachten.

»Sieh nur, wer uns begleitet!«, flüsterte Richard ihr ins Ohr. Catlin wandte sich um und entdeckte eine schöne junge Frau, die auf dem Rücken eines edlen Pferdes saß. Ungläubig runzelte sie die Stirn. »Das ist doch … Mabel?«, formten ihre Lippen fast lautlos.

Richard nickte lachend.

»Hallo, Catlin!«, rief Mabel, strahlte über das ganze Gesicht und winkte aufgeregt.

»Mabel!« Catlin lief so stürmisch auf die Freundin zu, dass deren Pferd ängstlich zurückwich und zu scheuen drohte.

»Das letzte Mal hast du oben gesessen, und ich stand unten«, sagte Mabel lachend. »Wäre mir um ein Haar schlecht bekommen …«

»… hätte dich der König nicht gerettet«, ergänzte Catlin fröhlich. »Was führt dich hierher?«

»Ich … ich bin auf dem Weg nach Hause. Dein Vetter ist so freundlich und gewährt mir Geleit«, antwortete Mabel ausweichend.

»Dann reisen wir tatsächlich gemeinsam?« Catlin konnte ihr Glück kaum fassen. »Das ist ja großartig!«

»Wenn wir nicht bald aufbrechen, wird es Nacht, bevor wir die Stadt verlassen haben«, brummte Richard und trieb die Gruppe zur Eile an.

»Milo?« Catlins schweifender Blick war auf einen jungen Mann gefallen.

»Ist lange her, dass wir gemeinsam unterwegs waren. Wie geht es Euch, Mistress?«, fragte der Angesprochene und nickte lächelnd.

»Meisterin!«, stellte Catlin augenzwinkernd richtig. »Ist so lange her, dass ich inzwischen verheiratet bin. Mein Gemahl« – sie sah sich um und nickte John zu – »ist Glockengießer. John, das ist Milo«, stellte sie vor. »Richards Page.«

»Knappe, Meisterin«, verbesserte Milo grinsend.

»Knappe«, wiederholte Catlin ein wenig verdutzt und wandte sich wieder an John. »Du ahnst nicht, wie froh ich bin, nicht mit Fremden reisen zu müssen.«

»Bringt sie mir nur wohlbehalten zurück!«, bat der Glockengießer, küsste seine Gattin flüchtig auf die Stirn und sah zu, wie Richard ihr aufs Pferd half. »Alle beide!«

»Sorg dich nicht! Er wird gut auf uns achtgeben.« Mehr wusste Catlin nicht zu sagen. Sie sah den Vetter erwartungsvoll an. Zum Glück schien dieser ihr Unbehagen richtig zu deuten. Er nickte dem Glockengießer zum Abschied zu, reckte den Arm und wirbelte mit der Hand durch die Luft. »Aufbruch!«, rief er laut, dann ging es los.

»Wie lange bist du schon von zu Hause fort?«, fragte Catlin, während sie neben Mabel herritt. »Belieferst du den königlichen Hof mit deinen Stickereien?«, wollte sie weiter wissen.

Mabel lächelte nur verlegen und errötete bis unter die Haarwurzeln.

Catlin stockte plötzlich der Atem. »Hast du etwa …?« Sie brachte ihre Frage nicht über die Lippen. Mabel hatte den gleichen Blick wie damals, als der junge König sie in den Armen gehalten hatte. Hitze durchfuhr sie, und sie wagte nicht weiterzufragen. Wenn Mabel ihr etwas anvertrauen wollte, so würde sie gewiss einen ruhigeren Augenblick abwarten und unter vier Augen mit ihr reden.

»Du hast den Glockengießer tatsächlich geheiratet«, stellte Mabel kurz darauf fest, vermutlich um das Schweigen zu brechen, und lächelte. »Dann haben sich deine Träume also erfüllt?«

Nun war es Catlin, die rot anlief. »Es ist so viel geschehen …«, murmelte sie ausweichend. Auch sie hatte der Freundin einiges zu erzählen. Vielleicht, so hoffte sie, bot sich am Abend während der Rast Gelegenheit zu einem vertraulichen Gespräch.

Das Auge sieht den Himmel offen,
Es schwelgt das Herz in Seligkeit

Friedrich Schiller, Das Lied von der Glocke

Bei St. Edmundsbury, Dezember 1228

Als eine stattliche Reiterschar in den Hof einritt, war Alan gerade auf dem Weg zum Haus. Er hatte sein Tagwerk beendet und wie üblich als Letzter die Werkstatt verlassen. Als er das Wappen Seiner Majestät erkannte, runzelte er die Stirn. Ob einer der königlichen Ritter wünschte, noch rasch sein Schwert richten zu lassen? Je höherrangig ein Adliger war, desto eher erwartete er, dass man ihm ohne Murren zu Diensten war, wann auch immer er es verlangte. Alan schmunzelte. Er wusste, dass seine Arbeit geschätzt wurde, und hatte weder sich noch anderen etwas zu beweisen. Also schwenkte er um und ging statt auf das Haus auf die Ankömmlinge zu.

»Sir Richard!«, freute er sich, als er den Neffen des Schmiedes erkannte. »Seid auf das Herzlichste willkommen!«

»Alan, mein Freund, wie geht es dir? Und mein Onkel – sag mir, ist er wohlauf?«

»Er hat wieder einmal zu lange am Amboss gestanden, darum schmerzt sein Rücken, aber er ist gesund.« Alan strahlte über das ganze Gesicht. »Bleibt Ihr über Nacht? Mehrere Tage, vielleicht gar über das Christfest?« Er formte die Hände zu einem Trichter und legte sie an den Mund. »Elfreda! Winnie!«, rief er, dann wandte er sich um. »Begleitet mich ins Haus, Sir Richard! Euer Onkel wird außer sich vor Freude sein.«

Richard gab einem seiner Begleiter einen Wink. »Bringt Mistress Mabel nach Hause, und sucht Euch ein Gasthaus!«, befahl er. »Ich bleibe mit Milo hier«, fuhr er fort und verabschiedete sich von einer jungen Dame. »Alles Weitere besprechen wir morgen.« Er nickte, als sein Gefolge die Pferde wendete und davonsprengte. Eine weitere junge Frau und ein Junge aber blieben nicht weit von Sir Richard entfernt auf ihren Pferden sitzen, ohne sich zu rühren.

Die Frau blickte sich neugierig um. »Hat sich nicht viel verändert hier«, sagte sie zufrieden zu dem Jungen neben sich, dann zog sie die Brauen zusammen. »Bones?«, fragte sie ungläubig, als ihr ein Hund schwanzwedelnd und bellend entgegenlief.

»Nein, Bones lebt schon lange nicht mehr, das ist Hunter, sein Sohn«, erklärte Richard.

»Sein Sohn?« Sie sah ihn fragend an.

»Ich war in letzter Zeit recht häufig hier.« Richard glitt vom Pferd und begrüßte den Hund wie einen lieben Freund. »Einmal hatte ich meine Meute dabei, und eine meiner Hündinnen ließ sich unbemerkt von Bones decken.« Er schüttelte tadelnd den Kopf und seufzte schmunzelnd. »Hunter war der Einzige aus jenem Wurf, der seinem Vater ähnelte, darum habe ich ihn Onkel Henry mitgebracht. Ein Jahr haben er und Bones noch gemeinsam den Hof bewacht.«

Alan ahnte bereits, wer die junge Frau war, und starrte sie mit ungläubig geöffnetem Mund an.

»Catlin!«, rief jemand und bestätigte seinen Verdacht. Es war Winnifred, die aus dem Haus heraus in den Hof stürmte und mit ausgebreiteten Armen auf die junge

Begleiterin von Sir Richard zulief. »Meister, schnell, kommt nach draußen, es ist Catlin! Catlin ist zurückgekehrt!«, rief sie lauthals.

Alan runzelte die Stirn, als Henry in den Hof kam, so schnell ihn die müden Beine trugen. Kein Wort des Vorwurfes kam ihm über die Lippen, als er seine Tochter in die Arme schloss, nachdem sie vom Pferd gestiegen war. Tränen rannen über das Gesicht des Meisters, und seine Schultern bebten.

Alan wusste, wie sehr er seine Tochter vermisst hatte, und erinnerte sich an die Scham, die der Ärmste empfunden hatte, weil sie vor dem Sohn seines besten Freundes davongelaufen war. Plötzlich stieg Wut in ihm auf. Was bildete die dumme Gans sich ein? Dass sie einfach so zurückkommen konnte? Womöglich gar für immer? Wenn sie gedachte, ihren alten Platz einzunehmen, und etwa hoffte, dass er sie doch noch heiratete, nur um die Schmiede eines Tages übernehmen zu können, dann hatte sie sich geirrt. Lieber kehrte er zu seinem Bruder nach Orford zurück oder zog in die Fremde. Auf keinen Fall würde er der jungen Frau einfach verzeihen, dass sie ihren Vater so bitter enttäuscht hatte. Dass sie einen ihr vollkommen fremden Mann nicht hatte heiraten wollen, konnte Alan ja noch verstehen. Aber dass sie ihren Vater ganz allein mit der Schmiede zurückgelassen hatte und einfach verschwunden war, fand er unverzeihlich. Und so würdigte er sie keines Blickes, selbst als Sir Richard sie miteinander bekannt machte.

»Ich weiß, dass sie dich verletzt hat«, sagte Richard wenig später. »Auch ich war wütend auf sie, doch sie ist meine Base …«

»Nun, meine nicht«, erwiderte Alan kühl. »Sie ist die

Tochter des Meisters, und als solche werde ich sie achten«, erklärte er. »Mehr nicht.«

Als sie jedoch alle beim Abendessen um den großen Tisch herumsaßen und Catlin von ihrer Arbeit erzählte, verrauchte sein Zorn. Sie sprach mit solcher Leidenschaft von ihrem Handwerk, dass er nicht anders konnte, als ihr mit halb geöffnetem Mund zuzuhören. Letztlich musste er sie sogar bewundern, dass sie ihre Freunde, ihr Heim und den ganz offensichtlich geliebten Vater aufgegeben hatte, nur um sich den Traum vom Glockengießen zu erfüllen. Von ihrem Gemahl sprach sie mit größter Hochachtung, allerdings ohne das Funkeln, das die Liebe in die Augen einer Frau zauberte. Sobald sie aber von den Tönen der Glocken, ihrer Klangfülle und Ausdrucksstärke, ihrem Widerhall und dem Gefühl tiefster Rührung sprach, die das Geläut verursachte, leuchtete sie wie der hellste Stern am Himmel. Alle hingen an ihren Lippen und freuten sich, wenn sie stolz von den Erfolgen der Gießerei berichtete. Sie bangten mit ihr, wenn sie erzählte, wie schwierig es war, eine Glocke zu gießen, ohne dass Einschlüsse oder Risse entstanden. In dieser Hinsicht, so stellten die Schmiede fest, ähnelte der Guss einer Glocke dem Härten von Schwertklingen, das jedes Mal zu einem aufregenden Ereignis wurde und mit einem Festmahl begangen wurde, wenn es gelang. Nach und nach begriff Alan, dass Catlins Arbeit, ihre Hoffnungen und Ängste sich von den seinen nicht sonderlich unterschieden, und wollte plötzlich Näheres über dieses Handwerk erfahren. Während Corvinus die Schilderungen der jungen Frau immer wieder mit heftigem Nicken bestätigte, geriet diese so sehr ins Schwärmen, dass ihre Wangen vor Aufregung kirschrot erglühten. Bei diesem Anblick begriff Alan, was seinen Großvater Jean so sehr an Catlins Großmutter gefesselt haben musste, dass er sein Leben lang an ihrer Seite gearbeitet und nie das Verlangen verspürt hatte, an ihrer statt Meister in der Schmiede zu werden. Nie hatte Alan eine Frau kennengelernt, die solch eine Leidenschaft besaß, nie sich so sehr gewünscht, dass ein Abend nicht enden möge.

Als Catlin am nächsten Morgen die Schmiede aufsuchte, schmiedete Alan gerade eine Klinge aus und hätte gut ein wenig Hilfe gebrauchen können. Da alle Helfer beschäftigt waren, wandte er sich an Catlin.

»Traust du dir noch zu, einen Hammer zu schwingen?«, erkundigte er sich freundlich und warf einen kurzen Blick auf die Werkzeuge, die an der Wand hingen. Auch Catlins alter Handhammer befand sich darunter.

»Gewiss doch!«, antwortete sie freudig, nahm geschwind den Hammer in die Rechte, stellte sich auf die andere Seite des Ambosses und wartete auf Alans Zeichen. Als er mit dem Kopf nickte, schlug sie auf das Werkstück, wartete, bis auch er zugeschlagen hatte, so wechselten sie sich auch weiterhin mit jedem Hieb ab. Auf diese Weise nutzten sie die Hitze zweimal so gut aus und kamen einen ganzen Schritt schneller vorwärts. Alans Herz klopfte wild, als er das Eisen erneut ins Feuer legte. Sie hatten in so vollkommenem Rhythmus gearbeitet, als hätten sie ihr Leben lang nichts anderes getan, als miteinander zu schmieden. Catlins Gesicht war feuerrot und glänzte vor Schweiß. Wie schön sie doch war!

»Ich hatte fast vergessen, wie aufregend das Schmieden sein kann«, sagte sie ganz außer Atem und lächelte. »Ich verstehe, warum mein Vater so große Stücke auf dich hält«, sagte sie anerkennend, dann senkte sie schuldbewusst den Blick. »Es tut mir leid«, murmelte sie kaum hörbar. »Es hatte nichts mit dir zu tun. Ich meine ... dass ich gegangen bin.«

»Ich weiß.« Alan nickte und warf einen Blick auf das weiß glühende Eisen. »Hilfst du mir noch einmal?«

»Gern!«

»Catlin?« Die Tür quietschte, als Richard sie öffnete und den Kopf zur Werkstatt hereinstreckte. »Ich muss aufbrechen.« Er trat ein und verabschiedete sich von Alan.

»Der König erwartet mich in Oxford. Er gedenkt das Christfest dort zu begehen«, erklärte er, als Catlin ihn in den Hof begleitete.

Hunter begrüßte die beiden freudig, scharwenzelte um Richard herum und ließ sich dann genüsslich von Catlin kraulen. »Bist ein guter Junge«, lobte sie ihn und tätschelte ihm den Rücken, bevor sie wieder zu Richard aufsah.

»Bevor wir losziehen, werde ich mich jedoch davon überzeugen, dass Mistress Mabel wohlbehalten zu Hause angelangt ist. Henry würde mir höchstselbst den Kopf von den Schultern reißen, sollte ihr auf den letzten Meilen noch etwas zugestoßen sein.« Beim Lächeln umspielte ein so wehmütiger Zug seine Mundwinkel, dass Catlin abermals den Verdacht hegte, Richard könne sein Herz ausgerechnet an Mabel verloren haben. Schon während ihrer Reise hatten seine sehnsüchtigen Blicke ihr die Vermutung aufgedrängt, dass ihre Freundin ihm mehr bedeutete, als gut für ihn war.

»Du magst sie sehr«, stellte Catlin ohne jede Anzüglichkeit fest und legte ihrem Vetter die Hand auf den Arm. »Aber sie liebt den König, nicht dich. Auch wenn es wehtut«, fuhr sie mitfühlend fort, »musst du sie vergessen, sonst wirst du deines Lebens nicht mehr froh.«

»Und ausgerechnet du mcinst, mir in Liebesangelegenheiten raten zu können?«, schnaubte Richard. »Glaubst du, alle sind blind und taub?« Mehr als diese Andeutung kam ihm nicht über die Lippen, doch Catlin errötete auf der Stelle.

»Du hast recht, verzeih mir«, stammelte sie.

Richard lächelte traurig. »Falls der König mich nach dem Fest nicht fortlässt, schicke ich dir zwei Männer, die dich und Corvinus nach London zurückgeleiten.«

»Nicht doch, Richard! Wir kommen zurecht. Wir sind einfache Handwerker und werden nicht überfallen, besitzen wir doch keine Reichtümer, für die eine Räuberbande den Strick riskieren würde. Außerdem hast du meinem Vater selbst vor Jahren erklärt, der Weg nach London sei ungefährlich.« Catlin lächelte ein wenig dünn. »Wir schaffen den Rückweg allein, mach dir keine Sorgen!«, versicherte sie ihm und warf sich in seine Arme. »Wenn du Knightly und Adam triffst, dann grüß sie von mir!«, bat sie mit zugeschnürter Kehle.

»Das verspreche ich dir, kleine Base«, versicherte ihr Richard. »Verzeih mir, dass ich so grob war! Die Wahrheit ist oft schmerzhaft, darum hört man sie nicht gern. Du hast recht, ich liebe Mabel, heimlich und ehrenhaft, wie es sich für einen Ritter des Königs und seinen Freund geziemt, doch es ist nicht einfach«, gab er zu.

Catlin nickte. »Ich weiß, dass du ein Ehrenmann bist und sich Henry auf dich verlassen kann«, flüsterte sie. »Meine Hand würde ich für dich ins Feuer legen, obwohl die Liebe einen Menschen so stark verändern kann, dass er sich selbst nicht wiedererkennt.«

Richard drückte sie noch einmal an sich und küsste sie auf die Wange. »Leb wohl, liebste Base!«

»Henry ist ein wunderbarer Liebhaber«, schwärmte Mabel, als die Freundinnen zwei Tage später durch den Abteigarten schlenderten, und errötete. »Komm, ruhen wir uns ein Weilchen aus!«, schlug sie vor und deutete auf einen bemoosten Stein. »Hier haben wir früher oft gesessen, erinnerst du dich?«

Catlin nickte. Das steinerne Tor, das die Normannen einst erbaut hatten, war von hier aus gut zu sehen. Johns Glocke hing in diesem Turm. »Hier hat alles angefangen«, sagte sie nachdenklich. »Hätte ich mich nicht öfter auch mit Thomas hier getroffen, so wäre ich nie aufs Glockengießen gekommen … Weißt du, was aus ihm geworden ist?«

Mabel schüttelte den Kopf. »Sie haben ihn fortgeschickt, wohin, weiß ich nicht. Dass du es vermutlich aber gar nicht so schlecht getroffen hättest, wärst du seinerzeit hiergeblieben, das weiß ich.« Mabel zwinkerte ihr zu. »Ein schmucker Bursche, dieser Alan. Hättest du das geahnt, wärst du vielleicht nicht fortgegangen, oder?«

»Wäre ich doch!«, rief Catlin und funkelte Mabel erbost an. »Um nichts in der Welt würde ich mein Leben gegen ein anderes tauschen.«

»Aber dein Gemahl ist alt und mit Verlaub nicht gerade der Mann, den sich eine junge Frau erträumt.« Mabel verzog das Gesicht.

»Um mich musst du dir keine Sorgen machen«, erwiderte Catlin schnippisch. »John rührt mich nicht an. Er hat Gott Enthaltsamkeit gelobt und hält sein Versprechen.« Sie warf ihrer Freundin einen triumphierenden Blick zu, doch Mabel riss entsetzt die Augen auf.

»O weh, dann lebst du ja wie eine Nonne! Wie furchtbar!« Ihre Stimme wurde sofort wieder sanft, als sie auf den König zu sprechen kam. »Dabei gibt es nichts Schöneres als die Liebe«, schwärmte sie.

»Und wer sagt dir, dass ich das nicht weiß?« Catlin musterte Mabel herausfordernd.

»Du … du hast einen heimlichen Geliebten?« Mabel war offensichtlich überrascht.

Catlin nickte stolz. Sie beugte sich vor. »Wissen deine Eltern von deiner Liebschaft mit Henry?«

Mabel schüttelte entschieden den Kopf. »Um Gottes willen, nein! Er kauft meine Stickereien, und meine Mutter glaubt, dass ich nur deshalb ständig zu ihm gerufen werde.« Sie prustete. »Einen jungen Mann wie Henry soll allein meine Arbeit locken? Nur weil er ein König ist, ist er deswegen nicht weniger ein Mann.« Sie lächelte glücklich. »Ich liebe ihn wirklich, weißt du? Es ist mir gleich, dass er mich nicht heiraten kann. Irgendwann werde ich ihn an eine andere verlieren, an eine Prinzessin, die er zur Königin macht und die ihm einen standesgemäßen Erben schenkt. Aber mir gehört sein Herz für immer, verstehst du?« Sie schmunzelte geheimnisvoll. »Außerdem trage ich ein Kind von ihm unter dem Herzen.«

Catlin sah Mabel erstaunt an. »Du bist guter Hoffnung?« Ihr Herz klopfte wie wild, weil sie beide etwas so Wichtiges verband. »Aber was wird deine Mutter dazu sagen? Unverheiratet kannst du nicht länger bleiben, denk an die Schande, den Büttel und die Nachbarn!« Die Besorgnis stand ihr ins Gesicht geschrieben.

Mabel hob gleichmütig die Schultern. »Henry hat bereits einen Gemahl für mich gefunden. Ich heirate ihn gleich zu Beginn des nächsten Jahres.«

»Du heiratest? Wen? Erzähl schon!« Catlin konnte kaum glauben, was Mabel da so beiläufig erwähnte. Eben noch hatte die Freundin John herabgesetzt und so getan, als könne sie sich nicht vorstellen, die Ehe mit einem ungeliebten Mann einzugehen, und nun dies.

»Henry hat einen Burschen ausgesucht. Vierzehn Jahre jung!« Sie hob die Brauen und seufzte. »Er ist von hoher Geburt, aber von überaus schwächlicher Gesundheit. Darum wird er die Ehe nie vollziehen können und mich hoffentlich rasch zur Witwe machen. Eine andere Lösung ertrüge Henry auch nicht. Zum Glück ist er nämlich viel zu eifersüchtig, um einen anderen Mann neben sich zu dulden.«

Catlin nickte. Dann erzählte sie Mabel von Flint und dem Kind, das sie von ihm erwartete, auch von der Nacht, als sie John betrunken gemacht hatte, und dem darauffolgenden Morgen. »Ich schäme mich, denn nun glaubt er, er hätte gefehlt. Gewiss, es ist nicht richtig, ihm das Kind eines anderen unterzuschieben. Wenn er aber erst erfährt, dass ich guter Hoffnung bin, freut er sich bestimmt. Glaubt er doch, er wäre der Vater«, schloss sie.

Mabel schüttelte den Kopf. »Was du da tust, ist alles andere als recht.« Sie schnalzte tadelnd mit der Zunge. »Dein John hat nicht nur dir Enthaltsamkeit geschworen, sondern vor allem dem Herrn. Deinen Gemahl nun in dem Glauben zu lassen, er hätte seinen Schwur gebrochen …« Mabel starrte nachdenklich ins Leere. »Vielleicht handelst du aber auch richtig, und ihn würde das Wissen, betrogen worden zu sein, noch dazu von seinem Gesellen, nur noch tiefer schmerzen.« Auch wenn Mabel aufmunternd lächelte, konnte sie nicht verbergen, dass sie das Verhalten der Freundin verurteilte.

Doch obgleich Catlin ein schlechtes Gewissen plagte, wusste sie keine andere Lösung. Sich zwischen der Arbeit mit John und der Liebe zu Flint entscheiden zu müssen war ihr einfach nicht möglich.

»Hast du schon von Winnies Unglück gehört?«, fragte Mabel, um von etwas anderem zu reden.

Catlin schüttelte besorgt den Kopf. Seit dem Überfall auf die Schmiede war Duncan nicht mehr von Winnies Seite gewichen, und vor drei Jahren hatten die beiden geheiratet. Ein schönes Paar waren sie, voller Liebe füreinander und für ihren Sohn, den sie Duncan nach seinem Vater genannt hatten, aber Shorty riefen. Ein liebreizendes Kind mit niedlichen Speckbeinchen, das im Frühjahr ein Jahr alt geworden war und seit dem Herbst die ersten Worte sprach.

»Ihr zweites Kind, ein Mädchen, ist im Sommer gestorben. Nur einen Tag ist es alt geworden.« Mabel war anzusehen, wie leid ihr Winnie tat. »Es muss schrecklich sein, ein Kind zu verlieren«, sagte sie, und Catlin stimmte ihr zu.

Randal hatte beobachtet, dass die Frau des Meisters mit ihrem Vetter fortgeritten war. Nun wartete er darauf, dass auch Flint das Haus verließ. Der Geselle spielte und trank zu gern, als dass er sich die Gelegenheit entgehen ließ, seinen Feierabend in der Schenke zu verbringen.

Nur wenn der Meister nicht da war und er mit der Meisterin das Bett teilen konnte, blieb er nach seinem Tagwerk zu Hause, das hatte er selbst erzählt. Ein Grinsen huschte über Randals Gesicht. Bald schon würde er Quickhands an den König ausliefern und die Glockengießerei als Belohnung für seinen Verrat fordern. Doch zuvor musste er noch das Geheimnis der Glockenrippe lüften.

Als die Tür zur Gießerei endlich aufflog, Flint auf die Straße trat und sich sogleich auf den Weg machte, lief Randal los, um ihn einzuholen.

»Wo ist sie hin?«, fragte er, ohne Flint anzusehen, und schritt neben ihm her, als hätten sie das gleiche Ziel.

»Nach Hause, zu ihrem Vater«, antwortete der Geselle einsilbig.

»Wird dir wohl fehlen«, schloss Randal aus seiner Wortkargheit.

»Weiber gibt's wie Sand am Meer«, antwortete Flint herablassend. »Abwechslung hat noch keinem geschadet. Werde mich schon trösten lassen heute Nacht.«

Randal nickte, obwohl er keineswegs Flints Meinung war. Niemals hätte er Merilda hintergangen. Sie war es, die ihm Kinder geschenkt hatte, die ihm Halt und Zuversicht gab, nur für sie hatten sein Tun, seine Arbeit und sein Leben einen Sinn.

»Ich warte noch immer auf die Glockenrippe«, erinnerte er Flint ungehalten.

»Wenn der Meister das nächste Mal fortgeht. Da die Meisterin nicht da ist, wäre die Gelegenheit trefflich.«

Diesmal war Randal einer Meinung mit Flint. »Wenn sie beide weg sind, könnte ich in die Werkstatt kommen und mir in aller Ruhe die Formeln und Berechnungen ansehen, ohne dass du die Glockenrippen außer Haus bringen musst.«

»Abgemacht.«

»Am besten hinterlässt du eine Nachricht im *Roten Löwen* für mich. Aber spute dich, ich muss bald zurück nach Oxford. Es wartet Arbeit auf mich.«

Flint nickte. »Sicher.«

Randal hob die Hand zum Gruß. »Bis dann.« Sie trennten sich wie zwei alte Bekannte, die sich zufällig getroffen hatten und nun ihrer Wege gingen.

Randal war durchaus zufrieden mit dem Ergebnis der Unterredung. Sobald er Johns Geheimnis gelüftet hatte, würde er dafür sorgen, dass der junge Kaufmann am Galgen endete. Er kratzte sich nachdenklich das Kinn. Wenn ihm der Glockengießer bis dahin nur nicht in die Quere kam und dem Kaufmann die Werkstatt womöglich abkaufte! Randal hatte sie schon einmal verloren und mochte eine solche Niederlage nicht noch einmal erdulden. Wenn er jedoch in Johns Fußstapfen treten wollte, dann musste er nicht nur dessen Geheimnis aufdecken, sondern ihn auch für alle Zeiten loswerden. Er runzelte die Stirn. Wie er das anstellen sollte, wusste er noch nicht, doch ihm fiel bestimmt etwas ein, wenn er nur gründlich darüber nachdachte.

Weihnachten und die zwölf Nächte bis zum Dreikönigstag waren eine wunderbare Zeit. Wer immer es sich leisten konnte, arbeitete im Voraus und ließ zum Christfest sein Tagwerk ruhen. Auch in der Schmiede blieb die Esse kalt, denn mit Familie und Freunden zu feiern, innere Einkehr zu halten und zu beten war in diesen Tagen wichtiger. Der üppig gedeckte Tisch mit herzhaften und süßen Köstlichkeiten, die es nur zum Christfest gab, das ausgedehnte gemeinsame Essen und Trinken, die Geschichten von Rittern, Heiligen und Wundern, die man sich erzählte, all das war eine höchst willkommene Abwechslung an den langen dunklen Winterabenden. Schon Wochen zuvor waren alle aufgeregt und bereiteten sich voller Vorfreude auf die Festtage vor. Elfreda und Winnie kochten und buken, sotten und brieten, denn das Haus versprach voll zu werden. Die Gesellen und Lehrlinge würden an einigen Tagen mit ihnen feiern, Mabel hatte versprochen, hin und wieder vorbeizukommen, und auch mit Nachbarn sowie Freunden musste gerechnet werden. Sich gegenseitig zu besuchen war eine treffliche Gelegenheit, Neuigkeiten auszutauschen, von fortgegangenen Freunden und Familienangehörigen, von den Ereignissen in den Dörfern und Städten der nächsten Umgebung, in der Grafschaft, ja, im ganzen Land, vom König und den Adligen, von Kriegen, Verstorbenen und geplanten Hochzeiten, Gutes wie Schlechtes, alles eben, was zum Leben dazugehörte. Tagsüber, wenn der Nordwind blies und die ersten Schneeflocken herantrug, zog Alan sich zuweilen in die Schmiede zurück. Nicht um zu arbeiten, wie er betonte, sondern um ein wenig aufzuräumen und nachzudenken.

»Erlaubst du?«, fragte Catlin und steckte den Kopf durch den Türspalt.

»Gewiss doch, komm herein!« Alan lächelte. Er hielt ein Werkzeug und einen Lappen in der Hand. »Die Feile hat einmal deiner Großmutter gehört«, erklärte er. »Sie hat sie meinem Großvater geschenkt, als er mit seiner Familie nach Orford zog. War schwer für ihn, denn er liebte diesen Ort.« Er sah sich in der Werkstatt um und nickte zur Bekräftigung. »Aber die Schmiede in Orford brauchte einen zuverlässigen Schmied, und seine Söhne – mein Vater und mein Onkel – konnten schließlich nicht ewig mit deinem Vater hier arbeiten. Für drei Schmiede und mehrere Helfer ist die Werkstatt in der Tat zu klein.« Er lächelte. »Für einen allein aber ist sie viel zu groß«, stellte er bekümmert fest. »Dein Vater wird nicht mehr lange arbeiten können«, fügte er leise hinzu.

»Dann solltest du ans Heiraten denken«, riet Catlin. Sie wunderte sich über die Enge in ihrer Brust und die Kälte in ihrer Stimme, ohne zu ahnen, was sie bedeuteten.

Alan stimmte ihr zu, ohne sie anzusehen. »Das sollte ich wohl.« Er wischte mit dem Tuch über die Feile und legte sie beiseite. »Ich sollte mir Söhne wünschen, denen ich das Schmieden beibringen kann.« Er lächelte verlegen. »Aber ich würde mich genauso über Töchter freuen, wenn ich sie nur mit der Frau haben könnte, die ich liebe.« Ein kurzer, weicher Blick streifte Catlin. Blut schoss ihr in den Kopf. Rasch senkte sie ihn und schämte sich, weil die Frage in ihr bohrte, wer diese Frau wohl sein mochte. Doch nach allem, was sie Alan angetan hatte, stand ihr Neugierde nicht zu. Ob die Frau aus Orford stammte? Alan schien sich nach ihr zu verzehren. Zuweilen wirkte er nachdenklich, beinahe traurig, so als sei es ihm verwehrt, jemals zu lieben. Wenn Catlin es allerdings recht bedachte, wollte sie die Wahrheit gar nicht erfahren. Sie fürchtete die Antwort, die sie zu hören bekäme, und zog es vor, ihn nicht nach der Frau zu fragen, sondern nur stumm zu nicken.

»Dein Vetter hat zwei neue Schwerter bei mir in Auftrag gegeben«, sagte Alan mit aufgesetzter Fröhlichkeit. »Dein jüngerer Vetter.«

»Knightly?« Catlins Miene hellte sich auf. »Ich habe ihn seit einer halben Ewigkeit nicht gesehen.«

Alan wandte sich ab. »Komm, ich zeige sie dir!« Er winkte ihr, holte den Schlüssel hervor, den er um den Hals trug, und öffnete das schmiedeeiserne Schloss einer großen Holzkiste. Catlin runzelte die Stirn.

»Ist das der Schlüssel meines Vaters?«, fragte sie argwöhnisch. Henry trug ihn um den Hals, solange sie denken konnte, und hatte ihn noch nie aus der Hand gegeben.

Alan schüttelte belustigt den Kopf. »Der Herr bewahre, nein! Die Schwerter in dieser Truhe habe ich gefertigt, darum ist es mein Schlüssel. Dein Vater trägt den seinen noch immer um den Hals.«

Catlin war erleichtert. Warum, konnte sie nicht sagen. Alan schien durchaus vertrauenswürdig, wieso hätte ihr Vater ihm seinen Schlüssel also nicht geben sollen? Schließlich schätzte er ihn offenbar genug, um ihm seine besten Kunden zu überlassen. Früher hatte er die Schwerter für den Maréchal stets selbst gefertigt und nicht die winzigste Kleinigkeit einem anderen überlassen. Doch nach dem Überfall auf die Schmiede hatte sich vieles geändert, und so war Catlin froh, dass ihr Vater seinen Schlüssel nach wie vor bei sich trug. So konnte sie sicher sein, dass er die Verantwortung bisher nicht gänzlich aus der Hand gegeben hatte. Catlin rief sich zur Ordnung. Alan würde die Schmiede übernehmen, wenn Henry eines Tages zu alt war, um sie zu führen, oder wenn er starb. Dass der junge Schmied das Handwerk fortführen würde, war tröstlich. Trotzdem schmerzte es Catlin, dass die Werkstatt nicht länger in

Familienbesitz bleiben sollte. Selbst schuld, dumme Gans!, schalt sie sich stumm. Du hättest ihn ja heiraten können. Ihr Herz geriet ins Stolpern, und um sich abzulenken, ließ sie sich das Schwert zeigen, das Alan inzwischen von einer schützenden Leinenhülle befreit hatte. Die Arbeit war gut. Sehr gut sogar. Kein Wunder, dass Henry nach seinem alten Freund Raymond mittlerweile auch dessen Sohn hoch achtete. Doch es war nicht nur seine Arbeit, die er schätzte. Der Schmied liebte Alan wie einen Sohn. Einen Sohn, den er nie bekommen hatte.

»Knightly ist ein netter Kerl, genau wie Richard«, sagte Alan. »Sie halten sich für nichts Besseres, obwohl sie wohlhabend sind und einen noblen Titel tragen«, fuhr er nachdenklich fort.

»Richard und Knightly sind die Besten!«, rief Catlin aus und musste lachen, weil sie sich wie ein kleines Mädchen anhörte. »Ich liebe sie wie Brüder«, erklärte sie voller Hingabe. »Wird Knightly die Schwerter selbst abholen?«

»So hat er es angekündigt. Nur wann, konnte er nicht sagen.«

»Vielleicht kommt er ja vorbei, während ich hier bin«, überlegte Catlin.

»Vielleicht.« Die Art, wie Alan sie ansah, beunruhigte sie.

»Und das andere?«, fragte sie ihn nach dem zweiten Schwert und wich seinem Blick aus. Ganz in Ruhe betrachtete sie die kostbare Waffe, doch mit den Gedanken war sie nicht bei Sache. »Ich bekomme ein Kind«, sagte sie plötzlich leise. »Ich muss es meinem Vater sagen. Er wird Großvater.« Sie lächelte verzagt.

Alan legte seine Hand auf die ihre. Sie fühlte sich stark

an, ein wenig rau und warm. »Meinen Glückwunsch«, sagte er und drückte sanft ihre Finger. »Möge der Herr dich und dein Kind beschützen.«

Oxford, Weihnachten 1228

Ihr seid mein bester Freund, Sir Richard.« Henry schritt erregt auf und ab. Die Ader an seinem Hals pochte sichtbar. »Der jüngste Sohn des Earl of Huntingdon ist tot!«, stieß er ungläubig hervor. »Als hätte er nicht noch wenige Wochen durchhalten können!«, rief er aus und blieb vor Richard stehen. »Und das ausgerechnet jetzt, da ich bald aufs Festland ziehen will.«

Der Sohn des Earl war vierzehn Jahre zuvor mehr tot als lebendig zu Welt gekommen und sein Leben lang kränklich und schwach gewesen. Im Grunde war es erstaunlich, dass er die frühen Kinderjahre überlebt hatte. Sein Tod war zwar tragisch, kam aber nicht völlig unerwartet, dafür mehr als ungelegen. Für den König ebenso wie für den Earl, den Vater des Verstorbenen. Wäre die Aussicht, den Sohn mit der Stickerin zu vermählen, doch eine treffliche Gelegenheit gewesen, sein Haus noch enger mit der Krone zu verbinden. Eine Allianz, wie sie wertvoller kaum sein konnte. Der gebrechliche Junge wäre nie im Leben in der Lage gewesen, die Ehe zu vollziehen, doch das Kind der Stickerin wäre durch das heilige Sakrament das seine geworden und der Bastard des Königs somit ein Enkel des Earl of Huntingdon. Einen königlichen Sprössling aufzuziehen hätte der Earl nicht nur als Ehre empfunden, wie er Henry versichert hatte, es wären auch weitere großzügige Privilegien damit verbunden gewesen. Privilegien, wie sie nur durch treue Dienste zu erzielen waren. Nun aber, da der Sohn des Earl tot war, bevor die Ehe geschlossen werden konnte, musste ein neuer Gemahl für Mabel gefunden werden. Es war durchaus nicht unüblich, dass ein König einen verdienten Ritter mit einer solchen Ehe bedachte, aufgewertet durch Titel und Ländereien, doch in diesem Fall gab es ein Hindernis. »Ich bringe es nicht übers Herz, Mabel mit einem anderen Mann zu teilen, denn ich liebe sie«, erklärte der König. »Wem könnte ich sie anvertrauen? Wem, wenn nicht meinem besten Freund?«, fragte er eindringlich. »Bitte, Sir Richard, heiratet sie!«, forderte er verzweifelt. »Ich weiß mir keinen anderen Rat, als Euch zu bitten, auch wenn ich Euch etwas überaus Schwieriges abverlange, denn Ihr müsst mir versprechen, nein, schwören, dass Ihr nicht auf Euren ehelichen Rechten bestehen werdet.« Henry fuhr sich durch das säuberlich gekämmte Haar. »Es wäre mein Kind, das Ihr aufzögt, nicht Eures.«

Richard konnte nicht glauben, dass der König dies ernsthaft von ihm erwartete. Er rang nach Atem, dann brauste er entgegen seinem sonst so ruhigen Wesen auf. »Nicht nur das, Mylord! Mit Verlaub, es wäre auch *Euer* Kind, das eines Tages die Falknerei meines Vaters bekäme, nicht meines. Mein leiblicher Bruder hingegen ginge vollkommen leer aus«, fügte er empört hinzu. Mabel zu heiraten, ohne ihr Gemahl sein zu dürfen, war ihm ebenso unerträglich wie der Gedanke, womöglich niemals eigene Kinder, geschweige denn einen Erben zu haben. »Ich kann weiß Gott eine bessere Partie freien«, entfuhr es ihm. »Eine Frau, die Ländereien mit in die Ehe bringt, *und* einen fruchtbaren Leib, der mir Söhne schenkt.«

Henry rieb sich verlegen das Kinn. »Ihr habt recht, aber … Ich bin der König, ich finde einen Weg«, sagte er entschlossen.

Richard wusste, dass Henry ihm auch aufzwingen konnte, was er in diesem Augenblick noch erbat, verfügte er doch nicht nur über die Macht, großzügig zu geben, nein, er konnte ihm und seiner Familie auch jeglichen Besitz nehmen. Richard glaubte nicht, dass dies geschehen würde, denn Henry war kein schlechter Mensch. Im Gegenteil, er war zutiefst gläubig und versuchte ein gottgefälliges Leben zu führen, was ihm bis auf die nicht eheliche Liebschaft mit Mabel auch recht gut gelang, trotzdem war es gewiss besser, ihn nicht gegen sich aufzubringen.

Richard schnaufte ungläubig. Warum musste das ausgerechnet ihm widerfahren? Warum konnte der König von keinem anderen seiner Männer diesen Freundschaftsdienst einfordern? Lancelot fiel ihm wieder ein, darum schüttelte er heftig den Kopf.

»Bitte, mein Freund, denkt darüber nach! Ich brauche Euch. Ohne Mabel kann ich nicht leben.«

Sobald Richard allein war, folgte er dem Rat seines Freundes und Königs und dachte über dessen ungewöhnlichen Wunsch nach. Rastlos wanderte er auf und ab, raufte sich die Haare und seufzte immer wieder auf.

Es fiel ihm nicht schwer, sich auszumalen, wie es wäre, mit Mabel verheiratet zu sein, Zeit mit ihr zu verbringen, ein gemeinsames Leben zu planen. Als sich Kinder in seine Wunschvorstellung schoben, zwei Söhne und zwei Töchter, vielleicht mehr, lächelte er, und sein Herz begann zu rasen. Kinder, die aussahen wie Mabel. Töchter, so schön wie sie, und Söhne, mit denen er auf Beizjagd gehen konnte. Ein wunderbarer Gedanke war das, der schönste, den er sich vorstellen konnte, doch verflog die Vision rasch wieder. Auf Wunsch des Königs, so machte sich Richard klar und kam allmählich zur Besinnung, sollte er Mabel zwar heiraten, die Ehe mit ihr jedoch niemals vollziehen. Wie Geschwister sollten sie leben, nicht wie Eheleute. Wie aber sollte Richard die geliebte Frau heiraten, ohne sie je in den Armen halten zu dürfen, ohne Kinder mit ihr zu zeugen? Während der vergangenen Jahre hatte er Höllenqualen gelitten. Wann auch immer der König auf Richards Gesellschaft bestanden und in seiner Anwesenheit ganz offen mit Mabel geturtelt hatte, hatte Richard fast den Verstand und die Fassung verloren. Konnte Henry wirklich so blind sein und nicht bemerken, wie sehr sein Freund litt? Oder war es ihm gleichgültig, dass er ganz und gar Unmenschliches von ihm verlangte? Wie sollte Richard mit Mabel verheiratet sein, mit ihr unter einem Dach leben und dulden, dass der König sie besuchte, wann immer ihn danach gelüstete? Wie ertragen, dass Henry sein Weib für sich einforderte, ihm vor aller Augen Hörner aufsetzte und zugleich bewies, dass er, der König, Mabel glücklich machen konnte, während Richard nichts weiter war als ein Narr? Richard bekam kaum noch Luft. Nein, es war zu hart, was der König von ihm forderte. Dass er Henry die Bitte nicht einfach abschlagen konnte, lag auf der Hand, doch er musste einen Ausweg finden. Verzweifelt überlegte er, welche Wahl ihm blieb. Und wenn er außer Landes floh? Er lachte ungläubig. Der treueste Freund des Königs. Ein solcher Vertrauter stahl sich nicht einfach davon wie ein gemeiner Dieb. Wie hätte sein Großvater, der Maréchal, gehandelt? Als Berater und Freund seines Königs hatte er stets das eigene Glück hintangestellt, doch die Frau, die er liebte, hatte er niemals verraten. Die Heirat mit Mabel aber wäre Verrat gewesen, Verrat an ihr und am König.

Tief beeindruckt sah sich Randal unter den Männern um, die im Hof in Grüppchen zusammenstanden, und für einen Augenblick drohte ihm der Mut zu sinken. Was hatte ein Mann wie er im königlichen Palast zu suchen? Ein einfacher Handwerker, der gekommen war, um einen Dieb an den Henker auszuliefern! Dann aber entdeckte er in einer Ecke des Hofes weitere Männer und Frauen aus dem Volk, Handwerker, Bauern, sogar Waschweiber. Sie alle schienen ebenso wie er darauf zu warten, zum König vorgelassen zu werden. Neugierig gesellte er sich zu ihnen. Sie konnten unmöglich alle wissen, wer Quickhands war, mussten also andere Gründe haben, dem König ihre Aufwartung machen zu wollen. Gespannt spitzte Randal die Ohren und lauschte den Gesprächen.

»Der König soll das Schwein zum Tode verurteilen«, schloss eine aufgebrachte Bäuerin ihre Erzählung, deren Anfang Randal verpasst hatte. Die anderen nickten und brummten zustimmend. Nur ihr Mann fuchtelte mit dem Zeigefinger herum. »So einfach lasse ich John Hooknose nicht davonkommen!«, erregte er sich. »Sein ältester Sohn soll meine Tochter heiraten, wenn sie alt genug ist, oder der Hakennasige muss ihr eine ordentliche Aussteuer ansparen. Schließlich wird sie mit der angefressenen Hand keiner heiraten wollen«, erklärte er im Brustton der Überzeugung.

»Wie viele Finger hat das Schwein dem armen Kind denn abgebissen?«, fragte eine weißhaarige Alte.

Randal musste unwillkürlich grinsen. Als die Mutter des Mädchens das Todesurteil für das Schwein gefordert hatte, hatte er geglaubt, sie spreche von einem Mann, doch sie musste tatsächlich ein Schwein gemeint haben.

»Drei Finger an der Rechten! Sie wird nie richtig zupacken können. Sagt mir, Gevatterin, wer will so eine heiraten?« Er starrte sie glotzäugig an, bis sie ihm zustimmte, dann nickte er zufrieden.

Als die Bittsteller wenig später in die Halle eingelassen wurden, stellte sich Randal hinter dem Bauern, seinem Weib und den anderen in die Reihe der Wartenden. Nach und nach brachte jeder sein Anliegen vor, meist waren es Auseinandersetzungen unter Nachbarn wegen gemeinsamer Grenzen, nicht eingehaltener Absprachen und anderer mehr oder weniger nichtiger Streitigkeiten.

»Der Nächste!«, schallte es durch die Halle, nachdem der König bestimmt hatte, dass der Besitzer des beißwütigen Schweines seinen ältesten Sohn mit dem Mädchen zu verloben und zu gegebener Zeit zu verheiraten hatte, damit es versorgt war. Außerdem hatte er bestimmt, das Schwein zu vierteilen und den Hunden zum Fraß vorzuwerfen.

Randal erhielt einen Stoß in die Rippen, als er nicht sogleich vortrat. Verwirrt blickte er sich um, dann schritt er mit gesenktem Haupt und gebeugtem Oberkörper auf den Thron zu. Er hatte gesehen und gehört, wie der König Recht gesprochen hatte, wie er gelangweilt den vorgebrachten Streitigkeiten gelauscht und jeweils ein kluges, aber auch strenges Urteil gefällt hatte. Was, wenn der König ihn der Mitwisserschaft bezichtigte oder, schlimmer noch, ihn verdächtigte, ein Komplize des Diebes zu sein? Randal drohten die Beine einzuknicken, und für einen Moment wollte er sich einfach umdrehen und fortlaufen. Unsinn, das sähe ja aus wie ein Schuldeingeständnis!, ermahnte er sich. Immerhin hatte ihn schon am Eingang zur Halle einer der königlichen Beamten nach dem Grund seines Kommens gefragt. Mit gerunzelter Stirn und einer Mischung aus Zweifel und Langeweile hatte sich der Höfling angehört, was Randal dem König vorzutragen hatte, und mit Federkiel und Tinte etwas auf ein Pergament gekritzelt.

»Stell dich dort in die Reihe!«, hatte er näselnd befohlen und sich dem nächsten Bittsteller zugewandt. »Name?«

Ehe er es sich versah, schob die Menge Randal vor den König. Er ist jünger, als ich dachte, fuhr es ihm durch den Kopf, als er zum ersten Mal in seinem Leben so dicht vor seinem Herrscher stand, dass er jeden Makel in dem feinen Gesicht wahrnehmen konnte, jede noch so kleine Narbe, jeden Fleck. Er kann kaum älter sein als ich, dachte Randal verdutzt und verbeugte sich. Vielleicht ist er sogar jünger.

»Was führt dich zu mir? Erklär dich!«, forderte der König ihn auf und riss Randal aus seinen Gedanken.

»Mylord, Sire …«, stammelte Randal, wurde blass und räusperte sich. »Mit Verlaub, ich weiß, wer der Dieb ist, der Euch in London beraubt hat«, fügte er leise, fast flüsternd hinzu und verbeugte sich.

»Ja, ja, Quickhands, ich habe es schon vernommen. Niemand kennt ihn, aber alle bewundern ihn. Wenn das alles ist …«, brummte König Henry unwillig, rollte mit den Augen und seufzte gequält. Dann wandte er sich an den Mann zu seiner Rechten und flüsterte ihm etwas zu.

Randal runzelte die Stirn. War das nicht der Ritter, von dem die Glockengießerin behauptet hatte, er sei ihr Vetter? Hitze stieg ihm den Rücken herauf bis in den Kopf. Er musste sich gründlich vorsehen, nichts Falsches zu sagen.

»Nein, Sire … Eure Majestät …« Randal hüstelte verlegen, denn er wusste nicht, wie er den König richtig anzusprechen hatte. »Ich kenne ihn und weiß, wo Ihr ihn findet.«

Plötzlich schien die Neugier des Königs geweckt. Auch die Männer ringsum schwiegen mit einem Mal und musterten Randal erwartungsvoll.

»Du kennst seinen Namen?« König Henry hob erfreut die Brauen.

Randal beugte sich ein wenig vor. »Ich hörte, Ihr würdet Euch erkenntlich zeigen …«, fügte er halblaut hinzu.

Der König runzelte die Stirn und nickte ungeduldig.

»Der Mann, der Euch beraubt hat, Mylord, hat nichts anderes verdient als den Galgen«, verkündete Randal laut. Zustimmendes Gemurmel ermutigte ihn, und er fuhr fort. »Der Vater meines Weibes hatte einst Schulden und war genötigt, seine Töpferwerkstatt zu verkaufen. Jener, den sie Quickhands nennen, hat sie für eine lächerliche Summe Geldes erstanden. Der Bursche, der Euch beraubt hat. Ein junger Kaufmann aus London. Er ist ein Teufel, der die Not des Töpfers ausgenutzt hat, ein Dieb, der Euch und viele anständige Bürger bestohlen hat. Ich bat ihn, mir die Werkstatt zu verpachten, doch er gab einem Fremden den Vorzug, und so hat die Familie meiner Frau ihr Heim verloren. Ich will nichts weiter als Gerechtigkeit, Mylord, für Euch und für mich.« Randal verbeugte sich untertänig.

»Und weil sein Hab und Gut an die Krone fallen, wenn er hängt, so erhoffst du dir als Belohnung die Werkstatt«, ergänzte der König und nickte verstehend.

Randal verbeugte sich erneut.

»Doch sag mir, woher soll ich wissen, ob der Kaufmann, den du bezichtigst, Quickhands zu sein, wirklich besagter Dieb ist und kein unbescholtener Bürger, an dem du dich nur rächen willst?« Der König musterte Randal streng.

»Ich ...«, stammelte Randal verwirrt. Mit dieser Frage hatte er nicht gerechnet. »Ich habe ihn darüber sprechen hören«, erwiderte er. »Das Diebesgut wird man bei ihm nicht finden ...«, überlegte er laut. Quickhands hatte stets noch am selben Tag alles unter den Bedürftigen und in den Kirchen der Stadt verteilt. »Aber der Blinde!«, fiel ihm ein. »Der Blinde, der seine Botschaften und das Geld überbringt, er wird gewiss seine Stimme erkennen.« Randal lief der Schweiß über die Schläfen und den Rücken hinab bis in die Steißfalte.

Der König nickte zufrieden. Ob man den Blinden je anhören würde? Randal zweifelte daran. Die peinliche Befragung durch den Henker war es wohl, die den jungen Kaufmann zum Reden bewegen würde.

»Sein Weib hat sich erst kürzlich in der Themse ertränkt«, fügte Randal triumphierend hinzu. »Die Ärmste hat sicher gewusst, wessen sich ihr Gatte schuldig gemacht hat, und gefürchtet, schon bald in der Gosse zu enden.« Randal hoffte, dass der Vetter der Glockengießerin, der neben dem König saß, ihm nicht auf die Schliche kam. Solange er nur nicht ahnte, dass es um ihre Werkstatt ging! Als der junge Adlige bestätigend nickte, war Randal erleichtert.

»Was aus der Werkstatt wird, entscheide ich später, doch für deine treuen Dienste sollst du nicht ohne Lohn bleiben.« Der König gab einem älteren Ritter mit Spitzbart ein Zeichen und ließ Randal eine glänzende Goldmünze aushändigen.

»Bete zu Gott, dass der Kaufmann schuldig ist!«, knurrte der Mann. »Sonst holen wir uns die Münze zurück und knüpfen dich anstelle von Quickhands auf.«

Randal nickte zitternd. So einfach aber würde er nicht aufgeben. Er wollte die Werkstatt, nichts als die Werkstatt, nur deshalb war er gekommen. »Aber Sire, Mylord!«, begehrte er auf. »Bitte, ich …«

»Geh!«, forderte der Spitzbärtige ihn gestreng auf, während König Henry mit der Rechten eine wedelnde Bewegung machte, als wolle er eine lästige Fliege verscheuchen. »Geh!«, blaffte er noch einmal.

Als Randal sich draußen im Hof wiederfand, konnte er kaum fassen, was geschehen war. Er hatte den gesuchten Dieb ausgeliefert und zum Dank nichts weiter als eine Goldmünze erhalten. Selbst wenn sie so viel wert war, dass er sich damit eine Werkstatt einrichten konnte – um schnödes Geld war es ihm nicht gegangen. Es war die Glockengießerei, die er wollte, nichts anderes! Randal schnaubte ungläubig. Sollte alles umsonst gewesen sein? Plötzlich kam ihm ein großartiger Gedanke. Vielleicht war der König ja viel durchtriebener, als er vermutet hatte. Wenn die Werkstatt nach der Hinrichtung des jungen Kaufmannes an die Krone fiel, dann würde sie entweder weiterverpachtet oder verkauft werden. Womöglich sollte Randal das Goldstück ja dazu verwenden, die Werkstatt dann zu kaufen! Immerhin erfuhr auf diese Weise niemand, dass er Quickhands verraten hatte. So träfe ihn auch der Zorn jener Londoner Bürger nicht, die womöglich Mitleid mit dem berühmten Dieb hätten. Er grinste. Der junge König war klug und offenbar überaus findig. Zufrieden machte sich Randal auf den Heimweg. Die Münze würde er sorgfältig aufbewahren, bis sie ihm zu der Werkstatt von John dem Glockengießer verhelfen würde.

»Mabel?« Besorgt stützte Catlin die Freundin, während sich diese erneut zusammenkrümmte. »Was ist mit dir?« Panik bemächtigte sich ihrer, als Mabel nur mit einem lauten Seufzer antwortete und zu Boden sank. »Es ist nicht mehr weit, so komm doch, bitte!«, flehte Catlin.

»Ich kann nicht«, presste Mabel hervor und stöhnte. »Es tut so weh.« Tränen liefen ihr über das Gesicht.

»Aber es ist zu kalt. Du kannst hier nicht einfach liegen bleiben. Streng dich an, bitte, Mabel!« Catlin wollte ihr aufhelfen, doch Mabel schüttelte den Kopf.

»Ich kann nicht!«, wiederholte sie und keuchte. »Lauf los und hol Hilfe! Es ist das Kind, ich glaube, es kommt!«, rief sie voller Angst, krümmte sich vor Schmerzen zusammen und klammerte sich an den Stamm einer Eiche, die der Blitz gefällt hatte.

Die Freundin allein am Wegesrand liegen zu lassen behagte Catlin ganz und gar nicht, denn es war kalt, Schneeflocken trudelten bereits herab, andererseits konnte sie allein kaum etwas ausrichten. »Ich bin ganz schnell zurück!«, rief sie kurz entschlossen und stürmte los, um das Leben von Mabel und ihrem Kind zu retten.

Rasch setzte sie die Füße voreinander und schwang die Arme, um schneller voranzukommen. Zweimal knickte sie um, und immer wieder drohten sie Steine und Äste zu Fall zu bringen. Angst schnürte ihr die Kehle zu, und die eisige Luft brannte ihr wie Feuer in der Brust.

»Alan, Elfreda, Winnie, helft mir!«, rief sie schon von Weitem. Hunter rannte ihr aufgeregt bellend und mit gesträubtem Nackenfell entgegen, so als ahne er, dass Gefahr im Verzug war. Der Erste, der Catlin rufen hörte, war Duncan. Offenbar hatte er sich hinter der Schmiede erleichtert, denn er richtete sich noch die Kleidung, während er auf Catlin zukam.

»Was ist?«, fragte er erschrocken. Der Überfall auf die Schmiede hatte deutliche Spuren in seiner Seele hinterlassen. Obwohl er inzwischen ein Mann war und stark wie ein Ochse, befürchtete er doch immer, dass etwas Schreckliches geschah.

»Mabel ...«, versuchte Catlin atemlos zu erklären. »Ich glaube, das Kind kommt. Es ist viel zu früh!« Sie eilte bereits zum Haus. »Geh und hol Alan!«, schrie sie. »Ihr müsst sie herbringen, sie liegt am Wegesrand. Rasch!«

Duncan nickte und rannte los. »Sag Winnie und Elfreda Bescheid, wir tragen sie ins Haus!«, rief er, riss die Tür zur Schmiede auf und verschwand im Innern.

Es dauerte kaum länger als zwei Wimpernschläge, bis er und Alan herausstürzten und über den Hof liefen. Auch Winnie hatte den Aufruhr inzwischen mitbekommen und erschien an der geöffneten Haustür. »Wo ist Mabel?«, fragte sie sofort. Sie wusste, dass die beiden Freundinnen den Tag in der Schmiede hatten verbringen wollen und dass Catlin Mabel entgegengegangen war, damit sie unterwegs ungestört ein wenig plaudern konnten.

»Das Kind!« Catlin konnte die Tränen kaum zurückhalten. Sie rang nach Atem, und ihre Brust fühlte sich zum Ersticken eng an. »Ich glaube, es kommt.«

»Aber es ist viel zu früh!« Fassungslos riss Winnie die Augen auf. »Heilige Mutter Gottes …«, murmelte sie und zog Catlin ins Haus. »Wasser, wir brauchen heißes Wasser und frisches Leinen«, murmelte sie und wies auf die Feuerstelle.

Catlin nickte und schürte das Feuer, um Wasser zu erhitzen, und blickte bang zu Winnie hinüber, die mitten im Raum stehen geblieben war, um nachzudenken, bevor sie alles zusammensuchte, was gebraucht würde: saubere Tücher, eine Schüssel, Bindfaden, ein scharfes Messer und zwei Kerzenstummel.

Plötzlich waren vor dem Haus Stimmen zu hören. Catlin riss die Tür auf. »Legt sie auf mein Lager!«, rief sie, als die beiden Männer Mabel hereintrugen, und deutete auf den leinenbedeckten Strohhaufen in einer Ecke des Raumes. Erst jetzt entdeckte sie, dass Mabels Kleid mit Blut getränkt war, und erschrak. Hilfe suchend blickte sie von Mabel zu Winnie.

»O mein Gott, Elfreda!«, rief sie erleichtert, als die Witwe des Schmiedes hinter den Männern auf der Türschwelle erschien. Einer Erklärung bedurfte es nicht. Ein Blick auf Mabel reichte aus, um Elfreda ins Bild zu setzen. Sie schob die Ärmel ihres Kleides hoch und verbarg eine Haarsträhne unter ihrer Haube, dann sah sie sich um.

»Du hast alles gut vorbereitet«, sagte sie anerkennend zu Winnie und lächelte sie aufmunternd an. »Ich habe dir geholfen, deine Kinder auf die Welt zu bringen, nun ist es an dir, Mabel zu helfen. Du weißt, was sie durchmachen muss, und verstehst sie.« Sie nickte. »Halt ihre

Hand, atme mit ihr, und gib ihr Kraft in dieser schweren Stunde.«

Die Männer hatten Mabel vorsichtig auf das Strohlager gebettet und den Frauen das Feld überlassen.

»Das Kind!«, rief Mabel voller Entsetzen, dann krümmte sie sich wieder vor Schmerz. Sie jammerte, atmete, hechelte und schrie wie ein verwundetes Tier bis tief in die Nacht hinein. Catlin wich ebenso wenig von ihrer Seite wie Winnie, die durch die Geburt ihrer eigenen Kinder und den Verlust der kleinen Tochter als Einzige der drei Frauen wusste, durch welche Hölle Mabel gehen musste. Sanft und entschlossen zugleich sprach sie Mabel immer wieder Mut zu, wenn diese zu verzweifeln drohte. Während Catlin ihrer Freundin die schweißnasse Stirn kühlte, bemühten sich Elfreda und Winnie mit Kräuteraufgüssen und Gebeten, die Geburtswehen aufzuhalten. Doch ihre Mühen waren vergebens.

Mabel verlor viel Blut und das Kind des Königs. Einen winzigen Jungen mit rundem Köpfchen und einem spärlichen Schopf flaumiger Haare. Seine zart marmorierte Haut war glatt und glänzend wie aus schönstem Rosenquarz. Elfreda taufte ihn notdürftig, solange noch ein Hauch von Leben in ihm zu sein schien, murmelte ein Gebet und zeichnete ihm ein winziges Kreuz auf die Stirn, damit seine unschuldige Seele ihren Platz im Paradies fand.

Catlin hatte Mühe, das Kind anzusehen, obwohl sein Antlitz Ruhe und Frieden ausstrahlte. Geburt und Tod waren so enge Verwandte wie Bruder und Schwester. Catlin senkte den Blick und umklammerte hilflos Mabels Hand. Weder Winnie noch Elfreda konnten ahnen, welch großen Schrecken ihr die verfrühte Niederkunft der Freundin und der tot geborene Sohn einjagten.

Nur Mabel wusste, dass auch Catlin guter Hoffnung war. Doch die Ärmste war kaum bei Sinnen. Sie weinte nur und jammerte ob ihres traurigen Schicksals. Ein still geborenes Kind war eine große Prüfung. Kein Schrei holte es ins Leben, nur Tränen begleiteten seinen Tod. Obwohl der Junge bereits beim Herrn war, bestand Winnie entgegen allen Gebräuchen darauf, den zarten Leib zu waschen und in ein sauberes Tuch zu wickeln. Das kleine Mädchen, das sie selbst verloren hatte, war nicht zu früh geboren und musste viel größer und schwerer gewesen sein als das Knäblein, das sie nun in Händen hielt. Leichter als ein kleiner Laib Brot und kaum länger als die Hand eines Mannes war es und doch schon ein vollkommener Mensch mit fein gezeichneter Nase, einem herzförmigen Mund, fünf Fingern an jedem Händchen und fünf Zehen an jedem Fuß.

»Hast du schon einen Namen für deinen Sohn gewählt?«, fragte Winnie sanft und legte Mabel das winzige Bündel in die Arme.

»Henry.« Die Antwort war nicht mehr als ein ersticktes Schluchzen.

»Henry«, wiederholte Winnie mit traurigem Lächeln. »Nimm dir Zeit, um von ihm Abschied zu nehmen«, sagte sie mit weicher Stimme und fuhr Mabel in mütterlicher Weise über das Haar, obwohl sie die Jüngere war. »Der Herr wird für ihn sorgen, er ist nicht allein.« Sie faltete die Hände und betete zur Muttergottes.

»Ave Maria, gratia plena
Dominus tecum
Benedicta tu in mulieribus
Et benedictus fructus ventris tui.
Amen«

Sie bekreuzigte sich und fuhr mit dem Vaterunser fort. Catlin und Elfreda falteten ebenfalls die Hände und folgten ihrem Beispiel.

»Pater noster qui in coelis est
Sanctificetur nomen tuum
Adveniat regnum tuum
Fiat voluntas tua et in terra sicut in coelo
Panem nostrum quotidianum da nobis hodie
Et dimitte nobis debita nostra
Sicut et dimittemus debitoribus nostris
Et ne nos inducas in tentationem
Sed libera nos a malo.
Amen«

Sie sprachen das Gebet auf Lateinisch, so wie sie es vom Dorfpriester gelernt hatten. Obwohl sie die einzelnen Worte nicht verstanden, erfüllten sie doch ihren Zweck, gaben Halt und waren Stütze. Niemand sollte an der Liebe und Güte des Herrn zweifeln. Ganz gleich, wie groß die Trauer war, das Vertrauen in Gott musste größer sein, sonst war die Menschheit verloren.

»Sie ist schwach, aber sie wird sich erholen«, versuchte Elfreda Catlin zu beruhigen, als sie später ein Weilchen hinausgingen, und nahm sie in den Arm. »Sorg dich nicht zu sehr!« Fürsorglich wischte sie ihr eine Träne von der Wange. »Mabel ist jung und wird noch viele Kinder bekommen.«

Knightly erreichte den Palast in Oxford bei Anbruch der Nacht. Er sprang von dem völlig verschwitzten Pferd, das er angetrieben hatte, bis es vor Erschöpfung beinahe zusammengebrochen war, und fragte sogleich nach seinem Bruder.

»Ich brauche deine Hilfe – es geht um eine Nachricht für den König«, erklärte er, nachdem er Richard umarmt hatte.

»Warum tust du so geheimnisvoll und kommst nicht einfach mit in die Halle?« Richard legte die Stirn in Falten. »Was ist geschehen, nun sprich schon!«

Knightly schabte mit dem Fuß über den Steinboden, als falle es ihm schwer zu reden. »Ich komme gerade aus Saint Edmundsbury«, erklärte er schließlich. »Mabel ist viel zu früh niedergekommen.« Er machte eine Pause. »Es war ein Junge.«

»Um Gottes willen, wie geht es ihr?«, fragte Richard entsetzt. »Lebt sie?«

»Keine Sorge!« Knightly legte dem Bruder eine Hand auf den Arm. »Sie ist wohlauf. Ein wenig schwach ist sie noch und verzweifelt, weil sie das Kind verloren hat, aber Catlin, Winnifred und Elfreda kümmern sich um sie.« Er lächelte aufmunternd. »Der König wird gewiss nicht wollen, dass es alle am Hof erfahren. Darum halte ich es für besser, wenn du es ihm sagst. Unter vier Augen. Er wird es nicht leichtnehmen und die Schulter eines Freundes brauchen.«

Richard nickte. Das traurige Schicksal des Kindes machte ihn betroffen, und er sorgte sich um Mabels Gesundheit, zugleich aber war er aus tiefstem Herzen erleichtert. Auf einer Hochzeit mit ihr würde der König nun nicht länger bestehen. Richard atmete tief ein und aus.

»Ich gehe zu ihm.« Er nickte seinem Bruder zu und verließ den Raum.

Es war nicht schwierig, den König um eine private Unterredung zu bitten, aber schwerer als gedacht, ihm die traurige Nachricht zu überbringen und zu sehen, wie er daran verzweifelte. Henry weinte wie ein Kind, und Richard fühlte sich grässlich, weil er bei aller Trauer doch dankbar war, Mabel nicht heiraten zu müssen. Zutiefst betrübt schloss der König sich ein, um zu beten. Nicht einmal Richard gewährte er Zutritt zu seiner Kammer. Er wollte niemanden sehen, nur im Gebet versinken und seines toten Sohnes gedenken.

»Ich muss ein wahrhaft schlechter Mensch sein, dass ich trotz des Elendes der beiden erleichtert bin«, murmelte er, als er später mit Adam und Knightly allein war. »Ich habe zum Herrn gebetet, er möge diesen Kelch an mir vorübergehen lassen, und er hat mich erhört.« Richard stöhnte auf. »Könnte ich doch nur rückgängig machen, was geschehen ist! Henry so sehr leiden zu sehen …« Er brach ab und raufte sich verzweifelt die Haare.

»Du fühlst dich schuldig, weil du dem Wunsch des Königs nicht Folge leisten wolltest«, sagte Adam leise. »Aber dich trifft keine Schuld, auch wenn du zu Gott gebetet hast, dass er dich vor dieser Ehe verschonen möge.« Adam hob die Schultern. »Die Wege des Herrn sind unergründlich, das weißt du genauso gut wie ich. Es steht uns nicht zu, seine Entscheidungen infrage zu stellen. Nicht dein Gebet hat dem Kind des Königs das Leben genommen, sondern Gottes Wille, das solltest du niemals vergessen. Keiner weiß, was der Herr vorhat.«

Richard nickte. Er war dem Freund dankbar für seinen Zuspruch, sein schlechtes Gewissen wollte dennoch nicht weichen.

Denn wo das Strenge mit dem Zarten,
Wo Starkes sich und Mildes paarten

Friedrich Schiller, Das Lied von der Glocke

London, im Februar 1229

Quickhands! Man hat Quickhands gefangen!«, riefen sich die Leute auf den Straßen und in den Gassen von London zu, als Catlin aus St. Edmundsbury zurückkehrte. Manch einer jubelte, weil ihn der Dieb schon einmal um den Inhalt seiner Börse erleichtert hatte oder weil er bei jedem Schritt aus dem Haus um sein Geld gefürchtet hatte. Die Wohlhabenden begrüßten seine Gefangennahme mit Genugtuung, die Armen aber betrauerten den Dieb, der das Geld unter denen verteilt hatte, die es am nötigsten brauchten. Bettler und Witwen, Waisen und die Ärmsten der Armen weinten um ihn.

»Ich sage nicht, dass er recht daran getan hat, den König zu berauben, aber Seine Majestät kann die paar Münzen verschmerzen. Das Volk jedoch verliert einen Helden, der ihm Hoffnung gab. Hoffnung auf bessere Tage, auf Gerechtigkeit und den Glauben daran, dass auch ein Einzelner etwas verändern kann«, sagte John, als sie beim Nachtmahl zusammensaßen.

»Er ist ein Dieb. Ich verstehe nicht, warum alle so ein Gewese um ihn machen«, sagte Flint nur achselzuckend und stopfte sich den Mund mit Grütze voll. »Er hat's verdient, und wenn er gehängt wird, werd ich's mir ansehen.« Er grinste. Getreidebrei quoll ihm zwischen den Zähnen hervor. »Wird ein verdammtes Fest werden. Ich werd mich besaufen und feiern.« Er ergriff seinen Becher, erhob ihn lachend und stürzte das Dünnbier hinunter, das sie am Abend für gewöhnlich zum Essen tranken. Er schmatzte und saugte an einem Stück Speck, das an einem Backenzahn festhing, pulte es schließlich mit dem Finger heraus, steckte es wieder in den Mund und schluckte es zufrieden hinunter.

Catlin hingegen bekam keinen Bissen hinunter. Sie rührte nur lustlos in ihrem Brei herum, ohne den Löffel auch nur ein einziges Mal zum Mund zu führen. Die Frage, ob es tatsächlich Nigel war, den die Büttel gefangen genommen hatten, ließ ihr einfach keine Ruhe.

»Weiß man, wer der Mann ist?«, fragte sie betont beiläufig und hoffte, dass niemand ihre Angst bemerkte.

Der Glockengießer und sein Geselle verneinten.

»Aber es gibt Gerüchte«, erklärte John. »Es soll sich um einen Kaufmann handeln.«

»Oder um einen Schweineschlächter«, fügte Flint besserwisserisch hinzu.

John hob die Brauen und die Schultern. »Oder einen Schweineschlächter … Du siehst, man weiß nichts«, erklärte er und riss sich ein Stück Brot ab.

Sobald ich hier wegkomme, laufe ich zu Nigel und sehe nach, ob es ihm gut geht, dachte Catlin zutiefst beunruhigt.

»Wenn er erst hängt, ist es ohnehin gleich, wer er ist oder wer er war«, verkündete Flint ohne jede Spur von Mitgefühl. »Er wird die Zunge aus dem Maul hängen lassen und sich nass machen!« Er lachte glucksend und verschluckte sich. Als er hustend auf seinen Rücken deutete, war Catlin bereits aufgestanden, um den Tisch abzuräumen, John blieb seelenruhig sitzen, nur Corvinus sprang auf und haute dem Gesellen kräftig zwischen die Schulterblätter. Er schien es zu genießen, endlich einmal zurückschlagen zu dürfen.

Schon am nächsten Tag erfuhr Catlin von niemand Geringerem als Richard, wen man für Quickhands hielt. Wie aus dem Erdboden gestampft stand ihr Vetter plötzlich in der Werkstatt, grinste und schloss sie in die Arme.

»Du siehst großartig aus«, sagte er und musterte sie zufrieden von Kopf bis Fuß. »Ich bin froh, dass du heil zurückgekommen bist. Seit wann seid ihr wieder in London?«

»Seit gestern. Mabel brauchte Zeit«, erklärte Catlin und schlug die Augen nieder. »Du hast gehört, was geschehen ist?«

Richard nickte. »Knightly ist gleich nach dem Besuch bei euch nach Oxford geritten. Sein Pferd war halb tot, so sehr hat er es geschunden.«

»Er wollte die schlimme Nachricht unbedingt selbst überbringen«, sagte Catlin leise. Ob es ihrem Vetter dabei um seinen älteren Bruder oder um den König gegangen war, wusste sie nicht zu sagen. Doch so nahe, wie sich die Brüder standen, war er vermutlich vor allem um Richards willen so schnell nach Oxford geritten. So verschieden Knightly und Richard auch sein mochten, sie liebten sich inniger als die meisten Brüder und waren von klein auf stets füreinander eingestanden. Catlin beneidete sie um diese Nähe, und ihre Base Alix beneidete sie um die beiden älteren Brüder. Welch beruhigendes Gefühl musste es sein, sie stets bereit zu wissen, ihrer Schwester zu Hilfe zu eilen und alles zu ihrem Schutz zu tun.

»Wie geht es ihr?«, hörte Catlin ihren Vetter fragen

und tauchte aus ihren Tagträumen auf. Er liebt Mabel noch immer, dachte sie. Es stand ihm ins Gesicht geschrieben, und da sie Richard gut genug kannte, konnte sie darin lesen wie ein Priester in der Bibel.

»Sie weint und glaubt, Henry nie wieder unter die Augen treten zu können«, erklärte sie. Mabel liebte den König und fürchtete, verstoßen zu werden, weil sie sein Kind nicht lebend zur Welt gebracht hatte.

»Henry ist untröstlich, aber …« Richard räusperte sich. »Er liebt sie.« Dass Richard litt, weil Mabel seine Liebe nicht erwiderte, sondern nur Augen für den König hatte, war eindeutig. »Er ist auf dem Weg zur Südküste und hat mich geschickt, damit ich sie hole.« Richard trat von einem Bein auf das andere. »So sie denn reisen kann«, fügte er hinzu. »Ich muss noch heute weiter, der König sehnt sich nach ihr.«

Catlin nickte. »Sie dürfte inzwischen kräftig genug sein«, versicherte sie. »Du ahnst nicht, wie erleichtert sie sein wird, dass der König nach ihr schickt und sie sehen will.« Catlin war fest davon überzeugt, dass Mabel nicht ahnte, was Richard für sie empfand, und vermutlich war das besser so. Immerhin waren die beiden Männer, die sie so sehr liebten, auch beste Freunde. Dass eine Frau zwischen ihnen stand, konnte darum nur für Unstimmigkeiten sorgen.

»Der Dieb, von dem wir gesprochen haben«, sagte Richard plötzlich. »Quickhands, du erinnerst dich? Du kennst ihn!« Er zog die Augenbrauen hoch.

Catlin fürchtete, auf der Stelle tot umzufallen. »Was … ich … wie … wie meinst du das?« Sie konnte kaum verbergen, wie aufgewühlt sie war. Ob Richard ihr das schlechte Gewissen ansah?

»Es ist der Kaufmann, dessen Weib sich in der Themse

ertränkt hat. Du weißt schon …« Richard nickte bekräftigend.

Catlin schüttelte nur stumm den Kopf.

»Das hättest du nicht gedacht, nicht wahr?«, triumphierte Richard.

Catlin wusste nicht, was sie sagen sollte. Plötzlich wurden ihr die Knie so weich, dass sie zusammensank.

»Hoppla!« Richard fing sie auf. »Um Himmels willen, Catlin!«, sorgte er sich. »Was hast du?«

Sie schüttelte den Kopf. »Nichts«, entgegnete sie mit schwachem Lächeln, »ich erwarte ein Kind und bin erschöpft.« Sie bat um einen Schemel und ließ sich darauf nieder.

»Du bekommst ein Kind?« Richards Augen leuchteten auf, und doch stand auch ein Funke Angst darin. »Dann werde ich es fortan in meine Gebete einschließen«, sagte er und hauchte ihr einen Kuss auf die Wange.

»Wohin hat man den Kaufmann gebracht?«

»In den Tower. Kein schöner Ort, das Gefängnis dort, dunkel und feucht, voller Ratten und Ungeziefer.« Richard lachte auf. »Noch leugnet er, Quickhands zu sein, doch der Henker wird ihm schon bald ein Geständnis entlocken.« Er kratzte sich am Kopf. »Aber Henry wird ihn ohnehin hängen lassen, als Abschreckung für Halunken, die den König berauben wollen.«

»Auch wenn er unschuldig ist?«

Richard hob die Schultern. »Vermutlich auch dann. Henry ist ein gläubiger Mensch. Wenn der Kaufmann unschuldig ist, so wird er sagen, dann wird der Himmel ihn belohnen. Ist er jedoch schuldig, dann wartet nach seinem Tod die Hölle auf ihn.«

Catlin zitterte am ganzen Körper, und als Richard es bemerkte, legte er den Arm um sie.

»Es ist kalt, du solltest dir ein Tuch umlegen.«

Catlin schüttelte trotzig den Kopf. *Nigel ist mein Freund,* wollte sie dem Vetter entgegenschleudern. *Der Mann, der den König bestohlen hat, ist mein bester, mein treuester Freund. Er hat mir in höchster Not beigestanden, und ich schulde ihm nun, sein Leben zu retten.* Doch Catlin schwieg. Vielleicht hätte Richard ihn vor dem Strick bewahren können, doch um welchen Preis? Er war dem König zur Treue verpflichtet, und er war sein Freund. *Ich* schulde Nigel mein Leben, nicht Richard, dachte sie. Irgendwie musste sie dafür sorgen, dass Nigel nicht gehängt wurde. Wie sie das allerdings anstellen und wen sie um Hilfe bitten sollte, wusste sie nicht.

»Du ahnst nicht, wen ich in Saint Dunstan getroffen habe!«, rief John wenige Tage später, als er nach Hause kam, hängte seinen Umhang auf und zog die Stiefel aus. Er hatte das Gesicht zu einem breiten Grinsen verzogen.

»Wem bist du begegnet? Nun sag schon, wer war es?«, drängte Catlin. Vielleicht, so hoffte sie für einen Augenblick, war er ja Nigel über den Weg gelaufen und ihre Furcht um den Freund somit ganz umsonst gewesen.

»Es war dein Freund.«

Catlins Herz tat einen Sprung.

»Das Priesterbürschlein, du weißt schon – wie hieß er noch gleich?«

Catlin starrte ihren Gatten ungläubig an, enttäuscht, dass er nicht von Nigel sprach, und zugleich erfreut, denn sie hatte seit einer Ewigkeit nichts von Thomas gehört. »Meinst du Thomas aus Saint Edmundsbury?«

John nickte. »Thomas! Genau der. Er hat eine wichtige Stellung in Canterbury inne«, erklärte er zufrieden.

»Genau hab ich es nicht verstanden, aber ich soll dich von ihm grüßen. Außerdem hat er mir Hoffnung auf einen Auftrag gemacht.«

Catlin riss die Augen auf. »Einen Auftrag? Wann?«

John hob die Schultern. »Ist alles noch recht unsicher«, räumte er ein. »Aber ich bitte dich, eine Glocke für die Kathedrale von Canterbury! Auf eine solche Gelegenheit warte ich schon mein Leben lang, da fällt es mir nicht schwer, mich noch ein wenig in Geduld zu üben.« Er begleitete Catlin zum Tisch und setzte sich. »Erzbischof Langton soll bereits alles für eine neue Glocke in die Wege geleitet haben. Er starb jedoch, bevor die endgültige Entscheidung getroffen wurde, wer sie gießen soll. Ein Nachfolger für ihn ist noch immer nicht gefunden. Es gibt Schwierigkeiten bei der Wahl des neuen Erzbischofs. Die Mönche wollen diesen, der König jenen, und der Papst … Nun ja, offenbar weiß niemand, wann der Streit beigelegt wird, wer das Amt dauerhaft innehaben soll und wann der Auftrag erteilt werden kann. Immerhin sind die Mönche fest entschlossen, an Langtons Plänen festzuhalten, ganz gleich, wer neuer Erzbischof wird. Die Aussichten für uns stehen mithin gewiss nicht schlecht. Immerhin ist es ausgerechnet unser Thomas, der damit betraut wurde, sich nach guten Glockengießern umzuhören.« Vor Freude hatten sich Johns Wangen gerötet. »Als er hörte, dass wir eine Gießerei in der Stadt betreiben, wurde er ganz aufgeregt. Er sagt, der gute Ruf von John aus London habe sich bereits bis nach Canterbury herumgesprochen. Nur konnte er nicht ahnen, dass ich jener Glockengießer bin.«

»Das hört sich großartig an«, freute sich Catlin. »Wie schade nur, dass ich Thomas verpasst habe«, fügte sie mit einem Hauch von Wehmut in der Stimme hinzu.

»Aber nicht doch!« Johns Augen blitzten. »Er will später bei uns hereinschauen. Ich habe ihn eingeladen und dachte mir schon, dass du dich über ein Wiedersehen freust.«

Catlin fiel John freudig um den Hals. »Du bist der Allerbeste!«, rief sie und drückte ihm einen Kuss auf die Wange.

Flint, der soeben von draußen kam, runzelte die Stirn, murmelte einen Gruß und ging missmutig an ihnen vorbei.

Er ist eifersüchtig, dachte Catlin glücklich. Seit Tagen war Flint nicht mehr bei ihr gewesen, und sie hatte schon befürchtet, er fühle sich nicht mehr zu ihr hingezogen, weil sich ihr Bauch bereits ein wenig rundete. Nun aber war sie erleichtert – eifersüchtig war doch nur, wer liebte.

Als Thomas gegen Abend an die Werkstatttür klopfte, sputete sich Catlin und öffnete ihm selbst. »Thomas!«, rief sie und schlang die Arme um seinen Hals. »Ich freue mich so, dich zu sehen! Wie lange ist das her? Eine Ewigkeit!«, plapperte sie los, strahlte ihn an, bis sie bemerkte, dass der Mönch sie höchst verlegen anblickte. Er war rot angelaufen bis unter den Haarkranz um seine Tonsur und räusperte sich.

»Ich danke für die Einladung, Meister«, sagte er artig, denn John war inzwischen hinter Catlin getreten und hieß den Besucher ebenfalls willkommen.

»Verzeiht, dass ich Euch so überfallen habe, Hochwürden!«, murmelte Catlin und deutete einen Knicks an.

»Thomas, wie früher«, bat er scheu. »Auch für Euch, Meister«, fügte er bescheiden lächelnd hinzu.

Es dauerte nicht lange, bis Thomas wieder so entspannt war wie früher. Wie sich zeigte, hatte ihn die Kirche zwar zu einem besonnenen Mönch gemacht, doch sein fröhliches Wesen war unverändert.

»Ich wäre viel lieber Bierbrauer geworden, aber der Herr hat anders entschieden«, seufzte er, nachdem er den Eheleuten erklärt hatte, welche Stellung er in Canterbury innehatte.

»Mach halblang, Jungchen! Für einen Burschen aus dem Volk hast du es ordentlich weit gebracht. Ich bin beeindruckt, und du kannst wahrlich stolz auf dich sein.« Trotz des großen Lobes glaubte Catlin eine Spur Zweifel in Johns Stimme zu hören. Sie blickte zu Thomas hinüber und sah, dass er errötet war.

»Nun ja, es ist nicht mein Verdienst. Es war wohl so, dass der alte Sacratarius einen Narren an mir gefressen hatte«, erklärte er mit gesenktem Blick. Was auch immer das bedeuten mochte, Thomas schien sich nicht weiter darüber äußern zu wollen. »Doch nun zu Euch, Meister! Ihr wolltet mir mehr über Eure Vorstellungen von einer neuen Glocke für Canterbury erzählen«, lenkte er geschickt ab.

John nickte und begann sogleich voller Eifer von seinen Plänen zu sprechen, die Glocke in ihrer Form zu verändern. Catlin holte auf Bitten des Meisters mehrere Glockenrippen von seinem Arbeitsplatz, damit er Thomas alles anschaulich erklären konnte. Gemeinsam bemühten sie sich, einem Laien zu erklären, was sie in ihrem Innersten fühlten. Obwohl Thomas seinerzeit an einer Glocke mitgearbeitet hatte, so hatte er doch keine genaue Kenntnis von deren Herstellung. Dass er wunderbar singen konnte, war jedoch durchaus von Vorteil, denn er hatte ein gutes Ohr, und so gelang es John und Catlin, ihn mit ihrer Begeisterung anzustecken.

»Ich werde alles in meiner Macht Stehende tun, damit ihr den Auftrag bekommt«, versprach er beim Abschied. »Hätte nicht gedacht, dass einmal ein Paar aus euch wird«, raunte er Catlin zu, als sie ihn hinausgeleitete. Er blinzelte zum Himmel hinauf, als erwarte er Regen. Es war schon fast dunkel, er musste sich also sputen. »Die Wege des Herrn …«, murmelte er, winkte und tauchte in die Dämmerung ein, die ihn rasch verschluckte.

Ostern war vorüber, der Sommer nicht mehr fern, und der Tag von Quickhands' Hinrichtung rückte immer näher. In der ganzen Stadt wurde von nichts anderem mehr gesprochen. Gerecht sei das Urteil, meinten die einen. Quickhands sei kein einfacher Dieb, sondern ein Wohltäter, der Milde verdient habe, behaupteten die anderen. Hingehen und zusehen aber, wie er am Strang endete, würden sie alle.

Catlin strich sich über den prallen Leib, kitzelte sich und das Kind, indem sie mit den Fingernägeln sanft über die gespannte Haut fuhr. Das Zucken ihres Bauches und das Gezappel darin entlockten ihr ein verträumtes Lächeln, das jedoch rasch wieder erstarb. Nur wenige Tage noch, dann würde man Nigel auf den Richtplatz führen, ihn vor aller Augen erniedrigen, ihn mit Kot und Steinen bewerfen. Selbst diejenigen, die ihn als Wohltäter bezeichneten, würden dem Augenblick verfallen und johlen, wenn der Henker ihm die Schlinge um den Hals legte. Catlin seufzte tief auf, nahm den kleinen Handkarren, mit dem Corvinus zuweilen loszog, und machte sich auf den Weg zum Tower. Einen ordentlichen Batzen Geld und ein Fässchen Ale hatte der Wächter dafür verlangt, sie zu Nigel vorzulassen, damit sie letzte Worte mit ihm wechseln und ihm

Mut zusprechen konnte. Der Weg zum Tower dehnte sich schier endlos, denn Catlins Bauch war schwer und wurde hin und wieder so hart, dass ihr der Atem stockte. Der Karren, den sie hinter sich herzog, schlug ihr schmerzhaft gegen die Waden, sobald sie anhielt oder ihre Schritte verlangsamte. Trotzdem musste sie zu Nigel. Sie hatte lange nach einer Möglichkeit gesucht, ihn noch einmal zu sehen, bevor der Henker das Urteil vollstreckte. Darum konnte sie nun nicht mehr zurück.

Die im Wind wehenden Wimpel des Towers waren schon von Weitem zu sehen. Als erhebe sich die königliche Festung aus der Themse, so thronte sie über dem Fluss.

Dem Wachposten am Tor raunte Catlin mit bangem Gefühl das Losungswort zu. Was, wenn er sie festhielt und ausfragte oder gar fortjagte? Doch er nickte nur, brummte gleichgültig und ließ sie ein, ohne Fragen zu stellen.

Wie ein Riese ragte der Tower vor ihr empor, beeindruckend und Angst einflößend. Catlin musste ihren ganzen Mut zusammennehmen, um nicht auf der Stelle umzukehren. Sie zog den Handkarren hinter sich her, nahm den steilen Weg in Angriff und suchte nach dem Seiteneingang zum Tower, wo sie den Wächter finden sollte, dem Geld und Bier zu übergeben waren. Das Kopfsteinpflaster war so glitschig, dass sie zweimal beinahe ausgerutscht und gestürzt wäre. Ihr Herz raste, und ihr Leib verhärtete sich, sodass sie stehen blieb, um wieder zu Atem zu kommen. Dann sah sie das hölzerne Dach, nach dem sie Ausschau gehalten hatte, klopfte an und trat ein, als sie dazu aufgefordert wurde.

»Kann mich den Kopf kosten, meine Gutmütigkeit«, erklärte der Wachposten im Tower heuchlerisch, nachdem er das Geld eingestrichen und das Fässchen Ale verstaut hatte. »Hier entlang«, sagte er mit widerwärtig schmierigem Grinsen und entblößte eine Reihe fauliger Zähne. Dann schritt er voran und führte Catlin in den Kerker.

Die verschlungen Gänge zu den Verliesen waren dunkel, feucht und stickig, die Decken zuweilen so tief, dass Catlin den Kopf einziehen musste. Sie drückte den mitgebrachten Korb mit Proviant an sich und sah weder nach rechts noch nach links, um sich von den Schatten nicht einschüchtern zu lassen, die die Fackel des Wächters an die Wände warf. Vor einer niedrigen Holztür blieb der Mann schließlich stehen, grinste wieder und schloss auf.

Der Gestank, der Catlin aus dem Verlies entgegenschlug, verursachte ihr Übelkeit. Eine Mischung aus verfaultem Stroh, Schweiß und Exkrementen, so stechend, dass ihr die Luft wegblieb. Rasch bedeckte sie Mund und Nase mit einem Zipfel ihres Schultertuches.

»Ich hab nicht ewig Zeit«, knurrte der Wachmann. »Also schnell!« Er stieß sie in den Kerker und schlug die Tür hinter ihr zu. Als sich der Schlüssel im Schloss drehte, drohten ihr die Beine zu versagen. Was, wenn er nicht wiederkam, um sie abzuholen? Wenn er sie hier drinnen verrotten ließ? Sie hatte nichts verbrochen, doch vielleicht war schon der Versuch, Quickhands zu sehen, so etwas wie Hochverrat …

»Catlin?«, hörte sie Nigels ungläubige Stimme. Dann rasselten Ketten, und ein Mann schlurfte schwerfällig aus dem Dunkel hervor.

»Nigel!«, rief Catlin entsetzt. Er sah grauenhaft aus, gebeugt wie ein alter Mann, abgemagert und schmutzig, mit Foltermalen am Körper, einem zugeschwollenen Auge mit blutig verkrusteter Braue und einer eiternden Wunde. Seine Hände waren in fleckige Lumpen gewickelt. *Gib nicht auf!,* hatte sie zu ihm sagen wollen, doch im Angesicht seiner Lage kamen ihr solche Worte töricht vor. Es gab keine Hoffnung, warum sollte er da nicht verzweifeln? »Du hättest niemals stehlen dürfen«, hielt sie ihm vor, wohl wissend, dass es für Vorwürfe ebenso zu spät war wie für Reue.

Nigel antwortete nicht, nur seine Ketten rasselten, als er sich bewegte. »Wo... wo ist mein Sohn? Wer kümmert sich um ihn?« Nigel senkte schuldbewusst den Kopf. »Ich bin sein Vater, ich sollte für ihn da sein.«

»Sorg dich nicht, Nigel!« Catlin betrachtete ihn mitleidig. Er sah so elend aus, dass sich ihr Herz zusammenzog. »Wie ich hörte, hat man ihn zu den barmherzigen Schwestern von Saint Mary gebracht. Es geht ihm dort sicher gut.« Sie legte ihm beschwichtigend die Hand auf den Arm.

Nigel nickte schniefend.

Um ihn auf andere Gedanken zu bringen, nahm Catlin Kuchen, Brot und Braten aus dem Korb und reichte ihm alles.

Wie ein Tier machte sich Nigel darüber her und stopfte den Proviant so hastig in sich hinein, als würde ihm alles sogleich wieder entrissen.

Aus einer Ecke des Kerkers drang ein dumpfes Ächzen an Catlins Ohr.

»Was war das?«, fragte sie bang.

Nigel trat näher an sie heran. »Joseph«, raunte er geheimnisvoll, kaute und schluckte. »Ist schon eine Ewigkeit hier, hat seine Frau und zwei seiner vier Kinder verspeist.«

Catlin schwankte.

»Hat sie in Stücke gehackt und mit Rosinen gesotten.« Nigel flüsterte nur noch. »Wenn sie ihm die Ketten abnähmen, würde er mich wohl auch vertilgen.« Er rückte noch näher. »Manchmal träume ich, dass er mich annagt, dann schrecke ich hoch und bin erleichtert, dass es nur die Ratten sind.« Mit den Zähnen riss er ein Stück von dem Braten ab. »Gegen die habe ich einen Stein. Ich schlage sie tot, wenn sie mir zu nahe kommen. Aber gegen ihn …« Er ruckte mit dem Kopf in die Richtung, aus der das Stöhnen gekommen war. »… gegen ihn wäre ich machtlos. Er ist riesig.« Er reckte die Hand weit über den Kopf hinaus, um die Größe des Menschenfressers anzuzeigen. Dann nahm er den Rest des Bratenstücks und warf es in die Dunkelheit hinein. »Ich gebe ihm stets von dem Wenigen ab, das ich hier bekomme. Lieber ende ich am Strick als in seinem Magen«, erklärte er unheilvoll, während er auch den Kuchen verschlang.

»Ich platze noch«, sagte er zufrieden, rieb sich die Leibesmitte und verzog das Gesicht zu einem Grinsen. Sein Bauch war aufgedunsen, als hätte er ein Fass verschluckt. Sieht beinahe aus wie ich, dachte Catlin belustigt und erschrak, als Nigel plötzlich laut würgte. Er übergab sich in einem Schwall, vermutlich weil er so viel Nahrung auf einmal nicht mehr gewöhnt war. Kaum hatte sich sein Magen jedoch beruhigt, verleibte er sich das Erbrochene wieder ein.

Catlin kämpfte gegen aufsteigende Übelkeit an und war dankbar, als sie den Schlüssel im Schloss hörte und der Wächter sie zum Gehen aufforderte.

»Nigel!«, rief sie.

Ihr Freund sah auf, beschämt und voller Angst. »Leb wohl«, sagte er. »Bete für mich, wenn du die nächste Glocke gießt!«

Catlin eilte auf ihn zu, hielt den Atem an und nahm ihn in die Arme.

»Aus dem Haus kann euch niemand verjagen. Es gehört dir«, flüsterte Nigel ihr ins Ohr.

Als sie ging, wandte er ihr den Rücken zu und machte sich wieder über das Erbrochene her. Catlin liefen die Tränen in Strömen über das Gesicht. Das Kind in ihrem Leib trat und schlug, während sie der Wache folgte und dem dunklen Kerker entfloh.

Wie kopflos lief sie durch die Gassen Londons zurück nach Hause. Vielleicht konnte sie ja Richard ins Vertrauen ziehen, um Nigel zu retten. Doch ihr Vetter stand dem König so nahe, und sein Gewissen war zu sehr durch die Liebe zu Mabel belastet, als dass sie ihm weitere Sorgen aufbürden konnte. Auch über Adam und Thomas als Verbündete hatte sie nachgedacht, doch weder vom einen noch vom anderen konnte sie verlangen, sich für einen Dieb zu verwenden. Darum hatte sie auch davon Abstand genommen. Wie aber sollte sie sich mit Nigels bevorstehendem Tod abfinden, ohne sich für ihn eingesetzt zu haben?

»Bist du sicher, dass du's schaffst?«, fragte John besorgt. Catlin war so kugelrund, dass ihre Niederkunft kurz bevorstehen musste. Er hastete ihr hinterher, die Treppe hinunter.

»Ich muss!« Catlin sah ihn flehentlich an. »Ich kann nicht anders. Er ist mein Freund, ich darf ihn nicht im Stich lassen. Auch wenn ich ihn nicht retten kann, bin ich ihm doch schuldig, zumindest in seiner Nähe zu sein.«

»Dann komme ich mit dir«, verkündete John und machte sich auf Widerspruch gefasst. Seit Catlin guter Hoffnung war, gebärdete sie sich noch halsstarriger als sonst. Darum hatte er sich schon auf eine Auseinandersetzung eingestellt, doch diesmal täuschte er sich. Statt ihn zurückzuweisen, blieb sie plötzlich stehen und wandte sich zu ihm um.

»Du willst mich wirklich begleiten?« Sie wusste, dass John Hinrichtungen zutiefst verabscheute. »Aber du magst Nigel nicht einmal.«

»Du willst seinetwegen zum Richtplatz, mir aber geht es um dich. Es kann jeden Tag so weit sein«, erklärte John. In seiner Stimme schwang leichter Vorwurf mit, denn er war tatsächlich besorgt um Catlin. Sein Blick streifte ihren Bauch. »Was wäre ich für ein Gemahl, ließe ich dich allein?«

»Danke«, murmelte Catlin sichtlich gerührt.

John nickte. Als er erfahren hatte, wer der verurteilte Dieb war, hatte er sich sogleich an die Schuld erinnert, die er noch begleichen musste. Nigel war nicht sein Freund gewesen, wohl aber sein Wohltäter. Zwar hatte er die Gießerei nicht für ihn, sondern für Catlin gekauft, doch ohne seine Hilfe hätte sich John niemals seinen Traum erfüllen können, das wusste er nur allzu genau. Von den Nachbarn und dem Priester in der Kirche hatte er von all den guten Werken erfahren, die Nigel als Quickhands getan hatte, und war zu dem Schluss gekommen, dass dieser den beschämenden Tod durch den Strang nicht verdiente. Immer wieder war er Menschen begegnet, die regelmäßig von Quickhands bedacht worden waren. Menschen, die sich erkenntlich zeigen wollten und darum bereit waren, John bei der Rettung des jungen Kaufmannes zu helfen.

»Lass uns gehen!«, rief Catlin ungeduldig und riss John aus seinen Gedanken.

»Gewiss doch.« Er nahm den Schlüssel vom Haken. Flint und Corvinus hatten bereits in aller Frühe das Haus verlassen, darum schloss er ab, nachdem sie auf die Straße getreten waren. Corvinus war in seinen Plan eingeweiht und sofort bereit gewesen, Nigel zu helfen. Schließlich hatte auch er ihm ein gutes Leben zu verdanken. Flint dagegen hockte wie jeden Samstag in der Schenke und wusste von nichts. John hatte es für klüger gehalten, ihm nicht davon zu erzählen.

»Hak dich unter!«, forderte er Catlin auf. Der Boden war vom Regen aufgeweicht und glitschig. »Nicht dass du noch ausrutschst.« Er lächelte sie warm an, und Catlin folgte seiner Aufforderung.

Schweigend gingen sie zum Richtplatz. John hatte gründlich darüber nachgedacht, ob er Catlin in seine Pläne einweihen sollte, doch nach längerem Überlegen war ihm das zu gefährlich erschienen. Hätte sie Flint in einem Augenblick der Schwäche davon erzählt, wäre John dem Gesellen ein Leben lang ausgeliefert gewesen.

Vermutlich würde Flint am Ende doch noch zur Hinrichtung kommen und Catlin mit ihrem Ehemann dort sehen. Niemals aber würde er den Verdacht hegen, dass einer von beiden hinter Nigels wunderbarer Rettung stecken könnte. Lange hatte John darüber nachgedacht, wie er dem Kaufmanne helfen konnte. Nigel im Kerker gegen einen anderen auszutauschen hätte bedeutet, einen Unschuldigen zu hängen, war doch kaum Verlass darauf, dass die Menge oder der Henker den Austausch bemerken und den falschen Schuldigen verschonen würden. Darum hatte John diesen Gedanken rasch wieder verworfen. An eine Schlägerei hatte er gedacht, die so viel Unruhe unter den Schaulustigen auslösen würde, dass Nigel unbemerkt gerettet werden könnte. Doch dazu hätte es zu vieler Eingeweihter bedurft. Am Ende war er zu dem Schluss gekommen, dass es nur wenige Mitwisser geben durfte. Der Blinde, der straflos davongekommen war, weil er das Geld nicht für sich behalten, sondern bei den Kirchen abgegeben hatte, hatte den besten Einfall gehabt.

Ströme von Schaulustigen näherten sich dem Richtplatz. In den Straßen ringsum drängten sich die Menschen.

Seit Tagen schon murmelte Catlin Gebete vor sich hin, vermutlich in der Hoffnung, Nigel vor der Hölle bewahren zu können. Ein leichtes Schmunzeln huschte über Johns Gesicht. Vielleicht half ihre Fürbitte ja, und der Herr war Nigel gnädig.

Catlin bekreuzigte sich, als sie den Richtplatz erreichten, und klammerte sich fest an Johns Arm. Der Glockengießer erwies sich als vorbildlicher Gemahl und bahnte ihnen einen Weg durch die Menge bis ganz nach vorn. Nur wenn sie dicht genug am Galgen stand, konnte Nigel sie sehen und Kraft daraus schöpfen, dass sie ihm nahe war und für ihn betete. Die Menge war erstaunlich ruhig. Für gewöhnlich wurden Hinrichtungen dazu genutzt, um sich zu verlustieren, zu trinken, Gauklern zuzusehen und den Alltag hinter sich zu lassen. An diesem Tag aber schickte sich der Henker an, einen Helden aufzuhängen und einen Wohltäter zu bestrafen, den das Volk verehrte.

»Eana, meana, mona, moin
Copper, silver, golden coin
Hide your purse and be aware
Quickhands makes you' money share
One, two, three, four, five, six, seven
Praise the lord and go to heaven.«

Zwei Kinder sangen den stadtbekannten Abzählreim und klatschten die Hände aneinander.

Catlin wurde die Kehle immer enger.

Plötzlich ging ein Raunen durch die Menge, dann gab es lautes Gelächter. Ein Karren, gezogen von einem Schwein, rumpelte auf den Richtplatz. Männer mit Gerten schlugen auf das quiekende Tier ein. Es war Nigel, der auf dem Karren in einem Käfig stand, die Hände mit einem Seil auf dem Rücken zusammengebunden. Bei jeder Bewegung torkelte er hin und her, woraufhin die Menge grölte und jubelte. Niemand schien sich mehr der Wohltaten zu erinnern, die Quickhands zu verdanken gewesen waren. Ein faules Ei flog, verpasste den Verurteilten und den Karren und zerschellte an einem der Männer, die das Schwein antrieben. Wieder lachte die aufgepeitschte Menge.

Der Sheriff, wohlhabende Bürger, die von Quickhands bestohlen worden waren, Priester, Soldaten und schließlich der König mit einigen Männern folgten dem Karren.

Als die Menge Henry erspähte, brach Jubel aus, schließlich sah man den König nicht allzu oft in London. Der merkwürdige Zug machte halt, als der Karren vor dem Galgen angekommen war. Der Henker stieg von dem Podest herab, auf dem er den Galgen am Vortag hatte errichten lassen, und zog den Gefangenen unsanft aus seinem Käfig. Er stieß ihn in den Straßenkot, doch die Begeisterung der Menge war abgeflaut.

Catlin wagte kaum zu atmen, als der Henker Nigel auf das Podest hinaufzerrte und ihm den Strick um den Hals legte. Der König verkündete noch einmal öffentlich das Urteil, dann gab man dem Verurteilten Gelegenheit für ein letztes Wort.

»Ich bereue zutiefst, Euch, mein König, bestohlen zu haben«, wandte sich Nigel an Henry, »und bitte Euch sowie alle anderen, die ich um ihre Börsen erleichtert habe, um Vergebung.«

Der König und seine Männer nickten zufrieden.

»Ich bereue jedoch nicht«, rief Nigel nun lauter, »jenen geholfen zu haben, die das Geld dringender benötigten! Jenen, die Hunger litten oder krank waren.«

»Gut gemacht!«, rief eine Frau aus der Menge.

Catlin kämpfte mit den Tränen, ließ Nigel aber nicht aus den Augen.

Er erwiderte ihren Blick und lächelte. »Ich habe stets zu Gott gebetet«, fuhr er fort. »Ich bat ihn um Vergebung für meine Sünden und erflehte immer wieder ein Zeichen.« Er hielt inne. »Und ich bekam es!« Wieder ging ein ungläubiges Raunen durch die Menge der Schaulustigen. »Jedes Mal, wenn ich ein Zeichen erflehte, schickte der Herr mir einen unachtsamen Mann mit einer prall gefüllten Börse über den Weg.«

Die Schaulustigen lachten und klatschten Beifall, einige pfiffen und johlten.

Der König aber runzelte die Stirn. »Genug!«, rief er ärgerlich. »Das ist Blasphemie. Hängt ihn endlich auf!«

Der Henker nickte und tat, was von ihm erwartet wurde. »Und hiev!«, rief er seinen Männern zu, drei kräftigen Burschen, die wenig Mühe hatten, Nigel am Seil in die Höhe zu ziehen.

»Pater noster qui in coelis est …«, begann Catlin unwillkürlich zu beten.

Die Frau neben ihr schloss sich an, ebenso das Paar mit den vielen Kindern, das hinter ihr stand. »Sanctificetur nomen tuum …« Die Stimmen wurden lauter, denn immer mehr Menschen sprachen das Vaterunser mit. Sie beteten für Nigel. Für ihren Wohltäter.

Catlin sah, wie er zappelte und krampfte. Sie schloss die Augen und betete lauter, inbrünstiger. Dreimal ohne Unterlass wiederholten Hunderte von Mündern das Gebet aus tiefstem Herzen.

Eisige Schauer liefen Catlin über den Rücken, als sie die Augen öffnete.

Nigel hatte aufgehört zu kämpfen. Sein Kopf war auf die Brust gesunken, sein Körper erschlafft. Friedlich sah er aus, nicht so grässlich entstellt wie die Verbrecher, die einst die Schmiede überfallen hatten. Das war ein Trost, wenn auch ein geringer.

Catlin schmiegte das Gesicht an Johns Oberarm, weinte bitterlich und war dankbar, als der Glockengießer sie tröstend in die Arme schloss.

»Mein Leib!«, stöhnte sie plötzlich. »Lass uns gehen!«

In der Nacht wurden die Wehen schließlich schlimmer. »John, wach auf!« Catlin rüttelte ihn.

»Was ist?« Er fuhr hoch.

»Rasch, hol die Hebamme!« Catlin legte die Hand auf den Arm ihres Gemahles und drückte zu, als die nächste Wehe kam. »Gleich!«, rief sie. Erst als sie Johns hilflosen Blick auf seinen Arm sah, ließ sie los.

»Ich schicke Flint und bleibe bei dir.« John stürzte

aus der Kammer, hämmerte gegen die Tür auf der anderen Seite des Flures und riss sie auf.

Flint murrte, weil er geweckt wurde, zog sich dann aber doch eilig an, nahm eine Fackel, entzündete sie in der Glut des Herdes und verließ das Haus.

»Corvinus, geh!«, hörte Catlin den Glockengießer befehlen, dann kehrte er in die gemeinsame Schlafkammer zurück.

»Was soll ich tun?«, fragte er. »Brauchst du heißes Wasser? Soll ich das Feuer schüren?«

Catlin nickte dankbar. »In der Truhe« – sie wies auf das Bettende – »liegen frische Leintücher.« Sie stöhnte, als sie die nächste Wehe überkam.

»Bin gleich zurück! Ich kümmere mich nur rasch um das Feuer«, sagte John und stürmte die Treppe hinab.

Catlin musste an Mabel denken und an Elfredas Befehl, ruhig und gleichmäßig zu atmen. »Dann werden die Schmerzen erträglicher«, hatte sie behauptet. Catlin war bereit, es zu versuchen. Was auch immer die Schmerzen lindern konnte. Sie atmete tief ein und langsam wieder aus. Die Wehe ebbte tatsächlich ab. Erleichtert versuchte Catlin eine Stellung im Bett zu finden, die ein wenig bequemer war, als sie glaubte, ein Klopfen unten an der Werkstatttür zu hören. Wer mochte zu so später Nachtzeit noch um Einlass bitten? Die Hebamme würde mit Flint kommen und nicht anklopfen, sie konnte es also nicht sein. Neugierig stemmte sich Catlin aus den Kissen hoch.

»John?«, rief sie. Dann hörte sie Geflüster. »John, wer ist da?«

»Ich komme!«, rief der Glockengießer, dann waren Schritte auf der Treppe zu hören.

»Schnell!«, befahl John im Flüsterton. »Flint kann jederzeit mit der Hebamme zurückkehren.« Dann öffnete sich die Tür, und Catlin stockte der Atem. Das Herz schlug ihr bis zum Hals, ohne dass sie den Grund dafür hätte nennen können.

»Nigel!«, schrie sie auf. Ein Schmerz durchzuckte ihren Leib, dann wurde es nass zwischen ihren Beinen. Das Wasser, dachte sie. Ich bin nicht bei Sinnen. Doch der tot geglaubte Freund trat an ihr Bett und küsste ihre Stirn.

»Mach dir keine Sorgen!«, raunte Nigel. »Mir ist nichts geschehen.«

Catlin war sicher, einem Trugbild zu erliegen. Vielleicht war es ein Engel, der sie aufsuchte. Ob sie im Sterben lag? Hatte sie deshalb auf einmal keine Schmerzen mehr? Catlin versuchte sich aufzurichten, als sich ihr Leib erneut verhärtete. Nein, sie war ganz sicher nicht tot. Sie lag in den Wehen. »Aber wie …? Wie kann das sein?«, stammelte sie.

Nigel strich ihr über die schwitzige Stirn. »Der Henker«, sagte Nigel. »John hat ihn bezahlt, zusammen mit vielen anderen, denen ich einmal geholfen habe. Sogar ein Priester soll seine Hände im Spiel gehabt haben.« Er lächelte.

»Aber wie?«

Nigel hob die Schultern. »Ich weiß es nicht, aber ich lebe, das ist alles, was zählt. Ich reite nach Norwich, hole mein Geld und mache mich aus dem Staub, bevor die Obrigkeit mich dort sucht. Leb wohl, Catlin!« Er hauchte ihr einen Kuss auf die Wange. »Ich muss gehen. Immer wenn ich eine Glocke läuten höre, denke ich an dich.« Catlin glaubte Tränen in seinen Augen glitzern zu sehen und nickte.

»Ich bete auch weiterhin für dich«, sagte sie matt,

denn ihr Leib bäumte sich abermals auf. Ein tiefes Stöhnen entrang sich ihrer Kehle. Sie wollte Nigel bitten, nie wieder zu stehlen, doch sie schwieg. Das Stehlen hatte ihn an den Strang gebracht und seine Großzügigkeit vor demselben gerettet, denn er hatte vielen Menschen Hoffnung geschenkt. Der Herr allein wusste, was er noch mit Nigel vorhatte. Sie lächelte und schloss die Augen. Als sie die Lider wieder öffnete, war Nigel fort. »War er wirklich hier?«, fragte sie John, als er kurz darauf die Kammer betrat. Er nickte und küsste ihr die Stirn, dann wurde die Tür leise geschlossen. Catlin lächelte. »Ich danke dir.«

In der Nacht nach Quickhands' Hinrichtung hatte Catlin ein wunderschönes kleines Mädchen zur Welt gebracht. Derweil kursierten in der Stadt die wildesten Gerüchte, denn der Leichnam des Gehängten war noch in derselben Nacht verschwunden. Der Dieb sei von den Toten auferstanden wie einst Jesus, meinten einige, andere behaupteten, der König habe sich den toten Leib bringen lassen und seinen Hunden zum Fraß vorgeworfen. Catlin, John und Corvinus kannten die Wahrheit. Sie nickten nur und hörten aufmerksam zu, wenn Flint wieder einmal mit einer haarsträubenden Geschichte nach Hause kam. Eines Tages behauptete er gar, der Teufel habe auch Quickhands' Sohn geholt. Aus der Obhut der barmherzigen Schwestern, in die man ihn gegeben hatte, habe er das Kind zu nachtschlafender Zeit entführt und in die Hölle gebracht, berichtete Flint im Brustton der Überzeugung und bekreuzigte sich gleich dreimal hintereinander. Catlin schüttelte scheinbar entsetzt den Kopf und verbarg geschickt das Glücksgefühl, das sie bei dem Gedanken durchströmte, dass es Nigel offenbar geglückt war, seinen Sohn zu sich zu holen. Wer, wenn nicht Quickhands, der beste Dieb aller Zeiten, konnte schon ein Kind aus einem Kloster stehlen? »Der Teufel war es, gewiss«, sagte Catlin bestätigend, und Flint nickte zufrieden. Mit der Zeit aber gerieten die Ereignisse um den berüchtigten Dieb und das seltsame Verschwinden von Leichnam und Kind in Vergessenheit.

John war indes so selig, als wäre er tatsächlich Vater geworden. Der kräftige Schrei des Säuglings, der seitdem von Zeit zu Zeit durch das Haus hallte, wärmte sein Herz und erinnerte ihn an längst vergessene glückliche Tage. Er verschob sogar den seit einiger Zeit anstehenden Besuch in Binham. Seit der Geburt des kleinen Mädchens, das nach seiner Mutter Aedwyna genannt worden war, fühlte er sich jünger, kräftiger und lebendiger. Der Gedanke, die Kleine könne ganz nach Catlin kommen und ein ebenso gutes Ohr besitzen wie ihre Mutter, beflügelte ihn bei seiner Arbeit. Da keiner von ihnen beim Singen die Töne traf, schlug er für das Kind das Glockenspiel an, auf dass es schon früh lernen möge, welche Tonvielfalt es gab. Für Catlin und ihre Tochter wollte er die besten Glocken Englands gießen und der Werkstatt einen Ruf erarbeiten, der weit über die Grenzen des Landes hinausreichte. Auf diese Weise hoffte er, auch nach seinem Tod noch für Catlin und das Kind sorgen zu können.

Jeden freien Augenblick verbrachte er mit Aedwyna, wiegte sie in den Armen, trug sie zur Kirche, damit sie auch dort die Glocken hörte, und stellte sie in seinen Gebeten unter den Schutz des Allmächtigen.

»Sieh, Herr, ich habe Wort gehalten. Aedwyna ist nicht meine leibliche Tochter, und doch liebe ich sie, als wäre sie von meinem Fleisch und Blut. Darum erflehe ich deine Gnade für sie.« Und für ihre Mutter, fügte er im Geist hinzu, denn er hatte auch sie wie eine Tochter ins Herz geschlossen.

Kurz nach der Geburt des Kindes hatte er damit begonnen, Catlin in das Geheimnis der Glockenrippe einzuweihen, obwohl ihr siebtes Jahr noch längst nicht erreicht war. Was, wenn sie recht hatte und er womöglich zu Tode kam, bevor er sie das Wichtigste hatte lehren können?, fragte er sich immer wieder. Wie sollte sie seine Arbeit fortführen und die Gießerei am Leben erhalten, ohne selbst eine Glockenrippe fertigen zu können? Eine dunkle Ahnung und das Wissen, dass kein Leben ewig währte, trieben ihn an, sie früher als vorgesehen mit seinen geheimen Berechnungen vertraut zu machen. Nicht alle Formeln auf einmal brachte er ihr bei, sondern eine nach der anderen. Unter seiner Anleitung musste Catlin jede einzelne Berechnung so lange üben, bis ihr keine Fehler mehr unterliefen. Je mehr sie über die Entstehung der Glockenrippe wusste, desto besser konnte sie seinen Gedanken und seinem Wunsch nach Neuem folgen. Eines Tages würde es ihnen gelingen, einen dunkleren Schlagton zu erzeugen, rund und voll, laut und leise, weich und kräftig zugleich. Dass die Form der Glocke dazu verändert werden musste, verstand sie nun voll und ganz. Lange hatten Glocken einem Bienenkorb geähnelt, doch ihr Ton war blechern und kalt gewesen, geradezu asketisch, mit viel zu wenig Nachhall. John war sicher, dass Neuerungen der Form, mochten sie noch so klein sein, zu immer schöneren Klängen führen würden. Ein anderer

Schwung am oberen Rand der Glocke mit einem leichten Bruch, so hoffte er, könne die Klangvielfalt erhöhen und ihn seinem Ziel näher bringen. Doch es erforderte Mut, Althergebrachtes zu verändern. Die Arbeit von vielen Wochen konnte im Nu vergebens sein. Ein wenig hatte er die Form seiner Glocken bereits seinen Vorstellungen angepasst, doch das Ergebnis hatte ihn noch nicht gänzlich zufriedengestellt. Je öfter sie darüber sprachen, wie sie eines Tages an ihr Ziel gelangen konnten, desto mehr bestärkte Catlin ihn darin, etwas zu wagen. Zeit, Geld und ihr guter Ruf waren in Gefahr, wenn sie Fehler machten. Darum zögerte John, bei den Auftragsglocken allzu große Veränderungen auf einmal vorzunehmen, und entschied sich für kleine Schritte, die ihn zwar langsamer voranbrachten, dafür aber keinen der Aufträge gefährdeten. Fast jede Glocke fiel dadurch besser aus als die vorige und mehrte so den Ruhm und Erfolg der Gießerei. Manchmal gaben sich John und Catlin schwärmerischen Träumereien von einer ganz besonderen Glocke hin, die eine ungewöhnlich kühne Form hätte und nicht nur einen satten, tiefen Schlagton von sich gäbe, sondern eine ganze Harmonie von Tönen, so schön wie keine Glocke je zuvor. Es war, als könnten sie in ihren Köpfen die gleichen Töne hören, und plötzlich waren sie sich so nahe wie nie zuvor.

John fiel auf, dass Flint es offenbar nur schwer ertrug, wenn die Eheleute so viel Zeit miteinander verbrachten und Catlin den Glocken mehr Aufmerksamkeit schenkte als ihm, dem heimlichen Geliebten. Gerade darum aber waren dem Meister jene Augenblicke besonders wertvoll. Catlin und Aedwyna bedeuteten ihm mehr, als er offen eingestanden hätte, darum verstand er nicht, dass sich der Geselle so wenig um die eigene Tochter kümmerte. Wenn sie schrie, sah er weder auf noch wandte er sich nach ihr um. Nie machte er Anstalten, sie zu trösten. Im Gegenteil, zumeist schien er von ihrem Weinen gestört, rollte mit den Augen und seufzte vernehmlich. Ob er am Ende gar nicht wusste, dass er der Vater des Kindes war, und den Meister für Aedwynas Erzeuger hielt? Bei dem Gedanken daran spielte ein zufriedenes Lächeln um Johns Lippen. Möglicherweise war Gott der Herr eben doch gerecht.

Eines Abends Ende Oktober klopfte es zu nachtschlafender Zeit heftig an der Werkstatttür. Es war Milo, Richards Knappe, mit einer Nachricht für Catlin.

»Euer Vater, Meisterin …«, stieß er aufgeregt hervor. »Mein Herr lässt Euch ausrichten, dass es ihm schlecht geht, sehr schlecht. Sir Richard schickt mich, damit ich Euch zu ihm bringe. Er selbst muss dem König nach Norden folgen.«

»Mein Vater?« Catlin fröstelte. Sie zog das Wolltuch enger, das sie sich um die Schultern geworfen hatte, und machte eine einladende Geste. Milo nickte dankbar und stampfte mit den Füßen auf, um den Straßendreck so gut wie möglich von den Stiefeln zu entfernen, denn der Regen hatte die Gasse in einen matschigen Pfuhl verwandelt. »Verzeiht!«, murmelte er, als Catlin die Tür hinter ihm schloss. Das Wasser tropfte ihm vom Mantel und bildete mit dem Schlamm von den Stiefeln einen bräunlichen See auf dem Boden.

Catlin beachtete den Schmutz nicht, sah sich nur um und lief in der Werkstatt hin und her. »Ich muss mich rasch anziehen, das Notwendigste zusammenpacken und meinen Mantel mitnehmen«, murmelte sie völlig aufgelöst. »Hoffentlich kommen wir noch rechtzeitig!«

»Lasst Euch nur Zeit, Meisterin! Wir können ohnehin erst bei Tagesanbruch losreiten, die Stadttore sind bereits geschlossen. Ich war unter den Letzten, die noch eingelassen wurden.« Milo legte ihr die Hand auf den Arm. »Sorgt Euch nicht! Auch wenn mein Herr Saint Edmundsbury gewiss schon wieder verlassen hat, um dem König zu folgen, so braucht Ihr Euch nicht zu sorgen. Alan wird sich um Euren Vater kümmern, als wäre er sein eigener.«

Catlin wunderte sich, woher Milo das wusste. War er häufig genug mit Richard in der Schmiede gewesen, um Alan so gut zu kennen und sich ein solches Urteil erlauben zu können? Oder hatte Richard ihm aufgetragen, ihr das zu sagen?

»Dann sollten wir wohl schlafen gehen, damit wir morgen zeitig aufbrechen können«, schlug Catlin vor und blickte sich suchend um. »Ich habe sicher noch irgendwo eine Decke ...«

»Macht Euch keine Umstände, Meisterin! Ich habe immer eine Pferdedecke dabei und weiß Gott schon schlechter geschlafen als in einer warmen, trockenen Werkstatt.« Milo lächelte beschwichtigend.

Catlin nickte dankbar, wünschte ihm, wohl zu ruhen, und stieg die Treppen zur Schlafkammer hinauf. Eigentlich hätte Flint die Tür öffnen müssen, als es geklopft hatte, denn John war wieder einmal unterwegs. Früher hätte Flint die Gelegenheit genutzt und sich in ihre Kammer geschlichen. Seit einiger Zeit jedoch zog es ihn immer häufiger in die Schenke. Gerade als Catlin sich schlafen legen wollte, hörte sie ihn ins Haus poltern. Gesprächsfetzen entnahm sie, dass er Milo begegnet war, dann hörte sie schwere Tritte auf der Treppe. Als die Tür quietschte, wusste sie, dass Flint in ihrer Kammer stand.

»Hast Männerbesuch, sobald ich dem Haus den Rücken kehre«, lallte er. »Aber solange er in der Werkstatt nächtigt …« Er kicherte, offensichtlich tüchtig benebelt. »Dann soll's mir gleich sein.« Er zog sich aus und schlüpfte ohne Ankündigung unter Catlins Decke. »Wer ist der Kerl überhaupt?«

»Milo, der Knappe meines Vetters Richard«, antwortete Catlin kühl. Sie hasste es, wenn Flint zu viel trank. »Mein Vater liegt schwer krank danieder. Milo wird mich zu ihm bringen, gleich morgen früh.«

»Und die Werkstatt?«, fragte Flint lauernd. »Der Meister ist nicht da.«

»John wird in wenigen Tagen zurück sein. Du kommst allein zurecht, oder etwa nicht?«, erwiderte sie spitz.

»Wie gut ich ohne ihn zurechtkomme, wirst du schon sehen.« Seine Hand wanderte unter dem Laken zu einem ihrer Schenkel. »Ich sage dir ja schon lange, dass wir besser ohne ihn dran wären«, flüsterte er und berührte dabei ihre Schulter mit den Lippen. Schauer liefen Catlin über den Rücken. »Stell dir bloß vor, er käme nie wieder und wir wären endlich frei«, raunte er. »Wir könnten heiraten.« Seine Lippen liebkosten ihr Ohr, sanft nagte er daran und küsste ihren Hals an der Stelle, wo er ihren Herzschlag spürte.

Catlin bäumte sich ihm entgegen, wollte ihm widersprechen und ihrer Empörung Ausdruck verleihen, doch die Erregung, die seine Berührungen verursachten, verwehrte ihr jeden klaren Gedanken. Sie sehnte sich nur noch danach, sich dem Geliebten hinzugeben. Sogar die Sorge um ihren Vater verblasste in diesem Augenblick.

Als der Hahnenschrei im Hof den nächsten Tag ankündigte, sprang Catlin aus dem Bett und warf einen kurzen Blick auf die zerwühlten Laken. Wie üblich war Flint noch in der Nacht in seine Kammer entschwunden, um auf seinem eigenen Lager dicht neben Corvinus weiterzuschlafen. Die Hoffnung aber, den Jungen dadurch hinters Licht führen zu können, war vergeblich. Corvinus ließ Catlin mit dunklen Blicken wissen, dass er die heimliche Liebschaft durchschaute, und verhehlte nicht, wie sehr er sie missbilligte. Auch Flint zeigte er recht deutlich, wie wenig er von ihm hielt. Wiewohl Catlin fand, dass es Corvinus nicht zustand, ihr oder Flint mit Geringschätzung zu begegnen, so unternahm sie doch nichts dagegen. Sie liebte den Burschen wie einen jüngeren Bruder und verteidigte ihn, wenn Flint auf ihm herumhackte.

»Gib ihm keine Gelegenheit, die Hand gegen dich zu erheben!«, bat sie Corvinus, als sie sich von ihm verabschiedete. »Ich zähle auf dich. Du musst dem Meister erklären, warum ich nicht auf seine Rückkehr warten konnte. Versprichst du mir das?« Um Corvinus auf die Wange küssen zu können, musste sie sich auf die Zehenspitzen stellen, so sehr war er inzwischen gewachsen.

Corvinus errötete und nickte. »Ihr könnt Euch auf mich verlassen, Meisterin«, versicherte er ihr mit fester Stimme.

Catlin lächelte, als sich der Junge zu Aedwyna hinunterbeugte, sie am Hals kitzelte, bis sie glucksend lachte, und ihr dann einen feuchten Kuss gab. »Du wirst mir fehlen, du kleine Krabbe«, sagte er liebevoll.

Flint dagegen machte sich in der Werkstatt zu schaffen, ohne auch nur den Kopf zu heben, als sie ging, und verabschiedete sie nur mit einem flüchtigen Gruß.

»Könnt Ihr ihm trauen?«, erkundigte sich Milo besorgt, als sie die Werkstatt verließen. »Ich sah Euren Gemahl gar nicht …«

»Der Meister musste für einige Tage fort, doch er kehrt bald zurück«, erklärte Catlin. »Und was Flint angeht, so weiß er, was zu tun ist.« Sie bemühte sich um ein Lächeln, doch Milo schien alles andere als beruhigt zu sein. Was hatten nur immer alle gegen Flint?

Catlin streichelte Aedwynas Köpfchen, als diese ein leises Quäken von sich gab, und stellte sie Milo vor.

»Sei hübsch artig, mein Herz!«, flüsterte sie und bat Richards Knappen, die Kleine für einen Moment zu halten, damit sie das Pferd besteigen konnte, das er für sie mitgebracht hatte. Erst als sie sicher im Sattel saß, nahm sie ihre Tochter entgegen. Seit ihrer letzten Reise fühlte sie sich erheblich sicherer auf einem Pferderücken und traute sich inzwischen durchaus zu, das Kind im Arm und die Zügel in der rechten Hand zu halten.

»Wenn sie Euch zu schwer wird, nehme ich sie Euch gern ab«, bot Milo an, und Catlin dankte ihm dafür.

Der Weg zum Haus ihres Vaters kam ihr ungleich länger vor als beim letzen Mal. Vielleicht weil sie ihre Ankunft diesmal herbeisehnte und nichts mehr fürchtete, als zu spät ans Lager des Kranken zu kommen. Sie drängte Milo zum Weiterreiten, sobald er eine Pause einlegen wollte, und bestand gar darauf, das Kind während des Rittes zu stillen.

»Ich könnte mir nie verzeihen, wenn wir zu spät kämen, weil wir uns nicht genug beeilt haben.«

Es dämmerte bereits, als sie die Schmiede endlich erreichten. Catlin war wie zerschlagen nach dem langen Ritt und dem wütenden Geschrei von Aedwyna, die sich schon seit einer Weile nicht mehr hatte beruhigen lassen.

Winnie stürmte aus dem Haus und kam als Erste in den Hof, um die Besucher zu begrüßen. »Catlin!«, rief sie erleichtert. »Endlich!« Dann sah sie das Kind in ihren Armen und lächelte sanft. »Nanu, wer ist das denn?«, fragte sie.

»Das ist Aedwyna, meine Tochter«, antwortete Catlin matt. Dankbar überließ sie das Kind der Freundin, als diese die Arme nach der Kleinen ausstreckte. »Sie ist ganz schön schwer!«, warnte sie.

»Du kannst mit meinem Jüngsten in seinem Weidenkörbchen schlafen«, sagte Winnie liebevoll zu dem Kind und wiegte es hin und her. Kaum hielt sie es in den Armen, beruhigte sich das kleine Mädchen. Winnie strahlte und strich Aedwyna zärtlich über die Wange. »Wie reizend sie ist!«, rief sie aus, ohne die Augen von dem Gesichtchen abzuwenden, denn die Kleine blickte neugierig, beinahe grüblerisch zu der fremden Frau auf. »Ich glaube, sie mag mich«, freute sich Winnie, als Aedwyna plötzlich lächelte.

»Ganz bestimmt tut sie das!« Catlin ließ sich vom Pferd gleiten. »Mein kleines Mädchen ist in der Pfingstzeit geboren. Und dein Sohn?«

»Klein Henry?« Winnie lächelte glücklich. »Duncan und ich haben ihn nach deinem Vater benannt, weil er uns stets wie ein Vater war. Der Junge ist geboren, als der Weizen ganz blond war. Muss zehn oder zwölf Wochen her sein.« Winnie lächelte mit einem traurigen Zug um die Augen. Vermutlich gedachte sie des Kindes, das sie verloren hatte.

»Ich bin so froh, dass dein Sohn wohlauf ist«, murmelte Catlin und lächelte, dann schenkte sie ihre

Aufmerksamkeit wieder Aedwyna. »Ich glaube, sie kann die Augen kaum noch aufhalten. Obwohl sie viel geschlafen hat, war die Reise doch anstrengend für sie. Auf den letzten Meilen hat sie nur noch geschrien. Und ich bin ebenfalls vollkommen erschöpft«, seufzte sie.

»Soll ich sie stillen?«, bot Winnie bereitwillig an. »Ich habe genug Milch für zwei.«

Catlin lächelte dankbar, schüttelte aber den Kopf. »Das ist nicht nötig, sie hat gerade getrunken. Ich werde sie rasch meinem Vater vorstellen, bevor wir sie schlafen legen, was meinst du? Ist er wach?«

»Ja, ich denke schon. Erschrick nicht, wenn du ihn siehst. Er ist schwach, sehr schwach, doch seit er weiß, dass Milo dich herbringt, bemüht er sich, zu essen und nicht aufzugeben.« Sie lächelte aufmunternd. »Geh nur, er wartet so sehr auf dich. Elfreda ist immer bei ihm. Auch sie wird sich freuen, dich zu sehen.«

»Ich danke dir.« Catlin nahm Winnie das Kind ab und ging ins Haus.

Elfreda saß am Lager ihres Gemahles und hielt seine Hand. »Catlin ist da«, sagte sie leise, als seine Tochter näher trat, und begrüßte sie mit einem Nicken, dann erhob sie sich, um ihr Platz an seiner Seite zu machen. Sie warf einen zärtlichen Blick auf das Kind in Catlins Armen und strich ihm mit dem Zeigefinger über die flaumige Wange.

»Sei gegrüßt, Elfreda«, sagte Catlin. »Das ist Aedwyna, meine Tochter.« Sie lächelte weich.

»Sie ist wunderschön!« Elfreda küsste das Kind. »Da wird sich dein Großvater aber freuen, wenn er sieht, dass du einen Rotstich im Haar hast wie seine Mutter, die berühmte Schmiedin Ellenweore«, wandte sie sich an die Kleine. Catlin lächelte, denn Elfreda hatte recht –

mit jedem Tag, den Aedwyna heranwuchs, wurde ihr Haar röter.

Henry war überglücklich, als er Catlin und seine Enkelin sah, er schien sogar plötzlich wieder an Kraft zu gewinnen. »Sie sieht aus wie meine Mutter«, sagte er und lachte, als Aedwyna ihm mit den feisten Händchen ins Gesicht griff und ihn in die Nase kniff. »Sieh nur, ihre Augen werden grün!«, freute er sich und lächelte zufrieden. Er richtete sich noch ein wenig weiter auf und küsste seine Enkelin zaghaft auf die Stirn.

»Darf ich sie dir einmal abnehmen?«, fragte Elfreda, ließ sich das Kind in die Arme legen und wiegte es mit seligem Lächeln hin und her.

Catlin setzte sich zu ihrem Vater, umarmte ihn und war gerührt, als er sie lange und fest an sich drückte. Es war, als befürchte er, sie könne ihm erneut davonlaufen. »Ich muss bald gehen«, raunte er ihr ins Ohr. »Der Herr erwartet mich.«

Catlin spürte, wie ihr das Wasser in die Augen stieg. »Nicht, Vater!«, bat sie, doch der Schmied sank mit einem Lächeln zurück in die Kissen. »Ich habe lange nicht verstanden, warum du weggegangen bist. Nach deinem letzten Besuch noch viel weniger. Du und Alan, ihr hättet ein gutes Paar abgegeben.« Er schien Mühe mit dem Atmen zu haben. Catlin nahm seine Hand. Sie fühlte sich heiß und trocken an. »Alan hat es mir erklärt. Er scheint es zu verstehen.« Der Schmied nickte nachdenklich. »Ich will, dass er die Schmiede übernimmt, hörst du?« Er rang nach Luft. »Ich weiß, sie steht dir zu, darum wird er dir Pacht bezahlen, so wie sein Bruder dir Pacht für die Schmiede von Orford zahlen wird. Denn wie es aussieht, wirst du nicht hier arbeiten, oder?« Er wartete Catlins Antwort nicht ab und sprach weiter. »Die Männer, die mir so viele Jahre lang die Treue hielten, sollen ihre Arbeit ebenso wenig verlieren wie Alan, der hier ein neues Zuhause fand. Außerdem wird er für meine Elfreda sorgen, wenn ich nicht mehr bin.«

»Vater!«, versuchte Catlin ihm mit erstickter Stimme Einhalt zu gebieten, doch er schüttelte den Kopf.

»Lass mich sagen, was ich auf dem Herzen habe!« Er legte eine längere Atempause ein, schloss die Augen und schien zu schlafen. Schließlich schlug er die Lider wieder auf. »Du kannst dich auf Alan verlassen. Brauchst du irgendwann Hilfe, dann wende dich an ihn. Seine Familie und die unsere sind für immer miteinander verbunden, auch wenn du ihn nicht geheiratet hast. Er ist ein guter Junge.«

Catlin nickte. »Ich weiß, Vater, und er wäre gewiss auch ein guter Ehemann gewesen, aber …«

Der Schmid hob die Hand und gebot ihr zu schweigen. »Es ist alles gesagt, Catlin, ich verstehe es inzwischen.« Er sah sie mit fiebrig glänzenden Augen an. »Ich werde ein wenig ruhen«, hauchte er, wandte den Kopf zur Seite und atmete ruhig und flach. Catlin blieb an seinem Lager sitzen und hielt ihm die Hand. Wie gebannt starrte sie auf seine Brust, wartete bang darauf, dass sie sich hob und senkte.

»Ich hoffe, es geht ihm bald wieder besser. Er fehlt mir«, sagte Alan, als Catlin am Abend zu ihm in die Schmiede kam, um ihn ins Haus zu holen. »Auch hier in der Werkstatt. Was nicht heißen soll, dass ich nicht allein zurechtkäme.« Er lachte verzagt auf und hob die Schultern. »Ich mag es einfach, mit ihm zu arbeiten, ruhig, ohne viele Erklärungen. Meist genügt ein Blick.« Alans Gesicht nahm einen weichen Zug an. »Er erinnert mich oft an meinen Vater.« Er lächelte so wehmütig, dass Catlin ihn am liebsten in die Arme genommen und getröstet hätte. Sie erinnerte sich noch gut an die harmonische Zusammenarbeit zwischen ihren Vätern und wusste, wie viel sie beiden bedeutet hatte. Es hatte nicht vieler Worte bedurft, um Hand in Hand zu arbeiten. Genauso war es auch bei ihr und John, darum verstand sie, was Alan meinte. Wie von allein begann sie ihm von John zu erzählen, von ihrer Arbeit, ihren Gemeinsamkeiten und schließlich sogar von ihrer Ehe, die keine war.

Es fiel ihr nicht schwer, Alan ihr Herz auszuschütten, denn in keinem Augenblick zeigte sein Gesichtsausdruck Herablassung oder Missachtung. Alan verurteilte sie weder für das, was sie ihm angetan hatte, noch für ihre Liebschaft mit Flint oder die Lüge, mit der sie John zum Vater ihrer Tochter gemacht hatte. »Flint ist in letzter Zeit oft unbeherrscht«, klagte sie. »Er leidet, weil er nur Geselle ist.« Sie lächelte verzagt und verschwieg Alan, dass Flint in den vergangenen Wochen mehrfach davon gesprochen hatte, wie viel besser es ihnen ginge, wenn John nicht mehr wäre. »Jeder Geselle träumt davon, eines Tages Meister zu werden, glaubst du nicht?«

Alan sagte nichts dazu, obwohl er gewiss wusste, wie es sich für einen jungen Mann anfühlte, stets nur der Zweite in einer Werkstatt zu sein. Einen Augenblick lang dachte Catlin darüber nach, dass auch er einmal heiraten würde. Seine Frau wäre dann die Meisterin in der Schmiede. Ein winziger Schmerz durchzuckte ihre Brust. Kurz und doch heftig genug, dass sie die Stirn runzelte.

»Es ist schon spät«, sagte Alan, als er sah, wie nachdenklich sie plötzlich geworden war, und versuchte sie aufzuheitern. »Warst du nicht gekommen, um mich zum Essen zu holen? Ich bin halb verhungert!« Er tat so, als falle er sogleich vom Fleisch, zog eine klägliche Grimasse und brachte sie damit tatsächlich zum Lachen.

»Verzeih mir, ich bin abscheulich. Die ganze Zeit habe ich nur von mir gesprochen.« Catlin senkte beschämt den Kopf und errötete.

»Nicht doch!« Alan hob ihr Kinn an und blickte ihr in die Augen. »Ich bin immer für dich da«, sagte er mit rauer Stimme. »Worum auch immer du mich irgendwann bitten magst, ich werde dir helfen, versprochen.«

Catlin nickte mit Tränen in den Augen. Genau das hatte ihr Vater auch gesagt. »Ich fürchte, dass er bald stirbt!«, brach es unvermittelt aus ihr hervor. »Ich hätte ihn so gern stolz gemacht, doch zeitlebens war ich stets nur eine einzige Enttäuschung für ihn.«

Alan schüttelte tadelnd den Kopf. »Das ist nicht wahr«, widersprach er sanft. »Dein Vater liebt dich und ist sehr wohl stolz auf dich. Seit er begriffen hat, warum du fortgegangen bist, spricht er nur noch von dir. Du scheinst den gleichen eisernen Willen zu haben wie seine Mutter und noch dazu eine Leidenschaft, wie er sie selbst nicht kennt, auch wenn er wahrhaftig ein ausnehmend guter Schmied ist. Dafür und für den Mut, alles, was dir lieb und teuer ist, aufs Spiel zu setzen, nur um dein Handwerk auszuüben, bewundert er dich aufrichtiger, als du dir vorstellen kannst.« Alan lächelte aufmunternd.

Catlin brachte kein Wort mehr heraus. Sie nickte nur und bemühte sich, ihre Tränen hinunterzuschlucken.

Obwohl ihr Vater nicht wieder zu sich kam, verbrachte Catlin die folgenden Tage an seinem Bett und hielt seine Hand. Sie erzählte ihm von Aedwyna, von ihrer Arbeit in der Werkstatt und von ihrem Traum, schon bald eine ganz besondere Glocke zu gießen. Abends, wenn es dunkel wurde, verließ sie das Haus, ging zur Schmiede und suchte Alans Gesellschaft. Es tat ihr gut, noch ein wenig mit ihm zu arbeiten. Das Schmieden half ihr, den Kopf frei zu bekommen und sich der düsteren Gedanken zu entledigen, die sie quälten, wenn sie an ihres Vaters Krankenlager saß. Zuweilen brachte Alan sie sogar zum Lachen. Doch zumeist sprachen sie ganz ernst über die Zukunft, über Gott und was er wohl mit jedem von ihnen vorhatte. Erstaunlicherweise dachte sie in diesen Tagen kaum an Flint, während ihr für gewöhnlich jede Trennung von ihm schwerfiel.

Die Zeit mit Alan gab ihr Kraft, auch den nächsten Tag am Krankenlager durchzustehen und ihrem Vater voller Zuversicht allerlei Alltagsgeschichten von seiner Enkelin Aedwyna, seinem Neffen Richard sowie den Schmieden und ihrer Arbeit zu erzählen. Vielleicht, so hoffte sie, konnte er sie hören, auch wenn er die Augen noch immer fest geschlossen hatte. Nur hin und wieder zuckte eins seiner Augenlider. Dann hoffte Catlin, er möge erwachen und wieder gesunden, doch das Fieber hielt ihn mit eiserner Faust nieder und beraubte ihn seiner letzten Kräfte. Seine Hand, die in der ihren ruhte, und seine Stirn, die sie mit einem feuchten Lappen kühlte, glühten vor Hitze. Das Fieber färbte ihm die Wangen so rosig, als erfreue er sich bester Gesundheit, doch der Schein trog.

Geduldig, aber vergeblich versuchte Elfreda, ihm etwas Suppe oder wenigstens einige Löffel Kräuteraufguss einzuflößen. Lange saßen sie an seinem Lager, schweigend in Erinnerungen versunken. Catlin wusste, dass ihrem Vater nichts Besseres hatte widerfahren können, als Elfreda zu heiraten. Nachdem er so lange Witwer gewesen war, noch einmal so viel Glück erleben zu dürfen war ein Geschenk des Himmels gewesen. Ihr Blick kreuzte den von Elfreda, und ein Lächeln auf ihrem Gesicht, kaum wahrnehmbar, verriet, dass es keiner Worte bedurfte, um klarzustellen, dass Catlin ihr niemals ernsthaft gram gewesen war, auch wenn sich dies vor ihrem Verschwinden so angehört haben mochte.

Am dritten Tag am Bett ihres Vaters nickte Catlin einen Augenblick lang ein, und als sie erwachte, war die Hand, die sie seit dem Morgengrauen hielt, kälter geworden. Erleichtert, weil sie glaubte, das Fieber sei gesunken, suchte sie Elfredas Blick. Statt sich jedoch zu freuen, weinte die Ärmste bitterlich, und eine schreckliche Ahnung beschlich Catlin. Voller Angst betrachtete sie das Gesicht ihres Vaters. Seine rosigen Wangen waren fahl und eingefallen, sein Mund ein wenig geöffnet, so als sei der Schmied erstaunt, nun vor seinen Schöpfer treten zu müssen. Catlin fühlte, wie ein übermächtiges Schluchzen in ihr aufstieg, als wolle ihr Körper alle Tränen, allen Kummer aus ihr herausschütteln.

Elfreda war unfähig, von der Seite ihres toten Gemahles zu weichen. Wie sehr Catlin es in diesem Augenblick auch gebraucht hätte, von ihr getröstet zu werden, so wie früher, wenn sie traurig gewesen war oder ein aufgeschlagenes Knie gehabt hatte, Elfreda brachte es nicht fertig, sie in die Arme zu nehmen. Darum erhob sich Catlin, stellte sich hinter die Trauernde und legte ihr die Hände auf die Schultern. Elfreda aber schob sie fort und schüttelte unwillig den Kopf. Catlins Rücken versteifte sich. Elfreda war nicht die Einzige, die traurig und verzweifelt war, schließlich war der Mann dort auf dem Lager nicht nur ihr Gemahl, sondern auch Catlins Vater. Wenngleich der Schmied und seine Tochter sich nicht immer einig gewesen waren, so bedeutete es für Catlin doch ungeheuer viel, dass er stolz auf sie gewesen war. Tränen schossen ihr in die Augen, und das Schlucken schmerzte. Dann aber fielen ihr Alans Worte ein. Sie spürte, wie ihr Rücken wieder biegsam wurde. Ihr Vater habe sie geliebt, hatte er gesagt, und ihr verziehen, dass sie fortgegangen war, um ihren Traum vom Glockengießen zu leben. Vermutlich hatte der Vater sie sogar besser verstanden als gedacht. Und Elfreda? War sie nicht immer für Catlin da gewesen? Hatte sie ihr nicht die Mutter so gut ersetzt, dass Catlin diese nie gefehlt hatte? Auch für den Schmied hatte sie immer gut gesorgt. Viele Jahre lang hatte sie gewartet und gehofft, dass er ihr eines Tages einen Antrag machen würde. Vermutlich hatte sie die Hoffnung bereits aufgegeben, als der Überfall auf die Schmiede die beiden doch noch zusammengeführt hatte. Elfreda hatte jedes Recht zu trauern, denn in dieser dunklen Stunde hatte sie ihren Geliebten verloren, den Mann, der ihr alles bedeutet hatte und mit dem sie hatte alt werden wollen. Catlin nickte ihr verständnisvoll zu und ließ die Stiefmutter allein am Lager des Toten zurück. Sie hatte ein Anrecht darauf, ungestört Abschied von ihrem toten Liebsten zu nehmen.

Es dämmerte bereits, als Catlin den Hof betrat. Die Luft war kühl und feucht, und im Westen schien der Horizont in Flammen getaucht. Das helle Gelborange und das satte Rosa verliefen mit dem duftigen Blau des Himmels zu immer kräftiger werdendem Violett. Die Schönheit dieser Farben und die Traurigkeit des Augenblickes schienen einander zu widersprechen. Tränen liefen Catlin über die Wangen, als Alan aus der Schmiede trat. Auch ohne zu fragen, begriff er, was geschehen war. Die Art, wie er sie ansah – mit einer Mischung aus Angst und Wissen, Mitleid und Trauer, Freundschaft, vielleicht gar Liebe –, traf Catlin bis ins Mark und tröstete sie zugleich. Wortlos trat er auf sie zu, schloss sie in die Arme und hielt sie so fest, dass sie sich wünschte, er möge sie nie wieder loslassen.

Der feine Nieselregen, der seit dem Morgengrauen ohne Unterlass fiel, setzte winzige Tropfen wie Perlen auf die Wollumhänge, das Haar und die Gesichter der Trauernden. In wenigen Wochen wäre alles mit wunderschönem weißem Reif überzogen. Die Luft war kühl und der Winter nicht mehr fern. Alan schauderte. Geburt und Tod gehörten zum Leben wie Frühling und Winter zum Jahr, dennoch war es immer wieder schwer, einen geliebten Menschen gehen zu lassen. Vielen half der Glaube. Das Vertrauen in den Allmächtigen und die Hoffnung, die Ewigkeit an seiner Seite im Paradies zu verbringen und all jene wiederzusehen, die man im Lauf der Zeit verloren hatte. Ob Catlins Mutter im Himmelreich auf Henry wartete? Alans Blick ruhte auf Elfreda. Sie war dem Schmied nie von der Seite gewichen, hatte seine Tochter aufgezogen und sein Haus versorgt. Nun stand sie gramgebeugt vor dem Grab, einem schwarzen Loch, das im Boden klaffte und den Leichnam ihres Gemahles aufgenommen hatte. Der

Rücken der sonst so aufrechten Frau war rund wie ein Altweiberbuckel. Wie konnte sie über Nacht nur so gealtert sein? Aus der fröhlichen, fleißigen Meisterin war eine gebrochene, verzagte Frau geworden. Ihr Kummer rührte Alan, denn auch er war traurig, dass der Meister für immer fortgegangen war. Als er gespürt hatte, dass es mit ihm zu Ende ging, hatten Henrys Gedanken vor allem Elfredas Zukunft gegolten, doch Alan hatte ihn beruhigt und ihm versprochen, für sie zu sorgen wie ein Sohn. Alan senkte den Blick und scharrte mit dem Fuß über den Boden. Seit er in Henrys Schmiede arbeitete, hatte er seine Mutter nicht mehr gesehen. Er wusste nicht einmal, ob sie noch lebte. Immerhin war er sicher, dass sie im Alter nicht allein war. Sie wurde von seinem älteren Bruder, dessen Frau und ihren Kindern versorgt und brauchte seine Hilfe nicht. Elfreda aber hatte niemanden mehr. Gewiss hätte sich auch Catlin um sie gekümmert, doch Elfreda hätte niemals zugestimmt, die Schmiede zu verlassen und ihre Stieftochter nach London zu begleiten. Alan dachte an das Geständnis, das Catlin ihm gemacht hatte. An ihren Betrug mit dem untergeschobenen Kind, an ihren Geliebten. Bei dem Gedanken an den Gesellen, von dem sie die kleine Tochter hatte, krampfte sich sein Herz zusammen. Was hatte er nur getan, dass der Herr ihn so hart bestrafte? Warum hatte er ihm Catlin weggenommen, noch bevor sie ihm gehört hatte? Warum hatte sie nicht bleiben und dem Vater gehorchen können, so wie es sich ziemte? Wider Willen musste er schmunzeln. Wenn Catlin gehorcht und ihren Traum aufgegeben hätte, wäre sie nicht Catlin gewesen, sondern nur eine ganz gewöhnliche junge Frau. Gerade ihre Zielstrebigkeit, ihr Ehrgeiz und die Leidenschaft für ihren Beruf waren es schließlich, die ihn so in ihren Bann geschlagen hatten. Gewiss, alles wäre einfacher gewesen, hätte sie diese Begeisterung nicht für das Glockengießen, sondern für das Schmieden empfunden, so wie einst ihre Großmutter, doch dem war nicht so. Sie liebte nun einmal die Glocken. Und ich, dachte Alan, ich liebe sie. Zum ersten Mal gestand er sich dies unumwunden ein. Bislang hatte er versucht, seine Gefühle für Catlin zu verdrängen, sich eingeredet, ihr nur Freundschaft entgegenzubringen. Er blickte zu ihr hinüber. Wie festgenagelt stand sie da und starrte in das Grab ihres Vaters. Der Regen hatte aufgehört, Sonnenstrahlen drangen durch die dräuenden Wolken und streichelten ihr Gesicht, als wollten sie die Trauernde trösten.

Alan musste schlucken. Catlins Kummer ging ihm näher als sein eigener, wiewohl er ihren Vater geschätzt und auch geliebt hatte, nachdem dieser ihn aufgenommen hatte wie einen Sohn. Nie war ein böses Wort über Henrys Lippen gekommen, selbst als Alans erste Klinge beim Härten missglückt war. »Das Wasser …«, hatte Henry gesagt. »Du bist das Wasser hier nicht gewöhnt. Wir hätten mehr Probehärtungen vornehmen müssen.« *Wir.* Er hatte *wir* gesagt, obwohl er *du* gemeint hatte, denn er selbst kannte sehr wohl die Eigenschaften des Wassers in der Schmiede. Henry benötigte nur wenige Versuche, um sicher zu sein, dass ihm das Härten gelang. Alan aber hatte ihn beeindrucken wollen. Hochmut kommt vor dem Fall, hatte er sich darum immer wieder sagen müssen. Der Herr hatte ihn für seine Unbescheidenheit bestraft und recht daran getan. Ein guter Handwerker, ob Schmied oder Glockengießer, durfte niemals anmaßend sein. Demut war vonnöten, um ein Handwerk auf gottgefällige Weise auszuüben.

In seiner Predigt hatte der Priester von der Trauer der Hinterbliebenen gesprochen und sie ermahnt, sich nicht fallen zu lassen, sondern mutig und voller Zuversicht in die Zukunft zu blicken, auch um den Schmerz ihrer Mitmenschen zu lindern. Alan streckte sich also, als er bemerkte, wie sehr er in sich zusammengesunken war, und sah sich unauffällig um. Die Menge trauerte um Henry, denn er war beliebt im Dorf gewesen. Für seine Nachbarn und Freunde hatte er stets ein offenes Ohr gehabt. Viele hatten ihn um Rat gefragt, obwohl er doch zu den stilleren Menschen gehört hatte. Seine bescheidene, ehrliche Art, seinen Fleiß, sein Können und seine Zuverlässigkeit hatten alle geschätzt. Henry hatte es verstanden, das Werk seiner Mutter so weiterzuführen, dass auch das Dorf zu größerem Wohlstand gelangt war, denn die illustren Kunden der Schmiede hatten weitere Handwerker in die Gegend gelockt. Ein Gehängemacher, ein Gerber, ein weiterer Schwarzschmied und sogar ein Goldschmied hatten sich in der Nachbarschaft niedergelassen. Alan runzelte die Stirn. Die Tochter des Goldschmiedes hatte ein Auge auf ihn geworfen und ihr Vater bereits mit Henry über eine mögliche Verbindung der beiden jungen Leute gesprochen. Zum Glück hatte der Schmied nichts zugesagt, was Alan nicht hätte halten wollen. Da das Mädchen noch recht jung war, hatten sie die Entscheidung auf das kommende Frühjahr verschoben. Zunächst hatte Alan versucht, dem Gedanken an eine Heirat mit dem jungen Ding etwas abzugewinnen, denn die Tochter eines Goldschmiedes zu freien war mehr, als sich ein Waffenschmied erhoffen konnte. Doch seit Catlin in sein Leben getreten war, konnte er sich eine Vermählung mit einer anderen als ihr nicht mehr vorstellen.

Der Priester beendete sein Gebet, und die Trauernden scharten sich enger um das Grab. Es war Brauch, eine Handvoll Erde auf die letzte Ruhestätte zu werfen, auch wenn es den meisten schwerfiel. Aus Erde hatte Gott die Menschen geschaffen, und zu Erde sollten sie nach dem Tode werden, bis sie am Jüngsten Tag auferstünden und Einlass ins Paradies fänden, so sie dessen würdig waren. Die meisten Trauernden zuckten zusammen und brachen abermals in Tränen aus, wenn die Erde in der Grube landete.

Elfreda nahm ein wenig Sand und ließ ihn abwesend, beinahe gleichmütig durch die Finger rieseln.

Catlin dagegen bekam einen dicken Batzen zu packen und fuhr zusammen, als die klumpige Erde mit einem dumpfen Laut auf dem leinenumhüllten Leichnam aufprallte.

Als Alan an der Reihe war, achtete er darauf, nicht wie sie von dem lehmigen Boden zu nehmen, sondern von dem ausgehobenen Sand, den er entschlossen mit einem einzigen Schwung in das Loch warf. Für einen Augenblick blieb er noch am Grab stehen, gedachte seines Meisters und seines verstorbenen Vaters und ging dann auf Elfreda zu.

»Jetzt bist du der Meister in der Schmiede«, sagte sie leise.

Alan nickte. »Es wird sich für niemanden etwas ändern«, sagte er und errötete, denn natürlich änderte sich alles, vor allem für die Witwe, die mit einem Schlag nicht mehr die Herrin der Schmiede war. »Ich meine … niemand muss sich Sorgen machen«, verbesserte er sich. »Ich stehe bei Henry im Wort«, fügte er hinzu, beugte sich zu ihr hinunter und küsste sie auf die Wange. »Ich kümmere mich um dich, wie ich es versprochen habe«, flüsterte er ihr ins Ohr und drückte sie so fest an sich, dass ihre Tränen seine Wange benetzten.

Kurz darauf setzte sich die Trauergesellschaft in Bewegung und verließ den Kirchhof.

Auf dem Weg zurück zur Schmiede fiel Alan ein fast kahler Baum auf. Singvögel sammelten sich auf seinen Ästen in wachsender Zahl. Was wie ein Durcheinander wirkte, musste indes eine genaue Ordnung haben. Immer wieder flogen Vögel auf, um Platz für andere zu machen, und suchten sich einen neuen Ast, auf dem sie sich niederließen. Dorngrasmücke, Laubsänger, Schwalbe, Amsel und Star, aber auch Nachtigall und Kuckuck würden sich schon bald auf den Weg in den Süden machen. Nur im Schwarm waren sie in der Lage, die Gefahren der Reise zu überstehen, nicht viel anders als Pilger oder Kaufleute. Auch sie wurden nicht so leicht Opfer von Angriffen, wenn sie nur zusammenhielten. Schon bald würden die Vögel aufbrechen und auf wundersame Weise wie ein einziges Wesen über den Himmel ziehen, um nach Süden zu gelangen, wo sie im Winter Nahrung und Wärme fanden. Doch gab es nicht nur Vögel, die England verließen, sondern auch solche, die zuzogen. Aus dem hohen Norden, wo oft monatelang nur Schnee und Eis herrschten, kamen Enten, Gänse, Schwäne und andere Wasservögel auf die Insel, denn die englischen Winter waren vergleichsweise mild. Der Herbstwind trieb das bunte Laub vor den Trauernden her, spielte mit den Blättern und türmte sie zu großen Haufen auf. Ob Vögel so etwas wie Heimweh empfanden? Schließlich kehrten sie im Frühjahr stets in ihre Heimat zurück, nur um im Herbst wieder davonzufliegen. Wer gab ihnen das Zeichen dazu? Woher wussten sie, wann es an der Zeit war, sich zu versammeln? Und wo sie sich treffen sollten? Wie verständigten sie sich untereinander, da sie doch keiner Sprache mächtig waren? Wie bestimmten sie ihre Anführer? Wie fanden sie ihren Weg, und woher wussten sie, dass ihre Entscheidung, in südliche Gefilde zu fliegen, die richtige war? Alan schüttelte kaum merklich den Kopf. Wie kam er bloß dazu, sich solch törichte Fragen zu stellen? Gott war es, der ihnen den Weg wies, niemand sonst. So wie er die Menschen lenkte, so führte der Herr auch die Tiere. Ein Seufzer entfuhr ihm. Seit er Catlin kannte, war es vorbei mit seinem Seelenfrieden. Seit dem Augenblick, als er die Leidenschaft in ihren Augen hatte leuchten sehen, war er ihr verfallen. Hatte er früher in aller Ruhe seine Arbeit verrichtet, in sich gefestigt und stets darauf bedacht, Neues zu lernen, so hatte er nun Mühe, nicht ständig nur an sie zu denken. Immer wieder und bei den unmöglichsten Gelegenheiten schob sich ihr Gesicht vor sein inneres Auge. Ihr Lächeln, die kleine Falte zwischen ihren Brauen, wenn sie von den Schwierigkeiten des Glockengießens erzählte, der Glanz in ihren Augen, wenn sie von den Tönen schwärmte, aber auch der traurige Zug, der zuweilen ihre Mundwinkel umspielte, wenn sie nachdenklich war. All das war ihm so sehr ans Herz gewachsen, dass er den Gedanken an ihre baldige Abreise nicht zulassen konnte.

Und das Stadttor schließt sich knarrend.
Schwarz bedecket sich die Erde

Friedrich Schiller, Das Lied von der Glocke

London, Juni 1230

»Du hast Anrecht auf Pacht für zwei Schmieden«, erinnerte Flint Catlin nicht zum ersten Mal. Er wischte sich den Schweiß vom Gesicht und schlug mit der Faust auf den Tisch. »Du solltest dich endlich darum bemühen, sie auch einzutreiben!« Nach ihrer Rückkehr aus St. Edmundsbury hatte er nur Ohren für diese Neuigkeit gehabt. Alles andere, ihre Trauer über den Verlust, das Bedauern, nicht mehr Zeit mit dem Vater verbracht zu haben, kümmerte ihn nicht. Statt ihr, wie John es versuchte, Mut zuzusprechen und Trost zu spenden, überlegte Flint nur, wie sich ihre Erbschaft künftig auf sein Leben auswirken könne. »Wenn wir den Alten endlich los wären, hätten wir ein gutes Auskommen. Die Pachteinnahmen würden die Ausgaben für die Werkstatt decken, und mit ein bisschen Glück bliebe sogar noch etwas zum Leben übrig. Außerdem verkaufen sich unsere Glocken gut …«, überlegte er wieder einmal.

»Seine Glocken«, erwiderte Catlin entrüstet. »Es sind seine Glocken, die sich gut verkaufen, nicht unsere. Keiner von uns beiden ist ihm ebenbürtig, also hör endlich auf mit dem unsinnigen Geschwätz! Du tust besser daran, dich wieder an die Arbeit zu machen«, fauchte sie.

»Ach, mein Täubchen, nun murr nicht!«, schnurrte

Flint wie ein Kater, zog sie so ungestüm an sich, dass ihr schwindelte, und küsste sie leidenschaftlich. Ihr wurde heiß, und das Herz schlug ihr so wild wie einem Reh auf der Flucht. Das warme, vertraute Gefühl, das ihren Körper durchfloss, verscheuchte im Nu jeglichen Zorn. Die Empörung über seine Worte wich der Lust, als seine Hände suchend über ihren Körper fuhren. Ihr Atem wurde schneller, und ihr Kopf fühlte sich leer an. Alles ringsum verlor an Bedeutung, es gab nur noch Flint und die Liebe. »Ich will dich!«, flüsterte er heiser.

Die Türglocke, die erklang, wenn die Werkstatt geöffnet wurde, unterbrach die beiden.

»Ich bin es!«, rief John, der die Gießerei schon am frühen Morgen verlassen hatte, um über einen neuen Auftrag für den Guss einer Glocke zu verhandeln. Er hatte sich vor Ort umgesehen, denn eine Glocke musste ebenso zum Glockenturm passen wie zu den Gläubigen, die ihrem Geläut folgen sollten.

Catlin errötete, richtete sich rasch das Haar und die Kleider und machte sich in der Küche zu schaffen, um John nicht mit erhitzten Wangen entgegenzutreten. Noch hatte sie ihm nicht gestanden, dass sie wohl wieder ein Kind erwartete. Wie sollte sie auch? Diesmal konnte sie ihn nicht von seiner Vaterschaft überzeugen, hatte sie doch keinen Überrumpelungsversuch mehr unternommen. Das letzte Mal war sie überaus glimpflich davongekommen, trotzdem hatte sie noch immer mit Schuldgefühlen zu kämpfen. Nur wenn sie das glückliche Lächeln auf Johns Gesicht sah, sobald er Aedwyna in den Armen hielt, glaubte sie zumindest einen Augenblick lang, sie habe mit ihrer Täuschung recht gehandelt. Während sie das Getreide einweichte, um daraus später einen Brei zu kochen, war sie tief in Gedanken versunken. Als John plötzlich hinter ihr stand, die Arme um sie legte und sie zum ersten Mal umschlang wie ein Gemahl sein Weib, erschrak sie heftig.

»Du bist wieder guter Hoffnung«, flüsterte er. »Ich sehe es an deinem verträumten Blick und an der Hand, mit der du dir zuweilen über den Leib streichst. Ich glaube gar, du merkst es nicht einmal.« Er küsste ihren Hinterkopf. »Ich weiß, dass das Kind nicht von mir ist, genauso wie Aedwyna«, raunte er ihr ins Ohr.

Catlin erstarrte. Ertappt. Wie, in aller Welt, hatte er sie durchschaut? Stand ihr das schlechte Gewissen so deutlich ins Gesicht geschrieben? Eine Weile schon ahnte sie, was die neuerliche morgendliche Übelkeit bedeutete, hatte bisher aber weder gewagt, es Flint einzugestehen noch ihrem Gemahl. Welches Spiel trieb John mit ihr? Warum umarmte er sie und stellte sie zugleich bloß? Ob er sie hinauswerfen wollte? Falls ja, dann vermutlich aus Rache. Weil sie ihn hintergangen hatte. Nun, da ihr die Pacht zustand, konnte er sie guten Gewissens vor die Tür setzen, auch als guter Christ. Müssten doch weder sie noch ihre Kinder Hungers sterben. Es wäre ihm nicht einmal zu verdenken, dachte Catlin und wurde traurig, lebte und arbeitete sie doch gern an seiner Seite, auch wenn sie keine Liebe für ihn empfand.

»Ich …«, hob sie an und, ohne so recht zu wissen, was sie zu ihrer Verteidigung vorbringen sollte.

»Nicht!«, gebot John ihr Einhalt. »Niemand außer uns muss davon erfahren. Ich liebe Aedwyna, als wäre sie mein eigen Fleisch und Blut.« Am Klang seiner Stimme erkannte sie, dass er lächelte, wie immer, wenn er von dem kleinen Mädchen sprach. »Ich werde beiden Kindern ein guter Vater sein. Ich brauche dich und liebe die Fröhlichkeit, die Aedwyna in unser Haus gebracht hat.«

Catlin stand noch immer da wie versteinert und lauschte seinen Worten, ohne recht zu begreifen.

John küsste sie erneut aufs Haar und ließ sie los, bevor er sich abwandte. Von Flint hatte er kein Wort erwähnt.

»Auch ich war einst verliebt«, begann John am Abend, als sie zu Bett gegangen waren, und ließ seine Worte wirken, während sie reglos nebeneinander in der Dunkelheit lagen.

Catlin schämte sich für den Betrug an John und war zugleich aufs Äußerste gespannt, was er ihr wohl zu sagen hatte.

»Doch so wie du war auch ich damals nicht frei«, fuhr er mit bebender Stimme fort.

Catlin errötete. Wie gut, dass er mich in der Schwärze der Nacht nicht sieht, dachte sie dankbar. Sie lag wie erstarrt neben ihm und harrte der Worte, die noch folgen mochten.

»Ich war … ich hatte …« Die Stimme versagte ihm gänzlich.

Catlin wartete, ob er weitersprach, doch er schwieg. Je länger sie in die Dunkelheit starrte, desto angestrengter grübelte sie darüber nach, was er wohl gemeint haben mochte. Ob er verlobt gewesen war, als er sich verliebt hatte? Oder gar verheiratet, so wie sie? In den vergangenen Jahren hatte sich Catlin damit abgefunden, nichts über die Vergangenheit ihres Gemahles zu wissen, nun aber wurde ihre Neugier abermals geweckt. Zu fragen und nachzuhaken, was geschehen war, wagte sie jedoch nicht. Stattdessen hoffte sie, er möge mit seiner Erzählung fortfahren. Sie versuchte, sich John jung und verliebt vorzustellen. Da sie ihn jedoch als fertigen Meister kennengelernt hatte, gesetzt und mit grauen Schläfen, misslang ihr der Versuch. Sich hingegen auszumalen, wie er wohl als kleiner Jungen gewesen sein mochte, fiel ihr nicht allzu schwer, benahmen sich die meisten Männer doch zuweilen wie ihre kleinen Ebenbilder. Ein Lächeln huschte über ihr Gesicht. Flint war überaus männlich, doch manchmal wirkte auch er wie ein Kind. Ein dickköpfiger kleiner Junge. Ob John seiner Liebsten den Hof gemacht hatte? Mit schmeichelnden Worten und Feldblumensträußen, mit Liebesschwüren und feuchten Händen? Als Catlin ihn schon danach fragen wollte, sprach er plötzlich weiter.

»Mein Leben dem Herrn zu weihen, so wie meine Eltern es entschieden hatten, war das für mich bestimmte Schicksal. Davon war ich fest überzeugt. Bis ich Muriel begegnete. Schon als ich sie zum ersten Mal sah, stand mein Herz in Flammen. Das Funkeln in ihren Augen, wenn sie mich anlächelte, weckte Zweifel in mir, ob ich weiterhin ein Dasein als Mönch fristen wollte.« Er atmete hörbar ein und aus. »Du glaubst nicht, wie schön und voller Lebensfreude sie war.« Seine Stimme klang wehmütig. »Uns war nicht viel gemeinsame Zeit vergönnt, doch jeder Augenblick war mir wertvoller als mein ganzes Leben. Die Liebe zu Gott schien nichts im Vergleich zu den Gefühlen, die ich für sie empfand. Ich wünschte mir nichts sehnlicher, als immer bei ihr zu sein, sie zu halten und in der Liebe zu ihr aufzugehen, sie zu versorgen und sie niemals fortgehen zu lassen.« Nach einer kleinen Pause fuhr er mit weniger entrückter Stimme fort. »Wie nicht anders zu erwarten, hatte unsere Liebe eines Tages Folgen. Doch ich war ein Mönch und dem

Herrn verpflichtet. Andererseits konnte ich sie doch nicht alleinlassen, ohne Mann und mit einem Kind unter dem Herzen.« John räusperte sich. »Ich warf mich meinem Abt zu Füßen und flehte ihn an, mich von meinen Gelübden zu entbinden. Er war mir gram und versuchte mich umzustimmen, ja, er stellte mir gar Vergebung in Aussicht, wenn ich nur bereute. Doch ich bereute nicht. Nichts. Weder die Liebe zu Muriel noch die Tatsache, dass sie ein Kind von mir erwartete. Auch der Fortgang aus der Gemeinschaft meiner Glaubensbrüder tat mir nicht leid, wenngleich ich den Tagesablauf des Klosters noch lange beibehielt, weil ich so sehr daran gewöhnt war.« Er seufzte. »Wir heirateten weit entfernt in einer anderen Grafschaft und ließen uns nieder, wo es Arbeit für uns gab. Mein Handwerk hatte ich von Kindesbeinen an im Kloster gelernt. Ich verstand mein Wissen wohl zu nutzen, und Muriel half mir, wo sie konnte, so mussten wir keinen Hunger leiden.«

Catlin war so gespannt, wie die Geschichte wohl weiterging, dass sie kaum zu atmen wagte. Hatte sie zunächst gedacht, John wolle ihr Vorhaltungen wegen Flint machen, so begriff sie nun, dass er ihr endlich anvertraute, wonach zu fragen er ihr stets untersagt hatte.

»Wir bekamen einen Sohn, den wir nach Muriels Vater benannten.« Obwohl Catlin ihn in der Dunkelheit nicht sehen konnte, hörte sie an Johns Stimme, dass er lächelte, wie er es tat, wenn er von Aedwyna sprach. »Eadric war ein pfiffiges Bürschchen, das früh laufen und sprechen lernte. Er liebte es, wenn seine Mutter sang, und entdeckte schon bald mein Glockenspiel für sich. Den ganzen Tag trällerte er vor sich hin.« John lachte. »Es war eine Freude, ihm zuzuhören, denn der Junge hatte ein großartiges Ohr.«

»Was geschah dann?«, fragte Catlin bang in die Stille, als John nicht weitersprach. Plötzlich hörte sie ihn schluchzen. Hilflos lag sie da und wartete.

»Der Herr ließ uns für unsere Liebe bitter büßen«, murmelte er irgendwann. »Muriel und Eadric wurden krank, und mit ihnen der halbe Weiler, vor allem die Kinder. Zuerst sah es nach einer Verkühlung aus. Die Betroffenen fieberten und jammerten, sobald die Sonne zur Tür hereinfiel und sie blendete. Nach einigen Tagen waren ihre Körper von roten Flecken übersät, ihr Husten verschlimmerte sich, und bald schon wurden Frau und Kind zusehends schwächer. Eadric sah im Fieber Trugbilder, wimmerte und war so benommen, dass er kaum noch antwortete, wenn ich ihn ansprach. Dann starben die ersten Nachbarn. Zwei Kinder und ein Mann. Als ich sah, dass auch Muriels Lebenslicht immer unruhiger flackerte, fiel ich auf die Knie und betete voller Inbrunst.« John keuchte auf. »Ich wusste wohl, dass ich kein Recht hatte, Gott um Hilfe anzuflehen, doch ich bat nicht für mich, sondern für sie. Für mein Weib und mein Kind. Ich betete und weinte, doch der Herr erhörte mich nicht. Er nahm mir meine geliebte Muriel und beutelte Eadric noch heftiger. Verzweifelt und voller Angst, er könne mir auch den Sohn entreißen, schlug ich dem Allmächtigen einen Handel vor.«

Catlin hatte sich an Johns Arm geklammert. »Deine Keuschheit«, flüsterte sie.

»Ich schwor ihm, kein Weib mehr anzurühren, um nie wieder ein Kind zu zeugen, wenn er mir nur meinen Sohn ließ.« Johns Atem ging stoßweise. Dann lachte er plötzlich auf. »Und der Herr hat mich erhört!«

Catlin war erleichtert.

»Doch Gott ist ein nachtragender, gestrenger Herr«,

fuhr John mit düsterer Stimme fort. »Er verzieh mir nicht, dass ich die Kirche für Weib und Kind ausgeschlagen hatte. Der Sohn blieb am Leben, doch …« Er brach ab. »Zunächst schien sich der Junge zu erholen. Mager war er geworden und still. Doch wer wollte ihm das verübeln, hatte das arme Kerlchen doch die Mutter verloren.« John hielt eine Weile inne, als erinnere er sich. »Wortlos hatte er an ihrem Grab gestanden und meine Hand gehalten. Und sprachlos blieb er. Eine Weile beachtete ich sein Schweigen einfach nicht. Ich dachte, er werde schon irgendwann wieder reden.« John rang nach Atem. »Eines Abends jedoch holte ich nach Monaten zum ersten Mal wieder das Glockenspiel hervor, um eine kleine Weise darauf zu spielen, die der Junge stets mitgesungen hatte. Er saß mit dem Rücken zu mir, als ich die erste Glocke anschlug, doch er wandte sich nicht zu mir um. Anfangs dachte ich, er wolle nur nicht, doch als ich aufstand und ihm die Hand auf die Schulter legte, zuckte er zusammen. Ich spielte erneut, doch das Lied zauberte kein Leuchten in seine Augen und keinen Ton auf seine Lippen. Da begriff ich, dass er nicht nur die Sprache verloren hatte. Immer wieder machte ich hinter ihm Geräusche, klatschte in die Hände, rief ihn, brüllte ihn an, aber das Kind konnte nichts mehr hören.« John weinte hemmungslos. »Der Sohn des Glockengießers war taub.« Es dauerte eine ganze Weile, bis er sich beruhigt hatte. »Trotzdem war ich fest entschlossen, ihn im Glockengießen auszubilden. Wenn er erst alt genug ist, dachte ich …« John brach ab. »Auf einer Baustelle, auf der ich eine Glocke gießen sollte, hätte ich ihn um ein Haar endgültig verloren. Weder meinen Warnruf noch die Schreie der anderen Handwerker hörte er und wäre so beinahe unter ein schwer beladenes Fuhrwerk geraten. Er war noch zu klein, um mit mir umherzuziehen. Er wäre nur immer wieder in Gefahr geraten. Der Prior einer kleinen Abtei sprach mich an. Er hatte den Vorfall beobachtet und verstand, was ich durchlitt. Sein Bruder war taub geboren, darum hatte er sich mit Gesten zu verständigen gelernt. Eadric blühte auf, wenn der Prior bei ihm war. Er zeigte ihm Bilder aus heiligen Schriften und lachte mit ihm, so wie ich einst mit ihm gelacht hatte. Doch seit dem Tod meiner geliebten Muriel war ich genauso verstummt wie mein armer Sohn. Ich lebte nur noch für meine Arbeit.«

Voller Mitgefühl küsste Catlin ihrem Gemahl die tränenfeuchte Wange. »Was ist mit deinem Sohn? Lebt er noch? Wo ist er?«

John antwortete nicht. Er weinte noch immer, darum blieb sie still, ohne ihn zu drängen.

»Du und Aedwyna, ihr habt so viel Freude in mein Leben gebracht«, sagte er schließlich. »Darum verzeihe ich dir, obwohl du mich hintergangen hast.« Nun weinte auch Catlin. Vor Erleichterung, aber auch aus Scham. »Flint ist kein schlechter Geselle, nicht übermäßig bestrebt, Großes zu schaffen, aber stark. Trotzdem wird er dich unglücklich machen, so du dein Herz zu sehr an ihn hängst. Einer wie er kann dem Weibsvolk nur schlecht widerstehen«, erklärte er, und als er Catlins Unwillen spürte, tätschelte er ihr friedfertig die Hand. »Ich bin dein Gemahl, wenn auch kein guter.«

Catlin wollte ihm widersprechen, doch er gab ihr keine Gelegenheit dazu.

»Ich sorge für dich«, sagte er bestimmt. »Für dich und deine Kinder.«

London, im Oktober 1230

»Eine Nachricht von Thomas!«, rief John zur Tür der Werkstatt herein und lachte, als Catlin sogleich auf ihn zustürmte. Der Schweiß lief ihm vor Aufregung in Strömen vom Gesicht, obwohl draußen ein heftiger Herbstwind wehte, der durch die Ritzen ins Haus zog. »Das war ein Bote. Ich soll umgehend nach Canterbury kommen, um den neuen Erzbischof zu treffen. Man will Einzelheiten mit mir besprechen.« Er trat an seinen Arbeitstisch und suchte nach den Aufzeichnungen, die er kürzlich gemacht hatte. »Thomas hat Wort gehalten, ich kann es kaum fassen. Das ist die Gelegenheit, auf die ich mein Leben lang gewartet habe.« Er schüttelte ungläubig den Kopf. »Canterbury!«, wiederholte er. »Kannst du dir das vorstellen? Vielleicht läutet gar eines Tages eine unserer Glocken zur Hochzeit des Königs!«

Catlin musste an Mabel denken. Wenn Henry irgendwann heiratete, dann gewiss nicht sie. Die Augen würde sich die Ärmste aus dem Kopf weinen. Catlin nickte leise seufzend.

»Ich denke, ich nehme zwei oder drei Glockenrippen mit. Eine ganz alte und eine, wie wir sie heute verwenden. So kann ich am besten erklären, warum wir davon träumen, die Form der Rippe noch mehr zu verändern. Was meinst du?«

»Überfordere den Erzbischof nicht, es sei denn, er ist mit dem Glockengießen vertraut«, riet Catlin ihm. »Sprich von der Glocke, aber vergiss nicht, vor allem die Kathedrale, ihre Bedeutung und ihre Schönheit zu loben, rede mehr von ihm und den Mönchen als von

Tonharmonien. Sag ihm, wie sehr du ihn bewunderst, und erklär ihm, was die Glocke für den Ruhm seines Hauses bedeuten wird. Versprich ihm, dass die Glocke die Menschen zu Tränen rühren und sie in Scharen in die Messe rufen wird. Stell ihm in Aussicht, dass die Gläubigen die Größe des Allmächtigen durch den ausdrucksvollen, tiefen Ton und den bewegenden Widerhall der Glocke begreifen werden. Aber sprich nicht zu viel von Veränderung, das schätzen nur die wenigsten Kirchenfürsten«, führte Catlin eindringlich aus. John nickte, doch sie befürchtete, dass er nicht richtig zugehört hatte. Er war zu aufgeregt, nun, da sein Traum Wirklichkeit würde. Catlin konnte das nur allzu gut verstehen, schließlich war es auch ihr Traum, für eine so bedeutende Kathedrale eine Glocke zu gießen, die ihresgleichen suchte. »Wie gern käme ich mit dir«, murmelte sie. »Aber die Reise wäre zu anstrengend.« Sie fuhr sich über den prallen Leib und lächelte. »Vielleicht hat Aedwyna schon ein Geschwisterchen, bis du zurück bist. Ich denke, es wird nicht mehr allzu lange dauern.«

John küsste sie auf die Stirn. »Sobald ich den Auftrag in der Tasche habe, kehre ich heim«, versprach er.

»Es mag sein, dass du nicht gleich einen festen Auftrag bekommst, dann sei nicht enttäuscht. Vielleicht muss der Erzbischof in Ruhe darüber nachdenken. Außerdem bist du vielleicht nicht der einzige Glockengießer, den er zu sich bittet.«

John runzelte die Stirn. Offenbar hatte er diesen Gedanken bislang nicht zugelassen. »Wie dem auch sei«, antwortete er mürrisch, »ich werde den Auftrag bekommen.«

Catlin nickte und legte ihm beruhigend eine Hand

auf den Arm. »Du bist der beste Glockengießer des Landes«, versicherte sie ihm, »und wirst es schaffen, den Erzbischof davon zu überzeugen.« Sie lächelte aufmunternd. »Wann willst du aufbrechen?«

»Noch heute. Ich müsste längst fort sein. Ach, könnte ich doch fliegen!«

»Aber John«, tadelte ihn Catlin, »das ist Blasphemie! Nur Vögel können fliegen.«

»Keineswegs, meine Liebe! Auch Bienen, Hummeln, Schmetterlinge …« John grinste übermütig. »Und Engel können fliegen. Sind sie doch alle Geschöpfe Gottes.«

»Selbstredend.« Catlin lachte ungläubig, weil ausgerechnet John so etwas sagte. »Doch da du weder das eine noch das andere bist und der Herr auch keinen Engel aus dir machen wird, musst du dir wohl oder übel ein Pferd leihen, wenn du nicht zu Fuß gehen willst.«

»Corvinus!«, rief John. »Lauf rasch zum Mietstall und besorg mir ein Pferd!« Er übergab dem Jungen eine ausreichende Anzahl an Münzen aus dem Tontopf, der auf seinem Arbeitsplatz stand, und schickte ihn fort.

Corvinus rannte davon und warf die Werkstatttür schwungvoll hinter sich zu.

»Ich werde dir etwas Proviant zusammenpacken.« In einem Eimer wusch sich Catlin die Lehmreste von den Fingern und holte durchwachsenen Speck, eine fette Wurst und harten Käse aus der Speisekammer. Dazu nahm sie den Laib Brot, den Corvinus am Morgen beim Bäcker gekauft hatte, und wickelte alles zusammen in ein Tuch. Dann füllte sie den Rest Bier vom Vorabend in einen Schlauch und brachte alles zu John, der bereits einen sauberen Kittel eingepackt hatte, um sich beim Erzbischof nicht mit von der Reise verschmutzter, womöglich gar zerschlissener Kleidung zu blamieren.

Er zählte einige Münzen aus dem Tontopf in seine Börse und hängte diese an seinen Gürtel. Mit dem Rest würde Catlin auskommen müssen, bis er zurück war, denn ihr mühsam Erspartes hatte er sorgfältig irgendwo im Hof vergraben.

»Du kommst ohne mich zurecht, nicht wahr? Flint und Corvinus werden dir helfen. Mit dem Guss der Glocken für Saint Mary aber wartet ihr, bis ich zurück bin, ja?« John schien plötzlich unsicher. »Die Glockenrippen habe ich«, murmelte er und sah sich ein letztes Mal um.

»Wir wissen uns schon zu helfen, John, mach dir keine Sorgen.« Catlin klopfte ihm ein wenig Staub von der Gugel und küsste ihn auf die Wange, nachdem er sich mit letzten Anweisungen von Flint und dem zurückgekehrten Corvinus verabschiedet hatte. »Möge dich der heilige Christophorus auf deinem Weg begleiten.«

In jedem freien Augenblick dachte Catlin über die neue Glocke nach und zählte die Tage bis zu Johns Rückkehr. Mit einem Dreitagesritt müsse er bis Canterbury rechnen, hatte der Bote des Erzbischofs behauptet und ihm die Route über die Watling Street nach Südosten genau beschrieben, bevor er nach Norden weitergeritten war, um noch andere Nachrichten seines Herrn zu überbringen.

»Wenn sich alles fügt, bin ich in einer guten Woche wieder hier«, hatte John gesagt. Mehr als drei Wochen waren seitdem vergangen. Anfangs hatte Catlin sein Fernbleiben als günstiges Zeichen deuten wollen. Vielleicht hatte der Erzbischof schon Einzelheiten mit ihm besprochen, ihn vielleicht gar gebeten, den ersten Entwurf einer Glockenrippe anzufertigen. Ein ungutes Gefühl, das sich ihrer schleichend bemächtigte, verdrängte sie erfolgreich, bis sie eines Vormittags vom Markt zurückkam.

»Was ist?«, fragte Corvinus, als sie ihre Schritte verlangsamte und in die Ferne starrte.

»Nichts.« Sie runzelte die Stirn. »Etwas ist anders als sonst«, murmelte sie düster. Das ungute Gefühl war so stark, dass ihr übel wurde.

»Das Kind?«, fragte Corvinus besorgt. Der Meister hatte ihm vor seiner Abreise aufgetragen, Catlin nicht mehr allein zu lassen. Darum hatte er sie auch zum Einkaufen auf den Markt begleitet und trug nun den Korb für sie.

Catlin schüttelte den Kopf. »Sieh nur!«

Eine Menschtraube hatte sich vor der Werkstatt des Glockengießers gebildet.

»Lasst uns durch!«, rief Corvinus und bahnte ihnen einen Weg durch die Menge.

»Der Glockengießer«, hörten sie einen Mann raunen. »Erschlagen wie ein räudiger Hund«, glaubte Catlin eine Frau tuscheln zu hören. »Am Wegesrand liegen gelassen.«

Catlins Knie wurden weich wie frisch geschorene Wolle. In ihren Ohren rauschte und klingelte es. Die Stimmen ringsum wurden zu dumpfem Gemurmel.

»Komm!« Corvinus zog sie am Arm.

Ein Bote des Erzbischofs stand in der Werkstatt, seine prächtige Kleidung wollte nicht recht zu seinem düsteren Gesichtsausdruck passen. Falten auf der Stirn zeigten sein Bedauern. »Meisterin«, sagte er. Was er dann noch sprach, versank als Rauschen in Catlins Ohren, nur Wortfetzen konnte sie noch erhaschen. Tot. Erschlagen wegen seines Geldes. Vogelfreie. Wegelagerer in der Gegend. Erzbischof… vergeblich gewartet… gefunden … beerdigt. Catlins Übelkeit nahm zu, ihr Leib zog sich zusammen, dann wurde ihr schwarz vor Augen.

Als sie erwachte, lag sie in ihrem Bett, die Vorhänge waren zugezogen. Es war Nacht.

»John?«, rief sie schwach.

»Es ist gut, alles gut!« Es war Corvinus, der ihr die Hand tätschelte. »Du hast einen Sohn bekommen.« Sein Gesicht erschien über dem ihren. In der Hand hielt er ein schwaches Licht. Er lächelte, doch die Trauer in seinem Gesicht konnte er nicht verbergen.

»Wie geht es ihm? Ist er wohlauf?« Catlin stemmte sich hoch. »Er lebt doch, oder?« Die Geburt war leichter gewesen als die von Aedwyna, bei der sie vor Schmerz immer wieder das Bewusstsein verloren hatte, weil das Kind mit der Schulter festgesteckt hatte.

»Gewiss lebt er. Er schläft«, sagte Corvinus sanft und deutete auf das Binsenkörbchen neben ihrem Bett.

Catlin war erleichtert und ließ sich in die Kissen zurücksinken. »Und John? Was ist mit John?«, fragte sie matt. Sie wollte sich erinnern, doch immer wenn sie den Worten, die sie noch im Ohr hatte, einen Sinn zu geben versuchte, schienen sie zu schwinden, wurden dumpf und unverständlich. Als Corvinus nicht antwortete, richtete sie sich abermals auf und stützte sich mit den Ellbogen ab. »Was ist mit John?«, beharrte sie, die Augen weit aufgerissen. Sie kannte die Antwort längst – die Wahrheit musste nur noch ausgesprochen werden, damit sie sie begriff.

»John ist tot«, sagte Corvinus leise und setzte sich zu ihr auf den Bettrand. Er stellte das Talglicht auf dem Tisch neben ihrem Lager ab und nahm ihre Hand.

»Der Erzbischof hat einen Boten geschickt.«

»Wo ist sein Leichnam? Ich will ihn sehen!«, rief Catlin, und alles in ihr lehnte sich gegen die bittere Gewissheit auf. An John hing doch alles. Die Werkstatt, die Glocken, ihre Träume, ihre Zukunft.

»Cat, er ist bereits beerdigt. In Canterbury. Der Erzbischof selbst hat dafür gesorgt.«

Catlin schüttelte den Kopf. »Aber …« Sie schlug die Hände vor das Gesicht. »Die Glocke. Er wollte doch unbedingt die Glocke für Canterbury gießen!« Sie weinte, lange und hemmungslos. »Hat er den Auftrag bekommen?«, fragte sie plötzlich und sah Corvinus erwartungsvoll an.

»Ich weiß es nicht.« Corvinus hob die Schultern und schüttelte mutlos den Kopf. »Was soll nun werden?«, fragte er verzweifelt. »Ich will nicht von hier fort.«

»Niemand schickt dich weg!«, antwortete Catlin barscher als beabsichtigt. Sie rang nach Atem. »Dein Meister ist tot, aber deine Meisterin lebt. Ich habe einen Sohn und damit das Recht, die Werkstatt weiterzuführen, bis er alt genug ist, um sie zu übernehmen«, erklärte sie kämpferisch.

Corvinus lächelte verzweifelt und sah sich um, als ein leises Wimmern zu vernehmen war, das sich rasch zu einem ohrenbetäubenden Schreien entwickelte. »Scheint hungrig zu sein, das Kerlchen. Fühlst du dich stark genug, oder soll ich mich um eine Amme kümmern? Eine der Nachbarinnen hat sich angeboten.«

Catlin schüttelte den Kopf. »Wir müssen unser Geld zusammenhalten. Ich habe Aedwyna gestillt, ich werde auch meinen Sohn satt bekommen.«

Corvinus nickte. Er schien mit einem Mal gereift. Wenngleich seinen Gesichtszügen noch immer etwas Kindliches anhaftete, ließ sich bereits erahnen, dass einmal ein ansehnlicher, kräftiger Mann aus ihm würde. »Du musst dir den Bart schaben«, riet ihm Catlin mütterlich. Dichter Flaum spross auf seinen Wangen. »Dann wird er stark und drahtig.« Sie lächelte aufmunternd und bedankte sich, als Corvinus ihr vorsichtig und ein wenig ungelenk den Säugling übergab und mit gerötetem Gesicht die Kammer verließ.

Catlin betrachtete ihren Sohn voller Stolz und Liebe, dann legte sie ihn an. Mit weit geöffnetem Mund wie ein ausgehungertes kleines Tier schnappte er gierig nach ihrer Brust und saugte heftig daran. Als die Milch floss und sein erster großer Durst gestillt war, öffnete er kurz die Augen. Sie glitzerten im Flackern des Talglichtes. Catlin lächelte weich. »John«, sagte sie, »ich werde dich John nennen. Er wäre stolz auf dich gewesen«, flüsterte sie sanft, hauchte ihm einen Kuss auf die Stirn und schluckte. »Auch wenn er nicht dein Vater war, so wäre er dir einer gewesen«, fuhr sie leise fort und strich dem Knaben mit dem kleinen Finger über die Wange, damit er nicht einschlief, sondern weitersaugte.

Schon am nächsten Tag stand Catlin auf, kleidete sich an und stieg mit dem kleinen John in den Armen hinunter in die Werkstatt. Sie wollte keine Schwäche zeigen, auch wenn sie noch recht wacklig auf den Beinen war. Corvinus stand in einer Ecke der Werkstatt und klopfte Lehm von Backsteinen, von Flint war keine Spur zu sehen. Catlin runzelte die Stirn.

»Wir warten nicht länger mit dem Gießen der Glocken für Saint Mary«, sagte sie. »Schließlich ist es nicht mehr lange hin bis zum Christfest. Ist alles vorbereitet?«

Corvinus blickte sie erstaunt an. »Warum bist du schon aufgestanden? Solltest du dich nicht wenigstens einen Tag lang ausruhen?« Er warf einen zärtlichen Blick auf den schlafenden Säugling und lächelte. »Hast du dir schon einen Namen für ihn überlegt?«

»John«, sagte Catlin und fand, dass ihre Stimme blechern klang.

»John! Sicher, wie sonst?«, antwortete Corvinus überrascht und verlegen zugleich. Er wusste auch ohne Erklärung, dass nicht der Meister, sondern Flint der Vater des Jungen war, doch darüber war nie ein Wort verloren worden. John galt als Vater, darum war nichts Ungewöhnliches daran, das Kind ebenfalls so zu nennen. Im Gegenteil, jeder andere Name wäre unpassend gewesen. Henry – wie Catlins Vater – wäre noch durchgegangen, doch nach dem Tod ihres Gemahles war John der naheliegendste Name.

Catlin aber hatte ihn nicht aus diesem Grund gewählt, sondern weil John sich auf das Kind gefreut hatte, ganz im Gegensatz zu seinem wahren Vater, der sich weder um sie noch um den Jungen scherte. »Wo ist Aedwyna?«, fragte sie plötzlich voller Angst und sah sich um.

»Drüben bei der Seilerin, keine Sorge!«, beruhigte sie Corvinus. »Sie war gleich an deiner Seite, als du ohnmächtig wurdest, und hat Aedwyna mitgenommen, als die Hebamme kam. Die Kleine hat dort geschlafen.« Der jüngste Sohn der Seilerin, ein Nachzügler, war nur wenig älter als Aedwyna, und zuweilen spielten die beiden miteinander.

»Und Flint?«

Corvinus hob nur die Schultern. »Ich traue ihm nicht«, murmelte er. Catlin tat, als hätte sie nichts gehört.

Erst am Nachmittag kam Flint zurück in die Werkstatt. Schon während der letzten Wochen hatte sich Catlin über seinen mangelnden Arbeitseifer geärgert. Nun, als er nach Wirtshaus stinkend heimkehrte, konnte sie nicht anders, als ihn anzukeifen.

Corvinus zog sich unauffällig zurück, um nicht zwischen die Fronten zu geraten. Vermutlich ging er hinüber zur Seilerin, damit sie Aedwyna nicht im falschen Augenblick nach Hause brachte und das Kind dann erneut in Tränen ausbrach.

»Kannst du mir erklären, wo du warst?«, fuhr Catlin Flint an. »Statt zu arbeiten, gehst du trinken und spielen. Du bist der Altgeselle«, ereiferte sie sich, »du gehörst in die Werkstatt!«

Wider Erwarten brauste Flint nicht auf. Er lächelte spitzbübisch, zog ein Leinenpäckchen aus seinem Wams hervor und streckte es ihr entgegen.

»Was ist das?«

»Mach schon auf!«

Catlin zog an der Schleife der dünnen Schnur und entfaltete das Leinen. »Ein Ring?« Sie starrte Flint an.

»Aus Gold!« Flint strahlte zufrieden. »Ich habe ihn beim Spiel gewonnen, für dich! War ein harter Gegner, der Kerl, der ihn verloren hat. Aber ich wollte ihn unbedingt. Ich war sicher, er täte dir gefallen, soll er doch der Frau von Quickhands gehört haben.«

Catlin sah ihn erschrocken an. »Ewe?«

»Ich dachte, du hättest ihn gern als Erinnerung an deinen Freund Nigel«, schnaubte er und klang beleidigt. Vermutlich weil Catlin vor Freude nicht gleich jauchzte.

»Danke!« Catlin fiel dem Geliebten um den Hals. Er konnte nicht wissen, wie viel ihr dieser Ring bedeutete. Auch dass Nigel noch lebte, ahnte er nicht. Er kannte die Gerüchte, hatte gemerkt, dass sie nicht gern darüber sprach, den Grund aber nie erfahren. »Danke«, sagte sie noch einmal gerührt und küsste ihn auf die Wange. Ihr Zorn war verflogen, ihre Liebe neu entflammt.

»Im Frühjahr, wenn genügend Zeit vergangen ist, heiraten wir«, flüsterte er ihr ins Ohr und küsste sie leidenschaftlich.

»Ja«, hauchte Catlin, obwohl Flint nicht gefragt, sondern bestimmt hatte. »Wir müssen die Glocken für Saint Mary gießen, damit wir den Rest unseres Geldes bekommen«, sagte sie mit rauer Stimme. Das Herz schlug ihr bis zum Hals.

»Es ist alles vorbereitet, Meisterin«, antwortete Flint laut genug, damit es auch Corvinus hören konnte, der mit Aedwyna an der Hand von der Seilerin zurückgekehrt war. »Wir können am Freitag gießen, so Ihr denn wollt.«

Randal küsste Merilda und wirbelte sie herum. »Ich werde schon bald wieder als Glockengießer arbeiten, und nun rate, wo!«

Merilda lachte und warf den Kopf in den Nacken. »Ich weiß es nicht, sag du es mir!«

»In der Werkstatt deines Vaters!« Randal grinste siegesgewiss. »Noch gehört sie mir nicht, aber ich arbeite darauf hin. Erst einmal werde ich als Geselle anfangen, doch glaub mir, schon bald bin ich der Meister dort.«

Randal hatte sich alles genau überlegt. Da der Glockengießer endlich aus dem Weg war, wollte er nun das Vertrauen der Meisterin gewinnen. Wäre er nicht verheiratet gewesen, hätte er um sie werben können. So aber würde sich die Meisterin in Sicherheit wiegen, und auch Flint würde nicht ahnen, was er vorhatte. Trotzdem musste sich Randal vor ihm in Acht nehmen. Schließlich konnte Flint sich denken, dass Randal kaum damit zufrieden wäre, ein Leben lang als Geselle in der Werkstatt zu bleiben. Vermutlich hatte Flint im Sinn, die Meisterin vor den Priester zu führen, um selbst Meister zu werden. Randal verzog das Gesicht. Mehr als einmal hatte er Flint beobachtet, wie er mit den adretten Mägden auf dem Markt herumgetändelt hatte. Sogar der unschuldigen Tochter eines Ratsherrn, die im Gedränge von ihrer Kinderfrau getrennt worden war, hatte er schöne Augen gemacht.

»Wir kehren nach London zurück, auch wenn wir noch nicht wieder im Haus wohnen können. Es wird nicht mehr lange dauern, bis es unser ist«, versprach er Merilda und wirbelte sie noch einmal herum. Als er sie wieder absetzte, sah er sie fragend an. »Du strahlst ja so!« Ob es die Freude war, weil die Übernahme der väterlichen Werkstatt in greifbarer Nähe lag? Oder weil sie zurück nach London gingen?

»Ich bin erneut gesegnet«, erklärte sie errötend und schlug den Blick schamhaft nieder wie ein junges Mädchen, dabei musste sie doch wissen, wie sehr sich Randal freute. Immer wieder hatte er ihr beteuert, dass er sich mehr als ein halbes Dutzend Söhne und Töchter wünschte.

»Du bekommst ein Kind?« Er strahlte und küsste Merilda laut schmatzend. »Ich liebe dich.« Er wischte sich über den Mund wie nach einem schmackhaften Schluck Ale. »Du bist das größte Geschenk, das mir der Herr je gemacht hat. Du verdienst ein besseres Leben und solltest auf Händen getragen werden!«, rief er und hob sie hoch.

Merilda jauchzte und lachte glücklich. »Ich liebe dich auch!«, rief sie und strampelte wie ein Kind. »Aber jetzt lass mich hinunter!« Sie trommelte mit den Fäusten gegen Randals Brust, bis er sie wieder absetzte. »Ich mag den Bart, den du dir hast wachsen lassen. Kommt mir so vor, als hätte ich einen anderen, einen neuen Mann«, sagte sie neckend. »Und ein wenig Abwechslung in der Kammer hat noch nie geschadet, findest du nicht?«

»Und wenn ich dich beim Wort nähme?« Randal zog die Augenbrauen zusammen und tat grantig. »Dann könnte ich auch einmal eine andere mit heimbringen.«

»Wag es ja nicht!«, drohte die zarte Merilda mit ihrem schmalen Fäustchen und zog einen Schmollmund, als er in schallendes Gelächter ausbrach.

»Nie im Leben würde ich es wagen, mein Herz«, sagte Randal. »Warte nur, bis es dunkel wird, dann zeige ich dir, wie leidenschaftlich der Bärtige ist!«, rief er und kitzelte sie mit einem beherzten Griff in die Rippen. Sie jauchzte erneut auf und floh vor ihm, nicht ohne sich umzusehen, ob er ihr auch folgte. Sie lachte und war so schön, dass Randal nicht anders konnte, als seinem Herrn für die Liebe zu danken, die er für sie empfand.

Drum prüfe, wer sich ewig bindet,
Ob sich das Herz zum Herzen findet!

Friedrich Schiller, Das Lied von der Glocke

London, Ende April 1231

Den Meister möchte ich sprechen«, bat ein bärtiger Mann in Flints Alter, als Catlin auf ein kräftiges Klopfen hin die Tür öffnete. Seiner Kleidung nach war er ein Handwerker, kein Priester oder Mönch, also wohl kaum ein Kunde, eher ein Saufkumpan von Flint.

»Noch ist Flint nicht der Meister«, antwortete sie gereizt. »Und er ist auch nicht da. Im *Roten Ochsen* wird er sein oder in der *Lachenden Gans.*«

»Flint?«, sagte der Mann überrascht, als sie ihm die Tür vor der Nase zuschlagen wollte. »Ich dachte, die Gießerei gehört Meister John.« Er klang enttäuscht.

Catlin riss die Tür wieder auf. »Du willst zu John?«

Das Gesicht des Fremden hellte sich auf. »Ja, Meisterin. Ich habe einst mit ihm Glocken gegossen. Ich hörte, dass er eine Werkstatt hier in London besitzt, und machte mich sogleich auf den Weg, um ihn nach Arbeit zu fragen.« Sein Augenaufschlag hatte etwas Vertrauenerweckendes.

»Mein Gemahl, der Herr sei seiner Seele gnädig, ist vor wenigen Monaten von uns gegangen.« Catlin bekreuzigte sich, und der Fremde tat es ihr nach. »Bitte, tritt näher und erzähl mir von früher!«

»Meister John ist tot? Nein, welch ein Unglück!« Er schüttelte den Kopf, nahm Catlins Hand und hielt sie mit beiden Händen fest, als wären sie alte Bekannte. Er sah ihr tief in die Augen und rang nach Atem. »Ich liebte ihn wie einen Vater und war so glücklich bei dem Gedanken, ihn endlich wiederzusehen. Ich bin untröstlich.«

»Du kanntest ihn gut?« Ein Funke Hoffnung glomm in Catlins Augen auf. Vielleicht wusste der Fremde mehr über John, über das Schicksal seines Sohnes oder wohin er so oft verschwunden war. So viele Fragen waren noch offen.

»Ich verbrachte acht Jahre bei ihm. Der Meister war kein Mann großer Worte, aber ja, ich kannte ihn gut.«

Catlin nickte lächelnd und zog den Besucher in die Küche. »Setz dich!«, bat sie und goss ihm frisches Bier ein, ohne zu fragen. Dann setzte sie sich mit an den Tisch, füllte auch sich selbst einen irdenen Becher und erhob ihn auf John.

»Auf den Meister!«, rief der Fremde und stieß mit ihr an, dann stellte er sich vor. »Ich heiße Randal. Mein Vater gab mich bei Meister John in die Lehre, als ich noch ein Knabe war. Doch als er starb, musste ich heimkehren, um die Familie zu ernähren. Er war nur ein Töpfer, und so fertigte ich viele Jahre lang nichts als Krüge, Becher und irdene Töpfe an, doch mein Herz gehört den Glocken, so wie John sie gegossen hat.«

»Du suchst Arbeit?«, fragte Catlin und dankte dem Herrn in einem stillen Gebet, dass er ihr einen alten Freund ihres toten Gemahles geschickt hatte.

»Ja, ich bin auf der Suche nach einer Anstellung, Meisterin. Ich bin geschickt und fleißig und will nichts mehr, als wieder Glocken gießen.«

»Ich könnte durchaus noch einen Mann in der Werkstatt gebrauchen. Doch zuerst will ich sehen, was du taugst.« Sie musste ihn prüfen, aber wie? Bisher war das stets Johns Aufgabe gewesen. Catlin überlegte. Das Gehör war ihr wichtig, also würde sie das zuerst auf die Probe stellen. »Warte einen Augenblick!« Sie eilte in die Werkstatt, holte das Glockenspiel und stellte es auf den Tisch.

»Erlaubt Ihr?«, fragte Randal.

Catlin zog die Stirn kraus und nickte.

Randal schlug die Glocken ein gutes Dutzend Mal in einer ganz bestimmten Folge an. Ein kleines Lied, das John oft für Aedwyna gespielt hatte. Catlin lief eine Träne über die Wange.

»Du kanntest ihn wirklich«, sagte sie leise.

»Ja.«

»Hast du Familie?« Catlin fürchtete Flints rasende Eifersucht, falls sie den Fremden ohne seine Zustimmung einzustellen wagte.

»Ja, Meisterin, ich habe Weib und Kinder, zwei, bald drei, so Gott will.« Er bekreuzigte sich rasch.

Catlin lächelte. »Gut«, sagte sie zufrieden, »das ist sehr gut.« Eine weitere Prüfung schien ihr nicht nötig. »Komm nächste Woche wieder, gleich am Montag. Ich heirate am Sonntag, darum wird die Arbeit in der Werkstatt bis dahin ruhen.« Sie errötete unwillkürlich.

»Meinen Glückwunsch, Meisterin«, sagte Randal mit rauer Stimme.

Nachdem Randal die Werkstatt verlassen hatte, konnte er sich kaum darüber freuen, schon bald in der Gießerei zu arbeiten. Da heiratete dieser Habenichts bereits so kurz nach dem Tod des Meisters dessen Witwe, und Randal hatte es so rasch nicht kommen sehen! Flint war nun also kein Verbündeter mehr, sondern ein ernst zu nehmender Rivale. Das Herz der Meisterin konnte er haben, das war Randal gleich, hatte er doch Merilda, die er über alles liebte. Aber die Werkstatt! Die Werkstatt durfte Flint auf keinen Fall bekommen. »Verdammt!«, fluchte Randal.

Ein hutzeliges altes Weiblein, das seinen Weg kreuzte, warf ihm einen vorwurfsvollen Blick zu und schüttelte tadelnd den Kopf.

Randal war unwohl, beim Fluchen ertappt worden zu sein, darum blickte er rasch in die andere Richtung und hastete weiter. Er durfte auf keinen Fall zulassen, dass die Meisterin ihren Entschluss rückgängig machte, falls Flint sich gegen ihn aussprechen sollte. Irgendwie musste er ihr verdeutlichen, dass er mehr über John wusste, sie mit mehr oder weniger aufschlussreichen Einzelheiten hinhalten, um ihr zumindest für eine Weile unentbehrlich zu sein. Er musste nur lange genug bleiben, um zeigen zu können, wessen er fähig war. Es durfte nichts mehr misslingen, schließlich hatte er Merilda versprochen, schon bald wieder in der Werkstatt zu arbeiten. Wenn ihm nur Flint nicht dazwischenkam!

Als Catlin auf ein zaghaftes Klopfen hin die Tür öffnete, war sie sprachlos.

»Willst du mich nicht einlassen?«

»Mabel!« Catlin fiel der Freundin um den Hals und

küsste sie auf beide Wangen. »Was führt dich hierher?« Sie nahm sie bei der Hand, zog sie ins Haus und an den Herd. »Dein Mantel ist ganz nass, komm leg ab und setz dich!« Sie deutete auf die Bank am Tisch, nahm Mabel den Umhang ab und hängte ihn an den Haken neben dem Feuer, wo er rasch trocknen würde.

»Ich wollte dir schon lange danken, dass du für mich da warst, als …« Mabel beendete den Satz nicht und schlug den Blick nieder.

»Nicht doch!«, bat Catlin und winkte ab.

»Ich wollte früher kommen, aber … Ich war mit Henry auf dem Festland.« Mabel lächelte.

»Auf dem Festland?« Catlin beneidete Mabel. Ihr Vater hatte erzählt, dass ihre Großmutter auf dem Festland geschmiedet hatte, Athanor, das berühmte Schwert des Maréchal. Catlin hatte immer davon geträumt, auch einmal aufs Festland zu reisen. »Und?«, wollte sie wissen. »Wie ist es dort?«

»Es hat mir gefallen, das Essen ist köstlich, und die Landschaften sind ebenso abwechslungsreich wie in England. Von den Städten mochte ich Nantes am liebsten. Lange verlebten Henry und ich keine so gute Zeit mehr wie dort.« Sie lächelte. »Wir sind seit dem Herbst zurück, und ich hätte längst kommen sollen, aber …«

»Nicht doch, du schuldest mir keine Erklärung. Ich bin froh, dass du hier bist. Sag mir, wie geht es dir?«

»Gut«, behauptete Mabel, doch es lag noch immer ein trauriger Zug um ihre Augen. »Es war schwer«, sagte sie leise. »Henry war so unendlich traurig über den Tod seines Sohnes.« Tränen standen ihr in den Augen.

Catlin griff nach ihrer Hand und hielt sie fest. »Ach, Mabel, du wirst noch viele Kinder …«

»Nein, nicht!«, bat Mabel ängstlich. »Sag mir lieber,

wie es dir ergangen ist!« Sie bemühte sich um ein Lächeln.

»Mir? Oh, du meinst John?«

»Nein, ich meine das Kind.« Mabel runzelte die Stirn.

»Ja, gewiss, John!« Catlin lachte auf. »Ich habe einen Sohn, er heißt John nach seinem …« Catlin brach ab. Vor Mabel so zu tun, als sei John der Vater ihres Kindes, brachte sie nicht fertig. »Er wusste es«, fügte sie aus Furcht vor dem vorwurfsvollen Blick ihrer Freundin rasch hinzu. »Auch dass Aedwyna nicht von ihm stammt, und es war ihm gleich. Er hat sie geliebt und wollte auch meinen Sohn lieben, ihm ein Vater sein.« Sie schluckte.

Nun war es Mabel, die verständnisvoll Catlins Hand drückte. »Schon gut.« Sie seufzte tief auf. »Ich habe gehört, was ihm zugestoßen ist. Ausgeraubt und erschlagen.« Sie schüttelte den Kopf. »Manch einem ist ein Menschenleben nicht viel wert.« Sie streichelte mitfühlend über Catlins Arm. »Ich wusste nicht, dass dir sein Tod so nahegeht. Immerhin bist du jetzt frei.«

Catlin wischte sich über die laufende Nase. »Trotzdem. Er fehlt mir!« Ein Hauch von Auflehnung und Verzweiflung lag in ihrer Stimme.

»Und Flint? Das war doch sein Name.«

»Wir heiraten in drei Tagen.« Catlin fand, dass es ihrer Stimme an Freude und Überzeugung fehlte, darum räusperte sie sich. »Kannst du nicht ein Weilchen bleiben und mir bei den Vorbereitungen helfen?«

Mabel strahlte. »Ob ich dir helfe? Keine Frage! Ich weiß, wo es die prächtigsten Kleider und herrlichsten Duftöle in London zu kaufen gibt. Du wirst die schönste Braut der Stadt sein!«, rief Mabel aus. »Aber jetzt stell mir erst einmal deinen Jungen vor!«

»Ach, Mabel, ich bin so froh, dass du hier bist!«, sagte

Catlin dankbar. »Auch wenn ich auf den Kauf eines neuen Kleides für die Hochzeit verzichten muss, werden wir sicher viel Spaß haben.« Sie zog Mabel von der Bank und hakte sich bei ihr unter. »Komm mit! Klein John und Aedwyna sind im Hof bei Corvinus.«

Die Begrüßung zwischen Mabel und Corvinus fiel überaus herzlich aus.

»Lass dich ansehen!«, rief die Freundin und befühlte Corvinus' Oberarme. »Aus dem Burschen ist ein Mann geworden«, staunte sie und zwinkerte Catlin zu.

Der Junge streckte sich vor Stolz und strahlte.

»Aedwyna, mein Herz, wie du gewachsen bist!«, rief Mabel, als sie das kleine Mädchen hinter Corvinus im Lehm spielen sah, trat zu ihr und beugte sich hinab. »Was hast du für reizende Locken!«, sagte sie, als das Kind sie fragend anblickte. »Und wie weich sie sind!«, schwärmte sie und wickelte sich Aedwynas rotes Haar um den Finger. Sie wandte sich kurz zu Catlin um. »Sie ist entzückend.« Dann drückte sie der Kleinen einen Kuss auf die lehmverschmierte Wange und erhob sich wieder.

»Sie mag aussehen wie ein Engel, aber sie ist ein richtiger kleiner Wildfang, kaum zu bändigen«, warnte Catlin sie vor. »Du wirst schon sehen, wenn sie erst warm geworden ist mit dir, dann tobt sie auf dir herum, beklettert dich, als wärst du ein Berg, und fragt dir Löcher in den Bauch. *Warum?«*, ahmte sie ihre Tochter ausgelassen nach. »Und ein Plappermäulchen ist sie noch dazu. Zum Glück hat Corvinus eine Engelsgeduld mit ihr.« Sie lächelte ihn an. »Er ist der Einzige, der mit ihr fertigwird, seit ihr Vater … seit John nicht mehr bei uns ist.«

Der weiche Blick, mit dem Mabel plötzlich in den

Weidenkorb blickte, in dem der kleine John lag, rührte Catlin. »Willst du ihn einmal halten?« Noch bevor Mabel antworten konnte, nahm Catlin ihn aus dem Korb und legte ihr den Jungen in die Arme.

»Bist du aber schwer!«, stöhnte Mabel im Spaß. »Du musst viel Milch haben«, sagte sie zu Catlin und ließ die Augen nicht mehr von dem Kleinen. Sie streckte ihm einen Finger hin und freute sich, als er kräftig zupackte, ihn festhielt und lächelte, als sie damit wackelte. Sie wiegte ihn, bis er einschlief, und legte ihn dann zurück in das Körbchen.

Den restlichen Tag verbrachten die Freundinnen mit dem Austausch von allerlei Neuigkeiten. Mabel erzählte von den Kämpfen, die Henry auf dem Festland ausgefochten hatte, von eroberten Burgen, langen Ritten, rauschenden Festen und Tafeln, die sich unter Schüsseln mit den erlesensten Köstlichkeiten gebogen hatten.

»Das Christfest haben wir in Lambeth House verbracht. Der Palast gehört dem Erzbischof von Canterbury«, berichtete Mabel.

Catlin horchte auf. »Dem Erzbischof?«

Mabel nickte, winkte ab und seufzte. »Bitte, lass uns nicht über Politik reden! Erzähl mir lieber etwas von dir.«

»Bist du Thomas im Palast des Erzbischofs begegnet?«

»Thomas? Aus Saint Edmundsbury? Dem Kleinen?« Mabel hob die Hand auf Schulterhöhe. »Nein, wie kommst du darauf?«

»Er hat ein wichtiges Amt in Canterbury inne«, entgegnete Catlin lachend. »Und so klein wie damals ist er längst nicht mehr. Schließlich ist er inzwischen ein

Mann geworden.« Plötzlich verdunkelte sich ihr Gesicht. »John hatte so viel Hoffnung in ihn gesetzt. Vielleicht sollte ich mich erneut an ihn wenden. Wenn der Auftrag noch nicht vergeben ist... Vielleicht kann ich ihn bekommen.«

»Eine Frau?« Mabel verzog den Mund, als hätte sie in eine Essiggurke gebissen.

»Warum nicht?«, begehrte Catlin auf. »Ich bin gut. Und ich kenne das Geheimnis von Johns Glockenrippe. Ich habe sogar eigene Vorstellungen, wie der Ton einer Glocke verbessert werden kann«, erwiderte sie voller Kampfgeist.

»Mir musst du das nicht erklären, ich habe keine Ahnung von diesem Handwerk, aber ich weiß, dass die meisten Kirchenmänner nicht viel von uns Frauen halten.«

»Aber ...«

»Versuch dein Glück, Catlin. Thomas ist sicher anders, und wenn er etwas für dich tun kann, dann lässt er gewiss nichts unversucht. Baust du allerdings auf den Erzbischof, dann ...« Sie fuhr nicht fort. »Davon abgesehen liegt er mit Henry im Zwist und soll bereits auf dem Weg nach Rom sein.«

»Oh!« Catlin war enttäuscht. »Wenn das so ist, hat es vorläufig wohl keinen Sinn, dass ich mich an Thomas wende.«

»Wenn sich die Gelegenheit bietet, solltest du trotzdem bei ihm vorsprechen«, versuchte Mabel sie zu trösten. »Vielleicht ordnet der Erzbischof gar nicht persönlich an, wer den Auftrag bekommt.« Mabel sah sie mit unschuldigem Blick an. »Weißt du, Henry entscheidet auch nicht jede Kleinigkeit selbst.«

»Sicher«, erwiderte Catlin gekränkt.

»Nicht dass eine solche Glocke eine Kleinigkeit wäre«,

verbesserte sich Mabel rasch. »Ich meine nur, dass der Erzbischof die Entscheidung vielleicht einem anderen übertragen hat, so wie der König es auch oft tut.«

»Du magst recht haben, wir werden sehen«, sagte Catlin und versuchte Mabel abzulenken. »Was essen wir denn heute Abend? Flint kriegt rasch schlechte Laune, wenn er nicht genug zu futtern bekommt, und wenn ich stille, habe ich auch immer großen Hunger.«

»Lass uns etwas aus der Garküche holen, unten am Hafen. Du hast mir davon so vorgeschwärmt, dass ich neugierig bin. Komm, lass uns gehen, ich bezahle!«, schlug Mabel vor.

Catlin wollte ablehnen. »Nicht doch, du bist mein Gast.« Aber Mabel bestand darauf.

»Der König zahlt mir einen mehr als anständigen Lohn für meine Stickarbeiten, ich kann es mir leisten.« Sie strahlte. »Außerdem werden auch von den bedeutendsten Würdenträgern des Landes Höchstpreise für meine Stickereien gezahlt. Der Klerus reißt sie mir förmlich aus den Händen. Ich habe Aufträge bis Ende des Jahres und darüber hinaus.«

Flint schien nicht gerade beglückt über Mabels Anwesenheit, was daran liegen mochte, dass sie in Catlins Kammer übernachtete und er darum weiterhin bei Corvinus schlafen musste. »Vor der Hochzeit kannst du ohnehin das Bett nicht mit mir teilen, das gehört sich nicht«, sagte Catlin, als er sich beschwerte. Flint rollte nur mit den Augen und schnaufte herablassend, hatte ihren Worten aber nichts hinzuzufügen.

Dass er Mabel nicht schätzte, verbarg er kaum, und da Catlins Freundin ihm ebenso wenig Freundschaft entgegenbrachte, war die Stimmung im Haus nicht gerade die beste. Trotzdem wollte Catlin, dass Mabel blieb. Es bereitete ihr so viel Freude, die Hochzeit und das anschließende Fest mit ihr vorzubereiten.

»Die schönste Hochzeit, die ich je erlebt habe, war die des jungen Maréchal. Richard, Knightly und Adam haben mir damals ein Kleid gekauft, das einer Prinzessin würdig war«, erzählte Catlin voller Eifer. »Die Braut, musst du wissen, war nämlich eine Prinzessin.«

»Aber Catlin, das weiß ich doch! Henry steht seiner Schwester nicht besonders nahe, weil sie um einiges jünger ist als er und sie nicht gemeinsam aufwuchsen, aber er liebt sie doch und ist stets um ihr Wohlergehen besorgt. Er schätzte den alten Maréchal hoch und gab sie darum seinem Sohn zur Frau. Gott hab ihn selig.« Mabel bekreuzigte sich.

»Vor wenigen Tagen erst ist der junge Maréchal verstorben«, erklärte sie, als Catlin fragend die Stirn runzelte. »Henry war zutiefst betroffen, als der Bote ihn davon unterrichtete. ›Weh mir!‹, rief er. ›Ist denn die Bluttat am heiligen Märtyrer Thomas noch immer nicht vergolten?‹ Ich konnte kaum zusehen, wie er sich quälte. Erst der Verlust unseres Kindes, nun der eines guten Freundes. Er betete zum Allmächtigen und flehte ihn an, ihm ein Zeichen zu senden, um Mut zu fassen. Sein Glaube ist tief, so tief, dass ich mich zuweilen schuldig fühle, weil ich nicht so viel Gottvertrauen habe wie er. Vielleicht liegt es an meiner Herkunft, daran, dass ich Hunger und Leid nicht nur aus Erzählungen kenne. Selbst auf dem Schlachtfeld, wo er seine Männer qualvoll sterben sieht, findet er noch Kraft durch Gott. Ich dagegen zürne dem Herrn nach wie vor, dass er mir das Kind nahm. Ich weiß, es ist Sünde, aber ich wollte diesen Sohn so sehr. Ich liebe Henry mehr als alles auf der Welt, mehr als meine Familie, mehr als mein Leben. Und doch weiß ich, dass ich ihn verliere. Das Kind wäre mir geblieben.« Mabel zog die Nase hoch und versuchte sich an einem Lächeln. »Hast du das Kleid aufgehoben? Wo ist es?«

»Oben in der Truhe am Fußende des Bettes, vermutlich haben es die Motten längst zerfressen. Außerdem ist es Jahre her, seit ich es trug, ich war fast noch ein Kind. Nach den Geburten von Aedwyna und Klein John bin ich runder geworden.« Catlin winkte ab.

»Ach komm, lass uns nachsehen, bitte!«, rief Mabel erwartungsvoll.

»Wenn du meinst …«, antwortete Catlin. Ihr war alles recht, was Mabel aufzuheitern vermochte. Also erhob sie sich und stürmte mit der Freundin um die Wette die Treppe hinauf.

»Die Lavendelblüten und die Rosmarinzweige scheinen die Motten tatsächlich ferngehalten zu haben«, freute sich Mabel, als sie das Kleid aus der Truhe zog und aufs Bett legte. »Ich entdecke kein einziges Loch, du etwa?«

»Nein, aber …«

»Nun probier es schon an!«, drängte Mabel. »Vielleicht passt es doch noch.«

Catlin gab nach. »Meinetwegen.« Sie zog ihr einfaches Leinenkleid aus und schlüpfte in das edle Seidengewand wie in eine andere Haut. Plötzlich fühlte sie die Unbeschwertheit von damals wieder und glaubte fast, Richards Schritte auf der Treppe zu hören. Als die Tür aufflog und Flint mit gerunzelter Stirn auf der Schwelle der Kammer erschien, war sie enttäuscht, und der Zauber des Augenblickes verflog.

»Was treibt ihr da?«, knurrte er, als hätte er keine Augen im Kopf.

»Wonach sieht es für dich denn aus?«, antwortete Mabel forsch.

Flint beachtete sie nicht. »Wo hast du das her?«, fragte er Catlin. »Hat sicher eine Menge Geld gekostet. Bring es zurück!«

»Richard hat es mir gekauft, vor vielen Jahren.« Catlin sah ihn flehentlich an. »Ich wollte es nur anprobieren, für die Hochzeit.« Immerhin passte es, war sauber und ungeflickt. Mit Blumen im Haar würde sie noch einmal wie eine Edelfrau aussehen.

»Albern, so etwas«, brummte Flint. »Ich ziehe meinen Kittel an und sehe dann aus wie der arme Tölpel, der eine reiche Witwe heiratet. Nichts da!« Er fuchtelte mit den Armen. »Setzt meiner Braut keine solche Flausen in den Kopf, Mistress Königsliebchen!«, wandte er sich an Mabel, bedachte sie mit einem geringschätzigen Blick, machte wortlos kehrt und warf die Tür hinter sich zu.

»Das muss ich mir nicht …«, hob Mabel an.

»Bitte nicht!« Catlin legte der Freundin begütigend eine Hand auf den Arm. »Er meint es nicht so. Johns Tod geht ihm näher, als er zugibt.«

Mabel schüttelte missbilligend den Kopf. »Ich weiß wirklich nicht, was du an ihm findest. Er ist grob und lieblos.«

»Er ist schüchtern. Vor anderen seine Liebe zu zeigen ist nicht seine Art. Immerhin hat er mehr als zwei Jahre lang verbergen müssen, was er für mich empfindet. Er wird es lernen. Mit der Zeit, du wirst sehen. Wenn wir allein sind …« Catlin errötete. »Dann flüstert er mir wunderbare Worte ins Ohr.« Sie senkte den Blick und zog das Kleid wieder aus. »Es ist zu eng, ich kann kaum darin atmen. Ich ziehe mein Sonntagskleid an, wie immer, wenn ich zur Messe gehe.« Catlin gab sich alle

Mühe, zufrieden und glücklich auszusehen. Trotzdem konnte sie Mabel nicht so leicht davon überzeugen, dass sie ihrer Sache sicher war und sich die Heirat mit Flint wohl überlegt hatte. »Die Kinder brauchen einen Vater, und ich sehne mich nach Flints Liebe. Außerdem ist es besser, wenn ein Meister in der Werkstatt arbeitet. Der Klerus ist es nicht gewohnt, mit Frauen zu verhandeln. Glaub mir, es ist wird alles gut. Flint liebt mich, und unter seiner rauen Schale steckt ein weicher Kern.«

»Sicher«, stimmte Mabel ohne große Überzeugung bei. »Aber wenn ich bedenke, dass du mit Alan verheiratet sein könntest…« Sie schüttelte verständnislos mit dem Kopf. »Man müsste blind sein, um nicht zu bemerken, dass ihr füreinander wie geschaffen seid.«

»Bitte, Mabel«, bat Catlin, »fang nicht wieder davon an!« Dass sie in letzter Zeit häufig an Alan dachte, davon erwähnte sie kein Wort. Sobald sein Name fiel, schlug ihr Herz schneller, und sie bekam feuchte Hände. Darüber ging sie jedoch hinweg und verscheuchte die Gedanken an die wunderbaren Abende mit ihm, während sie über Gott und die Welt gesprochen hatten, über das Schmieden ebenso wie über das Glockengießen. Alan war von der gleichen Begeisterung erfüllt wie sie, was sich von Flint nicht sagen ließ. Ein gutes Würfelspiel, ein gut gefüllter Magen, ein Weib und frisches Ale, so viel er wollte, das reichte ihm, um mit seinem Leben zufrieden zu sein. Eine größere, tiefer klingende Glocke, eine neue Technik, endlich eine Lösung für ein altes Problem zu finden – diesen Zielen konnte er nur wenig abgewinnen. Leidenschaft kannte er nur in der Liebe.

Als es plötzlich donnerte, hob Alan den Kopf und lauschte. Gleich würde es in Strömen regnen. Das Rauschen war in der Schmiede nur zu hören, wenn der Blasebalg ruhte und niemand am Amboss stand. Ein Frühlingsgewitter hatte etwas Frisches, zutiefst Reines und schien Zorn und schlechte Gedanken ebenso fortzuspülen wie Unrat und Staub. Seit Catlin nach London zurückgekehrt war, verbrachte er fast jeden Sonntag in der Schmiede. Er arbeitete nicht, denn das war am Tag des Herrn nicht gern gesehen. Er räumte nur ein wenig auf, putzte das Werkzeug und polierte es mit Öl, damit es keinen Rost ansetzte, fegte den Boden und streute frische Binsen darauf oder schnitzte einen neuen Messergriff und dachte dabei ständig nur an Catlin. Nie würde er das Leuchten in ihren strahlenden Augen vergessen. Er liebte ihre Fröhlichkeit ebenso wie ihre Leidenschaft und große Ernsthaftigkeit, wenn es ums Glockengießen ging – das machte sie zu einem ganz besonderen Menschen. Er liebte ihr Haar und ihren Duft. Er liebte sie. Das Herz war ihm schwer, seit sie fort war. Große Leere erfüllte ihn, so als sei die Hälfte seiner selbst gegangen und er nur als halber Mensch zurückgeblieben. Ohne sie schien ihm der Himmel weniger blau und hoch, das Gras nicht so saftig und grün, das Leben weniger lebenswert. Donner hallte, und Regen prasselte auf das Strohdach. Kühle und Feuchtigkeit verbreiteten sich in der Schmiede, denn es brannte kein Feuer in der Esse. Warum, fragte er Gott in seinen Gebeten, warum konnte sie nicht zu mir finden? Ich hätte sie geliebt und geehrt, hätte ihr alles gewährt, was ihr Herz begehrt, hätte ihr jedes Hindernis aus dem Weg geräumt und alle Schwierigkeiten gemeinsam mit ihr überwunden. Niemals hätte ich über sie bestimmt, sie nie eingeschränkt, weder ihren Geist noch ihren Körper. Der Mann, mit dem sie das Kind hatte, fiel ihm ein. Nur wenig hatte sie über ihn verlauten lassen, doch das Wenige hatte ihm nicht gefallen. Alan runzelte die Stirn. Der Regen hatte aufgehört, und auch der Donner war weitergezogen.

Die Tür zur Schmiede öffnete sich quietschend. »Alan?«, rief eine Frauenstimme. »Bist du da?«

»Hier hinten«, antwortete er. »Komm nur herein, Mabel! Was treibt dich zu uns?«, wunderte er sich. Für gewöhnlich kam Mabel nur, wenn sich Catlin in St. Edmundsbury aufhielt.

»Ich war in London«, antwortete sie und strich mit der Hand über den Amboss. Dann betrachtete sie ihre Finger und lachte. »Sauber poliert, wie alles hier. Ich hörte, du verbringst fast den ganzen Sonntag damit. Und das jede Woche.«

Alan antwortete nicht. »Hast du Catlin gesehen?«, fragte er stattdessen mit rauer Stimme.

Mabel nickte. »Darum bin ich hier.« Sie trat näher und musterte ihn prüfend. »Du liebst sie doch.« Alan wusste nicht, was er erwidern sollte. »Ich sehe es in deinen Augen«, sagte Mabel. »Mit der Liebe kenne ich mich aus. Ich weiß, dass sie jeder Vernunft widerspricht, dass Herz und Kopf nicht immer eins sind.« Sie lächelte aufmunternd. »Ich bin hier und hoffe, dass ich mich nicht täusche.«

»Wie soll ich das verstehen?«, fragte Alan steif. Am Anfang war er mit Mabel nicht so recht warm geworden, doch seit sie in der Schmiede mit dem Bastard des Königs niedergekommen war und sich tagein, tagaus um den zu früh geborenen Sohn die Augen aus dem Kopf geweint hatte, seitdem war sie ihm näher.

»John, ihr Gemahl ist tot. Überfallen, ausgeraubt und

erschlagen auf dem Weg nach Canterbury, letzten Herbst.«

»Dann ist sie frei?«, fragte Alan. Eine wahnwitzige Hoffnung keimte in ihm auf, doch Mabel schüttelte den Kopf.

»Nicht mehr.« Sie schnaubte. »Genau darum bin ich hier, Alan. John war ein Ehrenmann. Er wusste, dass Catlins Kinder nicht von ihm waren, aber es war ihm gleich, denn er war ein guter Mensch.«

»Kinder?«

»Sie hat noch vor dem Christfest einen Sohn geboren.« Mabel klang beinahe ärgerlich. »Von Flint. Ich traue ihm nicht, Alan, und nun hat sie ihn geheiratet.« Mabel legte ihm eine Hand auf den Arm. »Ich bin sicher, er ist nur darauf aus, sich ins gemachte Nest zu setzen. Er hat so etwas im Blick, das mir kalte Schauer über den Rücken jagt.«

»Warum hast du mich gefragt, ob ich sie liebe? Wolltest du mir mit deiner Mitteilung den Dolchstoß verpassen, der mich das Leben kostet?«, fragte Alan empört und musterte Mabel feindselig. »Was habe ich dir getan, dass du mir solche Nachrichten nicht ersparst?«

»Nicht doch, Alan! Ich kam nicht, um dir Schmerzen zuzufügen, sondern um dich wachzurütteln. Reite nach London, und sprich mit ihr!«

»Sprechen? Worüber? Sie ist verheiratet. Zum zweiten Mal und wieder nicht mit mir. Was gibt es da zu reden? Es ist zu spät, du hättest eher kommen müssen.«

»Du hättest es so wenig verhindern können wie ich. Catlin ist blind, will nicht sehen, was mir doch offensichtlich scheint. Kaum sind sie nach der Trauung aus der Kirche gekommen, hat sich Flints Ton bereits verschärft. Zwei Tage nur bin ich noch geblieben, dann hat er mich zum Gehen aufgefordert. Ein neuer Geselle ist auch im Haus. Angeblich ein Lehrling von John, von dem jener jedoch nie ein Sterbenswort erwähnte. Flint hat so getan, als würde er ihn nicht kennen, doch ich habe durch Zufall gehört, wie die beiden miteinander gesprochen haben.« Sie zog Alan am Ärmel. »Über John haben sie geredet und darüber, dass sein Tod kein Zufall war.«

»Ach, Mabel!«, seufzte Alan. »Das ist doch Unsinn. Du magst ihren Gemahl nicht, aber ihn zu beschuldigen, einen Mörder gedungen zu haben ...«

»Das habe ich nicht behauptet.«

»Was dann?«

»Dass Johns Tod kein Zufall war.«

»Gewiss war er kein Zufall. Die Wege des Herrn sind unergründlich, und niemand weiß, warum das Schicksal plötzlich die eine oder andere Wendung nimmt. Als frommer Christ glaube ich, dass der Herr John zu sich rief, weil er es so wollte. Warum auch immer.«

»Der Wille des Herrn mag unergründlich sein, doch bin ich sicher, dass hier ein anderer die Finger im Spiel hatte. Aber gut. Ich habe mich in dir getäuscht. Ich dachte, du seist ein Mann der Tat, der Einzige, auf den Catlin zählen kann. Aber ich hätte besser Sir Richard aufgesucht.«

»Was hat Richard damit zu tun?« Alan runzelte die Stirn.

»Nichts, gar nicht. Aber er ist ihr Vetter und stets bereit, ihr zu Hilfe zu eilen«, antwortete Mabel trotzig.

»Dazu bin ich ebenso bereit, aber sie braucht doch gar keine Hilfe!«, fuhr Alan auf. »Hat sie dich geschickt und gebeten, dass ich komme? Nein. Wenn es so wäre, ich ließe alles stehen und liegen. Nichts könnte mich aufhalten. Aber sie denkt gar nicht an mich. Sie braucht weder mich noch meine Hilfe.«

Mabel schüttelte den Kopf. »Das ist nicht wahr, Alan. Vielleicht ist es heute noch zu früh, doch sie wird schon bald Beistand benötigen, da bin ich ganz sicher.«

»Kommst du mit hinein zum Essen?«, fragte Alan, räumte noch ein Werkzeug weg und ließ ihr den Vortritt beim Verlassen der Schmiede.

»Nein danke, ich muss nach Hause, ich habe zu tun. Außerdem bin ich ganz nass, mir wird kalt.« Mabel sah Alan tief in die Augen. »Ich musste einfach kommen. Ich weiß, dass du …« Sie hielt kurz inne. »Niemand hätte gedacht, dass ich einmal die Geliebte des Königs sein würde. Aber ich gehöre zu ihm, und er gehört zu mir. Ihr beiden, du und Catlin, ihr seid ebenfalls füreinander bestimmt. Ganz gleich, was geschehen ist. Manchmal ist ein Umweg nötig, um das Ziel zu erreichen.« Sie lächelte. »Das jedenfalls sagt Henry, und er muss es wissen, ist er doch unser König. Leb wohl, Alan.« Sie hob die Hand, winkte ihm zu. Nach wenigen Schritten wandte sie sich noch einmal um. »Du bist ein guter Mensch, Alan, darum musste ich kommen.« Sie winkte erneut und verschwand hinter der nächsten Wegbiegung.

Alan stand noch eine ganze Weile nachdenklich an der Tür und blickte ihr nach, obwohl sie längst nicht mehr zu sehen war.

Der Herr musste Randal gnädig gesinnt sein. Hatte er ihm doch Gelegenheit gegeben, die Meisterin allein anzutreffen und ihre Aufmerksamkeit zu wecken, indem er eine Andeutung zum häufigen Verschwinden ihres verstorbenen Ehemannes gemacht hatte. Als Flint schließlich dazukam, erwähnte er die Bekanntschaft mit Randal mit keinem Wort, verbarg jedoch nur mühsam seinen Ärger darüber, dass Catlin eigenmächtig über die Anstellung eines neuen Gesellen entschieden hatte. Randal war es dennoch zufrieden. Immerhin gelang es ihm, Flint, unter vier Augen, doch noch die Vorteile ihrer Übereinkunft schmackhaft zu machen. Er sei nun einmal ebenso versessen auf das Glockengießen wie die Meisterin, erklärte er ihm und wiegte Flint so in Sicherheit. Während sich der neue Hausherr mit liederlichen Weibern, Würfelspielen und Saufgelagen vergnügte, dachte Randal Tag und Nacht darüber nach, wie er die Meisterin aus der Werkstatt vertreiben konnte, sobald Flint gänzlich verkommen war. Des Nachts knirschte Randal mit den Zähnen und malmte damit, als müsse er Getreide zerkleinern. Bis Merilda ihn schließlich weckte.

»Liebster, was träumst du nur?«, flüsterte sie ihm ins Ohr. »Angst und bange wird mir dabei.« Dann küsste sie seinen Hals, saugte an seinem Ohrläppchen und sorgte dafür, dass er für eine Weile alle Sorgen vergaß.

Am nächsten Morgen fiel Randal ein Becher aus Ton auf den Fuß, und sein Zeh tobte wie wild. »Sackerment!«, fluchte er. Wenn ein Becher schon so schmerzte, was würde dann erst ein größeres Gefäß anrichten? Er rieb sich den Zeh, zog den Schuh an und schob sich noch ein Stück Käse in den Mund.

»Ich muss los«, brummte er.

»Du arbeitest zu viel«, murrte Merilda ganz entgegen ihrer sonst so fröhlichen Art.

»Bald gehört uns die Werkstatt, mein Liebling«, tröstete er sie. »Dann bin ich der Meister, und du bist die

Meisterin.« Er lachte und schickte ihr einen Handkuss durch die Luft. »Bald, hörst du?«

Randal hatte vor, noch einmal beim Kämmerer des Königs vorzusprechen und sich zu erkundigen, ob man ihm nicht die Werkstatt verkaufen wolle. Die Münze, die er für den Verrat erhalten hatte, war sicher verwahrt. Nun brauchte er nur noch ein wenig Glück, und schon konnte er Flint und die Meisterin vor die Tür setzen. Randal kratzte sich den Bart. So es ihm tatsächlich gelang, die Werkstatt zu kaufen, wollte er sich überlegen, ob er der Meisterin nicht Arbeit in seiner Gießerei anbieten sollte. Nein, sie war zu ehrgeizig und würde sich nur wichtig machen. Es musste ein klarer Schnitt erfolgen, sobald die Werkstatt ihm gehörte. Zufrieden schritt er durch die Straßen Londons. Der Morgen war noch jung, die Gassen rochen nach der Feuchtigkeit der vergangenen Nacht, und so mancher Trunkenbold machte sich gerade erst auf den Heimweg. Einigen mochte die Ehefrau zu Hause bittere Vorwürfe machen, weil das Geld versoffen war und die Kinder hungrig blieben, andere hatten vermutlich weder Weib noch Familie und ein paar von ihnen vielleicht nicht einmal ein Dach über dem Kopf. Randal schüttelte das Haupt. Auch er trank nach der Arbeit hin und wieder gern ein Ale in einer Schenke, am liebsten dunkles, starkes, richtig bitteres Bier. Doch sobald sich alles drehte, hörte er auf und ging. Erst seit er Merilda kannte, hatte das Wort Heim eine Bedeutung für ihn. Daheim war dort, wo Merilda und die Kinder auf ihn warteten. Beschwingten Schrittes ging er weiter.

Flint war nicht glücklich mit ihrer Wahl gewesen und hatte sich zunächst gegen Randal ausgesprochen, dann aber hatte er gemerkt, dass der Geselle willig war und gute Arbeit leistete. Also übertrug er ihm immer mehr Aufgaben, nutzte aber die verbleibende Zeit nicht wie John, um an der Verbesserung der Glocken zu arbeiten, sondern verschwand immer häufiger zum Saufen und Spielen in der Schenke. Dass er sich kaum noch um die Belange der Gießerei kümmerte, machte Catlin wütend, und mehr als einmal stellte sie ihn zur Rede.

»So schnell, wie du das Geld verspielst, können wir es gar nicht verdienen«, warf sie ihm vor.

»Halt's Maul, Weib!« Flint war in letzter Zeit mehr trunken als nüchtern. Er richtete sich drohend vor ihr auf. »Ich bin der Meister der Gießerei und bestimme, was zu geschehen hat.«

»Ein schöner Meister, dass ich nicht lache, ein Trunkenbold bist du geworden!«

Den Schlag ins Gesicht hatte Catlin nicht erwartet. Er raubte ihr den Atem, ihr Herzschlag setzte aus, und das unschuldige Vertrauen Flint gegenüber wich blankem Entsetzen.

»Geh mir aus den Augen, Weib, und wisch dir das Blut aus dem Gesicht! Oder glaubst du etwa, so könntest du mich verführen?« Flint machte ein angewidertes Gesicht. »Und sorg dafür, dass die Bälger aufhören zu schreien, sonst setzt es noch mehr!« Aedwyna war erschrocken zusammengezuckt, als Flint die Stimme erhoben hatte, und hatte laut zu weinen begonnen, was der kleine John sogleich zum Anlass genommen hatte, es ihr gleichzutun. Flint wankte hinaus und schlug die Tür hinter sich zu. Catlin hielt ihre Tränen zurück, beugte sich zu ihren Kindern hinunter, die auf dem

Boden mit Tonfiguren gespielt hatten, die Corvinus für sie gefertigt hatte. »Es ist alles gut«, versuchte sie die Kleinen zu trösten, küsste sie auf die Nasenspitzen und stimmte ein Liedchen an, bei dem sie mit den Fingern wackelte, bis die beiden das Weinen vergaßen und wieder fröhlich waren. Ihre Wange glühte noch, und die aufgeplatzte Lippe pochte. Vorsichtig fuhr sie mit der Zunge darüber. Es schmeckte nach Eisen und Traurigkeit.

Flint verbrachte kaum noch Zeit zu Hause. Er kam im Morgengrauen und legte sich nach Bier und fremden Weibern stinkend zu Catlin ins Ehebett. Lange hielt sie es neben ihm nie aus. Sobald er schnarchte, stand sie auf und floh in die Werkstatt. Enttäuschung und Wut saßen ihr wie ein Kloß im Hals. Voller Verzweiflung dachte sie an frühere Zeiten. Was hatte sie falsch gemacht, dass Flint sich von ihr abgewandt hatte? Einige Wochen lang hielt sie durch, dann fragte sie ihn.

»Sieh dich doch nur an!« In Flints Blick standen Hohn und Abscheu. »Du trinkst nicht, schwingst die Hüften nicht im Tanz – wie soll ich da Lust auf dich bekommen?« Er zog die Nase hoch. »Immer nur die Glocken, nichts anderes zählt für dich. Und dann dieses Gejammer, dass die Kinder Nahrung und Kleidung brauchen. Als ob du nicht selbst für sie sorgen könntest. Mach dich doch auf den Weg nach Saint Edmundsbury und nach Orford und fordere ein, was dir zusteht. Warum soll ich mich einschränken und das Leben nicht genießen, nur damit die Männer, die in deinen Schmieden arbeiten, keine Pacht zahlen müssen?«

»Wenn du wenigstens nicht länger anderen Frauen nachstellen würdest! So etwas spricht sich herum.« Catlin war außer sich und erhob die Stimme. »Ein Glockengießer hat ein Beispiel an Tugend zu sein, und in der Kirche warst du schon seit Wochen nicht mehr. Wie sollen wir da neue Aufträge bekommen?«

»Du bist nur eifersüchtig, weil mir die Weiber nachlaufen!«, höhnte er. »Du willst deinen Gemahl für dich? Dann hör auf zu lamentieren, geh in die Kammer und mach die Beine breit!« Flint lachte, als Catlin errötete. »Zwei Kinder hast du geboren und treibst es doch noch immer am liebsten im Dunklen.«

»Flint!« Catlin war entsetzt. »Das reicht!«

»O nein, das reicht mir schon lange nicht mehr! Mir nicht.« Er riss sie an sich und zwang ihr einen Kuss auf. »Du hast mir zu Willen zu sein. Glaubst du etwa, es ist mir entgangen, dass du mir den Rücken zukehrst, sobald ich mich dir nähere, oder dass du aufstehst, um zu arbeiten, wenn ich ins Bett gehe?« Sein Gesicht war ganz dicht vor ihr. »Ich will. Jetzt und hier.«

»Nein!« Catlin riss die Augen auf, als er sie packte, ihren Oberkörper auf den Tisch drückte und ihr eine Hand unter die Röcke schob. Corvinus oder Randal konnten jederzeit in die Küche kommen. »Bitte, Flint, nicht!«

Catlin hatte sich noch nie so schmutzig gefühlt. Flint hatte gegrunzt wie ein Schwein, bevor er von ihr abgelassen und sie von sich gestoßen hatte. »Und komm ja nicht auf den Gedanken, mir ein weiteres Kind anzuhängen!«, hatte er geknurrt, ihr einen Tritt in den Unterleib verpasst und aus eisigen blauen Augen auf sie herabgesehen. Dann war er gegangen. Vor Schreck und Ekel, Trauer und Verzweiflung hatte sie nicht einmal weinen können. Ihr Herz fühlte sich tot an, verdorrt und vertrocknet wie die rippigen Herbstblätter, die sich im Winter zwischen den Fingern zerreiben ließen. Was war aus dem zärtlichen, leidenschaftlichen Mann mit den wunderschönen blauen Augen geworden, den sie einst so geliebt hatte?

»Ich hasse ihn«, hatte Corvinus ihr zugeraunt, als Flint ihr ein blaues Auge geschlagen hatte. »Ich habe ihm nie getraut, und ich hatte recht.«

»Was nutzt mir das, sag?«, hatte sie ihm entgegnet. »Ich war blind vor Liebe, doch wer konnte ahnen, dass er sich so verändert?«

»Er wollte von Anfang an nur den Meister verdrängen, und das ist ihm bestens gelungen.«

»Nein, Corvinus! Niemand kann John ersetzen.«

»Das ist wohl richtig, aber der Meister ist Flint zumindest nicht mehr im Weg. Ein willkommener Glücksfall, dieser tödliche Überfall, nicht wahr?«

»Willst du etwa andeuten, dass Flint etwas damit zu tun hatte?«

»Vielleicht.« Corvinus hatte die Schultern gehoben.

»Das ist Unsinn, blanker Unsinn!«, hatte Catlin erwidert. »Flint war hier, er kann nichts damit zu tun haben.«

Der Same aber war gesät, und Corvinus' Argwohn schien immer berechtigter, je länger Catlin darüber nachdachte. Und je häufiger sie grübelte, desto öfter wünschte sie sich einen Vertrauten an ihrer Seite. Keinen Jungen wie Corvinus, der noch zu wenig Lebenserfahrung besaß, um ihr raten zu können, keinen Luftikus wie Nigel und keine Frohnatur wie Mabel, sondern einen Fels. Jemanden, der ihr Halt gab. Einen zuverlässigen Menschen wie Alan, dem sie sich ganz und gar anvertrauen konnte, ohne Angst, verurteilt zu werden, ohne Furcht, sich lächerlich zu machen. An Alan zu denken wärmte ihr Herz, schenkte ihr Zufriedenheit und Zuversicht, aber auch Wehmut, wusste sie doch, dass sie ihn abgelehnt hatte, ohne ihn zu kennen. Obwohl sie weder bereute, John geheiratet zu haben, noch, mit Flint zwei wunderbare Kinder gezeugt zu haben, bedauerte sie sehr wohl, Alan verletzt und enttäuscht zu haben. Sehnsucht nach St. Edmundsbury erfasste sie. Seit Flint sie schlug, fühlte sie sich schutzlos in der Gießerei, so wie sich damals nach dem Überfall auf die Schmiede auch dort keiner mehr sicher gefühlt hatte. Mit Alan war dieses Gefühl verschwunden. Nichts schien ihr widerfahren zu können, wenn er in der Nähe war. So vertrauenerweckend. So stark. So verlässlich.

Der neue Geselle war ein fleißiger, schweigsamer Mann, kein Wunder, dass er offenbar prächtig mit John ausgekommen war. Nur hin und wieder ergriff er das Wort und erzählte von früher, als er noch mit dem Meister zusammengearbeitet hatte. Schon damals war John alle paar Monate ohne nähere Angaben verschwunden, doch Randal, so hatte er Catlin anvertraut, war ihm einmal gefolgt und kannte daher das Ziel dieser Reisen. Binham. Ein Kloster. Irgendwo im Norden. Wo genau, wusste Randal nicht zu sagen. Die Nennung des Ortes warf neue Fragen auf. Ob John dort Priester gewesen war? Ob sein Sohn womöglich in Binham lebte? Bei dem Gedanken stutzte Catlin. Die Frage nach Eadrics Verbleib hatte John nie beantwortet. Ob der Junge überhaupt noch lebte? Catlin schüttelte den Kopf. Wenn er nicht gestorben war, musste er … Sie überlegte, wie alt er wohl sein mochte. Vermutlich war er längst ein Mann.

»Kommst du eine Weile mit Corvinus allein zurecht? Ich will nach Binham«, erklärte sie Randal eines lauen

Spätsommerabends. »Ich muss herausfinden, was es mit Meister Johns Aufenthalten dort auf sich hatte.«

»Weiß Meister Flint davon?« Randal wischte sich den Schweiß von der Stirn.

»Nein, er glaubt, es handle sich um einen Auftrag, und dabei soll es auch bleiben.«

Randal nickte und fuhr sich mit dem Ärmel über die Nase.

»Wir kommen schon zurecht, Meisterin, und Ihr bleibt ja auch nicht ewig.« Er warf Corvinus einen fragenden Blick zu.

»Sicher.« Corvinus nickte, auch wenn ihm nicht wohl dabei schien.

Bevor Catlin aufbrach, betete sie zum Herrn und bat ihn um Beistand. Nicht um Sicherheit auf der Reise, dafür war der heilige Christophorus zuständig, an den sie sich ebenfalls noch wenden würde, sondern um seelischen Beistand bat sie den Allmächtigen. Wie auch immer ihre Reise ausgehen mochte, sie flehte ihn an, ihr den Weg zu weisen, ihr zu helfen, kluge Entscheidungen zu treffen, und in Johns Sinn zu handeln. Als die Glocken den Abend einläuteten, sputete sie sich und bereitete das Essen zu, bevor Flint noch wütend wurde und sie womöglich nicht gehen ließ.

St. Edmundsbury lag auf dem Weg nach Norden, darum hatte Catlin beschlossen, ihre Kinder mitzunehmen und bei Winnie und Elfreda zu lassen, während sie nach Binham weiterritt. Corvinus hätte sicher ebenfalls gut für die beiden gesorgt. Flint aber trank zu viel, darum traute sie ihm nicht und fürchtete um die Sicherheit der beiden Kleinen.

Aedwyna saß so sicher vor ihr im Sattel, als wäre sie auf einem Pferderücken zur Welt gekommen. Den kleinen John hatte sich Catlin mit einem langen Stoffstreifen auf den Rücken gebunden. Er war erstaunlich gewachsen und schwer, aber zumindest quengelte er nicht.

Catlin konnte es kaum erwarten, in der Schmiede anzukommen, doch der Weg kam ihr diesmal endlos lang vor, zumal sie wegen der Kinder häufiger rasten musste.

»Ich bin auf dem Weg in Richtung Norwich«, erklärte sie Elfreda, als sie endlich angekommen waren, und begrüßte alle aufs Herzlichste. Winnie half Aedwyna aus dem Sattel und küsste sie auf die Stirn, dann schickte sie das Mädchen mit ihrem Sohn zum Spielen und nahm sich des kleinen Johns an. Währenddessen erzählte Catlin, dass sie sich von der Reise nach Binham Antworten auf ihre Fragen erhoffte. »Ich muss herausbekommen, welches Geheimnis der Meister so lange vor mir verborgen hielt.« Alan ließ sie nicht einen Atemzug lang aus den Augen. Statt zu seiner Arbeit zurückzukehren, hörte er ihr zu, fragte nach, gab Ratschläge, was ihren Reiseweg anging, und zeigte sich hilfsbereit wie immer. Erst als sie am nächsten Tag einen Augenblick allein in der Werkstatt waren, sprach er sie auf Flint an.

»Ich hörte, dass du erneut geheiratet hast.« Er klang besorgt.

Catlin bejahte, doch es war ihr unangenehm, ausgerechnet mit Alan über Flint zu sprechen. Darum fragte sie, ob es Neuigkeiten von Richard oder Knightly gebe.

»Seit sein Herr gestorben ist, besucht uns Knightly häufiger – er kommt mir ein wenig verloren vor. Du hast davon gehört, dass der junge Maréchal im Frühjahr gestorben ist?«

Catlin nickte. Wie merkwürdig zu wissen, dass ihre Vettern mit einem so hohen Herrn verwandt waren! Die Nachricht vom Tod des Maréchal hatte Catlin nicht unberührt gelassen, wenngleich sie ihn kaum gekannt hatte. An seine Hochzeit, bei der sie ihm kurz vorgestellt worden war, erinnerte sie sich hingegen noch ganz genau. Damals war sie so stolz gewesen, mit Knightly, Richard und Adam unterwegs zu sein. Ein wehmütiges Lächeln huschte über ihr Gesicht. Sie hatte für Adam geschwärmt, bis Flint aufgetaucht war. Catlin straffte die Schultern und verwickelte Alan in ein Gespräch über das Schmieden, über Eisen und andere Metalle wie Kupfer und Zinn, die erst in der richtigen Mischung zum besten Werkstoff für Glocken wurden. Sie tauschten sich angeregt aus, und ganz nebenbei erzählte Catlin auch, wie unglücklich sie zurzeit war. Zwar verschwieg sie Alan die Hiebe, mit denen Flint ihr das Leben schwer machte, doch anhand seiner Fragen und seines Gesichtsausdruckes erkannte sie, dass er solche Übergriffe durchaus vermutete. Als er am nächsten Tag während der Verabschiedung lange ihre Hand hielt, ihr tief in die Augen sah und sie bat, sie möge auf sich achtgeben, klopfte ihr das Herz bis zum Hals. Dass er sich Sorgen machte, tat ihr wohl. Sie küsste ihn auf die Wange, sog seinen Duft nach Holzkohlenfeuer, Eisen und Leder ein und stellte sich einen Augenblick lang vor, mit ihm statt mit Flint verheiratet zu sein. Unsinn, sagte sie sich, alles Unsinn. Sie war Flints Frau, daran ließ sich nichts ändern, auch wenn er sie schlug und zuweilen behandelte wie Dreck.

»Auf dem Rückweg bleibe ich noch einige Tage bei

euch«, versprach sie, hob die Hand zum Gruß, schwang sich auf ihr Pferd und ritt davon. Die Kinder waren in bester Obhut, und Alan hatte ihr Kraft und Zuversicht mit auf den Weg gegeben. Was sie wohl in Binham entdecken würde?, fragte sie sich neugierig und ängstlich zugleich. Sie hatte John stets vertraut und befürchtete, nach seinem Tod doch noch enttäuscht zu werden. Von ihm und den Enthüllungen, die sie in Binham erwarten mochten. Beim letzten Mal war sie nicht mit dem Pferd, sondern zu Fuß in Richtung Norwich aufgebrochen. Eine Ewigkeit schien seitdem vergangen zu sein. Erinnerungen an ihre erste Begegnung mit Nigel tauchten auf, kaum greifbar und wie hinter einem Nebelschleier verborgen. Beim Gedanken an den Freund musste Catlin unwillkürlich lächeln. Sie würde ihn vermutlich nie wiedersehen, hoffte aber, dass er in Sicherheit war.

Als sie am zweiten Tag Norwich erreichte, läuteten die Mittagsglocken. Erst wollte sie das Haus suchen, in dem Nigel sie gesund gepflegt hatte, doch dann verwarf sie den Gedanken wieder und beschloss, in einer Kirche nach dem Weg nach Binham zu fragen. Richtung Norden liege die Priorei, erklärte man ihr, zu Pferd einen guten halben Tag entfernt. Catlin hatte wenig Lust, eine weitere Nacht über Land unter freiem Himmel zu verbringen und kaum ein Auge zuzutun, aus Furcht davor, überfallen zu werden, also beschloss sie, zumindest die Gasse ausfindig zu machen, in der Nigels Haus stand. Den Freund würde sie gewiss nicht antreffen. Die Stadt war zu gefährlich für ihn. Ob zumindest die gute Agatha noch dort lebte und ihr Quartier bot? Catlin irrte durch die Straßen, doch Norwich war verwinkelt und nicht wesentlich kleiner als London, darum fand sie sich nur mit Mühe zurecht. Als sie das Haus doch noch entdeckte, war sie enttäuscht. Ein Stoffhändler hatte sich in den Räumen niedergelassen und nie von einer Agatha gehört.

»Sie ist fort!«, raunte eine junge Kundin, die zufällig Catlins Frage vernommen hatte. »Der Mann, für den sie gearbeitet hat, war ein Dieb.« Sie senkte die Stimme und wollte offenbar sichergehen, dass der Kaufmann das Gespräch nicht belauschte. »Quickhands wurde er genannt, weil er so schnell war.« Täuschte sich Catlin, oder lag ein gewisser Stolz im Blick der Frau? »Er ist gehängt worden, in London, aber es heißt, er sei auferstanden wie Jesus.« Sie bekreuzigte sich. »Er war ein guter Mensch, hat die Beute immer an Bedürftige weitergegeben. Die arme Agatha hat man vor die Tür gesetzt.« Sie flüsterte nur noch. »Ich hörte aber, dass Nigel zuvor noch bei ihr war.« Sie strahlte. »Eine Elle von dem Leinen dort!«, antwortete sie laut, als der Händler nach ihrem Begehr fragte.

»Danke!«, raunte Catlin der Frau zu und verließ das Haus. Enttäuscht, Agatha nicht gefunden zu haben, aber auch erleichtert, dass Nigel sein vergrabenes Vermögen vermutlich hatte retten können, schlenderte sie durch die Straßen und beschloss, sich nach einer Schlafstatt in einer der vielen Kirchen umzuhören.

Am nächsten Tag bei Sonnenaufgang brach sie auf und ließ das rege Treiben von Norwich hinter sich. Nachdem sie einen guten halben Tag gen Norden geritten war und zweimal kurz Rast eingelegt hatte, erreichte sie am frühen Nachmittag die Priorei.

Ohne zu wissen, was sie genau herauszufinden hoffte, stellte sie sich mit wenigen Worten als Glockengießerin vor und bat, den Prior sprechen zu dürfen. Es dauerte eine Weile, dann schlurfte ein Mönch herbei und führte sie in einen eindrucksvollen Raum mit bunten Fresken an den Wänden und einem stattlichen Kreuzgewölbe, das von acht mächtigen Säulen getragen wurde.

Ob der Prior genauso unangenehm war wie der Abt, bei dem Nigel und sie vor Jahren für Corvinus vorgesprochen hatten? Catlins Hände wurden feucht. Damals hatte der Freund sie begleitet, diesmal war sie allein. Sie blickte sich zaghaft um. Die Bilder stellten Szenen aus der Bibel dar. Sie erkannte die Darstellungen der Verkündigung, der Geburt Jesu, des Abendmahles, des Verrates durch Judas, der Dornenkrönung, der Kreuzigung und Auferstehung. Ob der Prior sie mit Absicht hier warten ließ?

»Prior de Parco!«, verkündete ein dicklicher Mönch, dann rauschte ein hochgewachsener, schlanker Mann in schwarzer Kutte aus feinster Wolle herein. Er war einen Kopf größer als Catlin, strahlte etwas Hochmütiges, zutiefst von sich Überzeugtes aus und war dennoch von ansprechendem Äußeren mit seinen hellgrauen Augen und der schmalen Nase, die auf eine noble Herkunft hinwiesen.

»Die Glockengießerin.« Er nickte, als Catlin sich anschickte, einen Knicks zu machen.

»Ehrwürdiger Vater.« Sie senkte züchtig den Blick. Der Prior legte ihr kurz die Hand auf den Scheitel, dann erhob sie sich.

»Willst du dem Kloster deine Dienste anbieten, oder führt dich ein anderer Grund zu mir, mein Kind?«

»Ich … nein, ich habe eine Frage, Ehrwürdiger Vater. Ihr kennt meinen … aber …«, stammelte Catlin und blickte den Prior verzweifelt an. Sein Gesicht war glatt geschabt, die Haut straff und fein.

»Du bist Johns Weib, nicht wahr?« Ein überhebliches Lächeln umspielte seinen Mund, als sie verwirrt nickte. »Wie geht es ihm?« Er stellte die Frage mit gleichgültiger Stimme, wandte sich an den Schreiber neben ihm und raunte ihm etwas zu, das nichts mit John zu tun hatte.

»Er ist tot!«, entfuhr es Catlin mit einem vorwurfsvollen Unterton, als sei der Prior schuld daran. »Erschlagen auf dem Weg zum Erzbischof von Canterbury. Für eine Handvoll Münzen, die er im Beutel trug.«

»Der Herr sei mit ihm.« Der Prior bekreuzigte sich flüchtig und küsste das hölzerne Kreuz, das er an einem Lederband um den Hals trug, dann sah er Catlin mit unbewegter Miene an. Kein Mitleid sprach aus seinem Blick. »Ich nehme an, du bist wegen seines Sohnes hier.« Er hob erwartungsvoll die Brauen.

Catlin hielt vor Überraschung den Atem an. War seine Annahme bereits die Antwort auf all ihre Fragen? Catlin stand nur steif da, unfähig, etwas zu erwidern.

»Es ist an der Zeit, den Jungen mitzunehmen, nun, da sein Vater tot ist und nicht mehr für Kost und Unterbringung zahlen kann ... Dass er noch Geld für vier Monate schuldet, weißt du?«

»Nein, ich ...«

»Nun, ich bin kein Unmensch, darum will ich dir die Summe erlassen. John war ein guter Vater«, sagte er so beiläufig, dass Catlin zornig wurde. Ja, John war ein guter Vater gewesen. Für Aedwyna und für seinen Sohn ebenfalls. *Wenn er Eadric bei Euch untergebracht hat, dann weil er Angst um ihn hatte und glaubte, hier sei er in Sicherheit,* hätte sie am liebsten erwidert, doch sie schwieg nur betreten. Der Prior schien kein Mann zu sein, der einer einfachen Frau Rede und Antwort stand.

»Eadric ist ein kräftiger junger Mann. Er wird schon zurechtkommen.« Der Prior sah auf sie herab. »Ich gebe Anweisung, dass man ihn holt.« Ohne ein weiteres Wort wandte er sich um und verließ den Raum.

Catlin wartete mit gesenktem Kopf und einem Gefühl tiefster Ratlosigkeit.

Ein alter Mönch mit zerfurchtem Gesicht, geführt von einem jungen Mann, betrat den Raum mit schlurfenden Schritten.

»Catlin?«, fragte der Alte. Aus seinen funkelnden Augen sprachen Menschenliebe und Freundlichkeit.

»Ja?« Sie sah erwartungsvoll auf.

Er nickte und lächelte. »John hielt große Stücke auf dich. Der Herr sei seiner barmherzigen Seele gnädig.« Er bekreuzigte sich und murmelte etwas Unverständliches. Tränen standen ihm in den Augen. Der junge Mann, der ihn stützte, stieß einen kehligen Laut aus, machte ein Handzeichen und verbeugte sich vor Catlin, so gut ihm das mit dem Alten am Arm gelang.

Catlin betrachtete ihn mit offenem Mund. Er musste in ihrem Alter sein, vielleicht etwas älter, war in etwa so groß wie John, aber von schmalerer Statur, mit einem fein gezeichneten Gesicht und dem gleichen vollen Haar wie sein Vater, nur dass es noch nicht grau war.

»Er soll seiner Mutter wie aus dem Gesicht geschnitten sein«, erklärte der Mönch. »Aber ich sehe auch Ähnlichkeiten mit John.« Er wandte sich an den jungen Mann. »Das ist die Frau deines Vaters«, sagte er und machte einige Zeichen mit den Händen.

Johns Sohn nickte, krächzte etwas und antwortete mit einer lebhaften Geste, die Catlin nicht zu deuten wusste.

»Ihr sprecht mit ihm, ehrwürdiger Bruder? Ich dachte, er sei taub.«

»Gewiss ist er das, mein Kind. Darum hat es auch keinen Sinn, ihn anzuschreien. Es sind die Handzeichen, die er versteht, und manche Worte liest er von den Lippen ab.« Der Blick, den er seinem Schützling zuwarf, war voller Zärtlichkeit und Fürsorge. Sogar ein wenig Stolz glaubte Catlin darin zu erkennen. »Dass der Junge das Gehör verlor, war ein schwerer Schicksalsschlag für John. Wie jeder Vater hätte er seinen Sohn nur allzu gern in seinem Handwerk unterrichtet.« Die Hand des alten Mannes zitterte. »Mein lieber Bruder im Glauben, unser früherer Prior, brachte Eadric zu uns. In dem Dorf, aus dem wir beide stammen, lebten viele Menschen, die nicht zu hören vermochten, darum lernten wir schon früh, uns durch Zeichen mit ihnen zu verständigen …« Er lächelte versonnen. »Als Novizen nutzten wir das so manches Mal, um das Sprechverbot zu umgehen.« Dann schien er sich darauf zu besinnen, warum sie einander gegenüberstanden. »John war voller Zweifel, ob er das Richtige tat, und die Summe für die Unterbringung des Jungen war erklecklich. Ein großes Opfer, bedenkt man, dass aus Eadric niemals ein Mönch werden kann. Da er Gottes Wort nicht hören kann, verbieten ihm die Regeln eines jeden Ordens, die Gelübde abzulegen.« Er schüttelte bedauernd den Kopf und schien den Sinn dieser Regel nicht zu erfassen. »Solange unser alter Prior noch lebte, hatte Eadric seinen Platz in unserer Gemeinschaft, doch unter Prior de Parco hat sich vieles verändert …« Er legte Catlin eine knotige Hand auf den Arm. »Glaub mir, mein Kind, Eadric ist keine Last.« Er sah Catlin so flehentlich an, dass sie unwillkürlich nickte. Statt Antworten auf ihre Fragen zu bekommen, ergaben sich nur weitere Fragen. Hätte John gewollt, dass sie seinen Sohn mit nach London nahm?

Hatte er ihr deshalb von ihm erzählt? Warum aber hatte er dann nicht auf ihre Frage nach Eadrics Verbleib geantwortet? Ob John seinem Sohn von ihr erzählt hatte? Wie viel vermochte der junge Mann überhaupt zu verstehen?

»Ist er nur taub oder auch einfältig?«, wollte sie wissen.

»Nur taub, mein Kind, nur taub! Könnte er hören, wäre er Glockengießer oder Mönch geworden und hätte seinen Vater stolz gemacht. Er stellt kluge Fragen, ist höflich und ein angenehmer Mensch. Du wirst ihn mögen, das versichere ich dir.«

Catlin konnte sich nicht vorstellen, wie ein Stummer kluge Fragen stellen konnte, darum runzelte sie die Stirn.

»Er kann lesen und kennt die Bibel besser als so mancher meiner Mitbrüder, aber er weiß nichts vom Leben und den Gefahren einer großen Stadt, von den Leuten und ihrer Falschheit.« Plötzlich wirkte der alte Mönch sehr müde.

»Er kann die Bibel lesen?«, fragte Catlin verblüfft und warf einen weiteren neugierigen Blick auf Eadric, der sie freundlich anlächelte. Auch John war des Lesens mächtig gewesen und hatte ihr das Nötigste beigebracht, damit sie die Inschriften auf den Glocken anbringen konnte. Doch mehr als einige Worte waren ihr nicht vertraut.

Eadric gab erneut einen Laut von sich, und seine Hände bewegten sich in rascher Folge.

»Er fragt nach seinem Vater«, erklärte der alte Mönch mit gepresster Stimme. »Ich habe es selbst erst soeben erfahren und hatte noch keine Gelegenheit, es ihm mitzuteilen.« Er wandte sich zu dem jungen Mann um, strich ihm über die Wange und gab ihm mit Zeichen und wenigen deutlich gesprochenen Worten zu verstehen, dass sein Vater gestorben war.

Der Ausdruck von Schrecken und Trauer auf Eadrics Antlitz rührte Catlin, und als er auf die Knie sank und bitterlich weinte, trat sie auf ihn zu, legte ihm eine Hand auf den Kopf und versuchte ihm auf diese Weise Trost zu spenden. Er sah zu ihr auf, faltete die Hände unter dem Kinn, wiegte sich vor und zurück und gab einen leisen auf- und abschwellenden Ton von sich, als bete er.

»Steh auf!«, bat ihn der Mönch, als Eadric sich ein wenig beruhigt hatte, und machte eine Geste mit der geöffneten flachen Hand. Der junge Mann rieb sich über die Nase und gehorchte.

»Habt Ihr John gut gekannt?«, fragte Catlin, als sie die neuerlichen Tränen in den Augen des Mönches bemerkte.

»So gut, dass ich auch dich zu kennen glaube. Ich weiß, dass er große Stücke auf dich hielt. Du seist vom Herrn mit einem großartigen Gehör gesegnet, erzählte er mir und fragte sich, ob ihm der Allmächtige eine Hand zur Versöhnung ausstreckte, als er ihn dir begegnen ließ.« Er lächelte weise. »Der Herr schickt uns Prüfungen. Alle Menschen begehen Sünden, doch wer sühnt und Gutes tut, darf dennoch auf das Paradies hoffen. Auch John wusste das.«

Catlin fragte sich, was der Alte wohl über sie gehört hatte. Ob John ihm von Flint erzählt hatte, von Aedwyna und davon, dass er nicht ihr Vater war? Wollte der Mönch womöglich andeuten, dass sie Sühne tun und sich Eadrics annehmen sollte?

»Er ist mir ans Herz gewachsen wie ein Sohn. Ich sorge mich um ihn. Gib auf ihn acht!« Er wandte sich an Eadric, erklärte ihm, dass er mit Catlin gehen solle, nahm ihn bei den Schultern und küsste ihn auf beide Wangen.

Eadric weinte bitterlich, hatte er doch soeben nicht nur seinen Vater verloren, sondern auch den Mann, der ihm über Jahre wie ein Vater gewesen war. Catlin fühlte mit ihm. Sie war ihm fremd, kannte die Zeichen nicht, die er verstand, und würde ihn fortführen von dem Ort, an dem er zu Hause war und sich geborgen fühlte.

Obwohl Eadric größer war als sie, fuhr sie ihm mit mütterlicher Geste über die Wange, wischte ihm die Tränen fort und klopfte ihm aufmunternd auf die Schulter.

Sie ließen das Kloster hinter sich, zu Fuß, damit das Pferd sie nicht beide tragen musste und weil Catlin nicht wusste, ob Eadric reiten konnte. Erst unterwegs begriff sie nach und nach das ganze Ausmaß des Geschehens. Was, in aller Welt, hatte sie sich von dem Besuch in Binham erhofft? Noch mehr Schwierigkeiten als die, mit denen sie ohnehin zu kämpfen hatte? Was würde Flint sagen, wenn sie Eadric mitbrachte? Gewiss würde er toben, sie womöglich vor Wut ohrfeigen und über Tage nicht beachten. Verzweifelt schüttelte sie den Kopf und stapfte schweigend neben Eadric her, bis es Abend wurde.

Bei Einbruch der Dunkelheit suchte sie einen geschützten Platz für die Nacht, sammelte Holz und entfachte ein Feuer mit Feuerstein und Zunder, die sie vor ihrem Aufbruch in London in Johns Reisebündel gefunden hatte.

Eadric stand währenddessen nur herum, sah sich um und schien sich vor der hereinbrechenden Nacht zu fürchten.

»Hast wohl noch nie draußen geschlafen«, sagte Catlin. Dann fiel ihr ein, dass er sie nicht hörte. »Zumindest seit du im Kloster bist«, murmelte sie zu sich selbst. Ob er sich noch an die Zeit erinnerte, als er mit seinem Vater von Ort zu Ort gezogen war? Catlin breitete eine Decke auf dem Boden neben dem Feuer aus, nahm Eadric bei der Hand und deutete darauf. »Ruh dich aus!«, sagte sie, legte beide Handflächen aneinander und hielt sie neben die Wange. »Schlafen.«

Eadric sah sie fragend an und führte die Hand zum Mund.

»Essen?«, fragte Catlin und schüttelte den Kopf. »Ich habe nichts dabei. Morgen«, versprach sie ihm und fragte sich, ob er sie verstand. »Schlaf!«, forderte sie ihn auf und legte die Hände erneut an die Wange. Dann machte sie es sich auf der zweiten Decke am Boden so gemütlich wie möglich und rollte sich darin ein. Eadric nickte ergeben und folgte ihrem Beispiel.

Als Catlin am nächsten Morgen erwachte, war ihr Begleiter bereits aufgestanden, hatte seine Decke zusammengerollt und auf dem Pferd festgeschnallt. Er lächelte, als Catlin sich die Augen rieb, hielt ihr ein paar Kräuter hin und fuhr mit den Fingern zum Mund.

»Essen?«

Eadric nickte und aß davon.

Catlin zögerte, dann kostete sie. Manche Kräuter waren süß, andere scharf. »Schmeckt gut«, sagte sie, aß weiter und war erstaunt, dass sie satt davon wurde.

Während sie das Pferd sattelte, Erde auf die Glut streute, damit kein Brand entstand, falls Wind aufkam, und ihre Decke zusammenrollte, folgte ihr Eadric auf Schritt und Tritt und machte zu allem Zeichen.

»Pferd?«, fragte sie so, dass er ihren Mund sehen

konnte. Er nickte und machte ihr vor, wie das Wort mit den Fingern zu beschreiben war. Catlin wiederholte die Geste, dann wies sie auf den Sattel. Eadric lief zum Feuer, zeigte auf die Decke, ging zu einem Baum, deutete auf einen Stein und rannte umher, zeigte auf alles und machte das entsprechende Zeichen dazu, bis Catlin ihn am Arm festhielt und ihm Einhalt gebot. »Zu viel!«, rief sie lachend und streckte die Arme nach beiden Seiten weit aus. Eadric sah sie mit großen Augen an, dann lachte auch er.

Als sie drei Tage später vor der Schmiede eintrafen, bellte Hunter und rannte schwanzwedelnd auf sie zu, dann entdeckten sie auch Aedwyna und Winnies Söhne, Shorty und Klein Henry, die im Hof Nachlaufen spielten. Aedwyna rannte auf Catlin zu und sprang ihr in die Arme, während Shorty seine Mutter und Elfreda holte. Catlin erklärte erst Aedwyna und dann den anderen, wer Eadric war und dass er nicht hören konnte. Dann ließ sie Aedwyna zu Boden gleiten und nahm Winnie Klein John ab. Aedwyna lächelte Eadric an, nahm ihn an der Hand und zog ihn mit sich ins Haus. Niemand störte sich daran, dass Eadric anders war, keiner musterte ihn merkwürdig oder behandelte ihn, als sei er tumb. Elfreda lächelte ihn freundlich an, nahm ihn bei den Schultern, als er im Weg stand, und zeigte ihm, dass er sich setzen sollte. Am Tisch ging es wie immer munter zu, es wurde viel geredet und gelacht, bis Aedwyna sich die Ohren zuhielt und plötzlich zu weinen anfing.

»Was ist denn?«, fragte Catlin besorgt und strich ihrer Tochter liebevoll über das Haar.

»Ich kann euch nicht hören. Alle lachen, und ich

weiß nicht, warum!«, rief Aedwyna, die Fingerchen noch immer tief in den Ohren.

Das Gelächter erstarb, und alle sahen sich betreten an.

»Sie hat recht«, gab Elfreda zu, wandte sich an Eadric und nahm seine Hand. »Eadric versteht uns nicht.«

Catlin zeigte mit vier wackelnden Fingern der linken Hand nach unten. »Pferd«, sagte sie. Alle am Tisch machten es begeistert nach.

»Pferd!«, riefen auch sie.

Eadric zeigte auf Alans Finger, schüttelte den Kopf und hieb lachend mit der flachen Hand auf den Tisch. Es krachte so laut, dass alle erschraken.

Aedwyna nahm die Finger aus den Ohren. »Du zeigst ihm nicht Pferd, sondern Tisch, Alan!«, rief sie lachend. »Beim Pferd musst du die Finger bewegen, so! Siehst du?«

Eadric nickte und klatschte in die Hände. Aedwyna hatte richtig beobachtet.

»Eadric scheint ein guter Junge zu sein«, sagte Alan, als sie zwei Tage später aufbrachen. Er lächelte Catlin an. »Ich habe das Pony gesattelt, damit auch Eadric reiten kann.«

»Aber ihr braucht es doch sicher.«

»Eine Weile kommen wir ohne das brave Tier aus, aber du solltest es bald zurückbringen. Sobald du kannst …«, sagte er und stand dabei so dicht vor ihr, dass ihr der Atem stockte.

»Hier, ich habe euch Proviant zusammengepackt. Das dürfte bis London reichen«, sagte Winnie und gesellte sich zu ihnen. Ein Schmunzeln erhellte ihr Gesicht, als sie die beiden so eng beieinanderstehen sah. Catlin bemerkte es und errötete.

»Danke!« Sie umarmte Winnie, Duncan und Elfreda und verabschiedete sich von den beiden Jungen sowie den Schmiedhelfern.

»Wenn du das Pony nicht bald zurückbringst, dann hole ich es«, raunte Alan ihr zu, als sie ihr Pferd bestieg. Dann setzte er Aedwyna vor ihr in den Sattel und küsste sie. »Bis bald, kleine Herzensbrecherin«, sagte er, und Aedwyna schlang ihm die Arme um den Hals. »Bis bald, Onkel Alan!« Er wartete, bis Eadric auf dem Pony aufgesessen war, bedachte Catlin mit traurigen Blicken und winkte zum Abschied. Hunter begleitete die Reisenden bellend bis zur Wegbiegung, dann kehrte er um und lief zurück zur Schmiede.

Eadric sah Catlin mit großen Augen an und legte die flache Hand auf das Herz.

»Ja.« Catlin nickte und versuchte ihre Tränen zu verbergen. Der Abschied von Alan fiel ihr von Mal zu Mal schwerer, aber auch Winnie und ihre Kinder, Elfreda und sogar der schweigsame Duncan würden ihr fehlen.

Randal verschlug es den Atem, als die Meisterin den jungen Mann mitbrachte. Er hatte ihn nur zweimal und stets von Weitem gesehen, und doch wusste er, dass John seinetwegen in Binham gewesen war. Johns Sohn! Randal spürte Übelkeit in sich aufsteigen. Der Junge, mit dem sich der Meister damals gebalgt hatte, war sein Sohn! Nie im Leben hätte Randal das für möglich gehalten. Widernatürlicher Gefühle für einen jungen Mönch hatte er John verdächtigt. Nur darum hatte er sich nackt zu ihm gelegt, widerstrebend zwar, aber der festen Meinung, dies sei unumgänglich. Randal wusste vor Scham nicht, wohin er blicken, was er denken sollte. Kein Wunder, dass der Meister ihn entrüstet hinausgeworfen hatte. Randal hielt es kaum noch aus in der Gießerei, floh unter dem Vorwand, sich um das Pony zu kümmern, in den Hof, während Corvinus das größere Pferd in den Mietstall zurückbrachte. Nachdem er dem Tier einen Eimer Wasser hingestellt hatte, ging er aufgeregt hin und her. Zum Glück war es fast Abend. Mit der Arbeit noch einmal anzufangen lohnte sich nicht.

»Erlaubt Ihr, dass ich heute etwas früher gehe, Meisterin? Es war so viel zu tun in den letzten Tagen.« Er bemühte sich, seiner Stimme einen gleichmütigen Klang zu verleihen.

»Gewiss doch, Randal.« Catlin, wie er die Meisterin im Geist manchmal nannte, klopfte ihm auf die Schulter. »Ich danke dir für deinen Fleiß und deine Zuverlässigkeit. Geh nach Hause zu den Deinen!« Sie kramte ein paar Münzen aus ihrem Beutel. »Für Fleisch, Brot und Bier, damit ihr ein wenig feiern könnt. Schließlich verdanke ich es dir, dass ich Eadric gefunden habe.« Sie legte einen Arm um ihren Stiefsohn und lächelte ihn an.

Säure stieg Randal vom Magen bis zum Hals herauf, als hätte er Essig getrunken. Er taumelte durch die abendlichen Gassen, drängte sich durch die Menge und stieß zur Seite, wer immer ihm in die Quere kam. Noch kehrte er nicht nach Hause zurück, sondern irrte durch die Straßen, rempelte und schimpfte. Eadric war taub, hatte die Meisterin gesagt. Von ihm ging demnach keine Gefahr aus, versuchte er sich zu beruhigen. Seine Wut auf den jungen Mann aber war ungebrochen. Seinetwegen hatte es das Missverständnis zwischen ihm und dem Meister schließlich erst gegeben. »Wäre er doch nur nie hergekommen!«, knurrte Randal, kaufte weder Brot noch Fleisch, weil ihm nicht zum Feiern zumute war, sondern hockte sich in eine Schenke und trank zum ersten Mal seit Langem mehr, als er vertrug.

»Was ist mit dir? Sag, was ist geschehen, Liebster?«, bedrängte ihn Merilda, als er betrunken in die Stube torkelte. »Leise, die Kinder schlafen!« Sie legte den Finger auf den Mund.

»Ich bin ein Narr, ein dummer, einfältiger Narr.« Er sank in sich zusammen. Merilda legte ihm die Hände auf die Schultern und küsste ihn auf den Scheitel. »Lass mich!«, fuhr er sie an und wollte sie schon von sich stoßen, als sie plötzlich kicherte.

»Fühl nur!«, raunte sie, nahm seine Hand und führte sie zu ihrem Leib. All sein Zorn verrauchte, als er spürte, wie das Ungeborene strampelte. Fest und kugelrund war Merildas Leibesmitte. Randal konnte nicht anders, als sie zu küssen. Vater zu werden war für ihn jedes Mal aufs Neue das schönste Geschenk.

»Ich liebe dich«, murmelte er. »Verzeih mir!«

»Diesmal wird es wohl eine Tochter«, sagte sie.

Randal blickte sie fragend an. »Tatsächlich?«

Merilda hob die Schultern. »Ich weiß es nicht, aber ich hoffe es.«

»Ein kleines Mädchen«, überlegte Randal und lächelte. »So hübsch und liebevoll wie du.« Er küsste sie auf die Nasenspitze.

»Lass uns schlafen gehen, Liebster!« Sie zog ihn mit sich aufs Lager, küsste ihn, lockte ihn mit ihren vollen Brüsten und liebte ihn.

»Was täte ich nur ohne dich?«, seufzte er dankbar, dann schlief er ein.

Auf dem Rückweg von St. Edmundsbury hatte Catlin beschlossen, Eadric mit dem Handwerk seines Vaters vertraut zu machen. Wie sie es anstellen sollte, ihm das Wesen des Glockengießens begreiflich zu machen, wusste sie nicht. Bestimmt konnte er lernen, Steine zu behauen, Glockenkerne zu mauern und Lehm zu verteilen. Sicherlich war ihm vieles beizubringen, doch er sollte nicht nur Anweisungen ausführen. Er sollte verstehen, warum alle jene Arbeitsgänge erfolgten und warum seinem Vater dieses Handwerk so wichtig gewesen war. Ihre Begeisterung, die auch Johns Leidenschaft gewesen war, wollte sie Eadric näherbringen. Sie fragte Corvinus, was er von dem Vorhaben hielt. Erst sah er sie an, als wäre sie nicht ganz bei Sinnen, doch noch am Nachmittag des gleichen Tages kam er voller Eifer zu ihr.

»Ich habe nachgedacht. Über Eadric und die Töne!«, rief er, setzte sich auf den wackeligen Schemel neben dem Arbeitsplatz des Meisters, an dem nun Catlin die Glockenrippen fertigte, und rückte näher. »Und mir ist etwas eingefallen.« Er rutschte voller Unruhe auf dem Sitz hin und her. »Als ich noch klein war, im Kloster, habe ich oft lange allein warten müssen und mich gelangweilt. In der Kirche haben die Mönche gesungen, und ich habe mitgesummt. Dabei habe ich die Finger auf den Hals gelegt und die Töne gefühlt. Damit sollten wir anfangen.« Er griff nach Catlins Hand. »Lass sie ganz locker, ohne Druck!« Dann führte er ihren Zeige- und ihren Mittelfinger an seine Kehle und summte. »Schließ die Augen, und richte deine Aufmerksamkeit auf die Hand, nicht auf die Ohren!«, bat er, ganz Feuer und Flamme, und summte eine Melodie.

Die tiefen Töne fühlten sich anders an als die hohen, stärker, brummend und kraftvoll, obwohl die Lautstärke die gleiche war. Catlin sprang auf und fiel Corvinus um den Hals. »Ich wusste, dass es gelingen würde, nur nicht, wie! Ich danke dir für diesen wunderbaren Einfall!« Sie küsste ihn laut schmatzend auf die Wange.

Corvinus errötete vor Verlegenheit, fing sich jedoch rasch wieder. »Zuerst müssen wir allerdings noch mehr von Eadrics Zeichen lernen, damit wir uns mit ihm verständigen können«, gab er zu bedenken.

»Einige hat er mir schon beigebracht«, erklärte Catlin. »Aber er kann mehr, als ich mir in den wenigen Tagen merken konnte. Viel mehr!«

»Das Glockenspiel könnte uns ebenfalls helfen!«, rief Corvinus voller Begeisterung.

Catlin nickte und lachte glücklich. Sie wusste, dass aus Corvinus einmal ein guter Glockengießer werden würde. Sein Ohr war zwar nicht so fein wie das ihre, doch sein Eifer war ebenso groß wie seine Liebe zum Handwerk.

»Und auf einen Kirchturm steigen wir auch mit ihm. Dann spürt er die Töne einer Glocke im ganzen Leib.« Glück erfüllte sie bei dem Gedanken, dass Johns Sohn nachempfinden würde, was sein Vater so sehr geliebt hatte.

Mit den Zeichen lernten Catlin und Corvinus Johns Sohn erst richtig kennen. Sie erlebten, wie willig und wissbegierig er war, aufmerksam und klüger, als sie vermutet hatten. Flint dagegen wollte nichts von ihm wissen, lehnte ihn in Bausch und Bogen ab und spottete über seine Art der Verständigung. Es bereitete ihm Vergnügen, Eadric herumzustoßen und anzubrüllen. »Er hört es ja ohnehin nicht«, antwortete er, als Catlin ihn bat, nicht so zu schreien. *Aber* ich *höre es,* wollte sie erwidern, doch aus Furcht, ihm könne wie schon so oft die Hand ausrutschen, wagte sie nichts zu sagen. Dass er sie schlug, wenn ihm etwas nicht passte, wurde immer mehr zur Gewohnheit. Randal stand der Abscheu ins Gesicht geschrieben, wenn er sah, wie Flint seine Ehefrau behandelte, aber er schwieg.

Corvinus dagegen war jedes Mal auf dem Sprung, bereit, sich auf ein Wortgefecht, sogar auf einen Faustkampf mit Flint einzulassen, um Catlin zu beschützen. Sie aber flehte ihn an, sich zurückzuhalten. Wenn sie beobachtete, dass er kaum noch an sich halten konnte, verbot sie ihm allein mit Blicken, sich einzumischen. Falls Flint ihn hinauswerfen wollte, würde sie kaum etwas dagegen unternehmen können, doch sie brauchte Corvinus, als Freund und Vertrauten.

»Wenn Sir Richard das nächste Mal kommt, erzähle ich ihm, wie der Kerl sich hier aufführt!«, knurrte er, als Flint wieder einmal das Haus verlassen hatte, um sich wie so oft in der Schenke zu verlustieren. »Ich halte es kaum noch aus. Wie konntest du ihn nur heiraten?«

Catlin erhob Einspruch. »Du weißt doch selbst, dass er nicht immer so war.«

Corvinus musterte sie mit zusammengekniffenen Augen. »Das meinst du nicht im Ernst, oder? Vom ersten Tag an hat er mich drangsaliert. Entsinn dich des Vorfalles mit der Münze. Er hat behauptet, ich hätte sie gestohlen, aber das war gelogen. Ich hatte das Geldstück nie in der Hand. Er hat nur so getan, als hätte er es mir entwunden.« Corvinus war rot vor Zorn. »Ich hasse ihn. Er ist der niederträchtigste Lump, der mir je begegnet ist. Er ist stark und kann tüchtig hinlangen, aber er ist kein Glockengießermeister. Dazu hat er weder das nötige Wissen noch genug Hingabe für unser Handwerk.« Corvinus war außer Atem, als er geendet hatte, so sehr hatte er sich aufgeregt. »Die Liebe muss dich blind machen, sonst hättest du bemerkt, welch ein Rohling er ist.« Aus seinen Worten sprach schiere Verzweiflung.

Catlin senkte den Kopf. Corvinus hatte recht in allem, was er sagte. Flint war ein schlechter Mensch, und sie hatte es nicht erkannt. Er trieb sich in Tavernen herum, spielte, soff und hurte, kehrte heim und legte sich ohne Reue zu ihr ins Bett. Wenn er ihr beiwohnen wollte, versuchte er halbherzig, sie zu verführen. Bat sie ihn, von ihr abzulassen, dann nahm er sie mit Gewalt und verhöhnte sie noch obendrein. Abends allein in ihrer Kammer weinte sie sich in den Schlaf, aus dem sie hochschreckte, wenn Flint betrunken in die Kammer torkelte. Dann kniff sie voller Angst die Augen zu und hoffte, er möge sie nicht belästigen, nachdem sie scheinbar bereits eingeschlafen war. Manchmal gelang es ihr, ihn zu täuschen.

Als Randal an diesem schönen Oktobertag nach Hause ging, schien ihm die Welt besonders bunt. Die Kleider draußen an den Läden leuchteten in den hellsten Farben, der Himmel strahlte in herrlichstem Blau mit der gelben Sonnenscheibe um die Wette. Beherzten Schrittes wanderte er die Straße entlang, genoss die laue Luft, blieb kurz stehen, um einem Dudelsackspieler zu lauschen, der von einem Trommler begleitet wurde und die Schaulustigen in Scharen anzog. Die Meisterin war mit ihrem ersten Auftrag heimgekehrt. Sie würde kaum einen Verdienst daran haben, und wenn Flint so weitermachte, war sie bald am Ende. Randal rieb sich die Hände. Sein Ziel rückte unaufhaltsam näher, und er wollte alles Erdenkliche tun, damit die Gießerei so bald wie möglich in Schwierigkeiten geriet. Ein zufriedenes Grinsen überzog sein Gesicht. Er stand noch eine Weile bei den Musikanten, tappte mit dem Fuß den Rhythmus mit und erfreute sich seines Lebens. Dann riss er sich los, kaufte zwei Laibe Brot und etwas trockenen Fisch, damit Merilda eine nahrhafte Abendmahlzeit auftischen konnte, und machte sich auf den Heimweg.

»Ich bin wieder da!«, rief er, als er die Tür öffnete, und erwartete, dass seine Kinder sich mit lautem Gejohle auf ihn stürzten. Als er die bedrückende Stille und die leeren Blicke wahrnahm, die ihn empfingen, erstarrte er. Langsam betrat er den kleinen Raum, in dem er mit Merilda und den Kindern lebte, als könne sein Zögern etwas ändern. Er sah Merilda auf dem Boden liegen, dort, wo sie des Nachts das Stroh zusammenschoben, damit sie es weich und warm hatten. Neben ihr hockten zwei Nachbarinnen, zu ihren Füßen stand der Priester, und die Kinder kauerten verschüchtert in einer Ecke, dicht aneinandergedrängt, leise schluchzend.

»Randal!« Eine der beiden Frauen kam auf ihn zu. Bedauern und Bestürzung standen ihr ins Gesicht geschrieben, ihre Augen waren rot geweint, der rechte

Ärmel ihres Kleides wies nasse Flecken auf. Sie rieb sich damit erneut über das Gesicht. »Wir konnten nichts tun.« Sie wandte sich um und blickte auf die leblose Merilda hinunter, die auf dem Rücken lag, bleich und wächsern, die Haare strähnig, die Hände auf der Brust gefaltet.

»Die Wehen kamen, kaum dass du fort zur Arbeit gegangen warst«, sagte die andere Nachbarin – acht Kinder hatte sie geboren und vier davon verloren. Sie selbst aber hatte überlebt. »Das Kind ist tot zur Welt gekommen, und Merilda ist mit ihm gegangen.« Sie bekreuzigte sich.

»Ave Maria, gratia plena
Dominus tecum
Benedicta tu in mulieribus
Et benedictus fructus ventris tui.
Amen«,

murmelte sie. Die Nachbarin und der Priester schlossen sich ihrem Gebet an. Nur Randal blieb stumm.

»Merilda sorgt nun im Himmelreich für deine Tochter«, sagte der Priester.

Unvermittelt hob Randal den Kopf. »Eine Tochter?« Tränen strömten ihm über die Wangen. »Sie hat gewusst, dass es ein Mädchen wird«, flüsterte er. Zwei Söhne hatte Merilda ihm geboren, darum hatte er sich umso mehr auf ein Mädchen gefreut. Nun aber hatte er beide verloren, Weib und Tochter.

»Wenn du erlaubst, nehmen wir deine Kinder heute Nacht mit zu uns. Dann hast du Zeit allein mit deinem Weib.«

Randal blieb jedes Wort im Hals stecken. Er nickte nur und rang nach Atem, doch seine Brust war wie zugeschnürt. »Merilda!«, stieß er endlich hervor, fiel auf die Knie, kroch zu ihr. Merildas Kleider waren mit Blut besudelt. Randal küsste ihren Mund, als könne er sie auf diese Weise wieder zum Leben erwecken. Randals Blick fiel auf ein Bündel an ihrer Seite. Ob sein Kind, seine kleine Tochter, in das Leinen eingewickelt war? Randals Schultern bebten, als er schluchzend das Schicksal seines Weibes beklagte.

Die Kinder weinten laut, als sie den Kummer des Vaters sahen, doch Randal war außerstande, ihnen beizustehen. Sein Leid war so groß, dass er auf der Stelle sterben wollte. Wie ein Loch, das sich vor ihm auftat und ihn einsog, riss ihn die Trauer in tiefste Verzweiflung. Nichts ringsum hatte noch irgendeine Bedeutung. Er hörte, dass die Nachbarinnen die Kinder mitnahmen und der Priester zu ihm sprach, doch es war ihm gleich. Die Worte ergaben keinen Sinn, waren wie Gemurmel aus weiter Ferne und fanden keinen Zugang in sein Inneres. Er nahm Merildas Hand, legte sich neben sie und versuchte ihren Körper mit dem seinen zu wärmen. »Ich brauche dich«, flüsterte er der Toten ins Ohr. »Ohne dich hat mein Leben keinen Sinn. Die Werkstatt sollte uns wieder gehören. Dabei habe ich nur an dich gedacht, meine Liebste.« Im Schlaf, in den er schließlich fiel, sprach Merilda zu ihm. Sie tröstete ihn und verlangte, dass er sich besann – auf die Kinder und auf seine Aufgabe als Vater. *Versprich mir, dass du weiter um die Werkstatt kämpfst!*, glaubte er sie sagen zu hören. *Für die Kinder.* Er schwor, alles dafür zu tun, dass seine Söhne eines Tages dort Meister wurden. »Ich werde sie lehren, gute Glockengießer zu werden.« Dann riss ihn plötzlich jemand hoch, und er verlor Merilda. Er schlug um sich, wollte sich an der Toten festkrallen, sie für immer in den Armen halten, doch es war vergebens.

»Lass sie gehen, Randal!«, beschwor ihn ein Nachbar, mit dem er hin und wieder ein Ale trank. »Ich verstehe deinen Kummer, mein Freund, doch Merilda ist nicht mehr bei uns. Du aber, du bist hier, und deine Kinder brauchen dich.«

Soll das Werk den Meister loben;
Doch der Segen kommt von oben

Friedrich Schiller, Das Lied von der Glocke

London, im Frühjahr 1232

Eadric an die Töne heranzuführen war eine großartige Erfahrung, die Catlin neue Erkenntnisse bescherte. Sie erklomm mit ihm die höchsten Kirchtürme Londons, um die mächtigsten Glocken der Stadt ganz aus der Nähe läuten zu hören, läuten zu fühlen. Catlin begriff nun auch, dass der Wunsch nach einer noch tiefer klingenden Glocke, den John und sie schon so lange hegten, einen ganz einfachen Beweggrund hatte. Je tiefer eine Glocke erklang, desto stärker war der Widerhall in jeder Faser des Körpers, spürbar vom Kopf bis zu den Zehen und bis in die Fingerspitzen. Auch Eadric fühlte den Unterschied der Tonhöhen. Jedes Mal war er begeistert von der Kraft, die ihn durchströmte, wenn er das Glockengeläut am ganzen Leib spürte. Er riss die Augen auf, lachte und weinte, zeigte Catlin die Gänsehaut auf den Armen und jauchzte glücklich. Nicht mehr als drei oder vier großer Glocken hatte es bedurft, um ihn gänzlich für das Handwerk seines Vaters einzunehmen. Neugierig verfolgte er jeden Arbeitsschritt und half, wo immer er konnte.

Zwei größere und drei kleinere Glocken waren schließlich in Auftrag gegeben worden. Damit nichts misslang und weil die Zeit bis zum Osterfest recht knapp bemessen war, hatte Catlin beschlossen, für die eine der beiden größeren und die drei kleineren Glocken eine ältere Rippe von John als Modell zu verwenden, um die neue Rippe anzufertigen. Für die zweite große Glocke dagegen hatte sie die Glockenrippe ganz allein gefertigt. Dabei hatte sie nichts Wesentliches an der üblichen Form verändert, nur Kleinigkeiten, um kein allzu großes Wagnis einzugehen. Es war nicht einfach gewesen, nach Johns Tod neue Aufträge zu beschaffen. Flint hatte noch keinen Ruf als Glockengießer, und Catlin, der man ihr Wissen zwar nicht absprach, war aber als Frau denkbar schlecht geeignet, vernünftige Preise auszuhandeln. Letztendlich hatte sie die Aufträge für die Glocken nur erhalten, weil sie Opfer in Kauf genommen und einem viel zu niedrigen Preis zugestimmt hatte. Nach allen Kosten für Lehm, Steine, Rosshaare, Holzkohle, Zinn und Kupfer blieb ihr und den Ihren kaum genug zum Leben. Trotzdem brauchte sie diese Aufträge, um den Ruf der Gießerei zu festigen.

Zunächst hatten sie und ihre Mitarbeiter also alle Glockenkerne aufgebaut und gebrannt, dann die falschen Glocken gemacht und schließlich die Glockenmäntel in Angriff genommen. Mit dem Trennmittel und der feinsten Lehmschicht hatten sie begonnen und stets darauf geachtet, alle Einzelheiten der Beschriftung aus Wachs, die Eadric unter Catlins Anleitung gefertigt hatte, bis in die letzte Einzelheit auszufüllen. Johns Sohn hatte Freude daran gehabt, die feinen Verzierungen und Buchstaben aus dünn ausgerolltem Wachs zu schneiden und auf die falsche Glocke aufzubringen. Als die falsche Glocke fertig war, trugen sie erneut ein Trennmittel auf, um anschließend den Glockenmantel aufzubauen, verstärkt mit Eisenreifen und weiteren Schichten aus Lehm und Hanf. Die Trockenzeit nutzte

Corvinus und formte derweil die Glockenkrone. Sie bestand ebenfalls aus Wachs, wurde in Lehm gebettet und dann mit dem Glockenmantel verbunden. An ihrem Bogen würde die fertige Glocke später aufgehängt. Sowohl die Öffnung für den Guss als auch die Kanäle für das Entweichen von Luft und Gasen, die man Windpfeifen nannte, führten zu der Krone.

Mit einem starken Feuer im gemauerten hohlen Glockenkern wurden nun auch Mantel und Krone gebrannt. Die Hitze machte das winterkalte Haus wohlig warm und brachte das Wachs der Krone ebenso zum Schmelzen wie die Beschriftung auf der falschen Glocke und schaffte so den für die Bronze benötigten Hohlraum.

Nach dem Abkühlen ließ sich der fertig gebrannte Glockenmantel dank des flüssigen Talges, der zwischen falscher Glocke und Mantel aufgetragen worden war, mit einem einfachen Flaschenzug abheben. Catlin stand mit Eadric weit genug entfernt, um außer Gefahr zu sein, doch plötzlich schwenkte der Arm zur Seite, und der Glockenmantel raste auf sie zu. Hätte Eadric ihn nicht kommen gesehen und Catlin beizeiten zur Seite gerissen, wäre wohl ein Unglück geschehen. Die Knie wurden ihr weich, als sie begriff, wie übel das Ganze hätte ausgehen können, und ihr Herz schlug so schnell und heftig, dass es schmerzte.

»Catlin? Bist du wohlauf?« Corvinus war aus der Grube herausgeklettert und versuchte der noch immer hin und her schwingenden Form Einhalt zu gebieten. »Randal, was, in Gottes Namen, ist geschehen?«, brüllte er, nachdem es ihm gelungen war, das Schwingen zu verlangsamen.

»Ein Seil ist gerissen!«

»Aber es war in Ordnung, Catlin, ganz sicher, ich habe es heute morgen überprüft!« Corvinus sah aus wie das schlechte Gewissen selbst. »Ich schwöre, es war in Ordnung«, beharrte er.

Catlin nickte, das Herz trommelte noch immer, als wolle es ihr aus der Brust springen. »Schon gut, es ist nichts geschehen, lasst uns weitermachen! Und seht zu, dass ihr den Schaden am Flaschenzug behebt!«, befahl sie. Eadric winkte sie herbei und wandte sich so, dass niemand sah, welche Zeichen er mit den Händen machte.

»Randal?«, vergewisserte sich Catlin. »Messer? Du hast Randal mit einem Messer gesehen?« Sie schüttelte den Kopf. »Warum?«, deutete sie. »Warum sollte er das tun?« Eadric hob die Schultern. »Sicher hat er das Messer für etwas anderes gebraucht«, artikulierte Catlin deutlich mit dem Mund und machte die Zeichen dazu. Warum sollte Randal ihr oder Eadric nach dem Leben trachten? Er verdiente sein Brot bei ihr. Seit sein Weib im Kindbett gestorben war, brauchte er die Arbeit dringender denn je, hatte er doch nun nicht nur für sich und seine Kinder, sondern auch für deren Großmutter und eine Tante zu sorgen. Schließlich musste sich jemand um seine beiden kleinen Söhne kümmern. Randal mochte seit dem Tod seines Weibes zuweilen unaufmerksam und einsilbig sein, doch für bösartig hielt Catlin ihn nicht. Erstaunlicherweise tauchte Flint plötzlich in der Werkstatt auf. Dem Vorfall mit dem Glockenmantel, von dem man ihm sofort erzählte, zollte er kaum Aufmerksamkeit. »Ist ja niemand verletzt worden«, wiegelte er ab, und als er sah, dass alles seinen gewohnten Verlauf nahm, brummte er etwas Unverständliches und verschwand wieder, ohne zu helfen.

Die falsche Glocke, die unter dem Mantel zum Vorschein gekommen war, hatte ihren Zweck nun endgültig erfüllt, darum zerschlugen Randal und Corvinus sie behutsam und entfernten sie vom Glockenkern. Passgenau wieder zusammengefügt, ergaben Kern und Mantel die Gussform. Als sie alle falschen Glocken entfernt hatten und die Mäntel mit dem ausgebesserten Flaschenzug wieder über die Kerne gestülpt hatten, füllten sie die Grube mit Erde. Immer wieder klopften sie den Boden mit hölzernen Stampfern fest und fügten nach und nach die kleineren Glockenformen hinzu, bis alle fünf Glocken so weit bedeckt waren, dass nur noch die Einfülllöcher in der Krone zu sehen waren. Die festgestampfte Erde würde nicht nur ein Brechen der Formen verhindern, wenn die heiße Glockenspeise einschoss, sondern auch ein langsames Abkühlen des fertigen Gusses ermöglichen, denn bei zu raschem Erkalten konnte die Bronze reißen. In den so entstandenen neuen Boden setzten sie aus Ziegelsteinen und Lehm die Gießrinnen und führten sie von den Glockenkronen bis hin zum Schmelzofen. Damit die flüssige Glockenspeise jede einzelne Form gleichmäßig von unten nach oben ausfüllen konnte, bauten sie in die Gießrinnen Schieber ein, die sie erst öffnen würden, wenn die jeweils vorhergehende Glockenform vollends befüllt war. Zum Schluss kamen in die Rinnen glühende Kohlen, um den Lehm zu brennen und die Gießrinnen haltbar zu machen, aber auch um sie heiß zu halten, bis der Guss erfolgen würde.

So konnte schließlich nach vielen Monaten harter Arbeit an einem Donnerstagabend der längste Arbeitstag des Glockengießers beginnen und am Freitagnachmittag – in Erinnerung an die Todeszeit Jesu – der Guss erfolgen.

Catlin bereitete sich mit Gebeten vor, gedachte ihres Freundes Nigel, bat den Herrn um Nachsicht für ihre Sünden und die Verfehlungen all jener, die an den Glocken mitwirkten. Dann legte sie eine dicke Lederschürze um, streifte die Ärmel ihres Kleides hinunter und zog Handschuhe an, um sich vor größeren Verbrennungen zu schützen.

Es war ein aufregendes Unterfangen, denn Catlin stellte die Glockenspeise zum ersten Mal allein zusammen. Knapp acht Teile Kupfer brachte sie in den Schmelzofen ein und beobachtete, wie sie sich über dem Feuer aus Holz verflüssigten, dann fügte sie nach und nach gut zwei Teile Zinn hinzu. Wie viel genau, bestimmte die Erfahrung. Die Flammen aus dem Ofen schlugen zum Schornstein hinaus. Catlin hatte seit Tagen das Wetter beobachtet, denn tief hängende Wolken und große Feuchtigkeit hatten Einfluss auf den Guss und mussten bedacht werden.

»Rührt!«, befahl sie. Mit zwei kräftigen Ästen tauchten Randal und Corvinus das oben schwimmende Zinn in die Schmelze ein und vermischten es so mit dem Kupfer, dessen Flamme grün schimmerte und fauchte.

»Gießrinnen säubern!«, ordnete sie schließlich an, denn jeder Einschluss konnte die Klangqualität der Glocken mindern. Sogar Flint, der sich sonst kaum noch in der Werkstatt sehen ließ, hatte sich inzwischen zum Guss eingefunden. Doch statt zu helfen, stand er nur herum und spielte sich auf, während Corvinus, Randal und auch Eadric mit Schaufeln und Reisigbesen die Gießrinnen von den Kohleresten befreiten.

»Jetzt aber los!«, trieb Flint die Arbeitenden an. »Schlaft nicht ein, nun macht schon!«

»Flint, schöpf die Schlacke ab!«, rief Catlin ihm herrisch zu, den Blick immer wieder auf die flüssige Glockenspeise geheftet, um anhand ihrer Farbe die richtige Gießtemperatur einzuschätzen.

Erstaunlicherweise gehorchte er, ohne zu widersprechen, und zog mit einem flachen eisernen Schöpflöffel die heiße Schlacke ab, die oben auf der brodelnden Glockenspeise schwamm.

Als das glühende Gemisch endlich die richtige Farbe hatte, nahm Catlin eine Probe aus dem Ofen, goss in einer vorbereiteten Form einen Stab daraus, zerschlug ihn mit dem Hammer und prüfte die Bruchkanten. »Gleich ist es so weit!«

Alle waren aufs Äußerste gespannt. Die Hitze des Ofens brannte auf den Gesichtern, die Luft war zum Schneiden dick, voller Qualm und Rauch. Als Letztes wurden die Pfropfen aus den Windpfeifen und Zulaufkanälen entfernt, die verhindert hatten, dass die Form verschmutzt wurde, dann wurde es ernst.

Der Priester einer der Gemeinden, die eine Glocke bestellt hatten, hatte sich inzwischen ebenfalls eingefunden. Er sprach ein Gebet, bat den Herrn um seinen Segen, versprengte Weihwasser und sah Catlin erwartungsvoll an.

»Lasst uns mit dem Guss beginnen!«, rief sie, dachte an John und Nigel und betete selbst noch einmal stumm zum Herrn, er möge dem Guss seinen Segen erteilen. »Lasst's in Gottes Namen rinnen!«, rief sie laut und deutlich, dann nickte sie Randal zu, der am Ofen stand. »Stoß den Zapfen aus, Gott bewahr das Haus!«

Die Glockenspeise schoss aus dem Ofen, ergoss sich in die erste Rinne, leuchtend gelb und orangefarben glühend, erbarmungslos heiß. Mit Eisenstäben stießen sie in die heiße Bronze, damit keine Blasen in die Formen gelangten. Aus den Windpfeifen schossen brennende Gase wie Atem aus den Nüstern eines Drachen hervor.

Die Werkstatt war so aufgeheizt, dass alle schwitzten und achtgeben mussten, die Glockenspeise nicht mit dem kleinsten Tröpfchen Schweiß zu verunreinigen. Alle waren aufs Äußerste angespannt, aufmerksam und voller Angst, dass noch etwas misslingen könnte, bis auch die letzte Form zum Überlaufen gefüllt war. Nun hieß es abwarten.

Am Morgen des dritten Tages nach dem Guss entfernten Catlin und ihre Männer die ausgekühlten Bronzereste aus den Gussrinnen und hackten sie in ziegelsteingroße Stücke, die sie beim nächsten Guss wieder verwenden konnten. Dann mussten sie die gemauerten, gebrannten Rinnen abschlagen, um endlich am achten Tag mit dem Ausgraben der Glocken beginnen zu können.

»Hat einer von euch Flint gesehen?« Catlin brachte es nicht fertig, ihn Meister zu nennen, obwohl es sich vor Randal und Corvinus so gehört hätte. Doch Flint war seiner Aufgabe als Meister nicht gewachsen, übernahm keinerlei Verantwortung, überließ Catlin sowohl die Suche nach Aufträgen als auch den Einkauf der Werkstoffe sowie Aufbau, Planung und Durchführung des Gusses. Kurzum, Flint tat nichts. Erbost, weil er auch an diesem wichtigen Tag nicht in der Werkstatt erschien, machte sich Catlin auf die Suche nach ihm und entdeckte ihn schließlich im Hof mit einem Fremden.

»Einverstanden«, hörte sie Flint sagen, sah, wie er eine Handvoll Münzen erhielt und dem Mann die Zügel des Ponys überließ, das Alan ihr mitgegeben hatte.

Noch ehe Catlin begriff, was Flint getan hatte, war der Mann gegangen und hatte das Pferd mit sich geführt.

»Was bedeutet das?«, fragte Catlin außer sich und hatte Mühe, Luft zu holen. »Was ist mit dem Pony?«

»Was ist mit dem Pony?«, äffte Flint sie nach. »Was glaubst du wohl? Ich habe es verkauft. Es ist kein Geld mehr im Haus. Ich habe Schulden gemacht – soll ich mir etwa die Daumen abschneiden lassen?«

»Aber das Pferd gehört in die Schmiede!«

»Und die Schmiede gehört dir, also ist es auch dein Pony, und weil du mein Weib bist, ist mein, was dein ist.« Flint hob die Schultern. »Sieh zu, dass du mehr Aufträge bekommst und dich nicht wieder so im Preis drücken lässt!« Er musterte Catlin voller Herablassung. »Wir könnten in Saus und Braus leben, wenn du nur eintreiben würdest, was dir zusteht. Ich verzichte ganz sicher nicht auf mein wohlverdientes Bier und das eine oder andere Spielchen.«

Catlin sah ihn an wie einen Fremden. Was war aus dem anziehenden jungen Mann geworden, der sie einst verführt hatte? War sie zu blind gewesen, um sein wahres Wesen zu erkennen, oder hatte er seine Gesinnung nur gut zu verbergen gewusst? *Was dein ist, ist auch mein,* hatte er gesagt. Als Witwer würde ihm alles gehören, die Werkstatt und die Schmieden. Mit abwesendem Blick stand sie noch immer da wie angewurzelt, als Flint längst auf und davon war.

»Früher hat er wenigstens noch hart gearbeitet«, murrte Corvinus, legte ihr die Hände auf die Schultern und zog sie mit sich. »Komm, wir können anfangen.«

Zwei Tage lang schaufelten sie die Erde aus der Grube. Auch Catlin arbeitete, bis sie abends kaum noch die Arme heben konnte. Je härter die Arbeit, desto weniger Zeit blieb ihr, um nachzudenken, darum schuftete sie von früh bis spät. Am dritten Tag endlich konnten sie mit Hammer und Meißel die Glockenmäntel entzweischlagen, die Eisenringe herausnehmen, die sie für den nächsten Guss aufhoben, und schließlich das Äußere der Glocken säubern. Jeden Zoll untersuchten sie auf Einschlüsse und Risse. Catlin war unbeschreiblich erleichtert, als sie sah, dass alle Glocken vollkommen schienen. Nun mussten sie noch die Backsteine der Glockenkerne aus dem Innern der Glocken entfernen, bevor sie prüfen konnten, wie die Glocken klangen.

Catlin hatte es lange nicht wahrhaben wollen, doch sie erwartete aufs Neue ein Kind. Waren Aedwyna und Klein John noch Kinder der Liebe gewesen, so war dieses die Frucht von Gleichgültigkeit und Gewalt. Flint war nie mehr so zärtlich gewesen wie vor der Hochzeit. Zu betrunken war er meist und voller Wut, weil Catlin ihm nicht mehr Geld zum Verprassen gab. So ließ er seinen Unmut an ihr aus, sobald er im Spiel verlor oder aufgeben musste, weil ihm die Mittel fehlten.

Immerhin hatte Catlin neue Aufträge bekommen, denn die Glocken, die sie zum letzten Osterfest in der Werkstatt gegossen hatten, waren allesamt gelungen. So hatten sie gut zu tun. Die Glocke für Canterbury aber, die John so gern hatte fertigen wollen, ging ihr einfach nicht aus dem Sinn.

»Ich werde nach Canterbury reiten und bei Thomas nachfragen, ob der Auftrag für die geplante Glocke noch zu haben ist«, erklärte sie eines Abends beim Nachtmahl. »Durch die Wirrungen bei der Wahl des Erzbischofs ist der Auftrag vielleicht noch nicht erteilt worden, darum muss ich es wenigstens versuchen.« Sie trank einen Schluck. Seit einigen Wochen hatte sie zwei neue Helfer, Brüder aus Kent, die arbeitswillig waren, stark und zuverlässig. »In zwei Tagen werde ich aufbrechen.«

Seit Langem saß auch Flint wieder einmal mit am Tisch. »Lass bloß die Bälger nicht hier, sie sind bei der Arbeit nur im Weg, es könnte ihnen etwas zustoßen.« Aus Flints Mund klangen diese Worte nicht nach Besorgnis, sondern wie eine Drohung. »Und den Tauben nimmst du am besten auch gleich mit.«

Catlin sah ihren Ehemann ungläubig an, unfähig, etwas zu antworten. Aedwyna und Klein John waren seine Kinder, doch das schien ihm nichts zu bedeuten.

»Gewiss«, presste sie hervor, legte unter dem Tisch die Hand auf Corvinus' Knie, damit er nicht aufsprang und Flint an die Gurgel ging.

»Was ist das überhaupt für ein Fraß, den du mir hier vorsetzt? Hab ich als Meister nicht ein ordentliches Stück Fleisch verdient?«

Ein ganzes Huhn war in dem Eintopf mitgekocht worden, und allen anderen schien er zu schmecken. Catlin biss sich auf die Zunge und atmete erst auf, als Flint den Teller von sich geschoben hatte, aufgestanden und ohne ein weiteres Wort hinausgegangen war.

Am nächsten Tag schnürte Catlin ein Bündel mit allem, was sie und die Kinder während der Reise benötigten. Auch für Proviant hatte sie schon vorgesorgt. Einen geräucherten Schinken hatte sie noch in der Speisekammer hängen, dazu würde sie Brot und den kleinen Laib Käse mitnehmen, den sie in einem großen Tontopf aufbewahrte, damit er frisch blieb. Sie holte ihren Wollmantel aus der Truhe, bürstete ihn aus und hängte ihn an den Haken. Nachts wurde es manchmal recht kühl, obwohl die Tage noch angenehm warm waren. Für die Kinder hatte sie Decken vorgesehen. Zwei Pferde aus dem Mietstall mussten sie sich noch besorgen, schließlich hatte Flint das Pony verkauft. Während Eadric den kleinen John nehmen würde, gedachte Catlin, Aedwyna vor sich in den Sattel zu setzen. Unwillkürlich musste sie an ihre letzte Reise nach St. Edmundsbury denken. Mehr als ein Jahr war seitdem vergangen. Knightly hatte unterdessen einmal kurz vorbeigeschaut, sie und die Kinder geküsst und war wie ein Wirbelwind wieder auf davon gewesen. Grüße werde er in der Schmiede ausrichten, hatte er versprochen und ihr erzählt, dass Adam inzwischen mit seiner Schwester, ihrer Base, vermählt war und nun endgültig zur Familie gehörte. Catlin lächelte wehmütig. Auch Richard war kürzlich zu Besuch gekommen. Ein wenig länger als sein Bruder, aber ebenfalls in Eile. »Du siehst müde aus«, hatte er festgestellt, jedoch versprochen, Alan nichts davon zu sagen. Kein Grund also für Alan, sich Sorgen zu machen. Richard hatte ihm gewiss ausgerichtet, dass es dem Pony gut bei ihr ging, so wie sie es ihm aufgetragen hatte. Schließlich hatte es seinerzeit noch wohlbehütet in ihrem Hof gestanden. Alan würde nicht kommen, um es abzuholen. Catlin schluckte. Sie hätte es nicht ertragen, wenn Flint ihn von oben herab behandelt hätte. Und eine Schlägerei zwischen den beiden hätte sie auch kaum verhindern können, wenn Flint sich ihr gegenüber so aufgeführt hätte, wie es in letzter Zeit immer wieder vorkam. Niemals hätte Alan zugelassen, dass er sie anschrie, stieß oder gar schlug. Catlin spürte, dass ihr eine Träne über die Wange lief, und wischte sie rasch ab, als die Glocke der Werkstatttür ertönte.

»Meisterin!«, rief Randal.

»Ich komme!« Catlin fuhr sich noch einmal mit dem Ärmel über das Gesicht und zwang sich zu einem Lächeln, dann lief sie die Treppe hinab.

Ihr Blick verfinsterte sich, als sie eine junge Frau an der Tür stehen sah. Ihre Kleidung war aus feinem Stoff gefertigt. Die Tochter eines Kaufmannes, vermutete Catlin. Sie hatte die Hand in den Rücken gelegt, und ohne ein Wort wusste Catlin, dass sie guter Hoffnung war.

»Seid Ihr Flints Eheweib?« Die junge Frau, fast noch ein Kind, vermutlich kaum älter als vierzehn Jahre, schien besorgt.

Catlin nickte.

»Wo ist er?« Als Catlin nicht antwortete, sah sich die Besucherin um, als wolle sie verhindern, dass jemand zuhörte. »Ich bin gekommen, um ihn zu warnen. Ihr müsst ihm sagen, dass mein Vater ihm den Büttel auf den Hals hetzt. Er wird behaupten, dass er ihn bestohlen hat.«

»Bestohlen?« Catlin starrte die junge Frau ungläubig an. »Worum geht es, um Stoff oder Seife? Gewürze?« Catlins Stimme wurde laut vor Hohn. »Ich glaube kaum, dass sich Flint an so etwas vergreift.«

Die junge Frau schüttelte den Kopf. »Die Jungfräulichkeit hat er mir geraubt«, sagte sie leise und errötete. »Mein Vater kann mich nun nicht mehr vermählen, wie es geplant war. Er wird viel Geld fordern, um den Schaden wiedergutzumachen. Sehr viel Geld.«

Catlin keuchte laut auf und schüttelte verwirrt den Kopf.

»Ihr müsst bezahlen, oder er lässt Flint im Kerker verhungern, das hat er gesagt.«

Die dumme Gans scheint nicht einmal zu merken, mit wem sie spricht. Ich bin seine Frau und buckele mich krumm, während er saufen geht. Und nun soll ich auch noch Jungferngeld zahlen, dachte Catlin erbost, sagte jedoch kein Wort. Stattdessen nickte sie, als die junge Frau sie anflehte, ihn zu warnen.

»Gewiss doch«, erwiderte Catlin und schob die junge Frau mit dem sich rundenden Leib zur Tür hinaus. »Sorgt Euch nicht!« Mehr sagte Catlin nicht. Sie wollte nicht versprechen, was sie nicht halten konnte. Eine ganze Weile überlegte sie, was sie tun sollte. Hatte es Sinn, Flint anzuschreien? Ihm Vorwürfe zu machen? Ihn zu fragen, was geschehen war? Warum er sie nicht mehr begehrte, sondern nach anderen schaute? Catlin schüttelte entschieden den Kopf. *Dein Liebchen bringt dir Ärger ein,* hörte sie sich sagen. *Verschwinde von hier, und lass dich nie wieder blicken, denn ich werde nicht einen Penny zahlen.* Doch Flint war noch immer nicht aus der Schenke zurück, und die Worte spukten ihr nur im Kopf herum.

Erst tief in der Nacht wankte Flint ins Haus, stieg die Treppe zur Kammer herauf, fiel aufs Bett, schmutzig und stinkend, und schlief auf der Stelle ein. Schnarchend lag er noch am Morgen da, als Catlin aufstand. Sie sah ihn an und hob die Schultern. Vielleicht verhalf ihm ein Aufenthalt im Kerker zum Nachdenken, und womöglich begriff er am Ende gar, was er an Weib, Heim und Kindern hatte.

Ohne ein Wort zu Flint verließ sie mit Eadric und den Kindern die Gießerei.

»In einer Woche bin ich zurück«, sagte sie zu Corvinus, dachte an John, der mit annähernd den gleichen Worten gegangen und nie zurückgekehrt war. »So Gott will«, fügte sie darum hinzu. »Gib auf dich acht, und pass auf die Gießerei auf!«, bat sie ihn und hauchte ihm einen Kuss auf die Wange. Eadric und Klein John winkten, Aedwyna warf Corvinus einen Luftkuss zu.

Randal grinste von einem Ohr zum anderen. Kaum war die Meisterin aus dem Haus gewesen, hatte der Büttel gegen die Haustür geschlagen, war mit seinen Männern erst in die Werkstatt, dann ins obere Stockwerk gestürmt. Dort hatten sie Flint aus dem Bett gezerrt und mit kräftigen Schlägen rasch gefügig gemacht. Mit blutender Nase und besudeltem Hemd war er die Treppe hinuntergefallen. »Los!«, hatte ihn einer der beiden Bewaffneten zur Eile angetrieben, ihn erst zur Tür und dann auf die Straße hinausgestoßen. Nach einem Tritt in den Unterleib war er vor den Augen der Nachbarn zusammengebrochen. Jungfrauenschänder hatten sie ihn genannt und davongeschleift wie einen räudigen Hund. Randal hatte bestürzt und überrascht getan, dabei hatte er am Vortag sehr wohl vernommen, was das junge Ding der Meisterin erzählt hatte. Sie solle Flint warnen, doch das hatte sie nicht getan. Ob sie dem Flittchen nicht geglaubt hatte? Eine ganze Woche wäre sie mindestens fort, und so lange sähe Flints Ankläger kein Geld. Randal grinste zufrieden. Im Kerker würde man ihn übel zurichten.

Wenn die Meisterin den Auftrag für Cambridge mitbrachte, dann würden es schon bald die Spatzen von den Dächern pfeifen. Jeder würde wissen, wer die Glocke gegossen hatte. Wenn sie gut war oder gar großartig, würde man der Meisterin Aufträge im Überfluss erteilen. War sie jedoch nur mittelmäßig, misslang der Guss oder die Lieferung erfolgte nicht pünktlich, dann stand es schlecht um die Werkstatt. Ihr ganzes Wissen und ihre Kraft würde die Meisterin darum brauchen und dazu die Unterstützung aller ihrer Gießer. Randals Mund verzog sich zu einem Lächeln. Es fühlte sich gut an, am Schicksal der Werkstatt teilzuhaben, schließlich hatte er den Gedanken, sie zu übernehmen, noch längst nicht aufgegeben.

Alan war abgelenkt und fahrig bei der Arbeit.

»Was ist mit dir?«, erkundigte sich Duncan, als Alan vor dem Feuer stand und seelenruhig zusah, wie das Eisen verbrannte.

»Was?« Alan schreckte aus seinen Gedanken hoch, sah, dass das Eisen Funken versprühte, und holte es aus den Flammen.

»Du wirst doch nicht etwa krank?« Duncan sah ihn fragend an.

Alan schüttelte unwillig den Kopf.

»Kummer mit der Schmiede? Geht es um Geld?« Die Auftragslage in den letzten Jahren war stets bestens gewesen, doch manche Kunden nahmen es mit dem Bezahlen nicht so ernst und erwarteten oft jahrelange Stundung, wohl in der Hoffnung, ihre Schulden könnten in Vergessenheit geraten.

»Geld? Nein.« Alan hämmert auf das Werkstück ein, das inzwischen keine Funken mehr versprühte. »Ist nur so ein merkwürdiges Gefühl«, versuchte er zu erklären.

Er mochte Duncan. Winnies Mann war immer ehrlich zu ihm gewesen, ein guter, fleißiger Schmied, auf den er sich verlassen konnte. Alan hatte Mühe zu atmen. »Als ob etwas geschehen könnte ...«, fuhr er düster fort.

»Hier? In der Schmiede?« Furcht schwang in Duncans Stimme mit. Obwohl er groß und stark war, hatte er die Hilflosigkeit nicht vergessen, die er empfunden hatte, als die Schmiede überfallen und Winnie Gewalt angetan worden war. Gegen eine Überzahl Bewaffneter konnte auch ein kräftiger Schmied nicht viel ausrichten, das hatte er bitter erfahren müssen.

»Nein!« Alan sah ihm unverwandt in die Augen, damit Duncan nicht glaubte, er verberge etwas vor ihm. »Mit Catlin.« Er senkte den Blick. »Ich habe geträumt, dass sie in Gefahr ist. Der Sensenmann schlich um ihr Haus«, erklärte er.

»Du magst sie sehr, nicht wahr?«

»Hm.«

»Ich erkenne es an deinen Augen.«

»Sie ist verheiratet – andernfalls wäre ich längst in London und würde mich davon überzeugen, dass es ihr gut geht. Doch es ist nicht meine Aufgabe, mich um ihr Wohlergehen zu kümmern.«

Als Duncan schwieg, geriet Alan noch mehr ins Grübeln, als wenn jener erklärt hätte, es sei sehr wohl seine Aufgabe, nach Catlin zu sehen. Es gab vielerlei Gründe, nicht loszureiten. Nun aber dachte er darüber nach, was doch für eine Abreise sprach. Ein Traum? Ein Hirngespinst? Angst? Entschlossen schob er alle Befürchtungen von sich und vertiefte sich in seine Arbeit.

In der Mittagszeit, als Elfreda zum Essen rief, waren im Hof plötzlich Reiter zu hören. Alan runzelte die Stirn. Er hatte genug für Monate zu tun und wenig Lust, vor dem Mahl noch einen Kunden zu bedienen. Aber auch er konnte es sich kaum leisten, einen möglichen Auftraggeber fortzuschicken. Ein schlechter Ruf verbreitete sich um ein Vielfaches schneller als ein guter, und wer einen Adligen verärgerte, lief rasch Gefahr, sich übler Nachrede auszusetzen. Also atmete Alan tief durch, setzte ein freundliches Gesicht auf und trat aus der Werkstatt.

»Richard!« Er breitete die Arme aus und empfing Catlins Vetter voller Freude. »Ein wunderbarer Vogel!«, lobte er den Falken auf Richards Hand. In den vergangenen Jahren waren sie zu Freunden geworden, darum sah Richard in der Schmiede vorbei, wann immer es ihm möglich war. Obwohl sein Onkel nicht mehr lebte und auch sonst kein Verwandter im Ort ansässig war, schien er sich in der Schmiede stets wohlzufühlen. »Elfreda hat gerade zum Essen gerufen. Gib zu, der Duft ist dir schon von Weitem in die Nase gestiegen!« Er klopfte dem Ritter auf die Schulter. »Komm, iss einen Bissen mit uns!«

Richard ließ sich nicht lange bitten. »Warte einen Augenblick, ich komme.« Er machte sich kurz an seinem Sattel zu schaffen, dann schloss er sich Alan an. Elfredas Kochkünste hatten ihn längst erobert. Sie koche besser als die königlichen Küchenmeister, behauptete er gern, denn alles war kräftig gewürzt mit wilden Kräutern, die sie im Wald sammelte. Vor allem aber waren ihre Speisen mit Liebe zubereitet und wurden in fröhlicher Gesellschaft nur noch schmackhafter, so betonte er stets.

»Ich komme nicht mit leeren Händen, wie du siehst, ich war beizen.« Lachend hielt er zwei wohlgenährte Enten und einen schönen Fasan in die Höhe. »Die Enten solltet ihr zuerst essen«, sagte er und setzte seinen

Falken auf einem dafür vorgesehenen Holzklotz ab, der auf dem Boden neben dem Esstisch stand.

Elfreda lachte. »Fasan muss lange hängen. Ja, glaubt der hohe Herr etwa, ich weiß das nicht?«, scherzte sie, nahm ihm die Vögel ab und dankte ihm. »Alan liebt Entenfleisch.« Sie lächelte.

»Ja, glaubt denn die gute Elfreda, ich weiß das nicht?«, feixte Richard, legte Alan einen Arm um die Schultern und klopfte ihm auf den Rücken. Auch Winnie begrüßte er aufs Herzlichste. Seit dem Überfall war er für sie ein Held, darum errötete sie stets, wenn er sie umarmte. Ihren Kindern fuhr er über das Haar, und auch Duncan begrüßte er wie ein Familienmitglied, obwohl sie keineswegs verwandt waren.

»Setz dich!«, forderte Alan ihn auf, deutete auf den Ehrenplatz an der Stirnseite des Tisches und lachte, als Richard ihn mit gerunzelter Stirn ansah und sich zu den Schmieden und ihren Helfern auf die Bank setzte, als wäre er einer von ihnen. Es war ein Spielchen zwischen ihnen und sollte Richard jedes Mal aufs Neue beweisen, wie sehr er hier willkommen war.

»Was gibt es Neues?« Alan reichte Richard einen Becher Ale und hob den seinen. »Zum Wohl, mein Freund!« Richard leerte ihn in einem Zug und ließ sich nachgießen.

»Ich bin vor zwei Tagen aus London gekommen«, hob er an und nickte zum Dank, als Elfreda ihm ein Stück Brot reichte, mit dem er die Soße des Schmorfleischgerichtes auftunken sollte, das sie ihm vorsetzte.

»Hast du Catlin gesehen? Geht es ihr gut?« Alan hoffte zu erfahren, dass seine Träume aus der Luft gegriffen waren, doch Richard schüttelte den Kopf.

»Sie war nicht da.« Er nahm einen Löffel Fleisch mit

Soße und lobte Elfreda mit vollem Mund. »Grofartig!« Er kaute, schob ein Stück Brot hinterher und stöhnte vor Wonne.

»Wo ist sie? Nun sag schon!«

»Auf dem Weg nach Cambridge, wie Corvinus erklärte.«

»Er hat sie allein reisen lassen? Auf ebenjenem Weg, auf dem John überfallen und getötet wurde?« Alan riss die Augen auf.

»Nein, sie ist nicht allein. Eadric ist bei ihr. Auch die Kinder hat sie mitgenommen, wollte sie wohl nicht bei Flint zurücklassen«, erklärte Richard. »Sie konnte ja nicht ahnen, dass ihr feiner Gemahl im Kerker landen würde.« Er brach ein Stück Brot ab. »Sie war schon fort, als der Büttel kam.«

Alan konnte nicht anders, als Genugtuung zu empfinden, dass man dem Kerl endlich eine Lektion erteilte. »Was wird ihm vorgeworfen?«, erkundigte er sich und war sicher, dass Flint zu Recht ins Gefängnis gekommen war.

»Er wird der Notzucht mit der Tochter eines Kaufmannes bezichtigt. Sie war versprochen und noch keine vierzehn. Der Schuft hat sie in Schwierigkeiten gebracht. Dafür wird er zahlen müssen.«

Alan nickte. Nach allem, was er aus Catlins wenigen Worten, den blauen Flecken und ihren traurigen Augen herausgelesen hatte, wunderte ihn nicht, dass Flint sich mit anderen Frauen einließ. Er kannte ihn nicht, doch allein der Umstand, dass er Catlins Gemahl war und ihr das Herz brach, reichte aus, um ihn zutiefst zu verabscheuen. Dass Flint so dumm war, sich bei seinen Abenteuern nicht auf Dirnen und andere liederliche Frauenzimmer zu beschränken, sondern sich ausgerechnet an einer Jungfrau aus gutem Haus verging, bewies nur, wie überzeugt er von sich selbst war. Alan schüttelte ungläubig den Kopf. Offenbar wusste Flint nur allzu gut, wie man einer Frau den Hof machte. Anders war auch nicht zu erklären, warum Catlin ausgerechnet auf einen Schurken wie ihn hereingefallen war.

»Catlin!« Thomas begegnete ihr freudig, wenn auch weniger herzlich, als sie gehofft hatte. Ob es daran lag, dass sie nicht allein waren? In dem Raum, in dem er sie empfing, wandelten noch andere Geistliche. Manche beobachteten die fremde Frau, die von ihrem Mitbruder empfangen wurde, andere waren ins Gespräch vertieft und warfen nur hin und wieder einen Blick herüber.

Catlin machte also einen Knicks, wie es sich gehörte. »Ehrwürdiger Bruder Thomas«, sprach sie ihn artig an und senkte demütig das Haupt, »John hat dir bei eurem letzten Gespräch erklärt, wonach wir streben«, begann sie mit gedämpfter Stimme. »Nach einem mächtigen, tiefen Ton, berührend wie die Stimme eines Vaters. Nach einem Klang, so eindringlich und schön, dass er keinen Menschen kaltlässt und die Gläubigen in Scharen in die Kirche ruft. Die Größe des Allmächtigen soll diese Glocke loben und die Menschen Demut lehren. Auf dass sie begreifen, dass sie Teil eines größeren Ganzen sind, dem sie sich fügen müssen.«

Thomas lächelte mild. »Ich bin sicher, John hätte den Auftrag bekommen, wäre er nicht … wäre er nicht aufgehalten worden.« Er senkte den Blick. »Dein Verlust dauert mich zutiefst.«

Catlin nickte. »Ich will diese Glocke so sehr, weil sie Johns Lebenswerk gewesen wäre. Bitte, hilf mir, damit ich sie vollenden kann!«

Thomas nickte wohlwollend. »Gut, dass du gekommen bist«, raunte er ihr zu. »Vor wenigen Tagen erst erhielten wir die Nachricht, dass der Papst auch den letzten von uns gewählten Erzbischof nicht zu bestätigen gedenkt.« Thomas schnaubte empört. »Seit dem Tod von Erzbischof Langton, Gott hab ihn selig, ist diesem Amt jede Beständigkeit abhandengekommen. Erzbischof Richard, der Herr sei seiner Seele gnädig« – er bekreuzigte sich zweimal –, »war nicht lange unser geistiger Führer, und meine Brüder sind es leid, Figuren im päpstlichen Spiel um Macht und Einfluss zu sein. Sie streben nach Sicherheit und sehnen sich nach einem Oberhaupt, das ihr Vertrauen besitzt«, erklärte er kopfschüttelnd. »Die Glocke fertigen zu lassen, die Langton seinerzeit vorgesehen hatte, wäre gewiss gerade jetzt ein gutes Zeichen. Für meine Mitbrüder ebenso wie für die Gläubigen, die unseren Beistand suchen. Ein Zeichen des Glaubens und der Hoffnung.« Er lächelte Catlin an. »Ich werde sehen, was ich tun kann. Komm morgen nach dem Mittagsgebet wieder!«

Catlin dankte ihm und verabschiedete sich. Es machte sie traurig, dass es ihr nicht vergönnt gewesen war, ein wenig mit Thomas zu plaudern. Über die Vergangenheit und was aus seiner Familie geworden war, aber sein Amt verbot ihm solche weltlichen Gespräche. Zumindest hier in Canterbury. Die neugierigen Blicke einiger Mönche brannten ihr im Rücken. Thomas würde ihnen schon bald alle Fragen beantworten, ihnen erklären, warum sie ihn aufgesucht hatte, woher er sie kannte und wer ihr Gemahl gewesen war. Ob er die richtigen

Worte fand und sie überzeugen konnte, dass ausgerechnet eine Frau eine ganz besondere Glocke für ihre Kathedrale zu gießen vermochte? Eine Witwe und Mutter von zwei, bald drei Kindern, wiederverheiratet mit einem Taugenichts. Sie rang nach Atem. Thomas wusste nicht viel über Flint, hatte er ihn doch nur einmal kurz zu Gesicht bekommen. Catlin hatte lediglich beiläufig erwähnt, dass sie nun mit ihm verheiratet war, und ihn so wissen lassen, dass die Gießerei wieder einen Meister hatte, wenngleich nicht dieser, sondern sie sich um den Auftrag für die neue Glocke bemühte.

Eadric erwartete sie mit großen Augen, Aedwyna an der einen, den kleinen John an der anderen Hand.

»Ich soll morgen noch einmal zu ihm kommen«, gab Catlin ihm zu verstehen. Ringsum wimmelte es von Menschen. Einige liefen wie Ameisen umher, geschäftig und mit einem klaren Ziel vor Augen. Die meisten jedoch waren Pilger, die unschlüssig herumschlenderten und sich umblickten, suchend und ein wenig ratlos zuweilen, meist jedoch wartend. Wegen der großen Scharen von Pilgern in der Stadt gab es überall Garküchen und Gasthäuser. Für jeden Geldbeutel wurde hier geboten, was die Pilger brauchen konnten, denn Arme, Reiche, Frauen, Männer und sogar Kinder belagerten Canterbury und seine Kathedrale gleichermaßen. Seit Thomas Beckets Heiligsprechung hatten die Mönche ihr Gotteshaus kaum noch in Ruhe zu Messen und Gebeten nutzen können, so viele Pilger waren stets gekommen, um am Grab des Heiligen niederzuknien. Um die Pilger zufriedenzustellen und gleichzeitig wieder Herren über die Kathedrale zu sein, hatten die Mönche beschlossen, eine Kapelle zu bauen, die den Schrein des heiligen Thomas beherbergen sollte. Die Bauarbeiten waren schon vor Jahren beendet worden, und so harrten die Pilger nun in einer langen Schlange vor dieser Kapelle aus. »Ich will noch am Schrein des heiligen Thomas beten«, sagte Catlin und warf einen kurzen Blick auf die Wartenden. Sie sprach die Worte leise, aber deutlich.

Eadric verstand und nickte. »Beten«, bestätigte er mit den Händen.

»Beten, dass wir den Auftrag bekommen.« Catlin lächelte ihm aufmunternd zu. »Komm!« Sie nahm Klein John an die Hand und winkte, damit Eadric ihr mit Aedwyna folgte.

Obwohl sie nicht wusste, ob sie noch eingelassen würden, reihten sie sich in die Schlange der Gläubigen ein. Sie hatten Glück und waren die Letzten, die Zutritt zur Kapelle bekamen. Alle, die nach ihnen in der Schlange standen, wurden auf den nächsten Tag vertröstet. Nach dem Gebet zum heiligen Thomas, das Catlin neue Zuversicht geschenkt hatte, und einer alles andere als wohlfeilen Mahlzeit, die noch dazu wenig schmackhaft gewesen war, legten sie sich in einer der Pilgerherbergen zum Schlafen nieder. Mehr als dreißig Menschen waren in einen winzigen, kaum belüfteten Raum zusammengepfercht, schnarchten, husteten, schreckten aus bewegten Träumen hoch und stanken, sodass Catlin kaum Schlaf fand. Sie kuschelte sich an Aedwyna, sog den weichen Duft der Kinderhaare ein und schloss die Augen. Irgendwann nickte sie schließlich ein. Schlecht erholt erwachte sie am frühen Morgen, als sich die anderen bereits von ihren Lagern erhoben. Nach dem Mittagsgebet solle sie wiederkommen, hatte Thomas gesagt, sie musste sich also noch ein wenig gedulden. Catlin weckte die Kinder mit einem Kuss, rüttelte Eadric wach, der von dem Aufruhr in dem kleinen Raum ebenso wenig mitbekommen hatte wie die Kleinen, und stand auf.

Nach einem warmen Morgenmahl, das sie in einem der Wirtshäuser der Stadt einnahmen, wanderten sie durch die Stadt, betrachteten die Auslagen der Händler, verglichen die Pilgerabzeichen, die es an unterschiedlichen Ständen zu kaufen gab, erwarben zwei davon und beobachteten die fahrenden Gaukler und Musikanten, die für ein paar Münzen, die ihnen die Schaulustigen zuwarfen, die Menge unterhielten. Klein John konnte schon nach wenigen Schritten nicht mehr laufen und musste getragen werden. Eadric übernahm das, und als Catlin widersprechen wollte, deutete er auf ihren Leib. Er wusste offenbar, was sie bisher nur Flint gesagt hatte. Ergeben und zugleich dankbar für seine Aufmerksamkeit überließ sie ihm ihren Sohn und nahm dafür ihre Tochter an die Hand.

»Sieh mal, Mummy, der Mann hat einen Falken wie Onkel Richard!«, rief Aedwyna und deutete auf einen gut gekleideten Mann, einen Adligen vermutlich oder einen wohlhabenden Kaufmann. »Nicht doch!«, ermahnte Catlin das Kind, legte die Hand auf ihren ausgestreckten Zeigefinger und tadelte sie kopfschüttelnd. »Man zeigt nicht mit dem Finger auf Fremde«, sagte sie. Plötzlich schweiften ihre Gedanken ab, nach London, zu Flint und der Kaufmannstochter, die er in Schwierigkeiten gebracht hatte. Das Mädchen hätte sie dauern müssen. Vermutlich hatte Flint sich zuvorkommend gegeben, um sie zu verführen, und ihr verschwiegen, dass er verheiratet war. Doch wiewohl sie ein unerfahrenes Ding sein mochte, das auf ihn hereingefallen war, so wie

Catlin auch, damals im Sommer, als er die Arbeit in der Werkstatt aufgenommen hatte und John wieder einmal verschwunden war, so war sie offenbar doch klug genug gewesen und hatte herausgefunden, wo er wohnte. Noch dazu war sie so vorwitzig gewesen, ihn durch sein Weib warnen zu wollen. Darum bedurfte sie wohl des Mitleides nicht.

Meister rührt sich und Geselle
In der Freiheit heilgem Schutz

Friedrich Schiller, Das Lied von der Glocke

London, im Herbst 1232

»Wir sind wieder da!« Catlin hörte, dass in der Werkstatt gearbeitet wurde, und rief nach Corvinus.

»Catlin!« Er stürmte herbei, umarmte sie, begrüßte Eadric und die Kinder. »Ich bin so froh, dass ihr wohlauf seid. Ich war ständig in Sorge um euch«, gab er erleichtert zu. »Wo sind eure Pferde?« Er warf einen fragenden Blick auf die Straße und sah sich um.

»Wir haben sie bereits im Mietstall zurückgegeben.« Catlin hielt es nicht mehr aus. »Wir haben den Auftrag für die Glocke!«, platzte sie heraus. Eigentlich hatte sie Corvinus ein wenig auf die Folter spannen wollen, doch sie war zu glücklich, um die freudige Botschaft nicht umgehend zu verkünden.

»Oh, das ist großartig!« Corvinus' Worte drückten Freude aus, doch sein Gesichtsausdruck schien etwas anderes zu sagen.

»Was ist, Corvinus?«, fragte Catlin misstrauisch. »Du verheimlichst mir doch etwas.« Sie wandte sich um, doch alles schien wie immer. »Hat Randal etwa gekündigt?« Er war ein guter Glockengießer, sie brauchte ihn, um den Auftrag auszuführen. Im kommenden Frühjahr sollte die Glocke bereits fertig sein. Wir müssen überlegen, wie wir sie nach Canterbury schaffen, dachte sie und geriet schon wieder ins Grübeln.

»Nein«, erwiderte Corvinus.

»Nein?«

»Randal hat nicht gekündigt.«

»Also was ist dann? Ich sehe dir doch an, dass etwas nicht stimmt.«

»Flint …«

»Liegt er wieder besoffen in der Kammer?« Catlin spürte Zorn in sich aufsteigen.

»Der Büttel hat ihn geholt.«

Catlin fiel die junge Frau wieder ein. Sie hatte also die Wahrheit gesprochen. Ihr Vater musste vor Zorn außer sich sein. Catlin dachte an Nigel. Er hatte im Kerker schwer gelitten. Geschieht Flint recht, wenn er ein paar Tage hungern muss, dachte sie mit einem Hauch von Genugtuung und hob die Schultern. »Ich werde mich morgen nach ihm erkundigen.« Sie beugte sich zu Aedwyna hinunter und gab ihr einen Kuss auf den Scheitel. »Die Kinder sind todmüde und hungrig.«

»Ich hole etwas zu essen!«, sagte Corvinus und kramte einige Münzen aus dem Topf.

»Nicht doch, ich erledige das! Hilf du der Meisterin!«, rief Randal und begrüßte Catlin mit einem Nicken. »Willkommen zurück!« Er ließ sich das Geld geben und verschwand.

Bei Tisch erzählte Catlin von ihrer Reise und den Unterredungen mit Thomas. »Er hat sich ernsthaft für mich eingesetzt, ohne ihn hätte ich den Auftrag niemals bekommen«, schloss sie. »Das Fleisch war köstlich, Randal. Wo hast du es gekauft?«, fragte sie den Gesellen mit einem freundlichen Lächeln.

»Nicht weit von hier wurde eine neue Garküche eröffnet. Ist erst wenige Tage her, aber die Leute stehen schon Schlange.«

»Wir sollten öfter dort kaufen«, sagte Catlin, wischte Klein John den Mund ab und küsste ihn auf die Wange. »Du schläfst ja im Sitzen ein«, bedauerte sie ihn. »Komm, Aedwyna! Zeit, ins Bett zu gehen«, forderte sie ihre Tochter auf. »Sag gute Nacht!« Die Kinder gaben Eadric und Corvinus einen Kuss, und auch Randal hielt ihnen die Wange hin. Catlin lächelte, nahm ihre Kinder bei der Hand und brachte sie hinauf in die Kammer.

»Anfangs wollten sie mich nicht zu ihm lassen, kein Wunder!« Catlin konnte noch immer nicht fassen, was geschehen war. »Ich bin sein Weib, habe ich gesagt. Wenn ich zahlen soll, was der Kaufmann verlangt, müsst ihr mich erst zu meinem Gemahl bringen.« Sie war kurz vor dem Mittagsläuten vom Gefängnis zurückgekehrt, strich sich mit zitternden Händen eine Haarsträhne aus dem Gesicht und berichtete, wie es ihr bei ihrem Besuch im Kerker ergangen war. »Der Wächter hat gemurrt und gemeint, mir werde nicht gefallen, was ich zu sehen bekäme, erst dann hat man mich zu ihm gebracht. Ihr könnt euch nicht vorstellen, was sie ihm angetan haben!« Catlin sah weder Randal noch Corvinus oder Eadric an, sie hatte Mühe, die Fassung zu bewahren, und rieb den rechten Daumen so heftig mit der Linken, dass er schon ganz rot war. »Sein Gesicht war so zugeschwollen, dass ich ihn nicht erkannte. Meinen eigenen Gemahl! Er war halb nackt, sein Leib blau von den Tritten, die sie ihm verpasst hatten. ›Ca'in?‹, hat er gesagt. Er konnte kaum sprechen, so aufgeplatzt und dick waren seine Lippen. Ich habe ihn nur an der Stimme erkannt.« Sie schüttelte ungläubig den Kopf. »›Schweine sind das‹, hat er gesagt, kein Wort des Bedauerns, keine Entschuldigung. Und zu allem Übel hat er noch so viele Schulden gemacht …« Catlin seufzte tief. »Eine Unsumme … und er kommt erst frei, wenn wir alles bis auf den letzten Penny bezahlt haben. Die Schulden und die Summe, die der Kaufmann für die Ehre seiner Tochter fordert.« Catlin rang nach Atem. »Das Schlimmste ist, dass er gewiss so weitermacht wie bisher, sobald er wieder frei ist.«

Erstaunlicherweise war es Eadric, der ihre Hand nahm und sie sanft streichelte, um sie zu trösten. Er konnte nicht viel von ihrer Erzählung verstanden haben, doch er hatte bemerkt, wie aufgewühlt sie war.

»Alle unsere Ersparnisse werde ich zum Sheriff tragen müssen, damit man Flint freilässt«, murrte Catlin, dabei hatte er es nicht im Geringsten verdient, aus seiner misslichen Lage befreit zu werden. »Einige Tage lasse ich ihn noch schmoren«, murmelte sie mit einer Härte in der Stimme, die sie selbst erstaunte. »Ich erwarte sein drittes Kind.« Catlin schlug die Hände vors Gesicht. »Doch das ist ihm gleich.« Sie weinte. »Womit habe ich das verdient, Herr?«

Corvinus sprang vom Tisch auf und rannte in die Werkstatt. Catlin kannte ihn gut genug, um zu wissen, dass ihn seine Machtlosigkeit wütend machte und es ihm half, den Zorn mit Arbeit zu bekämpfen.

Als sie drei Tage später zum Sheriff kam, strich der das Geld ein, ohne eine Miene zu verziehen, übergab den Beutel mit den Münzen einem seiner Soldaten und teilte Catlin teilnahmslos mit, dass Flint im Kerker gestorben sei.

»Er ist tot?« Catlin drückte die Hände in den Rücken und verzog das Gesicht vor Schmerz. »Ich habe für einen Toten bezahlt?« Ihre Stimme drohte sich zu überschlagen. »Ich habe seine Spielschulden und für den Leumund des Mädchens bezahlt, das er entehrt hat. Ich habe zwei Kinder, bald drei, und nun sagt Ihr mir, dass ich zu spät komme? Dass er noch leben würde, wäre ich nur zwei Tage früher bei Euch gewesen, um zu bezahlen?« Catlin spürte, dass ihr schwarz vor Augen wurde. Sie hatte Flint bestrafen und ihn noch etwas leiden lassen wollen, doch mit seinem Tod hatte sie nicht gerechnet.

Wie betäubt kehrte sie in die Gießerei zurück. Allein. Ohne Flint und ohne Erklärung dafür. Niemand fragte nach seinem Verbleib, keiner sah sie forschend an. Alle taten so, als wäre nichts geschehen. Gewiss ahnten sie, dass Flint nicht mehr war, doch niemand verlor ein Wort darüber.

Alan schreckte aus dem Schlaf hoch, verschwitzt und verwirrt. Er hatte schon wieder so düster geträumt. Sein Herz klopfte und holperte wie toll. Der Sensenmann war abermals umgegangen, hatte alle in Angst und Schrecken versetzt und schließlich an Catlins Tür geklopft. Alan war noch nie dort gewesen. Weder in der Gießerei noch in London. Trotzdem war er sicher, dass es ihr Haus war. Richard hatte ihm genau erklärt, wo sich die Werkstatt befand und wie sie aussah. In seinem Traum allerdings ähnelte Catlins Haus mehr einer Festung als einer Gießerei. Alan wischte sich den Schweiß von der Stirn. Es war zu früh, um aufzustehen. Mondlicht fiel noch durch die Ritzen des Fensterladens. Er setzte sich auf. Sein Hemd war nass und klebte ihm kalt am Rücken, vom Hals bis zu den Lenden. Er zog es aus, legte sich wieder hin und deckte sich zu, denn nun fror er. Alan dachte an Catlin, stellte sich ihr Gesicht vor und schlief darüber ein. Wieder träumte er. Nicht vom Sensenmann diesmal, sondern von Catlin. Sie streckte stumm die Hand nach ihm aus und sah ihn flehentlich an, ganz so, als benötige sie Hilfe. Als Alan erneut erwachte, war er krank vor Sorge. Irgendetwas musste er tun! Er zog sich an und dachte nach. Seit Tagen schon kam er kaum zur Ruhe, und mehr als einmal hatte er beschlossen, nach London aufzubrechen, doch immer wieder hatte er sich besonnen. Wer war er schon? Weder ihr Liebhaber noch ihr Vetter oder Bruder, nur ein zurückgewiesener Sohn des Freundes ihres Vaters. Er schüttelte den Kopf. Er hatte kein Recht, sich in ihre Angelegenheiten einzumischen. Du musst sie endlich vergessen, sagte er sich. Sie ist vergeben. Verheiratet. Wenngleich gewiss nicht glücklich. Und dass ihr Gemahl in den Kerker gekommen ist, hat er nicht anders verdient.

»Du musst etwas essen«, sagte Elfreda bekümmert und riss ihn aus seinen Gedanken. »Du bist blass und hast Schatten unter den Augen.« Sie legte ihm einen Arm um die Schultern. »Du hättest ihr längst sagen sollen, wie du zu ihr stehst.«

»Und welchen Sinn hätte das gehabt?« Sein Kopf schnellte hoch. »Vermutlich wäre sie nie wieder hergekommen, das wäre alles gewesen, was ich davon gehabt hätte.« Alan stocherte in seinem Haferbrei herum, schob die kaum angerührte Schüssel von sich, stand auf und ging über den Hof zur Schmiede. Er durfte nicht ständig an Catlin denken. Es schmerzte zu sehr. Er hatte ihr doch nichts zu bieten. Nicht einmal die Schmiede gehörte ihm, wenngleich dies nicht das größte Hindernis war. Er war Schmied und kein Glockengießer – das war das Problem. Von Anfang an. Dabei hätte sie sicher auch in der Umgebung der Schmiede genug Aufträge bekommen. Bei dem Gedanken lächelte er unwillkürlich und erstarrte innerlich, als er sich dabei ertappte. Catlin ist nicht frei, und sie liebt dich nicht, ermahnte er sich und nahm sich vor, sich nicht wieder zu derlei Tagträumereien hinreißen zu lassen.

»Langsam!«, rief Duncan plötzlich. »Du schlägst viel zu schnell!«

»Was?« Alan sah erstaunt auf. »Ach so … ja, zu schnell … sicher.« Er heftete den Blick wieder auf das Werkstück. »Ich reite nach London«, sagte er plötzlich in den Lärm der Schmiede hinein. »Schon in den nächsten Tagen.«

»Nach London?« Duncan hob den Kopf. »Wegen Catlin.« Er nickte verstehend.

Alan antwortete nicht. War es wirklich Catlins wegen? Oder ging es nicht viel eher um ihn? Um seine Sehnsucht nach ihr? Um das Verlangen, sie die Seine nennen zu können oder sie für immer zu vergessen? Vielleicht gelang es ihm ja, sie aus seinem Herzen zu verbannen, wenn er sie daheim erlebte, in ihrer Werkstatt. Dort würde Flint, der vermutlich längst freigekommen war, an ihrer Seite arbeiten, Eadric, Corvinus und die Kinder um sie herum. *Du machst dir etwas vor,* sagte eine dünne Fistelstimme in seinem Kopf. *Du machst dir etwas vor.*

Randal dankte dem Herrn für seine Güte. Alle seine Gebete hatte der Allmächtige erhört, nun lag es nur noch an ihm, die Lösung für das Ende zu finden. Die Werkstatt war zum Greifen nahe. Randal hatte lange überlegt, ob er noch warten sollte, doch das Leben war kurz, wie er bei John und Flint gesehen hatte, und konnte schneller zu Ende sein als erwartet. Welchen Sinn hatte es also, übermäßig viel Zeit verstreichen zu lassen? Der Auftrag für Canterbury war die richtige Gelegenheit. Die Meisterin brauchte ihn. Er würde ihr zeigen, dass er nicht nur ein Glockengießer war, sondern auch ein Mann. Flint hatte sein Weib ohne Grund geschlagen und seine Kinder vernachlässigt. Randal hätte das niemals getan.

»Vergib mir mein Vorhaben, Merilda!«, flüsterte er in die Dunkelheit der Stube hinein. »Ich muss es tun. Für die Kinder«, rechtfertigte er sein Vorhaben, wohl wissend, dass es keiner Erklärung bedurfte. Merilda hatte ihn immer verstanden, hatte nie an ihm oder seinen Entscheidungen gezweifelt. Randal wurde das Herz schwer, wenn er an sie dachte. Niemals würde eine andere Frau sie ersetzen können. Sie hatte seinem Leben einen Sinn gegeben, hatte ihn geliebt und war für ihn da gewesen, als er sich mutterseelenallein gefühlt hatte. Er jedoch hatte ihr in der Stunde ihrer Not nicht beigestanden, hatte ihr nicht die Hand gehalten, als der Herr sie zu sich gerufen hatte. Es fiel ihm schwer, mit dieser Last zu leben. Er liebte seine Kinder, weil sie ihn brauchten, so wie er Merilda gebraucht hatte und sie ihn. Doch ohne sein Weib war er ein trauriger Vater, der den Söhnen außer Nahrung und einem Dach über dem Kopf nicht viel zu bieten hatte. Zumindest aber für ihre Ausbildung wollte er sorgen – und mit der Werkstatt auch für ihre Zukunft. Merilda sollte stolz auf ihn sein, wenn sie sich dereinst im Jenseits wiedersahen.

Flint hatte weder die Meisterin noch das Heim zu

schätzen gewusst, das sie ihm gegeben hatte. Er hatte den Meister und das Geheimnis seiner Glockenrippe aus purer Gier verraten, und sein Weib betrogen, darum verdiente er das Fegefeuer, in dem er nun gewiss furchtbarste Qualen litt. Randal stand auf und zog sich an. Er wusste, dass sein Plan die einzige Möglichkeit war, ans Ziel zu gelangen. Hätte er eine Wahl gehabt, so wäre dieser Weg nicht der seine gewesen. Er hatte doch stets nur im Sinn gehabt, Merilda die Werkstatt ihres Vaters zurückzugeben und seinem Traum näherzukommen, eines Tages in die Fußstapfen seines Meisters zu treten. Er mochte die Meisterin. Sie war ein guter Mensch, doch das änderte nichts.

Die Sonne ging auf. Schweren Herzens machte sich Randal auf den Weg zur Glockengießerei, Hammer und Meißel am Gürtel, mit dem Herzen eines Löwen und doch verzagt. Entschlossen durchschritt er die taufeuchten Gassen, wich dem Inhalt der Nachttöpfe aus, die einige in alter Gewohnheit auf die Straße leerten, obwohl es verboten war und Urinsammler tagsüber die Stadt durchstreiften. Seines ganzen Mutes bedurfte es, zu tun, was er an diesem Tag vorhatte. Der Magen brannte ihm, als er die Tür zur Glockengießerei aufstieß, und das Blut schoss ihm durch die Adern, pochte ihm im Kopf und in der Brust.

»Was an kleineren Aufträgen noch zu Ende zu bringen ist, die Jagdmesser und die Schwerter für die Männer des Abtes, kannst du mit den Helfern allein bewerkstelligen, nicht wahr?«

»Mach dir keine Sorgen, Alan!« Duncan schlug ihm freundschaftlich auf die Schulter. »Wir kommen zurecht.«

Alan hatte in ihm einen Freund gefunden, der alles ohne viele Erklärungen verstand. »Geh und sieh nach, ob Catlin deine Hilfe braucht.«

Alan nickte, stieg auf das Pferd, das er als Ersatz für das Pony angeschafft hatte, und winkte Elfreda und Winnie zu, die vor dem Haus saßen und Gemüse putzten. Dann ritt er fort, nahm die Straße nach Süden bis Sudbury, das er ohne Aufenthalt durchquerte, ritt weiter bis Braintree, wie man ihm geraten hatte, übernachtete und brach am nächsten Tag gleich in der Frühe nach Chelmsford auf, das er kurz vor dem Mittagsläuten erreichte. Hier empfahl ihm ein alter Kaufmann, bis Brentwood zu reiten und ab dort der römischen Straße zu folgen, die von Colchester nach London führte. Nach einem kurzen Gespräch fragte ihn der Mann, ob er sich ihm anschließen wolle. Alan war froh über eine Begleitung, obwohl ihm nicht nach Unterhaltung zumute war. Da der Kaufmann zwar Gesellschaft schätzte, aber nicht geschwätzig war und ihn nicht mit Fragen bedrängte, bereute Alan seinen Entschluss nicht, und so brachen sie nach dem Essen gemeinsam auf.

In Brentwood angekommen, erfuhr er von dem Kaufmann, der mit Wolle und Stoffen handelte, dass viele Pilger auf ihrem Weg nach Cambridge hier haltmachten und darum eigens für sie eine Kapelle errichtet worden war, die dem heiligen Thomas geweiht war.

»Wird schwer sein, ein Nachtlager zu finden«, sagte der Kaufmann. »In meiner Stube wäre ein Plätzchen am Feuer frei«, schlug er vor. »Wir könnten ein fettes gebratenes Huhn, Brot und Ale kaufen und es bei mir daheim gemütlicher haben als in einem dieser überteuerten Wirtshäuser.

Alan nahm dankend an und stellte an diesem Abend fest, dass der Kaufmann nicht etwa wortkarg war, weil er nichts zu sagen hatte, sondern weil er vereinsamt war und wenig Gelegenheit zur Unterhaltung bekam. Als Witwer und Vater einer Tochter, die er vor einigen Jahren gut verheiratet hatte, lebte er allein, sah man einmal von den seltenen Besuchen ab, die sie ihm abstattete. Obwohl sie nicht weit entfernt lebte, hielt ihr Gemahl sie doch an der kurzen Leine, wie ihr Vater es ausdrückte. »Er ist wohlhabend, gar reich zu nennen, aber ein Geizhals«, schloss er seinen Bericht über den ungeliebten Schwiegersohn. Mit einem Mal huschte ein Lächeln über sein Gesicht. »In London wurde er einmal ausgeraubt. Von einem berühmten Dieb, den die Leute Quickhands nannten.«

Alan erinnerte sich an den Namen. Catlin hatte ihm erzählt, dass ihr Freund Nigel als Quickhands zu traurigem Ruhm und einem noch traurigeren Ende gekommen war. Und weil er plötzlich wieder an sie und den Grund seiner Reise dachte, erzählte er dem Kaufmann von seiner unglücklichen Liebe zu ihr. »Nennt mich einen Narren, dass ich nur aufgrund eines Traumes nach London reite …«

Der Kaufmann hob die Hand, damit Alan nicht weitersprach. »Ein Narr wärst du, mein Junge, wenn du es nicht tätest.« Er schüttelte ungläubig den Kopf. »Da beten die Menschen zu Gott und bitten um ein Zeichen als Antwort auf ihre Fragen, und wenn er ein solches Zeichen sendet, dann verschließen sie die Augen davor und glauben nicht daran.«

Alan starrte den Alten mit großen Augen an. »Ihr

denkt, dass Gott der Herr mir die Träume als Zeichen schickt?«

»Wer sonst hätte die Macht dazu?« Der Kaufmann hob die Schultern. »Ganz gleich, was du in London entdeckst oder erfährst, es wird dich weiterbringen. Ob in ihre Arme oder von ihr fort. Wer weiß, wozu deine Reise gut ist?«

Alan lächelte dankbar. »Ich bin froh, dass Ihr das sagt, und ich danke Euch für Eure Gastfreundschaft.«

Randal betrat die Werkstatt mit solcher Entschlossenheit, dass Catlin erstaunt aufblickte. Sie hatte Winkel und Zirkel in der Hand. »Kannst du mir kurz helfen?«, bat sie, richtete sich auf und strich sich über den rund gewordenen Leib. Die Haut spannte und juckte. »Ich habe die ganze Nacht kein Auge zugetan. Die neue Glocke lässt mir keine Ruhe. Wir haben so viel darüber gesprochen, John und ich.« Als sie den Namen ihres verstorbenen Ehemannes aussprach, schien Randal zusammenzuzucken. »Die Schulter der neuen Glocke stelle ich mir schmaler vor als bei denen, die wir bisher gegossen haben. Nach unten sollte ihr Körper dann breiter werden bis zum Schlagring. So wie bei den hübschen purpurfarbenen Blumen, die am Wegesrand wachsen. Der Schwung in der Flanke, der so entsteht, müsste den Klang der Glocke verbessern, ihn vielfältiger, harmonischer machen.« Catlins Stimme überschlug sich fast vor Begeisterung. »Nimm dir den großen Winkel dort«, bat sie, »und leg ihn an der Markierung da unten auf dem Holz an!« Sie nahm den

Zirkel, prüfte noch einmal ihre letzte Berechnung und zeichnete geschickt mehrere Punkte auf der Platte an. Als sie fertig war, blickte sie auf – und Randal unverwandt in die Augen. Wilde Entschlossenheit war darin zu lesen. Catlin räusperte sich und wandte sich ab. »Es ist ein Wagnis«, sagte sie und zeichnete weitere Maße auf dem Holz an. Plötzlich stand Randal ganz dicht hinter ihr. Ein ungutes Gefühl erfasste sie, und die Härchen im Nacken sträubten sich ihr. Der Zwischenfall mit dem Glockenmantel, der sie um ein Haar erschlagen hätte, fiel ihr ebenso ein wie das, was ihr Eadric über Randal zu verstehen gegeben hatte.

»Catlin?« Corvinus kam aus dem Hof in die Werkstatt. »Wir brauchen Backsteine und Lehm! Soll ich mich darum kümmern?«

Randal war sogleich von Catlin zurückgewichen.

»Ah, hier bist du«, sagte Corvinus und grüßte ihn. »Stroh brauchen wir auch.«

»Das kann Randal erledigen«, sagte Catlin rasch. »Du hilfst mir beim Aussägen der Glockenrippe.«

Catlin versuchte die Sache mit Randal zu vergessen, und so verlief der weitere Tag wie üblich, angefüllt mit Arbeit. Tagsüber, wenn sie zu tun hatte, bewegte sich das Kind kaum, nachts aber, wenn sie im Bett lag und sich erschöpft nach Schlaf sehnte, schien es Purzelbäume in ihrem Leib zu schlagen.

Erst am Abend, als Eadric mit den Kindern im Hof spielte und Corvinus zur Garküche gegangen war, um das Abendessen zu holen, war Catlin wieder allein mit Randal. Warum hatte John nur nie von ihm erzählt, wenn er doch so lange für ihn gearbeitet hatte? Sei nicht dumm!, tadelte sie sich selbst. Randal war beherzt und fleißig, außerdem hatte John nicht einmal von seinem Sohn viel gesprochen. Catlin erschrak, als plötzlich jemand hinter ihr stand, so dicht, dass es schon unverschämt war. Einen Augenblick lang musste sie an Flint denken. Früher, vor ihrer Ehe, hatte er sie manchmal bedrängt, und es hatte ihr gefallen. Diese Nähe aber empfand sie als Bedrohung.

»Was ist?«, fragte sie schroff und wandte sich um. Es war Randal.

»Ich bin der älteste Geselle in der Gießerei, und Ihr braucht mich, Meisterin. Ohne Hilfe könnt Ihr die Glocke für Canterbury nicht gießen. Corvinus ist ein guter Junge, aber noch zu unerfahren, das wisst Ihr.«

Catlin sah Randal in die Augen. »Was soll das? Warum rückst du mir so auf den Leib?«

Randal zog sie an sich. »Heiratet mich!«, forderte er und küsste sie. Catlin wehrte sich, doch Randal war stärker und ließ sie nicht los, darum biss sie ihn und versetzte ihm eine schallende Ohrfeige. »Hinaus!«, fuhr sie ihn keuchend an. Dann zerschnitt ein furchtbarer Schmerz ihren Unterleib. Erschrocken riss sie die Augen auf.

Randal schien erstaunt, sah sie ungläubig an, machte auf dem Absatz kehrt und stürmte aus der Werkstatt.

»Catlin!« Sie spürte, dass Corvinus sie rüttelte, doch es gelang ihr nicht, sich aufzurichten. »Wo kommt das ganze Blut her?«, hörte sie ihn ängstlich fragen. Sie wollte antworten, doch Dunkelheit und ein Rauschen wie von tosenden Wellen rissen sie mit sich fort.

»Jemand da?«, rief Alan, als er die Werkstatt betrat. Die Glöckchen hatten ihn angekündigt, doch niemand war zu sehen.

»Hier, in der Grube!«, schrie eine Stimme in höchster Not. »Rasch!«

Als Alan sich dem Rand der Grube näherte und hinabblickte, sah er Corvinus auf dem Boden sitzen, die Augen vor Schreck weit aufgerissen, Catlins Kopf in seinem Schoß. Ihr Rock war von Blut durchtränkt.

»Alan! O mein Gott, dich schickt der Himmel! Was soll ich nur tun?« Corvinus schien völlig verzweifelt.

»Warte, ich helfe dir, sie heraufzuholen!« Alan kletterte in Windeseile die Leiter hinunter und hockte sich neben Catlin. »Was ist geschehen? Woher kommt das viele Blut?«

Corvinus hob die Schultern. »Ich weiß es nicht.«

Alan tastete Catlins Kopf ab – vielleicht war sie gestürzt. Doch er entdeckte keine Verletzung. Plötzlich brach ihm der Schweiß aus allen Poren. »Erwartet sie etwa ein Kind?«

Corvinus nickte und zog die Nase geräuschvoll hoch.

Alan hatte gesehen, wie es Mabel ergangen war, darum wusste er, was zu tun war. »Wir legen sie auf ihr Bett, dann holst du eine Hebamme.«

Corvinus nickte abermals. Er schien erleichtert zu sein, dass ihm jemand Anweisungen erteilte, weil er selbst weder aus noch ein wusste. Gemeinsam hievten sie Catlins erschlafften Körper so vorsichtig wie möglich aus der Grube.

»Ihre Kammer liegt oben links«, keuchte Corvinus, dann rannte er los, um Hilfe zu holen.

Alan trug Catlin die Treppe hinauf, bettete sie auf

ihr Lager, setzte sich daneben und wich nicht mehr von ihrer Seite. Immer wieder prüfte er nach, ob sie noch atmete, streichelte ihr die Stirn und sprach ihr sanft Mut zu. Der Traum vom Sensenmann holte ihn wieder ein. Sie darf nicht sterben! Warum schickst du mir ein Zeichen, fragte er den Herrn, wenn du sie mir doch entreißen willst? Alles hätte er versprochen, wenn es nur einen Funken Hoffnung gegeben hätte, dass Gott sie verschonte.

Als die Hebamme kam, warf Eadric einen besorgten Blick zur Tür herein. Alan ging hinaus zu ihm und den Kindern und überließ Catlin der weisen Frau.

»Onkel Alan!«, freute sich Aedwyna. »Sieh nur, was ich gemacht habe!« Sie zeigte ihm ein Püppchen aus Ton. »Wir haben es im Ofen gebrannt, damit der Lehm fest wird«, erklärte sie. »Das ist die heilige Jungfrau Maria, und ein Jesuskind haben wir auch noch gemacht und ein Schaf … für das Christfest … für die Krippe.« Alan versuchte seine Sorge um Catlin vor dem Kind zu verbergen, rang sich ein Lächeln ab und bewunderte das Figürchen. »Warum ist Mutter im Bett?«, fragte Aedwyna und legte den Kopf schief. »Es ist doch noch gar nicht dunkel.«

Alan nahm die Kleine in die Arme und küsste sie auf die Wange. »Ihr ist nicht wohl«, erklärte er. »Darum ist sie so müde, dass sie ganz viel schlafen muss.«

»Wird sie sterben?«, fragte Aedwyna mit einer Offenheit, wie sie nur ein unschuldiges Kind an den Tag legen konnte.

Alan rang nach Atem. »Ich weiß es nicht, mein Liebling.«

»Mein Vater ist gestorben«, erklärte sie ihm, »als ich noch ganz klein war.« Sie blickte Alan fragend an. »Und

Onkel Flint ist auch tot.« Sie legte die Hände auf Alans Wangen. »Onkel Alan?«

»Ja?«

»Onkel Flint war nicht so lieb, du aber schon. Magst du mein Vater sein?«

Alan lächelte und küsste sie noch einmal. »Ja, mein Liebling, das mag ich.«

»Und auch Klein Johns?«

»Gewiss doch, auch Klein Johns.«

»Dann ist es gut.« Aedwyna wirkte zufrieden. »Kann Mutter bitte trotzdem nicht sterben?«

»Das hoffe ich sehr.« Alan schluckte trocken.

Eine Träne kullerte über das Gesicht der Kleinen. »Ich hab sie nämlich sehr lieb, weißt du.«

»Ich auch«, gab er im Flüsterton zu. »Und dich und Klein John hab ich auch lieb«, fügte er hinzu. Er versuchte seine Tränen zurückzuhalten. »Was hältst du davon, wenn wir ein Gebet sprechen und Gott bitten, sie wieder gesund zu machen?« Aedwyna nickte. »Vielleicht legen wir ihr auch die heilige Jungfrau Maria unters Kopfkissen«, schlug Alan vor und deutete auf die Tonfigur in ihrer Hand.

»Dann hilft sie ihr, nicht wahr?«

»Das hoffe ich, mein Liebling.«

Alan sprach ein Vaterunser, und Aedwyna murmelte es mit, so gut sie konnte. Dann küsste sie die Jungfrau Maria auf den tönernen Kopf und nickte.

»Sobald ich zu deiner Mutter kann, lege ich sie unter das Kissen«, versprach er. »Tust du mir einen Gefallen?«

Aedwyna sah ihn mit großen Augen an. »Ja, Onkel Alan. Vater«, verbesserte sie sich und entlockte ihm damit ein Lächeln.

»Bist du hübsch artig und hilfst Onkel Eadric, auf deinen Bruder aufzupassen?«

»Ja«, sagte sie und machte ein ganz ernstes Gesicht. »Das will ich tun.«

Die Hebamme hatte nicht mehr viel tun können. Das Kind war tot geboren und Catlin noch nicht wieder zu sich gekommen. Sie atmete, wenn auch flach, doch sie wachte einfach nicht auf. Alan legte die tönerne Jungfrau Maria unter ihr Kissen und erzählte von Aedwyna, wie reizend sie sei und wie vernünftig sie schon antworte. Er achtete darauf, dass Catlin gut zugedeckt blieb, flößte ihr warmes Bier mit Kräutern ein, wie es die Hebamme empfohlen hatte, hielt ihre Hand, betete und hielt wieder ihre Hand. Er wachte Tag und Nacht an ihrem Bett, voller Sorge und Hingabe.

»Ob sie jemals erwacht?«, fragte Corvinus am sechsten Tag und raufte sich verzweifelt die Haare.

Alan antwortete nicht. Seit dem Morgen fand er sie rosiger aussehend. Aus Angst, es könne ein Fieber sein, das ihren Wagen ein wenig mehr Farbe verlieh, hatte er ihr sogleich die Hand auf die Stirn gelegt, doch sie war kein bisschen erhitzt gewesen. Vielleicht habe ich mich bereits an ihre wächserne Farbe gewöhnt, dachte er. »Manchmal stöhnt sie leise«, sagte er kaum hörbar.

Alan? Als Catlin erwachte, glaubte sie ihn an ihrem Bett knien zu sehen. Eine Täuschung gewiss ... Sie schloss die Augen und öffnete sie wieder. Er war noch immer da, hielt ihre Hand und murmelte ein Gebet. Er macht sich Sorgen, dachte sie. Um mich. Wärme durchströmte sie. Sie wollte sich aufrichten, fragen, warum er hier war, doch ihr fehlte die Kraft. Leere erfüllte sie, so als wäre das Leben aus ihrem Körper gewichen.

»Catlin?«, hörte sie Alan fragen, dann begegnete sie seinem Blick. Er hielt ihre Hand und drückte sie. »Cat«, sagte er sanft und lächelte sie erleichtert an.

»Was ist geschehen?« Eine Welle aus Schmerz hatte plötzlich ihren Unterleib zerrissen, das war alles, woran sie sich erinnerte. Sie keuchte. Es hatte sich angefühlt wie Wehen, doch dazu war es war viel zu früh gewesen. Angst packte sie.

Alan strich ihr beruhigend über die Wange. Seine Hände, warm und trocken, strahlten Güte und Zuversicht aus.

Randal … Catlin hatte ihn geohrfeigt. Er hatte ihr gedroht. Hatte er sie angegriffen? Ihr womöglich ein Messer in den Leib gestoßen? »Das Kind!«, rief sie voller Angst und versuchte sich aufzurichten. »Was ist mit dem Kind, Alan?« Sie fuhr sich mit der Hand über den Leib und schluchzte auf. »Bitte, sag es mir!«

»Du … du hast es verloren.« Er küsste ihre Hand, hielt sie fest und ließ ihr Zeit zu weinen. »Es heißt, Gott hole nur die Kinder zu sich, die er besonders liebt«, sagte er irgendwann leise und senkte den Blick, wohl wissend, wie wenig Trost er spenden konnte. »Es tut mir so leid.« Er streichelte ihre Hand.

Catlin entzog sie ihm. Sie musste an Mabels tot geborenes Kind denken, sah es genau vor sich, so zart, die Haut fast durchsichtig, sodass die Adern zu sehen waren. »Wo ist es? Ich will es sehen.« Sie rang nach Atem, denn die Tränen drohten sie zu ersticken. »Ich will es nur einmal in den Armen halten. Bitte, Alan!«

Er schüttelte traurig den Kopf. »Das ist nicht möglich, Cat. Wir haben es schon vor Tagen beerdigt.«

»Nein!« Catlin schluchzte laut auf.

»Du warst eine ganze Woche ohne Besinnung. Wir fürchteten schon, wir verlieren auch dich.« Er betrachtete sie mit wehmütigem Blick und sprach nach einer Weile des Schweigens stockend weiter. »Ich dachte … ich komme zu spät.« Er beugte sich zu ihr vor und küsste ihr die Stirn. »Du musst dich ausruhen, damit du bald wieder zu Kräften kommst. Schlaf jetzt!«, befahl er liebevoll.

Catlin wollte ihm widersprechen, doch dazu war sie zu schwach. »War es ein Mädchen oder ein Junge?«, wollte sie noch wissen.

»Ein Mädchen«, flüsterte Alan und deckte sie zu.

Als es Catlin ein wenig besser ging, durften Aedwyna und Klein John sie für ein paar kurze Augenblicke besuchen. Aedwyna tastete unter dem Kissen nach der Jungfrau Maria. »Siehst du? Sie hat dir geholfen, gesund zu werden«, erklärte sie triumphierend, als sie die Figur gefunden hatte, küsste erst ihren tönernen Schopf und dann Catlin laut schmatzend auf die Wange. »Kann ich sie wieder mitnehmen?«, fragte sie. »Das Jesuskind sehnt sich nach ihr.«

»Sicher.« Catlin lächelte weich und sah Aedwyna nach, als sie vom Bett kletterte und zur Tür hinausstürmte. Der kleine John hatte sich unterdessen in die Arme seiner Mutter geschmiegt, nuckelte zufrieden am Daumen und spielte mit ihrem Haar, das er sich selig lächelnd um den Finger wickelte.

Catlin küsste ihn auf den Scheitel, sog den Kinderduft ein, den sein Köpfchen verströmte, schloss die Augen und gedachte des kleinen Mädchens, das sie niemals kennenlernen würde. »Ich hab dich lieb«, flüsterte sie, spürte, dass Klein John den Kopf anhob und sie ansah. »Ich hab dich lieb«, wiederholte sie, und diesmal waren die Worte an ihn gerichtet. Sie kitzelte ihn am Hals, bis er lachte, und küsste ihn auf die vollen Kinderwangen.

»Ich muss endlich aufstehen.« Catlin warf die Decke zurück, stellte die Beine auf den Boden und erhob sich. Ein wenig zu schwungvoll, wie sie feststellte, als sie schwankte.

»Langsam!«, rief Alan und hielt sie fest. Er sah ihr in die Augen, so tief, dass er bis in ihr Innerstes zu blicken schien, liebevoll und weich.

Catlin rang nach Atem. »Langsam!«, empörte sie sich. »Immer soll ich langsam machen. Ich will aber nicht, hörst du? Ich will schnell und gleich!«, rief sie ungeduldig.

»Es scheint dir besser zu gehen«, bemerkte er lächelnd. »Was hältst du davon, heute zum Essen nach unten zu kommen?«

»Einverstanden.« Catlin deutete auf die Eichentruhe am Fußende des Bettes. »Such mir ein Kleid heraus!«, forderte sie und ärgerte sich sogleich über ihren barschen Ton. Alan war jeden Tag für sie da gewesen, hatte sie aufgepäppelt und nie allein gelassen. Er verdiente es nicht, dass sie so mit ihm sprach. »Sei so lieb«, fügte sie darum weicher hinzu.

»Setz dich am besten so lange hin.«

Catlin folgte seinem Vorschlag, und Alan öffnete die

Truhe. »Dieses hier?«, fragte er und hielt das seidene Kleid hoch, das Richard ihr einst gekauft hatte. »Nein!« Catlin lachte. »Das ist doch kein Kleid für den Alltag. Das blaue, es müsste gleich rechts liegen.«

»Ah ja.« Alan entdeckte es, holte es aus der Truhe und legte es neben ihr aufs Bett. »Kommst du zurecht?«

»Hilfst du mir, es überzuziehen?« Catlin errötete. Sie trug ein Leinenhemd und hatte keinen Grund, sich zu schämen. Dennoch kam ihr die Bitte nicht ganz angemessen vor. Schließlich hatte sie diesen Mann einmal heiraten sollen und ihn verschmäht.

Alan hielt ihr das Gewand so über den Kopf, dass sie es leicht überstreifen konnte, und band es im Rücken zu. Catlin genoss seine Nähe, neigte den Kopf ein wenig zur Seite und spürte seinen Atem an ihrem Hals. Ihr Herz schlug heftig und schnell. Ob es daran lag, dass sie so lange nicht aufgestanden war, oder an Alans Nähe? Sie schloss die Augen und hoffte, er möge seine starken Arme um sie legen und sie festhalten.

»Ich bin immer für dich da«, flüsterte er. »Für dich und die Kinder, komme, was wolle.«

Catlin atmete tief ein und genoss seine unaufdringliche Nähe.

»Catlin?« Corvinus klopfte an die Tür und öffnete. »Du bist auf!«, freute er sich.

Catlin sah ihn an und lächelte. »Alan meint, ich solle mit euch essen.«

»Großartig! Komm, ich helfe dir die Treppe hinunter.« Corvinus reichte ihr den Arm.

»Ich werde schon bald wieder arbeiten«, erklärte sie.

»Keine Sorge, wir kommen zurecht! Der Glockenkern ist fast fertig«, beruhigte sie Corvinus. »Randal hat heute die letzte Schicht Lehm aufgetragen. Er hat wirklich hart gearbeitet. Ich glaube, er macht sich Vorwürfe.«

Randal wagte sich noch in die Werkstatt? Catlin blieb stehen und holte tief Luft. Dass er ihr einen Kuss aufgezwungen hatte, war eine Sache, die kaum verhüllte Drohung, sie brauche ihn, um die Glocke für Canterbury zu gießen, eine andere. Wenn er glaubte, dass sie ihn jemals heiraten würde, irrte er.

»Schick ihn zu mir, gleich morgen früh!«, forderte sie barsch.

»Corvinus hat gesagt, Ihr wollt mich sehen, Meisterin.« Randal linste scheu in die Küche.

»Komm herein!« Catlin fühlte sich schon besser, doch Randal gegenüberzustehen kostete sie mehr Kraft als erwartet.

Randal trat ein und verbeugte sich, sein Blick blieb gesenkt.

Catlin betrachtete ihn nachdenklich.

»Warum hast du das getan, Randal?«

»Es tut mir leid!« Er hob den Kopf und sah sie flehentlich an. »Ich habe so vieles falsch gemacht.« Er schwieg kurz, als müsse er sich erinnern. »Ich war allein und verloren, bis ich Merilda begegnet bin. Hier, in diesem Haus. Für ihren Vater, einen Töpfer, habe ich damals gearbeitet und sie oben in einer der Kammern zum ersten Mal geliebt. Sie war das einzige Licht in meinem Leben. Sie hat mir Hoffnung gegeben und Liebe.«

»Du hast hier im Haus gelebt?« Catlin runzelte die Stirn, entsann sich des Tages, an dem Nigel sie hergeführt hatte, kurz vor ihrer Hochzeit mit John. »Ich erinnere mich an eine schwangere junge Frau«, murmelte sie.

»Meine Merilda«, sagte Randal und schluckte. »Für sie und für unsere Kinder wollte ich die Werkstatt unbedingt zurückgewinnen.«

Catlin rief sich den Tag ihrer Hochzeit noch einmal ins Gedächtnis. Die junge Frau war nicht allein gewesen. Ein Mann hatte sie begleitet, liebevoll und zärtlich. Er war das gewesen. Sie sah Randal ungläubig an.

Plötzlich kniete er vor ihr nieder wie ein Sünder bei der Beichte. »Ich bin schuld an Eurem Elend, Meisterin!« Er senkte den Kopf und sprach leise weiter. »Ich habe Flint zu John geschickt und ihm gesagt, was er wissen muss, um den Meister zu überzeugen, ihm Arbeit zu geben. Als Gegenleistung half er mir, an die Berechnungen von Johns Glockenrippe zu kommen. Ich habe den Meister enttäuscht, als ich ein Junge war, und nie verwunden, dass er mich davongejagt hat«, erklärte er. »Dabei wollte ich doch nur, dass er mich liebt wie seinen Sohn, mich sein Handwerk lehrt und mir ein Vater ist. Ich wollte immer so sein wie er.«

»Warum aber hast du mir nach dem Leben getrachtet?«

»Das habe ich nicht getan, Meisterin!« Randals Kopf fuhr hoch.

»Gib es doch zu! Das Seil am Flaschenzug ist nicht von allein gerissen. Jemand hat sich daran zu schaffen gemacht. Mit einem Messer.«

»Ich schwöre beim Leben meiner Kinder, Meisterin, ich war es nicht!« Er sah sie eindringlich an, dann senkte er den Kopf. »Auch Flint war an jenem Tag in der Werkstatt, und das, obwohl er sich seit Monaten vor der Arbeit gedrückt hatte, wo es nur ging …«

»Flint?« Catlins Stimme überschlug sich. »Dann hast du gesehen, wie er sich an dem Flaschenzug zu schaffen gemacht hat?« Ihre Stimme war schneidend wie ein Messer.

»Das nicht, aber …«

»Lass es gut sein, Randal! Du warst es, der das Seil durchtrennt hat. Leugnen ist zwecklos. Eadric hat dich mit einem Messer in der Hand gesehen«, warf Catlin ihm aufgebracht vor.

»Nein, Meisterin! Ich habe das Seil nicht angerührt. Das Messer hat auf dem Boden in einer Ecke gelegen. Ich habe es gefunden und wieder an seinen Platz geräumt, sonst nichts.«

»Pah!«, entfuhr es Catlin.

»Überlegt doch, Meisterin! Wer wenn nicht Flint hätte einen Nutzen von Eurem Tod gehabt? Als Witwer hätte er doch endlich alles allein besessen.«

»Die Werkstatt und die beiden Schmieden«, murmelte Catlin. *Was dir gehört, ist auch mein,* hatte Flint gesagt, als er das Pony verkauft hatte, ohne sie zu fragen …

»Ich bezichtige Meister Flint, Euch nach dem Leben getrachtet zu haben, doch auch ich habe Schuld auf mich geladen.«

Catlin schwankte. Konnte sie denn niemandem in ihrem Haus mehr vertrauen? »Was hast du getan?«, fragte sie mit ersterbender Stimme.

»Ich war es, der Euren Freund Quickhands verriet und an den Galgen brachte«, gab Randal mit gesenktem Kopf zu.

»Du hast Nigel …?« Randals Eingeständnis entzog ihr endgültig den Boden unter den Füßen. »Warum? Was hat er dir getan?« Sie sank auf die Bank am Tisch und stützte den Kopf in die Hand.

»Er … er hat die Werkstatt von Merildas Vater gekauft und sie nicht mir verpachtet, sondern Euch überlassen.

Als ich erfuhr, dass er der Mann war, der den König beraubt hatte, hoffte ich, sie zurückzubekommen. Da der Besitz eines Verurteilten an den König fällt und eine Belohnung auf Quickhands' Kopf ausgesetzt war, hoffte ich, man werde mir die Gießerei überlassen. So hätte sich mein Traum endlich erfüllt.« Er sah Catlin an, als müsse sie ihn verstehen. »Ich konnte doch nicht wissen, dass Euer Freund Haus und Werkstatt auf Euren Namen gekauft hatte und somit alles vergeblich war.«

»Du hättest uns auf die Straße werfen lassen.«

»So wie man uns auf die Straße geworfen hat, ja!«

»Gib zu, dass du auch John auf dem Gewissen hast«, sagte Catlin matt.

»Nein, Meisterin! Niemals hätte ich die Hand gegen ihn erhoben! Trotzdem fühle ich mich schuldig …« Er schüttelte beschämt den Kopf. »Ich habe Flint unterschätzt.«

»Flint?« Catlin sah ihn geringschätzig an. »Schon wieder Flint! Aber der hat John nicht getötet. Er kann es nicht gewesen sein, denn er war hier bei mir!«, fuhr Catlin ihn aufgebracht an.

»Einen Mörder hat er gedungen, um John aus dem Weg zu schaffen. Der Mann wollte auf diese Weise seine Spielschulden tilgen. Ihm war nichts geblieben, womit er Flint hätte zufriedenstellen können. Um mit Weib und Kind nicht am Bettelstab in der Gosse zu enden, hat er eingewilligt, John auf dem Weg nach Cambridge zu überfallen, auszurauben und zu erschlagen.«

»Wenn du das wusstest, dann hättest du es verhindern müssen!«, schrie Catlin ihn an. »Das ist, als hättest du ihn selbst getötet!«

»Nein!«, rief Randal verzweifelt. »So war es nicht. Ich habe erst Wochen nach Johns Tod davon erfahren. Nur durch Zufall habe ich Flint mit dem Mörder reden hören. Mit dem Galgen hat Flint ihm gedroht und ihm das Geld abgenommen, das er John gestohlen hatte. ›Um dein Gewissen zu erleichtern‹, hat er höhnisch behauptet.« Randal ballte die Hände zu Fäusten. »Glaubt mir, Meisterin, ich hätte John niemals ein Leid antun können. Ich habe ihn mehr geliebt als meinen Vater.«

»Ich hätte John niemals heiraten dürfen«, murmelte Catlin niedergeschlagen.

»Nein, Meisterin! Das dürft Ihr nicht sagen. Die Glocke für Canterbury wird etwas Besonderes. Ich fühle es bei jedem Strich über den Lehm des Glockenkernes. Ihr seid mutig und vom Herrn mit der wunderbaren Gabe beschenkt, die Glocken nicht nur in ihrem Wesen zu erkennen, sondern auch ihre Klangfülle zu verstehen wie kaum ein anderer. Meister John hat das gewusst, er wäre stolz auf Euch gewesen.«

Catlin schluckte gerührt und lächelte. »Mag sein«, gab sie zu. »Warum bist du wiedergekommen, obwohl ich dich hinausgeworfen habe?«, fragte sie nach einer Weile.

»Ich bin es Euch schuldig«, erklärte Randal leise. »Für all das Leid, das Ihr erfahren habt.«

»Es war nicht deine Schuld«, erwiderte Catlin. »Der Herr hat's gegeben, und der Herr hat's genommen.«

»Als Ihr plötzlich vor meinen Augen zusammengebrochen seid und im Blut Eures Kindes dalagt, da musste ich an Merilda denken. Sie starb bei der Geburt unserer kleinen Tochter – und auch die ging, kaum dass sie auf der Welt war. Ich kam zu spät, weil ich immer nur die Werkstatt im Kopf hatte. Ich bin fortgelaufen, aus Angst, aus Scham und vor lauter Traurigkeit, weil ich bereit gewesen war, meine Liebe zu verraten. Ich bin kein schlechter Mensch, Meisterin, und Merilda hat das gewusst. Sie hat mir geglaubt und mir vertraut. Wenn Ihr erlaubt, möchte ich die Glocke mit Euch gießen, bevor ich alsdann auf Wanderschaft gehe. Irgendwo gibt es gewiss eine Werkstatt für mich. Für mich und meine Kinder. Und das, ohne dass ich jemanden vertreiben muss.«

Als Catlin nur schweigend nickte, erhob er sich und verließ die Küche.

In die Erd' ist's aufgenommen,
Glücklich ist die Form gefüllt;
Wird's auch schön zu Tage kommen,
Dass es Fleiß und Kunst vergilt?
Wenn der Guss misslang?
Wenn die Form zersprang?
Ach! Vielleicht, indem wir hoffen,
Hat uns Unheil schon getroffen

Friedrich Schiller, Das Lied von der Glocke

London, im Februar 1233

Catlin stand in der Werkstatt und starrte auf die Gussrinnen. Erst einen halben Tag war es her, dass sie die Formen mit der Glockenspeise gefüllt hatten. Die kleineren Glocken würden rascher auskühlen, doch die mächtige John, wie sie die Glocke im Stillen nannte, würde noch mehr als eine Woche dazu benötigen. Die Spannung, ob das Werk gelungen war, ob kein Riss, kein Einschluss den Klang verzerrten, ließ sich kaum ertragen. Was, wenn die Glocke misslungen, wenn der Mantel geborsten war? Hatten sie auch die Eisenringe nicht vergessen? Catlins Herz pochte wie wild. Nein. Eisenringe und Hanfverstärkung, sie hatte alles immer wieder geprüft, bis in die letzte Einzelheit. Jeden Schritt der Fertigung war sie im Geist mehrfach durchgegangen. Trotzdem kam ihr die Wartezeit endlos vor. Sie seufzte leise.

»Müde?«, fragte Alan und legte ihr von hinten die Hände auf die Schultern.

Catlin schüttelte den Kopf. »Besorgt, ob sie wohl gelungen ist.«

»Wie Folter will es mir erscheinen, so viele Tage ausharren zu müssen. Weiß ich doch, wie sehr ich leide, wenn ich ein Schwert härte. Ich lausche dem Zischen des Wassers, bilde mir ein, es knistern zu hören, fürchte schon, die Klinge könne spröde werden und misslingen, bange, schwitze und friere zugleich. Die wenigen Augenblicke, bis ich das Schwert aus dem Trog ziehe und sehe, dass es gut ist, kommen mir stets vor wie eine Ewigkeit. Die Erleichterung aber, die du empfinden wirst, das Hochgefühl aus Glück und Triumph, der Freudentaumel, wenn die Glocke zum ersten Mal erklingt, werden dich für alles Bangen entschädigen, so Gott will.«

»So Gott will«, wiederholte Catlin, wandte sich zu Alan um und blickte ihm tief in die Augen. Sie hatte ein Leben an seiner Seite ausgeschlagen, um ihren Traum vom Glockengießen zu erfüllen, weil sie ihn nicht gekannt hatte. Er dagegen hatte in den vergangenen Monaten seine Arbeit, die er so liebte, einfach zurückgelassen, nur um ihr zur Seite zu stehen. Nimm mich in die Arme!, dachte sie sehnsüchtig. Aedwyna hatte ihr erklärt, dass Onkel Alan zugestimmt habe, ihr Vater zu sein, dass sie ihn liebte und ihn nie wieder gehen lassen wollte. »Ich auch nicht«, hatte Catlin ihr ins Ohr geflüstert, und Aedwyna hatte gekichert. »Ich ...«, hob Catlin an und errötete bis unter die Haarwurzeln. »Ich liebe dich, Alan«, sagte sie leise.

Alan schloss sie in die Arme. »Ich liebe dich auch, darum bleibe ich für immer bei dir.« Er küsste sie zärtlich. »Sicher finde ich Arbeit in einer Schmiede hier in London«, sagte er. »Ich wollte immer nur, dass du glücklich bist.«

»Ich würde Randal lieber die Werkstatt verpachten und in Saint Edmundsbury Glocken gießen.« Catlin sah mit glänzenden Augen zu ihm auf. »Wenn du die Klöppel schmiedest …« Sie blinzelte, und eine Träne rollte ihr über die Wange. »… und Eadric und Corvinus mitkommen können.«

Alan nickte. »Das wäre wunderbar.«

»Was aber, wenn die Glocke misslungen ist?«

Alan küsste sie auf die Nasenspitze. »Dann schmelzen wir sie ein, und du gießt eine neue.«

Nachwort und historische Anmerkungen

Viele Leser wüssten gern mehr über die Entstehung eines historischen Romans, über die Figuren, die Hintergründe und darüber, welche Personen wirklich gelebt haben. So habe ich mich auch diesmal entschlossen, wieder ein wenig aus dem Nähkästchen zu plaudern.

Wenn Sie meine Trilogie *Das kupferne Zeichen*, *Der silberne Falke* und *Der goldene Thron* bereits kennen, dann wissen Sie, dass ich eine große Bewunderin von Guillaume le Maréchal bin, der im vorliegenden Roman nur der alte Maréchal genannt wird. Recherche für einen historischen Roman ist nicht nur spannend und faszinierend, sondern auch in hohem Grad süchtig machend. Stellen Sie sich einfach einmal vor, Sie haben ein Haus geerbt, und in der Wohnung Ihrer – sagen wir – Großtante stehen Fotos von Menschen herum, die Sie nicht kennen, Andenken von Freunden, denen Sie nie begegnet sind. Sie sind enttäuscht und eigentlich schon bereit, alles an einen Trödler zu verkaufen, als Sie plötzlich ein Bild entdecken, auf dem Sie Ihre Großmutter wiedererkennen, die Schwester Ihrer Großtante. Ihre Großmutter ist darauf noch ein Kind, und Sie wissen nur, dass sie es ist, weil das Bild früher bei ihr auf dem Nachttisch stand. Plötzlich werden Sie neugierig. Ihre Großmutter ist nicht allein auf dem Foto, sie sitzt dem Schoß einer verschlossen dreinschauend gen Frau, hinter der ein ernst aussehender Ihre Urgroßeltern. Sie blicken nach li

Ihren Urgroßvater als Burschen auf einem weiteren Foto. Diesmal lacht er und umarmt einen anderen jungen Mann, der ihm ähnlich sieht. Sein Bruder? Ein Vetter?

Ungefähr so ist das mit historischer Recherche. Man beschäftigt sich mit einer Figur, lernt ihre Familie kennen und will mehr über sie erfahren, man liest Einzelheiten über ihr Leben, über Freunde und Verwandte, denen man hier und dort wiederbegegnet, und so wird das Geflecht immer dichter. Im Mittelalter waren die adligen Familien fast alle über die eine oder andere Ecke miteinander verwandt. Söhne hießen wie ihre Väter und Großväter. Das macht es einfach, sich während der Recherche schnell an historische Personen zu binden und Verknüpfungen vom einen zum anderen herzustellen. Leider bedeutet das aber auch, dass Personen häufiger verwechselt werden und man irgendwann während der Recherche feststellt, dass X gar nicht X ist, sondern der Sohn von X oder der Sohn von Y, der ein Bruder von X war. Oft ist das verwirrend und kompliziert, immer aber spannend.

Als Schriftsteller begegnet man auf diese Weise auch künftigen Romanfiguren. Im vorliegenden Fall zum Beispiel ist mir bei der Recherche zu St. Edmundsbury (das heute Bury St. Edmunds heißt) eine Frau aufgefallen. Über Mabel von St. Edmundsbury, die eine überaus begnadete Stickerin gewesen sein muss, liest man, dass ihre Kunst sich am königlichen Hof größter Beliebtheit erfreute. Henry III. soll sie fürstlich entlohnt und ihr sogar eine jährliche Pension gezahlt haben. In meinem Kopf entstand sogleich das Bild von einem jungen König und einem Mädchen aus dem Volk, die sich in einander verlieben (was der Begabung der Stickerin übrigens keinesfalls Abbruch tut). Das Ergebnis kennen Sie nun. Auch dass Henry III. 1236 in Canterbury Elénore de Provence geheiratet hat, war mir eine Quelle der Inspiration, denn ich liebe die Provence, die schon seit Langem eine zweite Heimat für mich ist. Ob Catlins Glocke zu Elénores Hochzeit geläutet hat? Hätte sie wohl, wenn Catlin denn ebenfalls eine historische Figur wäre. Zumindest aber war eine reale Person Vorbild für ihre Entstehung. Johanna Sturdy war ungefähr zweihundert Jahre später Glockengießerin und nacheinander mit zwei Glockengießern verheiratet. Sie hat es durch ihre Fachkenntnis auch nach dem Tod ihrer beiden Männer zu Ruhm und Erfolg in ihrem Handwerk gebracht. Ihr zweiter Mann hieß übrigens John – erinnert Sie das an jemanden?

Namen in Romanen sind nur selten dem Zufall zu verdanken, meist kostet ihre Auswahl den Autor viel Zeit. Flint zum Beispiel habe ich so genannt, weil der Name an Flintstone erinnert, den Stein, mit dem man Funken schlägt, um ein Feuer zu entfachen. Dass ausgerechnet er das Herz der Hauptfigur entflammt, ist also kein Wunder.

Wer *Der silberne Falke* gelesen hat, kennt Richard und Knightly schon als Kinder und freut sich hoffentlich, ihnen wiederbegegnet zu sein. Wer den Roman noch nicht kennt, hat nun vielleicht Lust, die beiden als Knaben zu erleben und mehr über die Geschichte ihrer Eltern zu erfahren.

Als ich über die Hauptfigur des Romans *Das Tor zur Ewigkeit* nachsann – eine Frau, die Glocken gießen will –, musste ich immer wieder an Ellenweore denken, die Heldin meines ersten Romans. Auch sie hat mit Metall gearbeitet und einen Beruf ausgeübt, der als

Männerdomäne gilt. Das Glockengießen aber war im Gegensatz zum Schmieden bis zum Beginn des Mittelalters fast ausschließlich Mönchen vorbehalten, was es für mich nur noch interessanter machte. Wieder hatte ich also ein Handwerk gefunden, das als ungewöhnlich für eine Frau gelten kann, das aber, wie man an Johanna Sturdy sieht, trotzdem nicht aus der Luft gegriffen ist. Interessant ist, dass zu Kriegszeiten Glocken eingeschmolzen wurden, um Kanonen daraus zu fertigen. Dass also Ellenweores Enkelin ausgerechnet Glocken gießen will, statt Schwerter zu schmieden, fand ich wunderbar passend. Es gab mir das Gefühl, genau das Richtige zu tun, obwohl ich doch gar nicht vorhatte, nach der Trilogie noch so etwas wie einen Folgeroman zu schreiben. Beim Entwurf der Figuren und ihres Lebensraums aber musste ich immer wieder daran denken, wie sehr ich mich bei der Recherche freue, wenn ich auf bekannte Personen stoße. Ihr Schicksal interessiert mich nun einmal stets mehr als das von Personen, die mir gänzlich unbekannt sind. So habe ich mich denn auch entschlossen, Richard, Adam und Knightly, Henry den Schmied und den jungen Maréchal als Figuren in meinem neuen Roman mit aufzunehmen. Das Wiedersehen in der Schmiede fühlte sich großartig an – wie eine Heimkehr. Meinen Stammlesern wird es hoffentlich ebenso ergehen und manchem neuen Leser gar Lust machen, ein wenig tiefer in Catlins Familiengeschichte zu stöbern und die vorangehenden Bücher, alle drei eigenständige Romane, ebenfalls zu lesen. Einen Faden aufzurollen, der sich weiterspinnt, kann so spannend sein!

Wie immer habe ich mich bemüht, meinen Figuren Leben einzuhauchen und sie nicht gewollt altmodisch reden zu lassen, waren sie zu ihrer Zeit doch *moderne*

Menschen. Hinzu kommt, dass der Roman in England spielt und eine dem Mittelhochdeutschen nachempfundene Kunstsprache für mein Dafürhalten darum denkbar ungeeignet gewesen wäre. Historische Fakten habe ich so korrekt wie möglich dazustellen versucht, weise aber darauf hin, dass mittelalterliche Quellen widersprüchlich, oft sogar falsch sind und dass ich mir als Autorin auch ein wenig Interpretationsfreiheit herausnehme, damit die Geschichte für den heutigen Leser nachvollziehbar bleibt.

Mit herzlichen Grüßen
Ihre Katia Fox

Danksagung

Wie immer, wenn ich einen Roman schreibe, in dessen Fokus ein altes Handwerk steht, habe ich mich auch diesmal an einen Fachmann gewandt und mich beraten lassen. Kurt Kramer, Glockensachverständiger und in Fachkreisen und Medien respektvoll der Glockenpapst genannt, gilt weltweit als einer der führenden Experten auf dem Gebiet. Umso mehr danke ich ihm für seine Hilfe und die Zeit, die er mir gewidmet hat.

Danken möchte ich auch meinem literarischen Agenten Bastian Schlück und meinem neuen Verlag, der mir die Zusammenarbeit mit Friedel Wahren ermöglicht hat, deren pointierte Bemerkungen, wertvolle Tipps und Hinweise ich über die Maßen schätze; sie haben dem Manuskript wohlgetan.

Auch meinen Eltern möchte ich gemeinsam für ihre Liebe und Unterstützung danken, denn sie werden für mich immer eine Einheit sein. Familie und Freunde geben mir Kraft, sind mir Anker und Erdung. Meinen Kindern und meiner Freundin Françoise Chateau-Dégât danke ich für das Glück und die Zuversicht, die sie mir schenken, sie verleihen mir Flügel, wenn ich nach den Sternen greife.

Und last but not least danke ich meinen Leserinnen und Lesern, die mir so zahlreich geschrieben und meine Bücher weiterempfohlen haben. Ihre Treue und Begeisterung motivieren mich jeden Tag aufs Neue.